Weitere Titel der Autorin:

Die Henkerin
Die Tränen der Henkerin

Titel in der Regel auch als Hörbuch und E-Book erhältlich

Sabine Martin

DIE RELIQUIEN-JÄGERIN

Historischer Roman

BASTEI LÜBBE TASCHENBUCH
Band 16 896

1. Auflage: März 2014

Dieser Titel ist auch als Hörbuch und E-Book erschienen

Originalausgabe

Copyright © 2014 by Bastei Lübbe AG, Köln
Lektorat: Kai Lückemeier
Karte: Arndt Drechsler
Titelillustration: © missbehavior.de
Umschlaggestaltung: Pauline Schimmelpenninck
Büro für Gestaltung, Berlin
Satz: Urban SatzKonzept, Düsseldorf
Gesetzt aus der Garamond
Druck und Verarbeitung: CPI – Ebner & Spiegel, Ulm
Printed in Germany
ISBN 978-3-404-16896-5

Sie finden uns im Internet unter
www.luebbe.de
Bitte beachten Sie auch:
www.lesejury.de

»WENN ES EINEN GLAUBEN GIBT,
DER BERGE VERSETZEN KANN,
SO IST ES DER GLAUBE
AN DIE EIGENE KRAFT.«

Marie von Ebner-Eschenbach

Sachsen

Moldau

Rothenburg ob der Tauber

Nürnberg

Burg Karlst

Burg P

Donau

Bayern

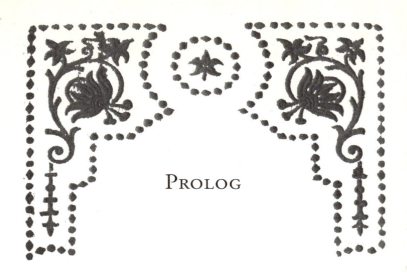

Prolog

August 1341/Elul 5101

Der Lärm war ohrenbetäubend. Ein gewaltiges Brummen, einförmig und doch vielstimmig. Der Himmel wölbte sich tiefschwarz über ihm, eine Wolke aus unzähligen Leibern verdunkelte die sengende Augustsonne.

Karl unterdrückte den Drang, sich die Ohren zuzuhalten, und reckte sein Gesicht dem Schwarm entgegen. Heuschrecken, so weit das Auge reichte, Abermillionen zierliche Körper mit schillernden Flügeln – jedes einzelne Tier ein zartes, filigranes Kunstwerk, in der Masse jedoch ein tödlicher Feind, der sich durch sattgrüne Weiden und goldene Felder fraß und ganze Regionen in Hunger und Verzweiflung stürzte.

Karl straffte die Schultern, die vibrierenden Leiber berührten sein Gesicht, ließen sich auf seinen Armen und seinem Wams nieder, Flügel streiften seine Wangen, winzige Beine krabbelten über die nackte Haut an seinem Hals und plagten seine Nase mit einem infernalischen Gestank, so, als kämen diese Wesen direkt aus der Hölle. Aber dem war nicht so. Im Gegenteil: In jeder einzelnen dieser zarten Gestalten steckte die Allmacht Gottes. Nie zuvor hatte Karl das so stark empfunden wie in diesem Augenblick. Er schwang sich von seinem Wallach und lief auf den einsamen Hügel zu, der sich über dem Berounkatal erhob, stürmte mitten hinein in die wogenden Leiber.

»Herr, seid Ihr von Sinnen? Kommt zurück! Wir sollten umkehren, bevor diese Plage uns mit ihrem teuflischen Odem vernichtet!«

Karl lachte auf und wandte sich seinem Begleiter zu. »Mein guter Montfort, ist Euer Glaube so schwach? Ich dachte, Ihr wäret ein Mann Gottes?«

Montfort schlug nach einer Heuschrecke, die sich in seinem Habit verfangen hatte. »Der bin ich in der Tat, Eure Majestät. Und genau aus diesem Grund fürchte ich seinen Zorn.« Seine Stimme wurde schrill. »Der Heuschreckenschwarm ist der nächste Vorbote der Apokalypse, Herr. Denkt an das Magdalenen-Hochwasser, das nur wenige Jahre zurückliegt! Tausende sind ertrunken! Doch die Menschen haben sich Gott nicht zugewandt. Das Ende der Welt steht unmittelbar bevor. Der Herr im Himmel zürnt uns, weil wir nach wie vor in Sünde und ohne Demut leben.«

Karl fing mit der Hand eine Heuschrecke ein und betrachtete den grünlich schillernden Körper. »Mir zürnt der Herr nicht, Montfort. Im Gegenteil, er hat Großes mit mir vor. Gerade erst hat er meinen Vater für seinen gottlosen Lebenswandel mit dem Verlust des Augenlichts bestraft. An seiner Stelle werde ich nun das Land regieren, und glaubt mir, ich werde Böhmen zu einem wahren Reich Gottes machen.« Er warf das Tier in die Luft. »Nicht nur Böhmen!«, schrie er dem Orkan der Heuschrecken entgegen. »Das gesamte Heilige Römische Reich! Ich werde mich zum Kaiser krönen lassen und dafür sorgen, dass die Ehrfurcht vor dem Herrn und seinen heiligen Gesetzen überall Einzug hält und dass die Menschen erkennen, dass Gottes Werk sich in jeder seiner Kreaturen offenbart. Das werde ich, so wahr mir Gott helfe!«

»Amen«, rief Montfort und bekreuzigte sich ein wenig zu schnell, so, als sei er nicht überzeugt von dem, was sein König sagte.

Karl unterdrückte ein Schmunzeln. Louis de Montfort war ein kluger, gebildeter Mann und der beste Ratgeber, den ein König sich wünschen konnte, doch er war ein Feigling. Unbeirrt wandte Karl sich ab und stapfte den Hügel hinauf. Die Heuschrecken ängstigten ihn nicht. Im Gegenteil, sie waren ein Zeichen der grenzenlosen Macht des himmlischen Herrn. Und dieser Herr war ihm wohlgesinnt, dessen war er sich sicher. Auf der Kuppe hielt Karl schnaufend inne. Von hier oben sah der Schwarm weit weniger bedrohlich aus, viel kleiner wirkte er, als wenn man mitten darin stand, kaum größer als ein schwarzer Nebelstreif über dem Tal. Man musste nur hoch genug hinaufsteigen, über den Dingen stehen, dann rückten sie an ihren rechtmäßigen Platz. Und es war nicht das erste Mal, dass Heuschrecken das Land plagten. Auch dieser Schwarm würde sich bald auflösen wie Nebel in der Morgensonne. Die Zeiten waren nicht leicht. Die Winter wurden immer kälter, die Sommer feuchter. Gott prüfte die Menschen, wie so oft.

»Sein Wille geschehe«, murmelte Karl in das Rauschen des Windes und der Heuschrecken. Er breitete die Arme aus. Sein rechtmäßiger Platz war hier oben, an der Spitze seines Reiches. Und hier würde er seine Burg bauen, Burg Karlstein. Gott hatte ihn hierhergeführt und ihm damit aufgetragen, eine sichere Trutzburg für die Insignien des Reiches und den unermesslichen Schatz der heiligen Reliquien zu schaffen.

»Seid willkommen, Heerscharen des Himmels!«, rief er dem Schwarm zu. »Lasst uns gemeinsam kämpfen für das Reich Gottes auf Erden, für den Sieg des wahren Glaubens über die ungläubigen Ketzer, für die stolze Stadt Prag, die ich zur Krone des Heiligen Römischen Reiches machen werde!«

Die
dunkle Bedrohung

Oktober 1349 / Tischri 5110

»Mach schon, du musst los, Kind!« Esther schob Rebekka sanft auf das dunkle Loch zu.

»Aber was ist mit euch?«, rief Rebekka. »Ohne euch will ich nicht von hier fort.«

Ihr Vater trat vor und nahm ihr Gesicht sanft in seine Hände. »Du bist meine Tochter, Rebekka, das wirst du immer bleiben.« Er seufzte und schaute ihr in die Augen. »Aber du bist keine von uns, du bist keine Jüdin, nicht von Geburt. Gott hat ein anderes Schicksal für dich gewählt. Seiner Stimme wirst du von nun an folgen. Sie wird dich durch die Finsternis ans Licht führen.«

Die Worte ihres Vaters trafen Rebekka wie ein Faustschlag in den Magen. »Aber wie sehen wir uns wieder?« Sie vermochte kaum ihre Angst zu beherrschen.

Ein lautes Krachen verschluckte Menachem ben Jehudas Antwort. Entsetzt schaute Rebekka die enge Kellerstiege hinauf. »Sind sie schon im Haus?«

»Nein, Kind, aber sie versuchen, die Tür aufzubrechen. Los jetzt, spute dich!« Er küsste sie auf die Stirn.

Rebekka umarmte ihre Mutter ein letztes Mal, Tränen brannten in ihren Augen. »In Prag sehen wir uns wieder.«

»Ja, in Prag.« Esther lächelte und streichelte ihr über das Haar. »Lebe wohl, mein Kind. Ich liebe dich!«

Mit zitternden Fingern griff Rebekka nach ihrem Bündel und kletterte in das Loch. Sie drehte sich nicht noch einmal um, der Anblick ihrer Eltern, wie sie dort auf der schmalen Steintreppe standen, die hinunter zur Mikwe führte, hätte ihr das Herz gebrochen. Ihre Eltern. Waren sie das überhaupt noch? Sie schob den bitteren Gedanken weg, jetzt musste sie den Weg durch diesen finsteren Kanal finden. Für Grübeleien würde später noch Zeit sein. Wenn sie in Sicherheit war. In Prag.

Langsam stolperte Rebekka vorwärts. Der Gang war niedrig und eng, nach ein paar Schritten musste sie in die Hocke gehen und wie eine Ente durch den Wasserlauf watscheln. Es war stockfinster, sie sah nicht, wohin sie trat. Ein paarmal stieß sie mit dem Fuß gegen einen Stein, doch zum Glück waren ihre Reisestiefel so robust, dass sie sich nicht verletzte. In der Finsternis des Tunnels gab es nur ein einziges Geräusch: das Platschen des Wassers, das unheimlich laut von den grob gehauenen Wänden widerhallte. Es dauerte nicht lange, da hatte Rebekka jedes Gefühl für die Zeit verloren. War sie noch immer unter dem Judenviertel? Hatte sie den Ausstieg zu dem Brunnen verpasst? Gab es diesen Ausstieg überhaupt? Was, wenn sie auf eine Stelle stieß, die zu eng war, um sie zu passieren? Bei diesem Gedanken flutete Panik durch ihren Körper. Der Zulauf, der die Mikwe mit frischem Wasser versorgte, war nicht als Fluchttunnel gebaut worden. Ihr Vater hatte lediglich einen der Alten davon sprechen hören, dass er so geräumig sei, dass man hindurchkriechen könne, wenn man von zierlicher Statur war. Vor ihr hatte es noch nie jemand versucht.

Rebekka schluckte die Beklemmung hinunter und krabbelte weiter. Der Saum ihres Kleides und auch der ihres schweren Lodenmantels waren klatschnass. Wie gut, dass Mutter das wichtige Dokument erst in Wachstuch geschlagen und dann in den Saum eingenäht hatte. Den Beutel mit ihren wenigen Habseligkeiten hatte Rebekka bisher so hoch halten können, dass er weitgehend von der Nässe verschont geblieben war. Sie dachte an die Dinge in dem Beutel, vor allem die beiden Gegenstände, auf die sie nur einen kurzen Blick hatte werfen können. Das alles musste ein Irrtum sein, ein böser Traum! Unwillkürlich fasste sie sich an den Hals. Es war kein böser Traum, da hing es, das silberne Kettchen, das ihr ganzes bisheriges Leben infrage stellte.

Mit einem Mal durchdrang ein schwacher Schimmer die Dunkelheit. Das musste der Ausstieg sein! Rebekka krabbelte schneller, froh, dass sie den finsteren Tunnel bald verlassen konnte.

Doch nur wenige Fuß später gelangte sie an eine Stelle, an der sich der Gang so verengte, dass nicht einmal ein Kind hindurchgepasst hätte. Nein! Musste sie etwa zurückkriechen? Zurück in das Judenviertel, wo die Häscher schon auf sie warteten? Oder noch schlimmer: hier unten stecken bleiben, bis sie vor Kälte und Hunger elendig starb?

Rebekka kroch die letzten Ellen vorwärts und bemerkte zu ihrer großen Erleichterung, dass sich unmittelbar vor dem Engpass zu ihrer Linken eine helle Öffnung auftat. Als sie hindurchspähte, entdeckte sie etwa vier Ellen unter sich eine dunkle Wasserfläche. Sie richtete den Blick nach oben. Ein großes, kreisrundes Loch zeigte ihr ein Stück des Abendhimmels, an dem bereits die ersten Sterne funkelten. Aus der Brunnenwand ragten vereinzelte Steine so weit aus dem Mauerwerk hervor, dass es möglich sein musste, hinaufzusteigen. Rebekka zögerte dennoch. Was, wenn genau jetzt eine Magd zum Wasserholen kam und sie entdeckte?

Nicht auszudenken, was die Leute mit ihr anstellen würden, wenn sie sie hier unten erwischten, denn die Christen waren davon überzeugt, die Juden würden die Brunnen vergiften. Sie würden glauben, sie hätten sie auf frischer Tat ertappt. Sie würden sie als Brunnenvergifterin ohne zu zögern in Stücke reißen. Andererseits konnte sie nicht ewig hier unten hocken. Es war eiskalt, das nasse Kleid klebte an ihrem durchfrorenen Körper. Zudem wurde sie erwartet.

Rebekka beugte sich vor und griff nach dem ersten Stein in Reichweite. Anfangs konnte sie sich nur mit äußerster Mühe mit ihren kalten, steifen Fingern festklammern, doch mit jedem Schritt nach oben wurden ihre Bewegungen geschickter. Schließlich wagte sie einen Blick über den Brunnenrand. Erschrocken fuhr sie zurück. Adonai, hilf! Mitten auf dem Marktplatz war sie, im Herterichsbrunnen. Wie sollte sie hier unbemerkt hinausgelangen?

Noch einmal äugte sie vorsichtig über den Rand. Der Platz war leer. Vielleicht war es später, als sie dachte, vielleicht hatte der Nachtwächter bereits die erste Runde gedreht. Noch einmal schaute sie in alle Richtungen, dann zog sie sich hoch und kletterte geschwind über den Brunnenrand. Einen Augenblick hielt sie atemlos inne. Von der gegenüberliegenden Seite des Marktplatzes drangen Geräusche herüber, laute Schreie und ein dumpfes Poltern. Hinter diesen Häusern lag das

Judenviertel. Deshalb war der Platz leer! Die Meute zog durch das Viertel und versuchte die Türen aufzubrechen. Hoffentlich gelang den anderen rechtzeitig die Flucht!

Plötzlich löste sich eine Gestalt aus dem Schatten einer Hauswand. »Da seid Ihr ja endlich. Kommt! Beeilt Euch!«

Rebekka fuhr erschrocken herum. Sie wollte etwas erwidern, doch der Mann, ein Knecht in einer zerschlissenen Cotte, hatte sich bereits abgewandt und lief in die Herrngasse. Ihr blieb nichts anderes übrig, als ihm zu folgen.

Der Knecht führte sie zu einem Hoftor, stieß eine kleine Pforte auf und bedeutete ihr, ihm zu folgen. Bevor sie eintrat, blickte sie noch einmal zurück. In der Herrngasse wohnten die vornehmen Christen, die Patrizier, die die Geschicke der Stadt Rothenburg lenkten. Ihre Häuser waren aus Stein gemauert und prächtig anzusehen. Dabei war die äußere Pracht nichts gegen die Reichtümer, die sich in ihrem Inneren verbargen. Einmal hatte Rebekka ein solches Haus betreten, heimlich, als sie noch ein kleines Mädchen gewesen war. Und obwohl ihre Eltern ebenfalls wohlhabend waren und angesehene Mitglieder der jüdischen Gemeinde, hatte sie vor Staunen den Mund nicht zubekommen: Teppiche an den Wänden, überall Leuchter aus kostbarem Silber, Trinkgefäße aus Kristall und sogar gläserne Scheiben in den Fenstern, durch die das Sonnenlicht bunte Flecken auf den Boden warf! Das Haus, das sie kannte, lag ein Stück weiter die Herrngasse hinunter. Seufzend warf Rebekka einen Blick darauf, bevor sie dem Knecht durch die Pforte folgte.

Im Hof stand ein Fuhrwerk, ein Mann mit kantigem Gesicht und fast kahlem Schädel wartete daneben. »Da bist du ja, Metze.« Er trat näher.

Rebekka vermutete, dass es der Hausherr war, Hermo Mosbach, ein vornehmer Christ, dem ihr Vater nicht nur den

17

Erlass sämtlicher Schulden, sondern auch ein Pfund Silber versprochen hatte, wenn er dafür seine Tochter sicher aus der Stadt brachte. Mosbach trug seidene Beinlinge, ein Wams aus Samt und einen schweren blauen Mantel, der von einer kunstvoll gefertigten silbernen Schnalle zusammengehalten wurde. »Hast du das Geld?«

»Ja, Herr.« Rebekka schluckte. »Ich habe Anweisung, es Euch erst zu geben, wenn Ihr mich wohlbehalten aus Rothenburg geleitet habt.«

»Hört, hört«, brummte der Mann. Er musterte sie von oben bis unten. Etwas Abschätzendes lag in seinem Blick, so als prüfe er die Ware eines Schlachters. »Meinetwegen«, sagte er dann. »Ich habe es nicht eilig. Du aber schon, oder? Also rasch! Auf den Wagen mit dir! Die Stadttore werden gleich geschlossen.« Er reichte ihr eine Gugel. »Und zieh das über. Muss ja nicht gleich jeder sehen, wer da mit mir auf dem Wagen sitzt.«

Rebekka gehorchte, und kurz darauf rollten sie auf das Rödertor zu. Die Wachen griffen bereits zu den schweren Balken, die das Tor für die Nacht verriegeln würden.

»Haltet ein!«, rief Mosbach ihnen zu, als das Fuhrwerk vorgefahren war.

Die Wachen drehten sich um, erkannten den vornehmen Herrn und verneigten sich. »Ihr seid spät dran, edler Herr Mosbach«, sagte einer der Männer. »Wenn Ihr jetzt noch herausfahrt, müsst Ihr die Nacht im Freien verbringen.«

Mosbach seufzte und hob in gespielter Verzweiflung die Schultern. »Was hilft es? Dringende Geschäfte auf meinem Gut. Sie dulden keinen Aufschub. Also bitte, lasst mich und meine Magd ausfahren, seid so gut, Hauptmann.«

Rebekka senkte den Kopf so tief, dass die Wachen unmöglich ihr Gesicht erkennen konnten.

»Dann werdet Ihr und Eure Magd wohl auf dem Hof nächtigen müssen.« Der Hauptmann zwinkerte anzüglich. »Eine angenehme Nachtruhe wünsche ich, Herr!« Er gab den übrigen Wachmännern ein Zeichen, das Tor noch einmal zu öffnen.

Mosbach schnalzte mit der Zunge, der Gaul setzte sich wieder in Bewegung, und der Wagen rollte aus der Stadt. Kaum waren sie auf der Landstraße, ließ Mosbach das Tier antraben. Das Tageslicht war nahezu verloschen, doch der fast volle Mond schien hell, und die Straße war breit und gut befestigt, sodass die nächtliche Fahrt nicht allzu gefährlich war.

Rebekka zog den feuchten Umhang enger um ihre Schultern. Der Winter nahte, letzte Woche hatten sie Sukkot gefeiert, das Fest der Laubhütten. Der Monat Tischri neigte sich dem Ende zu, ein sicheres Zeichen, dass die dunkle Jahreszeit endgültig angebrochen war. Verstohlen blickte sie zu dem Mann, in dessen Hand ihr Leben lag. Hermo Mosbach starrte missmutig geradeaus.

»Fahren wir die Nacht durch bis Nürnberg?«, wagte Rebekka schließlich zu fragen. In der Stadt, die etwa zwei Tagesmärsche östlich von Rothenburg lag, wartete ein christlicher Kaufmann darauf, Rebekka nach Prag mitzunehmen. Im Gegensatz zu Mosbach wusste er jedoch nicht, dass sie auf der Flucht war.

Mosbach sah sie lange an, bevor er sprach. »Nein, in einem durch geht das nicht. Das Pferd muss sich erholen. Außerdem können wir nur so lange weiterfahren, wie der Mond hoch genug steht. Danach müssen wir bis Sonnenaufgang rasten.«

Rebekka fröstelte. Rasten! Mitten in der Nacht mit einem fremden Mann im Wald das Lager aufschlagen! Ob ihr Vater das gewusst hatte? Vertraute er dem Christen so sehr? Oder war es ihm am Ende gleich, was mit ihr geschah, jetzt, wo sie nicht mehr seine Tochter war?

Schweigend fuhren sie weiter. Als der Mond hinter den Baumwipfeln verschwand, lenkte Mosbach den Wagen auf ein kleines Stück Wiese am Rand der Landstraße. Rebekka, die irgendwann vor Erschöpfung eingenickt war, erwachte von dem unvermittelten Ruckeln auf dem unebenen Untergrund und blickte sich verwirrt um.

»Hier rasten wir, bis es hell wird«, erklärte Mosbach.

Rebekka nickte stumm. Als der Wagen hielt, stieg sie mit steifen Beinen hinunter. Das Gras glitzerte feucht im Dämmerlicht. Eine kalte Brise fuhr ihr unter das Kleid. Sie blickte zu dem Gefährt. Bisher hatte sie sich nicht für die Ladung interessiert, doch nun wollte sie wissen, ob zwischen den Fässern und Ballen auf der Ladefläche vielleicht ein trockenes Plätzchen war, wo sie sich ausstrecken konnte.

Plötzlich stand Mosbach dicht hinter ihr. »Wie wäre es jetzt mit der Belohnung?«, fragte er mit rauer Stimme. »Schließlich hab ich deinetwegen ein lustiges Schauspiel verpasst.«

Rebekka drehte sich um. Erst begriff sie nicht, doch dann dämmerte ihr, was für ein Schauspiel Mosbach meinte. Die Hatz auf die Juden, denen man die Schuld an dem Schwarzen Tod gab, der im ganzen Reich wütete und bereits Tausende dahingerafft hatte. Rothenburg war bisher verschont geblieben, dennoch hatte es in den letzten Wochen immer wieder Übergriffe gegeben. Erst wenige Tage zuvor hatten einige junge Männer Simon ben David halb totgeschlagen, den jüdischen Schlachter, bei dem die Christen gewöhnlich die Teile des Fleisches kauften, die die Juden selbst nicht essen durften. Er würde die Teile anspucken, bevor er sie den Christen feilbot, hatten sie behauptet, und sie damit vergiften wollen. Und dann hatten die Rothenburger Juden auch noch den Schutz des Königs verloren. Ausgerechnet zu Jom Kippur, dem Tag der Versöhnung, hatte der städtische Ausrufer auf dem Marktplatz den Erlass Karls IV. verkündet. Mit ihm entband der König die Stadt von der Pflicht, die Juden zu schützen. Von dem Augenblick an waren sie Freiwild gewesen. Wie konnte der König nur so grausam sein!

Mosbach beugte sich vor. »Nun mach schon, her damit!« Er streckte die Hand aus, fuhr ihr unter den Mantel, riss ihr den Geldbeutel weg und stopfte ihn in seine Wamstasche. Dann packte er ihr grob an die Brust.

Entsetzt wich Rebekka zurück.

»Komm schon, stell dich nicht so an, du dumme Judenfotze. Kannst ruhig ein bisschen nett sein zu deinem Retter.« Er riss ihr Gugel und Kopftuch herunter und packte sie am Haar.

»Nicht! Bitte!« Rebekka schob ihn weg. »Behaltet das Geld, nehmt alles, wenn Ihr wollt, doch bitte lasst mich los!«

Mosbach schien sie gar nicht zu hören. Mit der einen Hand hielt er noch immer ihr Haar umklammert, mit der anderen griff er unter ihr Kleid und kniff ihr in den nackten Schenkel.

Rebekka schrie auf. »Adonai, steh mir bei!«

»Dein Judengott wird dir nicht helfen, du kleines Miststück«, flüsterte Mosbach ihr ins Ohr. Mit einem kräftigen Stoß warf er sie zu Boden. Der Aufprall war hart und schmerzvoll, benommen schnappte Rebekka nach Luft. Schon war Mosbach über ihr, sein schwerer, stinkender Körper presste sie ins feuchte Gras. Er drückte ihr eine Hand auf den Hals, sodass sie kaum noch Luft bekam, mit der anderen zog er ihr das Kleid hoch. Seine Knie pressten sich zwischen ihre Beine, zwangen sie auseinander. Mosbach nestelte an seinen Beinlingen herum, grunzte dabei vor Gier. Rebekka schloss die Augen, flehte stumm den Herrgott um Beistand an, doch der

Griff um ihren Hals verstärkte sich. Sie suchte fieberhaft nach einem Ausweg, bemühte sich mit allen Kräften, ihren Peiniger abzuschütteln, bis die Atemnot ihr die Sinne raubte. Dann senkte sich Dunkelheit über sie.

* * *

Engelbert von der Hardenburg, Ritterbruder des Deutschen Ordens, zog den dunklen Wollumhang enger um die Schultern. Ihm war nicht kalt, im Gegenteil, er spürte Hitze aufsteigen. Der Umhang sollte ihn nicht vor der Kälte schützen, sondern vor neugierigen Blicken, die von seiner weißen Ordenstracht mit dem schwarzen Kreuz magisch angezogen wurden. Gleich würde er Abt Ambrosius gegenüberstehen, von dem er etwas haben wollte, das dieser nicht hergeben wollte: zwei Fingerknochen des heiligen Franziskus, eine Reliquie von unschätzbarem Wert. Engelbert hatte eine fette Summe Geld und eine nicht unbeträchtliche Zahl an Vergünstigungen geboten, doch Ambrosius hatte den Kopf geschüttelt.

»Ich verkaufe nicht«, hatte er verkündet. »Um keinen Preis.«

So war der Stand der Verhandlungen. Engelbert wusste natürlich, was Ambrosius unter »um keinen Preis« verstand: noch mehr Silber, noch mehr Zugeständnisse, noch mehr Land und Güter. Und er wusste, dass der Abt ihn betrügen wollte, aber er hatte keine Ahnung, wie. Ambrosius war gefürchtet, sein Einfluss reichte weit. Nicht weit genug jedoch, um dem Gesandten des Königs ohne triftigen Grund einen Wunsch abzuschlagen.

Seit drei Wochen verhandelten sie, der Abt hatte sich immer neue Schliche ausgedacht, um alles in die Länge zu ziehen. Ende September war Engelbert gemeinsam mit dem

König triumphal in Nürnberg eingezogen, nachdem der Aufstand, der vor über einem Jahr begonnen hatte, endgültig niedergeschlagen war. Karl hatte den alten Rat wieder eingesetzt, alle Urkunden des Rats der Aufständischen für ungültig erklärt und einen Landfrieden für Franken eingerichtet, den die Städte Nürnberg und Rothenburg, die Bischöfe von Bamberg und Würzburg, die Pfalzgrafen in Bayern, die Burggrafen Johann und Albrecht und die Fränkischen Landgrafen unterzeichnet hatten.

Karl war noch geblieben, bis die Aufständischen abgeurteilt waren. Die meisten Männer wurden mit Verbannung bestraft, einige Söhne einflussreicher Familien entgingen der Verurteilung, ja blieben sogar im Rat. Engelbert hatte die Ereignisse ohne großes Interesse verfolgt. Politik war ein schmutziges Geschäft.

Inzwischen war der König samt seinem Gefolge wieder abgereist, denn zu Allerheiligen sollte seine zweite Gemahlin Anna in Prag zur Königin gekrönt werden. Vor seiner Abreise hatte Karl nochmals betont, wie viel ihm an der Reliquie lag. Gleichwohl hatte er Engelbert vorerst verboten, das Objekt seiner Begierde zu rauben, denn noch wankte seine Stellung als König, und er musste jeden Schritt mit Bedacht tun.

»Macht ihm ein Angebot, das er nicht abschlagen kann, mein lieber Engelbert. Aber lasst Euch nichts zuschulden kommen«, hatte Karl angeordnet. »Und falls doch, lasst Euch nicht erwischen.«

Engelbert hatte sich stumm verneigt und es sich verkniffen, seine Gedanken auszusprechen: Karls Ruf war schon lange dahin, zu oft hatte er in die Truhen der Klöster und Kirchen gegriffen, ohne zu fragen, und manchmal war der Griff so ruppig gewesen, dass Blut dabei geflossen war.

Aber heute würde Engelbert das Geschäft mit Ambrosius

zu Ende bringen, so oder so. Entschlossen durchquerte er die Gasse und hielt auf die imposanten Mauern des Klosters zu.

Die Pforte erschien Engelbert von der Hardenburg besonders abweisend. Es war nicht einfach eine Holztür, nein, es war ein Portal, das einer Burg würdig war. Wer hier hineinwollte, war entweder ein geladener Gast, dem bereitwillig geöffnet wurde, oder er war ein Feind – aber dann musste er erst versuchen, das harte Eichenholz und die zähen Eisenbeschläge mit roher Gewalt zu sprengen. Das ganze Kloster war wehrhaft ausgelegt und erinnerte Engelbert an ähnliche Hindernisse, die er in seiner Laufbahn als Krieger Gottes hatte überwinden müssen.

Noch bevor er den bronzenen Engelskopf, der als Türklopfer diente, mit der Hand berühren konnte, schwang die Pforte auf. Abt Ambrosius persönlich erschien auf der Schwelle.

»Mein lieber Engelbert, wie schön, Euch zu sehen. Ich hoffe, es geht Euch gut?«

Er lächelte honigsüß, und jeder, der den Abt nicht kannte, hätte ihm seine Freundlichkeit abgenommen. Er sah wie ein zuvorkommender Gastwirt aus, ganz von dem Willen beseelt, seinem Kunden den Aufenthalt zu versüßen.

Engelbert neigte leicht den Kopf. »Ganz meinerseits, verehrter Abt. Und gut wird es mir gehen, wenn wir unser Geschäft zum Abschluss gebracht haben.«

Engelbert folgte Ambrosius in dessen Schreibstube. Inzwischen kannte er dort jedes Bodenbrett und jede Einzelheit der kunstvollen Wandteppiche, die den Kreuzweg Jesu Christi zeigten. Aber heute hatte er keine Muße, sich in die Bilder zu vertiefen. Er zog einen Beutel unter dem Umhang hervor, prall gefüllt mit Silbermünzen, und knallte ihn auf das Schreibpult des Abtes.

»Was sagt Ihr dazu, Bruder Ambrosius?«, fragte er mit einem dünnen Lächeln. »Ein wahrhaft fürstliches Schmerzensgeld für den Verlust zweier winziger Knöchelchen, meint Ihr nicht auch?«

Ambrosius verzog keine Miene. »Ihr führt mich in Versuchung, in der Tat, Bruder Engelbert.«

Engelbert drohte der Geduldsfaden zu reißen. Wenn dieser selbstgefällige Abt nicht hören wollte, dann würde er fühlen müssen. »Ihr wisst, von welch tiefer Frömmigkeit unser König ist«, erwiderte er mühsam beherrscht.

»Alle Welt weiß das.« Abt Ambrosius lächelte spitz. »Es heißt, so manch einer schließe seine Reliquien in die schwersten Truhen ein und werfe anschließend den Schlüssel in den Brunnen, und dennoch seien sie vor der Sammelwut unseres hochverehrten Königs Karl nicht sicher.«

»Dummes Gewäsch.« Engelbert winkte ab. Gott sei Dank hatte der Abt nicht herausgefunden, warum Karl diese Reliquie unbedingt in seinen Besitz bringen wollte: Die Finger des heiligen Franziskus sollten im Fundament der Kapelle der Burg Karlstein ihre letzte Ruhestätte finden und Karl stets daran erinnern, dass er in Demut und Gehorsam leben wollte, dass er verzichten wollte auf Hurerei und Verschwendungssucht. »Bisher ist noch jeder angemessen entlohnt worden – wenn er eingesehen hat, dass die Belange des Königs wichtiger sind als die kleinlichen Bedürfnisse seiner Untertanen. Karl ist ein großmütiger König, aber wie jeder gute Vater weiß er auch, dass er manchmal Strenge walten lassen muss, um sein Volk auf dem rechten Weg zu halten. Falls ihm Zweifel an Eurer bedingungslosen Treue kommen sollten ...«

Engelbert holte Luft und musterte sein Gegenüber. Doch er nahm keine Regung wahr. Also musste er mehr Druck machen.

25

»Wie Ihr wisst, hat der König in seiner Großmut bisher darüber hinweggesehen, dass der Rat der Aufständischen in Euren Mauern getagt hat.« Engelbert hob einen Zeigefinger, um jeglichen Einwand des Abtes zu unterbinden. »Und Ihr möchtet doch sicherlich nicht, dass Karl seinen väterlichen Freund Papst Clemens VI. wegen Eurer zweifelhaften Gesinnung um Rat bittet, oder?«

Engelbert ließ die Drohung wirken.

Ambrosius war blass geworden. »Aber auch die Klöster brauchen den Beistand der Heiligen«, sagte er in weinerlichem Ton.

Engelbert fiel nicht auf sein Possenspiel herein. »Und die Einkünfte durch Pilger, ich weiß. Das haben wir doch schon ein Dutzend Mal durchgekaut. Entscheidet Euch. Jetzt!«

Einen Moment schwiegen beide, blickten stumm herab auf den Gegenstand der Verhandlungen, der zwischen ihnen auf dem Tisch stand: eine kleine Schatulle, unter deren fest verschlossenem Deckel die zwei Fingerknochen des heiligen Franziskus verborgen waren.

Der Abt schluckte. »Eben. Diese Einkünfte würden uns fehlen. Wie sollen wir da gottgefällig unsere Pflichten erfüllen?« Er legte die Hände zusammen, knetete sie und begann zu plappern wie ein Händler auf dem Markt. »In aller Bescheidenheit, was haltet ihr davon: Bei Sontheim, einem Ort südlich von Nürnberg, gibt es ein unwichtiges Gut mit mäßig ertragreichen Ländereien, das der König dem Bischof von Würzburg als Lehen gegeben hat.«

Engelbert kannte das Gut. Die Erträge waren nicht mäßig, sondern ausgezeichnet. Niemals würde es der König sich mit dem Bischof von Würzburg verderben, um diesem Gierschlund von Ambrosius das Maul zu stopfen. Genug war genug. Neben dem Beutel mit Silbermünzen hatte der Abt ihm schon ein

26

Stück Land vor den Toren der Stadt abgeschwatzt. Ambrosius hatte den Bogen überspannt.

Engelbert griff nach dem Beutel. »Ich fürchte, wir kommen nicht ins Geschäft, Abt. Wirklich bedauerlich. Ich werde dem König ausrichten, dass Ihr ihm nicht gehorchen, ja dass ich annehmen muss, dass Ihr Euch sogar gegen ihn auflehnen wollt. Die Gästekammern im Verlies der Prager Burg sollen recht ungemütlich sein, man muss sie teilen mit ausgehungerten Ratten, und die Bediensteten dort unten spielen gerne mit glühenden Zangen.« Engelbert drehte sich zur Tür und ging los.

Ambrosius hob die Hände. »Aber, aber!«, rief er. »Wartet. Handelt nicht übereilt! Was für ein bedauerliches Missverständnis! Wie könnte ich mich den Wünschen meines Königs entgegenstellen? Ihr sollt die Reliquie haben. Zum vereinbarten Preis. Selbstverständlich.«

Engelbert verzog die Lippen zu einem abfälligen Grinsen und wandte sich wieder dem Abt zu. »Öffnet die Schatulle.«

Ambrosius zögerte einen Wimpernschlag, verdammt, was führte er im Schilde?

Schließlich schob der Abt den Deckel zur Seite. Auf blauem Samt lagen zwei kleine Knochen. Engelbert wusste inzwischen genug über menschliche Anatomie, um beurteilen zu können, dass es sich tatsächlich um zwei Fingerknochen handelte und nicht um Schweinezehen. Aber waren es auch wirklich Fingerknochen des heiligen Franziskus? Seine Gebeine waren sehr begehrt, man munkelte, es gebe inzwischen so viele Knochen des Heiligen, dass man fünf Gräber mit ihnen füllen könnte.

Engelbert hob den Blick. »Wo ist das Fingerreliquiar?«

Ambrosius wiegte seinen massigen Schädel. »Es ist leider zerbrochen und daher nicht mehr geeignet ...«

»Ja, ja, schon gut. Die Cedula?«

Mit einer schnellen Bewegung, die Engelbert fast dazu veranlasst hätte, in Kampfposition zu gehen und sein Kurzschwert zu ziehen, zog der Abt einen kleinen Zettel hervor und reichte ihn herüber. Engelbert studierte die Cedula, alles schien in Ordnung: Fundstelle, Fundzeit, Finder und der Verweis auf das Authentizitätsdokument. Engelbert holte Luft, aber bevor er sprechen konnte, reichte der Abt ihm ein Pergament, gesiegelt und ausgestellt von Papst Clemens VI., das die Echtheit der Reliquie garantierte. Engelbert drehte das Dokument in seinen Händen und wunderte sich, dass alles anscheinend doch mit rechten Dingen zuging.

Er verkniff sich ein zufriedenes Grinsen. »Gut. Dann will auch ich meinen Teil der Abmachung erfüllen.«

Es widerstrebte Engelbert, ausgerechnet den Dominikanern, die eigentlich zur Armut verpflichtet waren, wieder ein Stück Macht durch neuen Landbesitz zu übertragen. Aber sein König und Herr, Karl von Luxemburg, wollte es so, und Engelbert war ihm treu ergeben.

Ambrosius verzog keine Miene. Unmöglich zu sagen, was hinter seiner Stirn vorging. Engelbert musste auf der Hut sein, der Abt war ein abgebrühter Hund.

Engelbert ließ sich Pergament, Tinte und Feder reichen und setzte ein Schriftstück auf, mit dem er dem Dominikanerkloster zu Nürnberg im Namen Karls IV. die Erträge des versprochenen Stück Landes vor der Stadt übertrug. Ein echter Leckerbissen, weit entfernt von den fiebrigen Sümpfen der Pegnitz. Zum Schluss versah er die Urkunde mit dem Siegel des Königs und überreichte sie dem Abt, der sie mit zusammengekniffenen Augen studierte. »Gut, gut«, murmelte er. »Ich werde die Schatulle mit dem kostbaren Inhalt ebenfalls mit einem Siegel verschließen, nur zur Sicherheit.«

Engelbert hob die Hände. »Nur zu, werter Abt. Solange ich sehe, was Ihr tut.«

Ambrosius verzog keine Miene und trat zu einem Wandschrank. Mit dem Rücken zu Engelbert hantierte er daran herum. Engelbert trat ans Fenster. Die Läden waren bereits verschlossen, obwohl die hereinbrechende Nacht das letzte Tageslicht noch nicht vollständig verschluckt hatte. Engelbert vergewisserte sich, dass der Abt noch beschäftigt war, dann schob er rasch den Riegel des Ladens zur Seite, verschränkte die Arme hinter dem Rücken und stellte sich vor ein Bücherbord neben dem Fenster, scheinbar vertieft in das Studium der Buchrücken.

»Eine vortreffliche Sammlung frommer Schriften, findet Ihr nicht auch?«, hörte er hinter sich die Stimme des Abtes.

»In der Tat«, pflichtete Engelbert ihm bei und meinte es auch so. »Ihr besitzt alle Kommentare zu Aristoteles, die Albertus Magnus verfasst hat. Beneidenswert.« Er wandte sich um.

Der Abt zeigte auf die Schatulle und die Knochen, schloss den Deckel, zog mehrere bunte Schnüre durch das Schloss und presste die Enden mit gelbem Siegelwachs zusammen. Engelbert griff nach der Schatulle. »Der Dank seiner königlichen Hoheit ist Euch sicher, verehrter Abt Ambrosius.«

»Das will ich meinen«, brummte der Kleriker. »Mögen die Knochen des heiligen Franziskus unseren geliebten König allzeit beschützen.«

Engelbert folgte dem Abt zur Klosterpforte. Der Abschied war kurz und reserviert. Engelbert konnte gut verstehen, dass der habgierige Alte ihn rasch los sein wollte.

Vor der Klosterpforte blieb Engelbert kurz stehen. Ein leiser Schauer lief ihm über den Rücken. Etwas stimmte nicht. Obwohl der Abt sich wahrlich lange gesträubt hatte, war er

29

letztlich zu schnell auf das Geschäft eingegangen. Das verhieß nicht Gutes. Engelbert fuhr mit den Fingern über das Holz der Schatulle. Er musste Gewissheit haben, er durfte es nicht wagen, Karl eine Fälschung zu bringen. Inzwischen war es dunkel; Zeit, ein schützendes Dach aufzusuchen. Wer jetzt noch in der Stadt umherlief, riskierte, vom Nachtwächter aufgegabelt und bis zum Morgen in den Turm geworfen zu werden.

Engelbert hatte zwar Möglichkeiten, sich einem solchen Schicksal zu entziehen, doch er wollte sich nicht als Gesandter des Königs zu erkennen geben. Niemand sollte wissen, dass er in Nürnberg war. Das war schlecht fürs Geschäft. Engelbert wollte bei seinen Brüdern vom Deutschen Orden nächtigen und am nächsten Morgen in aller Frühe gen Prag aufbrechen. Doch noch war an Nachtruhe nicht zu denken.

Engelbert lief die wenigen Schritte vom Dominikanerkloster zur Sebalduskirche und trat ein. Das Gotteshaus war leer, doch wie erwartet brannten vor dem Marienaltar eine Reihe Kerzen, die ausreichend Licht spendeten. Er kniete nieder, schlug das Kreuz und sprach ein Ave Maria. Dann beschwor er die himmlische Jungfrau: »Heilige Maria«, bat er, »steh mir bei, auf dass ich nicht mit leeren Händen zu meinem König zurückkehren muss. Sollte meine Unternehmung gelingen, werde ich Seine Majestät überreden, hier in Nürnberg eine Kirche zu deinen Ehren zu errichten.«

Er bekreuzigte sich, stand auf und verließ das Gotteshaus. Es gab nur einen Menschen, der ihm jetzt helfen konnte, und das hieß, dass er sich ins Judenviertel begeben musste. Die Stimmung in der Stadt war gereizt. Wer immer das Haus eines Juden betrat, setzte sich dem Verdacht aus, mit den »Gottesmördern« gemeinsame Sache zu machen. Was sagte man diesem Volk nicht alles nach, von Brunnenvergiftung bis zu Kindsmord. Wie närrisch! Und wie gefährlich. Seit der

Schwarze Tod im Reich wütete, wurde es täglich schlimmer. Ein Besuch in einem jüdischen Haus bedeutete ein Wagnis, vor allem zu dieser Stunde. Doch Engelbert fürchtete sich nicht. Im Gegenteil, er liebte die Herausforderung und die Gefahr.

Wie ein Schatten huschte Engelbert durch die Gassen, duckte sich in einen Winkel, wenn ein Nachtwächter sich lautstark näherte, wich Betrunkenen aus und gab einem Schwein, das sich verlaufen hatte, einen Tritt, damit es ihm nicht folgte.

Schweißgebadet traf er endlich im Judenviertel ein. Auch hier waren bereits alle Türen verschlossen. Schnell fand er, was er suchte: das Haus des Aaron ben Levi, Medicus und Chirurgicus. Engelbert klopfte dreimal, wartete, dann klopfte er zweimal und nochmals dreimal. Die Tür öffnete sich, Engelbert schlüpfte hinein. Vor ihm stand Aaron, die weißen Haare waren lichter geworden, aber seine Augen hatten nichts von ihrer Wärme und Weisheit verloren.

»Engelbert von der Hardenburg! Welch eine Freude. Wie lange haben wir uns nicht gesehen?«

»Zu lange, kein Zweifel, mein Freund.«

Engelbert umarmte Aaron. »Und ich habe ein schlechtes Gewissen, dass ich erst jetzt komme, wo ich deine Hilfe brauche ...«

Aaron winkte ab. »Wozu sind Freunde da? Wie kann ich dir dienlich sein? Bist du hungrig?«

Engelbert schüttelte den Kopf. »Hab Dank, aber ich bin in Eile.«

Er trat in den Wohnraum, stellte die Schatulle auf den Tisch und öffnete sie.

»Was siehst du, Aaron?«

Aaron beugte sich über die Knochen. Er hielt sich mit einer Hand ein Sehglas vor die Augen, während er mit der anderen bedächtig eine Kerze über die Reliquie schwenkte.

31

»Zwei Fingerknochen. Ob sie von einer einzigen Hand sind, kann ich nicht sagen. Aber wer immer der Besitzer war, er ist um sein Alter ebenso zu beneiden wie um sein gutes Leben, obwohl er zuletzt große Schmerzen gehabt haben muss.«

Engelbert begann zu schwitzen. »Wie alt?«

»Mindestens sechzig, eher siebzig Jahre.«

Verflucht! Das bestätigte seine Befürchtungen. Der heilige Franziskus war nur wenig älter als vierzig Jahre geworden. Engelbert juckte es in den Fingern, das ganze Kloster dieses verlogenen Abtes in Schutt und Asche zu legen.

»Schau her.« Aaron zeigte auf Verdickungen an den Enden der Knochen. »Sehr weit fortgeschritten, das Zipperlein. Die Gicht. Zu viel Wein, zu viel Fleisch, zu viel Fett. Dieser Mensch hat Ausschweifungen geliebt, über Jahrzehnte hinweg.«

»Das sollen Knochen des heiligen Franziskus sein«, sagte Engelbert tonlos.

Aaron lachte leise. »Nun ja, alles, was ich über Franziskus von Assisi weiß, ist, dass er regelmäßig gefastet hat und dennoch recht jung gestorben ist. Nein, er mag blind gewesen sein, aber die Gicht hatte er mit Sicherheit nicht.«

Engelbert schlug mit der Faust in seine Hand.

»Man hat dich betrogen, nicht wahr?« Aaron seufzte.

»Ja. Abt Ambrosius, der Hund. Aber ich werde es ihm heimzahlen, darauf kannst du wetten.« Er griff nach der Schatulle. »Eins noch: Ich rate dir, Nürnberg zu verlassen. Es steht zu befürchten, dass Karl ...«

Aaron hob eine Hand. »Ich weiß. Wir sind gewarnt. Danke. Kann ich noch etwas für dich tun?«

Engelbert nickte. »Hast du zufällig ein paar Hühnerknochen für mich?«

* * *

Rebekka kam keuchend zu Bewusstsein. Etwas Schweres bewegte sich auf ihr, drückte sie auf den feuchten Untergrund und stöhnte genüsslich. Mosbach! Voller Entsetzen spürte sie, wie sein entblößter Unterleib sich zwischen ihre Schenkel drängte. Sie schrie so gellend, dass der Christ für einen Moment innehielt und sie ungläubig anstierte.

Verzweifelt tastete sie im nassen Gras umher. Wenn sie nur irgendetwas zu fassen bekäme, mit dem sie sich wehren konnte! Einen Stock, einen Stein, irgendetwas!

Mosbach erholte sich schnell von seinem Schreck und presste mit seinen Beinen ihre Schenkel weiter auseinander.

Rebekka drückte, so fest sie konnte, in die entgegengesetzte Richtung, doch ihre Kräfte ließen bereits nach, ihr ganzer Körper bebte vor Angst und Anstrengung. Da! Ein Stein! Gerade als Mosbach mit einem gierigen Stoß in sie eindringen wollte, versetzte ihm Rebekka mit aller Wucht einen Hieb auf die Schläfe.

Mosbach grunzte leise und sank auf sie nieder.

Angewidert rollte Rebekka den stinkenden Leib von sich hinunter und erhob sich mühsam. Ihre Beine zitterten so sehr, dass sie kaum gerade stehen konnte. *Lauf*, befahl sie sich selbst. *Lauf, so weit dich deine Füße tragen!*

Sie taumelte zum Wagen und suchte nach ihrem Bündel. Wo hatte sie es gelassen? Vor dem Bock? Auf der Ladefläche? Ihr Herz raste, das Kleid klebte an ihrem schweißnassen Körper. Endlich entdeckte sie das Bündel auf einem Baumstumpf vor dem Wagen. Hastig griff sie danach. Als sie durch das Gras auf die Landstraße stolperte, stöhnte Mosbach hinter ihr. Zu Tode erschrocken rannte sie los.

***

Lautlos erklomm Engelbert die Klostermauer. Es fiel ihm nicht schwer. Sie war zwar hoch, aber das Mauerwerk bot viele Ritzen, sodass er leicht Halt fand. Wie gut, dass er vorgesorgt hatte, und wie gut, dass ihm der Tagesablauf im Kloster bekannt war. Die Mönche waren alle zur Komplet in der Kirche versammelt, der Zeitpunkt war ideal. Lautlos schlich Engelbert durch den Klostergarten. Von der Kirche fiel zuckendes Kerzenlicht über die von schmalen Wegen gerahmten Kräuterbeete und die Wiese mit den abgeernteten Obstbäumen. Das inbrünstige Gebet der Mönche war gedämpft zu vernehmen. Vor den Fenstern der Schreibstube des Abtes blieb Engelbert stehen und horchte. Bis auf das entfernte Murmeln aus der Kirche war alles still. Kein Lichtschimmer drang durch den Ritz zwischen den Fensterläden nach draußen.

Engelbert holte Luft, fuhr mit den Fingerspitzen zwischen die beiden Flügel und zog. Dem Himmel sei Dank! Der Riegel war nicht wieder vorgeschoben worden. Lautlos schwangen die Läden auf und gaben den Zugang zur Schreibstube frei. Gläserne Scheiben gab es nicht, nur die Kirche war damit ausgestattet. Vermutlich klemmte der Abt im Winter einen mit Pergament bespannten Rahmen in die Öffnung, um die Zugluft fernzuhalten. Doch auch der wäre für Engelbert kein Hindernis gewesen.

Aufmerksam spähte er ins Innere. Der Mond spendete genug Licht, um den Raum zu erhellen. Alles sah noch genauso aus wie bei seiner Unterredung mit dem Abt. Hoffentlich hatte dieser Betrüger die echte Reliquie noch nicht in den Schrein im Inneren der Kirche zurückgebracht! Das würde die Mission erheblich erschweren, vielleicht sogar unmöglich machen.

Engelbert zog sich hoch und sprang in den Raum. Noch einmal horchte er. Nichts. Auf Zehenspitzen schlich er auf das Pult zu. Unter der Schreibfläche war ein Fach, in dem die Schreibutensilien verstaut werden konnten. Es war verschlossen. Engelbert zog sein Messer aus der Scheide und schob es in den Schlitz unter der Schreibfläche. Behutsam tastete er nach dem Stift, der die Verriegelung sicherte. Verflucht! Er war widerspenstiger, als er gedacht hatte. Wenn das Schloss nicht bald nachgab, würde er das Pult mit Gewalt aufbrechen müssen. Das allerdings würde bedeuten, dass der Abt den »Diebstahl« zu schnell bemerken würde.

Endlich klickte es, und das Schloss gab nach. Langsam hob Engelbert die Klappe an. Ein triumphierendes Lächeln stahl sich auf seine Lippen. Zwischen Tintenfass und Lesestein lag das Fingerreliquiar.

Engelbert schlug das Kreuz. »Dank sei dir, Herr im Himmel«, murmelte er.

Flugs nahm er die echten Fingerknochen des heiligen Franziskus heraus, wickelte sie in ein dickes samtenes Tuch ein und verstaute sie in einem Reisereliquiar, das er sorgfältig an seinem Gürtel befestigte. Dann legte er die zwei Hühnerknochen in das Reliquiar des Abtes, klappte das Pult zu, kletterte aus dem Fenster und verschloss die Läden. Keinen Augenblick zu früh. Während er über die Obstwiese zurück zur Mauer eilte, sah er aus den Augenwinkeln, wie einer der Dominikanerbrüder beim Refektorium um die Ecke bog, ein riesiges Schlüsselbund in der Hand. Bestimmt überprüfte er, ob sämtliche Tore und Pforten gut verschlossen waren. Der offenstehende Fensterladen wäre ihm sicherlich aufgefallen.

Wenig später verließ Engelbert die Stadt Nürnberg durch eine kleine Pforte im Laufer Tor. Der Torwärter hatte sich mit ein paar Hellern zufriedengegeben und ihm wortlos geöffnet. Engelbert atmete die kalte Nachtluft ein. Nach seinem unerbetenen Besuch im Kloster hatte er nur kurz an die Hintertür eines Mannes geklopft, der eine Garküche im Südteil der Stadt betrieb und gelegentlich Botendienste für Engelbert übernahm, um sein Bündel abzuholen und sich ein wenig Verpflegung aushändigen zu lassen. Da er nicht wusste, wie lange der Abt brauchen würde, bis er den Diebstahl entdeckte, war es ihm sicherer erschienen, unverzüglich so viele Meilen wie möglich zwischen sich und die Stadt zu bringen.

Immerhin war seine Mission ein voller Erfolg gewesen. Nun galt es, sich einem Händlerzug anzuschließen und die kostbare Beute so bald wie möglich bei seinem Herrn in Prag abzuliefern. Schade nur, dass er nicht zugegen sein würde, wenn der ehrenwerte Abt Ambrosius den päpstlichen Legaten erklären musste, warum er Hühnerknochen als heilige Reliquien ausgab!

* * *

Rebekka lehnte sich mit dem Rücken gegen das Weidengeflecht des Käfigs und schloss die Augen. Sie konzentrierte all ihre Gedanken auf die Wachstafel, die der Vater ihr am Abend zuvor gezeigt hatte. Einen Namen hatte er in das Wachs geritzt, und einen groben Plan der Stadt Nürnberg, auf dem er den Standort eines Hauses markiert hatte. Ein Marktplatz war da gewesen, nördlich einer großen Kirche, die zu Ehren des heiligen Sebaldus errichtet worden war. Auf halbem Weg dazwischen eine Reihe mit dreistöckigen Kaufmannshäusern. Das Haus an der Ecke zu einer schmalen Gasse. Jetzt noch der Name. Langurius. Ja, sie erinnerte sich ganz genau, Egmund Langurius, Pelz- und Tuchhändler zu Nürnberg.

Wie gut, dass sie ein solch gutes Gedächtnis für Bilder hatte. Ein besonderes Geschenk Gottes hatte ihr Vater es immer genannt. Was sie anschaute, brannte sich in ihr Gedächtnis ein, sodass sie es später nicht nur genau erinnern, sondern auch detailgetreu aufzeichnen konnte. Gleichgültig, ob es sich um ein Gesicht, den Schnitt eines Gewandes oder um Schriftzeichen handelte: Wenn sie einmal einen Blick darauf geworfen hatte, blieb das Bild für immer in ihrem Kopf haften.

Ihr Vater hatte ihr außergewöhnliches Talent entdeckt, als sie gerade vier Jahre alt gewesen war. Er hatte ein Buch mit den religiösen Versen des Rabbi Meir ben Baruch auf dem Tisch liegen lassen. Rebekka war auf einen Stuhl geklettert, hatte die aufgeschlagene Buchseite betrachtet und die verschlungenen Zeichen bewundert, deren Sinn sie nicht verstand. Später hatte sie die Zeichen auf dem Hof hinter dem Haus mit einem Stöckchen in den Sand gezeichnet, Wort für Wort genau in der Reihenfolge wie in dem Buch. Ihr Vater war zuerst rasend vor Wut gewesen, hatte er doch angenommen, seine kleine Tochter hätte das kostbare Buch mit nach draußen genommen. Doch als sie immer wieder beteuerte, sie habe es gar nicht angerührt, hatte er sie eine zweite Seite betrachten und aus dem Gedächtnis in den Sand zeichnen lassen.

Danach war ihr Vater ganz aufgeregt gewesen. Er hatte Rebekka zu Rabbi Isaak gebracht, dem sie das Wunder erneut hatte vorführen müssen. Der Rabbi hatte in seiner Weisheit entschieden, dass diese besondere Begabung gefördert werden müsse. Und da Rebekka nicht mit den Jungen zur Schule gehen konnte, hatte er beschlossen, sie höchstselbst zu unterrichten. So war Rebekka jeden Nachmittag, nachdem sie mit ihrer Mutter die häuslichen Pflichten erledigt hatte, zum Haus des Rabbi Isaak gelaufen, um bei ihm Unterricht zu nehmen.

Rebekka seufzte und öffnete die Augen. Offenbar hatte ihr Vater Hermo Mosbach nicht völlig vertraut, sonst hätte er ihm den Namen und das Haus in Nürnberg genannt, anstatt es seiner Tochter auf eine Wachstafel zu kritzeln und sofort wieder zu löschen. Wenn Menachem ben Jehuda allerdings geahnt hätte, wie verderbt der vornehme Rothenburger Bürger tatsächlich war, hätte er ihm niemals seine Tochter anvertraut.

Unwillkürlich fuhr Rebekka sich mit der Hand an den Hals. Sie hatte die roten Striemen so gut es ging mit dem Kragen des Mantels verborgen. Die blauen Flecke, die der Kampf mit Mosbach auf ihren Armen und Beinen hinterlassen hatte, waren glücklicherweise durch ihr Kleid verdeckt. Rebekka schauderte. Wie knapp sie entkommen war! Doch sie hatte einen hohen Preis für ihre Rettung bezahlt. Sie war so kopflos geflüchtet, dass sie alles Geld, das sie besaß, bei Mosbach zurückgelassen hatte. Bis auf den Kreditbrief, den Mutter ihr in den Saum eingenäht hatte.

Trotz der Angst, ihr Peiniger könne sie einholen, hatte sie es nicht gewagt, die Landstraße zu verlassen. Die ganze Nacht durch war sie gelaufen. In der Morgendämmerung war sie auf einen Fluss gestoßen, hatte sich entkleidet und in dem eisigen Wasser ein Bad genommen. Danach hatte sie sich ein wenig besser gefühlt. Doch die Wirkung hatte nicht lange angehalten. Sie fühlte sich beschmutzt und entehrt. Auch wenn Mosbach sein Vorhaben nicht hatte zu Ende führen könnten, spürte sie noch immer seine dreckigen Finger auf ihrem Körper, auf ihren Brüsten, zwischen ihren Schenkeln. Ob sie es wagen konnte, im Nürnberger Judenviertel die Mikwe aufzusuchen? Würde sie sich danach besser fühlen?

Der Karren ruckelte und riss Rebekka aus ihren Gedanken. Etwa eine halbe Meile zuvor war sie von einem Ochsenkarren eingeholt worden, mit dem ein älteres Bauernpaar Käfige mit Geflügel nach Nürnberg zum Markt brachte. Die beiden

Alten hatten Rebekka angeboten, sie mitzunehmen. Dankbar hatte sie angenommen und sich hinten zwischen den Käfigen ein Plätzchen gesucht. Inzwischen hatte sich die Landstraße mit Reisenden und Fuhrwerken gefüllt, die in einer langen Reihe auf die Stadt zustrebten. Es konnte nicht mehr weit sein.

Rebekka schnürte ihr Bündel auf und nahm eine kleine Decke aus fein gesponnener Wolle heraus. Sie war von zartem Gelb und von einer Seidenspitze gleicher Färbung gesäumt. Ein kostbares Stück Handwerkskunst, keine Frage. In den Rand einer der Längsseiten war oberhalb der Spitze mit dunkelgelbem Seidenfaden ein Name eingestickt: *Amalie*.

Ihr Vater hatte ihr gestern Abend das Deckchen in die Hand gedrückt und gesagt: »Das ist alles, was du am Leib trugst, als wir dich vor unserer Tür fanden. Das Deckchen und ein silbernes Kruzifix. Wir wussten gleich, dass du ein Christenkind bist.«

Rebekka hatte ihn fassungslos angestarrt, doch er hatte einfach weitergesprochen. »Am Tag des Schawuotfestes des Jahres 5092 war das. Du warst erst wenige Wochen alt. Mehr als siebzehn Jahre ist das nun her.«

»Aber Vater, ...« Rebekka hatten die Worte gefehlt. Ihre ganze Welt drohte zusammenzubrechen. Sie war ein Findelkind! Sie war keine Jüdin, ihre Eltern waren nicht ihre Eltern, Rothenburg, die Stadt, in der sie aufgewachsen war, war nicht ihre Heimat. Vater musste sich irren! Hatte er selbst sie nicht als Kind des Öfteren angesehen und eine Bemerkung darüber fallen lassen, wie ähnlich sie ihrer Mutter sähe? Hatte er nicht wieder und wieder betont, dass sie das gleiche kastanienbraune Haar habe wie seine geliebte Esther, die gleichen hohen Wangenknochen und die gleichen fast schwarzen Augen?

»Dein wahrer Name ist Amalie, mein Kind«, hatte ihr Vater weitererzählt. »Amalie Belcredi. Das zumindest nehmen wir an. Denn in dem Körbchen, in dem du lagst, fanden wir ein in Lammleder gebundenes Büchlein, die Bibel der Christen, geschrieben in lateinischer Sprache. Ganz vorn in dem Büchlein standen zwei Wörter und eine Zahl: *Belcredi, Prag 1332.* In der christlichen Zeitrechnung ist 1332 das Jahr, das unserem Jahr 5093 entspricht.«

Benommen hatte Rebekka die Gegenstände in ihrem Beutel verstaut, während der Mann, den sie ihr ganzes bisheriges Leben lang für ihren Vater gehalten hatte, ihr mit eindringlichen Worten erklärte, dass sie fliehen müsse. Er erzählte ihr von seinem Plan, von dem Wassertunnel, der von der Mikwe zu einem Brunnen außerhalb des Judenviertels führte, von Hermo Mosbach und von dem Kaufmann in Nürnberg, der sie nach Prag bringen sollte, damit sie dort nach ihrer Familie suchen konnte. »Der Kaufmann denkt, du seist eine christliche junge Frau, die von ihren Eltern ins Kloster geschickt wird. Er wird dich vor dem Tor des Klosters St. Georg in Prag absetzen, eine der Benediktinerinnen ist angeblich deine Tante.«

»Und ihr?«, hatte Rebekka gestammelt und verzweifelt erst ihren Vater und dann ihre Mutter angesehen. »Was wird aus euch?«

»Wir werden ebenfalls fliehen und kommen nach«, hatte ihr Vater versichert. »Hab keine Angst. In Prag werden wir uns wiedersehen.«

Rebekka klammerte sich an dieses Versprechen wie eine Ertrinkende, obwohl sie gesehen hatte, wie ihre Mutter den Blick senkte, als ihr Vater diese Worte sprach.

Behutsam strich Rebekka einmal über das Deckchen, dann verstaute sie es wieder in dem Beutel. Außer ihm und der kleinen Bibel befanden sich nur ein Paar Fellhandschuhe, eine Fellmütze und etwas Wegzehrung darin.

Rebekka verschnürte den Beutel und blickte auf. Gerade rollten sie an einer Ansammlung imposanter Steingebäude vorbei, einer Art Stadt vor den Toren Nürnbergs, mit wehrhaften Mauern, zwei Gotteshäusern und einem Spital. Das große Tor, das in die Mitte des zentralen Hauses eingelassen war, wurde soeben aufgestoßen, und eine Gruppe Reiter sprengte heraus, Männer in blinkender Rüstung, über der sie einen weißen, mit einem schwarzen Kreuz versehenen Umhang trugen. Es waren Ritter des Deutschen Ordens, wie Rebekka sie aus Rothenburg kannte. Mitglieder einer Bruderschaft, die für ihren Glauben nicht nur das Kreuz, sondern auch das Schwert trug, und die so mächtig war, dass sie an der Nordgrenze des Reiches sogar einen eigenen Staat besaß.

Kurz nachdem sie die Kommende des Deutschen Ordens passiert hatten, rollte der Karren vor das Stadttor. Rebekka bedankte sich bei den beiden freundlichen Alten und machte sich zu Fuß auf die Suche nach dem Haus von Egmund Langurius.

Überall drängten sich Menschen, nie zuvor hatte Rebekka so viele Leiber so dicht beieinander gesehen. Sie musste die Pegnitz überqueren, um in den nördlichen Teil der Stadt zu gelangen. Mühsam bahnte sie sich einen Weg, vorbei an Mägden mit Waschkörben, Händlern mit Karren voller Waren, Bettlern, Bauern, schmutzigen Kindern, streunenden Hunden, Schweinen und Hühnern. Am anderen Flussufer war der Boden morastig, die Regenfälle der letzten Wochen hatten die Pegnitz über die Ufer treten lassen. Hier und da waren Bretter auf die Straße gelegt worden, damit die Fuhrwerke passieren konnten, ohne stecken zu bleiben. Der Fluss schien in diesem Teil der Stadt regelmäßig die Straßen zu überfluten, denn einige der Häuser waren auf kurze Pfähle gebaut, um sie vor den Wassermassen zu schützen. An manchen Türpfosten entdeckte Rebekka Mesusot, und ihr Herz schlug höher. Hier lebten Menschen ihres Volkes. Wie gern hätte sie an einem der Häuser geklopft und dort um Beistand gebeten. Doch das durfte sie nicht wagen. Nicht nur, weil sie ihrem Vater Gehorsam schuldete. Im Judenviertel würde Mosbach sie zuallererst suchen.

Vom sumpfigen Ufer aus ging es bergauf, und schon bald erreichte Rebekka die Sebalduskirche. Der Lärm der Marktschreier war bereits zu hören. Rebekka umrundete die Kirche, stand wenige Augenblicke später vor einer schweren Holztür und klopfte.

Die kleine Sichtluke in der Tür öffnete sich, und eine junge Magd mit fröhlichen blauen Augen schaute sie neugierig an. »Wer seid Ihr, und was wünscht Ihr?«, fragte sie.

»Mein Name ist Amalie Belcredi aus Rothenburg. Dein Herr, der Kaufmann Egmund Langurius, erwartet mich.«

Die Magd musterte sie neugierig. »Einen Augenblick«, sagte sie und schloss die Luke. Wenig später öffnete sich die Tür. »Tretet ein und folgt mir.«

Rebekka lief hinter der Magd durch einen Korridor in eine geräumige Küche, in der eine Köchin auf einem Schemel beim Herdfeuer saß und ein Huhn rupfte. Auf der anderen Seite des Raums stand ein schwerer Tisch, auf dem allerlei Lebensmittel ausgebreitet waren: ein paar Würste, ein Korb mit Eiern, ein Laib Brot, ein Krug Milch und ein gewaltiger runder Käse. Rebekka schluckte; der Käse lag auf einem Holzbrett gleich neben den Würsten, undenkbar in einem jüdischen Haushalt, wo Fleisch und Milch streng getrennt wurden.

Die Magd deutete auf einen Stuhl. »Der Herr heißt Euch gleich willkommen. Möchtet Ihr in der Zwischenzeit etwas zu Euch nehmen? Sicherlich seid Ihr erschöpft und hungrig von der Reise.«

»Danke«, stammelte Rebekka. Was sollte sie nur antworten? War es unhöflich für eine Christin, ein solches Angebot abzulehnen? »Ich bin nicht hungrig«, log sie. »Aber ich würde gern etwas trinken.«

Die Magd schenkte ihr verdünnten Wein ein. Kaum hatte Rebekka daran genippt, als ein Mann von enormer Leibesfülle die Küche betrat. Sein graues Haar wuchs spärlich, unzählige Falten zerfurchten sein Gesicht, aber die meisten davon waren Lachfalten, wie Rebekka erleichtert feststellte.

»Ihr müsst Amalie sein«, donnerte Langurius in tiefem Bass. »Meine Reisebegleitung ins ferne Prag.«

»Die bin ich. Und ich soll Euch Dank ausrichten von meinem Vater für die Mühen, die Ihr meinetwegen auf Euch nehmt.« Rebekka presste die Worte unter großer Anstrengung hervor. Die Aussicht, wieder einem fremden Mann auf einer Reise ausgeliefert zu sein, schnürte ihr die Kehle zu. Immerhin würden sie diesmal nicht allein unterwegs sein, sondern in einem großen Handelszug reisen.

»Ihr seht blass aus, mein Kind. Hat man Euch Speis und Trank angeboten?«

»Sie wollte nur einen Becher Wein, Herr«, mischte sich die Magd ein.

Langurius nickte nachdenklich. »Sicherlich seid Ihr müde. Ada wird Euch gleich die Kammer zeigen, wo Ihr nächtigen werdet, bis der Zug aufbricht.«

»Geht es denn nicht schon heute los?«, fragte Rebekka überrascht. Sie hatte damit gerechnet, die Reise sehr bald fortzusetzen. Wenn sie länger in der Stadt blieb, lief sie Gefahr, Hermo Mosbach über den Weg zu laufen. Rebekkas Finger umkrampften den Weinbecher. Die Erinnerung an die gestrige Nacht, die sie so mühsam zurückgedrängt hatte, überrollte sie, und mit ihr kam die Angst zurück: Hatte sie den Mann schwer verletzt? Hatte sie ihn womöglich getötet? Nein, das durfte nicht sein. Auch wenn Mosbach ihr Leben und ihre Ehre bedroht hatte, wollte sie nicht an seinem Tod schuld sein. Vorhin am Fluss hatte sie gebetet und Gott angefleht, das Leben des Mannes zu schonen. Da hatte sie noch geglaubt, dass sie ihn nie wiedersehen würde.

»Der Zug bricht in zwei Tagen auf«, erklärte der Kaufmann. »So habt Ihr ein wenig Zeit, Euch von dem ersten Abschnitt Eurer langen Reise etwas zu erholen.« Er berührte sanft ihren Arm. »Jedenfalls bin ich froh, dass Ihr wohlbehalten hier eingetroffen seid. Heute Morgen habe ich mir ernsthaft Sorgen um Euch gemacht.«

»Sorgen? Um mich? Aber warum denn?« Rebekka dachte an den Aufruhr im Rothenburger Judenviertel. Wusste der Kaufmann etwa doch von ihrer wahren Herkunft?

»Weil allerhand zwielichtiges Pack auf den Straßen unterwegs ist.« Langurius ballte die Faust. »Erst heute Nacht ist ein angesehener Rothenburger Bürger im Wald überfallen worden.«

Rebekkas Herzschlag setzte aus. Fieberhaft überlegte sie, was eine Christin darauf wohl sagen würde, und sie besann sich auf etwas, das jemand sie vor langer Zeit gelehrt hatte. Sie hob die rechte Hand, führte sie erst an die Stirn, dann an den Bauch, die linke und die rechte Schulter. Das Kreuz schlagen, so nannten die Christen es.

Der Kaufmann nickte und tat es ihr gleich. »Der Herr steh uns bei«, murmelte er.

»Amen«, kam es von der Köchin, die aufstand, das gerupfte Huhn auf den Tisch warf und durch eine Tür nach draußen verschwand.

Langurius verzog das Gesicht. »Der arme Kerl war ebenfalls auf dem Weg nach Nürnberg. Zuerst dachte ich, es könne sich um den Mann handeln, der Euch herbringen sollte. Doch dann hieß es, er sei allein unterwegs gewesen. Händler haben ihn am Wegesrand aufgelesen und mitgebracht. Der Ärmste hat eine schwere Verletzung am Kopf, so sagt man. Angeblich wurde er von einem wilden Judenweib angefallen. Sie soll ihn ohnmächtig geschlagen haben, um ihm sein Geschlechtsteil abzuschneiden, das sie für einen dieser gottlosen Bräuche benötigte. Und sein ganzes Geld hat sie ihm gestohlen.«

Rebekka schlug die Hand vor den Mund. Ihr war plötzlich übel.

»Entsetzlich, nicht wahr?«, sagte der Kaufmann mitfühlend. »Ich glaube ja eigentlich nicht an diesen ganzen Unfug, den man über das Judenvolk erzählt, dass sie Säuglinge stehlen und opfern, dass sie Hostien schänden und die Brunnen mit dem Schwarzen Tod vergiften. Schließlich trinken sie selbst von dem Wasser.« Er kratzte sich am Kopf. »Andererseits fanden die Kaufleute den armen Mann tatsächlich mit entblößtem Unterleib. Vielleicht stimmt es also doch.« Er ließ seine mächtige Hand auf den Tisch krachen. »Sei es drum. Der Schultheiß hat sich jedenfalls eine Beschreibung der Judenmetze geben lassen. Bestimmt wird sie bald ergriffen, und dann wird der Henker ihr flugs die Zunge lösen.«

***

Johann von Wallhausen stand am geöffneten Fenster und schaute die Herrngasse hinauf zum Marktplatz. Die frische Luft klärte seinen brummenden Schädel. Verflucht, wie viele Becher Wein hatte er gestern Abend geleert? Ein gutes Dutzend mussten es gewesen sein. Nun ja, es hatte ja auch einen

45

ganz besonderen Grund zum Feiern gegeben. Gestern hatten sein Vater und Oswald Herwagen den Verlobungsvertrag aufgesetzt, schon bald würde er die wunderschöne Agnes Herwagen heiraten. Sie war nicht nur eine äußerst gute Partie, sondern zudem noch eine liebreizende Augenweide, die ihresgleichen suchte.

Nach der Vertragsunterzeichnung hatte Johann mit seinem Vater und seinem zukünftigen Schwiegervater angestoßen. Dabei hatte er wohl ein wenig zu viel des Guten getan. Johann runzelte die Stirn und versuchte, sich an den Abend zu erinnern, doch vor seinem inneren Auge verschwammen die unscharfen Bilder zu einem konturlosen Durcheinander. War Oswald Herwagen heimgegangen oder bis zum Schluss geblieben? Wie war er selbst ins Bett gekommen? Johann stöhnte. Verfluchter Rebensaft! In den nächsten Wochen würde er erst einmal die Finger davonlassen.

Plötzlich streifte ihn eine Erinnerung. Ein Knecht hatte spät in der Nacht an die Tür geklopft und aufgeregt etwas gerufen. Johann hatte nicht mitbekommen, worum es ging, doch sein Vater und Herwagen hatten mit einem Mal todernst dreingeblickt. Was danach geschehen war, fiel Johann ums Verrecken nicht mehr ein.

Missgestimmt fuhr er in seine Kleider, legte den Gürtel um und zog den Mantel an. Er hatte seinem Vater versprochen, heute auf dem Gut nach dem Rechten zu sehen, zu überprüfen, ob bei der Lagerung der Ernte alles ordnungsgemäß verlief. Der Ritt durch die kalte Morgenluft würde ihm den Wein aus dem Körper treiben und seine Laune heben, dessen war er sicher. Rasch eilte er die Treppe hinunter und durch die Hintertür auf den Hof. Er befahl einem der Knechte, seinen Wallach zu satteln, dann schöpfte er einen Eimer Wasser aus dem Brunnen und benetzte sein Gesicht.

»Da bist du ja endlich.«

Die Stimme seines Vaters ließ Johann herumfahren. »Guten Morgen, Vater. Ich wollte gerade aufbrechen.«

Heinrich von Wallhausen winkte ab. »Du brauchst nichts zu überstürzen.« Er zwinkerte Johann zu. »Ich schätze, dir dröhnt ganz schön der Schädel. Recht so! Sein Verlöbnis feiert man schließlich nicht alle Tage.« Er klopfte Johann auf die Schulter.

Der sah seinen Vater verwirrt an. Heinrich von Wallhausen hatte stets viel Verständnis für seine gelegentlichen Ausschweifungen gezeigt, hatte ihn sogar ermuntert, Erfahrungen zu sammeln, wie er es nannte, auch bei den Weibern. Doch heute Morgen wirkte seine Fröhlichkeit aufgesetzt.

»Was war gestern Nacht los, Vater?«, fragte Johann mit flauem Gefühl im Magen. »Ich erinnere mich, dass noch spät ein Knecht mit einer Nachricht kam. Worum ging es? Ist alles in Ordnung?«

»Eine Angelegenheit des Stadtrats«, erwiderte von Wallhausen leichthin. »Nichts, worüber du dir den Kopf zerbrechen musst, mein Junge.«

»Eine Angelegenheit des Rats? Mitten in der Nacht?«

Von Wallhausen seufzte. »Nun gut, du wirst es ohnehin bald erfahren. Aber bitte versprich mir, dass du Ruhe bewahrst. Die Sache ist auch so schon heikel genug.«

Johann starrte ihn an. Eine schreckliche Ahnung stieg in ihm auf. »Von was für einer heiklen Angelegenheit sprichst du, Vater?«, rief er. »Mach schon, sag es mir!«

»Du weißt, dass es in den letzten Wochen immer wieder Ärger mit den Juden gegeben hat«, begann von Wallhausen vage.

Johann wurde es plötzlich schwindelig. »Nein«, flüsterte er entsetzt.

»Und gestern Nacht hat es wohl – nun, es hat wohl ein

47

Feuer im Judenviertel gegeben. Stundenlang haben die Männer der Stadt gelöscht, Büttel, Handwerker, Knechte, Kaufleute, alle haben mit angepackt. Nur du hast wie ein Toter auf deinem Lager gelegen und deinen Rausch ausgeschlafen. Sei's drum. Das Wetter hat uns beigestanden und uns einen kräftigen Regen geschickt. Inzwischen sind die letzten Flammen besiegt.« Von Wallhausen fuhr sich über die Stirn. »Ich komme gerade von dort. Es ist furchtbar.«

»Und die Juden?« Johann wagte kaum zu fragen. Er hatte gehört, was sie in anderen Städten mit dem verhassten Volk getan hatten. Bisher hatte er gehofft, hier in Rothenburg würde es anders zugehen. Eine trügerische Zuversicht, wie ihm nun klar wurde.

Sein Vater hob die Schultern. »Ich weiß es nicht. Für uns war das Wichtigste, dafür zu sorgen, dass das Feuer nicht auf den Rest der Stadt übergreift«, sagte er leise. »Die Ruinen waren bis eben noch zu heiß, als dass einer sie hätte betreten können. Wir werden es sicherlich bald erfahren.« Unbeholfen berührte er Johann an der Schulter. »Ich weiß, dass du eine Schwäche für diese Leute hast. Dieses Mädchen . . .« Er verstummte.

Da erwachte Johann aus seiner Erstarrung. Er fuhr herum und rannte durch das Hoftor auf die Herrngasse. Ohne nach rechts oder links zu schauen, drängte er sich durch das Gewirr von Fuhrwerken, Handkarren, Mägden mit Einkaufskörben und im Dreck spielender Kinder über den Marktplatz und durch die Hafengasse bis zum Judenviertel. Noch bevor er es erreichte, nahm er den bitteren Brandgeruch wahr. Er beschleunigte seine Schritte und stieß mit einem Mann zusammen, der einen silbernen Kerzenleuchter an sich presste. Johann wollte nach dem Kerl greifen, doch der verschwand zu schnell im Gewühl. Ärgerlich wandte sich Johann ab und lief weiter.

Schon nach wenigen Schritten hielt er entsetzt inne. Schwarze Ruinen, aus denen sich noch immer feiner Rauch schlängelte, säumten die Gasse und den Platz um die Synagoge. Das jüdische Gebetshaus war nahezu unversehrt, aber das einstige Tanzhaus war bis auf die Grundmauern niedergebrannt. Johanns Blick wanderte zu einem Gebäude auf der anderen Seite des Platzes. Das obere Stockwerk war eingestürzt, das untere wirkte jedoch kaum beschädigt, selbst die Mesusa in der Türfassung schien unversehrt. Da sprang die Tür krachend auf, und zwei junge Burschen stürmten heraus. Jeder von ihnen schleppte einen schweren Sack, offenbar hatten sie reichlich Beute gemacht.

Noch bevor Johann einschreiten konnte, versperrten zwei Büttel den Burschen den Weg. »Halt, hier nimmt niemand etwas mit!«, rief einer. »Die Judenhäuser mit allem, was sich darin befindet, gehören der Stadt. Wer beim Plündern erwischt wird, wird in den Turm geworfen und schwer bestraft.«

Noch bevor der Büttel zu Ende gesprochen hatte, ließen die Burschen die Säcke fallen, schlugen einen Haken und stürmten davon.

Johann ballte die Fäuste, dann wandte er sich ab und blickte wieder zu dem Haus. In dem Augenblick ertönte ein lautes Ächzen, das fast wie der Schmerzenslaut eines lebendigen Wesens klang. Das Gebäude erzitterte, dann brachen die Trümmer des oberen Stockwerks durch die Decke. Es krachte ohrenbetäubend, eine Staubwolke erhob sich in die Lüfte, und innerhalb weniger Augenblicke war von dem Gebäude nicht mehr übrig als ein riesiger Trümmerhaufen.

Johann schloss die Augen. »Rebekka«, stöhnte er lautlos. »Oh mein Gott, Rebekka!«

* * *

Von ihrem sicheren Platz hinter dem Brunnen aus beobachtete Rebekka, wie zwei Männer mit gelben Ringen auf ihren Mänteln und grünen Judenhüten die Straße entlangkamen. Sie schienen in ein ernstes Gespräch vertieft, hatten keine Augen für ihre Umgebung. Kurz bevor sie auf der Höhe des Brunnens waren, bogen sie ab und hielten auf die Synagoge zu.

Rebekka sah zu, wie die Männer sich langsam entfernten. Seit zwei Tagen weilte sie in Nürnberg. Die ganze Zeit hatte sie befürchtet, jemand würde herausfinden, wer sie wirklich war, und sie an die Büttel ausliefern. Sie hatte es nicht einmal gewagt, auf dem Markt beiläufig zu fragen, ob es Neuigkeiten gab. Erst heute, mit dem Wissen, dass sie die Stadt in wenigen Stunden verlassen würde, hatte sie allen Mut zusammengenommen und sich zum Judenviertel aufgemacht.

Die Männer waren fort. Rebekka richtete sich auf. Jetzt war ein guter Augenblick; die Gasse war menschenleer, niemand würde sehen, wie sie am Haus des Rabbis klopfte und eingelassen wurde. Gerade wollte sie losrennen, als von der Pegnitz her zwei weitere Männer in die Straße bogen. Der eine balancierte über die ausgelegten Bretter, als wolle er einen Tanz vollführen, seinen Kopf zierte eine merkwürdige, fremdländisch anmutende Bedeckung, ein langes, dutzendfach verschlungenes Tuch. Der andere schien sich nicht darum zu scheren, dass seine Füße schlammig wurden. Rebekka hielt inne und beobachtete, wie die beiden näher kamen.

Plötzlich erstarrte sie. Der erste Mann trug keine seltsame Kopfbedeckung, sondern einen Verband: Hermo Mosbach! Sein Begleiter war einer der städtischen Büttel, ein kleiner untersetzter Mann mit wachsamen Schweinsäuglein.

Rebekkas Beine drohten nachzugeben, sie krallte ihre Finger in den Brunnenrand. Ganz offenbar waren die Männer auf der Suche nach ihr. Hoffentlich blickten sie nicht in ihre Richtung!

Vor dem Haus des Rabbis blieb der Büttel stehen und erklärte Mosbach etwas, der das Gesicht verzog und grimmig nickte. Rebekka hielt den Atem an. *Nicht herschauen*, flehte sie. *Bitte nicht herschauen!*

Endlich setzten sich die beiden wieder in Bewegung. Sie traten vor die Tür, der Büttel hämmerte mit der Faust gegen das Holz.

Kurz darauf wurde geöffnet. Eine Magd steckte den Kopf heraus, sah die beiden Männer überrascht an und stellte sich dann auf die Zehenspitzen, um über deren Schultern hinweg auf die Straße zu spähen.

Rebekka presste sich noch dichter an den Brunnen. Unwillkürlich schloss sie die Augen. Sie hörte Gemurmel, gefolgt von Schritten und dem Knallen einer Tür. Ängstlich öffnete sie die Augen. Mosbach und der Büttel waren verschwunden.

Es dauerte noch einige Herzschläge, bis Rebekka sich so weit gefasst hatte, dass sie ihren Beobachtungsposten verlassen konnte. Ohne innezuhalten, rannte sie zurück zum Haus des Kaufmanns Egmund Langurius.

Als sie auf dem Marktplatz eintraf, bemerkte sie halb erleichtert, halb entsetzt, dass die Fuhrwerke schon bereitstanden. Es konnte nicht mehr lange dauern, bis sich der Zug in Bewegung setzte. Adonai sei Dank! Allerdings würde sie nun abreisen müssen, ohne zu erfahren, was seit ihrer Flucht in Rothenburg geschehen war.

Rebekka verlangsamte ihre Schritte, um keine neugierigen Blicke auf sich zu ziehen. Sie hatte gehofft, beim Rabbi etwas über das Schicksal der Rothenburger Gemeinde zu erfahren. Wenn dort etwas Schlimmes geschehen war, wussten die Nürnberger Juden sicherlich schon darüber Bescheid. Doch dieses Vorhaben hatte Mosbach vereitelt. Sie musste nach Prag aufbrechen, ohne zu wissen, was aus ihren Eltern geworden war, ohne zu wissen, ob der gütige und kluge Menachem ben Jehuda und seine warmherzige Gemahlin Esther bat Abraham und all die anderen Juden in Rothenburg überhaupt noch lebten.

Juni 1340/Siwan 5100

Seit sie Schawuot gefeiert hatten, hatte es fast ohne Unterlass geregnet. Als der Festtag sich mit dem Sonnenuntergang dem Ende zugeneigt hatte, waren dunkle Wolken aufgezogen, und in der Nacht war Rebekka vom lauten Prasseln des Regens erwacht. Zwei Wochen war das nun her. Die Straßen hatten sich inzwischen in stinkende Sümpfe verwandelt, in denen man bei jedem Schritt fast knietief versank. Die Feuchtigkeit war in die Häuser gezogen, alles war klamm geworden, selbst Vaters kostbare Bücher, die sicher verwahrt in der großen Truhe lagen.

Heute schien endlich wieder die Sonne, und Rebekka hatte sich davongestohlen zu ihrem Lieblingsplatz, der Ruine der alten Burg. Sie streifte gern durch das Gelände mit den zerfallenen Gebäuden vor den Toren der Stadt, stellte sich vor, sie sei eine Prinzessin, oder kletterte auf einen Mauerrest und genoss den weiten Blick ins Tal.

Rebekka hatte das Wandgemälde in dem halb verfallenen Christengotteshaus betrachtet, das Bildnis einer Frau mit einem kleinen Kind auf dem Arm. Die Frau sah gütig aus und betrachtete das Kind mit liebevollem Blick. Der Rabbi hatte ihr ein mal erzählt, dass das Kind der Sohn des Christengottes war, und dass die Christen glaubten, Gott hätte diesen Sohn auf die Erde geschickt, um die Menschen von der Sünde zu erlösen. Rebekka fand das merkwürdig. Warum schickte dieser Gott ein Kind auf die Welt, das schwach und hilflos war?

Über dem Bildnis wölbte sich bogenförmig eine in lateinischer Sprache abgefasste Inschrift. Rebekka konnte die Wörter zwar nicht verstehen, doch der Rabbi hatte sie bereits die Grundlagen des lateinischen Alphabets gelehrt, sodass sie die Buchstaben wiedererkannte.

Jetzt saß sie draußen auf einem Stein, der einmal Teil der Burgmauer gewesen war, und malte die Inschrift aus dem Gedächtnis auf ihre Wachstafel. Es war nicht schwer, weil sie die Buchstaben vor sich sah, als stünde sie noch immer in dem halb verfallenen Gotteshaus.

Sie bemerkte erst, dass sich jemand näherte, als ein Schatten über ihre Tafel fiel. Erschrocken hob sie den Blick. Ein Junge stand vor ihr, etwa genauso alt wie sie, acht, vielleicht auch schon neun. Sein kinnlanges braunes Haar war zerzaust, und unter seinem linken Auge prangte ein blutiger Kratzer.

»Was machst du da?«, fragte er.

Rebekka blickte sich ängstlich um; ein paar Burschen aus der Schmiedgasse hatten letzte Woche den kleinen Jakob abgefangen und verprügelt, als er für seinen Vater ein Pfund Nägel abholen sollte. Doch der fremde Junge war offenbar allein. Stumm hielt sie ihm die Tafel hin.

»›Regina pacis ora pro . . .‹«, entzifferte er. »Das ist Latein. Gehst du zur Schule? Musst du das auswendig lernen?«

Rebekka schüttelte den Kopf. »Bei uns gehen nur die Jungen zur Talmudschule. Aber der Rabbi gibt mir Unterricht.« Sie lächelte stolz, dann biss sie sich auf die Lippe. Sie hatte sich verraten, jetzt wusste er, dass sie Jüdin war.

Aber er überraschte sie. »Du lernst christliche Verse bei deinem Rabbi?«, fragte er erstaunt.

53

»Nein«, antwortete sie rasch. »Das habe ich in dem Haus dort gesehen.« Sie deutete mit dem Finger auf die Ruine. »Da ist das Bildnis einer Frau mit einem Kind an die Wand gemalt, und darüber steht diese Inschrift. Weißt du, was die Worte bedeuten?«

Der Junge beugte sich über die Tafel.

»Warte, es fehlt noch ein Wort.« Schnell beendete sie den Text: *Regina pacis ora pro nobis.*

Du kannst die Inschrift auswendig?« Der Junge sah sie mit großen Augen an.

»Ich habe sie mir angeschaut, und jetzt sehe ich sie in meinem Kopf vor mir.« Rebekka senkte verlegen den Kopf.

»Teufel! Das möchte ich auch können! Bringst du es mir bei?«

Rebekka hob die Schultern. »Ich weiß nicht, wie es geht. Es passiert einfach.« Sie hielt ihm die Tafel hin. »Kannst du mir sagen, was die Worte bedeuten?«

Der Junge übersetzte stockend. »Königin des Friedens, bete für uns.«

»Wer ist die Königin des Friedens?«, fragte Rebekka.

»Maria, die Gottesmutter. Die Frau mit dem Kind auf dem Arm, die du auf dem Bildnis gesehen hast.« Er hielt ihr die Hand hin. »Johann.«

Sie lächelte. »Rebekka.« Sie deutete auf den Kratzer unter seinem Auge. »Was ist passiert?«

»Der Anton wollte mir den Bogen wegnehmen, den ich mir aus einem Weidenstab gebaut habe.«

»Hat er ihn bekommen?«

»Natürlich nicht.« Johann grinste schief. Er wurde ernst. »Aber nun hat Vater ihn mir abgenommen, weil der Magister ihm gesagt hat, ich würde es an Fleiß und Sorgfalt beim Lernen mangeln lassen.«

»Du lernst nicht gern?«, fragte Rebekka überrascht. Für sie gab es nichts Schöneres als die Unterrichtsstunden beim Rabbi mit all den vielen neuen Dingen, die sie von ihm erfuhr.

Johann zuckte mit den Schultern. »Ich jage lieber Kaninchen, fange Fische in der Tauber oder übe mich im Umgang mit dem Bogen. Ein Mann muss kämpfen können. Nur so kann er seine Familie beschützen.«

»Juden dürfen nicht kämpfen«, sagte Rebekka.

»Und wie beschützen eure Männer die Frauen und Kinder?«, fragte Johann.

»Sie zahlen Schutzgeld an den König. Er verbürgt sich für unsere Sicherheit.«

»Aber er ist doch gar nicht hier«, wandte Johann ein. »Ich möchte kein Jude sein. Ich fände es blöd, wenn ich nicht kämpfen dürfte. Was für ein langweiliges Leben!«

Rebekka sah ihn nachdenklich an. »Der Rabbi sagt immer: Wissen ist Macht. Und Klugheit ist die mächtigste Waffe.«

»Ach ja?« Johann grinste schelmisch. »Das will ich sehen.« Er hob einen Stock vom Boden auf und trat drohend auf Rebekka zu.

Rasch duckte sie sich und sprang zurück. Johann schwang den Stock. Rebekka war nicht sicher, ob er spielte oder ob es ihm ernst war. Fieberhaft überlegte sie. Das Loch kam ihr in den Sinn, das sie vor einiger Zeit entdeckt hatte. Es klaffte hinter einem Gestrüpp in der Mauer, vielleicht war es einmal ein Wasserabfluss gewesen oder ein verborgener Zugang zur Burg.

Schnell rannte sie los. Johann folgte ihr. Sie schlug ein paar Haken, wendete abrupt, um ihn zu verwirren, dann sprang sie über eine niedrige Mauer, drückte das Gestrüpp zur Seite und presste sich in das Loch. Außer Atem horchte sie. Schritte tappten über den Boden, entfernten sich, kamen zurück.

55

Eine Weile geschah nichts, dann hörte sie eine Stimme. »Rebekka? Rebekka, wo steckst du?«

Sie antwortete nicht. Das war der älteste Trick der Welt, auf den fiel sie nicht herein.

»Rebekka. Du hast gewonnen. Ich gebe auf.«

Noch immer schwieg sie. Was, wenn sie aus dem Versteck kroch und er sich auf sie stürzte? Er war größer und stärker als sie, sie hätte ihm nichts entgegenzusetzen.

Er rief noch einige Male, dann wurde es still. Rebekka zwang sich, noch eine Weile in dem Versteck auszuharren, obwohl es ihr langsam unheimlich wurde. Außerdem ging es inzwischen auf den Abend zu; ihre Eltern hatten bestimmt längst bemerkt, dass sie ausgebüxt war. Schließlich wagte sie es, ihr Versteck zu verlassen. Sie schob die Zweige beiseite und krabbelte heraus. Vorsichtig schaute sie in alle Richtungen. Nichts zu sehen. Sie lief zu der Stelle, wo sie gesessen und den lateinischen Spruch niedergeschrieben hatte. Niemand war dort. Leider fehlte auch von ihrer Tafel jede Spur. Adonai! Das würde Ärger geben! Enttäuscht trabte sie auf das Stadttor zu. Dabei hatte sie Johann anfangs gemocht. Wie dumm von ihr!

Kurz vor dem Tor entdeckte sie ihn. Er saß auf einem Stein, die Tafel lag auf seinem Schoß. »Rebekka! Da bist du ja.« Er sprang auf. »Ich habe mir Sorgen gemacht. Hast du mich nicht rufen hören?«

»Das war doch ein billiger Trick«, gab sie zurück, halb wütend, halb erleichtert.

»Nein, war es nicht«, widersprach er. Dann legte er den Kopf schief. »Also gut, anfangs schon. Aber dann habe ich wirklich Angst gehabt, dir könnte etwas passiert sein.«

Rebekka grinste. »Dann habe ich gewonnen.«

»Dieses Mal ja«, knurrte er. »Ich werde dich aber wieder fordern, und dann gnade dir Gott.«

Eine Weile standen sie verlegen einander gegenüber.

»Hier«, sagte Johann schließlich und reichte ihr die Tafel. »Beim nächsten Mal stelle ich dich auf die Probe, dann musst du mir beweisen, dass du wirklich ein so gutes Gedächtnis hast.« Er winkte und rannte los. Augenblicke später schluckte ihn das Stadttor, ohne dass er sich noch einmal umgedreht hatte.

STADT DER HOFFNUNG

OKTOBER 1349 / CHESCHWAN 5110

Der Zug war noch länger, als Rebekka erwartet hatte. Er setzte sich zusammen aus mehr als zwei Dutzend Wagen, vollgeladen mit Handelsgütern, etwa doppelt so vielen berittenen Söldnern, den Kaufleuten mit ihren Knechten und einem fahrenden Kesselflicker, der sich ihnen angeschlossen hatte. Außer Rebekka reisten einige wenige weitere Frauen mit: Einer der Kaufleute hatte sein Weib dabei, ebenso wie der Kesselflicker, zudem fuhr ganz am Ende des Zugs ein Wagen mit zwei Hübschlerinnen, die sich offenbar gute Geschäfte mit den Söldnern versprachen. Rebekka konnte diese Frauen nicht verstehen. Allein der Gedanke an Mosbachs schwielige Hände ließ Übelkeit in ihr aufsteigen.

Bis zum Einbruch der Nacht ging es gut voran auf der breiten Landstraße. Es war kalt, aber trocken, der Untergrund war hart und gut zu befahren. Als es dunkel wurde, schlugen sie am Wegesrand ein Lager auf. Sie entzündeten Feuer, bereiteten Essen zu und bauten die Zelte auf. Rebekka ließ sich auf einem Stein nieder, kaute an einem Brotkanten und beobachtete das Treiben. Langurius hatte zwei Zelte unmittelbar neben seinen drei Wagen aufgeschlagen, eins für sich und seine beiden Knechte und ein kleineres für Rebekka. Die Pferde waren ausgespannt worden und grasten, die Männer saßen um die Feuer herum und redeten. Etwas abseits, dicht am Waldrand, hatten die Hübschlerinnen ihr Zelt aufgeschlagen. Im Inneren brannte Licht. Schemenhaft waren die Konturen zweier Menschen beim Liebesspiel durch die dicke Leinwand zu erkennen. Rebekka fröstelte und wandte sich ab. Zu sehr erinnerte sie der Anblick an Hermo Mosbach und an die Gefahr, in der sie immer noch schwebte.

Am dritten Tag begann es gegen Mittag leise zu schneien. Zuerst fielen nur vereinzelte Flocken aus dem bleigrauen Himmel, doch allmählich wurde der Schneefall dichter. Rebekka saß neben einem der Knechte auf dem Bock, den Lodenmantel eng um sich geschlungen. Kurz nachdem sie von Nürnberg aufgebrochen waren, hatten sie einige kleinere Städte und Dörfer passiert, aber seit gestern waren sie keiner Menschenseele mehr begegnet. Die Landschaft wirkte rau und unwirtlich, die Wälder schienen allein von den Geistern und Dämonen bevölkert, von denen die Männer abends am Feuer erzählten. Doch mit jeder Meile, die sie sich von Nürnberg entfernten, schwand Rebekkas Angst vor Entdeckung. Auch gewöhnte sie sich allmählich an die christlichen Speisen. Das Wissen, dass sie nicht von einer jüdischen Mutter geboren und daher keine Jüdin war, erleichterte es ihr, die Gebote, nach

59

denen sie seit ihrer Kindheit gelebt hatte, zu übertreten – zumindest, soweit dies notwendig war, um nicht aufzufallen.

Einige Dinge brachte sie jedoch nicht über sich. So hatte sie es bisher vermieden, Schweinefleisch anzurühren, und wenn es irgend ging, wusch sie ihre Hände vor dem Essen in einem fließenden Gewässer. Sie war überrascht, wie unrein die meisten Christen waren, vor allem die Männer. Der Gestank, der von ihnen ausging, erinnerte sie an Ziegenböcke.

Plötzlich ertönten vom Anfang des Zuges her laute Rufe. Die Wagen blieben stehen, einer der Söldner preschte auf seinem Pferd heran. »Ein Überfall! Tote und geplünderte Wagen vor uns auf der Straße!«

»Verflucht!«, rief Langurius und gab seinem Pferd die Sporen. Gemeinsam mit dem Söldner und zwei weiteren Kaufleuten sprengte er an die Spitze des Zuges.

Unruhe kam auf, immer mehr Männer liefen oder ritten nach vorn, um zu sehen, was geschehen war. Schließlich hielt auch Rebekka es nicht mehr aus. Sie kletterte vom Wagen und folgte den Männern. Als sie um eine Wegbiegung kam, hielt sie entsetzt inne. Wagen lagen umgestürzt auf der Straße, einige waren ausgebrannt. Männerleichen und Pferdekadaver verteilten sich zwischen den Gefährten, alle blutüberströmt, manche mit unnatürlich verrenkten Gliedmaßen. An einigen Körpern hatten sich bereits die wilden Tiere gütlich getan, sie hatten ihre Zähne in die Bäuche gehauen und die Eingeweide herausgerissen.

Die Söldner und Kaufleute liefen zwischen den Leichnamen umher, um nach möglichen Überlebenden zu suchen.

»Hier rührt sich nichts mehr«, stellte schließlich einer fest. »Wir müssen sie wegschaffen, die Straße frei machen und sehen, dass wir weiterkommen.«

»Wir sollten die Männer wenigstens beerdigen, bevor wir weiterziehen«, meinte Langurius. »Das ist das Mindeste, was wir für sie tun können.«

Rebekka sah ihn überrascht an. Langurius stieg täglich in ihrer Achtung; er war zwar Christ, aber ein wirklich anständiger Mann.

Der andere Kaufmann, ein hagerer Alter, der mit Gewürzen handelte, verzog das Gesicht. »Wie wollt Ihr das anstellen, Langurius? Der Boden ist hart gefroren, da kriegt ihr kaum einen Spaten rein. Außerdem habe ich keine Lust, länger als nötig an diesem Ort zu verweilen. Wer weiß, womöglich lauert die Räuberbande noch hier in der Nähe.«

Erschrocken sah Rebekka sich um. Auch einige andere warfen einen unsicheren Blick über ihre Schulter.

»Seid kein Hasenfuß, Krömmbach!«, gab Langurius zurück. »Die Bande ist sicherlich längst über alle Berge. Und wenn wir es gemeinsam anpacken, sind die Männer schnell beigesetzt.«

Die Übrigen nickten zustimmend, und so lenkte der Alte ein. Befehle wurden gebrüllt, kurz darauf hoben einige der Söldner eine Grube am Rand der Straße aus, was trotz der Bedenken des alten Krömmbach rasch voranging, denn unter einer dünnen gefrorenen Schicht erwies sich der Waldboden als überraschend locker.

Rebekka wandte sich ab, um zu ihrem Platz auf dem Wagen zurückzukehren. Der Anblick der geschundenen Leiber stimmte sie traurig. Sie dachte an ihre Zieheltern und sprach ein stummes Gebet. Plötzlich vernahm sie ein leises Geräusch. Abrupt blieb sie stehen und horchte. Da, wieder! Jemand stöhnte leise, ganz in ihrer Nähe. Rebekka sah sich um. Sie stand unmittelbar neben einem der umgestürzten Wagen. Rasch beugte sie sich vor und schaute darunter. Tatsächlich, eingequetscht zwischen den Wagenrädern lag ein Mann in der schwarz-weißen Tracht eines Ritters des Deutschen Ordens. Das bärtige Gesicht war bleich und schmerzverzerrt, die Finger blau gefroren.

Mit klopfendem Herzen richtete Rebekka sich auf. »Hierher!«, rief sie mit zitternder Stimme. »Kommt sofort hierher. Hier liegt einer, der noch lebt!«

* * *

Karl zog an den Zügeln. Trotz Pelzkragen, Handschuhen und Pelzkappe kroch ihm die Kälte in die Knochen. Eisiger Wind schnitt ihm ins Gesicht und ließ die Schneeflocken tanzen.

Ohne den Blick von den weiß bepuderten Mauern, Baukränen, Steinhaufen und Arbeitsgeräten zu wenden, winkte er einen Mann zu sich, der in einiger Entfernung auf einem Schimmel saß und in den Händen eine Schriftrolle trug.

Der Mann ritt unverzüglich heran. »Eure Majestät?«

Karl musterte den Baumeister. Er war betagt, ein langer weißer Bart verdeckte die Hälfte seines Antlitzes, doch seine Augen blickten wach. »Wie geht es voran?«, fragte Karl. »Wachsen die Mauern?«

»Bisher läuft alles nach Plan«, erwiderte der Baumeister. »Doch wenn jetzt der Winter einbricht, müssen wir die meisten Arbeiten einstellen, dann geht es erst im Frühjahr weiter.«

Karl nickte ungeduldig. »Nun gut, doch lasst nicht nach in Euren Bemühungen. Unterbrecht nur, wenn es gar nicht anders geht. Diese Burg soll ein Hort des wahren Glaubens werden. Das Zentrum des Heiligen Römischen Reiches. Je schneller sie vollendet ist, desto besser. Der Herr im Himmel wird es Euch danken!«

»Amen.« Der Baumeister bekreuzigte sich.

Karl wollte ihn schon fortschicken, als er sah, dass der Alte zögerte. »Ist noch etwas?«

Der Baumeister kratzte sich verlegen am Bart. »Es gibt da ein Problem.«

»Ach, und welches?«, herrschte Karl ihn ungeduldig an.

»Der Brunnen.« Der Alte zögerte. »Die Bergmänner haben den Schacht schon hundert Fuß durch den Fels in die Tiefe getrieben, doch sie sind noch immer nicht auf Wasser gestoßen.«

»Verflucht!« Karl presste die Lippen zusammen. Der Brunnen war die Achillesferse einer jeden Burg. Ohne Wasser hielt niemand lange einer Belagerung stand. Karl sah den Alten eindringlich an. »Sie sollen weitergraben. Irgendwann müssen sie auf Wasser stoßen, irgendwann muss der Fels seine Quelle preisgeben.«

»Sehr wohl, Eure Majestät.«

Karl beugte sich im Sattel vor und senkte die Stimme. »Und zu niemandem ein Wort, verstanden?«

Der Baumeister nickte ernst. »Wie Eure Majestät wünschen.«

Karl winkte ihn fort und gab seiner Leibgarde das Zeichen zum Aufbruch. »Wir kehren zurück nach Prag.«

Vorsichtig ritten sie den steilen Pfad hinab ins Tal und zurück in die Stadt. Karl starrte während des gesamten Heimwegs blicklos in das Schneetreiben und gab sich seinen trüben Gedanken hin. Ein Fluch schien auf diesem Jahr zu liegen. Der Schwarze Tod suchte das Reich heim und entvölkerte ganze Städte. Die Angst vor der Seuche säte Zwietracht unter den Menschen; der Vater traute dem Sohn nicht mehr, Eltern verließen ihre sterbenden Kinder, jeder sorgte sich nur noch um das eigene nackte Überleben. Dieser Prüfung des Glau-

63

bens hielten nur wenige stand. Selbst Priester und Mönche suchten das Weite, verließen ihre Schäfchen und überließen sie dem Tod, ohne ihnen die letzte Ölung zu erteilen.

Und zu allem Überfluss gab es auf seiner Burg, seinem Karlstein, das er zur Krone des Reiches machen wollte, kein Grundwasser. Eine Burg ohne Brunnen war wie ein Leib ohne Blut, ein Organismus ohne Lebenssaft. Hatte der Herr im Himmel sich von ihm abgewandt? War er vor dem himmlischen Vater in Ungnade gefallen? Nein! Gott wollte ihn noch härter prüfen, das war es. Schließlich war Gott selbst es gewesen, der ihm diesen Platz gewiesen hatte.

All diese Prüfungen würde er leichter durchstehen, wenn Blanche noch an seiner Seite wäre, doch ausgerechnet in diesem Frühjahr war sein Weib gestorben. Niemals hätte er gedacht, dass ihr Verlust eine so große Lücke in sein Leben reißen würde. Blanche war ihm auf eine seltsame Art vertraut gewesen; er hatte sie seit Kindertagen gekannt, sie waren gemeinsam am französischen Hof aufgewachsen, und er teilte viele Erinnerungen mit ihr. Er konnte sich nicht an eine Zeit erinnern, in der sie nicht Teil seines Lebens gewesen war. Sie fehlte ihm.

Mit seiner neuen Gemahlin Anna verband ihn nichts. Immerhin war sie schnell schwanger geworden, bereits Anfang des neuen Jahres würde sie niederkommen und ihm, so Gott wollte, endlich den ersehnten Sohn gebären.

Auf dem Hradschin angekommen, zog sich Karl in seine Gemächer zurück und ließ den Schreiber kommen. »Noch keine Nachricht von unserem Ordensritter?«, fragte er und rieb sich die durchgefrorenen Hände.

»Leider nicht, Eure Majestät. Engelbert von der Hardenburg hat noch nichts von sich hören lassen.« Der Schreiber deutete ein Achselzucken an. »Vielleicht ist er auf unerwartet harten Widerstand gestoßen. Der Abt der Nürnberger Dominikaner soll ein eigenwilliger Mann sein.«

Karl ballte ungeduldig die Faust. »Was meint Ihr, weshalb wir von der Hardenburg mit dieser Mission betraut haben? Er hat uns bisher noch alles herangeschafft, was wir ins Auge gefasst haben.« Ärgerlich scheuchte er den Mann fort.

Als er allein war, öffnete er eine Truhe und zog ein mit kunstvollen Schnitzereien versehenes Kästchen aus Ebenholz hervor. Behutsam hob er den Deckel an. Eine kleine Phiole aus venezianischem Glas lag darin, eingebettet in ein Tuch aus rotem Samt. Auch in der Phiole leuchtete es rot, oder vielmehr rotbraun. Sanft fuhr Karl mit den Fingerspitzen über das kalte Glas. Sofort spürte er die ungeheure Kraft, die von dem Inneren des winzigen Gefäßes ausging, die Kraft des Allmächtigen, des Schöpfers von Himmel und Erde. Die Phiole enthielt einige wenige Tropfen der kostbarsten Flüssigkeit der Menschheit: das Blut Christi, das Blut, das der Sohn Gottes vergossen hatte, als man ihm die Lanze in die Seite stieß.

»Herr, verleih uns Stärke, lass uns nicht fehlgehen, lass uns unser Reich mit Weisheit und Ehrfurcht vor deiner göttlichen Allmacht regieren!«, hauchte Karl. »Behüte uns, auf dass wir und unsere prächtige Stadt Prag vor der großen Pestilenz verschont bleiben mögen, die überall im Reich grassiert. Schenk uns Mut und Ausdauer, auf dass wir den wahren Glauben immer und überall vor seinen Feinden verteidigen können!« Er führte die Phiole an die Lippen, küsste sie vorsichtig und bettete sie behutsam wieder in die Schatulle. Sie war sein kostbarster Schatz.

Doch es gab noch mehr solcher Schätze, die er unbedingt besitzen musste. Einen versteckten die Schwestern der Prämonstratenser der Stadt Znaim in den Mauern des Klosters

Louka. Dem würde er sich als Nächstes widmen. Und dann gab es da noch den größten Schatz der Menschheit, die Reliquie aller Reliquien. Sie in seinen Besitz zu bringen, war sein dringlichstes Begehren. Um sie zu besitzen, würde er Himmel und Erde in Bewegung setzen, und nichts und niemand konnte ihn daran hindern.

* * *

Der Ordensritter stöhnte, als Rebekka behutsam den Verband abrollte. Der Wagen ruckelte stark, die Straße war uneben, voller Schlaglöcher, und der Schneematsch tat ein Übriges, um das Fortkommen zu erschweren. An einem Fluss entlang ging es auf die Königsstadt Neu Pilsen zu, von der aus es angeblich nicht mehr weit war bis Prag.

»Habt Ihr Schmerzen?«, fragte Rebekka und hielt einen Moment inne.

»Nicht der Rede wert«, flüsterte der Gotteskrieger. »Ihr gebt Euch Mühe, das weiß ich. Es muss sein. Macht weiter. Ich danke Euch.«

Rebekka wunderte sich über die vielen Worte. Bisher hatte sie von ihm nur erfahren können, dass er auf den Namen Engelbert von der Hardenburg hörte, ein Ritter des Deutschen Ordens war und ebenfalls in Nürnberg zu tun gehabt hatte. Der Ordensritter war verschwiegen, und das war ihr recht gewesen, denn so hatte auch sie nicht viel reden müssen. Jedenfalls musste Engelbert von der Hardenburg ein mächtiger Mann sein, denn als sie gestern in der Stadt Mies gerastet hatten, wollten die Kaufleute ihn zurücklassen, doch der Ordensritter hatte mit seiner entkräfteten Hand auf eine Tasche an seinem Gürtel gedeutet, worin sie einen Beutel Silbermünzen und ein Geleitschreiben des Königs gefunden hatten. Daraufhin hatten die Handelsleute ihm untertänigst zugesichert, ihn wohlbehalten nach Prag zu bringen.

Auch hatten sie eiligst einen Chirurgicus gerufen, der sich die Verletzungen des Mannes angesehen hatte. Er hatte ihn zur Ader gelassen, die Wunden mit Salbe versorgt und Rebekka gezeigt, wie sie die Verbände anlegen musste. Aus irgendeinem Grund war ihr die Aufgabe zugefallen, sich um den Ordensritter zu kümmern, vielleicht, weil sie ihn gefunden hatte, vielleicht auch, weil sie als Einzige im ganzen Zug keine Aufgabe hatte. Jedenfalls lag Engelbert von der Hardenburg nun zwischen den Stoffballen in einem Wagen des Egmund Langurius und ließ sich von Rebekka regelmäßig die Verbände wechseln und die Wunden mit Salbe behandeln.

Als Rebekka den Verband angelegt hatte, ergriff Engelbert ihre Hand. »Was wollt Ihr in Prag, Amalie?«

Rebekka sah ihn erschrocken an. »Ins Kloster. Das sagte ich doch schon.«

»Ihr reist allein mit einer Horde ehrbarer, doch reichlich ungehobelter Kaufleute.« Der Ordensritter sah ihr in die Augen. »Eine sehr ungewöhnliche Art für eine junge Frau, den Schoß ihrer Familie zu verlassen, um eine Braut Christi zu werden.«

Rebekka hielt seinem Blick stand. »Eure Art, im Auftrag des Königs zu reisen, erscheint mir ebenfalls ungewöhnlich.«

Der Mund des Ritters zuckte. »Gut pariert, Amalie Belcredi«, murmelte er und schloss die Augen.

Rebekka dachte schon, er sei wieder eingeschlafen, und wollte behutsam ihren Arm aus seiner Umklammerung lösen, als er plötzlich erneut zupackte.

»Belcredi ist ein gefährlicher Name«, knurrte er.

Rebekka erschrak. Wusste Engelbert von der Hardenburg etwas über ihre Familie? »Aber …«, begann sie.

»Ich an Eurer Stelle«, fuhr von der Hardenburg fort, als hätte er ihren Einwand nicht gehört, »würde ihn in Prag nicht erwähnen. Schlimm genug, dass jeder Fuhrknecht hier im Zug weiß, wie Ihr heißt. Aber das lässt sich wohl nicht mehr ändern.«

»Was ist gefährlich an meinem Namen?«, fragte Rebekka, der es vor Verblüffung fast die Sprache verschlug.

Der Ordensritter winkte ab. »Nennt Euch Severin. Amalie Severin. Das ist sicherer.«

»Aber...« Rebekka wusste nicht, was sie sagen sollte, zu viele Fragen schwirrten ihr im Kopf herum.

»Tassilo Severin ist ein angesehener Kaufmann. Und ein guter Freund von mir.« Von der Hardenburg holte mühsam Luft. Das lange Sprechen schien ihn anzustrengen. »Ihr seid seine Nichte, Amalie, die Nichte des Tuchhändlers Tassilo Severin. Merkt Euch das!«

Rebekka öffnete den Mund, doch Engelbert von der Hardenburg drehte den Kopf weg. Sein Atem ging schwer. Wenig später begann er leise zu schnarchen.

AUGUST 1342/AW 5102

»Zapple nicht so herum! Du musst ein ernstes, feierliches Gesicht aufsetzen und die Hände langsam bewegen. So!« Er berührte mit den Fingern zuerst seine Stirn, dann die Brust und dann beide Schultern.

Rebekka tat es ihm nach, so gut es ging. Sie standen in der Ruine der Burgkapelle, und Johann zeigte ihr, wie ein christlicher Gottesdienst ablief.

Er hatte ihr erzählt, dass die Christen Brot und Wein zu sich nahmen, das sich bei der Wandlung in den Leib und das Blut

Christi verwandelten, und Rebekka hatte sich angewidert geschüttelt. »Ihr esst den Leib eures Gottessohnes?«, hatte sie entsetzt gerufen. »Das ist ja abscheulich.«

Johann hatte mit den Schultern gezuckt. »Und ihr schlachtet Säuglinge für eure Blutrituale. Ist das vielleicht besser?«

»Tun wir gar nicht!«

»Der Bäckermeister Humpert hat es erzählt. Er hat es sogar schon beobachtet.«

»Er lügt.« Rebekka hatte sich wütend abgewandt, damit Johann nicht die Tränen sah, die darin brannten. Warum nur erzählten manche Christen so schlimme Dinge über die Juden?

»Schon gut«, hatte Johann gesagt und sanft ihre Schulter berührt. »Ich glaube dir ja. Der Humpert ist ein abergläubischer Dummkopf, das hat Vater letztens gesagt. Er hat nämlich auch behauptet, dass die Liesel vom Hochberghof eine Hexe ist. Und das stimmt nicht, sonst hätte sie längst die dicke Anne verhext, die ihr den Verlobten weggeschnappt hat.«

Rebekka hatte sich wieder zu Johann umgedreht und ihn wortlos angesehen. Ob es tatsächlich Hexen gab? Johann glaubte fest daran, die meisten Christen taten das. Ihr Vater hatte ihr jedoch gesagt, es sei ein alberner Aberglaube, der viel Leid über die Menschen bringe.

»Und jetzt üben wir, wie man das Kreuz schlägt«, hatte Johann geschäftsmäßig hinzugefügt, so, als hätte er ihren ungläubigen Gesichtsausdruck gar nicht bemerkt. »Und wenn du es gut machst, erzähle ich dir die Geschichte von Georg, dem Drachentöter, und verrate dir, wo du ein Bildnis von ihm findest.«

So standen sie nun in der verfallenen Kapelle, und Rebekka übte mit klopfendem Herzen das Kreuzzeichen, voller Angst, Gott könne ihr zürnen, weil sie seinen Namen mit den christlichen Handlungen beschmutzte. Zwei Jahre war es her, seit sie

69

sich zum ersten Mal auf dem Gelände der alten Burg begegnet waren, und seither hatten sie sich zum Spielen getroffen, so oft es ging. Rebekka hatte Johann erklärt, was koscher bedeutete, warum sich im Eingang eines jeden jüdischen Hauses eine Mesusa befand und warum sie das Laubhüttenfest so sehr liebte. Johann hatte ihr von dem christlichen Gottessohn erzählt, der in einem Stall zur Welt gekommen war, und ihr das *Vater, unser* auf Latein beigebracht. Die meiste Zeit hatten sie jedoch damit verbracht, als König Johann und Königin Rebekka über das kleine Reich zu regieren, das von der mächtigen Burgruine aus beherrscht wurde. Sie hatten Kriege geführt, Friedensverträge geschlossen, prächtige Bälle gegeben und waren auf die Jagd gegangen. Leider durfte niemand etwas von ihrer heimlichen Freundschaft wissen, denn Rebekka hatte gar nicht die Erlaubnis, sich so weit aus dem Judenviertel zu entfernen. Johann hatte zwar keine Bestrafung vonseiten seiner Eltern zu befürchten, dafür aber den Spott und die Hänseleien seiner Schulkameraden. Also achteten sie darauf, unentdeckt zu bleiben.

»So ist es besser«, lobte Johann, nachdem Rebekka noch einmal mit feierlichem Gesicht das Kreuz geschlagen hatte. »Aus dir wird noch eine richtig gute Christin, du wirst schon sehen.«

»Ich will aber keine Christin werden! Ich bin Jüdin.« Rebekka verschränkte die Arme.

Johann wurde ernst. »Aber du musst Christin werden! Sonst können wir nicht heiraten.«

* * *

Rebekka erwachte von Geschrei und lautem Poltern. Verwirrt richtete sie sich auf. Der Ordensritter, der neben ihr auf dem Wagen lag, schnarchte leise. Die Plane wurde zurückgeschlagen, und ein Mann herrschte sie in einer fremden Sprache an. Dann tauchte Langurius auf und redete gestenreich auf den Mann ein. Offenbar beherrschte der Kaufmann das Tschechische fließend.

Verschlafen krabbelte Rebekka von der Ladefläche und blickte sich um. Die Wagen des Zuges standen in einer langen Schlange vor einem zweistöckigen Gebäude kurz hinter einem Stadttor. Die Planen waren zurückgeschlagen, Männer mit Wachstafeln in der Hand begutachteten die Waren, zählten Kisten und Fässer und machten Notizen. Wie es schien, wurde hier der Zoll entrichtet.

Neugierig sah Rebekka sich um. Viel konnte sie nicht erkennen. Die Straße war schmal und schlammig, Kinder spielten im Dreck. Auf der gegenüberliegenden Seite öffnete sich eine Tür, eine dicke Frau trat heraus und leerte im hohen Bogen einen Eimer mit Küchenabfällen. Rebekka fröstelte. Das also war Prag, die Stadt, aus der ihre Familie stammte. Ihre Familie – wie seltsam das plötzlich klang! Ihre Familie, das waren für sie immer noch Menachem ben Jehuda und seine Frau Esther, die beiden Menschen, die sie großgezogen hatten und die sie über alles liebte.

Rebekka zog den Mantel fester um sich. Die Luft war so kalt, dass ihr der Atem weiß vor dem Gesicht stand. Immerhin hatte es aufgehört zu schneien, und eine fahle Morgensonne kämpfte mit der Dunstschicht über der Stadt.

Rebekka drehte sich zu Langurius um, der noch immer mit dem Zöllner verhandelte. Jetzt wäre der richtige Augenblick, sich zu verabschieden. Sie könnte behaupten, dass sie sich von hier aus allein auf den Weg zum Kloster machen wolle, und heimlich eine Unterkunft suchen. Kurz entschlossen stieg Rebekka zurück auf den Wagen, um ihr Bündel zu holen. Engelbert von der Hardenburg war inzwischen erwacht.

»Wir sind in Prag angekommen«, erzählte sie ihm. »Der Kaufmann wird Euch bei Euren Ordensbrüdern abliefern, sobald der Zoll entrichtet ist.«

»Und Ihr?«, murmelte der Ordensritter. Es ging ihm besser, doch er schien immer noch sehr geschwächt zu sein. »Was wird aus Euch?«

»Ich gehe zu meinen zukünftigen Schwestern ins Kloster«, sagte Rebekka leichthin. »Unsere Wege trennen sich hier. Lebt wohl, Engelbert von der Hardenburg. Gott schütze Euch.«

»Wartet!« Er berührte ihren Arm. »Ihr habt mir das Leben gerettet. Ich stehe tief in Eurer Schuld.«

Rebekka senkte den Blick. »Ihr schuldet mir nichts, Bruder«, sagte sie lächelnd. »Ich habe gern geholfen.«

»Ich habe gehofft, dass Ihr das sagen würdet. Ihr seid eine aufrichtige junge Frau, auch wenn Ihr versucht, Eure wahre Herkunft zu verbergen. Ihr seid Jüdin, nicht wahr?«

Rebekka erschrak und zuckte zurück.

Doch der Ordensritter lächelte warm. »Kein Angst, Amalie Severin. Ich will Euch nichts Böses. Setzt Euch. Ich habe eine Bitte.«

Rebekkas Herz schlug wild, aber sie folgte seiner Aufforderung. Was blieb ihr anderes übrig? Ihr Schicksal lag in seiner Hand. Wenn von der Hardenburg Alarm schlüge, käme sie in arge Bedrängnis. Die Kaufleute waren anständige und aufrechte Männer, doch wie sie mit einer Jüdin verfahren würden, die sie belogen und sich als Christin bei ihnen eingeschlichen hatte, mochte sie sich lieber nicht vorstellen. Da war es besser, sich anzuhören, was der Ordensritter zu sagen hatte. Schließlich hatte er sie bisher nicht verraten. Vielleicht konnte sie ihm wirklich trauen.

Sie sah ihn an. Sein rotbraunes Haar und der gleichfarbige Bart waren struppig, das Gesicht war blass und eingefallen, doch die Augen blickten klar und entschlossen. Seufzend ließ sie sich neben ihm auf einem Stoffballen nieder.

»Wir haben nicht viel miteinander geredet, aber Ihr könnt nicht verbergen, dass Ihr gebildet seid. Mehr, als es bei einem Weib üblich ist.« Er schmunzelte. »Seid Ihr die Tochter eines Rabbiners?« Er winkte ab. »Ihr müsst es mir nicht erzählen. Die Zeit drängt.«

»Ich verstehe nicht ...«, begann Rebekka.

Er lächelte schwach. »Seid nochmals versichert: Von mir droht Euch keinerlei Gefahr. Einige meiner besten Freunde sind Juden. Und hier in Prag stehen die Juden unter dem Schutz des Königs.«

Rebekka hörte, was der Ordensritter sagte, aber sie war nicht überzeugt. Gab der König nicht die Juden im ganzen Lande preis? Er schien ihre Gedanken zu lesen.

»In Prag sind die Juden wirklich sicher.« Mühsam richtete er sich auf. »Wie Ihr seht, Amalie, bin ich noch schwach. Aber ich habe eine wichtige Botschaft für unseren König Karl. Er muss sie noch heute erhalten. Ich möchte, dass Ihr sie ihm überbringt. Euch vertraue ich. Ihr seid reinen Herzens. Und ich könnte Euch helfen zu finden, was Ihr sucht. Denn Ihr sucht doch etwas, oder?«

Rebekka sah den Mann argwöhnisch an. Was wusste er über sie? Hatte er heimlich ihr Bündel durchsucht? Hatte sie im Schlaf gesprochen, wenn sie während der Krankenwache eingenickt war? Oder versuchte er, sie auszuhorchen? Viele Menschen waren auf die eine oder andere Art auf der Suche, vor allem, wenn sie auf Reisen waren. Dieser Ordensritter war schlau. Und mächtig. Und er schien etwas über die Familie Belcredi zu wissen. Wenn er ihr wirklich

73

helfen konnte, dann hätte sie mit ihm einen starken Verbündeten.

»Ist nicht jeder immer auf der Suche?«, erwiderte sie vorsichtig.

Der Ordensritter lachte rau. »Ich wusste, dass Ihr die Richtige für diese Aufgabe seid. Helft Ihr mir?«

Rebekka nickte.

Der Ordensritter zeigte auf seine Tasche. Rebekka reichte sie ihm, und er zog einen kleinen Lederbeutel heraus.

»Hierin findet Ihr ein Fingerreliquiar«, erklärte er. »Seine Majestät warten sehnsüchtig darauf. Und vier Briefe. Ein Schreiben an König Karl und ein Schreiben, das Euch als meine Botin ausweist. Ihr werdet es brauchen, um in die Burg auf dem Hradschin eingelassen zu werden, wo Karl residiert. Die beiden anderen Schriftstücke bestätigen die Echtheit der Reliquie.«

Rebekka runzelte die Stirn. »Ihr habt bereits alles vorbereitet? Auch den Brief, der mich als Überbringerin der Reliquie legitimiert? Wann habt ihr das getan?«

»Zum einen müsst Ihr auch manchmal schlafen, zum anderen wusste ich, dass Ihr gütig seid und mich nicht im Stich lasst. Verzeiht.« Der Ordensritter verzog das Gesicht zu einem schelmischen Grinsen, und Rebekka spürte die Willenskraft, die von ihm ausging, selbst jetzt, wo er schwer verletzt ans Krankenlager gefesselt war.

»Nun gut«, sagte sie resigniert. »Ich werde tun, worum Ihr mich bittet. Und danach will ich alles von Euch wissen, was Ihr über die Familie Belcredi wisst. Ihr habt versprochen, mir zu helfen, wenn ich Euch helfe. Ich werde Euch beim Wort nehmen.«

Langsam legte Engelbert von der Hardenburg seine rechte Faust an sein Herz. »Ihr werdet noch sehen, dass das Wort

74

eines von der Hardenburg mehr wert ist als zehn gesiegelte
Verträge.«

* * *

Kylion Langenmann wälzte sich von der Hure. Er war auf ihr
eingeschlafen, und sie hatte nicht gemuckt, so, wie er es ihr
befohlen hatte. Dafür bekam sie einen Heller extra.

Der Ausrufer hatte ihn geweckt. Ein Handelszug aus Nürnberg war eingetroffen und mit ihm hoffentlich Neuigkeiten,
die er zu Geld machen konnte. Er warf der Hure sechs Münzen hin, ein guter Lohn für gute Arbeit, zog sich an und verließ
das Haus der Hübschlerinnen durch den Hinterausgang.

Wie üblich begann er im Gasthaus »Zum Hirschen«. Da
stiegen die Ochsentreiber ab, soffen sich nach einem langen
Marsch den Verstand aus dem Schädel und erzählten, ohne
dass er sie dazu ermuntern musste. Als die erste Schlägerei
begann, zog er weiter zum »Bären«, einem etwas besseren
Haus, in dem die Fuhrleute logierten. Sie soffen zwar auch,
aber sie hörten in der Regel auf, bevor sie nicht mehr stehen
konnten oder die Messer gezogen wurden.

Er nahm in der Mitte des Schankraumes Platz, bestellte
Wein und fing auf, was die Leute von sich gaben. Ein Mann,
der offensichtlich mit dem Händlerzug aus Nürnberg gekommen war, prahlte damit, dass er eigenhändig eine Räuberbande in die Flucht geschlagen und dabei einen Mann des
Königs gerettet habe. Das klang interessant. Kylion spitzte
die Ohren. Ein anderer Fuhrknecht schlug mit der Faust auf
den Tisch und entgegnete, er solle nicht so angeben, weil er
allenfalls ein Rudel Wölfe in die Flucht geschlagen hätte, das
sich an den armen Seelen gütlich tun wollte.

Der Erste beharrte aber darauf, dass sie nachweislich einen

75

Ritter des Deutschen Ordens, der mit einem Empfehlungsschreiben von König Karl höchstselbst ausgestattet gewesen sei, aus den Klauen des Todes gerettet hätten.

Doch auch diese Variante ließ sein Kumpel nicht durchgehen. »Du bist ein echter Großsprecher, du!«, lallte er betrunken. »Gerettet hat den Ordensritter die feine junge Dame, die ihn den ganzen Weg bis hierher gepflegt hat. Du wolltest noch nicht einmal warten, bis wir die armen Leute begraben hatten, so schnell wolltest du von da fort, du Hosenschisser!«

Gelächter brandete auf, die Leute rieben sich die Hände in Erwartung einer deftigen Auseinandersetzung. Auch Kylion rechnete fest damit, dass sich die beiden jetzt prügeln würden, aber der Geschmähte winkte nur ab, setzte sich und glotzte mit glasigen Augen in seinen Humpen.

Der andere setzte derweil seine Rede fort. »Das war eine vornehme junge Dame. Allein wie sie gesprochen hat! Viel den Mund aufgetan hat sie aber nicht. Nicht unsereinem gegenüber jedenfalls. Und ansehnlich war sie auch.« Der Mann formte mit den Händen die Konturen eines weiblichen Körpers nach, wobei sein Bier auf den Boden schwappte. »Und ein Gesicht wie ein Engel.« Er trank einen Schluck.

Alle hingen an seinen Lippen, denn es war offensichtlich, dass er auf den Höhepunkt der Geschichte zusteuerte. Kylion hätte lieber mehr über den königlichen Gesandten gehört, doch er hielt sich zurück.

»Und dann war das Weibsstück plötzlich weg, kaum dass wir das Stadttor von Prag passiert hatten. Einfach so. Ohne sich zu verabschieden.« Der Fuhrknecht setzte seinen Humpen erneut an die Lippen, bevor er weitersprach. »Diese Dame war vielleicht doch nicht so fein. War wohl eine Hübschlerin, die den Ordensritter mit ihren ganz besonderen Fähigkeiten gepflegt hat. Für so eine Pflege würde ich mir auch einen Armbrustbolzen durch das Bein jagen lassen.«

Die Zuhörer grölten zustimmend.

»Und was für einen Namen die hatte«, sprach der Fuhrknecht weiter. »Der war bestimmt erfunden.«

Kylion nahm einen Schluck Wein und beugte sich vor. Die Frau interessierte ihn mit einem Mal doch.

»Amalie Belcredi«, verkündete der Mann. »Hat es einer von euch schon mal mit einer Hure mit einem so vornehmen Namen getrieben? Amalie Belcredi!« Er lachte wiehernd.

Wie ein Wasserfall spritzte der Wein aus Kylions Mund. Amalie Belcredi? Verdammt noch eins! Das war eine Neuigkeit, für die sein Auftraggeber ein ordentliches Sümmchen springen lassen würde!

Kylions Tischnachbarn fluchten über den unerwünschten Weinregen. Er sprang auf und warf ihnen eine Münze hin. Sofort waren sie wieder bester Laune und riefen den Wirt herbei.

Mit zwei Schritten war Kylion bei dem Fuhrknecht, griff ihn an der Schulter und flüsterte ihm ins Ohr: »Auf ein Wort, guter Mann. Willst du dir ein paar Pfennige hinzuverdienen? Wenn ja, dann folge mir einfach nach draußen.«

Kylion ließ den Mann los und verließ den »Bären«. Aus den Augenwinkeln sah er, wie sich der andere in Bewegung setzte und an seine Fersen heftete.

Er zog den Mann in eine Seitengasse, hielt ihm eine Silbermünze vor die Nase. »Ich will alles wissen, was du über diese Amalie Belcredi weißt. Aber im Vertrauen. Wenn du irgendwem von unserem Gespräch erzählst, dann stopfe ich dir nicht deine Geldkatze, sondern dein Maul – und zwar für immer. Verstanden?«

Der Mann schluckte, nickte und erzählte stockend.

Als er geendet hatte, steckte Kylion ihm die Münze zu, ein Vielfaches seines Monatslohns, und verschwand ohne ein weiteres Wort.

Während er durch die Gassen in Richtung Stadttor hetzte, wo ein Knecht mit seinem Gaul wartete, drehten sich immer wieder dieselben Gedanken in seinem Kopf. Er hatte nicht nur in Erfahrung gebracht, dass Amalie Belcredi in Prag war, sondern auch, wie sie aussah. Das war kein Zufall. Der Herr im Himmel hatte ihm den Fuhrknecht geschickt. Sein Auftraggeber würde ihm diese Informationen hundertfach vergelten. Aber die Zeit drängte, er durfte keinen Wimpernschlag länger zögern. Kylion erreichte Knecht und Pferd, warf dem Mann eine Münze zu und saß auf. Dann rammte er dem Tier die Sporen in die Seite.

* * *

Ein unablässiger Strom von Menschen bewegte sich auf die hölzerne Brücke zu. Es war der einzige Weg, trockenen Fußes über die Moldau zu kommen. Etwa dreißig Schritte neben diesem provisorischen Übergang bauten Arbeiter an einem wuchtigen Tor, das wohl den Zugang zu einer steinernen Brücke markieren würde, die dort entstehen sollte.

Trotz des Gedränges hielt Rebekka inne und ließ ihren Blick über das andere Ufer schweifen. Ein Hügel erhob sich jenseits des Flusses über die Stadt, der Hradschin, der von einer gewaltigen Burganlage dominiert wurde. Genau in der Mitte der Mauern, Tore und Türme erblickte Rebekka eine zweite Baustelle. Hier entstand offenbar eine Kirche. Rebekka folgte mit den Augen einer gepflasterten Straße, die hinauf zur Burg führte. Rechts und links davon standen unzählige bunte Zelte dicht beieinander. Fahnen mit den Wappen der Ritter, die anlässlich der bevorstehenden Krönung der neuen Königin in die Stadt gekommen waren, wehten im Wind. Von kleinen Feuerstellen stieg Rauch auf, hin und wieder blitzte eine Rüstung oder ein Schwert im Sonnenlicht.

Am unteren Ende der Straße, unmittelbar am Ufer der Moldau, erhob sich ein weiteres Tor, gesäumt von einer Reihe langer Stangen, auf deren Enden menschliche Köpfe steckten. Einige wirkten, als hätten sie noch vor wenigen Stunden geatmet, andere waren bereits so verwest, dass fast nur noch die bleichen Schädel zu sehen waren, die ihre Zähne wie zu einem letzten Grinsen bleckten. Zum Tode Verurteilte, deren Häupter man den Raben als Futter überlassen hatte, um andere Übeltäter abzuschrecken.

Unwillkürlich schlug Rebekka das Kreuz, stockte und sah erschrocken auf ihre Hände. War ihr ihre neue Bestimmung als Christin schon so sehr in Fleisch und Blut übergegangen? Hatte sie ihren jüdischen Glauben, hatte sie all das, was ihr einmal wichtig gewesen war, bereits so weit hinter sich gelassen?

Ein Krämer mit einem Brett voller Knöpfe, Fäden und Schnüre, das er sich um den Bauch gebunden hatte, rempelte Rebekka an, fluchte auf Tschechisch und riss sie damit aus ihren Grübeleien. Hastig reihte sie sich wieder in den Strom der Menschen und betrat die niedrige Holzbrücke. Die Konstruktion zitterte und ächzte unter der Last der vielen Menschen. Rebekkas Herz schlug schneller vor Angst, erneut angestoßen zu werden und in das eisige Wasser der Moldau zu fallen. Sie atmete erst ruhiger, als sie auf der Kleinseite wieder festen Boden unter den Füßen hatte.

Wenige Augenblicke später passierte Rebekka die schaurigen Schädel und den großen Turm, der den Zugang zur Kleinseite bewachte. Da sie keinerlei Waren mit sich führte, ließen die Zöllner sie wortlos passieren. Sie beschleunigte ihre Schritte, denn das Geschrei der Raben, die in Schwärmen über den aufgespießten Schädeln kreisten, klirrte unerträglich laut in ihren Ohren.

Zwischen den bunten Zelten auf dem Hradschin wimmelte es nur so von allen möglichen Gestalten: Huren, Handwerker, Händler, Ritter, Söldner, Wachen und Unmengen Priester und Mönche aller möglicher Orden brüllten, fluchten, lachten und sangen durcheinander. Der Lärm und das Gewirr von Farben und Gerüchen ließen Rebekka schwindeln. Niemals hatte sie so viele Menschen auf einem Haufen gesehen, nicht einmal, wenn in Rothenburg Gericht gehalten wurde. Ein Krämer pries lautstark eine Wundersalbe an, seine Stimme wurde übertönt vom Lachen einiger Ritter, die um ein Feuer saßen, vom Klirren der Schwerter und vom Donnern eines Schmiedehammers ganz in Rebekkas Nähe. Menschen liefen durcheinander, bahnten sich mühsam einen Weg durch die Zeltstadt der Söldner, doch alle schienen genau zu wissen, wohin ihr Weg sie führte. Alle bis auf sie.

Beklommen ging Rebekka an den Zelten und Unterständen vorüber. Ängstlich musterte sie die Ritter. Sie wagte nicht, den fremden Männern länger in die Augen zu sehen. Die meisten neigten leicht den Kopf, wenn ihre Blicke sich begegneten, denn sie war gekleidet wie eine vornehme Christin. Manche allerdings schienen auch davor keinen Respekt zu haben.

»Na, du Hübsche? Suchst du ein bisschen Spaß?«, rief ihr einer der Männer zu. »Komm her. Ich zeige dir mein Schwert. Es ist groß und scharf und brennt darauf, zum Einsatz zu kommen!«

Entsetzt lief Rebekka weiter. Niemals würde sie einen dieser Männer zu ihrem Schutz in Dienst nehmen.

Mit dem Strom der Menschen eilte sie die steile Straße hinauf, bis endlich das Burgtor in Sicht kam. Die Zugbrücke war heruntergelassen, ein Dutzend Soldaten, schwer bewaffnet und grimmig dreinblickend, flankierte den Eingang, der allenfalls breit genug für einen schmalen Karren war. Auf den Wehrgängen patrouillierten weitere Soldaten, die Armbrüste kampfbereit gespannt. Hier kam niemand herein, der nicht erwünscht war.

Eine kleine Traube von Menschen unterschiedlicher Herkunft bemühte sich darum, dass ihnen Einlass gewährt wurde. Die meisten wurden weggeschickt, oft mit groben Stübern, manchmal unter Gelächter.

Mit einem Mal hörte Rebekka hinter sich Geschrei. Reiter stoben durch die Menschenmenge. Mit Mühe schaffte sie es, den Pferden auszuweichen, die von den Männern auf ihrem Rücken ohne Rücksicht angetrieben wurden. Die Wachen stießen alle zur Seite, die im Wege waren, und schon donnerten die Hufe über die schweren Bohlen der Brücke und verschwanden im Inneren der Burganlage. Der Spuk war so schnell vorüber, wie er gekommen war. Die Menge schloss sich wieder, und Rebekka wurde immer näher zum Tor geschoben, bis sie schließlich vor einem Wachmann mit unbeweglicher Miene stand.

Er sprach sie an, sie verstand kein Wort, aber er wollte sicherlich wissen, was ihr Anliegen war.

»Zum König«, stammelte Rebekka die zwei Worte Tschechisch, die von der Hardenburg ihr beigebracht hatte. Nervös tastete sie nach dem Lederbeutel, den der Ordensritter ihr anvertraut hatte, dann nach ihrem Mantelärmel, in dem eine kleine Rolle Pergament steckte. Die Anschrift des Kaufmanns Tassilo Severin, ihres angeblichen Onkels. Eine weitere Lüge, ein weiterer Name, der sich unvermittelt in ihr

Leben gedrängt hatte. Amalie Severin. Hoffentlich tat sie gut daran, Engelbert von der Hardenburg zu vertrauen!

Der Wachmann musterte sie von oben bis unten. Er hatte laubgrüne Augen und eine Narbe über der Oberlippe, die ihn aussehen ließ, als wäre sein Gesicht zu einem verächtlichen Grinsen verzogen. Er sagte etwas Unverständliches, das alle Umstehenden zum Lachen brachte. Ihr stieg die Röte ins Gesicht. Schnell zog sie das Schreiben aus dem Beutel und einen Ring, den der Ordensritter ihr ebenfalls mitgegeben hatte.

Der Wachmann schüttelte den Kopf.

Aber er musste doch den Ring erkennen, er musste doch das Schreiben lesen!

Der Wachmann winkte sie fort, aber Rebekka blieb einfach stehen. So leicht würde sie nicht aufgeben. Von hinten drängelten die Leute, fluchten, manches verstand sie, denn einige Menschen hier sprachen Deutsch. Der Wachmann fasste sie am Arm, sie bekam es mit der Angst zu tun und begann zu kreischen, als hätte er ihr ein Messer in den Leib gerammt. Er zuckte erschrocken zurück. Rebekka hielt ihm wieder den Ring und das Pergament hin. Wieder lachten die Leute, ein anderer Soldat sagte etwas, zeigte auf Rebekka.

Der Wachmann zuckte mit den Achseln, griff nach dem Ring, betrachtete ihn genauer und wurde blass. Er schnappte sich das Dokument, überflog den Inhalt und verlor noch mehr Farbe. Er bellte den anderen Männern etwas zu, verbeugte sich vor Rebekka und zeigte mit der rechten Hand auf den Durchgang. Sie straffte die Schultern und folgte zwei Soldaten, die ihr plötzlich respektvoll den Weg wiesen. Der Wachmann begleitete sie. Sie passierten ein weiteres unbewachtes Tor und betraten den inneren Burghof. Hier herrschte genau dasselbe Treiben wie in den Straßen der Stadt, hinzu kam ohrenbetäubender Lärm, viel durchdringender als das

Geschrei der Menschen und das Kreischen der Raben am Flussufer.

Feiner grauer Staub wirbelte durch die Luft, als hätte sich eine Nebelwand auf den Hradschin gesenkt. Der gesamte Innenhof der Burg war eine einzige Baustelle, auf der gehämmert, geklopft, gesägt und gemeißelt wurde. Staunend sah Rebekka sich um. Was hier in den Himmel wuchs, war tatsächlich eine Kirche, und zwar eine von ungeheuren Ausmaßen. Doch sie entstand nicht auf der nackten Erde, sondern auf den Überresten eines kleinen, älteren Gotteshauses, das an den Stellen langsam abgetragen wurde, wo die neuen Mauern in die Höhe wuchsen. Es war seltsam anzusehen, wie das Neue gleichsam aus dem Alten herausspross. Rebekka hatte gehört, dass der König ein besonders frommer Christ war. Dies war wohl seine Art, seinen Glauben zum Ausdruck zu bringen.

Rebekkas Blick blieb an den Steinmetzen hängen. Es mussten an die hundert Männer sein, die Quader auf Quader setzten, die mit ihren Meißeln dem Stein die rechte Form gaben und den Burghof mit dem metallischen Klang ihrer Hämmer füllten. So laut war es, dass sie zuerst gar nicht hörte, was der Wachmann hinter ihr in recht gutem Deutsch sagte.

Er hob die Stimme und wiederholte seine Worte. »Ich bin Vojtech von Pilsen, Hauptmann der Wache, und erbitte untertänigst Eure Vergebung, edle Dame, für die Umstände, die ich Euch am Tor bereitet habe. Ich konnte ja nicht wissen, dass ihr in königlichem Auftrag unterwegs seid. Ich hoffe ...«

Rebekka hob eine Hand und blickte zu ihm hoch. Vojtech von Pilsen war gut einen Kopf größer als sie. Sein Gesicht war leicht gerötet, sodass die perlmuttfarbene Narbe über seiner Lippe noch mehr auffiel. Bisher war Engelbert von der Hardenburg ihr einziger Verbündeter in dieser fremden Stadt. Es konnte nicht schaden, wenn ein weiterer Mann ihr zu Dank verpflichtet war. »Sorgt Euch nicht. Der König wird nichts erfahren.«

Der Wachmann verbeugte sich tief. »Das werde ich Euch nie vergessen. Ihr seid zu gütig.«

Rebekka zog den Brief an Karl hervor und reichte ihn Vojtech. »Dieses Schreiben ist für Seine Majestät. Ich führe noch etwas anderes mit mir, doch das soll ich dem König eigenhändig überreichen.«

Vojtech nickte. »Bitte folgt mir.«

An mehreren Durchgängen und Toren wurden sie erneut kontrolliert. Endlich wurde Rebekka in einen Saal geführt, an dessen Kopfende auf einem Podest aus Marmor der Thron Karls IV. stand. Ein knappes Dutzend Männer, allesamt in wertvolle Gewänder gehüllt, stand in kleinen Gruppen zusammen und unterhielt sich auf Tschechisch. Es waren einige darunter, die vorhin auf ihren Pferden so rücksichtslos durch die Menge geprescht waren.

Vojtech, der Hauptmann der Wache, trat vor, verbeugte sich tief, überreichte einem der Edelmänner den Ring und das Schreiben an König Karl. Dann deutete er auf Rebekka und zog sich nach einer weiteren tiefen Verbeugung zurück.

Sie senkte den Blick, als der Edelmann sie anblickte, genauso, wie der Ordensritter es ihr erklärt hatte.

»Wenn Ihr nach einer kleinen Reise durch die Burg im Thronsaal angekommen seid«, hatte er ihr eingeschärft, »dann blickt niemandem direkt in die Augen, außer, Ihr werdet dazu aufgefordert. Zuerst wird man Euch ignorieren. Sobald der König mein Schreiben gelesen hat, wird er seinen engsten Vertrauten zu Euch schicken. Er ist ein Bischof. Ihr erkennt ihn an seinem weißen Gewand, das mit goldenen Stickereien besetzt ist. Der Bischof wird Euch seine Hand hinhalten. Ihr kniet nieder, küsst den großen roten Siegelring. Dann erlaubt er Euch aufzustehen. Er wird Euch zu Karl führen, der Euch nicht im Thronsaal empfangen wird, sondern in seiner Schreibstube, im Westteil des Palas, im ersten Stock.«

Rebekka hörte ein Räuspern, schreckte auf. Vor ihr stand wie aus dem Boden gewachsen der Bischof, von dem der Ordensritter gesprochen hatte.

Rebekka ließ sich auf die Knie fallen und küsste den Edelstein. Er war kalt wie Eis.

»Erhebt Euch und folgt mir.« Die Stimme des Bischofs klang streng, fast so wie die des Rabbi Isaak, ihres Lehrers, wenn er ärgerlich wurde, weil sie zu ungeduldig war oder noch schlimmer: wenn sie nicht gehorchte.

Mit weiten Schritten eilte der Bischof durch den Thronsaal, Rebekka blickte verstohlen zur Seite und bemerkte die neugierigen Blicke der Edlen, die jetzt schwiegen. Schnell schaute sie wieder auf den Rücken des Bischofs.

Während sie dem Gottesmann folgte, senkte sich mit einem Mal die ganze Last der Begegnung auf sie, die ihr bevorstand. Bisher hatte sie sich nicht erlaubt, daran zu denken, doch nun ließ sich der Gedanke nicht mehr fortschieben. Gleich würde sie dem Mann gegenüberstehen, der ihr Volk so schändlich verraten hatte. *Adonai! Was tust du nur, Rebekka? Warum hast du nicht einfach die Stadt verlassen? Oder wenigstens ein Messer mitgenommen, um es diesem feigen Mörder in den Leib zu rammen?*

Rebekka erschauderte. Selbst wenn Karl ihre Eltern mit seinen eigenen Händen getötet hätte, wäre es eine Sünde, es ihm gleichzutun. Sie wollte ihre Hände nicht mit Blut besudeln. Und erst recht nicht das Andenken an ihre geliebten Eltern, die vielleicht noch lebten und irgendwo hier in Prag auf sie warteten. Gott war gerecht, König Karl würde zur

Rechenschaft gezogen werden für seinen gemeinen Verrat, doch nicht von ihr. Auf sie wartete eine andere Aufgabe.

* * *

Karl las Engelberts Brief noch einmal. Warum nannte der Ordensritter den Namen der Frau nicht? Was sollte diese Geheimniskrämerei? Er fuhr sich mit der Hand über den Bart. Vielleicht wollte Engelbert sichergehen, dass kein Unbefugter ihren Namen erfuhr. Ja, das ergäbe Sinn. Der Ordensmann schien jedenfalls viel von ihr zu halten. Karl faltete das Schreiben zusammen und schob es sich in den Ärmel. Nun, er würde sich auf der Stelle davon überzeugen, was von Engelberts Lobpreisungen zu halten war. Engelbert hatte ihm empfohlen, die Frau nicht im Thronsaal unter den Augen des halben Hofstaates zu empfangen, sondern allein mit ihr zu sprechen.

»Mein König!«, hatte er geschrieben. »Prüft diese Frau, ob sie geeignet ist, unser Problem in Znaim zu lösen. Ich jedenfalls bin davon überzeugt!«

Karl wusste um das gute Urteilsvermögen des Ordensritters, also hatte er Montfort geschickt, die Frau zu holen. Znaim war in der Tat ein Ärgernis, das dringend aus der Welt geschafft werden musste.

Es klopfte.

»Tretet ein, sofern Ihr keine schlechten Nachrichten habt«, rief Karl aufgeräumt.

Montfort betrat die Schreibstube, ihm folgte eine Frau in einfacher, aber hochwertiger Reisekleidung, wie sie der Tochter eines wohlhabenden Kaufmanns anstand. Sie trug ein Kopftuch und hielt den Blick züchtig gesenkt, trotzdem erkannte Karl, dass sie noch sehr jung war, viel jünger, als er angenommen hatte.

Karl wandte sich an seinen Vertrauten. »Wir danken Euch, mein lieber Montfort.«

Der Bischof verstand, neigte den Kopf und verließ den Raum.

Karl betrachtete die junge Frau. Sie war eine Schönheit, aber nicht von der Art, die einem den Atem raubte, sondern vielmehr so, dass es einen danach verlangte, ihr die Welt zu Füßen zu legen. Das schmale Gesicht mit den hohen Wangenknochen war blass, sodass die dunklen Augen noch ausdrucksvoller wirkten. Die hohe Stirn verriet einen wachen Verstand.

»Seid gegrüßt«, sagte er.

Sie deutete einen Knicks an, ohne den Blick zu heben. »Eure Majestät.«

»Mein treuer Diener Engelbert von der Hardenburg hat uns geschrieben, dass Ihr ein Präsent für uns bei Euch führt. Bedauerlicherweise hat er uns nicht mitgeteilt, wie Euer Name lautet.«

Die Frau schwieg. Hatte sie ihn nicht verstanden? Er hatte Deutsch gesprochen, der Hauptmann der Wache hatte gesagt, sie verstünde kein Tschechisch.

»Antwortet!«, befahl er.

Mit einer geschmeidigen Bewegung hob sie den Kopf und sah ihn an. In ihrem Blick lag etwas, das ihn unwillkürlich schaudern ließ. Blitzartig schoss ihm durch den Kopf, dass er völlig allein mit der Fremden war, darauf vertrauend, dass Engelbert von der Hardenburg ihm treu ergeben war und dass ein schwaches Weib ihm keinen Schaden zuzufügen vermochte. Einen Wimpernschlag lang malte er sich aus, wie die Fremde einen Dolch aus den Falten ihres Gewandes zog und ihm die Klinge in den Leib rammte, dann war der Spuk vorbei.

Ihr Gesichtsausdruck klärte sich. »Ich bin die Nichte des

ehrenwerten Tuchhändlers Tassilo Severin, der hier in Prag sein Geschäft führt«, sagte sie mit fester Stimme. »Mein Name ist Amalie Severin.«

Karl musterte die Frau. Den Namen Tassilo Severin kannte er. Ein ehrbarer Bürger von untadligem Ruf. Nur von einer Nichte hatte er noch nie gehört. »Aber Ihr sprecht kein Tschechisch?«

»Ich bin nicht in Prag aufgewachsen, sondern in Rothenburg ob der Tauber.«

»Eine schöne Stadt. Und wohlhabend. Warum seid Ihr nach Prag gekommen?«

»Meine Eltern sind gestorben ...«

»An der Pestilenz?« Wenn diese Frau wirklich aus Rothenburg stammte, war das nicht möglich. Die Stadt war bislang verschont geblieben.

»Nein, Gott bewahre. Der Herr im Himmel hat bisher seine schützende Hand über Rothenburg gehalten.«

»So wie über unser geliebtes Böhmen.« Karl sah sie forschend an. »Woran mag das liegen?«

Amalie Severin überlegte eine Weile. »Alles, was geschieht, ist Gottes Wille, und seine Wege sind unerforschlich.«

»Eine gute Antwort, mein Kind. Einer guten Christin würdig. Aber ist es nicht unsere vornehmste Aufgabe, den Willen des Herrn zu ergründen, um ihm zu folgen?«

»Zweifellos. Und dennoch ist es der Wille des Herrn, ihm zu folgen, ohne zu fragen. Wäre es anders, würde ich fragen, warum gute Menschen von der Pestilenz dahingerafft werden, während schlechte verschont bleiben.«

Das war eine ausgezeichnete Frage, über die er und Montfort ständig stritten.

Karl streckte die Hand aus. »Überreicht uns, was Engelbert von der Hardenburg Euch anvertraut hat!«

Amalie Severin reichte ihm einen Lederbeutel. »Mein König.«

Karl lächelte, nahm den Beutel und spähte hinein. Zwei Pergamentrollen und ein kleines Reliquiar. Er nahm das Reliquiar heraus und fuhr mit den Fingern über die feinen Goldlinien, mit denen es verziert war. Dann klappte er den Verschluss hoch, schlug das Tuch zur Seite und betrachtete die beiden Fingerknochen des heiligen Franziskus. Wärme strömte durch seinen Körper. Stumm sprach er ein Gebet.

Schließlich verschloss er das Reliquiar, stellte es auf sein Schreibpult und betrachtete Amalie. Sie hatte klug und ohne übermäßige Scheu auf seine Fragen geantwortet und dabei nicht mehr von sich preisgegeben, als unbedingt nötig war. Etwas ging von ihr aus, eine Art innere Kraft oder Weisheit. Er vermochte es nicht zu sagen. Fest stand, dass er sie mit Engelbert von der Hardenburg nach Znaim schicken würde. Vorausgesetzt, sie hatte die Wahrheit gesagt, was ihren Namen und ihre Herkunft anging. Und das ließ sich leicht nachprüfen.

Er griff nach der Feder, entnahm dem Fach unter der Schreibfläche ein Stück Pergament und setzte ein kurzes Schreiben an den Ordensritter auf, das er faltete, siegelte und der Frau übergab. »Bringt dieses Schreiben Engelbert von der Hardenburg. Und zwar unverzüglich.« Er griff in seine Geldkatze und zog eine Goldmünze hervor. »Und dies ist für Euch.«

Amalie senkte den Blick. »Verzeiht, aber das kann ich nicht annehmen. Engelbert von der Hardenburg ist mein Auftraggeber, er hat mich bereits entlohnt.«

»Oh doch, Ihr könnt.« Karl setzte ein warmes Lächeln auf. »Vergesst nicht, wir sind der König.«

Amalie zögerte kurz, griff dann die Münze und steckte sie schnell in ihren Beutel.

»Und jetzt macht, dass Ihr fortkommt. Wichtige Geschäfte warten auf uns.« Er machte eine Handbewegung.

Amalie verneigte sich tief, ging ein paar Schritte rückwärts, richtete sich dann auf und verließ die Schreibstube.

Karl schaute noch einen Moment nachdenklich auf die Tür. Irgendetwas war seltsam an dieser Frau. Sie barg ein Geheimnis, dessen war er sicher.

Er zog einen Vorhang zur Seite und klatschte in die Hände. »Matyas soll herkommen!«, rief er. »Und zwar unverzüglich!«

Einen Augenblick später stand Matyas Romerskirch, einer seiner fähigsten Spione, vor ihm und verbeugte sich. »Mein König?«

»Verfolgt die junge Frau, die uns soeben aufgesucht hat. Lasst sie nicht aus den Augen. Sie nennt sich Amalie Severin, gibt vor, die Nichte des Tassilo Severin zu sein. Sie kam im Auftrag des Engelbert von der Hardenburg. Ihm soll sie einen Brief überbringen. Kontrolliert, ob sie den Auftrag ausführt, und beobachtet, wohin sie von dort geht. Sprecht mit niemandem. Schaut nur, ob sie tatsächlich zu Severin gehört. Und achtet darauf, dass sie Euch nicht bemerkt.«

* * *

Rebekka folgte der Wache, die sie nach draußen bringen sollte, durch die Gänge der Burg. Ihr Herz schlug heftig, die Münze brannte durch das Leder des Beutels bis auf ihre Haut. Blutgold, für das der König die Juden in seinem Reich ihren Feinden ausgeliefert hatte. Blutgold, das der König ihr aufgezwungen hatte. Sie hatte kein Geld von ihm annehmen wollen. Doch es auszuschlagen, hätte einen unverzeihlichen Ungehorsam bedeutet. Sie würde die Münze dem nächsten

Bettler in die Hand drücken, der ihr auf der Straße begegnete.

Sie kamen auf den Burghof, wo ihr erneut der ohrenbetäubende Lärm entgegenschlug. Auch das Gotteshaus wurde mit dem Blut der Juden bezahlt. Eigentlich müssten die Steine rot in der Wintersonne glühen.

Als sie zwischen den Werkstätten der Steinmetze hindurch auf das Tor zugingen, beruhigte sich Rebekkas Herzschlag allmählich. Sie hatte es geschafft, sie hatte beim König vorgesprochen, hatte ihren Auftrag korrekt ausgeführt, und das alles, ohne dass Karl gemerkt hatte, wer ihm gegenüberstand. Nicht einmal geahnt hatte er, dass er seine kostbare Reliquie aus den Händen einer Jüdin entgegennahm. Allerdings hatte sie den Eindruck gehabt, dass er sie mit seinen Fragen einer Art Prüfung unterzogen hatte.

Engelbert von der Hardenburg! Was hatte in dem Schreiben an den König gestanden? Die Wahrheit über sie? War das Ganze eine Art grausames Spiel? Ein Wettstreit? Nein. Unmöglich. Der Überfall auf der Landstraße, von der Hardenburgs schwere Verletzungen. Das alles war wirklich gewesen, kein Spiel. Bestimmt hatte der König sich lediglich gewundert, warum der Ordensritter nicht einen seiner Mitbrüder, sondern eine junge Frau zu ihm schickte.

Rebekka wich einem Burschen aus, der mit zwei Eimern Wasser an ihr vorbeirannte und sie dabei beinahe umstieß. Karl war nicht so gewesen, wie sie es erwartet hatte. Er war freundlich zu ihr gewesen, hatte mit warmer Stimme gesprochen und sie voller aufrichtigem Interesse angesehen. Sie verstand nicht, wie ein solcher Mann einerseits so zuvorkommend und andererseits so kaltblütig sein konnte. In Prag standen die Juden unter dem Schutz des Königs, im übrigen Reich wurden sie mit seiner Billigung ermordet und vertrieben. Ein Mann mit zwei Gesichtern. Waren nicht letztlich alle Herrschenden so?

Beim Tor erwartete Vojtech von Pilsen sie. »Ich hoffe, Eure Audienz bei Seiner Majestät verlief zu Eurer Zufriedenheit«, sagte er mit einer Verbeugung.

Sie verneigte sich ebenfalls, sagte jedoch nichts.

»Unser König ist ein weiser, gütiger Mann«, fuhr Vojtech fort. »Ist es nicht so?«

Rebekka bemühte sich, ihm beizupflichten. »In der Tat. Ein König, wie man sich keinen besseren wünschen kann.« Was wollte der Hauptmann der Wache noch von ihr? Eine weitere Bestätigung, dass sie seinen Fehler von vorhin nicht an seinen Herrn verraten hatte?

»Und er ist ein Mann der Wissenschaften, der Kunst und der Musik«, schwärmte der Hauptmann weiter. »Seit er herrscht, haben wir keinen Krieg mehr geführt. Er erreicht alles, was er will, ohne Blutvergießen. Ich weiß das zu schätzen. Zwei Brüder habe ich auf dem Schlachtfeld in Italien verloren für nichts und wieder nichts. Karls Vater war ein Draufgänger, Gott hat ihn dafür mit Blindheit geschlagen. Seit sein Sohn herrscht, blüht Prag auf. Gelehrte aus allen Landen kommen in unsere geliebte Stadt, viele wohlhabende Studenten und Magister aller Künste leben jetzt hier.«

Rebekka starrte den Hauptmann ungläubig an. Davon hatte sie noch nichts gehört.

»Wisst Ihr nicht, dass Karl hier in Prag die Alma Mater Carolinga gegründet hat?«, antwortete der Hauptmann auf ihre unausgesprochene Frage. »Eine Universität. Zu Ehren Gottes. Im letzten Jahr haben wir eine ganze Woche lang gefeiert, um das Ereignis gebührend zu würdigen. Wenn es einen guten Menschen auf der Welt gibt, dann ist das Karl, mein geliebter König.«

Rebekka lauschte staunend, doch sie bemerkte auch, dass Vojtech beim Sprechen immer wieder an ihr vorbeiblickte, als erwarte er jemanden. Wollte er Zeit schinden? Zu welchem Zweck?

»Ich sollte jetzt aufbrechen«, sagte sie entschlossen. »Ich habe Euch schon viel zu viel Zeit geraubt. Außerdem muss ich ein Schreiben des Königs bei den Herren des Deutschen Ordens abliefern.« Sie zog das Kopftuch fest. »Gott mit Euch, Vojtech von Pilsen.«

»Und mit Euch.« Der Hauptmann verneigte sich tief. »Habt Dank für Eure Güte. Und wenn Ihr eine starke Hand braucht: Sendet nach mir. Ich werde da sein.«

Rebekka trat durch das Tor, ohne sich noch einmal umzusehen, und eilte die Straße hinunter, die sie zurück ans Flussufer führte. Unter dem Torbogen, der den Aufgang zu der Brücke markierte, saß eine junge Frau in Lumpen, die einen erbärmlich wimmernden Säugling im Arm hielt. Das Kind hatte ein entstelltes Gesicht, zwischen Mund und Nase klaffte eine hässliche Spalte wie eine offene Wunde. Rebekka fischte die Münze des Königs aus der Tasche und drückte sie der Frau in die schmutzige Hand. Dann hastete sie weiter, ohne sich um die überschwänglichen Dankesworte der Bettlerin zu scheren.

Am anderen Ufer folgte sie dem Strom bis zu einem Platz, auf dem Markt abgehalten wurde. An einem Stand mit Tonwaren schalt ein Händler seinen kleinen Sohn, einen etwa achtjährigen Knaben, weil er offenbar einen Krug zerbrochen hatte.

Der Mann zog dem Jungen die Ohren lang und fluchte auf Deutsch. »Du Nichtsnutz! Pass gefälligst auf, wohin du trittst!«

Rasch sprach Rebekka den Mann an. »Verzeiht, ich suche

die Kommende des Deutschen Ordens«, sagte sie. »Sie liegt im Osten der Stadt nahe dem Tor unmittelbar an der Stadtmauer. Glaubt Ihr, Euer Sohn könnte mir den Weg zeigen? Ich bin fremd in der Stadt.«

Der Händler ließ von dem Burschen ab und musterte Rebekka argwöhnisch. »Woher weiß ich, dass Ihr den Jungen nicht entführen wollt?«, fragte er.

Rebekka zog eine Münze hervor. Es war ihre letzte. Das andere Bargeld war bei Hermo Mosbach im Wald zurückgeblieben. »Selbstverständlich bezahle ich Euren Sohn für seine Dienste.«

Der Händler streckte die Hand aus. Plötzlich schien er keine Angst mehr zu haben, dass die fremde Frau sein Kind entführen wollte.

Rasch schloss Rebekka die Finger. »Das Geld bekommt er, wenn wir dort sind.«

Die Händler verzog das Gesicht, doch er gab seinem Sohn einen Schubs. »Das große Kloster am östlichen Tor, das kennst du doch?«

Der Junge nickte stumm.

»Dann los mit dir. Zeig der Frau, wie man dort hinkommt. Und komm bloß nicht ohne den versprochenen Lohn zurück, verstanden?«

Der Bursche setzte sich ohne ein weiteres Wort in Bewegung. Rebekka hatte Mühe, ihn im Gewimmel des Marktes im Auge zu behalten. Erst als sie den Platz endlich hinter sich gelassen hatten, holte sie ihn ein.

Wenig später stand Rebekka allein vor dem Tor einer mächtigen Klosteranlage. Der Bruder, der die Pforte bediente, war offenbar von Engelbert von der Hardenburg instruiert worden, denn er forderte sie auf, ihm zu folgen, ohne irgendwelche Fragen zu stellen. Sie durchquerten ein Gewölbe und traten in einen Garten, in dem der nahende Winter noch kaum zu sehen war. Das Laub leuchtete herbstlich bunt und ergänzte mit seinem Orange und Gelb das Violett des Eisenhuts und das Rot zahlreicher noch immer üppig blühender Rosenbüsche. Die Wärme und das Licht der Sonne fingen sich in dem Kreuzgang, die Luft duftete schwer wie an einem Spätsommertag. Der Ordensritter war von seinem Krankenlager aufgestanden und erwartete sie auf einer Bank. Er trug frische weiße Kleider, auch sein Bart war ordentlich gestutzt.

Rebekka freute sich, dass seine Genesung so schnell voranschritt. Sie nahm neben ihm Platz und reichte ihm das Dokument des Königs. Er las, lächelte und ließ das Pergament in den Falten seines Gewandes verschwinden.

»Soso, Amalie Severin, Nichte des Tassilo Severin, Tuchhändler zu Prag.« Von der Hardenburg rieb sich mit einem Finger über den Nasenrücken. »Ihr habt offenbar das Wohlgefallen des Königs erregt. Das ist sehr gut. Ihr werdet zu Eurem Oheim Tassilo Severin aufbrechen, sobald unsere kleine Unterredung beendet ist.«

»Aber ich wollte doch ...«

»... in einem Kloster unterschlüpfen?«

Rebekka biss sich auf die Lippe. Nein, das hatte sie niemals vorgehabt. Das war nur die Geschichte gewesen, die ihr Vater dem Kaufmann aufgetischt hatte. Menachem ben Jehuda hatte gehofft, dass seine Tochter in Prag bei den Juden würde unterkommen können. »Nicht im Kloster«, sagte sie leise. »Bei meinen Brüdern und Schwestern im jüdischen Viertel.«

Engelbert beugte sich vor. »Wollt Ihr mir erklären, warum eine hübsche junge Jüdin wie Ihr sich Amalie Belcredi nennt? Wie lautet Euer richtiger Name, mein Kind?«

95

Rebekka zögerte, bevor sie leise antwortete. »Amalie Belcredi ist mein richtiger Name. Meine Eltern fanden mich vor ihrer Haustür, als ich noch ein Säugling war. Da sie selbst keine Kinder bekommen konnten, zogen sie mich groß. In meiner Heimatstadt Rothenburg ob der Tauber höre ich auf den Namen Rebekka bat Menachem. Ich weiß selbst erst seit wenig mehr als einer Woche von meiner wahren Herkunft.«

»Und nun seid Ihr nach Prag gekommen, um Eure leiblichen Eltern zu finden?«

Rebekka ergriff seine Hand. »Ihr habt angedeutet, dass Ihr den Namen Belcredi kennt. Was wisst Ihr über meine Familie?«

Der Ordensritter tätschelte ihre Finger. »Alles zu seiner Zeit, mein Kind. Ihr habt den König beeindruckt. Sorgen wir dafür, dass es so bleibt. Wir müssen Euch eine Ausstattung kaufen. Ihr braucht Gewänder und den ganzen Tand, den wohlhabende Frauen eben brauchen.«

»Aber ich benötige nichts dergleichen. Und Geld habe ich auch nicht.«

Der Ordensritter rückte näher, sie roch die Salben und die Medizin und einen herben Duft, ähnlich wie Myrrhe. »In dem Brief, den ich von Karl erhalten habe, stand, dass er Eure Dienste begehrt.«

Rebekka erschrak. »Ich? Dem König dienen?« Ihr fiel nur eine Art von Dienst ein, die ein mächtiger Mann wie Karl von einer jungen, mittellosen Frau wie ihr begehren konnte.

Engelbert schien ihre Gedanken zu lesen. »Keine Sorge. Sein Wunsch beinhaltet nichts, was Eurer Ehre schaden könnte, Rebekka bat Menachem. Ganz im Gegenteil: Er hält Euch für fähig, einen besonders heiklen Auftrag für ihn auszuführen, einen Auftrag, den nur eine Frau ausführen kann.«

»Was für ein Auftrag sollte das sein?«, fragte Rebekka misstrauisch.

»Es geht um eine weitere Reliquie, die in einem Frauenkloster aufbewahrt wird.« Engelbert drückte ihre Hand. »Unser König ist ein sehr frommer Mann.«

Rebekka senkte resigniert den Blick. »Habe ich eine Wahl?«

Von der Hardenburg schüttelte langsam den Kopf. »Bedenkt: Wenn Ihr in Karls Auftrag durchs Land reist, stehen Euch alle Türen offen. Niemand wird Euch bedrohen, und niemand wird Euch einen Gefallen abschlagen, auch wenn Ihr gelegentlich mit Gold nachhelfen müsst. Und dieses Gold könnt Ihr Euch ehrlich verdienen, indem Ihr dem König dient. Das ist ein sehr guter Handel, und glaubt mir, es gibt viele, die Euch darum beneiden werden.«

Rebekka fühlte sich wie betäubt, aber der Ordensritter hatte vermutlich Recht. Sie hatte keine Wahl. Sie spürte ihr Herz in der Kehle schlagen. »Was genau soll ich tun?«

Von der Hardenburg richtete sich auf, nickte und lächelte. »Ich habe mich nicht in Euch getäuscht, Amalie.«

Rebekka wandte den Blick ab und starrte auf die violett blühenden Eisenhutstauden zu ihren Füßen. Es irritierte sie, wie der Ordensmann im Wechsel ihre Namen benutzte.

Er erhob sich und hielt ihr die Hand hin. »Schlagt ein, ich biete Euch meine unverbrüchliche Freundschaft an.«

Rebekka stand ebenfalls auf. Einen Augenblick zögerte sie, dann schlug sie ein. Auch wenn sie Engelbert von der Hardenburg nicht völlig vertraute, war ihr bewusst, dass sie keinen besseren Verbündeten hier in der Fremde finden würde.

»Als Allererstes geht Ihr zu Tassilo. Ich gebe Euch ein Schreiben mit, das ihn instruiert. Mit seiner Hilfe werdet Ihr Euch in der Stadt mit allem eindecken, was Ihr braucht, auch wenn Ihr es nicht für nötig erachtet.«

»Ich habe kein Bargeld«, wandte Rebekka ein.

Engelbert winkte ab. »Lasst das meine Sorge sein. Ab morgen werde ich Euch in den Dingen unterrichten, die Ihr beherrschen müsst, um Euren Auftrag zu erfüllen. Könnt Ihr reiten?«

Rebekka schüttelte den Kopf. Sie hätte gern reiten gelernt, doch ihr Vater hätte es nie erlaubt.

»Dann wissen wir, womit wir beginnen werden.« Engelbert ergriff ihren Arm und führte sie durch den Garten. »Jetzt solltet Ihr aufbrechen. Euer Onkel wartet sicherlich schon sehnsüchtig auf Euch.«

***

Diese Amalie Severin war schnurstracks in die Deutschherrenkommende gelaufen, genau wie sie sollte. Zwei Mal hatte sie auf dem Weg Halt gemacht, einmal um einer Bettlerin eine Münze zuzustecken, offensichtlich mehr als einen Pfennig, wenn die wortreichen Dankesbekundungen ein Maßstab waren, und ein weiteres Mal, um einen Jungen anzuheuern, ihr den Weg zu weisen. Schließlich war sie in der Kommende verschwunden.

Seitdem hatte Matyas Romerskirch mehrmals seine Position wechseln müssen, um nicht aufzufallen. Die Glocken hatten bereits zur sechsten Stunde geläutet, die Sonne senkte sich, es wurde unangenehm kalt. Irgendetwas stimmte nicht. Sie hätte nur den Brief abliefern und Vollzug melden müssen, das dauerte vielleicht den vierten Teil einer Stunde.

Schon seit Längerem vermutete Matyas, dass dieser Engelbert von der Hardenburg ein Geheimnis hatte. Warum nur hatte Karl an diesem Kerl einen Narren gefressen? War es nicht schon verdächtig genug, dass von der Hardenburg als

Mönch durchs Land zog und dennoch das Schwert trug? War er angesichts des Blutes auf dem Schlachtfeld feige geworden und versteckte sich deshalb hinter einer Kutte?

Matyas misstraute normalerweise Gerüchten, aber er hatte von der Hardenburg selbst erlebt; der Mann war schlau und undurchschaubar. Und er scheute keine Mittel und Wege, seine Ziele zu erreichen. Dabei ging er über Leichen, davon war Matyas überzeugt. Fragte sich nur, welches Ziel Engelbert von der Hardenburg im Auge hatte. Und welche Rolle Karl dabei spielte. Oder ob am Ende gar der König selbst das Ziel war?

»Nur über meine Leiche«, flüsterte Matyas und griff sein Schwert fester.

Eine Tür quietschte. Endlich. Amalie Severin erschien in Begleitung eines Halbkreuzlers, eines dienenden Halbbruders, der, nach seinem Milchgesicht zu urteilen, noch keine sechzehn Lenze zählte. Matyas hielt den Atem an. Jetzt würde sich herausstellen, ob die Frau den richtigen Weg einschlug. Wenn nicht, würde Engelbert von der Hardenburg sich vor seinem König erklären müssen.

Sie gingen über den Fleischmarkt, danach über den Altstädter Ring, und wenig später standen sie tatsächlich vor dem Haus des Tassilo Severin.

Der Halbkreuzler klopfte und reichte etwas durch die Luke, kurz darauf öffnete sich die Tür. Tassilo Severin höchstselbst trat vor die Tür, schloss Amalie in seine Arme und hielt sie dann an den Schultern auf Armeslänge von sich weg. Sein Blick drückte tiefe Zweifel aus. Er kannte sie nicht! War sie also doch eine Betrügerin?

Schon dröhnte Severins Bass durch die Gassen. Aber er sagte nicht das, was sich Matyas erhofft hatte. »Wie du gewachsen bist, Amalie!«, rief der Kaufmann und kratzte sich am Kinn. »Und wie schön du geworden bist. Ich hätte dich fast nicht wiedererkannt. Es ist ja auch so lange her! Komm herein! Mein Haus ist dein Haus. Gott sei gepriesen, dass du unversehrt angekommen bist. So eine weite und gefährliche Reise ...«

Severin steckte dem Halbkreuzler eine Münze zu, der bedankte sich überschwänglich und verschwand in der nächsten Gasse. Amalie und ihr Onkel traten ins Haus, der tiefe Bass dröhnte weiter, erst als die Tür zufiel, verebbte Severins Redefluss.

Matyas schloss die Augen. Er verglich Amalies Gesicht mit dem von Tassilo Severin. Da war keinerlei Ähnlichkeit zwischen den beiden. Aber das musste nichts heißen, Amalie konnte die Nichte seines Weibes sein. Oder die seiner ersten Frau. War Severin nicht schon einmal Witwer geworden?

Andererseits hatte er noch keinen echten Beweis dafür gesehen, dass Amalie tatsächlich die Nichte dieses Mannes war, egal, ob leiblich oder angeheiratet. Das Ganze konnte ebenso gut eine Verschwörung sein. Zu gern hätte Matyas gewusst, was in dem Schreiben stand, das der Halbkreuzler Tassilo gegeben hatte. Gab es eine Möglichkeit, da heranzukommen? Nein, das war zu gefährlich, er durfte auf keinen Fall erwischt werden. Der König hatte sich mehr als deutlich ausgedrückt.

Vielleicht sollte er den Halbkreuzler ins Gebet nehmen? Auch das verwarf Matyas aus dem gleichen Grund. Er verließ seinen Posten und machte sich auf den Weg zum Hradschin. Er hatte seinen Auftrag wortgetreu ausgeführt. Er würde Karl wahrheitsgemäß berichten und ihn darum ersuchen, dieser Amalie auf den Zahn fühlen zu dürfen. Er warf einen letzten dunklen Blick über die Schulter auf das Haus, hinter dem er eine Verschwörung witterte, bevor er sich die Gugel tief ins Gesicht zog und um die Ecke verschwand.

Wenig später stand er vor seinem König und erzählte, was er in Erfahrung gebracht hatte.

»Das sind gute Nachrichten, hervorragende Arbeit.« Karl blickte Matyas an und hob die Augenbrauen. »Aber so wie Ihr dreinschaut, liegt Euch noch etwas auf dem Herzen.«

Wie immer durchschaute Karl ihn ohne Mühe. Warum nur ließ sich der König trotz seiner Klugheit von dieser Metze und dem hinterhältigen Ordensritter hinters Licht führen?

»Herr, verzeiht mir, aber irgendetwas stimmt nicht . . .«

Karl hob eine Hand. »Matyas, Ihr wittert immer irgendwo eine Verschwörung, und wir verdanken Euch ohne Zweifel unsere Gesundheit. Ihr seid besser als jeder andere Spion und habt eine Spürnase wie ein Bluthund. Aber in diesem Fall versichern wir Euch: Es besteht nicht die geringste Gefahr. Schlagt Euch diese Frau aus dem Kopf, wir brauchen Euch für wichtigere Dinge.«

Matyas schwankte zwischen Stolz und Verzweiflung. Er hatte in der Tat bereits eine Verschwörung aufgedeckt. Karl sollte vergiftet werden, aber Matyas hatte von dem Plan erfahren und Karl die Möglichkeit verschafft, seine Widersacher zu überlisten und die Schlangengrube auszuheben. Letztlich war es ein überaus erfolgreiches Manöver gewesen, das Karl in den Augen seiner Feinde noch mächtiger gemacht und seine treuen Anhänger noch enger an ihn gebunden hatte. Über Monate hinweg hatte Matyas mit seinen zuverlässigsten Leuten die Verschwörer beschattet und jedes Detail des Planes herausgefunden. Auch Frauen waren darunter gewesen. Matyas wusste, wozu Frauen fähig waren. Wer sie unterschätzte, machte sich angreifbar. Die meisten Frauen waren Meisterinnen der Verstellung. Vor allem Hübschlerinnen besaßen Übung darin, Männern alles vorzumachen, was diese glauben wollten. Dank ihrer Hilfe war die Verschwö-

101

rung aufgeflogen und das Mordkomplott gescheitert. Nur die Drahtzieher waren im Dunkeln geblieben.

Matyas verbeugte sich. »Wie Ihr befehlt, Herr.«

Karl schlug ihm auf die Schulter. »Missversteht uns nicht. Wir sind auf der Hut und wissen Eure Sorge zu schätzen. Können wir noch etwas für Euch tun? Braucht Ihr Geld? Mehr Leute?«

»Habt Dank. Ich bitte Euch nur untertänigst: Gebt gut auf Euch acht.«

»Gott beschützt uns, Matyas.« Karl schmunzelte. »Meint Ihr, das genügt?«

»Herr ...«

»Schon gut, schon gut. Geht jetzt. Montfort erwartet Euch, er wird Euch in Eure neuen Aufgaben einweihen.«

Matyas verbeugte sich nochmals und verließ die Schreibstube. Er würde sich Karls Befehl nicht widersetzen, aber er würde ihn auch nicht im Stich lassen, sondern alles tun, um Gefahr von ihm abzuwenden.

DER UNSICHTBARE FEIND

OKTOBER BIS NOVEMBER 1349/CHESCHWAN 5110

Rebekka öffnete die Augen. Licht sickerte durch die Läden, Schritte trappelten Treppen hinauf und hinunter. Fremde Stimmen riefen einander Worte zu, die sie nicht verstand. Rebekka blickte zum Betthimmel, der sich über ihr spannte. Das Zimmer, in dem sie die Nacht verbracht hatte, war bis vor wenigen Wochen die Schlafkammer von Tassilo Severins jüngster Tochter gewesen, die im Spätsommer geheiratet hatte. Der Stoff, der sich über das hölzerne Gestell spannte, war aus schwerem blauen Samt und mit einer hellen Spitze bestickt. Decken und Kissen dufteten nach Seife. Rebekka erhob sich und öffnete den Fensterladen einen Spaltbreit. Das Haus des Kaufmanns stand unmittelbar am großen Markt. Karren drängten sich vorbei, Händler priesen ihre Ware an. Rebekka kniff die Augen zusammen und entdeckte den Tonwarenhändler, dessen Sohn sie am Vortag zur Kommende des Deutschen Ordens geführt hatte.

Sie berührte mit den Fingern das Holz des Rahmens. Alles kam ihr unwirklich vor, wie in einem Traum. Diese riesige Stadt, die unzähligen Menschen, deren Sprache sie nicht verstand. Gestern hatte der Kaufmann ihr erzählt, dass sich die Straßen bald weiter füllen würden. Noch waren längst nicht alle Menschen eingetroffen, die zur Krönung der neuen Gemahlin des Königs erwartet wurden.

Rebekka dachte an ihre Audienz bei Karl, an Engelbert von der Hardenburg, der so undurchsichtig war wie ein mit Pergament bespanntes Fenster, und an den Auftrag, den sie für den König erledigen sollte. Auch das erschien ihr wie ein Traum.

Sie streckte ihre Glieder. Auf jeden Fall hatte sie seit ihrer Flucht nicht mehr so gut geschlafen, ja sie hatte noch nicht einmal von Mosbach geträumt. Heute durfte sie gehen, wohin sie wollte, der Ordensritter hatte ihr aufgetragen, sich um neue Kleider zu bemühen und erst am nächsten Morgen in die Deutschherrenkommende zu kommen.

Sie trat vom Fenster weg. Keine Frage, sie hatte es gut getroffen. Tassilo Severin schien ein Christ zu sein, der auf äußere Reinheit hielt. Eine Schüssel mit Wasser stand bereit, sie schnupperte daran, es roch frisch. Ein sauberer Lappen lag auf einer Truhe, daneben ein Stück Seife, das nach Rosen duftete. Gründlich tupfte sie sich den Körper mit dem Wasser ab, spülte den Lappen immer wieder aus. Sie genoss die kühle Nässe und die Gänsehaut, die ihr über Arme, Rücken und Beine lief.

Ihre Gewänder lagen bereit, die Magd hatte sie gelüftet und ausgebürstet und zu ihrer großen Freude mit Lavendelwasser besprüht. Sie musste wie eine Tote geschlafen haben, denn sie hatte die Magd weder hereinkommen noch herausgehen hören. Rebekka zog sich an, kämmte sich die Haare und steckte sie zu einem Knoten hoch. Sie hatte wirklich Glück gehabt. Der Hausstand des Tassilo Severin war reinlich und gepflegt, obwohl er Witwer war und seine Töchter bereits alle aus dem Haus waren.

Als sie die Kammer verließ, konnte sie den Riegel lautlos öffnen. Kein Wunder, dass sie niemanden hatte eintreten hören. Auch die Treppe, die hinunter in die Küche führte, gab keinerlei Ächzen von sich. Der Geruch von Zimt und Äpfeln stieg Rebekka in die Nase, und ihr Magen meldete sich mit einem lauten Knurren. Sie folgte dem Duft in die Küche.

Eine ältere magere Magd, die am Tisch Teig knetete, drehte sich zu Rebekka um und begann zu strahlen. »Da ist ja unser Küken! Und wie schön es aussieht. Meister Severin hat mir nie etwas von Euch erzählt, Amalie! Er ist so glücklich, dass Ihr gekommen seid, ihm Gesellschaft zu leisten. Er vermisst seine Töchter sehr.«

Rebekka wollte etwas erwidern, aber die Magd ließ sie nicht zu Wort kommen.

»Kommt, setzt Euch, Ihr müsst ausgehungert sein. Wie wäre es mit einem Backapfel und Hirsebrei?«

Rebekka lief das Wasser im Mund zusammen. Sie war so hungrig, dass sie selbst in Milch gesottenes Fleisch gegessen hätte. Sie setzte sich an den schweren Eichentisch, und schon stand ein Teller vor ihr, beladen mit zwei dampfenden Äpfeln und einem Berg Hirsebrei. Nachdem sie den ersten Löffel gekostet hatte, gab es kein Halten mehr. Sie schaufelte sich den Brei in den Mund, zerteilte einen Apfel und schob sich ein Viertel davon hinterher.

»Wie heißt du?«, fragte sie die Magd mit vollem Mund.

»Alberta. Ich komme aus Köln.«

»Ist Köln so groß wie Prag?«

Alberta hob die Hände. »Noch größer! Aber hier geht es mir viel besser. In Köln musste ich im Judenviertel arbeiten. Das war unheimlich.«

Rebekka verschluckte sich, hustete und spuckte ein Stück Apfel auf den Teller. Alberta eilte herbei und klopfte ihr auf den Rücken. Rebekka versuchte, sich der Magd zu entziehen, aber Alberta ließ nicht von ihr ab, bis der Hustenreiz vorüber war.

»Was war denn so unheimlich?«, fragte Rebekka, als sie wieder Luft bekam.

»Na ja, die sagen halt, dass Jesus Christus, unser Herr, gar nicht der Sohn Gottes ist. Das muss man sich mal vorstellen! Und dann war alles so kompliziert, vor allem das Kochen. Wenn ich zum Beispiel mal vergessen habe, dass in einem Topf, in dem Milch war, kein Fleisch gekocht werden darf, musste ich eine Stunde lang warten, bis der Hausherr das Geschirr wieder gereinigt hatte. Und einen Rüffel bekam ich auch.«

»Das klingt wirklich seltsam«, sagte Rebekka mit einem gequälten Lächeln. »Gibt es in Prag auch Juden?«

»Aber ja! Die ganze Josefstadt ist voll von ihnen. Im Norden an der Moldaufurt. Der König hat sie unter seinen besonderen Schutz gestellt. Der Himmel weiß, warum er das tut. Dieses Gesindel macht nichts als Ärger. Und ihre Weiber sind am schlimmsten.«

Rebekka ließ den Löffel sinken. Ihre Hand zitterte.

Alberta beugte sich zu Rebekka und flüsterte ihr ins Ohr: »Ich habe gestandene Männer gesehen, die verrückt geworden sind, weil ihnen eine Judenmetze den Kopf verdreht hat.«

Rebekka blieb die Grütze im Hals stecken. Wie konnte die

dumme Gans nur so einen Unsinn erzählen! Es waren immer die Christen, die Mädchen aus dem Judenviertel nachstellten, sie verführten und dann im Stich ließen. Abrupt stand sie auf. Ihr war der Appetit vergangen.

»Ich muss gehen«, presste sie mühsam hervor. »Ich habe einiges zu besorgen. Danke für den Brei und die Äpfel.«

September 1345/Tischri 5106

Als Rebekka die Gasse entlangrannte, spürte sie die ersten Regentropfen auf ihrem Gesicht. Sie presste das Buch fest an sich, damit es nicht nass wurde. Die Verse des Sängers Walther von der Vogelweide hatten sie mehr berührt als alles, was sie bisher gelesen hatte. Natürlich waren die heiligen Worte der Thora gewaltiger und mächtiger, aber das Buch, das Johann ihr geborgt hatte, hatte fremde, neue Gefühle in ihr geweckt.

Sie hatte Johann lange nicht gesehen, den ganzen Sommer nicht, denn sie hatte keine Gelegenheit gefunden, sich ihren häuslichen Pflichten zu entziehen. Je älter sie wurde, desto mehr musste sie ihrer Mutter zur Hand gehen, aber auch ihrem Vater, für den sie medizinische Geräte putzen, Rezepte beim Apotheker abholen und Kräutersud brauen musste. Hinzu kamen die Lehrstunden beim Rabbi, die immer schwieriger wurden. Inzwischen hatte er sie nach der hebräischen auch die lateinische Sprache gelehrt, die sie nun ebenso fließend beherrschte.

Kurz nach dem Pessachfest hatte sie zum ersten Mal geblutet, und danach war sie mit ihrer Mutter in der Mikwe gewesen, wo sie feierlich in dem kalten Wasser untergetaucht war. Sie war nun eine Frau und wurde noch strenger von ihren Eltern überwacht als früher. Heimliche Ausflüge zur alten Burg waren kaum noch möglich.

Heute endlich hatte sich eine Gelegenheit ergeben; Mutter half in einem der Nachbarhäuser beim Nähen eines Brautkleides, Vater war unterwegs, um vor dem am Abend beginnenden Laubhüttenfest noch möglichst viele Krankenbesuche zu machen, und Rebekka hatte ihre Arbeiten zu Hause früher beendet als erwartet. Am Marktplatz hatte sie einen Jungen angesprochen und mit einer kurzen Nachricht zum Haus der Familie von Wallhausen geschickt. Wenn Vater bei ihrer Rückkehr Fragen stellte, würde sie ihm sagen, dass sie auf dem Markt Beifuß besorgt habe. Die Vorräte im Haus waren aufgebraucht. Das stimmte sogar, doch den Beifuß hatte sie sich längst beschafft, das Kraut führte sie in einem Leinenbeutel mit sich.

Atemlos erreichte Rebekka das Stadttor. Die Wachen warfen ihr nur einen flüchtigen Blick zu, als sie passierte. Rasch eilte sie auf die Kapelle zu, um sich vor dem Regen zu schützen, der immer stärker fiel. Hoffentlich hatte Johann ihre Nachricht erhalten! Und hoffentlich war es ihm möglich zu kommen!

Fröstelnd wartete Rebekka in der dämmrigen Ruine. Bei jedem Knacken fuhr sie herum, doch Johann tauchte nicht auf.

Endlich hörte sie Schritte, und dann stand er vor ihr, das Haar tropfnass, ein breites Grinsen im Gesicht. »Du bist noch da, wie schön.«

»Ich bin selbst eben erst gekommen«, log sie. »Ich warte noch nicht lange.«

»Du siehst durchgefroren aus.« Er schaute sie besorgt an. »Ist dir kalt?«

»Nur ein wenig.« Sie hielt ihm das Buch hin. »Hier. Danke, dass du es mir geborgt hast.«

Er zog seinen Mantel aus und legte ihn ihr um die Schultern, erst dann nahm er das Buch entgegen. »Hat es dir gefallen?«

»Die Verse sind wunderschön.« Rebekka hüllte sich in den Mantel. Er war warm und roch nach Johann.

»Ich wusste, dass sie dir gefallen würden.« Er schwieg, blickte hinaus in den Regen. »Wir haben uns lange nicht gesehen. Was hast du den ganzen Sommer lang gemacht?«

»Ich musste meinen Eltern zur Hand gehen, Mutter im Haushalt und Vater bei der Zubereitung von Medikamenten helfen. Außerdem . . .« Sie brach verlegen ab.

»Außerdem?« Johann sah sie neugierig an.

Sie senkte den Blick. Früher hatte sie das Gefühl gehabt, über alles mit ihm reden zu können. Aber wie sollte sie ihm davon erzählen, wie es war, nun eine Frau zu sein? Würde er das verstehen?

»Ist etwas passiert?«, fragte er.

»Ich . . . ich bin nun eine Frau.« Sie spürte, wie sie rot wurde. »Und das bedeutet, dass meine Eltern ein besonders strenges Auge auf mich haben. Sie haben sogar schon darüber gesprochen, wer als Ehemann für mich infrage kommen könnte.«

»Oh.«

Eine Weile schwiegen sie.

»Ich habe auch viele Pflichten«, sagte Johann schließlich. »Ich muss Vater bei der Verwaltung der Güter helfen. Und darauf achten, dass das Gesinde anständig arbeitet. Erst heute Morgen hat Vater eine Magd dabei erwischt, wie sie aus der Speisekammer etwas von dem Kuchen entwendet hat, der für die Michaelisfeier bestimmt war.«

»Michaelisfeier?«

»Ja. Im Augenblick sind alle in der Kirche. Nur ich habe mich gedrückt. Der Herr wird mir verzeihen, hoffe ich.« Er

109

schlug rasch das Kreuz.« Plötzlich leuchteten seine Augen auf. »Möchtest du mitkommen?«

»In die Kirche?«, fragte Rebekka entsetzt.

»Nein, zu mir nach Hause, es ist ja niemand da. Ich könnte dir das Haus zeigen. Und wir könnten etwas von dem Kuchen stibitzen.«

»Ich weiß nicht.« Rebekka zögerte. Einerseits war sie neugierig, und die Aussicht, das prächtige Haus der Familie von Wallhausen einmal von innen zu sehen, reizte sie sehr. Andererseits raubte ihr die Angst davor, erwischt zu werden, fast den Atem. »Bestimmt darf ich den Kuchen gar nicht essen«, wandte sie ein.

»Aber das Haus darfst du dir anschauen, oder?«

Rebekka nickte. »Also gut.«

Sie rannten los. Der Regen hatte nachgelassen, doch das Gelände um die Ruine war matschig, und auf dem Laub schimmerten Wassertropfen. Direkt hinter dem Stadttor begann die Herrngasse. Das Haus der von Wallhausens war eins der prächtigsten und stand gegenüber dem Kloster der Franziskaner. Sie schlichen durch das Tor auf den Hof. Einige Hühner stoben gackernd davon, ein riesiger schwarzer Hund erhob sich knurrend, ließ sich aber gleich wieder nieder, als er Johann erkannte.

Rebekka folgte Johann durch eine Tür, einen Korridor entlang und eine Treppe hinauf, bis sie schließlich in einer Stube standen, die sich fast über das gesamte erste Stockwerk erstreckte. Ein großer Holztisch mit acht lederbezogenen Stühlen dominierte den Raum. An den Wänden hingen Teppiche, der Abzug über dem Kamin war mit einem Wappen geschmückt. Die Fenster waren mit kleinen Scheiben aus echtem Glas versehen, die das Tageslicht funkeln ließen. Ein silberner Leuchter stand auf einer Truhe.

»Das ist ja wie in einem Palast«, flüsterte Rebekka.

»Gefällt es dir?« Johann sah stolz aus.

»Ja.« Sie trat ans Fenster und fuhr mit den Fingern über das wellige Glas.

Johann stellte sich neben sie. »Eines Tages werde ich im Stadtrat sitzen, so wie mein Vater heute. Und dann werde ich dafür sorgen, dass niemand den Juden ein Leid zufügt. Ich werde verbieten, erlogene Geschichten über vergiftete Brunnen und geschlachtete Kinder zu erzählen, und ich werde deinen Vater zu meinem Leibarzt machen.«

Rebekka kicherte. »Leibarzt! Das klingt, als wärest du der zukünftige König.«

»Es ist mir ernst«, sagte er.

Sie ergriff seine Hand. »Ich weiß.« Sanft zog sie ihn vom Fenster weg. »Und jetzt zeig mir, wo der Kuchen steht. Ich habe Hunger!«

* * *

Rebekka drängte sich durch die Menschenmassen. Tränen rannen ihr über die Wangen. Warum nur verabscheute alle Welt die Juden? Warum gab es all diese schrecklichen Geschichten über sie? Rebekka rempelte einen Bauern in Lumpen an, der sie auf Tschechisch beschimpfte, und zwang sich, langsamer zu laufen. Wütend wischte sie die Tränen aus dem Gesicht. Sie hatte niemandem etwas getan, und trotzdem wurde sie von Menschen gehasst, die sie gar nicht kannten. Würden ihre leiblichen Eltern sie überhaupt willkommen heißen? Sie waren Christen und rechneten bestimmt nicht damit, dass ihre Tochter sich in eine jüdische Metze verwandelt hatte, die nichts Besseres zu tun hatte, als bemitleidenswerten Christenmännern den Kopf zu verdrehen. Vielleicht war es besser, sie gar nicht zu suchen.

Rebekka blieb abrupt stehen. Sie war völlig außer Atem, die Leute warfen ihr bereits misstrauische Blicke zu. Bestimmt dachten sie, sie laufe vor etwas davon. Doch dann begriff sie. Es lag nicht an ihrer Eile. Sie war schon in der Josefstadt. Die Menschen in den Gassen hatten ihr Aussehen verändert: Die Frauen trugen ihr Haar unter dem Schleier hochfrisiert, sodass es über die Stirn hinausragte, die Männer hatten hohe Hüte auf. Niemand hier konnte wissen, dass Rebekka eine von ihnen war.

Sie zögerte, dann fasste sie sich ein Herz und trat auf zwei ältere Männer zu. Die unterbrachen sofort ihr Gespräch und mieden ihren Blick.

»Schalom«, sagte Rebekka. »Verzeiht, meine Herren. Obwohl Ihr es mir nicht anseht: Ich bin Jüdin und heiße Rebekka bat Menachem. Ich komme aus Rothenburg ob der Tauber.«

»Schalom, Rebekka bat Menachem«, erwiderte der ältere der beiden Männer. »Ihr habt eine weite Reise hinter Euch.«

»In der Tat. Und ich bange um meine Eltern, die ich in Rothenburg zurücklassen musste. Sie wollten mir folgen. Ihr habt nichts gehört von Juden, die kürzlich aus Rothenburg hergekommen sind?«

Die Männer warfen sich Blicke zu, dann sprach der ältere erneut. »Nein, niemand ist kürzlich hier aus Rothenburg eingetroffen, Rebekka bat Menachem.«

»Ich mache mir Sorgen. Wisst Ihr irgendetwas? Gibt es Neuigkeiten von dort?«

Die Gesichter der beiden verdunkelten sich. Der Ältere schaute Rebekka ernst an. »Wir erhalten im Augenblick nur wenige Nachrichten aus dem Reich, und was wir erfahren, gibt uns kaum Hoffnung. Ist es nicht so, Chaime?« Er sah seinen Begleiter an, der traurig nickte.

»In der Tat, Schmul«, bestätigte er. »Selbst hier in Prag, wo der König uns seit Langem Schutz gewährt, wird uns das Leben schwergemacht. Und jetzt dürfen wir außer Geldgeschäften keinen anderen Beruf mehr ausüben.«

»Sind wir wenigstens hier in Prag sicher?«

»Im Moment ja«, antwortete Schmul. »Der König kann in der eigenen Stadt keine Mordbrennerei dulden, die gegen seine Gesetze verstößt. Er muss die Kontrolle behalten. Außerdem wird Karl nicht die Kuh schlachten, die ihm reichlich und dauerhaft gute Milch gibt.«

Chaime kniff die Augen zusammen. »Wir bezahlen fast die gesamte Krönungsfeier und dürfen nicht einmal daran teilnehmen.«

»Schon gut, mein Freund«, beschwichtigte ihn der Ältere. »Hoffen wir, dass das Geld, das uns beschützt, weiterhin so reichlich fließt.«

Rebekka neigte den Kopf. »Habt vielen Dank. Adonai beschütze Euch und alle Gerechten der Stadt!«

Der Jüngere legte seine Stirn in Falten. »Gerade fällt mir etwas ein: In Porice östlich des Stadttores wohnt ein gewisser Pakomeric von Gansenberg. Er ist Händler mit Beziehungen ins gesamte Reich. Zudem ist er ein guter Kunde und uns mehr als einen Gefallen schuldig.« Er lächelte verschmitzt. »Wenn er nichts über Rothenburg weiß, dann weiß es niemand in Prag.«

»Weiß dieser Gansenberg vielleicht auch etwas über eine Familie namens Belcredi?«, erkundigte sich Rebekka, ohne nachzudenken.

Der Mann, der auf den Namen Chaime hörte, sah sie forschend an. »Was habt Ihr mit den Belcredis zu schaffen?«

»Nichts«, antwortete Rebekka schnell, erschrocken über sein finsteres Gesicht. »Ich habe den Namen aufgeschnappt. Was ich gehört habe, machte mich neugierig.«

»Im Judenviertel hört man den Namen Belcredi nicht gern.«

»Verstehe.« Rebekka senkte den Kopf. Ihr war plötzlich schwindelig, ein dumpfer Schmerz lähmte sie.

Der junge Mann machte einen Schritt auf sie zu. »Wenn Ihr herausfinden wollt, wie es Euren Eltern geht, sucht Pakomeric von Gansenberg auf«, sagte er freundlich. »Sagt ihm einen schönen Gruß von Chaime ben Ascher. Und richtet ihm aus, dass sich seine Hilfsbereitschaft günstig auf seine Kreditbriefe auswirken wird.«

Siedend heiß fiel Rebekka ein, dass sie ja in ihrem Kleid genau ein solches Dokument bei sich trug. Und sie brauchte dringend Geld. Engelbert hatte ihr zwar einen Beutel mit Münzen zugesteckt, damit sie die Besorgungen erledigen konnte, die er ihr aufgetragen hatte, doch sie wollte nicht allein von seinem Wohlwollen abhängig sein.

Zum Erstaunen der beiden Männer bückte sie sich und nestelte das in Wachstuch gehüllte Dokument aus dem Saum. Sie hielt es Chaime ben Ascher hin. »Das hatte ich völlig vergessen.«

Er entfaltete den Brief, las und schüttelte den Kopf. »Rebekka bat Menachem! Das hier«, er wedelte mit dem Pergament, »tragt Ihr einfach so spazieren?«

Er reichte es an Schmul weiter, der es studierte und seufzte. »Ein hervorragender Kreditbrief. Gezogen auf ein Handelshaus unserer Brüder in Avignon. Absolut sicher. Wollt Ihr ihn einlösen? Oder zumindest einen Teil? Es ist keine geringe Summe. Einhundert Pfund Silber.«

Rebekka überlegte nicht lange. »Im Augenblick brauche ich nur ein wenig Kleingeld. Könnt Ihr mir auf diesen Brief etwas borgen? Und das Dokument für mich aufbewahren?«

»Es ist uns eine Ehre und ein Vergnügen.« Er zog einen Beutel mit Münzen hervor. »Genügt das fürs Erste?«

Rebekka wog den Beutel und nickte. »Habt Dank, Chaime ben Ascher.«

Der Mann verneigte sich. »Ich habe zu danken. Für Euer Vertrauen.«

»Besucht uns, wann immer Ihr wünscht, wir werden Euch die Summe jederzeit auszahlen, ohne eine Gebühr einzubehalten«, sagte Schmul ernst.

Chaime hob den Zeigefinger. »Wenn Ihr die Mauern der Stadt verlasst, um mit Pakomeric zu sprechen, nehmt einen Ritter mit. Vor den Toren treibt sich schreckliches Gesindel herum.«

* * *

Engelbert von der Hardenburg senkte das Schwert und wischte sich den Schweiß von der Stirn. Der Knecht, mit dem er geübt hatte, hechelte wie ein Hund, der den ganzen Tag hinter einem Hirsch hergehetzt war. In seinen Strohpolstern klafften tiefe Schnitte, sein schwerer Eichenstock war von Scharten gezeichnet.

»Nicht schlecht für einen Stallknecht«, sagte Engelbert und warf dem Mann eine Münze zu. Der bedankte sich überschwänglich und verließ Engelberts Kammer, deren Steinboden mit dem Stroh übersät war, das Engelbert aus den Polstern des Knechtes herausgeschlagen hatte.

Engelbert ließ sich erschöpft auf einem Schemel nieder. Sein ganzer Körper schmerzte, als hätte man ihn verprügelt. Seine Wunden brannten, vor allem die an seinem Oberschenkel. Vermutlich war die Naht, mit der der Wundarzt sie auf der Reise verschlossen hatte, im Kampf aufgegangen. Behut-

115

sam knöpfte er den Beinling auf und rollte ihn herunter. Tatsächlich, der Verband war blutdurchtränkt.

Mit zusammengebissenen Zähnen wechselte Engelbert den Verband. Er durfte sich nicht schonen, er musste schnell wieder seine alte Form erlangen. Und vor allem durfte niemand merken, wie schwach er noch war. Er hatte zu viele Gegner, die dieses Wissen schamlos ausnutzen würden.

Engelbert erhob sich, goss Wasser in eine Schüssel und wusch sich die blutverschmierten Finger. Es würde noch einige Zeit dauern, bis er seine alte Wendigkeit und Kraft wiedererlangt hatte, aber immerhin könnte er auch jetzt schon ein oder zwei Männer wie diesen Knecht besiegen. Vielleicht auch noch einen dritten. Allerdings waren seine Gegner bessere Kämpfer als der Stallknecht. Engelbert griff nach einem Becher mit verdünntem Wein und leerte ihn in einem Zug. Dann nahm er ein Stück Zuckerkuchen, kaute es sorgfältig und trank dazu einen Becher frische Ziegenmilch.

Engelbert war sich bewusst, dass der Herrgott seine Hand über ihn gehalten hatte, als der Zug überfallen worden war. Ein Armbrustbolzen hatte ihn ins Bein getroffen, noch bevor er sein Schwert hatte ziehen können. Die Pferde waren durchgegangen, dann war der Wagen vom Weg abgekommen, auf die Seite gekippt und hatte ihn unter sich begraben. Bei dem Sturz war sein Kopf gegen einen Balken geschlagen, und er hatte das Bewusstsein verloren. Niemand hatte ihn beachtet, vermutlich weil ihn alle für tot gehalten hatten. Wären es Söldner gewesen und keine Räuber, er hätte den Tag nicht überlebt. Kein Söldner, der bei Verstand war, vergaß, sich zu vergewissern, dass der Feind auch wirklich tot war.

Engelbert legte das Geschirr beiseite und nahm sich den Brief vor, den er gerade an den König schrieb. Bis zur Krönung in einer Woche mussten die Vorbereitungen für Znaim weitgehend abgeschlossen sein, denn er wollte möglichst bald danach aufbrechen. Das Jahr schritt voran, das Wetter verschlechterte sich täglich, und die Aufgabe in dem Kloster konnte unter Umständen einige Zeit in Anspruch nehmen. An diese Reliquie würde er nicht mit einem plumpen Diebstahl herankommen.

In dem Schreiben bat Engelbert den König um eine Eskorte, um Pferde, Geld, Waffen, Geleitbriefe und die Erneuerung seiner Unangreifbarkeit: Er musste Handlungsspielraum haben, durfte keiner anderen Gerichtsbarkeit als der des Königs unterstehen.

Engelbert rief einen Boten, der sein Schreiben sofort übergeben sollte. Nachdem die Tür hinter dem Burschen zugefallen war, lehnte Engelbert sich zurück. *Nun zu Amalie Severin. Alias Amalie Belcredi alias Rebekka bat Menachem.*

Engelbert wusste nicht, was er von der Geschichte halten sollte, die Rebekka ihm aufgetischt hatte. Es fiel ihm schwer zu glauben, dass sie eine Belcredi war. Die Belcredis waren Christen, die für ihren Eifer, gottgefällig zu leben, in ganz Böhmen bekannt gewesen waren, bevor sie eines Tages spurlos verschwanden. Und sie waren nicht das gewesen, was man Judenfreunde nennen konnte. Warum hätten sie ihr Kind ausgerechnet in die Obhut einer jüdischen Familie übergeben sollen? Das hätten sie niemals getan. Es sei denn …

Engelbert trat ans Fenster und blickte hinaus in den Hof. Knechte luden zwei Wagen ab, ein Bruder überwachte die Arbeit, damit nichts gestohlen wurde. Der eine Wagen war mit Mehlsäcken gefüllt, der andere barg einen großen Schatz: Wein aus dem Burgund und Bier aus Pilsen. Seine Brüder mochten einen Großteil ihrer Zeit auf die geistige Einkehr verwenden, aber nicht viel weniger Zeit verbrachten sie im Zustand seliger Verzückung, hervorgerufen durch geistige Getränke.

Engelbert ballte die Faust. Er musste dringend etwas über die Belcredis in Erfahrung bringen. Schon längere Zeit hatte er nichts mehr von ihnen gehört, und das wenige, das ihm zu Ohren gekommen war, beruhte im Wesentlichen auf Gerüchten. Er wusste lediglich, dass die Familie vor etwa zwei Jahrzehnten Hals über Kopf aus Böhmen geflohen war. Sie hatte sowohl ihr Stadthaus in Prag als auch die Burg Pasovary verwaist zurückgelassen. Es hieß, sie hätte sich einem geheimen Bündnis angeschlossen, einer häretischen Sekte, und sie sei deshalb bei Kirche und König in Ungnade gefallen. Gehörten die Belcredis vielleicht zu den Waldensern?

Engelbert trat zur Tür. Ungewissheit war ihm ein Gräuel, also beschloss er, jemanden auszusenden, der ihm die nötigen Informationen liefern konnte. Wen sollte er schicken? Jemanden, dem niemand Beachtung schenkte und der sich beiläufig ein wenig umhören konnte, ohne dass seine Fragen Aufmerksamkeit erregten. Nach kurzem Überlegen fiel Engelberts Wahl auf Sebastian Pfrümler, ein Waisenkind und Novize im Rang eines Halbkreuzlers, der schnell lernte und sich geschickt anstellte, wenn es darum ging, mit Leuten ins Gespräch zu kommen. Erst gestern hatte er Rebekka ohne Zwischenfälle bei Tassilo Severin abgeliefert. Engelbert ließ nach ihm rufen, erklärte ihm seine Aufgabe und gab ihm Geld.

»Tu nichts Unbedachtes, Junge«, ermahnte er ihn. »Und erzähle nicht, in wessen Auftrag du handelst.«

Sebastian lächelte ihn voller Stolz an. »Ihr könnt Euch auf mich verlassen. Ich schwöre bei der heiligen Mutter Gottes, dass Ihr nicht von mir enttäuscht sein werdet.«

»Gut, Junge.« Engelbert lächelte milde. »Und nun marsch. Gott sei mit dir.«

Als er wieder allein in seiner Zelle war, kehrten seine

Gedanken zurück zu Rebekka. Er zweifelte nicht daran, dass Gott ihm die junge Frau geschickt hatte. Doch wollte der Herr im Himmel seinem ergebenen Diener Hilfe zukommen lassen? Wollte er ihn prüfen? Oder gar in Versuchung führen?

* * *

»Auf dass Gott in allem verherrlicht werde!«, sagte Fürstabt Rupert Fulbach laut. Seine Brüder sprachen es ihm nach. Alle drei waren gekommen: Abt Albert, Abt Remigius und Fürstabt Reinhard. Eine gute Gelegenheit, seinen Plan voranzutreiben.

»Damit wären wir bereits bei der Sache, meine Brüder«, fuhr Fulbach fort und musterte die Kapuzen, die die Köpfe der Männer verdeckten. Er musste keine Gesichter sehen, er erkannte alle allein an ihrem Gang, an ihrer Haltung und an ihrer Stimme. Sie hatten dennoch vereinbart, bei ihren Treffen weder ihre Namen auszusprechen, noch ihre Gesichter zu zeigen.

Fulbach hatte auf diesen Vorsichtsmaßnahmen bestanden, und er hatte zudem angeordnet, dass sie sich auf einer Waldlichtung trafen, auf der sie vor neugierigen Augen sicher waren. Kein Christ suchte diesen Ort ohne Not auf. Alle vier führten wertvolle Reliquien mit, die sie vor bösem Zauber schützen sollten, denn ihre Füße berührten verfluchten Boden: Vor zwei Jahren war hier von aufrechten Christen eine Frau verbrannt worden, die mit dem Teufel im Bunde stand.

»Karl hat die Nürnberger Juden verkauft. Ist das nicht ein gutes Zeichen?«, fragte Abt Remigius, dessen Verkleidung lächerlich war, denn seine Körperfülle war nicht zu verstecken, auch nicht unter dreißig Ellen englischer Wolle.

119

Fulbach unterdrückte ein Schnauben. »Im Gegenteil! Das ist ein schlechtes Zeichen. Karl benutzt die Juden wie Schlachtvieh, das er dem Meistbietenden zuschlägt. Aber in Prag laufen sie unbehelligt in der Stadt herum, stehen unter seinem Schutz. Außerdem gibt es weitere Städte, die ähnlich nachlässig sind. Gott hat uns eine schwere Aufgabe auferlegt. Und die können wir nur erfüllen, wenn Karl ...«

»Um Gottes willen, sprecht es nicht aus!«, rief Abt Reinhard so laut, dass man es wahrscheinlich noch in hundert Schritt Entfernung hörte.

Fulbach verzog das Gesicht. Reinhard war ebenfalls Fürstabt und gemeinsam mit ihm Mitglied der süddeutschen Prälatenbank, dem Rat der Prälaten. Alle Mitglieder der Prälatenbank hatten gemeinsam eine einzige Stimme im Reichsfürstenrat. Lächerlich. Das würde sich ändern. Aber noch war es nicht so weit. Noch lange nicht. Mit solchen Angsthasen als Verbündeten den König zu stürzen und das Reich Gottes auf Erden zu errichten erforderte wahrlich eine schier übermenschliche Geduld.

Albert von Hannover, ein einfacher Abt, der im Unterschied zu Fulbach und Reinhard nicht über so angenehme Privilegien wie Immunität und Blutgerichtsbarkeit verfügte, sprang Fulbach bei. »Wenn Ihr es nicht aussprecht, werdet Ihr es nicht tun. Karl muss entmachtet werden. Wir müssen einen Gegenkönig aufstellen, und wir müssen verhindern, dass Karl zum Kaiser gekrönt wird. Mit allen Mitteln. Oder zweifelt Ihr?«

Reinhard und Remigius schüttelten die Köpfe.

Fulbach war sich nicht sicher, ob auf die beiden Verlass war. Nur gut, dass er Dinge über sie wusste, die sie auf den Scheiterhaufen bringen konnten. Damit hatte er sie unter Kontrolle. Immerhin waren sie sich in der Judenfrage alle einig.

120

Und auch darin, dass es Gotteslästerung war, wenn ungläubige Händler nach Gutdünken durch das ganze Land reisen und ihre Waren feilbieten durften. Diese Gottlosen nutzten die Verderbtheit und die Maßlosigkeit der Menschen aus, die nur eins im Sinn hatten: Gewürze, Stoffe, Geschmeide. Nach diesem Tand gierten die Menschen und nicht nach einem Leben nach den Geboten Gottes. Selbst die schrecklichen Strafen, die der Herr auf die Erde schickte, die Fluten, Hungersnöte und die Pestilenz, reichten nicht aus, um dem gotteslästerlichen Treiben Einhalt zu gebieten. Und Papst Clemens VI. war der Schlimmste von allen. Seine Ausschweifungen waren in Stadt und Land bekannt. Und seine Feigheit. Aus Angst vor der großen Seuche saß der Heilige Vater seit Monaten zwischen zwei Feuern und war inzwischen fetter als Abt Remigius. Und noch immer predigte er, die Juden seien gar nicht schuld an der Pestilenz. Aber Fulbach wusste, dass der Papst ein stumpfes Schwert war: Nur in Avignon, wo er sein gotteslästerliches Leben führte, konnte er die Juden schützen.

Doch der Papst war nicht das Problem, sondern der König. Ein Anschlag war bereits fehlgegangen, und Fulbach wurde jetzt noch heiß, wenn er daran dachte. Matyas Romerskirch, dieser verschlagene Hund, hatte die Verschwörung aufgedeckt und sich nicht gescheut, Huren als Köder einzusetzen. Aber Fulbach hatte so umsichtig gehandelt, dass niemand eine Verbindung zu ihm hatte herstellen können.

»Karl hat anscheinend viele Schutzengel«, gab Reinhard zu bedenken.

»Aber er hat auch viele Feinde«, wandte Fulbach ein. »Wohlhabende Feinde. Und die müssen wir ins Boot holen. Wir müssen genug Geld aufbringen, um die Kurfürsten kaufen zu können.«

»Dafür brauchen wir mindestens eine Truhe voll Gold«, sagte Albert. »Ich habe bereits eine erkleckliche Summe zusammengetragen, aber es ist vielleicht ein Zehntel von dem, was nötig ist.« Er reichte Fulbach einen prall gefüllten Lederbeutel.

»Ich habe den letzten Schilling aus meinen Gütern herausgepresst«, klagte Remigius. »Sogar neue Steuern erfunden. Dennoch komme ich höchstens auf ein Zwanzigstel der Summe.«

Fulbach musste ein Lachen unterdrücken. Das ganze andere Gold war in der Form gebackener Fasane, köstlicher Pasteten und erlesener Weine in seinen Bauch gewandert. Remigius nannte fette Lehen sein Eigen, darunter auch Burg Mesenice, das Tor nach Mähren. Allein dort hätte er ein Vielfaches des Betrages erwirtschaften können, den er heute mitgebracht hatte. Aber er hatte seinen Burgherrn nicht im Griff, der wie ein Idiot wirtschaftete.

»Ich habe genauso viel wie Albert«, sagte Fulbach. »Und Ihr?« Fulbach nickte Reinhard zu.

»Ich nenne kaum etwas mein Eigen. Ein Blitz hat das Kloster getroffen, alles ist niedergebrannt.« Er beugte sich noch weiter vor, so, als wolle er sich unsichtbar machen.

»Wir dürfen nicht nachlassen!« Fulbach ballte die Fäuste. Wenn sie wenigstens einen vernünftigen Kandidaten als Gegenkönig hätten! Günther von Schwarzburg, diesen Feigling, hatte Karl mit Drohungen gefügig gemacht, bevor er plötzlich verstarb. Fulbach war sich sicher, dass Karl seinen Konkurrenten hatte ermorden lassen. Darin ähnelten sich Fulbach und Karl: Sie überließen nichts dem Zufall. Aber Karl schaffte es immer wieder, sich als Retter der Christenheit und des Reiches zu präsentieren. Ludwig der Bayer, ein Bär von einem Mann, war ebenfalls völlig unvermittelt ums Leben ge-

kommen. So war Karl ganz ohne Blutvergießen auf den Thron
gelangt. Es war zum Verrücktwerden. Die letzte Hoffnung
waren die Wittelsbacher, doch die zögerten.

Fulbach schäumte vor Wut. Wie sollte er unter diesen Umständen eine schlagkräftige Allianz schmieden? Ohne Geld
und mit einem Haufen von Feiglingen und Zauderern als
Verbündeten? Und noch dazu ohne Gegenkönig. Wenn der
Machtwechsel sich nicht erkaufen ließ, musste ein Messer
oder ein Pfeil Tatsachen schaffen. Aber diesmal würde er es
selbst tun.

Ein Gedanke kam Fulbach. Es gab noch eine Waffe, mächtiger als jeder Pfeil. Doch sie war verschwunden. In den letzten Jahren hatte er die Suche nach ihr eingestellt, weil sie ihm
aussichtslos erschien. Hatte er zu früh aufgegeben?

Fulbach bedankte sich bei seinen Brüdern, übernahm das
Gold und winkte seine Leute herbei, die außer Hörweite
gewartet hatten, mit dem ausdrücklichen Befehl, niemanden
vorzulassen. Sie sollten das Gold nach Münchaurach bringen
und dort in der Schatzkammer verwahren.

Mit einem Mal kam Bewegung in die Männer. Fulbach
erkannte Kylion Langenmann, einen seiner Spione aus Prag,
der auf ihn zurannte. Schwer atmend blieb er vor Fulbach stehen, neigte zum Gruß kurz sein Haupt und begann sofort zu
sprechen.

»Amalie Belcredi«, stieß er atemlos hervor. »Sie ist aufgetaucht. In Prag. Und nicht allein. Sie macht gemeinsame
Sache mit Engelbert von der Hardenburg. Sie kamen zusammen an.«

Fulbach bekreuzigte sich. Hatte er nicht gerade noch an
die mächtigste aller Waffen gedacht? Überlegt, ob er die Suche nach ihr noch einmal verstärkt in Angriff nehmen sollte?
Und nun schickte Gott ihm Amalie Belcredi geradewegs als

Antwort auf seine Gedanken. »Seid Ihr sicher?«, fragte er mit rauer Stimme.

»Ja, absolut. Ein Mann, der sie mit eigenen Augen gesehen hat, hat sie mir genau beschrieben. Alles passt.«

Fulbach nickte mehrmals. »Stöbert sie auf, und bringt sie zu mir nach Münchaurach. Egal, wie. Ich muss sie haben. Nein, besser noch. Ich komme ebenfalls nach Prag. Ihr reitet voraus und ergreift sie. Ich möchte, dass sie auf mich wartet, wenn ich in der Stadt eintreffe. Bei Gott! Siebzehn Jahre habe ich nach ihr gesucht.« Er griff unter sein Gewand, zog einen Beutel mit Münzen hervor und warf ihn Kylion zu. »Gute Arbeit! Wenn sie bei mir ist, gibt es mehr. Aber Gnade Euch Gott, wenn Ihr scheitert!«

＊

Engelbert schüttelte den Kopf. »So könnt Ihr noch nicht einmal eine Fliege ernsthaft verletzen.«

»Aber warum soll ich denn überhaupt jemanden verletzen?« Rebekka verschränkte die Arme vor der Brust.

Engelbert hätte ihr gerne gesagt, warum, aber es war noch zu früh. Die Gefahr, dass Rebekka die Mitarbeit verweigerte, wenn sie die ganze Wahrheit erfuhr, war zu groß. Wenn sie erst in Znaim waren, konnte sie nicht mehr zurück.

»Um Euch zu verteidigen, wenn Euch jemand angreift. Wir werden im Auftrag des Königs quer durch das Reich reisen, Ihr wisst doch, wie viel Gesindel sich auf den Landstraßen herumtreibt.«

Rebekkas Miene verdunkelte sich, eine Erinnerung schien sie heimzusuchen, doch sie sagte nichts.

Engelbert nahm ihr Schweigen als Einlenken. Er ging in Kampfposition. »Also noch einmal. Ich mache einen Schritt auf Euch zu, das Stück Holz in meiner Hand ist ein Messer.«

Rebekka grinste. »Ihr seht lächerlich aus!«

Engelbert ließ die Hand sinken. Wie konnte er ihr nur klarmachen, dass es überlebenswichtig war, sich zur Wehr setzen zu können, und kein albernes Spiel? Vielleicht halfen rabiatere Mittel. Mit zwei Schritten war er bei ihr, umfasste ihren Hals mit beiden Händen.

Sie sah ihn verwundert an, doch sie rührte sich nicht. Sie hatte keine Angst vor ihm. Das musste er ändern. Sie musste vor jedem auf der Hut sein, selbst vor den Menschen, denen sie vertraute.

Langsam drückte er zu.

Ihr Blick veränderte sich, wurde ungläubig. »Engelbert von der Hardenburg, was tut Ihr da?«, krächzte sie. Sie spannte ihre Halsmuskeln an, noch war ihre Kraft groß genug, seinem Druck standzuhalten.

Engelbert drückte fester zu.

Ihre Augen wurden groß. Sie packte seine Hände und wollte sie wegziehen, doch er lockerte seine Finger nicht. Sie ging in die Knie, um sich nach unten zu entziehen, doch das verstärkte seinen Griff nur. Rasch drückte sie die Knie wieder durch. Jetzt wusste sie, dass sie auf keinen Fall versuchen durfte, sich auf den Boden fallen zu lassen.

Sie begann mit dem ganzen Körper zu zappeln, aber Engelbert hielt sie ohne Mühe fest. Nur noch einige Augenblicke, und sie würde ernsthaft in Atemnot geraten. Endlich trat Panik in ihre Augen, und etwas anderes, das Engelbert zu spät erkannte.

Plötzlich explodierte ein höllischer Schmerz in seinen Lenden. Er löste seine Hände, sackte zu Boden und sah nichts als Feuerräder vor seinen Augen tanzen. Mit Mühe konnte er

125

sich auf den Knien halten, die Hand zwischen seine Beine gepresst. Durch den Schmerz hindurch spürte er etwas Kaltes an seinem Hals. Er blickte nicht auf. Er wusste auch so, dass die zitternde Spitze seines Schwertes die empfindliche Haut an seiner Kehle ritzte.

»Wenn Ihr so etwas jemals wieder machen solltet, töte ich Euch!« Rebekkas Stimme schnitt klar und hart durch die Luft.

Engelbert schloss die Augen. Er hatte es geschafft. Sie hatte die natürliche Hemmung zur Gegenwehr überwunden, die den meisten Frauen eigen war. Dabei war es die wichtigste Überlebensregel und das Erste, was sein Lehrer ihm vor Jahren beigebracht hatte: Zuerst den Gegner ausschalten, egal wie. Wenn es um Leben und Tod ging, gab es keine Anstandsregeln.

Rebekka hatte jedoch viel heftiger reagiert, als er erwartete hatte. Fast so, als hätte sie diese Grenze schon einmal überschritten. In dieser jungen Jüdin steckte viel mehr, als das bloße Auge zu erfassen vermochte. Mehr und mehr wurde ihm klar, dass er noch nicht einmal an der Oberfläche gekratzt hatte.

Vorsichtig schob Engelbert mit den Fingerspitzen die Klinge zur Seite. »Ich schwöre Euch bei allem, was mir heilig ist, dass ich das nie wieder tun werde. Denn Ihr habt gelernt, was Ihr lernen musstet. Und ich ebenfalls. Darf ich aufstehen?«

Rebekka trat zwei Schritte zurück, hielt jedoch weiterhin mit beiden Händen das Schwert fest. Immer noch flackerten Wut und Angst in ihren dunklen Augen. Leuchtend rot zeichneten seine Finger sich auf ihrem blassen Hals ab. Eine Strähne ihrer braunen Haare hatte sich gelöst und hing ihr ins Gesicht. Es würde noch ein wenig dauern, bis sie sich wieder beruhigt hatte, wahrscheinlich ebenso lang, wie sein Gemächt ihn daran erinnerte, wie empfindlich es war.

Engelbert richtete sich auf, zog scharf Luft ein, um nicht aufzustöhnen. Wann hatte ihn jemand zum letzten Mal so erwischt? Das war einige Jahre her. Engelbert fühlte sich plötzlich alt und verbraucht. Rebekkas Knie war ihm so schnell zwischen die Beine gefahren, dass er nicht mehr hatte reagieren können. Ein Beweis, dass er noch nicht ganz genesen war und umso besser aufpassen musste, falls er zu einem Kampf gezwungen wäre.

Er ließ sich auf seinem Lager nieder, streckte sich und sah zu ihr auf. »Diese Prüfung habt Ihr bestanden, Rebekka. Und ich habe bekommen, was ich verdiene. Ihr müsst Euch wehren können, wenn es darauf ankommt. Merkt Euch: Euer Leben hängt davon ab, ob Ihr mit aller Härte zuschlagen könnt. Dass Ihr dazu fähig seid, habt Ihr bewiesen.«

Rebekka sah ihn verächtlich an. »Ihr seid ein furchtbarer Mann! Wie viele Menschen habt Ihr schon ermordet?« Sie war den Tränen nahe, ihre Stimme zitterte.

Engelbert seufzte. »Ich habe mich immer nur verteidigt. Mein Gewissen ist rein.«

»Wart Ihr Söldner?«

Engelbert lachte kurz. »Söldner kämpfen für alles und jeden, Hauptsache, man bezahlt sie gut. Sie sind meistens Herumtreiber, entflohene Leibeigene, nachgeborene Bauernsöhne oder der Abschaum der Städte; viele sind Verbrecher, Mörder und Schänder. Ich habe immer nur für die Ehre Gottes und die Belange des Ordens gekämpft. Ich bin mit achtzehn Jahren zum Ritter geschlagen worden und bin dann als Ritterbruder in den Orden eingetreten, weil ich der Zweitgeborene meines Vaters bin und damit ohne Erbe, ohne Land und ohne Titel. Immerhin hat mein Bruder meine Ausrüs-

127

tung bezahlt, eine noble Geste und alles andere als selbstverständlich. Vielleicht wollte er mich auch nur möglichst schnell loswerden. Auf jeden Fall ist seine Frau fruchtbar und hat ihm bereits mehrere Söhne geschenkt. Ich werde also nie Burggraf werden.«

Rebekka senkte das Schwert und ließ es fallen. Klirrend schlug es auf dem Steinboden auf. »Ihr seid mit der Zunge ebenso gewandt wie mit dem Schwert, denn Ihr habt meine Frage nicht beantwortet und mir stattdessen eine rührselige Geschichte erzählt. Wie viele?«

»Und Ihr seid hartnäckig und auch nicht auf den Mund gefallen und durchaus wehrhaft. Ich muss zugeben, ich weiß es nicht. An den einen oder anderen erinnere ich mich, aber in einer Schlacht zählt Ihr nicht die Gegner, die Ihr tötet. Von einer Schlacht behaltet Ihr so gut wie nichts in Eurer Erinnerung. Sie ist wie ein Traum, alles scheint unwirklich und fremd. Irgendwann wacht Ihr auf und stellt fest, dass Ihr noch am Leben seid. Erst später kommen die Erinnerungen, aber nicht an jede Einzelheit, eher wie ein Rausch von Gefühlen, eine Mischung aus Triumph und Abscheu. Manchmal allerdings spukt ein einziger Augenblick für Jahre in Euren Gedanken herum, und Ihr werdet fast wahnsinnig davon.«

Engelbert setzte sich auf, die Schmerzen ließen allmählich nach. »Ich erinnere mich an einen Sommertag. Wir hatten eine Räuberbande gestellt, die ein abgelegenes Kloster geplündert und alle Brüder ermordet hatte. Wir waren zu siebt, standen gegen zwanzig. Aber wir saßen auf Schlachtrössern, trugen Rüstungen und Schwerter, unsere Gegner nur Wams, Messer und Keule. Wir saßen ab, um es uns nicht zu einfach zu machen. Sie glaubten tatsächlich, dass sie uns besiegen könnten. Drei Männer drangen auf mich ein, ihre Schläge glitten an dem Metall ab, ich schlitzte dem ersten die Kehle

128

auf, dem zweiten trennte ich einen Arm ab, und dem dritten rammte ich mein Schwert durch den Leib. Er schrie nach seiner Mutter, ich drehte das Schwert in seinen Eingeweiden, damit er schneller starb. Ein junger Bursche, vielleicht dreizehn Jahre alt. Er hatte geholfen, den Abt zu schlachten wie ein Stück Vieh, dennoch hatte ich Mitleid mit ihm und bat Gott in seiner unendlichen Gnade, seine Seele aufzunehmen. Das Gesicht dieses Jungen hat mich zwei Jahre lang Nacht für Nacht heimgesucht.

Dann lernte ich unseren König kennen. Mein Großmeister hatte mich ihm empfohlen, und seitdem ziehe ich als Ordensritter durchs Land und diene Karl, und zwar vor allem mit meiner geschickten Zunge, nicht mit meinem Schwert.«

Rebekka betrachtete ihn wortlos. Es schien ihr schwerzufallen, ihm zu glauben. Dabei hatte er ihr die Wahrheit erzählt, in groben Zügen jedenfalls.

»Aber ich werde ohne zu zögern töten, wenn es notwendig ist«, fuhr er fort. »Wenn ich das Leben des Königs, Eures, das meiner Männer oder mein eigenes verteidigen muss. Glaubt mir: Ich habe noch nie aus Lust getötet und werde es auch nie tun.« Er hob die rechte Hand zum Schwur. »So wahr mir Gott helfe.«

Engelbert meinte, was er gesagt hatte. Und es war wichtig, dass Rebekka wieder Vertrauen zu ihm fasste, dass sie ihn als Ehrenmann respektierte. Er sah sie an. Sie wirkte unschlüssig. War er zu weit gegangen?

***

Fröstelnd blickte Rebekka auf die Oberfläche der Moldau, auf der sich kleine Wellen kräuselten. Auf der Brücke war es heute besonders eng, Arbeiter schmückten das Bauwerk mit

Blumengirlanden. Überall wurde von nichts anderem gesprochen als der Krönung der neuen Königin. Rebekka seufzte. Engelbert hatte ihr mitgeteilt, dass ihre Anwesenheit erwartet wurde. Ihr graute davor. Sie hatte Angst, vor Aufregung einen Fehler zu begehen, der sie als eine Jüdin verriet.

Ärgerlich wischte sie den Gedanken fort und betrat die Brücke. Sie wollte den Hauptmann Vojtech von Pilsen aufsuchen und herausfinden, ob er zu seinem Wort stand. Sie brauchte Hilfe, und Engelbert hatte sie ihr versagt. Unwillkürlich fasste Rebekka sich an den Hals. Ihre Kehle schmerzte noch immer von Engelberts Griff. Hatte er ihr wirklich eine Lektion erteilen wollen? Oder hatte sich eine plötzliche Mordlust seiner bemächtigt? Sie wusste es nicht. Aber sie hatte beschlossen, ihm vorerst seine Erklärung zu glauben – und trotzdem auf der Hut zu sein.

Nach der merkwürdigen Lehrstunde hatte Engelbert sie zum Haus des Pakomeric von Gansenberg begleitet, des Mannes, der angeblich mehr über das Schicksal der Juden in Rothenburg wissen sollte.

Der Ordensritter kannte den Mann sogar. »Gansenberg hat seinen Handel in Porice, direkt auf der anderen Seite der Stadtmauer«, hatte er erklärt und unter seinem weißen Habit mit dem schwarzen Kreuz sein Schwert gegürtet und zusätzlich einen Dolch an den Gürtel gesteckt.

Sie waren auf die Gasse getreten, hatten das Porici-Tor passiert und nach einem kurzen Fußmarsch ein schmales, aber hohes Steinhaus erreicht. Dort hatte der Ordensritter an die Tür geklopft, doch ohne Erfolg. Im Haus blieb es stumm.

Schließlich hatte eine Magd ihren Kopf aus dem Fenster des Nebenhauses herausgereckt. »Der Pakomeric ist nicht da. Ist in Nürnberg. Dauert eine Weile, bis er wiederkommt. Vermutlich erst nach dem Winter.«

Rebekka hatte enttäuscht den Kopf geschüttelt. »Aber wir brauchen eine Auskunft.«

Die Magd hatte gelacht. »Dann fragt doch das Abecedarium von Prag. Sein Hof liegt einen Steinwurf vom Minoritenkloster entfernt, wenn Ihr die Stadt in Richtung Vyšehrad verlasst. Es ist nicht zu verfehlen.« Die Magd grinste und verschwand.

Der Ordensritter schlug sich mit der Faust in die Hand. »Das Abecedarium von Prag! So ein Unsinn.« Er wandte sich an Rebekka. »Lasst Euch kein dummes Zeug erzählen. Ich selbst werde versuchen, in Erfahrung zu bringen, was in Rothenburg geschehen ist. Gebt mir ein paar Tage Zeit. Aber lauft nicht weiter in der Stadt herum und stellt Fragen. Damit erregt Ihr nur Aufmerksamkeit.«

»Wie Ihr wünscht«, hatte Rebekka mit einem zuvorkommenden Lächeln erwidert. Doch auf dem Rückweg in die Stadt hatte sie darüber nachgedacht, wie sie ohne den Ordensritter in Erfahrung bringen konnte, was sie zu wissen begehrte. Und dabei war ihr Vojtech von Pilsen in den Sinn gekommen.

Nach einer weiteren Nacht im Haus des Tassilo Severin hatte sie vormittags in Begleitung der Magd die neuen Kleider bestellt, so, wie Engelbert es ihr aufgetragen hatte. Vor zwei Tagen hatte sie nach ihrem Besuch im Judenviertel völlig vergessen, sich darum zu kümmern. Nachdem die Stoffe ausgewählt und die Schnitte abgesprochen waren, hatte sie die Magd fortgeschickt und sich auf den Weg zum Hradschin begeben, um den Hauptmann um Hilfe zu bitten. Vielleicht würde er ihr einen seiner Männer zur Verfügung stellen, um sie sicher aus der Stadt zu geleiten.

Rebekka erreichte das andere Ufer und kurz darauf das Burgtor. Eine der Wachen erkannte sie wieder und rief den

Hauptmann herbei. Als Rebekka ihm ihr Anliegen vortrug, erklärte er sich sofort bereit, sie höchstselbst zu begleiten. Er fragte nicht, was sie vom Abecedarium wissen wollte, und Rebekka verschwieg es wohlweislich. Wie sollte sie dem Hauptmann erklären, warum die Nichte eines christlichen Kaufmanns aus Prag wissen wollte, wie es den Juden in Rothenburg ergangen war?

»Ich habe schon von diesem Mann gehört«, erklärte Vojtech. »Doch ich bin ihm nie leibhaftig begegnet. Wir werden sein Haus finden. Vertraut mir.« Er instruierte seine Leute und forderte sie auf, ihm zu folgen.

Für einen winzigen Augenblick wunderte Rebekka sich, wie glatt alles lief. Mit welcher Selbstverständlichkeit der Hauptmann seinen Posten verließ, um ihr zu Diensten zu sein. War seine Dankbarkeit so groß? Oder handelte er auf Befehl des Königs? Sollte er sie im Auge behalten?

Sie nahm sich vor, nicht in ihrer Wachsamkeit nachzulassen und nur unter vier Augen mit dem Abecedarium zu sprechen.

Es dämmerte bereits, als sie das Stadttor im Süden erreichten, das zum Vysehrad führte, der alten Prager Burg. Vojtech von Pilsen verhandelte kurz mit dem Torwächter, der schnell etwas in seine Tasche steckte und sie dann durch eine seitlich gelegene Pforte schlüpfen ließ. Diese kleine Pforte am Südrand der alten Stadt, so hatte Vojtech ihr erklärt, war für die Öffentlichkeit eigentlich gesperrt. Für den Hauptmann der königlichen Wache galt diese Beschränkung jedoch nicht.

Jenseits der Stadtmauer öffnete sich vor ihnen ein Taleinschnitt. Auf dem gegenüberliegenden Kamm waren Teile des Vysehrads zu sehen. Von seinen Zinnen wehten Fahnen mit dem Wappen des Königs. Rechts und links davon ragten die ersten Türme der neuen Befestigungsmauer in die Höhe. Tagsüber schleppten hier hunderte Arbeiter Steine, hoben Gräben aus und mischten Mörtel, doch nun in der Dämmerung war alles still.

Beklommen betrachtete Rebekka den Mann an ihrer Seite. Er war unrasiert, sodass seine Narbe unter den Bartstoppeln kaum zu sehen war. Seine grünen Augen waren auf einen Punkt in der Ferne gerichtet. Sie musste plötzlich an Hermo Mosbach denken und wünschte sich, Engelbert von der Hardenburg wäre bei ihr.

Vojtech von Pilsen schien ihre Angst zu spüren. »Bei mir seid Ihr sicher, Amalie Severin. Habt Vertrauen.« Er deutete auf ein Gebäude. »Lasst uns dort nach dem Weg fragen.« Er machte ihr ein Zeichen, ihm zu folgen, und setzte sich in Bewegung.

Nach einer halben Stunde Fußmarsch und dem vergeblichen Klopfen an einigen Türen fanden sie schließlich das Haus des Abecedariums von Prag. Es war ganz aus Holz gebaut und so windschief, dass es aussah, als würde es jeden Augenblick einstürzen. Eine ärmliche Behausung, die wohl abgerissen würde, sobald die erweiterte Stadtbefestigung fertig war und hier überall neue Häuser emporwuchsen.

Rebekka betrachtete ungläubig die Fassade mit der abblätternden Farbe. Hier sollte der Mann wohnen, der alles über Prag wusste?

Von Pilsen trat vor und klopfte so energisch an, dass Rebekka fürchtete, die Tür würde aus den Angeln brechen.

Nichts rührte sich. Von Pilsen hob erneut die Faust und schlug an die Tür. Endlich hörten sie aus dem Haus einen Fluch, dann ein Poltern, und kurz darauf schwang die Tür nach innen auf. Rebekka hielt den Atem an. In der Tür stand ein buckliger Zwerg, der sich nach hinten lehnen musste, um sie anzuschauen.

Von Pilsen blieb unbeeindruckt. »Ich grüße Euch. Mein Name ist Vojtech von Pilsen, Hauptmann der königlichen Wache. Dies ist Amalie Severin, Nichte des Kaufmanns Tassilo Severin.« Er zeigte auf Rebekka und verbeugte sich leicht. »Sie wünscht Euch zu sprechen.«

Der Zwerg kniff die Augen zu Schlitzen zusammen. »In welcher Angelegenheit?«

»Dürfte ich ...« Rebekka sah ihn eindringlich an.

Der Zwerg schien zu verstehen. »Kommt herein. Euer Begleiter kann draußen warten, in meinem Haus seid Ihr sicher.« Er blickte kurz zum Dach hinauf, wo einige Schindeln fehlten. Rebekka glaubte, ein schwaches Grinsen über sein Gesicht huschen zu sehen.

Vojtech wollte protestieren, doch Rebekka hob die Hand. »Das geht in Ordnung, Hauptmann. Bitte wartet hier auf mich.«

Sie folgte dem Zwerg ins Innere, wo es überraschend aufgeräumt war und nach Kräutern und etwas anderem duftete, das ihr vertraut erschien. Dann sah sie es. Regale säumten die Wände, angefüllt mit Büchern bis unter die Decke. Es war der Geruch nach Leder und Pergament, der Rebekka an das Haus des Rabbi Isaac erinnerte.

Der Zwerg sah zu ihr auf. »Wie kann ich Euch dienen?«

Rebekka holte Luft. »Wisst Ihr etwas über die Juden in Rothenburg?«, fragte sie ohne Umschweife.

»Was hat eine Christin aus Prag mit den Juden von Rothenburg zu schaffen?«, fragte der Zwerg zurück.

Rebekka senkte den Kopf. »Ich habe Freunde dort. Ich bin in Sorge um sie.« Sie zog ihren Beutel hervor. »Ich kann Euch bezahlen für Eure Mühen.«

Der Zwerg lachte kurz auf. »Geld? Ihr wollt mich kaufen? Wenn es mir um Geld ginge, könnte ich darin schwimmen. Ich verkaufe mein Wissen nicht!«

»Wisst Ihr denn etwas?«

»Nicht über die Juden. Nicht mehr jedenfalls, als die Gerüchte besagen. Es heißt, ein paar Leute hätten sich zusammengerottet, um sie zu vertreiben, doch was danach geschah, liegt im Dunkeln.«

Rebekka stieß einen tiefen Seufzer aus. So viel wusste sie auch. Konnte ihr denn niemand weiterhelfen?

»Was ist mit Eurer zweiten Frage, Amalie Severin?«

Rebekka zuckte zusammen. »Mit meiner zweiten Frage?«

»Habt Ihr keine Frage mehr?«

Rebekka dachte an die Reaktion des Chaime ben Ascher, als sie den Namen Belcredi erwähnt hatte. Doch der Zwerg war kein Jude. »Was wisst Ihr über die Familie Belcredi?«

»Aha.« Der kleine Mann lächelte wissend.

»Könnt Ihr mir etwas sagen?«

»Die Belcredis waren ein sehr angesehenes Geschlecht in Böhmen. Königstreu, gottesfürchtig, edelmütig. Doch ein Geheimnis umgab sie, ein Geheimnis, an dessen Last sie schwer trugen. Und das ihnen einige mächtige Männer zum Feind machte.«

»Was für ein Geheimnis?« Unwillkürlich flüsterte Rebekka.

»Einen Schatz, den sie hüten mussten zur Verteidigung der Christenheit.«

Rebekka schwirrte der Kopf. »Ich verstehe nicht.«

»Ihr werdet verstehen, Amalie. Eines Tages werdet Ihr verstehen, es liegt in Eurem Blut.«

Erschrocken sah sie den Zwerg an.

»Ihr tragt die Züge Eurer Mutter, Amalie.« Der Zwerg

lächelte. »Keine Angst. Es gibt nicht mehr viele Menschen in Prag, die sich an sie erinnern. Doch jetzt geht. Zu viel Wissen kann manchmal schädlich sein.«

»Aber ich ...«

Der Zwerg trat zur Tür. »Ich danke Euch für die Ehre Eures Besuchs, Amalie Severin«, sagte er laut.

Benommen trat Rebekka an ihm vorbei ins Freie, wo Vojtech ihr erwartungsvoll entgegenblickte. »Ich habe zu danken. Für Eure Gastfreundschaft.«

Als sie sich abwenden wollte, packte der Zwerg sie am Arm. »Ihr seid stark. Eure Gabe wird Euch den rechten Weg weisen«, raunte er ihr zu. »Aber seid auf der Hut. Traut niemandem. *Niemandem.* Versteht Ihr?«

***

»Das war gar nicht so schlecht!« Von der Hardenburg reichte Rebekka die Hand und zog sie aus dem Staub hoch.

Ein paar Schritte weiter stand Vila, die Stute, auf der sie reiten lernen sollte, und zupfte an einem Grashalm.

»Ich kann nicht mehr!«, stöhnte Rebekka. Jeder Knochen im Leib tat ihr weh. Wieder hatte Vila sie abgeworfen wie einen Sack Mehl. Das war wohl ein Dutzend Mal geschehen in den vergangenen drei Stunden. Und sie wusste nicht einmal, wozu die ganze Schinderei diente.

Immer wieder hatte sie über das Gespräch mit dem Abecedarium von Prag nachgedacht und sich gefragt, wovor der Zwerg sie hatte warnen wollen. Oder besser gesagt, vor wem. Dabei hatten sich ihre Gedanken weiter und weiter im Kreis gedreht wie in einem Strudel, und am Ende hatte sie nicht einmal mehr gewusst, ob der kleine Mann sich nicht einfach über sie lustig machen wollte.

»Dieses Pferd will mich nicht tragen!«, rief sie ärgerlich.

»Ach wirklich?« Engelbert trat näher. »Schreibt Euch hinter die Ohren: Ein Pferd macht niemals etwas falsch. Es liegt immer am Reiter. Ihr habt mit dem Oberkörper nach links gelenkt und die Zügel nach rechts gezerrt. Da wird das beste Pferd verrückt. Es hat Euch zu Recht abgeworfen. Bedenkt: Pferde sind Herdentiere. Sie brauchen jemanden, der ihnen sagt, was sie zu tun haben. Wenn Ihr Vila nicht führt, wird sie Euch niemals anerkennen und sich von Euch befreien, indem sie Euch abwirft.«

Rebekka ließ den Kopf hängen. »Ich hätte nicht gedacht, dass es so schwer ist.«

»Ihr macht Euch gar nicht schlecht. Immerhin könnt Ihr bereits geradeaus galoppieren, ohne Vila den Rücken zu brechen. Ihr seid biegsam in der Hüfte und habt ein gutes Gespür für die Bewegungen Eures Pferdes. Jetzt müsst Ihr noch lernen, klare Anweisungen zu geben.« Er zupfte sich einen unsichtbaren Krümel von seiner Kutte. »Und Ihr müsst nicht versuchen, wie ein Ritter zu reiten. Das müsstet Ihr jahrelang üben. Es genügt, wenn Ihr Vila klarmachen könnt, wo Ihr hinwollt und wie schnell sie laufen soll.«

Rebekka sah ein, dass Engelbert von der Hardenburg Recht hatte. Sie nahm sich vor, es diesmal besser zu machen. Entschlossen klopfte sie sich den Staub vom Kleid, stieg wieder auf und ließ Vila im Schritt gehen. Sie presste die Schenkel etwas stärker, und schon nahm das Tier Tempo auf. Sie hielt die Zügel locker mit einer Hand, atmete aus und ließ die Stute angaloppieren. Sie fühlte sich in die schwingenden Bewegungen ein und gab mit der Hüfte das Tempo vor. Das Ende des Feldes kam in Sicht. Rebekka drehte leicht den Oberkörper nach links, achtete darauf, dass sie nicht in der Hüfte einknickte. Die Zügel legte sie leicht an Vilas rechte Halsseite an.

137

Das Pferd schnaubte leise und legte sich in eine lang gezogene Linkskurve. Rebekka drehte sich wieder gerade, Vila reagierte sofort, Rebekka ließ sie in einen gestreckten Galopp fallen und hielt auf den Ordensritter zu, der nicht von der Stelle wich. Nur wenige Fuß vor ihm parierte sie Vila durch und brachte sie zum Stehen.

»Gut gemacht.« Von der Hardenburg streichelte Vila über die Nüstern, sie schnaubte leise. »Vila ist ein besonderes Pferd, vergesst das nie. Sie fühlt, was Ihr fühlt. Wenn Ihr schlecht gelaunt seid, wird sie es auch sein, seid Ihr ungeduldig, wird sie kaum zu bändigen sein.« Er gab dem Tier einen Klaps. »Für heute ist es gut. Bringt Vila in den Stall, striegelt und wascht sie gründlich.«

Rebekka tätschelte Vila am Hals. Es stimmte. Vila war unglaublich feinfühlig. Wenn sie genau darauf achtete, konnte sie im Verhalten der Stute ihre Stimmung widergespiegelt sehen wie ihr Gesicht auf der Wasseroberfläche eines Sees.

Rebekka lenkte Vila zum Stall, nahm den Sattel herunter und begann, sie mit nassem Stroh abzureiben. »Dein Herr ist ein seltsamer Mann«, murmelte sie, ohne die Arbeit zu unterbrechen. »Ich weiß nicht, was ich von ihm denken soll, und ich fürchte, er führt nicht nur Gutes im Schilde.«

Als hätte Vila sie verstanden, drehte sie ihren Kopf und schüttelte ihn leicht.

»Du verteidigst ihn, weil er dein Herr ist, du dummes Pferd«, sagte Rebekka. »Aber ich sehe, wie finster er manchmal dreinblickt. Und ich weiß, wie unerbittlich er sein kann, wenn er ein Ziel verfolgt.«

Rebekka vergrub ihr Gesicht in Vilas Fell. Sie musste plötzlich an Johann denken. Wie es ihm wohl gehen mochte? Ob er manchmal an sie dachte? Ob er sie so sehr vermisste wie sie ihn?

FEBRUAR 1347/ADAR 5107

Das Purimfest stand bevor, und der Schnee lag wie eine weiße, stille Decke über der Stadt. In den Gassen hatte er sich längst in hässlichen grauen Schlamm verwandelt, doch auf den Dächern der Häuser, auf den Brunnenrändern und den kahlen Ästen der Bäume schimmerte er im letzten Sonnenlicht des Tages wie tausende Kristalle.

Rebekka stand in der Haustür und sah zu, wie in den Häusern nach und nach die Lichter entzündet wurden, der Tag neigte sich dem Abend entgegen. Sie hatte soeben die Stube ausgefegt und frisches Stroh auf dem Boden verteilt, das den köstlichen Duft des vergangenen Sommers verströmte. Am Morgen hatte Vater ein ernstes Gespräch mit ihr geführt, bei dem es um ihre Zukunft gegangen war. Vater hatte ihr mitgeteilt, dass er mit Jakob ben Elias, einem wohlhabenden Geldverleiher, übereingekommen war, dass Rebekka Jakobs ältesten Sohn Abraham heiraten sollte, sobald dieser von seiner Reise zurückkehrte. Abraham besuchte Verwandte im Süden Frankreichs, seinen Bruder, der in Montpellier Medizin studierte, und einen Onkel in Marseille, und würde wohl noch einige Monate dort bleiben. Die Hochzeit sollte im kommenden Jahr stattfinden. Rebekka hatte Abraham einige Male gesehen, und der hagere, hochgewachsene Mann mit den strengen Augen hatte ihr immer ein wenig Angst eingeflößt. Die Männer hatten beschlossen, dass Rebekka ihre Studien beim Rabbi beenden sollte, sobald das Verlöbnis offiziell war. Abraham würde die Geschäfte seines Vaters übernehmen, und Rebekka hatte längst genug gelernt, um ihm beim Führen der Geschäftsbücher zur Hand zu gehen. Rebekka hatte die Ankündigung ihres Vaters still angehört. Auch wenn sie damit gerechnet hatte, weil ihr nicht verborgen geblieben war, wie ihre Eltern in letzter Zeit öfter heimlich miteinander gesprochen hatten, traf sie die Aussicht, schon im nächsten Jahr eine verheiratete Frau zu sein, wie ein Schlag. Plötzlich sah sie ihre ganze Welt zusammenschrumpfen auf die Größe einer Wechselstube in der Judengasse. Keine Studien mehr mit dem Rabbi, keine heimliche Lektüre der Verse von Walther von der Vogelweide oder Wolfram von Eschenbach, und vor allem keine Treffen mehr mit Johann. Dass sie ihren Freund aus ihrem Leben würde verbannen müssen, schmerzte sie am meisten. Rebekka schüttelte die trüben Gedanken ab, sie wollte sich den herrlichen Wintertag nicht von Zukunftssorgen verderben lassen.

Gerade als sie zurück in die Stube treten wollte, kam ein kleiner Junge herbeigerannt. »Seid Ihr Rebekka bat Menachem?«, fragte er außer Atem.

»Die bin ich.« Sie musterte den Jungen, sie hatte ihn noch nie gesehen.

»Hier.« Er hielt ihr die ausgestreckte Hand hin. Ein kleiner weißer Stein lag darauf.

»Was ist das?«, fragte sie verwirrt.

»Soll ich Euch bringen. Ihr wüsstet, was es zu bedeuten hat.«

Benommen nahm Rebekka den Stein entgegen.

Der Junge wandte sich ab und rannte davon.

Sie blickte ihm hinterher, spürte dabei den Stein zwischen ihren Fingern, der noch warm war von der Hand des Jungen. Und vielleicht auch von der Hand desjenigen, der ihn dem kleinen Boten übergeben hatte. Johann. Vor zwei Wochen hatten sie sich kurz getroffen, und Johann hatte ihr erzählt, dass sein Onkel verstorben war. Sie hatten darüber gesprochen, wie sie ihre Toten bestatteten, und Rebekka hatte ihm davon berichtet, dass die Juden kleine Steine als Zeichen des Gedenkens auf dem Grab ablegten, wenn sie die Toten besuchten. Sie betrachtete den Stein in ihrer Hand. Johann wollte ihr sagen, dass er an sie dachte. Plötzlich ergriff sie eine unbändige Sehnsucht nach ihm. Ob er bei der Burg auf sie wartete?

Rasch trat sie zurück ins Haus und entnahm der Vorratskammer den Krug mit dem Lampenöl. »Ich gehe schnell neues Öl besorgen!«, rief sie in Richtung Küche, wo die Magd, die bei den Hausarbeiten half, mit dem Abwasch zugange war. Wie viele Juden beschäftigten auch ihre Eltern eine christliche Bedienstete, die am Sabbat, wenn sie selbst nichts tun durften, das Essen zubereitete und die Lampen entzündete.

»So spät noch? Es dunkelt bereits.« Die Magd erschien auf der Schwelle, die Stirn besorgt in Falten gelegt.

»Ich beeile mich. Vater möchte bestimmt nicht, dass wir heute Abend im Dunkeln sitzen.« Rebekka warf sich den Mantel über die Schultern und rannte los. Der Krug mit dem Öl war noch fast voll, und sie musste achtgeben, dass sie nichts verschüttete.

Atemlos erreichte sie das Stadttor und schlich kurz darauf durch die verfallenen Mauern der alten Burg. Bis auf einige Tierspuren war der Schnee hier unberührt. Erst am Eingang zur Kapelle entdeckte sie Fußspuren. Johann! Sie trat ins Innere, und tatsächlich, da stand er und lächelte sie erfreut an.

»Rebekka«, rief er. »Ich wusste nicht, ob du kommen kannst.«

Unwillkürlich verglich sie sein warmes Lächeln mit dem strengen Gesicht Abrahams. Sie schluckte. »Ich – ich kann nur ganz kurz, Vater wäre sehr böse, wenn er wüsste, wo ich bin.«

»Geht es dir gut?«

»Ich soll im nächsten Jahr heiraten.« Es sprudelte aus ihr heraus, ohne dass sie darüber nachgedacht hatte.

»Aber bist du nicht noch zu jung?«, stammelte er.

»Ich bin fast fünfzehn. Wenn ich heirate, werde ich sechzehn sein.«

»Und? Wie ist er so, dein Verlobter? Ist er ein fescher Bursche? Magst du ihn?« Er lächelte sie an.

Es sollte wohl aufmunternd wirken, doch Rebekka musste ihre ganze Kraft aufwenden, um nicht in Tränen auszubrechen. Vor ihrem geistigen Auge sah sie Abrahams schmalen, zusammengepressten Mund, der sich über Johanns Lächeln legte. Und mit einem Mal hielt sie es nicht mehr aus. »Ich kann das nicht!«, stieß sie hervor, und stürzte aus der Kapelle. Ohne nach rechts oder links zu schauen, rannte sie nach Hause, stellte mit zitternden Fingern den Ölkrug zurück, stolperte die Treppe hinauf, warf sich in ihrer Kammer aufs Bett und schluchzte hemmungslos.

* * *

Der Bote hatte keinen Zweifel daran gelassen, dass Engelbert sofort kommen musste. Seufzend erhob er sich. Er warf einen Blick durch das Fenster auf den Hof der Kommende. Rebekka war nicht zu sehen. Sie war mit Vila beschäftigt. Seit vorgestern war sie verändert. Seit er sie gewürgt hatte. Er war zu weit gegangen, hatte sie behandelt wie einen Mann, der für den Kampf gedrillt werden sollte. Das trug sie ihm nach.

Immerhin klappte es nun mit dem Reiten. Sie war geduldiger geworden, aber noch lange nicht geduldig genug. Sie musste lernen, wie eine Katze auf der Lauer zu liegen und dabei nicht einmal zu atmen. Dazu würden sie auf der Reise nach Znaim genug Zeit haben. Vila schien beruhigend auf Rebekka zu wirken. Ganz vernarrt schien sie in die Stute zu sein. Das lenkte sie davon ab, weiter nach dem Schicksal der

Juden in Rothenburg zu forschen, oder schlimmer noch, sich nach den Belcredis umzuhören.

Trotzdem würde er sie im Auge behalten. Der Mann, der sie in seinem Auftrag beschattete, würde ihm weiterhin jede Kleinigkeit berichten, die sie tat, jeden Schritt, den sie machte, und den Namen jeder Person, die sie traf. Sie war im Judenviertel gewesen, was sie ihm freimütig berichtet hatte. Danach hatte sie ihn zum Haus des Kaufmanns Gansenberg geschleppt, der jedoch glücklicherweise abwesend war. Diese Spur verlief also im Sande. Gestern hatte sein Mann Rebekka im Gewühl der Straßen aus den Augen verloren. Sie war dabei gewesen, die Besorgungen zu machen, die er ihr aufgetragen hatte. Kein Grund zur Beunruhigung also, dennoch ärgerlich.

Engelbert eilte durch den Korridor, durchmaß den Hof und hielt auf das Tor zu. Schon von Weitem hörte er aufgeregtes Geschrei.

Der Komtur stand im Torbogen, vier Ritterbrüder hielten mit gezogenem Schwert zwei ärmlich gekleidete Männer in Schach, die ihre Arme in die Höhe warfen und lautstark immer wieder dasselbe schrien: »Damit haben wir nichts zu tun! Wir sollten nur den Korb hier abgeben. Wir haben gedacht, es sei verdorbenes Fleisch.«

Engelbert trat hinzu, und schon stieg ihm ein Geruch in die Nase, den er nur zu gut kannte. In dem Korb lag verdorbenes Fleisch, keine Frage. Er wappnete sich für den Anblick und warf einen Blick in das Behältnis. Beim allmächtigen Herrscher! Engelbert bekreuzigte sich.

Im Inneren des Korbs lag ein Mensch, ein Jüngling, der unter unvorstellbaren Qualen sein Leben ausgehaucht hatte. Sebastian Pfrümler, der Novize, den er beauftragt hatte, sich über die Familie Belcredi kundig zu machen. Wer auch immer

143

ihn getötet hatte, hatte sich nicht damit begnügt, Sebastian das Leben zu nehmen. Mit allen denkbaren Raffinessen hatten die Mörder den Novizen gefoltert. Danach hatten sie ihn zerlegt wie einen Ochsen: Die Beine lagen neben dem abgetrennten Kopf, die Arme gekreuzt über dem Torso, der mit dem Rücken nach oben in den Korb gestopft worden war; das Gemächt hatten sie dem Jungen in den Rachen gestopft. Nach seinem blau angelaufenen Gesicht zu urteilen, war er daran erstickt.

Die Botschaft konnte klarer nicht sein. Es war eine Warnung. Und sie war an ihn gerichtet, an Engelbert von der Hardenburg. Dass mit dem Namen Belcredi ein Geheimnis verbunden war, damit hatte er gerechnet, dass es ein so dunkles, ein so gefährliches war, hatte er nicht geahnt.

Mühsam bewahrte er Haltung. Er befahl seinen Brüdern, die beiden Boten zu befragen, aus ihnen herauszupressen, wer sie für die Lieferung des Korbs bezahlt hatte. Viel Hoffnung machte er sich nicht. Die beiden kannten vermutlich nicht einmal das Gesicht ihres Auftraggebers.

Als er allein mit den sterblichen Überresten von Sebastian Pfrümler war, kniete er nieder. »Herr im Himmel, verzeih mir, dass ich dieses unschuldige Kind solchem Leid ausgesetzt habe«, betete er. »Ich wusste nicht, welcher Gefahr ich ihn auslieferte.«

Schwerfällig erhob sich Engelbert. Er würde sich von dieser Warnung nicht einschüchtern lassen. Im Gegenteil, sie verriet ihm, dass er einer großen Sache auf der Spur war. Allerdings war von jetzt an höchste Vorsicht geboten. Mit seinen Gegnern war nicht zu spaßen, und sie mussten tollkühn sein, wenn sie sich mit dem Deutschen Orden anlegten, wenn sie Engelbert von der Hardenburg und damit den König herausforderten.

***

Tassilo Severin stand vor Rebekka und musterte sie von oben bis unten. Sie waren allein, das Gesinde war bereits auf dem Weg zu den Krönungsfeierlichkeiten. Tassilo behandelte seine Mägde und Knechte gut, und deshalb hatte er ihnen erlaubt, heute die Arbeit ruhen zu lassen und sich zu Ehren der neuen Königin zu vergnügen. Rebekka fühlte sich wohl bei dem Händler, er hatte sich nicht nur als freundlich, sondern auch als großzügig erwiesen. Und er stellte keine Fragen nach ihrer Herkunft.

»Bei allem, was recht ist, du bist eine schöne Frau und eine Zierde für meinen Haushalt. Wer hätte gedacht, dass ich eine solch außergewöhnliche Nichte habe.« Er lachte leise. »Wenn du hierbleiben möchtest, ein Wort, und ich sorge dafür, dass dein Wunsch verbrieft wird. Seit du hier bist, habe ich das Gefühl, die Sonne ist in mein Heim zurückgekehrt.« Seine Augen schimmerten feucht, schnell wischte er mit der Hand durch die Luft.

»Ihr seid zu gütig«, erwiderte Rebekka verlegen. Sie wusste nicht, was Engelbert von der Hardenburg Severin über sie erzählt hatte. Bestimmt nicht die Wahrheit. Es war ihr unangenehm, diesen anständigen Mann zu betrügen.

Severin winkte ab. »Hör nicht auf einen alten sentimentalen Grübler. Heute wird gefeiert.« Er hielt ihr seinen rechten Arm hin. »Darf ich bitten?«

Rebekka knickste, hakte sich unter und verließ mit ihrem neuen Onkel das Haus. Sie tauchten ein in den unablässigen Strom von Menschen, der auf die Prager Burg zueilte.

Bereits von weitem konnte sie von der Hardenburg erkennen, der sie am Moldauufer erwartete. Seine glänzende Rüstung, sein strahlend weißer Habit und der Umhang mit dem schwarzen Kreuz leuchteten wie eine Kerze und stachen aus den vielen bunten Gewändern hervor. Als er sie erkannte,

145

winkte er ihnen wortlos zu. Gemeinsam passierten sie die Brücke und strebten dem Hradschin zu. Die Krönung würde in dem noch unvollendeten Gotteshaus in der Burg stattfinden. Die Wachen, die nur geladene Gäste in die Kirche vorließen, erkannten Engelbert von der Hardenburg und winkten ihn und seine beiden Begleiter durch.

Der Ordensritter nahm Rebekkas Arm. »Wir haben unsere Plätze in der Nähe des Altars, wir werden der Königin in die Augen schauen können.«

Rebekka spürte ihr Herz bis in den Hals schlagen. Sie, das jüdische Mädchen, das gar keine Jüdin, aber auch keine Christin war, bewegte sich wie selbstverständlich im Zentrum der Macht. Das Treiben erfüllte sie mit aufgeregter Freude, und obwohl sie immer noch nichts von ihren Zieheltern gehört und nur düstere Blicke geerntet hatte, wenn sie den Namen Belcredi fallen ließ, schien es ihr heute, als müsse alles gut werden. Ganz anders von der Hardenburg. Er wirkte niedergeschlagen. Tiefe Ringe zeichneten sich unter den Augen ab, die, selbst als er auf dem Lager halbtot gelegen hatte, nicht so dunkel gewesen waren. Seine Bewegungen waren fahrig, sein ganzer Körper schien angespannt zu sein. Irgendetwas musste vorgefallen sein.

»Nach der Krönung werden wir uns unverzüglich zur Kommende begeben. Wir haben noch einiges für unsere Reise vorzubereiten«, sagte er, und seine Blicke huschten unstet umher.

Rebekka war enttäuscht. Sie hatte gehört, dass Gaukler auftreten würden, Tänzer und Feuerschlucker, die ganze Stadt würde ein einziger Jahrmarkt sein. Sollte sie all das verpassen? »Aber wir sind schon den Krönungsweg zur Burg Vyšehrad nicht mitgegangen ...«

Von der Hardenburg schnitt ihr das Wort ab. »Keine Widerrede. Der König wünscht es. Kommt jetzt.«

Rebekka hatte keine Wahl, Tassilo zuckte nur mit den Schultern, also setzten sie sich in Bewegung. Sie mussten sich durch die Menschen hindurchdrängeln, jeder wollte so nah wie möglich am Altar stehen, von der Hardenburg schob die edlen Herren und Damen, die Ritter, Geistlichen und Edelleute freundlich, aber bestimmt zur Seite, bis sie ihren Platz erreicht hatten, an dem bereits drei Ordensbrüder der Kommende warteten, die von der Hardenburg mit steinernen Mienen begrüßten. Rebekka nickten sie knapp zu. Sie erwiderte den Gruß und beschloss, sich wenigstens das Krönungsspektakel von niemandem verderben zu lassen.

Eine mächtige Glocke erklang, die Luft begann zu schwingen, mit jeder Faser spürte Rebekka, dass der heutige Tag ein besonderer war. Sie blickte nach oben, der Glockenturm war kaum mehr als ein hölzernes Gerüst, aufgesetzt auf den schmaleren älteren Kirchturm. Die Glocke schien in der Luft zu schwingen, darüber strahlte hellblauer Herbsthimmel.

In die Schläge der Glocken mischten sich Fanfaren, Jubel rollte ihr vom Eingang der Kirche entgegen. Zuerst schwieg Rebekka, doch dann riss sie der tausendstimmige Chor mit, und sie begann, aus vollem Halse zu schreien: »Es lebe unser König! Es lebe unsere Königin Anna! Gott beschütze unseren König! Gott beschütze unsere Königin!«

Rebekka stellte sich auf die Zehenspitzen, konnte aber nichts sehen. Von der Hardenburg trat an ihre Seite und schob sie durch die Menge bis nach vorne. Sein Habit und sein Auftreten ließen die Menschen zur Seite weichen wie hohes Gras. Endlich konnte sie den Mittelgang entlangschauen. Angeführt wurde der Zug von zwölf Priestern, die silberne Kessel schwangen, aus denen es rauchte und qualmte. Rebekka verschlug es den Atem. Nie zuvor hatte sie solche

Pracht gesehen. Die Kessel verströmten den betörenden Duft von Weihrauch, die Priester sangen leise. Rebekka verstand kein Wort, obwohl sie des Lateinischen mächtig war. Als Nächstes kamen vierundzwanzig Bischöfe, die nach rechts und links die Gläubigen segneten. Einer war so dick, dass er vor Anstrengung schwitzte.

Der König und die Königin waren noch immer nicht zu sehen, aber Rebekka erkannte schnell, wo sie sich gerade befinden mussten: Dort verbeugten sich die Menschen tief, es sah aus, als würde eine Windböe durch ein Weizenfeld wehen und die Stängel biegen. Hinter den Bischöfen stolzierten die Kurfürsten. Rebekka hatte nicht gewusst, dass ein König gewählt werden musste, dass er sich die wahlberechtigten Fürsten gefügig machen musste. Das hatte von der Hardenburg ihr erklärt, als er ihr den Ablauf der Krönungszeremonie geschildert hatte. Bei seinen Erklärungen hatte der Ordensritter über die gierigen Kurfürsten geflucht, hatte sie Schmarotzer genannt, die eines Königs wie Karl nicht würdig wären. Dann hatte er Rebekka schnell dazu verpflichtet, niemals weiterzuerzählen, was er gesagt hatte. Rebekka hatte es geschworen und sich über diese seltsame Welt gewundert, von der sie zu Hause so gut wie nichts erfahren hatte.

Rebekka spürte eine Hand im Genick, die sie herunterdrückte, aber bevor sie ganz gebeugt war, erhaschte sie noch einen Blick auf Anna von der Pfalz und ihren Gatten, den König Böhmens und des Deutschen Reiches. Karl schien unnahbar, er starrte wie entrückt in die Ferne, über die Köpfe der Kurfürsten, Bischöfe und Priester hinweg. Die Königin schaute auf die Menschen, und so trafen sich ihre Blicke für den Bruchteil eines Wimpernschlags. In diesem winzigen Augenblick las Rebekka in Annas Augen Glück und Stolz, aber auch Angst, Einsamkeit und Heimweh. Diese Frau, kaum älter als sie selbst, hatte mehr mit ihr gemeinsam, als sie geahnt hatte.

Der Moment verflog, Rebekka richtete sich wieder auf, hinter dem Königspaar folgten die Heerscharen der Ritter und Fürsten aus allen Teilen des Reiches, ohne die Karl seine Länder nicht hätte verwalten können. Auch das hatte der Ordensritter ihr erklärt: Karl war ein König, der wie ein Kaufmann dachte, denken musste. Und er war gut darin.

Die Fanfaren verstummten, der letzte Glockenschlag verklang, Stille kehrte ein. Hier und da hustete jemand oder schnäuzte sich die Nase.

Der Bischof von Trier begann die Krönungsmesse, und Rebekka schien es, als ob die Zeremonie kein Ende nehmen wollte. Endlich senkte sich die Krone auf Annas Haupt, der Bischof drehte sich zu den Menschen und erklärte ihnen, was sie schon längst wussten: Anna war ihre Königin. Jetzt gab es kein Halten mehr. Tausende. Kehlen schrien sich heiser, Tücher wurden geschwenkt, Holzklappern rasselten, die Wachen schlugen mit Speeren an ihre Schilde. Karl lächelte milde, Anna strahlte glückselig.

Rebekka hatte erwartet, dass der Jubel bald abebben würde, aber nichts dergleichen geschah. Im Gegenteil. Das Königspaar setzte sich in Bewegung, der Jubel schwoll an, wieder beugten die Menschen das Knie, aber der Lärm blieb und vervielfachte sich, als König und Königin nach draußen traten. Lange hatte es gedauert, aber jetzt ließen auch die, die im Freien hatten warten müssen, ihren Gefühlen freien Lauf. Rebekka verspürte mit einem Mal ein Stechen hinter den Schläfen und rieb sich mit den Fingern darüber, um es zu vertreiben.

Von der Hardenburg beugte sich zu ihr. »Stellt Euch vor, es

wäre doppelt so laut und die Menschen würden vor Schmerz und Wut und Hass schreien. Dann habt Ihr eine kleine Vorstellung davon, wie es auf einem Schlachtfeld zugeht.«

Der Zauber der Krönung verflog. Rebekka drehte sich von der Hardenburg zu und funkelte ihn an. »Immer denkt Ihr nur an das Schlechte! Ihr seid ein verbitterter Mann, Engelbert von der Hardenburg!«

Er senkte betroffen den Blick. »Verzeiht, ich werde versuchen, mich zu mäßigen.«

Doch Rebekka glaubte ihm kein Wort. Inzwischen war sie sicher, dass alles, was der Ordensritter sagte oder tat, Teil der Lektionen war, die er ihr verabreichen wollte. Hegte er die Absicht, sie für die Aufgabe zu stählen, die sie für den König ausführen sollte? Oder für etwas ganz anderes? Etwas, das mit ihrem Namen und mit ihrer Herkunft zu tun hatte?

Sie verfielen in Schweigen. Es schien eine Ewigkeit zu dauern, bis sich die Kirche allmählich leerte. Der Krönungszug war bereits weitergezogen, der Platz quoll aber immer noch über von Menschen. Der Ordensritter sprach leise mit Tassilo, der sich schließlich mit einer Umarmung von Rebekka verabschiedete. »Reitet mit Gott, Amalie, und kehrt gesund zurück.«

»Wir brechen jetzt gleich auf?«, fragte Rebekka entsetzt. »Was ist mit meinen Sachen? Ich habe noch nicht einmal mein Bündel geschnürt!«

»Tassilo wird Eure Sachen in die Kommende bringen lassen. Du wirst das Ordensgebäude nicht mehr verlassen, bis wir in ein paar Tagen aufbrechen.«

Rebekka wollte protestieren, doch etwas in Engelberts Augen hielt sie davon ab. Ein tiefer Schmerz, eine Sorge, die ihn beinahe zu erdrücken schien. Wieder kam ihr der Gedanke, dass seit ihrer letzten Begegnung etwas vorgefallen sein musste.

Tassilo strich ihr über die Hand. »Mein Freund wird gut auf dich aufpassen, Amalie.« Er blickte zu Engelbert. »Ist es nicht so?«

Der Ordensritter deutete eine Verbeugung an.

Tassilo ließ sie los. »Nur Mut, mein Kind. Es wird alles gut. Glaub mir. Und denk dran: Du bist mir immer willkommen.«

»Lasst uns gehen«, drängte der Ordensritter. »Wir haben noch viel zu erledigen.«

Tassilo verneigte sich ein letztes Mal, drehte sich um und stapfte davon. Alsbald verschwand er in der Menschenmenge.

Von der Hardenburg winkte zwei bewaffneten Männern, die sich ihnen anschlossen, und schlug ein strammes Tempo an, sodass Rebekka in ihrem Kleid kaum mithalten konnte.

Sie bahnten sich einen Weg durch das Gedränge, überquerten unter Mühen die Holzbrücke, die unter dem Gewicht der vielen Menschen ächzte, und schlugen sich am anderen Ufer in ein Gewirr aus engen Gassen, die Rebekka noch nie gesehen hatte.

»Das ist nicht der direkte Weg in die Kommende. Warum gehen wir hierher?«, fragte Rebekka.

»Weil alle Hauptstraßen und der Altstädter Ring mit feiernden Menschen verstopft sind«, erwiderte Engelbert, ohne sich umzudrehen. »Da ist kein Durchkommen.«

Sie bogen ab, passierten einige eingefallene Gebäude und bogen in eine besonders enge Gasse ein. Seile waren hier von einer Seite zur anderen gespannt, hier wurde offenbar gebaut. Heute jedoch war es still und menschenleer. In der Mitte der Gasse blieb der Ordensritter plötzlich stehen und fluchte leise.

Rebekka sah sofort den Grund: Von der anderen Seite drängten ihnen drei Männer entgegen, in Lumpen gekleidet, aber mit blank polierten Schwertern in den Händen.

Rasch wandten Rebekka und ihre Begleiter sich um, aber am anderen Ende der Gasse standen ebenfalls Männer, zwei an der Zahl.

»Amalie, du bleibst immer zwischen uns dreien«, sagte von der Hardenburg, warf seinen Umhang über die Schulter und zog langsam seine Klinge, ebenso die zwei Begleiter.

Rebekka spürte ein Zittern in ihren Beinen. Das war keine Übung, das war Ernst. Fünf gegen drei. Und von der Hardenburg war noch immer nicht ganz genesen. Ihre Gegner mochten verlumpt aussehen, aber ihre ganze Haltung und vor allem die Waffen ließen Rebekka daran zweifeln, dass es einfache Straßenräuber waren. Von der Hardenburg gab den Begleitern ein Zeichen. Sie drehten sich zu den Männern, die ihnen im Laufschritt entgegenkamen. Dann zog er Rebekka in die entgegengesetzte Richtung. Die beiden anderen Angreifer bewegten sich nicht. Sie sollten wohl den Fluchtweg blockieren.

Drei Schritt außer Reichweite der Klingen blieb der Ordensritter stehen, griff unter seinen Umhang und warf ihnen einen Beutel Münzen vor die Füße. Einer bückte sich, hob ihn auf, wog ihn in der Hand und steckte ihn ein. Er schaute seinen Kameraden an, beide begannen zu lachen. Der Ordensritter ging langsam auf sie zu, sein Schwert hielt er gesenkt, die Klinge fing einen Sonnenstrahl ein, der in die Gasse fiel. Mit einer kaum sichtbaren Bewegung drehte von der Hardenburg die Klinge, die den grellen Lichtstrahl in die Augen eines Angreifers warf. Der zuckte zusammen und hob schützend eine Hand vors Gesicht. Der andere riss sein Schwert über den Kopf, weil er mit einem Angriff rechnete.

Aber Engelbert machte nur einen einzigen Schritt nach vorn, seine Klinge zischte durch die Luft und verfehlte ihr Ziel um eine Armeslänge.

Sein Gegner lachte kurz auf und rief: »Eure Arme sind wohl etwas zu kurz geraten, Ordensritter! Schöne Grüße von meinem Herrn. Sterbt! Jetzt!«

* * *

Noch immer dampften Berge von verkohlten Balken, die Brandwächter richteten sich auf eine weitere nervenzehrende Nacht ein. Obwohl sie tagelang Wasser aus der Tauber auf die schwelenden Häuser gekippt hatten, war die Glut nicht vollends erloschen. Für Johann ein Zeichen, dass Gott zürnte. Würde er die Stadt bestrafen für die furchtbare Schuld, die sie auf sich geladen hatte? Würden er und seine Familie ebenfalls bestraft werden, obwohl sie unschuldig waren? Waren sie denn unschuldig? Hätten sie es nicht verhindern müssen? Hätte er Rebekka retten können, wenn er nicht so betrunken gewesen wäre, dass er nicht einmal mehr seinen eigenen Namen wusste?

Johann spürte ein Ziehen im Magen. Seit Tagen konnte er kaum essen. Wenn er durch die Straßen ging, mieden viele seinen Blick, andere aber posaunten ungeniert heraus, dass die Stadt endlich vom Ungeziefer gereinigt sei.

Er wandte sich ab und ging los. Er wünschte sich, dass Gott diese Verbrecher in die Hölle werfen möge. Gestern hatte er sich mit Arnfried von der Neumühle im Tal geprügelt, weil der damit angegeben hatte, allein die Hälfte der Juden getötet zu haben. Vier Männer mussten Johann von dem widerlichen Wurm herunterzerren, sonst hätte er ihn erwürgt. Arnfried hatte ihm gedroht, ihn vor die Richter zu zerren, doch nichts war geschehen. Natürlich war es dumm gewesen, sich mit dem Schwachkopf zu prügeln, doch zumindest hatte es Johann für ein Weilchen eine gewisse Befriedigung verschafft. Die hatte allerdings nicht lange angehalten.

Durch das Würzburger Tor verließ er die Stadt, wandte sich nach Norden und folgte dem steinigen Weg, der zum Schubertshügel führte.

Der Stein in dem Samtbeutel, den er am Gürtel trug, schien einen Doppelzentner zu wiegen, obwohl er nicht einmal faustgroß war. Johann war rastlos umhergewandert, hatte Dutzende Steine aufgehoben, sie gesäubert und wieder fallen lassen. Gut vier Meilen die Tauber abwärts hatte er endlich den richtigen gefunden. Einen weißen, fast runden Kiesel. Feine rote Linien durchzogen ihn wie Adern, in denen das Blut pulsierte. Er hatte an Rebekka denken müssen, an das Leben, das in ihr pulsiert hatte und das sie im Feuer verloren hatte, während er betäubt vom Suff in seinem Bett gelegen hatte.

Seine Tränen waren auf den Stein getropft, bis er vor Nässe geglänzt hatte.

Immer wieder blieb Johann stehen, sank auf die Knie. Beschwerlich sollte der Weg zum Grab sein, so hatte Rebekka es ihm erzählt, so war es Brauch bei den Juden.

In Bottichen und mit Schubkarren hatten sie die Gebeine der jüdischen Gemeinde zu Rothenburg hinauf in den Wald gekarrt, dort in eine Grube gekippt, Kalk darüber geschüttet und sie dann mit Erde bedeckt. Alle waren tot. Männer, Frauen, Kinder. Niemand war entkommen, der seinen Glaubensbrüdern die letzte Ehre hätte erweisen können.

Wie ein alter Mann erhob Johann sich und schleppte sich die letzten hundert Fuß den Hügel hinauf. Einen Moment lang musste er sich orientieren, dann hatte er das Massengrab gefunden. Wer nicht wusste, wo es lag, würde es übersehen.

Denn sie hatten die Grassoden wieder festgestampft und zusätzlich Laub darübergestreut.

Seine Hände begannen zu schmerzen, fast den ganzen Weg hierher hatte er sie zu Fäusten geballt. Er streckte seine Finger aus, massierte sich die Gelenke, hob seinen Blick zum Himmel und riss sich das Hemd auf, vom Hals bis zur Hüfte.

»Mein Herz ist nicht nur zerrissen, Rebekka!«, schrie er in die Wolken, die sich auftürmten wie die Zinnen einer uneinnehmbaren Festung. Vorsichtig nahm er den Kiesel aus dem Samtbeutel und drückte ihn sich an die nackte Brust. »Mein Herz ist zu Stein geworden, in dem Moment, als du gestorben bist.«

Der Länge nach warf er sich auf den Boden, presste sein Gesicht ins Gras. Beide Hände über dem Kopf ausgestreckt, drückte er den Kiesel in das lockere Erdreich.

»Für immer soll mein Herz bei dir sein, bis zu dem Tag, an dem wir uns wiedersehen im Angesicht Gottes. Erst dann wird es wieder beginnen zu schlagen.«

Mit einem Ruck federte er hoch. Jetzt kam der Teil der Zeremonie, der ihm am leichtesten fiel.

»Rebekka! Du warst gütig, liebevoll und treu. Du hast niemandem je Schaden zugefügt. Niemals hast du jemandem Schlechtes gewünscht. Rein war deine Seele. So wie die Seele deiner Eltern, deiner Freunde und deiner Gemeinde frei war von bösen Gedanken.«

Er hob die rechte Hand und reckte sie in den Himmel. »Bei Gott schwöre ich, dass ich niemals wieder ein solches Unrecht hinnehmen werde. Und wenn es mein eigenes Leben kosten sollte. Und ich schwöre, dass ich mich nie wieder so mit Wein betrinken werde, dass es mir den Verstand raubt.« Fast war es vollbracht, Johann faltete die Hände. »Gott hat gegeben, und Gott hat genommen«, rief er in den Wald, der in

Trauer verstummt schien. Kein Laut drang an Johanns Ohr. Ihm versagte die Stimme, aber er musste noch einen letzten Satz sagen, sonst war alles umsonst. Sein Oberkörper schwankte ein wenig, die Worte wollten ihm nicht über die Lippen kommen. Aber er musste es tun, allein schon um Rebekkas willen. Er räusperte sich. »Der Name Gottes sei gelobt.« Wieder fiel er auf die Knie, schlug mit der Faust in den Boden und flüsterte: »Herr, verzeih mir meine Zweifel.«

Aber schon waren sie wieder da. Warum ließ Gott zu, dass unschuldige Menschen ermordet wurden? Wieder und wieder schlug er die Faust in den Boden, bis sie blutete.

Ein Ast knackte, Johann fuhr herum. Erst jetzt merkte er, dass die Sonne bereits hoch am Himmel stand. Ein Schatten stand über ihm, breitete die Arme aus.

»Mein Sohn«, sagte der Schatten. »Ich trauere mit dir. Aber heute hast du eine andere Pflicht zu erfüllen. Deine Braut wartet auf dich.«

Johann erhob sich. »Verzeih, Vater, ich habe die Zeit vergessen.«

»Komm, Junge.« Heinrich von Wallhausen breitete die Arme aus.

Johann warf sich seinem Vater in die Arme und weinte wie ein kleines Kind. Noch nie war er ihm so nahe gewesen.

* * *

Von der Hardenburg wich einige Fuß zurück. Sein Gegner machte einen Ausfallschritt, doch bevor er sein Schwert gegen den Ordensritter schwingen konnte, krachte ihm ein Sack auf den Kopf. Er knickte ein, sank auf die Knie, sein Schwert flog durch die Luft, er verdrehte die Augen und kippte nach vorn. Seinem Spießgesellen erging es nicht besser.

Säcke prasselten auf die beiden nieder, bis sie sich nicht mehr rührten. Rebekka blickte nach oben. Im Gegenlicht erkannte sie das Ende des Seils, das der Ordensritter durchtrennt hatte. Es führte durch mehrere Rollen. Die Arbeiter waren wohl zur Krönung geeilt, ohne die Säcke auf den Lagerboden zu heben.

Der Ordensritter verlor keine Zeit. »Los! Weiter! Diese gottlosen Schurken haben ihren verdienten Lohn bekommen. Sollen sich die Kadaverträger darum kümmern. Meine Männer werden die anderen ebenfalls in die Hölle schicken.«

Rebekka stolperte los, von der Hardenburg blickte sich nicht einmal um. Seltsamerweise wirkte er mit einem Mal entspannter. Hatte er einen solchen Überfall erwartet?

Schon bald kam die Kommende in Sicht. Anscheinend wurden sie erwartet, denn das Tor schwang auf, kaum dass sie davorstanden.

Der Komtur begrüßte sie mit einem stummen Nicken. Seine Miene war ernst, sein Mund kaum mehr als eine dünne Linie, wie mit einem feinen Pinsel gemalt.

Von der Hardenburg sah ihn kurz an und verkündete: »Wir werden morgen in aller Frühe aufbrechen. Schickt Nachricht an den König. Die Männer sollen bei Sonnenaufgang hier sein.«

Der Komtur drehte sich wortlos um und eilte davon. Nur seine Haltung verriet seine Missbilligung darüber, dass ein Mann, der im Rang unter ihm stand, ihm Befehle erteilte.

Rebekka versuchte zu begreifen. »Warum diese Eile? Hattet Ihr nicht gesagt, wir würden erst in ein paar Tagen aufbrechen, denn alles müsse sorgsam vorbereitet werden?«

»Das Wetter wird bald schlechter werden. Die Vorzeichen sind deutlich, auch wenn Ihr sie nicht versteht. Der Winter wird schon bald mit aller Macht über das Land herfallen, und wenn wir dann noch unterwegs sind, kann es uns das Leben kosten.«

Rebekka wunderte sich. »Aber der Winter ist doch längst angebrochen. Auf der Reise von Nürnberg hierher sind wir durch Schnee und Eis gefahren.«

Von der Hardenburg lächelte milde. »Das nennt Ihr Winter? Wartet ab, was die böhmischen Wälder für Euch bereithalten!«

Rebekka hielt das für einen Vorwand. Der plötzliche Aufbruch musste etwas mit dem Überfall zu tun haben. Die Männer waren keine einfachen Räuber gewesen. Engelbert von der Hardenburg hatte mit Sicherheit viele Feinde, und einer von ihnen hatte heute einen Anschlag auf das Leben des Ordensritters verübt. Deshalb die Eile. Von der Hardenburg musste fliehen. Rebekka presste die Lippen zusammen. Sie wusste, wie es sich anfühlte, wenn der Todfeind einem im Nacken saß. Das Zittern in den Knien, als Mosbach plötzlich in Nürnberg aufgetaucht war, war ihr noch lebhaft in Erinnerung.

Engelbert von der Hardenburg winkte einen jungen Mann in Kutte heran. »Dieser Novize hier wird Euch zeigen, wo Ihr die heutige Nacht verbringt. Ich werde Euch später Euer Bündel bringen und noch einmal nach Euch sehen. Ihr solltet früh zu Bett gehen, eine auszehrende Reise liegt vor uns.«

Rebekka nickte stumm und folgte dem Novizen ohne Widerspruch. Je schneller sie ihre Aufgabe hinter sich brachte, desto schneller würde sie zurück sein und endlich frei, um das Schicksal ihrer geliebten Zieheltern in Erfahrung zu bringen und das Geheimnis der Belcredis zu lüften.

* * *

Kylion Langenmann drückte dem Söldner die Augen zu. Mit letzter Kraft hatte sich der schwer verwundete Mann zum Minoritenkloster geschleppt, dem vereinbarten Treffpunkt, und atemlos berichtet, dass der Plan fehlgegangen war. Engelbert von der Hardenburg lebte, und Amalie Belcredi war ihnen entwischt. Abt Fulbach würde schäumen vor Wut.

Alle fünf Söldner waren tot. Zwei von ihnen von Getreidesäcken erschlagen! Mit Mühe und Not hatte Kylion dafür sorgen können, dass die Männer aus der Stadt geschafft wurden, bevor jemand die Leichen fand und Fragen stellte. Dumme Tölpel! Sie hatten es nicht besser verdient! Von der Hardenburg zu unterschätzen war tödlich, und die Söldner hatten ihn maßlos unterschätzt.

Die Männer, die von der Hardenburg begleitet hatten, waren keine gewöhnlichen Soldaten gewesen, sondern Ritter, erfahren im Kampf und stark wie Bären. Wahrscheinlich Männer aus der Leibgarde des Königs. Von der Hardenburg musste etwas geahnt haben, denn in den Tagen zuvor war Amalie Belcredi ohne Bewachung in Prag unterwegs gewesen. Verdammt, wer hatte das Wasser nicht halten können? Gab es einen Verräter in ihren Reihen? Kylion kratzte sich das stoppelige Kinn. Oder war der Ordensritter aus einem ganz anderen Grund so schwer bewaffnet herumgelaufen?

Die Tür zur Kammer quietschte in den Angeln, ein großer, dünner Mann trat ein, die Kapuze tief ins Gesicht gezogen. Kylions Herz schlug schneller, er brauchte das Gesicht nicht zu sehen, um zu wissen, dass Abt Fulbach vor ihm stand.

Fulbach rührte sich nicht, seine Hände versteckte er in den weiten Ärmeln seines schwarzen Gewandes. Trug er darin das Messer, das er Kylion ins Herz rammen würde, weil er versagt hatte?

»Ihr habt eine hervorragende Gelegenheit vertan, die Metze

zu fangen. Nennt mir einen Grund, Euch nicht zu verstoßen und für vogelfrei zu erklären oder am besten gleich zu töten.« Der Abt wisperte nur, aber seine Stimme drang in jeden Winkel der Klosterzelle. Sie fuhr Kylion in den Magen wie fünf Zoll kalter Stahl.

Kylion verbeugte sich. »Allein Eure Gnade ...«

Der Abt warf die Kapuze nach hinten, seine grauen Augen bohrten sich in Kylions braune. »Nein, Langenmann, nicht meine Gnade! Was ist geschehen?«

Kylion schluckte. Sein Hals war so trocken, als müsse er einen Karren voller Schafswolle hinunterwürgen. »Von der Hardenburg schien vorbereitet«, flüsterte er heiser. »So, als hätte ihn jemand gewarnt. Die Leute, die ihn begleiteten, waren ausgezeichnete Kämpfer. Und bis an die Zähne bewaffnet.«

»Ach ja?«

»Jemand muss ihm gesteckt haben, dass die Metze in Gefahr ist.«

»Unfug!«, widersprach der Abt. »Jemand hat ihm gesteckt, dass sein Interesse an den Belcredis ungesund ist. Ich hätte nicht gedacht, dass er eine solche Memme ist und gleich ein halbes Dutzend Leibwächter anheuert.«

»Ich verstehe nicht ...«

»Spart Eure Luft, Langenmann. Morgen brechen von der Hardenburg, Amalie Belcredi, sechs Männer der königlichen Leibgarde und vier Hauptmänner der Wache zu einer Reise auf. Niemand weiß, wohin. Ihr folgt ihnen wie ein Schatten und greift Euch Amalie Belcredi. Und zwar ohne einen Kratzer und ohne Aufsehen. Lasst alle anderen verschwinden. Das ist Eure Bewährungsprobe. Eure letzte.«

Der Abt warf sich die Kapuze über den Kopf und ließ einen Beutel auf den Steinboden fallen. Wie ein Schatten verschwand er aus der Zelle.

Kylion fragte sich, ob er nicht einer Sinnestäuschung aufgesessen war, doch der Beutel belehrte ihn eines Besseren. Er war gefüllt mit Goldmünzen. Viel Geld, zweifellos, aber nicht genug. Gegen die Elitesoldaten des Königs musste er eine kleine Armee aufbieten.

Kylion ließ sich neben dem toten Söldner auf die Pritsche fallen, vergrub sein Gesicht in den Händen und dachte nach. Wer schuldete ihm einen Gefallen? Wen konnte er erpressen? Plötzlich kam ihm ein Gedanke. Das war es! Er sprang von der Pritsche und schlug sich mit der Faust in die Hand. In diesem Fall war nicht brachiale Gewalt gefragt, sondern die List eines Fuchses.

Die geschmolzene Burg

NOVEMBER 1349/CHESCHWAN 5110

Engelbert von der Hardenburg bellte den Befehl zum Aufbruch, und schon setzte sich der kleine Zug in Bewegung. Sie waren zu zwölft: Rebekka, der Ordensritter, sechs Männer der königlichen Leibgarde und vier Hauptmänner der königlichen Wache. Rebekka hatte innerlich vor Freude jubiliert, als sie erkannt hatte, dass einer der Hauptmänner Vojtech von Pilsen war. Er hatte ihr unauffällig zugenickt, und auch sie hatte sich nicht anmerken lassen, dass sie von Pilsen näher kannte. Es war ein gutes Gefühl, unter den Männern einen zu wissen, dem sie vertrauen konnte.

Die sechs Männer der Leibgarde setzten sich an die Spitze, zwei hielten Fackeln, denn die Morgendämmerung hatte eben erst eingesetzt, einer trug das königliche Banner. Ihnen folgten der Ordensritter und Vojtech von Pilsen, die Rebekka in die

Mitte nahmen. Die drei weiteren Hauptmänner bildeten den Schluss. Sie führten je ein Packpferd mit.

Einen kurzen Augenblick fühlte sich Rebekka wie eine Königin, die mit ihrem Gefolge aufbrach, um ihr Reich zu bereisen. Aber in Wirklichkeit wusste sie nicht einmal genau, was sie im fernen Znaim für den König tun sollte. Es ging darum, in einem Kloster namens Louka eine Reliquie zu besorgen, doch wie dies geschehen sollte und welche Rolle ihr dabei zukam, konnte sie sich nicht so recht vorstellen.

Im Schritt bewegte sich der Zug über den menschenleeren Altstädter Ring, vorbei an verlassenen Marktbuden. Überall hing noch der festliche Schmuck der Krönungsfeierlichkeiten, Blütenblätter sprenkelten das Pflaster.

Bald verließen sie die Stadt durch das südliche Tor, und die Burg Vyšehrad erhob sich vor ihnen. Rebekka musste an ihre seltsame Begegnung mit dem Abecedarium von Prag denken. Rasch sah sie zu Vojtech hinüber, doch der blickte starr geradeaus. Sie ließen die Burg rechts liegen und wandten sich nach Südosten. Inzwischen war es fast hell, doch auf der Landstraße waren nur wenige Reisende unterwegs, die meisten Besucher der Krönungsfeierlichkeiten schliefen vermutlich noch ihren Rausch aus.

Als sie die letzten Gebäude hinter sich gelassen hatten, gaben sie den Pferden die Sporen. Im gestreckten Galopp ging es weiter, vorbei an vereinzelten Gehöften, einer Mühle und einer Köhlerhütte, bis der Wald sie einschloss.

Vila schien die Hatz zu genießen. Mit gleichmäßigen weichen Galoppsprüngen hielt sie ohne große Anstrengung mit den anderen Pferden mit, die allerdings auch viel schwerer zu tragen hatten. Rebekka hatte einmal versucht, einen Harnisch samt Kettenhemd und Schwert zu heben – vergeblich.

Plötzlich fiel Vila in Trab. Auch die anderen Pferde wurden

163

langsamer. Der Ritter an der Spitze hatte die Faust in den Himmel gereckt, und das hieß: anhalten.

Rebekka parierte Vila durch und reckte den Hals. Sie hatten eine Gabelung erreicht.

Engelbert von der Hardenburg zog ein Pergament aus seinem Umhang hervor und hielt es Rebekka hin. Es war eine Landkarte. Ganz oben links stand »Prag«, ganz unten rechts »Znaim«. Dazwischen wimmelte es von weiteren Ortsnamen sowie von Linien und Symbolen, die Rebekka nicht verstand. Unmittelbar neben dem Wort »Znaim« befanden sich ein Kreuz und die Worte »Kloster Louka«.

Der Ordensritter deutete auf die Karte. »Der Weg ist lang und gefährlich. Es gibt Schluchten, Raubritterbanden und reißende Bäche, vor allem jetzt. In den Bergen hat es erst geschneit und dann heftig geregnet. Einige Wege sind unpassierbar. Aber die Landstraße können wir ohnehin nicht nehmen, das wäre zu gefährlich. Wir müssen uns querfeldein durchschlagen.« Er lachte grimmig. »Ohne diese Karte würden wir unser Ziel nicht finden. Es sind fast dreißig Meilen bis Znaim. Böhmische Meilen. Ihr wisst, wie viel das ist?«

Rebekka schüttelte den Kopf.

»Wenn ihr mit Vila eine Stunde galoppiert, dann habt Ihr etwa zwei Meilen zurückgelegt. Zu Fuß braucht ihr für dreißig Meilen fast drei Wochen, aber nur, wenn Euch kein Hindernis in die Quere kommt. Wir werden mindestens fünf Tage brauchen bis Znaim, je nach Witterung auch eine ganze Woche, denn wir passieren unwegsame Gebiete.«

Rebekka griff nach der Karte. Von der Hardenburg zögerte kurz, gab das Dokument dann aber frei.

Rabbi Isaak hatte ihr einst eine Karte von Jerusalem und dem Heiligen Land gezeigt. Sie hatte sich zunächst nicht vorstellen können, wie eine so große Stadt und ein so weites Land auf ein so kleines Stück Schweinehaut passen konnten. Mit unendlicher Geduld hatte der Rabbi ihr erklärt, wie man etwas Großes auf etwas Kleines übertragen konnte und dass die Muselmanen Meister darin waren, Karten zu fertigen und zu deuten – und dass Landkarten oft wertvoller waren als Gold.

Ein Gewirr an feinen und stärkeren Linien zog sich über das Pergament wie die Adern auf einer Schweineblase. Jetzt erkannte Rebekka auch Details. Flüsse waren markiert, ebenso Höhenzüge, Steilhänge, Höhlen und Furten. Namen waren eingetragen. Einige davon in Rot. Rebekka nahm an, dass die roten Namen Gefahr bedeuteten.

»Was verzeichnet dieser Eintrag hier?« Sie zeigte auf einen Schriftzug in Rot in der Nähe einer Burg, den sie nicht richtig entziffern konnte.

»Ein übler Bursche«, antwortete der Ordensritter. »Er missachtet das Friedensgebot des Königs, und bis jetzt konnten wir ihn nicht fassen. Er hat seine Burg verlassen und lebt in den Wäldern. Immer wieder raubt er Handelszüge aus, und alles, was ihm über den Weg läuft, bringt er um. Egal, ob arm oder reich, Mönch oder Geldsack. Niemanden lässt er am Leben. Es heißt, er habe an die fünfzig Mann unter Waffen, davon zwanzig Berittene.«

»Müssen wir durch sein Gebiet?«

»Es ist der kürzeste Weg. Aber die Männer des Königs sind für alles gerüstet. Seid unbesorgt.« Engelbert von der Hardenburg streckte die Hand aus, Rebekka reichte ihm die Karte. »Wir müssen weiter«, sagte er, rollte das Pergament ein und steckte es wieder in seinen Umhang.

Rebekka blickte nach vorn. Das königliche Banner war nicht mehr zu sehen, die Ritter verbargen mit Umhängen ihre Rüstungen. Sie warf dem Ordensritter einen fragenden Blick zu.

Er verstand. »Ab jetzt ist es besser, wenn niemand weiß, dass wir in königlichem Auftrag unterwegs sind.«

»Was erwartet mich? Was muss ich tun?«, fragte Rebekka. »Wollt Ihr es mir nicht endlich sagen?«

»Alles zu seiner Zeit«, erwiderte der Ordensritter und gab Vila einen Klaps auf die Kruppe.

Die Stute stieg ein wenig, wieherte irritiert.

Na warte, dachte Rebekka. *Wenn du glaubst, ich sei dein williges Werkzeug, täuschst du dich!*

Sie ließ die Zügel los und schnalzte zweimal mit der Zunge. Vila raste los, in wenigen Augenblicken hatte sie die Spitze des Zuges eingeholt und fegte an den verdutzten Rittern vorbei.

Rebekka stellte sich im Sattel auf, blickte nach hinten und musste beinahe lachen. Die Leibgardisten steckten fest in einem Knäuel aus Pferden, ihr halbherziger Versuch, sie noch aufzuhalten, war kläglich gescheitert. Endlich löste sich ein Reiter, der erstaunlich schnell aufholte. Rebekka wandte sich um, legte ihr Gewicht nach vorn. Vila begriff sofort und zeigte, was in ihr steckte. Mit schier unglaublicher Geschwindigkeit ging es auf der schlammigen Landstraße gen Osten. Selbst enge Kurven nahm sie im gestreckten Galopp. Rebekka legte ihren Kopf an Vilas Hals und überließ es dem Tier, den besten Weg zu finden. Die Straße wurde schmaler, bald war es nur noch ein Pfad, aber Vila dachte nicht daran, langsamer zu werden. Plötzlich teilte sich der Pfad, in der Mitte der Gabelung thronte eine mächtige Eiche. Vila sprang nach rechts, dann wieder nach links, Rebekka krallte sich in ihrer Mähne fest, um nicht herunterzufallen. Hinter dem Baum neigte sich der Weg abwärts, die Stute nahm noch mehr Tempo auf. Nach der Senke ging es wieder bergauf, doch dann verschwand der Weg plötzlich im Unterholz. Zum Glück hatte Vila erkannt, dass es nicht weiterging. Das Tier fiel in einen mäßigen Galopp und blieb schließlich am Waldsaum stehen.

Rebekka atmete tief ein und aus, die Luft schmeckte köstlich. Vila schnaubte zufrieden. Nichts sonst war zu hören, außer ein paar Vögeln, die aufgeregt schimpften.

Doch der Moment währte nicht lange, denn schon donnerten Hufe über den Weg. Es war einer der Ritter der königlichen Leibgarde. Erde spritzte von den Hufen seines Pferdes, als er es zum Stehen brachte.

»Herrin!« Er ritt an ihre Seite. »Geht es Euch gut? Ist der Gaul durchgegangen?«

»Alles bestens. Sagt dem Ordensmann, dass ich ihm nicht mehr zur Verfügung stehe.«

Der Ritter sah sie verständnislos an. Schweißperlen standen auf seiner Stirn. Eine leichte Röte hatte sein scharf geschnittenes Gesicht überzogen. Seine Augen musterten sie durchdringend, aber sie waren nicht hart oder grausam, sondern leuchteten in einem warmen Braun. Die Haare trug er schulterlang, sie waren glatt und golden wie ein Weizenfeld im Abendlicht.

»Wie ist Euer Name?«, fragte Rebekka herablassend.

»Bohumir Hradic, zu Euren Diensten.«

»Und warum seid Ihr mir nachgeritten?«

»Ich muss auf Euch achtgeben, Herrin.«

»Natürlich.« Plötzlich kam sich Rebekka kindisch vor. Sie hatte sich aufgeführt wie ein kleines Mädchen. Hoffentlich hatte niemand gemerkt, dass Vila gar nicht durchgegangen war! »Ich bitte Euch um Verzeihung, Bohumir Hradic. Ihr wähntet mich in Gefahr. Und ich danke es Euch mit Spott. Es wird nicht wieder vorkommen.«

»Herrin ...« Er wirkte verlegen.

»Schon gut, Bohumir. Es war wirklich dumm von mir.« Sie

schaute sich um. Wo blieben die anderen? Wo blieb Vojtech, ihr Beschützer?

Sie wendeten die Pferde und ritten zurück.

»Warum sind uns die anderen nicht gefolgt, Bohumir?«, fragte Rebekka.

Der Ritter hob die Augenbrauen. »Ich weiß es nicht, aber Engelbert von der Hardenburg scheint Euch gut zu kennen. Vermutlich wusste er, dass Euch keine unmittelbare Gefahr droht.«

Bald kam die Eskorte in Sicht, alle waren abgestiegen, Vojtech von Pilsen stand auf dem Weg, hielt mit der Hand über den Augen Ausschau. Kaum hatte er sie erspäht, gestikulierte er wild.

Sofort sprang der Ordensritter auf sein Pferd und kam ihnen entgegengeprescht. Mit einem Kopfnicken entband er Bohumir von seiner Aufgabe, auf Rebekka aufzupassen. Der Ritter trabte an und stieß zu seinen Kameraden.

Von der Hardenburg griff in Vilas Zügel. Mit zusammengekniffenen Augen blitzte er Rebekka an. »Wisst Ihr, was man mit jemandem macht, der sich den Befehlen des Königs widersetzt?«

Er wartete keine Antwort ab, Rebekka hatte ohnehin nicht vorgehabt, etwas zu erwidern.

»Oder mit jemandem, der einfach die Truppe verlässt?« Er zog sein Schwert, ließ es durch die Luft zischen. »Man macht ihn einen Kopf kürzer. Wenn man gut gelaunt ist. Wenn nicht, öffnet man ihm den Bauch und überlässt ihn den Wölfen.« Er steckte sein Schwert wieder ein. »Ihr steht unter dem Schutz des Königs. Und unter meinem. Aber das gibt Euch nicht das Recht, gute Männer zu gefährden! Vojtech von Pilsen wollte Euch ebenfalls hinterherstürmen, aber ich habe ihn aufgehalten. Eigentlich wollte ich, dass sich die Männer verstecken und Ihr einen Geschmack davon bekommt, wie es ist, plötzlich allein zu sein. Mitten im Nichts. Ohne den Weg zu kennen, ohne Verpflegung und ohne Schutz. Als Frau seid Ihr Freiwild.«

»Ihr habt Recht«, gab Rebekka zu. Sie reckte das Kinn. »Aber warum sagt Ihr mir nicht endlich, was ich zu tun habe? Ich ertrage es nicht länger, ins Ungewisse zu reiten.«

Der Ordensritter seufzte. »Ihr seid widerspenstig, ungezogen und achtet nicht die Weisungen Eures Herrn. Ihr habt einen eigenen Kopf. Eines Tages wird es Euch genau den kosten.«

Jedes Wort des Ordensritters traf zu. Rabbi Isaak hatte ihr mehr als einmal genau das Gleiche vorgeworfen. Genau deshalb würde er sie in allem unterrichten, was er wisse, hatte er immer wieder gesagt. Um sie stark zu machen. Heißer Schmerz fuhr ihr durchs Herz. Wie mochte es Rabbi Isaac gehen? War er tot, ebenso wie ihre Eltern? Oder gab es noch Hoffnung? Heimweh überfiel sie. Sie musste mit den Tränen kämpfen, zwang sich zu lächeln, denn der Ordensritter sollte sie nicht schwach erleben.

Engelbert von der Hardenburg musterte sie streng. »Ihr seid zäh und stur. Doch genau aus diesem Grund habe ich Euch ausgesucht. Eure Aufgabe ist, sagen wir, nicht einfach. Denn die Nonnen in Louka sind ebenfalls stur.«

Mit einem Mal begriff Rebekka, wie der Ritter an die Reliquie kommen wollte – und welche Rolle er ihr dabei zugedacht hatte. »Ich soll die Reliquie aus dem Kloster stehlen!«

»Ihr lernt schnell. Aber es ist kein Diebstahl. Die Nonnen weigern sich herauszugeben, was dem König rechtmäßig zusteht. Der König seinerseits ist gütig, er will keine Gewalt anwenden, wenn es irgendwie geht. Nur wenn er keine Wahl hat, greift er zu härteren Mitteln. Ihr habt also zwei edle Ziele:

dem König zu bringen, was des Königs ist, und die Frauen des Klosters vor ihrer eigenen Dummheit zu beschützen.«

Rebekka glaubte nicht, dass der König tatsächlich ein Recht auf die Reliquie hatte. »Schöne Worte.« Sie legte den Kopf schief. »Der Köder muss dem Fisch schmecken, ist es nicht so? Ihr seid mit allen Wassern gewaschen, verehrter Ritter.«

Von der Hardenburg vollführte eine vollendete höfische Verbeugung. »Und, Rebekka bat Menachem, mundet er Euch?«

* * *

Johann schreckte hoch. Kalter Schweiß klebte auf seiner Stirn, sein Nachthemd war nass. Licht sickerte durch die Fensterluke. Er horchte. Von draußen waren gedämpfte Laute zu hören. Agnes war bereits aufgestanden.

Er schloss die Augen. Was hatte er geträumt? Er erinnerte sich nicht. Wie so oft, seit jener Nacht, als Rebekka in den Flammen umgekommen war, hatten Albträume ihn heimgesucht. Albträume, deren schreckliche Bilder in den Morgenstunden verblassten und lediglich eine dumpfe, kalte Angst zurückließen. Johann rieb sich die nasse Stirn. Es war kein Tag vergangen, an dem er nicht an Rebekka hatte denken müssen. Kein Tag, an dem er sich nicht nach Vergeltung gesehnt hatte. Die meisten Bürger Rothenburgs waren glücklich darüber, dass die Juden endlich weg waren. Der Rat hatte Hab und Gut aufgeteilt, wie die Hunde waren sie über alles hergefallen, was irgendeinen Wert besaß. In einem Freudenfeuer hatten sie die Schuldscheine verbrannt. Nur Vater und einige seiner Freunde hatten es abgelehnt, sich an der Leichenfledderei zu beteiligen. Sie würden in Zukunft keinen leichten Stand im Rat haben.

Was Johann am meisten zu schaffen gemacht hatte, war die

Hochzeit gewesen. Agnes hatte wunderschön ausgesehen, aber er hatte sich nicht freuen können über sein Glück. Sie hatte seinen Kummer gespürt und wortlos hingenommen. Sie hatten die Zeremonie hinter sich gebracht, sie hatten gefeiert. Es war getanzt worden, die Gäste hatten reichlich getrunken und gegessen, Agnes und er hatten den Akt vollzogen, er hatte das blutige Laken aus dem Fenster gehängt. Am nächsten Tag hatte Agnes ihn artig gefragt, ob er mit ihr als Gattin zufrieden sei, und er hatte es bestätigt. Sie war eine glänzende Partie, die Mitgift bestand nicht nur aus einem vollständigen Hausstand und zusätzlich einhundert Pfund Silber; viel wichtiger waren die neuen Handelsverbindungen nach Nürnberg, die sie der Familie einbrachte. Zudem war Agnes eine angenehm zurückhaltende und warmherzige Frau. Johann hätte ein rundherum zufriedener junger Mann sein können. Doch über seinem Glück hing der Geruch der verkohlten Leichen der jüdischen Gemeinde wie eine dunkle Wolke.

Plötzlich blitzten Erinnerungen an seinen Traum auf. Kein Albtraum diesmal, ganz im Gegenteil. Er war weit weg gewesen von Rothenburg, in einer fremden Stadt – und er hatte Rebekka gesehen. Er war ihr hinterhergeeilt, hatte sich einen Weg durch die Menschenmenge gebahnt, doch immer wenn er sie fast berühren konnte, war sie ihm wieder entglitten.

War es möglich, dass sie noch lebte? Dass sie sich vor dem Feuer hatte in Sicherheit bringen können und geflohen war? Niemand wusste genau, wie viele Menschen in jener Nacht ums Leben gekommen waren. Rabbi Isaak hatte man erschlagen beim Stadttor aufgefunden. Doch die anderen Toten hatte niemand zählen, geschweige denn, identifizieren können.

Es klopfte, die Tür öffnete sich. Agnes trat ein, lächelte. »Hast du gut geschlafen?«

Johann schüttelte den Kopf. »Ich habe furchtbare Albträume gehabt.«

Agnes setzte sich zu ihm, nahm seine Hand. »Du Armer!«

Sie roch frisch wie ein Frühlingsmorgen, und Johann legte seine andere Hand auf ihren Oberschenkel.

»Soll ich dir einen Tee aufbrühen?«

»Nein, bleib hier. Bring mich auf andere Gedanken. Erzähl mir, was es Neues gibt.«

»Nicht viel.« Sie hob die Schultern. »Die Traudel Henniger hat ein gesundes Mädchen zur Welt gebracht. Und Hermo Mosbach ist aus Nürnberg zurück«, sagte sie.

»Er war lange fort, über einen Monat. Was hat er die ganze Zeit dort gemacht?«

»Wenn ich mich recht entsinne, waren es nur zwei Wochen, Johann. Es kommt dir sicherlich nur so lange vor, weil hier inzwischen so viele Dinge vorgefallen ...« Sie brach ab.

Johann strich Agnes eine blonde Locke aus dem Gesicht, dankbar für ihr Verständnis. »Und hat Mosbach Neuigkeiten mitgebracht?«, fragte er rasch.

»Er hat eine erstaunliche Geschichte erzählt.«

»Ach, tatsächlich?« Johann pikte ihr mit dem Finger in die Seite.

Sie quietschte, ließ sich auf ihn fallen und lehnte ihren Kopf an seine Brust. »Angeblich ist er von einem wild gewordenen Weib überfallen worden, irgendwo im Wald auf dem Weg nach Nürnberg, und hat es nur mit Müh und Not überlebt. Und stell dir vor, er hat behauptet, es sei eine jüdische Zauberin gewesen, die ihm sein Gemächt abschneiden wollte. Aber er habe sie vertrieben, indem er die Heilige Jungfrau angerufen habe. Dennoch habe sie ihn schwer verletzt. Was für eine Schauermär! Aber irgendetwas muss geschehen sein. Er trägt einen dicken Verband um den Kopf, den habe ich mit eigenen Augen gesehen.«

Johanns Herz schlug plötzlich ganz wild. »Wann war das?«, stieß er hervor.

Agnes rückte von ihm weg und sah ihn erschrocken an. »Du glaubst diese Geschichte doch nicht etwa?«

»Wann?«

»In der Nacht, in der es im Judenviertel brannte. Mosbach ist an dem Abend nach Nürnberg abgereist. Einer der Torwächter behauptet, es sei mit einer seiner Mägde unterwegs gewesen.«

Johann nickte nachdenklich. Mosbach stand in dem Ruf, dass er Mägde, denen er einen Balg angehängt hatte, aus der Stadt schaffte und auf einem seiner Höfe unterbrachte. Von dort aus musste er allein nach Nürnberg weitergefahren sein. Bis er im Wald auf eine fremde Frau gestoßen war. Eine Jüdin. Eine Jüdin auf der Flucht. Rebekka? Johann wagte nicht zu hoffen, und doch überrollte ihn die Vorstellung einer lebenden Rebekka, die sich irgendwo versteckte. In Nürnberg. Oder noch weiter weg. Sein Traum fiel ihm wieder ein. Hatte der Herr im Himmel ihm ein Zeichen gesandt?

Johann schwang die Beine aus dem Bett. Er musste Gewissheit haben. Er würde nach Nürnberg reisen. Die neuen Handelsbeziehungen, die seine Ehe der Familie eingebracht hatte, mussten gefestigt werden.

Er wandte sich an Agnes, die seinen Stimmungswandel ängstlich verfolgt hatte. »Verzeih mir, aber mir ist etwas überaus Wichtiges eingefallen. Ich muss nach Nürnberg reisen. Dringende Geschäfte erwarten mich dort.« Er gab ihr einen Kuss auf die Stirn. »Du bist eine Zierde für jeden Mann und jedes Haus, Agnes. Ich bereue es nicht, dich zur Frau genommen zu haben.«

»Danke«, hauchte sie und legte kurz eine Hand auf seine Wange, dann auf ihren Bauch. »Ich hoffe, dir bald eine noch größere Freude bereiten zu können, Johann. Ich kann es kaum erwarten, dir ein Kind zu schenken. Bestimmt ist es bald so weit.«

Johann nahm sie in die Arme. »Das ist wunderbar, Agnes«, flüsterte er und meinte es auch so. »Du machst mich zum glücklichsten Mann der Welt.«

In Windeseile kleidete er sich an. Wie gut, dass Agnes über den Tratsch in der Stadt Bescheid wusste. So konnte er drei Fliegen mit einer Klappe schlagen: Rebekka suchen, sich in den Augen seines Vater nützlich machen und für eine Weile aus Rothenburg entfliehen, wo ihm die Schatten der Brandnacht keine Ruhe ließen.

* * *

Rebekka zog den Umhang fester um sich. Trotz des warmen Stoffs fror sie. Auch eine weitere Decke half nicht. Der Ordensritter hatte verboten, Feuer zu machen. Das sei so, als ob man die Wölfe mit frischem Fleisch anlocke, hatte er gesagt und ihr eine weitere Decke gegeben. Rebekka hatte eingewandt, sie würden doch sowieso jede Menge Spuren hinterlassen, wenn sie sich wie die Holzfäller einen Weg durch den Wald bahnten. Der Ordensritter hatte nur gelacht und sie gefragt, warum wohl zwei Männer zurückgeblieben und erst spät am Abend wieder zu ihnen gestoßen waren. Sie hielten Ausschau nach Verfolgern, verwischten die Spuren und legten falsche, was sonst?

Rebekka schloss die Augen, sie war zu Tode erschöpft, doch an Schlaf war nicht zu denken. Sie zitterte am ganzen Leib, jede Bewegung schmerzte.

Schon gestern waren sie vom Morgengrauen bis zur Abenddämmerung geritten. Seit sie die große Straße verlassen hatten,
hatten sie sich querfeldein durchgeschlagen. Abwechselnd
hatten die Ritter den Weg freigehauen, denn oft mussten sie
durch Unterholz und dichtes Gebüsch. Selten war der Wald so
licht, dass sie schneller als im Schritt reiten konnten. Erst als sie
nichts mehr sehen konnten, hatte der Ordensritter das Nacht-
quartier aufschlagen lassen. Die Männer hatten für Rebekka
aus zwei Fellen und einer Leinenbahn eine ansehnliche Lager-
statt bereitet, doch sie hatte kein Auge zugetan.

Und heute war es nicht besser. Die Kälte kroch in jede
Faser ihres Körpers. Bibbernd saß sie da, die Felle um die
Schultern gelegt, den Kopf auf die Knie gelegt, und versuchte,
wenigstens etwas auszuruhen.

Der Ordensritter betrachtete sie eine Weile. »So kann das
nicht weitergehen.« Er kratzte sich an der Nase. »Amalie
Severin, seid Ihr davon überzeugt, dass meine Ritter Ehren-
männer sind, dass sie Euch mit ihrem Leben beschützen würden?«

Ebenso wie Rebekka horchten die Männer auf.

»Nun ja…«, antwortete Rebekka. Sie wusste nicht, worauf der Ordensritter hinauswollte.

»Gut«, sagte von der Hardenburg. »Bohumir Hradic, Ihr
übernehmt den Rücken. Vojtech von Pilsen, Ihr setzt Euch
zu ihrer Linken, Tadeusz, Ihr zu ihrer Rechten. Ich will, dass
Amalie nicht mehr friert. Und wer auch nur das Falsche
denkt, der bekommt es mit mir zu tun.«

Die Männer lachten leise, kamen aber sofort dem Befehl
des Ordensritters nach und wärmten Rebekka mit ihren Leibern.

Zuerst wallte Panik in ihr auf; sie sah plötzlich Mosbach
vor sich, der sich an ihr vergehen wollte, spürte seine gierigen

Finger auf ihrem Leib. Doch die Männer taten nichts weiter, als sich neben sie zu setzen, nah genug, dass sie ihre Wärme spürte. So beruhigte sie sich allmählich. Und sie hörte auf, mit den Zähnen zu klappern. Nach einer Weile lehnte sie sich nach hinten, spürte den starken Rücken Bohumirs und schlief ein.

Mai 1348/Siwan 5108

Jacob ben Elias las ihr den Brief vor, und während sie den Worten lauschte, wurde ihr trotz der frühsommerlichen Wärme kalt. Eine Gänsehaut bildete sich auf ihren Armen, und ihr Herz flatterte in ihrer Brust wie ein gefangener Vogel.

Abraham war tot. Das große Sterben, die schreckliche Krankheit, die sich von Süden her langsam durch Europa fraß, hatte ihn dahingerafft, offenbar schon im letzten Herbst, als er sich in Marseille aufgehalten hatte. Die Epidemie hatte Durcheinander und Tumulte in der Stadt ausgelöst, weshalb Abrahams Bruder Isaac in Montpellier erst vor wenigen Tagen von dessen Tod erfahren hatte.

Rebekka fiel es nicht schwer, erschüttert dreinzublicken. Es war, als wären ihre heimlichen Gebete erhört worden, Gebete, für die sie sich nun schämte. Sie hatte den Herrn um Aufschub angefleht, weil sie sich noch nicht bereit fühlte für die Hochzeit, für diesen großen Schritt, der ihr Leben für immer verändern würde. Doch keinesfalls hatte sie Abraham den Tod gewünscht. Er war ein anständiger Mann gewesen und wäre ihr ein guter Gemahl geworden, und er hatte ein solches Schicksal nicht verdient.

Sie saßen um den Tisch, der Geldverleiher, Vater, Mutter und Rebekka. Jacob ben Elias wirkte gefasst, der große grauhaarige Mann schien sich beinahe mehr um Rebekkas Schmerz zu sorgen als um seinen eigenen.

»Es tut mir sehr leid, Kind«, sagte er sanft. »Wenn mein Isaac nicht schon ein Weib hätte, würde ich ihn dir mit Freuden zum Gemahl geben.«

»Macht Euch keine Gedanken um Rebekka. Sie wird es verwinden, sie ist jung«, sagte Rebekkas Vater. »Möge Euch Euer zweiter Sohn Trost sein in dieser schweren Stunde.«

Sobald dies möglich war, ohne jemanden vor den Kopf zu stoßen, zog Rebekka sich in ihre Kammer zurück. Und als sie hörte, wie Vater gemeinsam mit Jacob ben Elias das Haus verließ, schlich sie nach draußen.

Die Ruine der Burg lag wie immer still da. Sie machte sich keinerlei Hoffnung, dass Johann auftauchen könnte. Sie wusste, dass er viel auf dem Land unterwegs war, um auf den Gütern seines Vaters nach dem Rechten zu sehen, doch es war ihr recht so. Sie wollte allein sein. Hinter einem Strauch bei einer eingefallenen Mauer setzte sie sich ins Gras und dachte nach. Sie bat Abraham stumm um Vergebung dafür, dass sie ihn nicht zum Gatten gewollt hatte, dass sie sich gewünscht hatte, die Hochzeit möge nie stattfinden, stellte sich vor, was sie jetzt wohl gerade tun würde, wenn er heil zurückgekehrt wäre. Wieder sah sie die imaginäre Wechselstube in der Judengasse vor sich, dann Abrahams totenstarres Gesicht, das irgendwo in der Fremde langsam zu Staub zerfiel. Ihre Gedanken begannen, sich im Kreis zu drehen, die Augen fielen ihr zu.

»Hier steckst du also.«

Rebekka schreckte hoch.

Johann ließ sich neben ihr im Gras nieder. »Müßiggang mitten am Tag. Schämst du dich nicht?«

»Abraham ist tot. Er ist an der großen Pestilenz gestorben.«

»Mein Gott«, rief Johann. »Das tut mir leid. Bitte verzeih, Rebekka, das war gefühllos von mir.«

Rebekka schüttelte den Kopf. »Das konntest du ja nicht ahnen. Außerdem fühle ich nichts. Außer Scham vielleicht, Scham und Erleichterung.« Sie senkte den Kopf. »Oh Adonai, ich habe mir gewünscht, dass er nicht zurückkehren möge! Ist das nicht furchtbar?«

Johann fasste ihr ans Kinn und hob ihr Gesicht an. »Gott hat gewollt, dass du nicht Abrahams Gemahlin wirst. Er hat es in seiner Weisheit so entschieden, und er wird wissen, warum er es so wollte.«

»Ich weiß nicht . . .«

»Jedenfalls freue ich mich, dich zu sehen.« Er nahm seine Hand von ihrem Kinn und sah sie an. »Du bist wunderschön, weißt du das?«

»Sag nicht so etwas!«

»Es ist aber wahr.« Er malte mit den Fingern sanft die Konturen ihres Gesichts nach.

»Johann! Bitte!«

»Möchtest du, dass ich aufhöre?« Seine Finger glitten weiter, ihren Hals hinunter bis an den Ausschnitt ihres Kleides.

Rebekka hielt die Luft an. Ihre Haut prickelte, dort, wo Johanns Finger sie berührten, und ein warmes Glühen breitete sich in ihrem Bauch aus.

»Möchtest du, dass ich aufhöre?«, fragte Johann wieder.

Stumm löste sie das Band, das ihr Kleid über der Brust zusammenhielt. Johanns Finger glitten tiefer, brannten wie Feuer auf ihren Brüsten. Sie stöhnte. Er beugte sich vor, berührte ihre Lippen mit den seinen. Mit hämmerndem Herzen fasste sie sein Gesicht und erwiderte seinen Kuss. Sie hatte das Gefühl zu zerfließen, sich aufzulösen in einem Strom aus köstlich süßer Lava.

Erst als Johanns Hand sich an ihrem Schenkel hinauf unter ihr Kleid schob, kam sie zur Besinnung. »Nein«, stammelte sie. »Nein, das dürfen wir nicht.«

* * *

Mit einsetzender Morgendämmerung brachen sie wieder auf. Das Frühstück bestand aus Käse, Brot und getrockneten Früchten. Rebekka war erstaunt, welche Mengen sie davon verschlang. Als sie erfuhr, dass die drei Männer sie die ganze Nacht hindurch gewärmt hatten, ohne zu schlafen, schämte sie sich ein wenig. Der Ordensritter beruhigte sie: Das sei üblich, auch drei Nächte hintereinander müssten geübte Ritter wach bleiben können.

Mit den ersten Sonnenstrahlen kamen sie an einen Bach, der von dem Regen in den Bergen und der Schneeschmelze der vergangenen Tage so angeschwollen war, dass sie ihn nicht überqueren konnten. Donnernd raste er zu Tal, riss alles mit sich, was er zu greifen bekam.

Von der Hardenburg fluchte gotteslästerlich, hieß alle absteigen und rollte die Karte aus. Bohumir trat zu ihm, sie zeigten nacheinander auf verschiedene Punkte.

»Hier sollte eine schmale, aber für einzelne Pferde passierbare Brücke sein«, sagte der Ordensritter. »Auch bei Hochwasser. Aber hier ist gar nichts.«

»Ist die Karte falsch? Hat Euch Euer Komtur betrogen?« Bohumirs Stimme verriet keine Spur von Erregung, eher Konzentration.

Rebekka hätte erwartet, dass von der Hardenburg wütend auf den Verdacht reagieren würde, aber er blieb vollkommen ruhig. »Möglich ist alles, aber ich halte es für unwahrscheinlich.«

Er holte tief Luft, aber bevor er weitersprechen konnte, hörte Rebekka Vojtech von Pilsen brüllen: »Deckung!«

Noch ehe sie darüber nachdenken konnte, lag sie schon am Boden, und über ihr, auf einen Arm gestützt, Bohumir Hradic. Ihr Herz raste. Pfeile sirrten durch die Luft, ein Pferd schrie auf, Männer brüllten durcheinander. Plötzlich wurde es still, nur Schnauben und nervöses Hufscharren war zu hören.

Bohumir ging in die Hocke. Rebekka hob vorsichtig den Kopf. Engelbert von der Hardenburg kauerte hinter einem Baum, im Stamm steckten zwei Pfeile. Hätte er sich nicht fallen lassen, hätten die Geschosse seine Brust durchbohrt. Rebekka rechnete mit einem weiteren Pfeilhagel, aber nichts geschah.

»Es macht keinen Sinn mehr«, flüsterte Bohumir. »Der Wald ist zu dicht. Sie verschwenden keine Pfeile, um Bäume damit zu schmücken. Sie sind nicht dumm, aber sie haben einen Fehler gemacht. Anstatt uns anzugreifen, während wir die Brücke überqueren, haben sie sie zerstört. Es sind Räuber, keine Krieger. Wenn sie sich uns im Kampf stellen, werden sie alle sterben.«

Ein Käuzchen rief dreimal kurz hintereinander.

»Bleibt liegen und rührt Euch nicht, Amalie.« Bohumir drückte sie sanft auf den Waldboden. Er hielt sein Schwert kampfbereit in der Hand, sein Blick ging aufmerksam hin und her.

Aus den Augenwinkeln sah Rebekka Engelbert von der Hardenburg auf allen vieren vorankriechen. Schnell war er im Unterholz verschwunden.

Rebekka spürte, wie ihr der Schweiß ausbrach. Schon wieder wurden sie angegriffen. Erst in Prag, jetzt hier, wo niemand sie vermuten konnte. Waren es wirklich Räuber? Oder hatte man sie verfolgt?

So plötzlich, wie die Stille eingekehrt war, brach nun Kampfgeschrei los. Metall klirrte auf Metall, ein lang gezogener Schrei ganz in der Nähe ließ Rebekka das Blut in den Adern gefrieren. Die Geräusche klangen besonders unheimlich, weil Rebekka die Kämpfenden nicht sah. Sie presste die Lippen zusammen. Menschen starben. Hoffentlich war Vojtech von Pilsen nicht darunter. Oder irgendein anderer ihrer Männer. Widerwillig musste sie sich eingestehen, dass sie kein Mitleid mit den Angreifern hatte. Sie wagte nicht, sich vorzustellen, was die Banditen mit ihr anstellen würden, geriete sie in ihre Gewalt. Neben sich hörte sie Bohumir atmen, seine Nähe beruhigte sie, verhinderte, dass sie aufsprang und kopflos die Flucht ergriff.

Ein Ast knackte, Rebekka hob den Kopf. Noch bevor sie verstand, was vor sich ging, sank ein fremder Körper mit gespaltenem Schädel vor ihr zu Boden. Aus dem Kopf des Feindes quollen Blut und Gehirnmasse, sie spürte Übelkeit aufsteigen und wandte den Blick ab. Mühsam unterdrückte sie den Brechreiz, atmete tief und sagte sich immer wieder, dass dieser Mann, den Bohumir getötet hatte, sie zuerst vergewaltigt und dann mit bloßen Händen erwürgt hätte.

Bohumir ging wieder neben ihr in die Hocke und säuberte sein Schwert. »Ihre Waffen sind stumpf, sie können nicht kämpfen. Sie sind verzweifelt. Habt Ihr den Mann gesehen, den ich getötet habe?«

»Nur kurz«, würgte Rebekka hervor.

»Er ist mager. Wahrscheinlich hat er seit Tagen nichts gegessen. Was für eine Schande! Aber jetzt hat er keine Sorgen mehr.« Er bekreuzigte sich. »Gott sei seiner Seele gnädig.«

»Gott sei seiner Seele gnädig«, murmelte Rebekka und schlug ebenfalls das Kreuz.

Wieder rief das Käuzchen. Einmal. Dann noch einmal. Bohumir stand auf, schob das Schwert in die Scheide und reichte Rebekka die Hand. »Es ist vorbei. Alle sind tot.« Er zog sie vorsichtig hoch. »Und wir leben. Es ist Gottes Wille.«

»Und es ist Euer Verdienst.«

Bohumir verzog den Mund. »Es war kein guter Kampf. Zuerst ein schlechter Hinterhalt und dann Gegner, die sich schlachten lassen wie Vieh.« Er schüttelte den Kopf.

Rebekka dachte an die Karte, an den rot geschriebenen Namen. Sie mussten ganz in der Nähe des markierten Gebiets sein. »Waren das die Männer dieses abtrünnigen Grafen?«, fragte sie.

»Schon möglich. Falls ja, sind sie nicht halb so gefährlich wie der Ruf, der ihnen vorauseilt.«

Nach und nach trafen die Ritter ihres Gefolges ein, alle waren mit Blut besudelt, aber niemand hatte eine ernsthafte Verletzung. Ein Packpferd war von einem Pfeil getroffen worden, aber es konnte mit einem Verband versorgt weiterlaufen.

Zuletzt kehrte Engelbert von der Hardenburg aus dem Unterholz zurück, blass wie der Tod. »Dieser verfluchte Abt Remigius!«, stieß er atemlos hervor. »Er steckt hinter diesem Überfall!«

»Remigius?«, fragte Bohumir mit zusammengekniffenen Augen. »Der Busenfreund von Fürstabt Fulbach? Was hat dieser Kuttenträger mit Räuberbanden zu tun?«

Engelbert schnitt eine finstere Grimasse. »Burg Mesenice liegt hier ganz in der Nähe. Der Burgherr heißt Otto von Wispitz, er ist ein Vasall von Abt Remigius.«

»Und deshalb glaubt Ihr ...?« Bohumir fuhr sich mit der Hand über die Stirn, sodass ein Streifen Blut des getöteten Räubers über seinen Brauen haften blieb.

»Einer der Männer, die uns überfallen haben, hat seine Seele erleichtert, bevor er starb«, erklärte Engelbert. »Sie waren im

Auftrag von Wispitz unterwegs, um Beute zu machen. Seine Geldschatulle ist leer. Er schuldet dem Abt Geld – und dem König.«

»Beute machen?«, fragte Bohumir skeptisch. »Warum haben sie dann ausgerechnet uns überfallen und nicht einen Händlerzug, der auf der Landstraße unterwegs ist? Das war ein ziemlich großes Wagnis mit geringer Aussicht auf Beute.« Er spuckte auf den Boden.

»Mag sein«, stimmte der Ordensritter nachdenklich zu. »Wir sollten Otto von Wispitz und seiner Burg Mesenice einen Besuch abstatten. Schon allein, um herauszufinden, was wirklich hinter dem Überfall steckt.«

Bohumir straffte die Schultern. »Worauf warten wir?«

»Ich dachte, wir müssten so schnell wie es geht nach Znaim?«, schaltete Rebekka sich ein.

»Das ist richtig«, stimmte Engelbert zu. »Aber diese Gelegenheit sollten wir nicht verstreichen lassen. Burg Mesenice ist das Einfallstor nach Mittelböhmen und Mähren. Nun haben wir vielleicht endlich einen Grund, sie Abt Remigius rechtmäßig abzunehmen, denn das Gesetz ächtet Raubritter. Was er getan hat, ist ein Verstoß gegen den Landfrieden. Wenn der Abt nicht auf seinen Vasallen aufpasst, kostet ihn das seine Burg. Er kann froh sein, dass es ihn nicht das Leben kostet.«

»Ich rufe die Männer zusammen«, sagte Bohumir.

»Nein! Wartet!«, rief Engelbert plötzlich erregt. »Wir können nicht nach Mesenice reiten. Und auch nicht nach Znaim.« Er blickte so bestürzt drein, als habe er soeben erfahren, dass der König ermordet in seinem Blut läge. »Die Karte. Sie ist weg!«

Bohumir stöhnte auf. »Wie konnte das passieren?«

»Ich glaube, sie ist mir beim ersten Angriff aus der Hand

gefallen. Vielleicht hat sie ein Windstoß gepackt und in den Wildbach geweht.« Der Ordensritter ließ die Arme fallen. »Ohne Karte sind wir verloren.«

Bohumir fuhr sich durch das lange blonde Haar. »Wir könnten auf der Landstraße weiterziehen.«

»Wir können uns auch gleich als lebende Zielscheiben vor eine Horde Bogenschützen platzieren. Wir müssen unentdeckt reisen, und dafür brauchen wir die Karte mit den geheimen Lagerplätzen und Vorratsverstecken.« Von der Hardenburg schlug mit der Faust gegen einen Baum. »Es ist meine Schuld. Ich übernehme die volle Verantwortung.«

»Das weist Euch als Ehrenmann aus, aber es hilft uns jetzt nicht. Karl wird mich ebenso zur Rechenschaft ziehen. Aber da es Gottes Wille ist, will ich nicht klagen«, sagte Bohumir. Er erhob die Stimme. »Auf, Männer. Wir kehren um!«

Murrend begaben sich die Männer zu ihren Pferden. Niemand protestierte, doch allen war anzusehen, wie schmachvoll sie es fanden, mit leeren Händen nach Prag zurückzukehren.

Der Ordensritter ließ den Kopf hängen. »Ich habe schmählich versagt!«

Noch nie hatte Rebekka Engelbert von der Hardenburg so entmutigt gesehen, so hilflos, so schwach. Mit gedungenen Mördern hatte er es ohne Zögern aufgenommen, beim König ging er ein und aus, aber dieses kleine Stück Pergament brachte seine Pläne zum Scheitern.

Sie trat neben Engelbert und Bohumir. »Vielleicht kann ich Euch helfen. Schließlich habt Ihr mich nicht nur in der Nacht gewärmt, sondern auch mein Leben mit dem Euren geschützt. Es ist an der Zeit, dass ich einen Teil meiner Schuld abtrage.«

»Euer Eifer in Ehren. Aber wie wollt Ihr uns helfen?«, fragte Bohumir. »Ihr kennt weder den Böhmerwald noch die unwegsamen Hügel Mährens. Ihr habt keine Ahnung, in welchen Windungen die zahlreichen Flüsse das Land durchziehen, wo sichere Furten die Überquerung ermöglichen. Wo besondere Gefahren lauern, und wo man gefahrlos eine Nacht lagern kann.«

»Doch, ich weiß all das. Vertraut mir, so wie ich Euch vertraut habe.« Sie schloss die Augen, rief sich die Karte ins Gedächtnis, suchte den Ort, an dem sie jetzt sein mussten. Da! Die Brücke, die die Wegelagerer in ihrer grenzenlosen Dummheit eingerissen hatten. Sie sah die Federstriche deutlich vor sich. Langsam folgte sie dem Verlauf des Baches. Etwa einen halben Tagesritt von hier musste es eine aufgelassene Mühle mit einem angestauten See und einem Mühlbach geben. Dort müsste eine Überquerung möglich sein. »Der Bach macht einen großen Bogen und durcheilt eine enge Schlucht«, sagte sie. »Wir können ihm nicht folgen. Aber einen halben Tagesritt in Richtung der untergehenden Sonne gibt es eine alte Mühle. Dorthin müssen wir reiten.« Sie lächelte Bohumir an. »Und wenn wir dort glücklich den Bach überquert haben, zeichne ich Euch eine neue Karte.«

»Aber wie…?« Bohumir brach ab, schüttelte ungläubig den Kopf.

Die Miene des Ordensritters hatte einen seltsamen Ausdruck angenommen. »Ich wusste, dass der Herrgott Euch nicht ohne Grund zu mir geschickt hat, Amalie.« Er rief die Männer zusammen. »Wir kehren nicht um. Wir reiten weiter. Unser aller Herr im Himmel lenkt unsere Schritte.«

Die Männer schüttelten ungläubig die Köpfe, doch in ihren Augen blitzte Abenteuerlust. Sie ritten lieber weiter, als umzukehren, egal, unter welcher Führung.

Engelbert von der Hardenburg beugte sich vor. »Ihr verfügt über eine Gabe, die der Herr nur wenigen verleiht, Amalie. Ist es nicht so, mein Kind?«

Rebekka nickte. »Wenn ich ein Muster sehe, eine Inschrift, ein Bild, was auch immer, so vergesse ich es nie wieder. Es brennt sich in mein Gedächtnis ein wie ein Brandzeichen in das Fell eines Rindes.« Sie sprach so leise, dass nur der Ordensritter und Bohumir sie verstehen konnten.

»Zu niemandem ein Wort davon«, raunte Engelbert ihr zu. »Eine solche Gabe könnte Begehrlichkeiten wecken.«

* * *

Der Stein war warm, schien zu pulsieren. Johann lockerte den Griff um den Lederbeutel, in dem er den in Samt eingeschlagenen Kiesel verwahrte, den er auf das Grab der Juden gelegt hatte. Er hatte ihn sich zurückgeholt, denn er wollte daran glauben, dass Rebekka noch lebte. Erst wenn er absolute Gewissheit hatte, dass sie tot war, wollte er ihn zu der Stelle im Wald zurückbringen.

Mit dem bangen Gefühl, dass unangenehme Neuigkeiten auf ihn warteten, ritt Johann durch das Spitaltor in die Stadt. Er würde einige der reichsten Nürnberger Händler und Edelleute treffen, Männer, die im Rat der Stadt saßen, um mit ihnen Vereinbarungen über eine Zusammenarbeit mit dem Haus von Wallhausen zu beurkunden. Johann freute sich auf die Verhandlungen. Die Geschäfte, die sein Vater machte, hatten ihn immer sehr interessiert. Vor allem das Rechenwesen faszinierte ihn.

Doch mehr als alles andere fieberte er den Erkundigungen entgegen, die er im Judenviertel vorzunehmen gedachte. Wenn Rebekka es bis nach Nürnberg geschafft hatte, hatte sie bestimmt dort um Hilfe gebeten. Er hoffte von ganzem Herzen, irgendeine Spur von ihr zu finden!

Johann ritt auf direktem Weg zum Haus eines Freundes

186

seines Vaters, bei dem er für die Dauer seines Aufenthalts zu Gast sein würde. Der alte Mann nahm ihn gleich in Beschlag und fragte ihn über das Eheleben aus. Nur mit Mühe konnte sich Johann unter dem Vorwand einer dringenden Erledigung von ihm losmachen. Die Sonne war bereits hinter dem Horizont verschwunden, als er endlich ins Judenviertel aufbrach.

Als die ersten Häuser der Nürnberger Juden in Sicht kamen, hörte Johann lautes Grölen und Beschimpfungen. Er bog um die Ecke und sah, wie einige ältere Männer von einem halben Dutzend junger Burschen beleidigt und mit Dreckklumpen beworfen wurden.

Johann ballte die Faust in der Tasche. Zu gern hätte er den Jungen eine Lektion erteilt, aber er wollte keine Aufmerksamkeit erregen. Damit tat er den Juden keinen Gefallen. Verunsichert blieb er stehen. Die Burschen hatten die Männer in eine Ecke gedrängt, sodass ihnen der Fluchtweg abgeschnitten war. Ihre Beschimpfungen wurden immer unflätiger.

Plötzlich zückte einer der Burschen ein Messer.

Johann blieb vor Schreck das Herz stehen. Er durfte nicht länger tatenlos zusehen, sonst wäre er nicht besser als der Mob in Rothenburg.

Gerade als er sich wütend auf die Kerle stürzen wollte, tauchten Büttel auf und trieben sie auseinander, wenn auch nicht so entschieden, wie Johann es sich gewünscht hätte. Die Burschen trollten sich. Die alten Männer verschwanden rasch in der Synagoge. Johann wartete, bis es wieder still geworden war, dann ging er weiter.

Er fragte sich bis zum Haus des Rabbis durch und klopfte. Ein alter Mann öffnete die Tür. Er trug einen kostbaren Hausmantel, der jeden Ratsherren standesgemäß gekleidet hätte. »Friede sei mit Euch. Was kann ich für Euch tun?«

»Ich suche Rebekka bat Menachem aus Rothenburg.«

Die Miene des Rabbis verfinsterte sich. »Und wer seid Ihr?«

Johann schalt sich stumm für sein unüberlegtes Vorgehen. »Ich bin Johann von Wallhausen und komme in friedlicher Absicht. Rebekka ist eine Freundin von mir, und ich habe Grund zu der Hoffnung, dass sie der Judenhatz in meiner Heimatstadt Rothenburg entfliehen konnte.«

»Woher weiß ich, dass Ihr die Wahrheit sagt?« Der alte Mann kniff misstrauisch die Augen zusammen.

Johann griff in seinen Beutel und wickelte den Stein aus der samtenen Umhüllung. »Diesen Stein habe ich auf das Grab der Juden von Rothenburg gelegt, im Gedenken an meine Freundin Rebekka. Gestern Abend habe ich ihn wieder-geholt, denn ich erhielt Kunde von einem Vorfall, der sich in ebenjener Nacht, in der die Rothenburger Juden ums Leben kamen, auf der Landstraße nach Nürnberg zugetragen haben soll und in den angeblich eine junge jüdische Frau verwickelt war. Nun hege ich Hoffnung, dass es sich bei dieser jungen Frau um Rebekka gehandelt haben könnte.«

Der alte Mann sah ihn lange schweigend an. »Eure Freun-din lebt«, sagte er schließlich. »Vor etwa drei Wochen suchte mich ein Büttel in Begleitung eines Mannes aus Rothenburg auf. Die beiden haben nach einer Jüdin namens Rebekka gefragt. Ich konnte ihnen nicht weiterhelfen.«

Johann wurde schwindelig. Rebekka lebte! »Wo ist sie?«

»Das weiß ich nicht. Doch ich habe gehört, dass eine junge Frau aus Rothenburg beim Kaufmann Egmund Langurius zu Gast war und mit ihm nach Prag gereist ist. Die Frau kam ohne Begleitung in Nürnberg an und betrug sich merkwür-dig, wenn man der Magd des Langurius glauben darf.«

Johann hätte den alten Mann am liebsten vor Freude in die Arme geschlossen. Er hatte sich nicht getäuscht! Rebekka war nach Prag entkommen! Er atmete tief ein. »Habt Dank, verehrter Rabbi. Ihr nehmt eine große Last von meiner Seele. Gott segne Euch. Schalom.«

»Schalom, mein Sohn. Möge Gott Euch beschützen.«

Die Tür schloss sich.

Johann blieb stehen, betrachtete das verwitterte Holz und die Mesusa in der Türfassung. *Und wer beschützt Euch?*

* * *

»Seht Ihr dort unten die Burg?« Der Ordensritter zeigte auf einen Felsensporn, der in das Tal ragte, das unter ihnen lag. Ein massiger runder Turm überragte die Burganlage, obenauf flatterte eine Fahne im Morgenwind.

Rebekka fröstelte beim Anblick der wehrhaften Mauern. »Wie wollt Ihr mit einem Dutzend Männer eine Burg einnehmen?«

Von der Hardenburg lachte. »Wieso mit einem Dutzend? Drei reichen vollkommen aus: Bohumir, Tadeusz und ich. Pilger auf der Reise.« Er grinste. »Ach ja, und das Banner des Königs. Das ist in diesen Zeiten manchmal so viel wert wie eine ganze Armee. Morgen wird es über Burg Mesenice wehen.«

»Aber wie ...?« Rebekka verstand diese Männerwelt nicht.

»Wollt Ihr es wirklich wissen? Es trägt nicht dazu dabei, dass Ihr mich besser leiden könnt.«

Rebekka schaute dem Ordensritter in die Augen.

»Schon gut, Ihr könnt mich sowieso nicht leiden. Es ist ganz einfach: Der Burgherr ist zwar ein Mörder und Halunke, der im Auftrag des Abtes raubt und tötet, aber er ist ein guter Christ. Also wird er uns Pilgern – und vor allem mir als

189

Ordensritter, der die Weihe abgelegt hat – seine Gastfreundschaft nicht verwehren können. Beim Abendessen in der Halle wird Tadeusz ihm die Kehle durchschneiden, Bohumir und ich töten seine zwei oder drei Leibwächter. Mehr Männer, die ihm bis in den Tod treu ergeben sind, hat er höchstwahrscheinlich nicht. Wir entrollen das Banner des Königs und werfen das Siegel auf den Tisch. Und schon werden die anderen ihr Knie beugen, wenn sie nicht von allen guten Geistern verlassen sind. Tadeusz wird die Verwaltung der Burg übernehmen, bis der König einen neuen Vasallen eingesetzt hat. Abt Remigius wird schäumen vor Wut.« Der Ordensritter grinste bis über beide Ohren.

»Und die anderen Männer auf der Burg? Die nehmen das einfach so hin?«

»Sie haben dem König Treue geschworen und werden sich glücklich schätzen, dass sie mit dem Leben davongekommen sind und für ihre Verbrechen nicht einmal bestraft werden. Man muss Gnade im rechten Moment walten lassen. Es wird im ganzen Reich die Runde machen, dass Karl strafen, aber auch verzeihen kann.«

Rebekka schüttelte fassungslos den Kopf. Warum hatte ihr Rabbi Isaak nichts von diesen Dingen erzählt? Jedes Wort des Ordensritters leuchtete ihr ein. Der Plan war ausgezeichnet, und sie war sicher, dass er aufgehen würde. Wenn aber der König so weise und umsichtig war, warum ließ er es dann zu, dass in seinem Reich die Juden abgeschlachtet wurden? Nicht nur der Ordensritter hatte zwei Gesichter, sondern auch der König. Das erklärte vielleicht, warum Engelbert ein so enger Vertrauter Karls war. Die beiden waren aus dem gleichen Holz geschnitzt.

»Ihr wartet mit dem Rest der Männer etwa eine Meile von hier in einem sicheren Versteck«, sagte Engelbert. »Sobald das Banner des Königs über Burg Mesenice weht, folgt Ihr uns dorthin. Seht es einmal so: Auf der Burg gibt es heißes Wasser, warmes Essen und ein Bett. So können wir das Angenehme mit dem Nützlichen verbinden. Und wenn wir gemütlich am Kamin sitzen, mit einem guten Roten im Becher, überlegen wir uns, wie Ihr ein Kloster voller misstrauischer Nonnen übertölpeln könnt. Glaubt mir: Nonnen sind die einzigen Gegner, die mir wirklich Angst einflößen.« Von der Hardenburg lachte rau und rief seine beiden Begleiter zu sich.

Er gab einige letzte Anweisungen, dann brachen er, Bohumir und Tadeusz auf. Bevor der Wald sie verschluckte, wandte Bohumir sich noch einmal um und sah Rebekka an.

Sie lächelte ihm zu und ertappte sich bei dem Wunsch, ihn am nächsten Tag wohlbehalten in der Burg wiederzusehen.

Bald darauf machte sich der Rest des Zuges auf in das Versteck, von dem der Ordensritter gesprochen hatte. Sie folgten einem Bachlauf bis zu seiner Quelle, die in einer tiefen Schlucht lag. Es war kalt, die Luft roch nach Schnee. Nach einer Weile mussten sie absitzen, so eng schoben sich die Wände der Schlucht zusammen, die der Bach in den Berg gegraben hatte. Rebekka rief sich die Karte ins Gedächtnis, die sie am Vortag heimlich neu aufgezeichnet hatte. Bald musste eine Stelle kommen, die mit einem Dreieck gekennzeichnet war, das Symbol für einen sicheren Ort, wie Engelbert ihr erklärt hatte.

Immer wenn Rebekka dachte, dass es nicht mehr weitergehen konnte, fanden sie einen Spalt im Fels, durch den sie hindurchschlüpfen konnten. Gegen Mittag öffnete sich nach einer Biegung plötzlich eine Lichtung, in deren Mitte der Bach aus einem Felsen entsprang. Die Sonnenstrahlen glitzerten auf den Wassertropfen, die auf eine noch immer sattgrüne Wiese spritzten. Wie eine Burgmauer umgaben die Felsen den

Quellort. Zwei Männer erklommen sie sofort und gingen als Wachen in Stellung.

Rebekka folgte ihnen, Vojtech half ihr hinauf. Wie eine Landkarte breitete sich die Landschaft unter ihr aus. Es war ihr aufgefallen, dass sie die ganze Zeit bergauf gegangen waren, dass sie aber so viele Fuß an Höhe erklommen hatten, erstaunte sie. Die Burg war ein gutes Stück näher gerückt. Das Banner des Königs war noch nicht zu sehen. Es war ja auch noch viel zu früh.

»Warum ist die Burg nicht hier erbaut worden?«, fragte Rebekka. »Diese Stelle ist doch viel geeigneter, fast unzugänglich und leicht zu beschützen.«

Vojtech zuckte mit den Schultern. Die anderen Männer warfen einander verstohlene Blicke zu.

Rebekka sah die Männer der Reihe nach an. »Ihr wisst es doch! Sagt es mir!«

Ein Mann der Leibgarde, ein Hüne, der Rebekka um zwei Köpfe überragte, trat vor. »Wie Ihr sicher wisst, gibt es überall verfluchte Orte.« Er seufzte. »Dies hier ist ein solcher.«

Unwillkürlich lief Rebekka ein Schauder über den Rücken. »Weshalb?«

»Herrin, bitte ...« Dem Hünen war sichtlich unwohl in seiner Haut.

»Raus damit!« Rebekka verstand nicht, warum die Männer sie behandelten, als sei sie ein Kind. Sie überlegte einen Moment. Nein, das war es gar nicht. Wahrscheinlich lag irgendein christlicher Fluch über der Lichtung. Etwas, das eine gläubige Jungfer durchaus in Angst und Schrecken hätte versetzen können. »Hat der Teufel hier Hochzeit gehalten? Sich mit einer Jungfrau vermählt?«

Der Hüne bekreuzigte sich dreimal, die Männer taten es

ihm nach, und Rebekka war klug genug, ebenfalls das Kreuz zu schlagen.

»Einst stand hier eine stolze Burg«, sagte der Hüne. »Diese Steine sind alles, was von ihr übrig ist. Das Land war reich an Silber und Weizen. Doch der Burgherr war im Kampf versehrt worden, und deshalb bekam sein Weib keine Kinder. Da verpfändete der Ritter dem Teufel seine Seele, damit ihm seine Frau einen Sohn gebären sollte, ohne empfangen zu haben.«

Wieder bekreuzigten sich die Männer.

Das konnte der Gott der Christen natürlich nicht zulassen, erkannte Rebekka. »Gottes Zorn muss furchtbar gewesen sein!«

Der Hüne nickte. »Den Burgherrn warf er ins ewige Feuer. Die Steine der Burg ließ er allein durch sein Wort schmelzen. Alles verbrannte: Mauern, Menschen und Tiere wurden zu roter Glut und dann zu Fels. Zum Zeichen, dass es nur einen Gott gibt und nur einen Sohn Gottes, hat er aus dem rot glühenden Fels einen Quell entspringen lassen. Im Laufe der Jahrhunderte ist sein Zorn abgekühlt, so wie dieser Stein. Aber niemand wagte es, erneut eine Feste zu errichten, und nur wenige Wanderer trauen sich, an diesem Ort zu rasten.«

»Aber wir sind reinen Glaubens, und deshalb wird Gott uns hier beherbergen«, sagte Rebekka.

»Amen«, sagte der Hüne.

»Amen«, echote es von den Männern.

Rebekka war sich sicher, dass Gott sie beschützte. Aber nicht der furchtbare mordende Gott, an den viele Christen und Juden glaubten. Sondern ein Gott, der Frieden über die Menschen brachte und sie versöhnte, ein Gott, der so groß war, dass kein Mensch ihn beleidigen konnte. Und es war undenkbar, dass ein Menschenweib den Sohn Gottes gebären konnte. Kein Mensch konnte ein Gott sein. Sie lächelte den Hünen an. »Dann lasst uns das Lager aufschlagen und von dem köstlichen Wasser trinken, das Gott uns mit diesem wunderbaren Quell schenkt.«

Der Hüne verbeugte sich, warf noch einen scheuen Blick auf Rebekka und machte sich dann an die Arbeit. Schnell brach die Nacht herein. Auch heute durften sie kein Feuer anzünden. Rebekka wickelte sich in mehrere Felle und Decken, drei Männer spendeten Wärme.

Sie schaute in den Himmel, der übersät war von glitzernden Punkten. Was mochte da oben wirklich sein? War es so, wie Rabbi Isaak es ihr beigebracht hatte? Waren es Sonnen und Planeten und Monde? War die Erde nur einer von tausenden von Himmelskörpern? Drehte sich die Erde wirklich um die Sonne? Und nicht als Scheibe, sondern als Kugel? Warum nicht? Rabbi Isaak hatte ihr die astronomischen Grundbegriffe erklärt, sie waren leicht zu verstehen und folgerichtig. Und vor allem konnte man sie messen und berechnen. Mathematik log nicht. Der Mensch schon. Sie begann, die Sterne zu zählen, wie sie es oft in Rothenburg getan hatte in warmen Sommernächten. Als sie bei einhundertsechsundvierzig angekommen war, schlief sie ein.

SEPTEMBER 1349/TISCHRI 5110

Rebekka setzte sich auf die verfallene Burgmauer, die von der Herbstsonne warm war. »Wie herrlich es hier ist! Ich liebe diesen Ort.«

»Ich auch.« Johann ließ sich neben ihr nieder. »Doch leider gibt es schlechte Nachrichten.«

»Was für schlechte Nachrichten?« Erschrocken sah Rebekka ihn an, er sah plötzlich ganz unglücklich aus.

»Der König weilt zurzeit in Nürnberg, wie du vielleicht weißt«, sagte Johann. »Um über die Aufständischen Gericht zu halten und den alten Rat wieder einzusetzen.«

Rebekka nickte. Sie hatte davon gehört, dass in Nürnberg Anhänger der Wittelsbacher die Macht an sich gerissen hatten und dem neuen König Karl trotzten, doch sie hatte sich bisher nicht dafür interessiert, es spielte für ihren Alltag keine Rolle, welcher König das Reich regierte.

»Es scheint so, als benutze Karl das Vermögen der Juden, um die Nürnberger zu kaufen. Und nicht nur die Nürnberger.« Er ballte die Faust. »Heute ist ein Erlass des Königs im Rat verlesen worden, der Rothenburg betrifft. Ab sofort ist die Stadt nicht mehr verpflichtet, die Juden zu schützen. Wie erbärmlich! Erst nimmt der König das jüdische Geld als Gegenleistung dafür, dass sie unter seinem Schutz stehen, und dann nimmt er Geld von den Städten, mit dem diese sich von ihrer Schutzpflicht freikaufen.« Johann fasste sie bei den Armen. »Rebekka, du weißt, was in anderen Städten geschehen ist, seit diese schreckliche Pestilenz wütet. Tausende sind bereits abgeschlachtet worden. Ihr müsst fliehen, solange es noch geht!«

»Aber . . .« Rebekka sah ihn verwirrt an.

»Ich meine es ernst. Es gibt zwar auch vernünftige Männer im Rat, so wie meinen Vater, Oswald Herwagen oder Georg Hochheim. Doch andere haben weniger Skrupel. Im Gegenteil, sie malen sich bereits aus, wie sie die jüdischen Häuser untereinander aufteilen, und reiben sich die Hände, weil sie ihre Schulden nicht zurückzahlen müssen, wenn die Juden vertrieben werden.« Johann seufzte. »Außerdem sind die Flagellanten in der Stadt. Hast du sie gesehen?«

Rebekka nickte. Auf dem Weg zur Burgruine hatte sie die Männer gesehen, die auf Knien über den Marktplatz rutschten und ihren nackten Oberkörper mit Peitschen malträtierten. Das vom Knallen der Lederriemen durchbrochene laute Beten hallte noch in ihren Ohren nach. »Warum tun sie das?«, fragte sie leise. »Warum schlagen sie sich selbst?«

»Sie wollen Buße tun für ihre eigenen Sünden und die der gesamten Christenheit. Sie mahnen zur Umkehr von dem, was sie einen gottlosen Lebenswandel nennen, und halten die große Pestilenz für eine Strafe Gottes.«

»Aber wieso meinst du, dass sie für uns Juden eine Gefahr darstellen?«

»Sie hetzen das Volk gegen euch auf, weil ihr für sie Ungläubige seid. Und es gibt genug Leute, die ihren wirren Reden Gehör schenken. Die Menschen sind so dumm.«

»Wir haben doch niemandem etwas getan.«

Johann senkte den Blick. »Ihr esst ungewöhnliche Speisen, ihr pflegt merkwürdige Rituale. Und vor allem habt ihr einer Menge Leute eine Menge Geld geliehen, und zwar zu erheblichen Zinsen.« Er sah sie an. »Bitte, Rebekka, nimm deine Eltern und flieh!«

Rebekka schüttelte den Kopf. »Wir können nicht fortgehen, Johann. Wir sind nirgendwo willkommen. Und Rothenburg ist unser Zuhause.«

»Ich könnte euch verstecken, auf einem der Güter meines Vaters.«

Rebekka lächelte schwach. »Wie lange würde es dauern, bis jemand das herausfände? Und dann könnte nicht einmal dein Vater uns schützen. Nein, Johann, wir werden nicht fliehen. Es ist nicht das erste Mal, dass wir vertrieben werden sollen, dass man uns nach dem Leben trachtet. Das letzte Mal ist noch gar nicht lang her, gerade einmal zehn Jahre. Doch damals sind wir hier in Rothenburg verschont geblieben. Vielleicht haben wir wieder Glück. Wir werden beten und hoffen, dass Gott auch diesmal seine schützende Hand über uns hält, das ist alles, was wir tun können.«

Johann wollte etwas erwidern, doch sie ließ ihn nicht zu Wort kommen, sie wollte diese schrecklichen Dinge nicht hören, wollte die wenigen kostbaren Augenblicke mit ihm nicht durch trübe Gedanken vergiften. »Genug der düsteren Prophezeiungen, Johann. Jetzt musst du mir etwas Schönes erzählen.«

»Ich weiß nicht recht.«

»Hast du etwa nichts Erfreuliches zu berichten? Das kann ich mir gar nicht vorstellen. Ich sehe dir doch an, dass es Neuigkeiten gibt.«

Johann stand auf und blickte hinab ins Tal.

Sie trat neben ihn. »Nun, was verschweigst du mir?«

Er sah sie an. »Ich werde heiraten!« Ein glückliches Strahlen breitete sich auf seinem Gesicht aus.

Unwillkürlich zuckte Rebekka zusammen. Sie dachte an jenen Tag im vergangenen Frühjahr, als Johann sie berührt hatte, wie man nur seine Ehefrau berühren sollte. Sie hatten nie darüber gesprochen. Es bedurfte keiner Worte, sie beide wussten auch so, dass Rebekka als Jüdin niemals seine Frau werden konnte. Eine Zeit lang hatte ein Schatten über ihren Treffen gelegen, und Rebekka hatte befürchtet, dass dies das Ende ihrer Freundschaft sei. Doch inzwischen war der Vorfall nicht mehr als eine blasse Erinnerung an etwas, das hätte sein können.

Sie sah Johann an. »Wer ist sie, deine Braut?«

»Agnes Herwagen, ein wunderschönes, liebreizendes Mädchen. Kennst du sie?«

Rebekka schüttelte den Kopf und lachte. »Nein, Johann, ich kenne deine Agnes nicht. Aber ich freue mich für dich. Du siehst glücklich aus.« Sie freute sich wirklich, sie gönnte

Johann alles Glück dieser Welt. »Wann soll die Hochzeit sein?«

»Zu Allerheiligen. Und schon nächste Woche machen Vater und Oswald Herwagen den Vertrag.« Er wurde plötzlich wieder ernst. »Schade, dass du nicht dabei sein kannst, wenn Agnes und ich getraut werden.«

Rebekka fasste seine Hand. »Ich werde in Gedanken dabei sein. In Gedanken bin ich immer bei dir.«

* * *

Rebekka schreckte aus dem Schlaf hoch. Männer riefen. Jemand rüttelte vorsichtig an ihrer Schulter. Es war Vojtech. »Herrin, schnell, wacht auf. Das Banner des Königs! Es weht über der Burg.«

Rebekka warf die Decken und Felle von sich. Der Himmel war schwarz, doch der Mond spendete silbernes Licht. Er war ein großes Stück weitergewandert, seit sie eingeschlafen war, also musste die Nacht weit fortgeschritten sein. Sie sprang auf und strauchelte.

Vojtech stützte sie und half ihr hinauf zu den geschmolzenen Zinnen. »Seht Ihr, Herrin? Das Banner des Königs!«

Sie hatten es tatsächlich geschafft. Drei Männer hatten eine unbezwingbare Burg eingenommen. Eigentlich ein Akt der Gnade. Dutzende, vielleicht hunderte Männer wären bei einer Belagerung getötet worden. So aber gab es nur drei oder vier Tote.

Im hellen Mondlicht ritten sie in die Burg ein. Bohumir kam ihnen entgegen. Zu Rebekkas Entsetzen trug er einen Verband um die Brust.

Sie sprang vom Pferd und eilte zu ihm. »Was ist geschehen, Bohumir, seid Ihr verletzt?«

Er verbeugte sich tief. »Nur ein wenig, Herrin, es ist nichts Schlimmes.« Er sah verlegen aus. »Und bitte, fragt nicht weiter nach. Es ist nicht im Kampf geschehen.«

Er richtete sich wieder auf, die anderen hatten einen Halbkreis um ihn gebildet. Die Augen der Männer blitzten anerkennend, nur Vojtechs Miene war unergründlich.

»Es ist fast alles so gekommen wie geplant«, erzählte Bohumir. »Der Burgherr ruht in der Gruft. Er allein. Niemand sonst ist zu Schaden gekommen. Die Leibwache war so betrunken, dass wir sie mit ein paar Handgriffen entwaffnen konnten. Niemand auf der Burg ist traurig darüber, dass der König wieder die Herrschaft innehat.«

Rebekka zuckte zusammen, als die Männer in lautes Grölen ausbrachen. Engelbert von der Hardenburg erschien im Burghof. Er wirkte zufrieden. Lautstark brüllte er Befehle über seine Schulter.

Obwohl noch immer nicht der Morgen dämmerte, eilten unverzüglich Knechte herbei und versorgten die Pferde. Mägde, die sich ständig verbeugten, nahmen Rebekka an der Hand, führten sie in ein Gemach, das zwar nicht groß war, aber von unvorstellbarer Pracht. Die Wände waren mit Teppichen behängt, und ein Bett mit einem Baldachin aus rotem Samt stand in der Mitte. Auf der Decke lagen Gewänder aus türkisfarbener Wolle. Rebekka ließ den Stoff durch die Finger gleiten. Er war weich, doch zugleich schien er so warm, als könne er es mit jedem Frost der Welt aufnehmen.

Die Mägde kicherten und drängten Rebekka in einen anderen Raum, der erfüllt war von Wasserdampf. Sie ließ sich nicht lange bitten, legte ihre Kleider ab und stieg in den Zuber. Das wunderbare heiße Wasser brannte auf ihrer Haut, es duftete nach Rosen. Sie schickte die Mägde fort, sie brauchte sie nicht mehr, Seife und Tücher zum Abreiben lagen bereit. Bald dämmerte sie hinüber in einen leichten Schlaf und schreckte hoch, als es an der Tür klopfte.

»Amalie, ich bin es«, rief eine Stimme von der anderen Seite der Tür. »Hardenburg. Kann ich eintreten?«

»Nein!«, schrie Rebekka empört.

»Dann kleidet Euch bitte an und kommt in die Schreibstube des Burgherrn. Wir müssen noch etwas besprechen, das wisst Ihr doch.«

»Hat das nicht bis morgen früh Zeit? Es ist mitten in der Nacht!«

»Es ist längst Morgen. Schaut hinaus, bald geht die Sonne auf!«

Rebekka wünschte Engelbert von der Hardenburg in diesem Augenblick in die Hölle. Sie wollte nie wieder heraus aus dem duftenden Wasser, sie wollte auch nichts stehlen, denn um Diebstahl ging es, auch wenn der Ordensritter es nicht so bezeichnete. Sie wollte nur ihre Eltern finden und mit ihnen ein neues Leben anfangen, irgendwo, wo Juden nicht gehasst und verfolgt wurden. Nicht einmal die Wahrheit über die Belcredis interessierte sie in diesem Augenblick. Sie mochten ihre leiblichen Eltern sein, aber sie hatten sie weggegeben und sich nie wieder um sie geschert. Was sollte ihr also an ihnen liegen? Tränen liefen ihr über die Wangen. Wie sehr hatte sich ihr Leben innerhalb weniger Wochen verändert! Wo war das Mädchen geblieben, das mit Johann in der Ruine Verstecken spielte oder sich in der Tauber von ihm das Schwimmen lehren ließ?

Rebekka weinte, bis die Tränen versiegten. Danach fühlte sie sich etwas besser. Sie stieg aus dem Zuber und trocknete sich sorgfältig mit den Leinentüchern ab, die ebenfalls nach

Rosen dufteten. Sie steckte das feuchte Haar unter eine Haube, legte das türkisfarbene Gewand an, trat vor die Tür und erschrak.

Ein Mann stand im flackernden Halbschatten der Fackeln, trat aber sofort ins Licht. Bohumir. Er bewachte sie. Oder überwachte er sie?

Er wies auf den Gang. »Wenn Ihr mir folgen würdet.«

»Habe ich eine Wahl?«

Bohumir zögerte einen Moment. »Nein.«

»Gut«, antwortete Rebekka. »Das wollte ich nur wissen.«

»Ich danke Euch.«

»Wofür, Bohumir? Ihr seid mir nichts schuldig. Im Gegenteil. Ich verdanke Euch mein Leben.«

»Ich danke Euch dafür, dass Ihr mich nicht hasst, weil ich Euch keine Wahl lassen darf. Ihr müsst Euch wie eine Gefangene fühlen.«

Bevor sie etwas erwidern konnte, wandte er sich ab und ging voraus.

Die Schreibstube lag in einem Raum hinter dem großen Saal des Palas, in dem jetzt nicht mehr Otto von Wispitz Hof hielt, sondern Tadeusz, der Verwalter des Königs. Er stand mit einigen älteren Männern um einen Tisch herum. Sie redeten über die Erträge der umliegenden Höfe, Tadeusz hörte aufmerksam zu. Die Männer wirkten weder nervös noch erschreckt. Sie weinten ihrem Herrn keine Träne nach. So schnell stürzten auch die Mächtigen oder die, die glaubten, mächtig zu sein. Es war immer nur die Frage, wer gerade der Stärkere war. Oder der Klügere.

Rebekka und Bohumir durchmaßen den Saal und schlüpften durch eine kleine Tür, die Bohumir sorgfältig hinter ihnen schloss. Erstaunt blickte Rebekka sich um. Der Raum war voll mit Büchern und Pergamentrollen.

Engelbert trat auf sie zu. »Er war kein Dummkopf«, sagte er und zeigte auf die beeindruckende Bibliothek. »Er war nur zu gierig und glaubte, der Arm des Königs reiche nicht weit genug.«

»Was wird Abt Remigius dazu sagen?«, fragte Rebekka.

»Er wird schäumen vor Wut, aber er wird es gut verbergen und dem König danken, dass er ihn von diesem üblen Geschmeiß befreit hat. Nehmt Platz.« Der Ordensritter zeigte auf einen Scherenstuhl, der mit einem Lammfell ausgelegt war.

Noch gestern hat hier der ehemalige Herr der Burg gesessen, dachte Rebekka. Sie schüttelte den Kopf.

»Seid nicht albern«, schalt der Ordensritter sie.

Rebekka blieb stehen.

»Wie Ihr wünscht.« Mit einer Handbewegung räumte er einen Tisch frei, die Rollen purzelten übereinander auf den Steinboden. Er breitete ein Pergament aus. Damit es sich nicht wieder zusammenrollte, platzierte er auf die Ecken Steine, die in einem Korb bereitlagen.

Rebekka trat an den Tisch und warf einen Blick darauf. Es war der Plan des Klosters Louka in Znaim. Der Ordensritter faltete ein zweites Pergament auseinander.

Die Zeichnung darauf erinnerte Rebekka an ein Brettspiel. Auf einer Art Gitter waren neun Steine eingezeichnet, die so aussahen, als wären sie an den Stäben befestigt. Sie schienen schwarz zu glänzen, waren durchzogen von feinen weißen Adern, die jeweils ein einzigartiges Muster formten.

Von der Hardenburg deutete auf die Zeichnung. »Was Ihr hier seht, ist nicht nur ein Meisterwerk der Zeichenkunst, es ist das große Geheimnis des Klosters Louka.« Er nickte Bohumir zu.

Dieser fuhr fort. »Es sieht so aus, aber es ist kein Brettspiel. Und auch nicht das vergitterte Fenster zu einem Verlies. Es ist das genialste Schloss, das ich jemals gesehen habe. Angeblich hat ein Gelehrter aus Konstantinopel es ersonnen und gebaut. Das metallene Gitter ist in das Holz der Tür eingearbeitet. Die Steine lassen sich auf den Metallstäben verschieben. Horizontal und vertikal. Man muss sie in der richtigen Reihenfolge in die richtige Position gleiten lassen. Es gibt nur eine Stellung, die das Schloss öffnet. Aber es gibt viele Kombinationen, die einen Mechanismus auslösen, der den Tod bringt oder den Inhalt des Tresors zerstört. Wir haben bereits einen Mann verloren, der versucht hat, die richtige Kombination herauszufinden. Ein vergifteter Pfeil hat ihn innerhalb von wenigen Augenblicken ins Jenseits geschickt.«

»Seitdem lassen die Nonnen keinen Mann mehr ins Kloster, außer einem uralten Abt, der direkt nebenan bei den Mönchen lebt«, ergänzte Engelbert. »Es sind Prämonstratenser. Und es ist eines der letzten Klöster, in dem Männer und Frauen so dicht beieinanderleben. Die beiden Konvente sind nur durch eine Mauer voneinander getrennt.« Der Ordensritter deutete auf eine dicke Trennlinie, die zwischen den Gebäuden der Klosteranlage verlief.

»Deswegen braucht Ihr eine Frau«, stellte Rebekka fest.

Bohumir und der Ordensritter nickten gleichzeitig.

»Und wie lautet die Kombination, um das Schloss zu öffnen?«

Beide schwiegen.

»Ihr wisst es nicht?«

Der Ordensritter klatschte in die Hände. »Ich bewundere Euren Scharfsinn.«

»Warum stoßt Ihr mir dann nicht gleich hier und jetzt einen Dolch ins Herz?«

»Wir wissen, wer die Kombination kennt«, sagte der Ordensritter.

Rebekka wartete. Bohumir sah auf den Boden, scharrte mit dem Fuß.

»Allein die Mutter Oberin kennt die Kombination. Oder zumindest weiß sie, wo sie aufgezeichnet ist. Sie ist alt. Sie ist schlau. Sie ist misstrauischer als der Steuereintreiber des Königs. Sie kennt alle Schliche.«

Rebekka setzte sich auf den Stuhl. Es war ihr inzwischen gleichgültig, dass der Mann, der noch gestern darauf gesessen hatte, tot war. Sie selbst fühlte sich genauso tot.

Bohumir räusperte sich. »Die Mutter Oberin wird Euch die Kombination nicht freiwillig geben. Und Ihr dürft keine Gewalt anwenden.«

»Da bin ich aber froh«, sagte Rebekka und lachte bitter. »Und ich dachte schon, ich müsste sie mit glühenden Zangen foltern.«

Der Ordensritter schnalzte mit der Zunge. »Denkt lieber nach, anstatt zu verzweifeln. Habt Ihr es für möglich gehalten, diese Burg mit drei Männern zu erobern?« Er wartete keine Antwort ab. »Nein. Aber es ist geschehen. Gott wird Euch leiten. Er ist dem König wohlgesinnt, also auch Euch. Oder zweifelt Ihr an Gott?«

»Ich zweifle nicht an Gott, aber ich zweifle an Eurer Redlichkeit, Engelbert von der Hardenburg. Ihr seid wie das Wasser, das man nicht zu fassen bekommt, ständig ändert Ihr Eure Form. Ständig kommt etwas anderes zum Vorschein.«

Der Ordensritter applaudierte grinsend. »Wunderbar. Ihr sollt mich gar nicht mögen. Ihr sollt nur Euren Auftrag erledigen. Und dann werde ich meinen Teil der Vereinbarung einhalten und Euch bei Eurer Suche helfen. Denn ich mag vieles sein, aber mein Wort gilt.«

»Sogar über seinen Tod hinaus«, schaltete Bohumir sich ein.

Rebekka fuhr zu ihm herum. »Was meint Ihr damit?«

»Sollte Engelbert von der Hardenburg seinen Schöpfer sehen, bevor er sein Versprechen einlösen konnte, trete ich in sein Wort ein. Das musste ich ihm schwören.« Bohumir machte einen unsicheren Schritt auf sie zu. »Seid beruhigt. Ich gehöre zu den Menschen, die andere nach dem beurteilen, was sie tun, und nicht nach dem Gott, den sie anbeten. Und ich glaube keine Ammenmärchen.«

Rebekka schwieg erschrocken. Was wusste der Ritter über sie?

»Aber gebt acht!« Engelbert packte Rebekka und drehte sie zu sich herum. »Die meisten sehen das anders. Traut niemandem außer Bohumir und mir.«

Rebekka brachte kein Wort mehr heraus. Ihr schwindelte. Bohumir als Verbündeten zu wissen, ängstigte und beruhigte sie zugleich. Sie wollte nicht darüber nachdenken. Lieber befasste sie sich mit dem Vorhaben des Ordensritters, auch wenn es noch so unmöglich erschien. Vielleicht gab es doch einen Weg. Es kam auf einen Versuch an. Nichts war unmöglich, solange man es nicht versucht hatte.

Sie atmete mehrmals tief ein und aus und schaute Engelbert in die Augen. »Habt Ihr einen Plan?«

»Den haben wir, Amalie, und er ist nicht der schlechteste«, sagte der Ordensritter sichtlich erleichtert.

* * *

Kylion Langenmann traute seinen Augen nicht. Über der Burg Mesenice wehte das Banner des Königs. Obwohl sein Spion ihn vorgewarnt hatte, konnte er es kaum glauben. Engelbert von der Hardenburg hatte mit einer Handvoll Männer eine Burg eingenommen, eine Burg, deren Herr mit

Kylions Herrn verbündet war. Verflucht sei dieser Ordensritter! Kylion ballte die Faust. Hoffentlich gab Abt Fulbach ihm nicht auch dafür die Schuld!

Immerhin hatte er doch noch die Nachricht gefunden, die sein Spion ihm hinterlassen hatte. Fast hätte er aufgegeben, aber dann hatte er den Brief gefunden, so klein zusammengefaltet, dass er ihn beim ersten Suchen in dem Baumstumpf übersehen hatte.

Nach Znaim wollten sie, zum Kloster Louka. Darum ging es also. Was Männer nicht vermochten, musste ein Weib richten. Wie armselig! Kylion hätte keine Skrupel, die Schwester Oberin ein wenig mit dem Schwert zu kitzeln und so lange eine Nonne nach der anderen aufzuspießen, bis er die Reliquie in der Hand hielt. Kylion verstand nicht, warum der König sich nicht einfach nahm, was er begehrte. Karl war ein Schwächling, der eher vom Schlachtfeld floh, als wie ein Ritter ehrenvoll zu sterben. Der König war ein Jammerlappen und keinen Deut besser als ein verdammter Jude.

Kylion machte kehrt und verließ den einsamen Rastplatz durch die Schlucht. Gut, dass er in der Nähe von Mesenice einen Vertrauten hatte, bei dem er sein Packpferd mit den Tauben unterstellen konnte. Auf der Burg hätte man ihn sofort ins Verlies geworfen und peinlich befragt. Denn wer so viele Tauben mit sich führte, geriet schnell in den Verdacht, ein Spion zu sein.

Kurz bevor die Tore für die Nacht verschlossen wurden, begehrte Kylion auf Burg Mesenice Einlass. Der neue Verwalter der Burg, der sich als Tadeusz von Brünn vorstellte, hieß ihn willkommen, ohne viele Fragen zu stellen. Wie leichtsinnig!

Kylion stellte sein Pferd im Stall unter und nahm Quartier im Palas, in dem an die dreißig Männer lagerten. Die meisten waren Kaufleute und Pilger, die dem König dankbar dafür waren, dass Burg Mesenice endlich wieder Reisende aufnahm. Otto von Wispitz war tot. Abt Fulbach und Abt Remigius würden weiß werden vor Wut.

Wann würde Fulbach endlich gegen Karl losschlagen und ihn vom Thron fegen? Ein Krieger musste das Land regieren, kein frömmelnder Pfeffersack.

Der Abend verlief langweilig. Es wurde Musik gespielt, ein Barde sang von der Minne, von holden Maiden, ewiger Liebe und dem Heiligen Gral. Kylion unterdrückte seine Abscheu und hielt sich an Wein und Essen schadlos. Er versuchte, mit unauffälligen Fragen herauszufinden, wann genau Engelbert von der Hardenburg mit seinen Leuten aufgebrochen war, doch niemand schien etwas zu wissen.

Erst am nächsten Tag im Stall hatte er Glück. Der Knecht war ein äußerst redseliger Geselle. Kylion erfuhr, dass seine Gegner drei Tage Vorsprung hatten. Sie hatten kürzer auf Mesenice gerastet, als er angenommen hatte, und waren bereits am Sonntag in aller Frühe weitergezogen, wenige Stunden, nachdem sie Wispitz entmachtet und ermordet hatten. Ärgerlich, aber kein Grund zur Sorge.

Kylion brach auf, holte seine Tauben und verfasste eine Nachricht an Abt Fulbach. Bald würde die Beute in seinen Fängen zappeln.

DAS VERBORGENE PARADIES

NOVEMBER BIS DEZEMBER 1349/KISLEW 5110

Wie jeden Tag, seit sie vor einer Woche Mesenice verlassen hatten, brachen sie im Morgengrauen auf. Die Männer waren schweigsam, Rebekka war ebenfalls nicht nach Reden zumute. Vojtech und Bohumir ritten vor und hinter ihr, die Pfade, die sie nun benutzten, waren zu schmal, als dass sie nebeneinander hätten reiten können. Gegen Mittag hielten sie an. Rebekka sah nichts als Bäume und nochmals Bäume. Stundenlang waren sie durch einen lichten Wald geritten, der vorwiegend aus Buchen bestanden hatte und langsam dichter geworden war. Nun ragten himmelhohe Fichten wie eine Wand vor ihnen auf.

Sie saßen ab, führten die Pferde an den Zügeln weiter. Rebekka fiel auf, dass die Männer das Unterholz nicht beseitigten. Sie mussten sich bücken, manchmal einen Umweg gehen, um überhaupt vorwärtszukommen. Rebekka wusste, dass es nicht mehr weit sein konnte bis zu ihrem Versteck. Es lag hoch über der Thaya, dem Fluss, der auch durch Znaim floss. Am südlichen Rand von Znaim, außerhalb der Stadtmauern, erwartete das Kloster Louka sie.

Sie traten auf eine kleine Lichtung, gerade groß genug, sie alle aufzunehmen. Dort würde man sie nur durch Zufall entdecken können. Die Karte, die der Ordensritter verloren hatte, war in der Tat ein kostbarer Schatz gewesen. Wenn Rebekka sie nicht aus der Erinnerung hätte neu aufzeichnen können, wäre das Wissen vieler Männer für immer verloren gewesen.

Bohumir hatte ihr erklärt, dass die Karte die Einzige ihrer Art war, dass viele verschiedene Kundschafter ihr Wissen dort eingetragen hatten und niemand jemals den ganzen Lageplan gesehen hatte, denn die restlichen Teile waren abgedeckt gewesen, als die Männer ihr Wissen aufgezeichnet hatten. Nur wenige außer Bohumir, Engelbert und ihr hatten je die ganze Karte gesehen. Nur sie wussten, dass es nordöstlich von Znaim in der Gegend von Blansko hunderte Höhlen gab, von denen die meisten noch gar nicht erforscht waren; sie kannten Quellen, die so versteckt lagen, dass man eher verdursten würde, als sie zu finden; sie kannten Verstecke, in denen Waffen und Verpflegung für die Männer des Königs verwahrt wurden; sie wussten, welche Burg leicht einzunehmen war und welche nicht, welcher Burgherr dem König wohlgesinnt war und bei welchem man sich dessen nicht sicher sein konnte. Aber sie wussten auch, wie schnell sich die Verhältnisse ändern konnten und dass die Karte in regelmäßigen Abständen neu angelegt werden musste, damit sie nicht veraltete.

Von der Hardenburg rief Rebekka zu sich. Sie streichelte Vila die Nüstern und seufzte. Es war so weit. Langsam schritt sie zu ihm hinüber, Bohumir und Vojtech standen an seiner Seite. Bohumir sah besorgt aus. Vojtech blickte finster, seine grünen Augen, die sonst wie Smaragde leuchteten, wirkten fast braun. Die ganze Reise schon war er schweigsam gewesen. Als Rebekka ihn einmal vorsichtig darauf angesprochen hatte, hatte er nach einigem Hin und Her schließlich durchblicken lassen, dass er die Reliquienjagd im Namen des Königs missbillige. Allein ihretwegen habe er sich freiwillig gemeldet.

Auch der Ordensritter blickte ernst drein. »Ihr habt Euch alles gut eingeprägt?«, fragte er.

Rebekka schwieg. Natürlich hatte sie das. Sie kannte jedes Tor im Kloster, jede Tür, jeden Raum. Sie wusste, wo die Reliquie verwahrt wurde, welche Nonne welches Amt innehatte. Sie kannte den Tagesablauf im Kloster und jeden Namen. Aber sie kannte die Stellung der Steine nicht.

Bohumir hielt ihr ein schmutziges, halb zerrissenes Gewand hin, das jedoch aus feinstem Leinen genäht war. »Ihr werdet dennoch aussehen wie eine Königin.«

Der Ordensritter schnaubte. »Das will ich nicht hoffen.« Er wandte sich an Bohumir. »Und Ihr solltet weniger Parzival lesen. Weder seid Ihr der Ritter Gawan, noch bedarf unser König einer Tafelrunde.«

Bohumir räusperte sich. »Verzeiht dem Ordensritter, edle Dame, seinem Stand ist jeglicher Frohsinn verboten, und somit auch die köstliche Minne, aus der wir ungeheure Kraft schöpfen. So muss er verbittert durchs Land ziehen und andere mit seiner schlechten Laune vergiften.«

»Bei Gott dem Allmächtigen, Bohumir, es ist ja gut«, stöhnte Engelbert. »Amalie ist eine anbetungswürdige Schönheit, keine Frage ...«

»Es reicht!«, rief Rebekka dazwischen, die sich des Gefühls

210

nicht erwehren konnte, dass die Männer krampfhaft versuchten, sie aufzumuntern und ihr die Angst vor der gefährlichen Aufgabe zu nehmen. »Ihr balgt Euch um mich wie die Hunde um einen Knochen. Haben wir nicht etwas zu tun? Besser gesagt, habe *ich* nicht etwas zu tun, zu dem Ihr beide nicht in der Lage seid, weil Gott Euch als Männer erschaffen hat?«

Engelbert und Bohumir sahen einander beschämt an, die anderen Männer husteten oder räusperten sich. Vojtech schüttelte wortlos den Kopf.

Rebekka nahm Bohumir das Kleid aus der Hand und zog sich hinter einem Baum rasch um. Das Kleid passte wie auf die Haut geschneidert. Entweder hatte der Ordensritter ein hervorragendes Augenmaß, oder er hatte es von dem Schneider in Prag anfertigen lassen, bei dem sie verschiedene Gewänder in Auftrag gegeben hatte.

Bohumir, Vojtech und ein Mann der Garde, dessen Namen Rebekka nicht kannte, machten sich auf den Weg. Der Plan war einfach, dennoch baute er auf glückliche Umstände und barg mehr Risiken als die Eroberung von Mesenice.

Kurz bevor sie den Weg zum Kloster erreichten, verhüllte sich Rebekka mit einem schwarzen Umhang. Vojtech ritt voraus. Bald ertönte das Käuzchen. Der Weg zum Kloster war frei, nur noch wenige hundert Fuß trennten Rebekka von der schwierigsten Aufgabe, die sie je zu erfüllen hatte.

Aber etwas fehlte ihr noch. Immer wieder hatten sie bei der Planung davon gesprochen, dass es echt aussehen musste. Die Täuschung musste perfekt sein. Rebekka stieg ab. Noch bevor einer der Männer etwas sagen oder gar einschreiten konnte, hob sie einen faustgroßen Stein auf und schlug ihn sich mit voller Wucht gegen die Stirn. Rabbi Isaak hatte ihr gesagt, an dieser Stelle sei der Schädel am stärksten, und nur furchtbare Gewalt konnte ihn dort ernsthaft verletzen.

Der Schmerz schoss ihr wie ein Blitz durch den Kopf, der Schlag machte sie einen Moment benommen. Sie spürte warmes Blut, das ihr ins Auge lief und über die Wange. Ohne es wegzuwischen, zog sie sich in den Sattel hoch, achtete nicht auf Bohumir, der sie entsetzt und bewundernd zugleich ansah, und stieß Vila die Fersen in die Seite, die losschoss wie ein Pfeil.

Ohne sich umzusehen, ob die Männer ihr auch folgten, warf sie den Umhang ab und sprengte den Weg hinab zum Kloster. Ihren Kopf ließ sie auf Vilas Hals fallen und redete beruhigend auf sie ein. Die Stute durfte jetzt nicht durchgehen, sie musste vor der Klosterpforte stehen bleiben, sonst war der Plan verdorben. Wie durch Watte hörte sie das Gebrüll der Männer hinter sich und das Donnern der Hufe. Sie wagte einen Blick zur Klosterpforte, kniff das mit Blut verklebte Auge ganz zu, um scharf sehen zu können. Tatsächlich! Die Pforte öffnete sich einen Spalt! Adonai sei Dank! Gott hatte sie nicht verlassen.

Noch einen Steinwurf war sie entfernt, da schlug die Pforte ganz auf, und mehrere weiß gekleidete Nonnen kamen hinausgelaufen, die wild gestikulierten und laut riefen. Jetzt würden Rebekkas vermeintliche Verfolger ihre Pferde wenden und flüchten. So geschah es, die Nonnen hörten auf zu schreien, Vila fiel in Trab, dann in Schritt, schnaubte und blieb schließlich stehen. Rebekka schloss die Augen und ließ sich aus dem Sattel fallen.

Der erwartete Aufprall blieb aus. Viele Hände griffen nach ihr, hielten sie, stützten sie, legten sie sanft auf dem Boden ab. Rebekka musste plötzlich weinen. Diese Frauen hatten sich waffenstarrenden Rittern in den Weg geworfen, um sie zu retten, um sie zu schützen. Und sie hatte nichts als Lug und Trug in ihrem Herzen.

212

Rebekka heulte wie ein kleines Kind Rotz und Wasser. Sie brauchte es nicht vorzutäuschen, ihr war entsetzlich elend zumute.

Durch ihre Verzweiflung hindurch hörte sie eine dunkle Frauenstimme auf Deutsch sagen: »Ruhig, mein Kind. Du bist in Sicherheit. Niemand wird dir jetzt noch ein Leid zufügen.«

»Verräterin! Betrügerin!«, schrie es in Rebekka. Dann umfing sie gnädige Ohnmacht.

* * *

Karl nahm das Jagdmesser, das ihm sein Vater geschenkt hatte, und begann, die Binsen, die er sich zurechtgelegt hatte, in gleichmäßige Stücke zu zerschneiden.

Mit am Tisch in seinem kleinen Audienzsaal saßen drei der reichsten Kaufleute von Nürnberg, die zugleich Mitglieder des Rats der Stadt waren: Berthold Tucher, Jorg Vorchtel und Ulrich Stromer. Ulrich Stromer! Noch vor sechs Wochen hatte der Nürnberger Rat über den Aufständischen zu Gericht gesessen! Karl hatte den Richtern auf Anraten Montforts ans Herz gelegt, den Mann nicht zu verbannen. Es war ein guter Hinweis gewesen, denn dieser Stromer hatte einfach zu viel Geld. Geld, das Karl dringend benötigte. Die Silberminen warfen einen guten Gewinn ab, mehr als zwölftausend Pfund im Jahr, woraus sich über eine Million Groschen schlagen ließen. Aber es reichte nicht, um all das zu bezahlen, was er nun mal bezahlen musste, um Unruhen und Krieg zu vermeiden: Seinen Hofstaat musste er versorgen und die Adligen ruhighalten, insbesondere die Kurfürsten, denen er ständig irgendetwas zustecken musste. Der Gierigste war sein Großonkel, Bischof Balduin von Trier, ohne den er im Reich wenig ausrichten konnte. Hinzu kamen all die anderen

Zahlungsverpflichtungen. Drehte sich denn alles nur ums Geld?

Mit einer ungeduldigen Bewegung warf er das Messer zur Seite. »Ihr wollt das Judenviertel abreißen, auf den Fundamenten der Synagoge eine Kirche errichten und den Rest als Marktplatz nutzen. Haben wir das richtig verstanden?«

Vorchtel neigte den Kopf. »So ist es, mein König. Die Stadt ist zu eng geworden, wir können die Wagenzüge nicht mehr unterbringen, an manchen Tagen kommt fast der gesamte Handel zum Erliegen. Und eine Kirche im Herzen von Nürnberg wäre doch auch im Interesse Eurer Majestät.«

»Ja, ja, schon gut.« Karl schnappte sich wieder das Messer und zerteilte ein paar Binsen. Das beruhigte ihn und gab ihm Zeit zum Nachdenken. Er brauchte Geld. Die Außenstände der Krone hatten sich auf die unglaubliche Summe von fast dreihunderttausend Prager Groschen summiert, aber das Geld einzutreiben war schier unmöglich. Der Bau der Neustadt in Prag ging gut voran, doch spätestens in sechs Monaten würde er zahlungsunfähig sein, wenn er nichts unternahm. Das Geld rann ihm durch die Finger wie Wasser. Er hatte keine Wahl. Die Nürnberger würden mit den Juden kurzen Prozess machen, sie im besten Falle vertreiben. Aber wahrscheinlich würden nur wenige überleben. Also musste er zumindest den Preis hochtreiben. Er lehnte sich zurück. »Wir wünschen, dass ihr die Juden umsiedelt.«

Stromer holte tief Luft. »Aber, mein König, wie sollen wir das denn anstellen? Und wer soll das bezahlen?«

Vorchtel knetete seine Hände. »Sagt Ihr nicht immer, es sind Eure Juden?«

»Was?« Karl hielt inne, die Ratsherren senkten die Köpfe, seine Leibgarde ließ ein wenig die Schwerter klirren.

»Verzeiht, Herr, wir wollten nicht ...« Stromer versuchte,

die Frechheit wiedergutzumachen, aber Karl hörte gar nicht
hin.

Denn Vorchtel hatte nur zu Recht. Es waren seine Juden,
Gott hatte sie ihm gegeben, um sein Werk voranzutreiben. Sie
sollten nicht für ein Almosen sterben. Er würde sie noch teurer verkaufen, als er ursprünglich vorhatte. Viel teurer als in
Rothenburg. Was war da nur geschehen? Er hatte gehört, alle
Juden seien ums Leben gekommen. Warum alle? Das nützte
niemandem. Es mussten immer genug übrig bleiben, damit
sie alsbald die Zinsgeschäfte wieder aufnehmen konnten, die
den Christen verboten waren. Die Juden waren eine Einnah-
mequelle, auf die Karl nicht verzichten konnte, und sie waren
ein wichtiges Glied in der Kette des Geldkreislaufs, der sein
Reich zusammenhielt. Riss dieses Glied, verlor er seine Macht,
die er mit einem Krieg niemals wiedergewinnen konnte. Er
zerhackte ein paar Binsen. Krieg! Was für eine Verschwen-
dung, was für eine Torheit.

Karl spann den Gedanken weiter. Er brauchte die Juden
dringender als je zuvor. In Rothenburg hatte er nicht aufgepasst, in Nürnberg würde er dafür sorgen, dass genug über-
lebten. Aber niemand durfte es erfahren. Karl stieß das Messer mit der Spitze in den Tisch, die Ratsherren wurden blass.
Immerhin hatten sie noch ein wenig Angst vor ihm. Aber sie
wussten genau, dass er ihnen kein Haar krümmen würde. Im
Gegenteil.

»Was Ihr sagt, Ratsherr Vorchtel, ist vollkommen richtig.
Es sind unsere Juden, und natürlich möchten wir den ehrenwerten Handelsleuten nicht im Wege stehen, wenn es darum
geht, noch bessere Geschäfte zu machen, von denen wir ebenfalls profitieren. Nürnberg ist ein Kleinod, und das soll auch
so bleiben.« Er zog das Messer aus dem Tisch und nahm sich
ein paar Binsen vor. »Was wir an Euch schätzen, werte Her-

ren, ist Eure Rechtschaffenheit. Was Ihr versprecht, das haltet Ihr auch. Wir schätzen auch Eure guten Verbindungen und das Netz Eurer . . .«, Karl räusperte sich, ». . . Eurer Nachrichtengänger, die immer bestens Bescheid wissen über alles und jeden. Wir sind froh, dass Ihr uns all das zur Verfügung stellt.«

Die drei Ratsherren murmelten ihre Zustimmung.

Karl ließ seinen Blick über die Männer gleiten und fasste Ulrich Stromer ins Auge. »Ihr wolltet doch schon immer das Haus des Isaak von Schleswitz haben, nicht wahr?«

Stromer fuhr sich mit der Zunge über die Lippen. »In der Tat, mein König. Es ist ein Haus, das eines Ratsherrn würdig wäre und nicht . . .«

Karl fuhr mit dem Messer durch die Luft. »Spart Euch Eure Worte, Stromer, und hört Euch unsere Bedingungen an. Montfort!«

Karl wusste, dass die Stadt Nürnberg im Moment in Zahlungsschwierigkeiten war, aber er wusste auch, welch gigantisches Vermögen die Ratsherren außerhalb der Stadtkasse angehäuft hatten. *Seine* Spione, die nicht minder gut waren als die der Nürnberger, hatten ihm Abschriften von Kreditbriefen zugespielt, die in Frankfurt, Trier, Mailand und Florenz deponiert waren. Eine allzu große Macht. Er musste Nürnberg noch fester an sich binden, denn Nürnberg sollte nach Prag eine Säule seines Reiches werden, Residenzstadt und wirtschaftlicher Mittelpunkt.

Der Bischof trat an den Tisch und überreichte Karl eine Pergamentrolle, auf der die größten Gläubiger der Krone samt der Summen, die Karl ihnen schuldete, aufgelistet waren. Insgesamt mehr als eine Million Prager Groschen, also nahezu fünftausend Pfund Silber. Karl wog die Rolle in seiner Hand. »Dieses Pergament, die Übernahme dieser Verpflichtungen gegen das Haus des Juden Isaak von Schleswitz.«

Er reichte das Pergament über den Tisch. Ulrich Stromer entrollte es, las schweigend. Seine Miene versteinerte.

Karl hob eine Augenbraue. »Ihr könnt es in mehreren Raten zahlen. Die erste sollte innerhalb der nächsten zwei Wochen eingehen. Die nächste vor Ablauf zweier Monate. Und dann innert einem Jahr in gleichen Raten der Rest. Zusätzlich überlässt die Stadt Nürnberg der Krone zehn Jahre lang den zehnten Teil ihrer Zoll- und Steuereinnahmen. Dafür gehen die Häuser der Juden einschließlich aller beweglichen Güter, die sich darin befinden, in den Besitz der Stadt über. Das ist mehr als großzügig.«

Ulrich Stromer kämpfte sichtlich mit der Fassung. Seine Begleiter waren bleich geworden. Es war eine ungeheure Summe, und der Gegenwert war schwer zu beziffern.

Die Ratsherren wussten jedoch genau, worum sie baten: Ohne den zusätzlichen Markt lief Nürnberg Gefahr, seine Vorrangstellung als Handelsplatz einzubüßen. Sie hatten keine Wahl.

Denn noch immer war Regensburg ein möglicher Konkurrent, auch wenn die Stadt inzwischen an Bedeutung verloren hatte. Zudem waren die Regensburger so dumm, die Juden zu schützen. Karl konnte eine gewisse Bewunderung für den Mut und die Weitsicht der Regensburger nicht verhehlen. Sie waren nicht zu kaufen. Um den Preis, dass die Stadt in die zweite Reihe zurücktreten musste. Denn Karl brauchte willfährige Untertanen.

»Und wir sind frei von jeglicher Verantwortung für die Juden?«, fragte Vorchtel.

Karl nickte, zur Abwechslung brach er eine einzelne Binse in gleiche Teile. »Wie wir es bereits gewährt haben. Wir werden es Euch erneut bestätigen und das Privileg erweitern. Ihr könnt mit den Juden tun, was Euch beliebt. Natürlich zählen

217

wir auf Eure christliche Nächstenliebe. Aber solltet Ihr die Kontrolle verlieren, so werden wir Euch großmütig verzeihen, dass Ihr nicht achtgeben konntet auf unsere Kammerknechte, so wie wir meinen treuen und reuigen Untertanen immer vergeben.« Karl lächelte.

Alle drei nickten kaum merklich.

Karl winkte Montfort, der ihm zwei weitere Rollen gab. »Diese beiden Dokumente sind für den Rat und die Handelsfamilien von Nürnberg. Darin sind alle Vereinbarungen festgehalten. Gibt es noch Einwände?«

Karl erwartete keine Antwort. Die Kaufleute mussten auf das Geschäft eingehen. Wie gut! Die erste Rate brauchte er dringend. Löhne mussten ausbezahlt werden, die Steinlieferanten mussten beruhigt werden, und nicht zuletzt wollten auch die Metzger und Bäcker hin und wieder Bares sehen.

Vorchtel nahm die Rollen entgegen. Er öffnete sie nicht einmal, sondern legte nur seine rechte Hand darauf. »Was immer Ihr wünscht, Majestät, betrachtet es als erfüllt. Die Stadt Nürnberg und ihr rechtmäßiger Rat werden immer an Eurer Seite stehen, so wie Ihr an unserer Seite steht.«

Karl atmete innerlich auf. Fünftausend Pfund Silber. Und dazu für zehn Jahre den zehnten Teil eines jeden Steuer- und Zollpfennigs, den die Nürnberger erheben würden. Ein wahrhaft königliches Geschäft, das ihm für einige Jahre die Geldsorgen nehmen würde. Dafür würde er den Nürnbergern noch eine ganze Reihe Privilegien zusätzlich zu dem Dutzend zusprechen, von denen sie jetzt noch nichts wussten. Alles zu seiner Zeit. Gutes sollte man langsam tun, Schlechtes hingegen schnell, damit die Menschen es ebenso schnell wieder vergaßen.

Wenn ein wenig Gras über die Sache gewachsen war, würde er die Juden wieder in Nürnberg ansiedeln, mit neuen Rechten und Privilegien. So war jedem gedient. Alles lief nach

Plan, jetzt konnte er sich um andere wichtige Dinge kümmern. Der Aufstand der Zünfte in Nürnberg und die Verhandlungen hatten ihn viel zu viel Zeit gekostet. Er erhob sich, die Ratsherren beeilten sich, es ihm gleichzutun.

»Eins noch, meine Herren«, sagte er. »Die Kirche, die neu erbaut werden soll, wir möchten, dass sie der Heiligen Jungfrau geweiht wird.«

»Mein König ...« Stromer runzelte die Stirn.

»Ein Gelübde, dessen Einhaltung uns am Herzen liegt.«

»Selbstverständlich.«

»Wir danken Euch, meine Herren«, sagte Karl und winkte eine Wache herbei.

Die Ratsherren verbeugten sich tief und verließen rückwärts den kleinen Saal.

Bischof Montfort trat an Karls Seite.

»Mein guter Montfort.« Karl senkte die Stimme zu einem Flüstern. »Sorgt bitte dafür, dass in Nürnberg genug Juden übrig bleiben. Wenn nötig, lasst sie entführen, oder bietet ihnen Geld und Privilegien, auch zukünftige Bürgerrechte. Stellt Passier- und Geleitscheine aus. Ihr wisst ja, wie man so etwas macht.«

Montfort faltete die Hände. »Gott will es.«

»So ist es, treuer Freund.«

Ein Hauptmann der Wache erschien und verbeugte sich. »Mein König, der Mann, den Ihr erwartet, ist da.«

Karl klatschte in die Hände. Endlich. »Er soll in unsere Schreibstube kommen.«

Der Hauptmann zog sich zurück, Montfort wandte sich Karl zu. »Darf ich Euch daran erinnern, dass noch viele Dokumente darauf warten, gesiegelt zu werden? Es sind Lehensverträge, Verpfändungen und wichtige Kaufverträge. Und wir müssen uns um die Reichskleinodien kümmern.«

Karls gute Laune verflog. Noch immer hatte er die Reichskleinodien, die Zeichen der rechtmäßigen Macht, nicht in seinem Besitz. Mit nachgemachten Insignien hatte er sich krönen lassen, was für ein Possenspiel! Und dennoch gab es etwas, das noch wichtiger war als Schwert, Zepter und Reichsapfel! »Ihr dürft, Montfort. Doch zuerst die Unterredung mit dem Boten. Sie ist wichtig. Vielleicht wichtiger als alle Verträge dieser Welt. Und wichtiger als unsere Krone.«

Montfort erbleichte. »Aber was ...?«

Karl hob eine Hand. »Zu gegebener Zeit werden wir Euch einweihen.«

Montfort seufzte. »Ihr wisst, was Ihr tut, Majestät?«

Karl lachte. »Immer wenn Ihr Euch Sorgen um uns macht, werdet Ihr förmlich. Wir danken Euch dafür. Ihr wisst doch, dass wir Euren Rat schätzen.«

Montfort warf die Arme hoch. »Wenn es Euch beliebt, dann schon. Allerdings nur dann!«

»Aber wir tun es.« Karl wurde ernst. »Bitte kümmert Euch jetzt um die Nürnberger Juden. Und bereitet auch in anderen Städten, soweit Ihr es vermögt, alles vor, um einen Teil der Juden in Sicherheit zu bringen. Es gibt niemanden sonst, dem wir diesen Auftrag anvertrauen könnten.«

Montfort verbeugte sich tief. »Ich werde Euch nicht enttäuschen.«

»Und verschärft in unserem Land, in Böhmen und Mähren, und so weit unser Schwert reicht, die Strafen für alle, die Juden etwas antun, ohne dass ein Gericht es angeordnet hat.« Er überlegte kurz. »Wer einen Juden tötet, der soll ebenfalls getötet werden. Wer einem Juden etwas stiehlt, der soll seine rechte Hand verlieren. Wer einem Juden Übles nachsagt und ihm damit schadet, der soll verbannt werden auf ein Jahr und einen Tag. Lasst es überall verbreiten, und setzt es durch. In

220

unserem Königreich geschieht unser Wille und der Wille Gottes!«

»Wie Ihr wünscht, mein Herr.«

Karl klopfte Montfort auf den Rücken. »Wir versprechen Euch, dass wir noch heute alle Dokumente siegeln werden, auf dass unsere Untertanen jederzeit wissen, dass ihr König nicht auf der faulen Haut liegt.«

Montfort zog sich zurück.

Karl eilte in seine Schreibstube, wo sein Bote wartete und sofort mit seinem Bericht begann.

»Herr, es gibt Neuigkeiten. Endlich. Nach all den Jahren vergeblichen Suchens habe ich ein Lebenszeichen gefunden. Einen Hinweis auf die ›Hüter der Christenheit‹.«

»Das habt Ihr uns schon in Eurer Nachricht angekündigt. Macht es nicht so spannend. Was habt Ihr uns zu sagen?«

»Ich habe ein Schreiben gefunden, das von Graf Vita Belcredi eigenhändig verfasst wurde und in dem er – ach, lest selbst.« Mit zitternden Fingern zog er ein Pergament hervor, das deutliche Brandspuren trug und nur zum Teil erhalten war.

Karl entrollte es und las.

Gott steh' uns bei! Nirgends können wir Schutz finden. Überall Verrat und Feinde. Nur noch drei sind übrig, die schützen können, was ...

Die Schrift wurde unleserlich, die Tinte war verwaschen, Karl suchte die nächsten lesbaren Worte.

... Gott wird uns beistehen. Er bewacht an unserer Stelle den Schatz, der sicher in den Mauern von ... Wir jedoch müssen fliehen ...

Immer wieder verschwamm die Schrift, ganz am Ende des Dokuments aber stand etwas, das Karl den Urheber des Dokuments verriet:

Herr, beschütze das Geheimnis, beschütze unsere Tochter Amalie, bis wir uns in Pasovary wiedersehen...

•

Karl atmete schwer. Also stimmten die Gerüchte: Amalie Belcredi war der Schlüssel zum wichtigsten Geheimnis der Christenheit. Wenn sie noch lebte. »Woher habt Ihr das Dokument?«

»Ein Vertrauter des Bischofs von Würzburg hat es in einer seiner Truhen gefunden, und er begriff sofort, dass es von höchster Wichtigkeit ist. Der Bischof persönlich hat es mir übergeben.«

Karl zog die Stirn in Falten. »Wer war dieser Vertraute, und warum weiß der Bischof nicht, was in seiner Truhe liegt?«

Der Bote senkte den Kopf. »Keine Ahnung, Herr. Ich bin sofort zu Euch geeilt. Es blieb keine Zeit, weitere Erkundigungen einzuziehen.«

»Ihr müsst es herausfinden. Kehrt nach Würzburg zurück.«

»Sehr wohl, Herr.« Der Bote verbeugte sich, wandte sich um und ging mit großen Schritten davon.

Karl nahm ein Bündel Binsen aus einem der Körbe, die überall im Palast aufgestellt waren, und ließ seinen Gedanken freien Lauf. Die Belcredis stammten aus altem böhmischen Adel. Die Familie war nie in den Vordergrund getreten und nie Teil des Hofes gewesen. Karl kannte sie nicht, denn sie waren aus Böhmen verschwunden, als Karl noch in Frankreich geweilt und am französischen Hof eine standesgemäße Erziehung genossen hatte. Man hatte gemunkelt, die Belcredis hätten mit Ketzern zu tun gehabt, aber diese Gerüchte waren entkräftet und die Verleumder zur Verantwortung gezogen worden. Im Gegenteil. Die Belcredis waren strenge, gottgefällige Christen, die für manchen Geschmack sogar zu viel Eifer an den Tag gelegt hatten. Gehörten sie zu den »Hütern der Christenheit«? Wenn das Dokument echt war, war es vielleicht das Vermächtnis der Belcredis, das Vermächtnis der letzten beiden »Hüter der Christenheit«, die ihre Aufgabe an ihre Tochter übertragen hatten.

Das Bündel brach. Genauso gut konnte das Schreiben eine Fälschung sein, eine der vielen Fallen, in die Karl tappen sollte. Glaubte er an die Echtheit, musste er sofort nach Pasovary aufbrechen, um dort eine Spur von Amalie Belcredi oder irgendeinen anderen Hinweis zu finden. Er konnte keinen Vertreter schicken, dazu war die Angelegenheit zu wichtig. Nicht umsonst hießen die Männer und Frauen »Hüter der Christenheit«. Was immer die Hüter versteckten, wenn es ans Licht gezerrt wurde, würde es die Pfeiler der Kirche einreißen.

Sein Vater, der für ihn immer ein Fremder geblieben war, hatte ihn einen Tag vor seinem Tod auf dem Schlachtfeld von Crécy eingeweiht und ihn gemahnt, immer auf der Hut zu sein, Augen und Ohren offen zu halten, um im rechten Moment das Richtige zu tun. Was das aber sei, das hatte er ihm nicht sagen können. Nur an diesem einen Tag war er seinem Vater für einen kurzen Moment nahe gewesen. Der blinde alte Mann hatte Karls Hand genommen und ihm ins Ohr geflüstert: »Mein Sohn! Wir waren wohl nie einer Meinung, aber in dieser einen großen Sache müssen wir einander vertrauen. Versprich mir, dass du die ›Hüter der Christenheit‹ mit allem beschützen wirst, was du hast, und wenn es dein eigenes Leben ist! Schwöre es!«

223

Karl spürte noch immer die Hitze dieses Augenblicks, die Größe des Schwurs. »Ich schwöre es bei Gott!«, hatte Karl ohne Zögern geantwortet.

Und der alte Mann hatte seine Wange getätschelt und gesagt: »Du bist zwar eine Taube inmitten von Falken und Adlern, aber du bist mir immer ein treuer Sohn gewesen. Gott schütze dich!«

Und jetzt, viele Jahre später, erkannte Karl, dass sein Vater geahnt hatte, dass er das Schlachtfeld nicht lebend verlassen würde. War das seine Art gewesen, seinen Thron freizumachen für seinen Sohn? War es nur der Tod gewesen, der Johann den Blinden dazu hatte bringen können, auf seine Macht zu verzichten? Er würde es nie erfahren, und er hatte nie herausgefunden, wer die »Hüter der Christenheit« im Einzelnen waren. Nur Gerüchte gab es und einige wenige Hinweise. Jedenfalls bis heute.

Karl öffnete das Fenster und ließ die kalte Novemberluft in seine Schreibstube. Er stützte sich auf die Fensterbank und beobachtete die Menschen, die im Burghof hin und her hetzten, um der Kälte zu entgehen, und sich eilig, aber ohne Angst verbeugten, wenn sie ihn sahen.

Er hob den Blick zum Himmel. »Lieber Gott!«, begann Karl. »Dein Diener bittet Dich um die Gnade eines Zeichens. Bitte erhöre mich.«

Langsam kroch ihm die Kälte durch sein Wams in die Glieder. Doch Gott schwieg. Wie so oft. Er wusste, was Gottes Schweigen bedeutete: Entscheide selbst!

***

Rebekka spürte Feuchtigkeit auf ihrer Stirn, dann einen leichten Schmerz. Jemand tupfte Flüssigkeit auf ihre Haut. Sie öffnete die Augen. Aus einem runden Gesicht lachten ihr zwei kleine Augen entgegen, die Lippen waren wulstig, die Haare versteckt unter einem weißen Kopftuch, das wie ein Segel geformt war und bis auf die Schultern herunterhing. Eine Novizin. Der Ordensritter hatte ihr erklärt, dass es innerhalb des Nonnenklosters zwei Stände gab, die an ihrer Tracht zu erkennen waren. Weiße Kopftücher: Novizinnen, schwarze Kopftücher: Schwestern, die ihr Gelübde bereits abgelegt hatten. Je älter die Trägerinnen des schwarzen Kopftuches waren, desto höher ihr Rang im Kloster. Die Oberin musste inzwischen an die achtzig Jahre alt sein. Dass sie noch lebte, grenzte an ein Wunder und wurde mit der Reliquie, die sie hütete, in Verbindung gebracht. Ein Grund, warum das Kloster sie nicht hergeben wollte.

»Ich heiße Hiltrud. Ich komme aus Trier.«

»Amalie.« Rebekka hielt inne. Sie hatten lange geübt, damit sie ihre Rolle glaubwürdig spielen konnte. Es waren Stunden gewesen, in denen sie fast vergessen hatte, was für ein Mensch von der Hardenburg war. Mit unendlicher Geduld hatte er ihr beigebracht, wie man einen anderen täuschen konnte, wenn man nur selbst davon überzeugt war, dass alles, was man tat, der Wahrheit entsprach. Jetzt musste sie diese Hiltrud glauben machen, dass sie sich nur bruchstückhaft an die Vergangenheit erinnerte.

Rebekka schluchzte. »Aber ich weiß nicht mehr, woher ich komme.« Sie schlug die Hände vors Gesicht. »Ich weiß gar nichts mehr.«

Hiltrud nahm sie in die Arme. »Ruhig, Amalie. Ganz ruhig. Das ist normal. Es vergeht mit der Zeit. Ihr habt einen Schlag auf den Kopf bekommen. Eure Erinnerungen werden bald wieder zurückkehren. Ihr seid hier sicher und könnt so lange bleiben, wie Ihr wollt. Die Männer, die Euch verfolgt

225

haben, sind verschwunden. Stellt Euch vor, sie sind vor uns Frauen geflüchtet. Was sagt Ihr dazu?«

Rebekka ergriff Hiltruds Hände. »Männer? Was für Männer? Was ist mit mir geschehen?«

· Hiltrud wartete einen Moment, dann sagte sie: »Ihr seid auf einem Pferd an unsere Pforte gekommen. Raubritter haben Euch verfolgt, aber sie haben kehrtgemacht, als unsere Schwestern alle zum Eingang gerannt sind.« Sie machte ihre Hände frei und tupfte weiter Rebekkas Stirn ab. »Das wird eine ganz schön dicke Beule. Ihr habt Glück gehabt. Wahrscheinlich habt Ihr gekämpft wie eine Bärenmutter, um Eure Ehre zu verteidigen. Recht so! Ha! Denen haben wir es gezeigt. Sie werden ihre Lektion gelernt haben. Die Schwester Oberin hat sofort unseren Abt verständigt, und der wiederum wollte den Hauptmann der Stadtwache alarmieren. Inzwischen ist sicher schon ein Suchtrupp unterwegs.«

»Wie lange bin ich ...«

»Ihr habt eine ganze Nacht und einen ganzen Tag geschlafen. Wir haben soeben die Komplet gebetet.«

Rebekka musste einen Moment nachdenken. Die Komplet war das Nachtgebet, der Abschied vom Tag. So lange war sie ohnmächtig gewesen? Aber warum war sie nicht gleich nach dem Schlag mit dem Stein umgefallen? Auf jeden Fall hatte es gut gepasst, sie hatte es nicht spielen müssen.

»Es ist schon wieder Nacht? Heilige Maria! So viele Stunden war ich ohne Bewusstsein?«

Hiltrud schaute sie ernst an. »Wir haben befürchtet, dass Ihr es nicht überlebt. Die Schwester Oberin hat fünf Ave Maria für Euch gesprochen, und der Herr hat uns erhört.«

Rebekka bekreuzigte sich, Hiltrud folgte mit kurzer Verzögerung. »Du bist auf jeden Fall eine Christin«, sagte Hiltrud, und ein Schatten huschte über ihr Gesicht.

Rebekka schluckte. Hatten die Nonnen etwa etwas anderes vermutet? Hatten sie sie für eine flüchtige Jüdin gehalten? Möglich wäre es. Sie versuchte, Hiltrud in ein unverfängliches Gespräch zu verwickeln. »Wie lange seid Ihr schon hier im Kloster, Hiltrud?«

»Noch nicht lange.« Die junge Frau senkte den Blick. »Erst seit dem Sommer.« Ein weiterer Schatten huschte über ihr Gesicht, noch dunkler als der erste, aber sofort setzte sie wieder ein Lächeln auf. »Die Schwestern sind sehr gut zu mir. Ich lerne schreiben, stellt Euch das vor! Damit ich helfen kann, das Wort Gottes und das Wissen über die Heilkraft seiner Schöpfung zu verbreiten. Die Schwester Oberin ist nämlich eine große Heilerin. Sie kennt jedes Kraut und weiß, wie es in der Krankenpflege einzusetzen ist.«

»Wie schön!«

»Könnt Ihr schreiben?«, fragte Hiltrud, und Rebekka entging nicht der lauernde Unterton.

»Ich weiß es nicht«, antwortete Rebekka, seufzte und ließ den Kopf hängen.

»Verzeiht mir. Ich sollte Euch nicht mit Fragen quälen.« Sie reichte Rebekka eine Schale, aus der es dampfte. »Trinkt das. Es wird Euch guttun.«

Rebekka setzte an, das Getränk roch nach gewürztem Wein, wohltuend warm rann es ihr die Kehle hinunter. Mit einem Zug leerte sie die Schale. Wärme und Sorglosigkeit durchfluteten in einer wohltuenden Woge ihren ganzen Körper. Sie spürte noch, wie Hiltrud ihr über den Kopf strich, dann sank sie in einen traumlosen Schlaf.

* * *

Bohumir Hradic beschattete sein Gesicht mit der Hand, doch auch so konnte er auf diese Entfernung nicht genug erkennen. Die Stadt Znaim verschwamm am Horizont, was innerhalb ihrer Mauern vor sich ging, war unmöglich auszumachen.

Ein Knacken ließ Bohumir herumfahren. Blitzschnell zog er sein Schwert.

Vor ihm stand Vojtech, der ebenfalls seine Klinge in der Hand hielt. »Hier treibt Ihr Euch also herum, Bohumir Hradic«, sagte er mit zusammengekniffenen Augen. »Hat unser Ordensritter nicht befohlen, dass wir alle im Lager bleiben sollen?«

»Schert Euch um Eure eigenen Angelegenheiten, Vojtech von Pilsen.« Bohumir spuckte auf den Boden.

»Das könnte Euch so passen.« Vojtech trat näher.

Bohumir festigte den Griff um sein Schwert.

»Wir sitzen alle in einem Boot, Hradic«, stieß Vojtech zwischen den Zähnen hervor. »Alleingänge gibt es nicht.«

»Was treibt Ihr dann hier?«

»Ich sah Euch davonschleichen, Hradic. Und da ich Euch von Anfang an nicht über den Weg getraut habe, dachte ich mir, ich schaue mal, was der Herr im Schilde führt.«

Bohumir lachte freudlos. »Ihr spioniert mir nach? Ihr habt wohl vergessen, wo Euer Platz ist! Ich gehöre der Leibgarde des Königs an. Ihr seid lediglich ein Hauptmann seiner Wache!« Bohumir zwang sich, ruhig stehen zu bleiben. Am liebsten wäre er dem Kerl an die Gurgel gesprungen. »Glaubt Ihr, ich hätte nicht gesehen, was für Blicke Ihr Amalie zuwerft? Ich weiß genau, was Ihr wollt. Aber daraus wird nichts. Also geht mir aus den Augen!«

Vojtech starrte ihn hasserfüllt an. Die Oberlippe mit der Narbe darüber zuckte. »Was zwischen mir und der Metze ist, geht Euch nichts an, Hradic.«

Bohumir glaubte, sich verhört zu haben. »Zwischen Euch und der Metze?« Er sprang auf Vojtech zu. »Wollt Ihr etwa andeuten, Amalie wäre...?« Vor Fassungslosigkeit fehlten ihm die Worte.

»Seid Ihr verrückt geworden?«, donnerte eine Stimme von der Seite.

Bohumir fuhr herum.

Zwischen den Baumstämmen stand Engelbert von der Hardenburg und funkelte sie wutentbrannt an. »Sofort zurück ins Lager! Alle beide!«

Bohumir öffnete den Mund, doch der Ordensritter schnitt ihm mit einer Armbewegung das Wort ab. »Ich will nichts davon hören. Ich habe eine Aufgabe für Euch. Falls Ihr Manns genug seid, Euch ihr zu stellen.«

Widerwillig folgte Bohumir dem Ordensritter zurück ins Lager. Auch Vojtech ging mit. Schweigend musterte Bohumir den Hauptmann von der Seite. Für heute würde er dessen Äußerung auf sich beruhen lassen müssen, aber die Sache war noch nicht ausgestanden.

* * *

»Amalie, wacht auf!«

Rebekka stöhnte und hielt sich die Hände vor das Gesicht. Ihr Schädel hämmerte, eine bleierne Schwere drückte sie nach unten.

Die Stimme ließ nicht locker. »Amalie, wacht endlich auf!«

Rebekka erschrak. Hatte sie im Schlaf gesprochen, den Plan verraten? Der Trank! Ein Wahrheitsserum? Wurde sie jetzt angeklagt und zum Tode verurteilt?

Rebekka zwang sich, die Augen zu öffnen. Hiltrud stand vor ihrem Bett, hinter ihr warteten zwei weitere Schwestern, die schwarze Kopftücher trugen. Ihre Mienen waren besorgt. Als Rebekka langsam zu sich kam, seufzten sie erleichtert.

»Endlich«, sagte Hiltrud. »Ihr habt im Schlaf geschrien und um Euch geschlagen. Wir dachten schon, Ihr würdet Euch selbst verletzen. Aber es ist noch einmal gut gegangen.«

»Habe ich irgendetwas ...?«

»... von Euch erzählt? Leider nein.«

Rebekka musste vor Erleichterung weinen, Hiltrud nahm sie wie am Vortag in ihre Arme wie ein kleines Kind und versuchte sie zu trösten.

Mitten hinein in ihr Schluchzen stellte Rebekka die entscheidende Frage: »Kann mir denn niemand helfen?« Sie krallte sich in Hiltruds Umhang. »Herr, vergib mir meine Sünden! Wie soll ich dir dienen, wenn ich mich an nichts mehr erinnere? Wenn ich nicht weiß, wer ich bin?«

Sie richtete sich auf, Hiltrud gab sie frei, und es kam Rebekka vor, als tauche sie aus einem tiefen Wasser auf. Die beiden Schwestern wechselten wissende Blicke. Adonai, dachte Rebekka. Gib, dass der Ordensritter Recht hat.

Hiltrud stand auf, verbeugte sich vor den Schwestern. »Können wir sie nicht mit ...?«

»Schweig!«, zischte die Ältere. »Das muss die Mutter Oberin entscheiden.«

Sie schauten Rebekka noch einmal mitleidig an, dann verließen sie die Klosterzelle.

Hiltrud wandte sich Rebekka zu. »Es gibt eine Möglichkeit, Euch zu heilen.« Sie beugte sich zu Rebekka hinunter. »Das Kloster hat eine überaus heilige und mächtige Reliquie von einer Heilkraft, die viel größer ist als die aller Kräuter des Klostergartens zusammen.«

Rebekka schluckte. »Eine Reliquie?«

230

»Adonai«, sagte Hiltrud, schlug die Hand vor den Mund und begann zu husten, als hätte sie sich verschluckt.

Rebekkas Herz machte einen Satz. Hiltrud war Jüdin. Sie teilten das gleiche Schicksal. War die junge Frau vor Verfolgung geflohen und in diesem Kloster untergetaucht?

Hiltrud sah Rebekka ängstlich an, aber Rebekka ließ sich nichts anmerken. Sosehr sie sich wünschte, sich ihrer Leidensgenossin anzuvertrauen, das Wagnis war zu groß.

Erleichtert sprach Hiltrud weiter. »Wir hüten hier im Kloster den Schädel des heiligen Wenzel, des Schutzheiligen Böhmens. Viele Wunder hat er schon gewirkt. Aber nicht allen lässt er die Gnade seiner Heilkräfte zukommen, sondern nur denen, die ihrer würdig sind. Ihr seid es bestimmt.«

»Das wäre wunderbar«, flüsterte Rebekka. Jetzt kam es nur noch darauf an, dass die Mutter Oberin zustimmte. Bisher lief alles nach Plan. Sie hatten damit gerechnet, dass die Mutter Oberin versuchen würde, die fremde Frau mit der Wunderkraft des Schädels zu heilen. Und dass Rebekka bei dieser Gelegenheit die Kombination sehen konnte, mit der das Versteck gesichert war. Später würde sie dann heimlich zu dem Ort zurückkehren und den Schädel entwenden.

Plötzlich fingen alle Glocken des Klosters an zu läuten. Hiltrud sprang auf, ihr Gesicht voller Furcht.

Rebekka blickte sie erschrocken an. Was hatte das zu bedeuten?

Eine Schwester stürzte in die Zelle. »Der Herr sei uns gnädig! Die Schwester Oberin! Sie ist tot. Vom Schlag gefällt.« Sie rannte los, Hiltrud folgte ihr, ohne ein Wort zu verlieren.

Rebekka ließ sich auf ihr Lager fallen. Adonai! Es würde Tage dauern, vielleicht Wochen, bis die neue Oberin in ihrem Amt war. Sie wurde aus dem Kreis der ältesten Schwestern gewählt, und es gab immer Rivalitäten und Machtkämpfe.

Von der Hardenburg hatte ihr das Prozedere erklärt: Zuerst wurde die alte Schwester Oberin aufgebahrt, ohne Unterlass wurden Messen gelesen, fast das ganze Klosterleben kam zum Erliegen. Nach drei Tagen, wenn der Tod der Oberin nicht mehr zu leugnen war, würde sie begraben werden. Dann erst versammelten sich die ältesten Schwestern, um fünf aus ihrem Kreis zu wählen, von denen eine die Nachfolge der Oberin antreten würde. Das dauerte normalerweise zwei bis drei Tage. Und die Wahl konnte bis zu zwei Wochen dauern. Wenn sich die Schwestern nicht einigen konnten, entschied das Los. Rebekka kämpfte mit dem Tränen. Ihre Hoffnung, innerhalb weniger Tage an die Reliquie zu kommen, würde sich nicht erfüllen.

Rebekka wandte ihr Gesicht der fensterlosen Wand zu. Lautlos begann sie auf Hebräisch beten: »Herr, öffne meine Lippen, dass mein Mund deinen Ruhm verkünde ...« Alle achtzehn Bitten richtete sie an Gott, so wie es Brauch war und heilige Notwendigkeit beim Schmone Esre, und mit jeder wurde sie zuversichtlicher. Gott würde sie nicht im Stich lassen in der Not. Sie beendete das Gebet und hoffte inständig, dass auch die Männer, die vor den Toren der Stadt auf sie warteten, sie nicht im Stich lassen würden.

* * *

Kylion Langenmann stand auf den Zinnen der Stadtmauer von Znaim und sah der Sonne zu, die hinter den dicht bewaldeten Hügeln versank. Er konnte sein Glück nicht fassen. Die Metze war im Kloster Louka bei den Nonnen untergekrochen. Die Eskorte lagerte irgendwo im Wald, genau wusste er es nicht, sein Mann hatte ihm seit Tagen keine Nachrichten mehr zukommen lassen.

Fulbachs Gold hatte ausgereicht, um genug Männer zu kaufen. Das Kloster war ein appetitliches Häppchen, das er eigentlich längst schon verspeist hätte – wenn die Stadt nicht in Alarmbereitschaft wäre. Horden bewaffneter Bürger, die Büttel der Stadt und die Stadtwachen lungerten überall herum. Sie suchten Raubritter, die eine Frau verfolgt und fast umgebracht hatten. Das Opfer hatte sich im letzten Moment ins Kloster retten können. Kylion spuckte auf den Boden. Dieser verfluchte Ordensritter war ein Fuchs. Er hatte nicht nur die Metze ins Kloster geschleust, sondern zugleich dafür gesorgt, dass niemand sie so einfach da herausholen konnte.

Seit zwei Wochen wartete Kylion darauf, dass die Aufregung sich legte. Jetzt endlich tat sich etwas, die zusätzlichen Wachen wurden abgezogen. In die Stadt kehrte langsam wieder Normalität ein. Jedenfalls hatte die Metze das Kloster bisher nicht wieder verlassen. Der plötzliche Tod der Mutter Oberin hatte ihr wohl einen Strich durch die Rechnung gemacht. Umso besser. Inzwischen war Kylion mit allen Besonderheiten der Umgebung vertraut. Das Miststück würde ihm nicht noch einmal durch die Lappen gehen.

Engelbert von der Hardenburg würde ihm jedenfalls nicht in die Quere kommen. Denn der hatte einen langen Weg aus den Wäldern in die Stadt. Wenn etwas geschah, würde es mindestens drei Dutzend Vaterunser dauern, bis er davon erfuhr, und ebenso lang, bis er am Ort des Geschehens eintraf.

Kylion grinste und blickte in die gurgelnde Thaya unter ihm. Er hatte sich in der Stadt einquartiert, hatte sich als harmloser Kaufmann ausgegeben und war inzwischen von den Einheimischen akzeptiert. Seine Männer waren über die ganze Stadt verteilt, ein paar hatten sich sogar der Bürgerwehr angeschlossen. So waren sie immer auf dem neuesten Stand.

»Herr!«, zischte eine Stimme.

Kylion fuhr herum. Vor ihm stand einer der gedungenen Männer.

»Was gibt's?«

»Es heißt, dass die Nonnen heute zur Wahl schreiten. Es wird bald eine neue Mutter Oberin geben.«

»Gut.« Er warf dem Mann eine Münze zu. »Die Männer müssen jederzeit bereit sein, verstanden? Ab sofort keine Huren, kein Saufen, keine Balgereien und kein Spiel mehr!«

Der Mann nickte und verschwand.

Kylion setzte sich in Bewegung. Gemächlich schlenderte er auf der Stadtmauer um die Ansiedlung herum. Die Wachen grüßten ihn freundlich, denn er bedachte sie immer mit einem netten Wort, einer Münze oder mit einem Schluck aus dem Weinschlauch. Das Kloster geriet in sein Blickfeld. Er würde alles beobachten und im richtigen Moment zuschlagen. Am besten wäre der Angriff von Süden her über die Furt, die direkt am Kloster durch die Thaya führte. Damit würde niemand rechnen, denn nur in höchster Not durchquerte man im Winter eiskaltes Wasser. Bis jemand den Überfall bemerkte, wären sie längst in den Wäldern verschwunden. Fünf Männer würde er als Ablenkung mit viel Getöse nach Norden schicken, eine zweite Gruppe nach Süden. Beide Gruppen würden eine Frau mitführen. Er selbst würde sich nach Westen wenden, vorher der Metze die Haare schneiden und sie in Männergewänder stecken. Selbst wenn er noch zwei oder drei Wochen warten musste, diese Beute konnte ihm niemand mehr abnehmen.

***

»Hierher«, flüsterte Hiltrud und zeigte auf eine Nische.

Rebekka folgte ihr, obwohl dort nichts anderes sein konnte als eine Wand. Schließlich kannte sie den Grundriss des Klosters besser als die junge Novizin.

Fast jeden Tag führte Hiltrud sie im Kloster herum, sobald sie ein wenig Zeit übrig hatte, zeigte ihr jeden Winkel, die Bibliothek, den Kapitelsaal und den berühmten Kräutergarten, der jedoch unter einer dünnen Schneeschicht verborgen lag.

Hiltrud und sie waren Freundinnen geworden in der aufregenden Zeit ohne Mutter Oberin, in der sich kaum jemand um die beiden gekümmert hatte. Die meisten Schwestern schienen Rebekka vergessen zu haben. Ihr Glück, sonst hätte sie bestimmt längst unzählige unangenehme Fragen beantworten müssen. Oder sie wäre fortgeschickt worden. Hiltrud hatte keinerlei Vorbehalte gegenüber Rebekka. Im Gegenteil, die junge Frau hatte ihr vieles anvertraut. Nur dass sie Jüdin war, hatte sie bisher verschwiegen, und Rebekka fiel es zunehmend schwerer, sich nicht zu erkennen zu geben.

Seit drei Wochen war das Kloster nun schon ohne Oberin. Inzwischen hatte die vorweihnachtliche Fastenzeit begonnen, was bedeutete, dass Rebekka jeden Abend mit knurrendem Magen einschlief. Das Fehlen der Oberin machte sich an vielen Stellen bemerkbar, wie Hiltrud ihr erklärte. Wichtige Entscheidungen waren zu fällen, auch die Planung der Finanzen für das kommende Jahr musste dringend abgeschlossen werden. Die Schwestern wurden allmählich nervös. Immer öfter gab es Streit, auch in religiösen Fragen, und niemand war da, der schlichten oder ein Machtwort sprechen konnte. Immerhin waren die fünf Schwestern gewählt worden, aus deren Kreis die Oberin bestimmt werden würde, sei es durch Wahl, sei es durch das Los. Doch auch das war inzwischen

235

fast eine Woche her, und erst heute sollte endlich die Entscheidung fallen.

Hiltrud hatte Rebekka versprochen, ihr ein Schauspiel der besonderen Art zu bieten, und sie in die verwaiste Klosterküche geführt. Die Mägde hatten wohl alle woanders zu tun, eine abgedeckte Schüssel Teig verriet jedoch, dass sie bald wiederkehren würden.

Neugierig ließ Rebekka den Blick schweifen. In der Nische befand sich nichts außer einem massiven Holzbrett, an dem lange, würzig duftende Zöpfe aus Zwiebeln und Knoblauch mit eisernen Haken befestigt waren. »Und nun? Was gibt es hier?«

»Du wirst schon sehen!«, wisperte Hiltrud. Ein letztes Mal sah sie sich ängstlich um, dann packte sie das Brett mit beiden Händen und schob es zur Seite. Dahinter wurde eine dunkle Öffnung sichtbar, die etwa den Umfang eines großen Suppenkessels hatte. Hiltrud krabbelte in das Loch und war im nächsten Augenblick verschwunden.

Rebekka starrte ihr ungläubig hinterher. Dort musste ein Durchgang existieren, ein Durchgang, der nicht auf von der Hardenburgs Plan verzeichnet war! Rasch bückte sie sich und steckte den Kopf durch die Öffnung. Nur schemenhaft erkannte sie Hiltrud, die abwartend auf dem Boden kauerte.

»Niemand außer mir kennt diesen Durchgang«, flüsterte sie. »Siehst du die Steine hier am Boden? Sie müssen irgendwann von selbst herausgefallen sein. Eines Tages kam ich hier vorbei und sah den Staub. Beim Putzen ist mir aufgefallen, dass hinter dem Brett ein Loch war. Ich konnte nicht anders und habe noch ein paar Steinchen herausgebrochen, bis der Durchlass so groß war, dass ich mich hindurchzwängen konnte.«

»Was ist auf der anderen Seite?«

»Komm herein! Ich zeige es dir.«

Rebekka zögerte. Sie horchte, doch in der Küche war es noch immer still. Auf allen vieren folgte sie Hiltrud durch die Öffnung und gelangte in einen Gang, in dem sie aufrecht stehen konnte. Hiltrud zog rasch das Brett wieder vor das Loch. Trotzdem konnte Rebekka ihre Freundin noch sehen. Von irgendwoher sickerte schwaches Licht in den Gang, sodass sie nicht völlig im Dunkeln standen. Hiltrud ging los, Rebekka folgte ihr mit klopfendem Herzen. Sie musste an den Tunnel in Rothenburg denken, durch den sie geflohen war. Wie anders hatte sich seither ihr Leben entwickelt, wie sehr hatte sie selbst sich verändert!

Nachdem sie eine Weile wortlos durch den Gang geschlichen waren, blieb Hiltrud stehen und hielt sich den Zeigefinger vor den Mund. Aber Rebekka hätte auch so keinen Mucks von sich gegeben. Sie hörte Stimmen. Hiltrud zeigte auf einen schmalen Schlitz in der Wand. Rebekka presste ihr Gesicht an den kalten Stein und schaute hindurch. Ihr Blick fiel auf den Kapitelsaal, dessen Decke von einem prächtig bemalten Tonnengewölbe getragen wurde. Die ältesten Nonnen, dreiunddreißig an der Zahl, saßen im Kreis zusammen, um aus den fünf Erwählten die Mutter Oberin zu bestimmen.

Eine der Frauen hielt ein Stück Pergament in der Hand und verkündete eben, worauf Rebekka schon so lange gewartet hatte.

»Gott hat in seiner unendlichen Weisheit Schwester Margarete zur Oberin seines Klosters Louka bestimmt. Amen!«

»Amen«, raunten die anderen Schwestern.

Eine der Ordensfrauen, vermutlich Schwester Margarete, stand auf und sagte etwas, das Rebekka nicht verstehen konnte. Danach wurde ihr ein Schlüssel überreicht, mit dem sie eine schwere metallbewehrte Truhe öffnete, aus der sie eine kleine Pergamentrolle hervorzog.

Margarete hielt die Rolle in die Höhe. »Unsere geliebte Mutter Oberin, die unser Herr zu sich berufen hat, hat bis zu ihrem Tod diese Schrift an ihrem Herzen getragen. Nun werde ich es ihr gleichtun. Doch zuvor werde ich sie lesen, denn auf diesem Pergament ist die Kombination eingezeichnet, mit der wir den Schrein des heiligen Wenzel entriegeln können.«

»Die Kombination!«, murmelte Rebekka, ohne daran zu denken, dass Hiltrud neben ihr stand.

»Die Kombination für den Schrein, in dem die Reliquie aufbewahrt wird«, erklärte die Novizin ihr. »Die Regel lautet, dass die Mutter Oberin die Kombination in ihrem Kopf und an ihrem Herzen tragen muss.«

Rebekka nickte gedankenverloren, ohne ihre Augen von der Nonne abzuwenden, die mit gerunzelter Stirn das Pergament studierte. Wenn sie doch nur einen einzigen Blick darauf werfen könnte!

Schwester Margarete drehte sich langsam im Kreis, während sie sich die Kombination einprägte. Die übrigen Schwestern hatten die Köpfe gesenkt und die Hände gefaltet. Rebekka hörte leises Murmeln, vermutlich sprachen die Frauen ein Gebet. Die neue Mutter Oberin setzte ihre Drehbewegung fort. Rebekka hielt vor Aufregung die Luft an.

Weiter! Nur noch ein kleines Stück!

Endlich wandte Margarete dem Schlitz in der Wand, hinter dem Rebekka und Hiltrud sich versteckten, den Rücken zu. Da! Die Kombination. Selbst auf diese Entfernung war sie gut zu erkennen. Wie ein Schwamm sog Rebekka das Bild in sich auf. Ihr blieben nur wenige Augenblicke. Schon drehte die Nonne sich weiter, bis sie ihr Gesicht wieder ihren heimlichen Beobachterinnen zugewandt hatte.

Rebekka schloss die Augen und versuchte, sich die Zeichnung ins Gedächtnis zu rufen. Ja! Wie in einem Buch sah sie jede Einzelheit vor sich. Die Position war unglaublich verworren, die Steine mussten mehrfach gegeneinander und übereinander verschoben werden, damit sie die richtige Kombination ergaben.

Margarete zog ein Amulett hervor, das sie um den Hals trug, rollte das Pergament ein, bis die Rolle weniger als einen Finger maß, und verstaute sie dann in dem Anhänger.

Hiltrud griff sie am Arm. »Wir müssen los. Gleich werden uns Glocken zur Messe rufen, um die neue Mutter Oberin zu feiern. Alle werden sich in der Kirche versammeln. Ich darf dabei nicht fehlen.« Sie sah Rebekka an. »Leider kannst du diesen Augenblick nicht mit uns teilen. Ich bringe dich vorher in deine Zelle zurück.«

Wenig später eilten sie durch einen langen Korridor auf den Zellentrakt zu. Die Glocken läuteten bereits, und Hiltrud schwitzte vor Aufregung.

An der Tür verabschiedeten sie sich. Rebekka musste die Tränen zurückhalten, denn nur sie wusste, dass es ein Abschied für immer war. Diese Gelegenheit durfte sie nicht verstreichen lassen. Die Kombination war noch frisch in ihrem Gedächtnis, und alle Schwestern würden in der Kirche sein.

»Danke, Hiltrud«, sagte Rebekka und umarmte sie fest.

»Gern geschehen.« Hiltrud stürmte los.

»Jetzt werde ich auch dich verraten«, wisperte Rebekka, während sie ihr nachsah. Schweren Herzens würde sie darauf verzichten, Hiltrud einen Brief zu hinterlassen. Sie würde verschwinden, wie sie aufgetaucht war: ohne eine Spur.

Wieder überfiel sie diese unendliche Traurigkeit, groß wie ein Meer, in dem sie zu versinken drohte. Alles um sie herum wurde noch dunkler, als es schon war, nichts schien mehr Sinn zu haben. Würde sie nicht besser einfach hierbleiben,

239

ein neues Leben beginnen im Schutz der Klostermauern, so wie es Hiltrud getan hatte? Nein. Ihr Leben wartete woanders auf sie. Sie wusste noch nicht genau, wo das war, aber hier in Znaim war es nicht, das fühlte sie.

Rebekka trat in die Zelle und streifte den Mantel über, den die Schwestern ihr für die Dauer ihres Aufenthalts geborgt hatten. Sie würde ihn nicht zurückgeben können, denn sie würde ihn brauchen, wenn sie sich allein durch den Wald zum Versteck ihrer Verbündeten durchschlug. Wie mochte es Bohumir, Engelbert, Vojtech und den anderen in der Zwischenzeit ergangen sein? Warteten die Männer überhaupt noch auf sie, oder hatte sie es aufgegeben? Oder war ihr Versteck aufgespürt, waren sie von Räubern im Schlaf gemeuchelt worden? Je länger sie im Kloster geblieben war, desto schrecklicher waren die Szenarien gewesen, die sie sich in der Stille ihrer Klosterzelle ausgemalt hatte.

Rasch trat sie zurück auf den Korridor. Bald würde sie es wissen, denn noch heute würde sie wieder bei ihnen sein. Auf dem Gang war alles ruhig. Der Weg zum Kapitelsaal nahm kaum mehr Zeit in Anspruch, als das Schehechejanu dauerte.

Die Tür stand noch offen. Warum sollten die Schwestern auch absperren? Den Tresor mit der Reliquie konnte niemand öffnen, ohne sein Leben aufs Spiel zu setzen. Vorsichtig einen Fuß vor den anderen setzend trat Rebekka ein. Kerzen spendeten ein gelbliches Licht, die Gitterstäbe und die neun Steine an der gegenüberliegenden Wand schimmerten matt.

Rebekkas Puls beschleunigte sich. Und wenn sie sich nicht richtig erinnerte? Wie würde der Tod dann über sie kommen? Schnell und schmerzlos? Oder würde das Gift sie langsam und qualvoll umbringen?

Sie trat einen Schritt vor und schloss die Augen. Sofort sah sie den Plan vor sich, den Margarete hochgehalten hatte.

Rebekka schlug die Augen wieder auf. Zuerst der mittlere. Sie schob ihn nach unten, um Platz zu machen für den ersten von links, oder war es der zweite?

Sie hielt inne. Irgendetwas lenkte sie ab. Geräusche. Aus der Kirche. Die Nonnen sangen. Weiter. Sie durfte keine Zeit verlieren. Der erste von links. Dann der siebte. Platz schaffen für den sechsten. Rebekkas Herz klopfte wild. Unter ihrem Kopftuch bildete sich Schweiß. Der dritte, der achte, der neunte, jetzt der fünfte. Immer schneller schob sie die Steine hin und her. Es gab nur eine Möglichkeit, nur einen Versuch. Alle Steine glitten ohne Widerstand in ihre Positionen.

Jetzt musste nur noch der sechste an die richtige Stelle. Rebekka fühlte, wie der Stein einrastete, dann hörte sie ein leises Klicken, und die Tür öffnete sich einen Spalt. Glück überflutete sie, Glück und Stolz. Sie hatte es geschafft.

Ohne Mühe ließ sich die Tresortür öffnen, Licht fiel in den Hohlraum. Rebekka erstarrte, als sie sah, was darin war: nichts. Der Schrein des heiligen Wenzel war leer.

* * *

»Besiegelt und beurkundet zu Nürnberg, am Nikolausabend im Jahre des Herrn 1349«. Johann streute Salz über das Pergament, ließ es einen Moment wirken, dann pustete er es herunter, rollte den Vertrag zusammen und reichte ihn dem Ratsherrn, der ihm gegenübersaß. Es war Ulrich Stromer. Er galt als einer der einflussreichsten Männer in Nürnberg, der sogar bei König Karl in Prag vorsprechen durfte, wann immer er es wünschte. Für Johann und seinen Vater bedeutete der Vertrag ein hervorragendes Geschäft: Sie würden als Einzelhändler im Auftrag von Stromer auf dem Rothenburger Markt Metallwaren aus Nürnberg verkaufen. Stromer hatte kein Marktrecht in Rothenburg. Er würde die Waren auf ein Gut vor den Toren der Stadt liefern, wo die Familie von Wallhausen sie übernahm. Das Transportrisiko trug Stromer, Steuern und Kosten des Verkaufs die von Wallhausens. Für beide ergaben sich große Vorteile aus dem Geschäft: Stromer umging das Marktverbot in Rothenburg, und Johanns Familie konnte Waren in ihr Angebot aufnehmen, die sonst niemand in Rothenburg zu diesem Preis feilbieten konnte.

Stromer hatte eine lange Hakennase, kleine, listige Augen, die ständig in Bewegung waren, und graue lange Haare. Er musste an die vierzig Jahre alt sein, vielleicht auch schon älter.

Wenige Talglampen spendeten trübes Licht, Stromer schien ein sparsamer Mensch zu sein. Auch das Mahl, das er gereicht hatte, und vor allem das Bier, das er dazu offerierte, zählten bei weitem nicht zu dem Besten, was Johann gekostet hatte. Dabei musste Stromer im Geld schwimmen. Doch Johann scherte sich nicht darum. Hauptsache, der Vertrag war unter Dach und Fach. Schließlich war er nicht zu seinem Vergnügen nach Nürnberg gekommen, und es war ihm auch nicht nach Zerstreuung zumute. Deswegen hatte er auch die Einladung ins Frauenhaus dankend abgelehnt.

Er wollte wieder ins Judenviertel, wollte die Menschen dort nochmals warnen: In der ganzen Stadt rotteten sich die Bürger zusammen. Seit einem Monat war er hier. Er hatte weitere Erkundigungen eingezogen und war nun sicher, dass Rebekka von Nürnberg aus nach Prag weitergereist war. Und er hatte Gerüchte gehört, dass der König auch die Nürnberger Juden verkauft hatte. Etwas braute sich zusammen. Etwas, das noch hässlicher und barbarischer zu werden drohte als das, was zu Sankt Burkard in Rothenburg geschehen war.

Stromer nahm das Dokument entgegen und ließ es in seinem Ärmel verschwinden. Er erhob seinen Becher, der aus reinem Silber gearbeitet war – ein Symbol seines großen Reichtums, das in einem eklatanten Widerspruch stand zu dem kargen Mahl. »Johann von Wallhausen, mögen unsere Geschäfte gedeihen und sich unsere Truhen füllen.«

Gegen diesen Trinkspruch hatte Johann nichts einzuwenden. Er erhob ebenfalls seinen Becher und stieß mit Stromer an. Seine eigene Ausfertigung des Vertrages hatte er bereits unter seinem Gewand verstaut. Eine weitere Ausführung war auf dem Weg ins Rathaus.

Kurz darauf verabschiedete sich Johann.

Stromer begleitete ihn vor die Tür seines Hauses. »Grüßt Euren Vater von mir und natürlich Eure liebreizende Gattin.« Bevor Johann antworten konnte, legte Stromer eine Hand auf seine Schulter. »Und erlaubt mir einen guten Rat: Bleibt dem Judenviertel fern. Ich habe gehört, dass Ihr in den letzten Wochen des Öfteren dort gewesen seid. Mich schert das nicht, ich habe nichts gegen die Juden. Aber heute Nacht dort zu sein könnte Euch schlecht bekommen. Gott beschütze Euch, Johann von Wallhausen. Euch und Eure Familie.«

Johann fehlten die Worte. Stromer musste genau Bescheid wissen, was in der Stadt vor sich ging. Hatte er gerade einen Vertrag mit einem Judenmörder geschlossen? »Gott beschütze Euch, Ulrich Stromer, und Eure Familie«, erwiderte er tonlos, trat auf die Straße und wandte sich ab.

Hinter ihm schloss sich die Tür.

Benommen blieb Johann vor dem Haus stehen. Er hatte richtiggelegen mit seinem Verdacht, dass ein Unglück heranzog. Und wie in Rothenburg würde niemand eingreifen, um es zu verhindern.

Johann lenkte seine Schritte in Richtung des Pegnitzufers, in dessen Nähe die Synagoge stand. Angeblich sollte hier ein Marktplatz entstehen mit einer großen Kirche zu Ehren der

243

Heiligen Jungfrau im Zentrum. Würde sich die Gottesmutter auch dann noch geehrt fühlen, wenn ihre Kirche mit Blut und Tod bezahlt wurde? Johann schüttelte den Gedanken ab. Von diesen Dingen verstand er nichts. Von irgendwoher hörte er eine Art Dröhnen, das langsam anschwoll, je näher er kam.

Als er um die nächste Straßenecke bog, sah er sich einer grölenden Menschenmenge gegenüber, die sich um eine Gruppe Männer scharte. Johann konnte nicht erkennen, was diese Männer taten, er sah nur ihre kahl geschorenen Köpfe.

Er tippte einer Frau auf die Schulter. »Was geht hier vor?«, schrie er, den Lärm übertönend.

Die Frau wandte Johann ihr Gesicht zu, es war gerötet und glänzte von Schweiß. Sie stank, als wäre sie in einen Schweinekoben gefallen. »Die Geißler!« Ihre Stimme war schrill. »Sie sind hier! Das Jüngste Gericht steht bevor! Der Herr wird uns alle richten!«

Johann schob sich nach vorn, und nun sah er die Männer, um die sich die Schaulustigen scharten, in voller Größe. Es waren ungefähr ein Dutzend, alle schmutzig und ausgemergelt. In ihren Augen glühte etwas, das Johann schon einmal beim Sohn eines Bauern gesehen hatte, in den der Leibhaftige hineingefahren war.

Einer der glatzköpfigen Männer stand plötzlich genau vor Johann. Er hielt eine blutige Lederpeitsche in der Hand und drohte mit seinen dürren Fingern: »Beichte deine Sünden, Unwürdiger!« Dann schlug er sich die Riemen auf den Rücken, und Johann erkannte, dass das Blut an der Peitsche sein eigenes sein musste.

Hinter dem Glatzkopf warfen sich die übrigen Geißler in den Schmutz der Straße. Sie streckten sich der Länge nach aus, und ein anderer hieb mit seiner Peitsche auf sie ein. Sie stöhnten und wanden sich auf dem Boden. Johann erschien es, als empfänden sie keinen Schmerz, sondern Lust.

Der Glatzkopf sank auf die Knie, verdrehte die Augen und gab ein Geräusch von sich, das wie der Brunstschrei eines Hirsches klang. Johann lief es eiskalt über den Rücken. Er musste hier weg. Mit Stübern und Stößen drängte er sich durch die Menschen, bis er die schaurige Versammlung hinter sich gelassen hatte.

In einer einsamen Seitengasse warf er sich einen Umhang über und zog die Kapuze tief ins Gesicht. Keine Nacht länger hielt er es hier aus.

Kaum war er ein paar Schritte gegangen, stellte sich ihm eine Gruppe Männer in den Weg und gebot ihm, stehen zu bleiben.

Ein großer, vierschrötiger Kerl sprach Johann an. »Warum verhüllst du dich? Hast du etwas zu verbergen?«

»Kümmert Euch um Eure eigenen Angelegenheiten«, herrschte Johann ihn an.

»Hoho! Das könnte dir so passen! Wahrscheinlich bist du ein Judenknecht, der unsere Brunnen vergiften will. Packt ihn!«

Die Männer griffen Johann, rissen ihm den Umhang vom Leib und hielten ihn so fest, dass er sich nicht mehr rühren konnte. Sogar seinen Mund hielten sie zu. Einer durchsuchte ihn, fand den Vertrag mit Stromer und zeigte ihn dem vierschrötigen Kerl, der wohl der Anführer war. Zu Johanns Überraschung konnte der Bursche lesen. Vorsichtig rollte er das Dokument wieder zusammen, nickte den Männern zu, die Johann sofort freiließen.

»Johann von Wallhausen aus Rothenburg ob der Tauber! Warum habt Ihr nicht gleich gesagt, dass Ihr zu Stromer gehört? Wir haben schon gedacht, Ihr seid eins dieser Juden-

245

schweine, die mit einem gefälschten Passierschein die Stadt verlassen wollen.« Er reichte Johann das Pergament.

»Gefälschte Passierscheine?«

»Ja, es ist unglaublich. Uns sind mindestens dreihundert Juden entwischt! Manche sind nach Regensburg. Stellt Euch das vor! Dort werden die Juden von den Bürgern geschützt! Der Teufel soll die ganze Stadt holen. Andere sind nach Prag, da können sie bei Karl, dem Judenkönig, unterkriechen.« Er senkte die Stimme. »Man munkelt, manche Passierscheine seien gar nicht gefälscht, sondern von seiner Majestät höchstselbst gesiegelt. Die Büttel jedenfalls lassen die Juden damit aus der Stadt hinaus. Wahrscheinlich hat sich der König dafür bezahlen lassen. Wie immer.« Der Mann richtete sich auf und reckte die Faust in die Luft. »Aber damit ist jetzt Schluss. Den Übrigen geht es an den Kragen, noch heute Nacht. Bald gibt es ein Freudenfeuer, das kann ich Euch sagen. Und vorher werden wir noch die eine oder andere Judenmetze kreuzigen, so wie sie unseren Heiland gekreuzigt haben, nur dass unsere Nägel nicht aus Eisen sind.« Die Männer lachten schallend.

Johann musste würgen. Die Übelkeit war ohne Warnung über ihn gekommen.

Der Anführer trat zu ihm und klopfte ihm auf die Schulter. »Das ist schwer zu ertragen, in der Tat. Der eigene König gewährt den Brunnenvergiftern und Hostienschändern Unterschlupf. Woran soll man da noch glauben? Nun denn, Meister Wallhausen. Möge Gott Euch auf allen Wegen schützen.«

Johann brachte kein Wort mehr aus seiner trockenen Kehle heraus. Die Männer warteten auch nicht auf Antwort, sondern liefen weiter. Johann wagte nicht, ihnen hinterherzusehen. Seine Knie zitterten so heftig, dass er Mühe hatte, sich aufrecht zu halten.

Die Hände gegen eine Hauswand gestützt, stand er da und wartete darauf, dass die Übelkeit nachließ. Ein Gedanke stieg in ihm auf. Mit einer Sache hatte der Judenschlächter Recht gehabt: An was sollte er noch glauben?

* * *

»Und keinen Laut!« Kylion hob den Arm und ballte die Faust.

Sie ritten los, nichts war zu hören außer dem leisen Schnaufen der Pferde, deren Hufe mit Lappen umwickelt waren.

Am Nachmittag waren die zwei Nachrichten eingetroffen, auf die Kylion sehnlichst gewartet hatte: Die Patrouillen waren endgültig eingestellt worden, und die neue Oberin war gewählt, sodass die Nonnen den Rest des Tages und die gesamte Nacht in der Kirche verbringen würden. Der Ordensritter lag mit seinen Männern immer noch irgendwo in den Wäldern. Das Kloster war unbewacht. Kylions Späher hatten in einem Umkreis von fünfhundert Fuß niemanden ausmachen können.

Wie Fallobst würde Amalie ihm in die Arme fallen. Und Fulbach würde ihm nicht nur verzeihen, sondern ihn fürstlich belohnen und ihm die Verwaltung einer Burg überlassen. Am besten Mesenice. Da war einiges zu holen, und diesen Tadeusz würde er liebend gern zum Teufel jagen.

Vor einer Stunde hatte er mit dem Teil seiner Leute, die in Znaim postiert gewesen waren, die Stadt verlassen. Sie hatten ihre Pferde geholt, und in einem Birkenwäldchen, das in einer Senke außer Sichtweite der Stadtwache lag, war die Verstärkung zu ihnen gestoßen. Inzwischen war es dunkel. Schnee fiel, doch nicht besonders dicht. Das Wetter würde ihnen keinen Strich durch die Rechnung machen.

Die Umrisse der Stadt tauchten vor ihnen auf. Kylion hob erneut den Arm, sofort saßen die Männer ab. Von hier aus ging es zu Fuß weiter, mit einer Hand führten sie die Pferde am Zügel, in der anderen hielten sie ihre Schwerter. An die Sättel hatten sie Fackeln gebunden, jedoch nicht entzündet. Vielleicht würden sie sie bei der Flucht brauchen. Kylion machte dem Ortskundigen Platz, der nun die Führung übernahm.

Der schwierigste Teil lag noch vor ihnen. Kylion hörte bereits das Gurgeln der Thaya. Sie mussten die Furt durchqueren. Das Wasser war zwar kaum eineinhalb Fuß tief, aber es war eiskalt.

Sie hatten aus gewachstem Tuch wasserfeste Beinlinge genäht, die bis zu den Knien reichten. Auf ein Zeichen des Führers hielten die Männer inne. Alle banden sich jetzt die Beinlinge um. Wer ohne diesen Schutz das Wasser durchquerte, würde auf der anderen Seite kaum mehr laufen können, weil seine Füße halb erfroren wären. Wie schnell das gehen konnte, hatte Kylion in Livland erlebt. Nach einer Schlacht hatten Söldner durch einen mit Eisschollen bedeckten schmalen Fluss fliehen wollen. Keiner war entkommen, denn am anderen Ufer hatten ihre Füße sie nicht mehr getragen. Kylion und seine Männer hatten einem nach dem anderen den Todesstoß versetzt wie wehrlosen Schafen.

Als Kylion ans Ufer getreten war, überprüfte er noch einmal den richtigen Sitz der Beinlinge. Sein Hintermann tippte ihm zweimal auf die Schulter, zum Zeichen, dass alle Männer fertig waren. Zwei blieben als Wache bei den Pferden. Die anderen wateten hintereinander ins Wasser, jeweils eine Hand auf die Schulter des Vordermanns gelegt. Ohne Zwischenfälle erreichten sie das andere Ufer.

Kylion atmete auf und kniff die Augen zusammen. Er konnte zwar ein oder zwei schwache Lichter erkennen, dort, wo das Kloster stand, aber vor sich sah er nichts als tiefe Schwärze. Noch einhundert Fuß, dann hatten sie die äußere Mauer des Klosters erreicht. Hier auf der Flussseite war eine Pforte eingelassen, durch die die Nonnen das Wasser erreichen konnten, um Wäsche zu machen.

Kylion brauchte nur einen Wimpernschlag, um das Schloss zu öffnen. Sie schlüpften hindurch, Kylion lehnte die Tür an. Im Garten reichte das Licht aus, das von der Kirche herüberschien, um zumindest zwei Schritte weit zu sehen. Wie Schatten huschten sie über die schneebedeckten Beete, bis dicht vor ihnen der Turm der Klosterkirche in den Nachthimmel ragte. Ein Mann lief um die Ecke, um das Seitenportal von außen zu versperren, Kylion übernahm das Hauptportal. Mit einer Holzstange, die er zwischen die Griffe schob, blockierte er das Tor. Bis die Nonnen merkten, dass sie eingesperrt waren und die Sturmglocke läuteten, um Hilfe herbeizurufen, würden Kylion und seine Leute längst über alle Berge sein.

Kylion hoffte, dass sein Informant sich nicht täuschte und Amalie in ihrer Zelle ausharrte. Sollte sie doch mit den Nonnen in der Kirche sein, mussten sie vom Plan abweichen.

Einen Augenblick blieb er stehen und lauschte. Aus der Kirche drang der Gesang der Nonnen. Er würde alle Geräusche übertönen, die die Eindringlinge verursachten.

Kylion deutete mit dem Arm auf das Gebäude, in dem die Zellen untergebracht waren. Hundertzwölf an der Zahl, für jeden Mann acht. »Auf geht's«, zischte er. »Ihr wisst, was ihr zu tun habt!«

Die Männer rannten los. Es war vereinbart, dass sie sich im Refektorium wiedertreffen würden, dem Speisesaal des Klosters, der unmittelbar an die Korridore mit den Zellen grenzte.

Kylion folgte den Männern, trat in das Gebäude und öffnete die erste Tür. Leer. Die nächste. Nichts. Die dritte. Niemand. Als er an der letzten angekommen war, die er zu kontrollieren hatte, überfiel ihn ein Gefühl des Versagens. Er hätte die Metze gern selbst aufgespürt, auch wenn die Wahrscheinlichkeit, sie zu finden, nur acht zu einhundertzwölf betragen hatte. Die Freude würde also einem anderen Mann zuteilwerden. Er machte sich auf zum Refektorium. Während er durch den Korridor schlich, hörte er leises Knacken und Quietschen. Türen, die geöffnet und wieder geschlossen wurden.

Elf Männer warteten bereits im Refektorium. Aber keine Amalie. Die letzten beiden kamen – ebenfalls mit leeren Händen. Kylion spürte ein Ziehen in seinem Magen. Verflucht, wo war diese verdammte Hexe?

»Dreht jeden Stein um, durchsucht alles!«, befahl er. »Und wenn wir sie hier nicht finden, gehen wir in die Kirche und stechen so lange ein Weib nach dem anderen ab, bis sie uns sagen, wo sie das Teufelsbalg versteckt halten!«

* * *

Rebekka starrte fassungslos in den Hohlraum. Nichts war in diesem Schrein. Nichts als gähnende Leere. Aber der Schädel musste hier sein! Es gab keine andere Möglichkeit. Wozu das komplizierte Versteck, wenn es nichts verbarg?

Sie horchte auf. Geräusche. Leise Stimmen und Schritte. Aber die Nonnen waren doch in der Kirche! Suchten sie nach ihr? Rebekka fröstelte. Ihr Atem ging schneller. Sie schlich zur Tür, spähte den Gang hinunter, an dem die Zellen der älteren Schwestern lagen. Vor Schreck biss sie sich so fest auf die Zunge, dass sie Blut schmeckte. Männer liefen über den Korridor, öffneten und schlossen Türen. Sie durchsuchten die Zellen. Adonai! Sie suchten nach ihr!

Plötzlich begriff sie: Der Anschlag nach der Krönung, die merkwürdige Warnung des Mannes, den sie das Abecedarium von Prag nannten, von der Hardenburgs Vorsichtsmaßnahmen – es war immer um sie gegangen. Um Amalie Belcredi. Um das Geheimnis, das sie und ihre Familie umgab. Und nun hatten ihre Feinde sie hier im Kloster aufgespürt, während ihre Beschützer unerreichbar fern im Wald lagerten.

Rasch zog Rebekka sich in den Kapitelsaal zurück. Sie musste ihre Aufgabe zu Ende bringen und dann fliehen. Sie hatte nicht so lange ausgeharrt, um sich im letzten Augenblick geschlagen zu geben. Sie wollte nicht mit leeren Händen ins Lager zurückkehren, sie wollte etwas haben, womit sie Engelbert zwingen konnte, sein Wort zu halten. Denn wie sollte sie ohne seine Hilfe herausfinden, was aus ihren Eltern in Rothenburg geworden war und welches Geheimnis ihre Herkunft überschattete?

Eine Erinnerung flammte in ihr auf. Die neue Mutter Oberin hatte sich das Pergament angeschaut. Aber nur sehr kurz. Niemand, der nicht über dieselbe Fähigkeit wie sie selbst verfügte, konnte sich die Kombination so schnell merken. Die Oberin hatte dann nach oben gesehen und gelächelt. Was hatte auf dem Pergament noch gestanden? Das Versteck war nicht der Schrein, das wusste Rebekka jetzt. Aber der Ort, wo die Reliquie versteckt war, musste auf dem Pergament gestanden haben.

Sie rief sich die Zeichnung ins Gedächtnis. Ja, darüber hatte sie einen Schriftzug gesehen, den sie aber nicht weiter beachtet hatte.

Gott ist unser Herr, hatte dort auf Latein gestanden. *Durch ihn leben wir, und durch ihn werden unsere Seelen eingehen in das Paradies.* Nichts weiter. Hatte sie etwas vergessen? Etwas übersehen? Nein. Sie war sich sicher. Mehr hatte nicht auf dem Pergament gestanden.

Rebekka sank zu Boden, hob den Blick zur Decke. »Gelobt seist du, Ewiger«, murmelte sie. »Unser Gott und Gott unserer Väter, Gott Abrahams, Gott Isaaks und Gott Jakobs, großer starker und furchtbarer Gott, der du beglückende Wohltaten erweisest und Eigner des Alls bist ...«

Plötzlich sprang sie auf. Das konnte nicht wahr sein! Es konnte nicht so einfach sein. Aber oft waren die einfachen Rätsel die schwierigsten, weil man das Wesentliche leicht übersah. Das Deckengewölbe bestand aus bemalten Schnitzereien, die in viereckigen Kassetten angebracht waren und jeweils bis zur halben Höhe der Wand herunterliefen; darunter waren die Steine mit gewachsten Brettern verdeckt. Genau über ihr war die Pforte zum Paradies eingeschnitzt und farbenprächtig ausgestaltet. Hiltrud hatte ihr erklärt, dass Gott dort die Gerechten von den Ungerechten trennte. Um eine der vierundzwanzig Kassetten konnte Rebekka deutlich Schlitze erkennen.

Sie stieg auf die Bank unterhalb des Paradieses und tastete an den Schlitzen entlang. Da war, was sie suchte: ein Scharnier. Ihre Finger glitten weiter. Ein zweites. Also war der Öffnungsmechanismus auf der anderen Seite der Kassette. Rebekka drückte auf die Holzkante, es klackte, der Deckel gab nach, und fast wäre der Schädel des heiligen Wenzel auf dem Boden zerschellt, so plötzlich fiel er ihr entgegen. Blitzartig griff sie zu. Der Schädel war in blauen Samt eingeschlagen, doch sie ertastete seine Form deutlich durch den Stoff.

Rebekka drückte die Kassette wieder zurück, bis sie einrastete. Dann sprang sie von der Bank. Schnell wickelte sie den Schädel aus. In der rechten Augenhöhle steckte die Cedula,

die seine Herkunft bestätigte, in der linken das Echtheits-
zertifikat des Papstes. Alles war so, wie der Ordensritter es
gesagt hatte. Bis auf den Umstand, dass die Nonnen mit dem
falschen Versteck erfolgreich alle an der Nase herumgeführt
hatten.

Rebekka hörte Schritte, ihr Herz begann zu rasen. Die
Männer mussten bemerkt haben, dass sie nicht in einer der
Zellen war. Jetzt suchten sie das ganze Kloster ab. Aber sie
würden sie nicht finden.

Der Schlitz, durch den sie gemeinsam mit Hiltrud die Wahl
Margaretes beobachtet hatte, war ähnlich gewesen wie der in
der Decke. Bestimmt war auch hier eine Luke, die sich öffnen
ließ. Wozu sonst der Gang? Von innen hatte Rebekka zwar
keinen Mechanismus gesehen, doch dazu war es in dem Gang
viel zu dunkel gewesen. Außerdem hatten die Ereignisse im
Kapitelsaal ihre ganze Aufmerksamkeit in Anspruch genommen.

Mit wenigen Schritten war Rebekka auf der anderen Seite
des Saales. Im Paradies war die Reliquie versteckt gewesen.
Wo war die Tür, die ihr die Flucht ermöglichte? Wo war der
Weg, der in die Freiheit führte?

Da war er! Eine Kassette zeigte ein Tor, das auf einer Wolke
im Himmel schwebte. Rebekka brauchte nur einen Moment,
um den Mechanismus zu finden. Die Kassette schwang zur
Seite. Rebekka zog sich hoch. Die Öffnung war so eng, dass
sie kaum hindurchpasste. Rebekka schob zuerst ihr wert-
volles Bündel in den Gang, dann zwängte sie sich hinterher.
Lautlos glitt sie auf der anderen Seite auf den Boden und
schloss die Luke.

Im selben Moment hörte sie, wie jemand in den Kapitelsaal
stürzte. Schritte ertönten, dann ein Ruf. »Hier ist die Metze
auch nicht!«

Rebekka hielt die Luft an.

Wieder waren Schritte zu hören. Diesmal entfernten sie sich langsam.

Rebekka überlegte fieberhaft. Am sichersten wäre es, in dem Geheimgang auszuharren, bis die Männer aufgaben. Aber das konnte dauern. Und wenn in der Zwischenzeit die Nonnen ihre Feierlichkeiten in der Kirche beendeten, saß sie in der Falle. Sie musste also versuchen, durch die Küche zu entkommen. Dort dürfte zu dieser späten Stunde niemand mehr sein, denn um Lampenöl und Talg einzusparen, mussten die Mägde ihre Arbeit vor Sonnenuntergang beenden.

So lautlos wie möglich schlich Rebekka durch den Gang. Bevor sie das Zwiebelbrett zur Seite schob, horchte sie. In diesem Teil des Klosters war alles still.

Rasch kletterte sie durch die Öffnung und schob das Brett zurück an seinen Platz. Als sie sich aufrichtete, legte sich eine Hand von hinten über ihren Mund, ein Arm umfasste ihren Oberkörper und hielt sie so fest, dass sie sich nicht mehr rühren konnte. Sie war gefangen.

Der falsche Freund

Dezember 1349/Kislew bis Tevet 5110

Im Haus des Freundes angekommen, verfasste Johann eilig einen Brief an seinen Vater, dem er den Vertrag mit Stromer beifügte. Der alte Wallhausen würde sich freuen, denn Johann hatte gute Bedingungen ausgehandelt. Das würde ihn besänftigen, wenn er erfuhr, dass Johann nicht nach Rothenburg zurückkehrte, sondern nach Prag weiterreiste. Er wolle sich die neue Universität ansehen, schrieb er, und nach Möglichkeiten suchen, in Handelsbeziehung mit der Reichshauptstadt zu treten. Als er das Schreiben beendet hatte, packte er seine Sachen.

Sein Gastgeber versuchte, ihn zu überreden, wenigstens noch für eine Nacht zu bleiben, da es sinnlos sei, zu dieser Stunde aufzubrechen, aber Johann schlug alle guten Ratschläge in den Wind. Lieber lieferte er sich dem Erfrierungstod oder einer mordenden Räuberbande aus, als Zeuge einer Wiederholung der schrecklichen Ereignisse von Rothenburg zu werden.

Johann kannte sich selbst gut genug, um zu wissen, was er sich zumuten konnte. Er war kein ritterlicher Held, der sich der Gefahr entgegenstellte und die Juden mit dem Schwert vor dem Mob zu schützen versuchte. Er wusste nicht einmal richtig mit einem Schwert umzugehen. Er hatte zwar den Schwertkampf gelernt, doch bisher hatte er sein Können nie unter Beweis stellen müssen. Vermutlich würde er eine lächerliche Figur abgeben, wenn er es versuchte. Doch das war nicht der Grund, warum er floh. Er war ein Feigling, der nicht mit ansehen wollte, was er nicht verhindern konnte.

Der Freund versprach ihm, dafür zu sorgen, dass sein Vater den Brief erhielt, dann wünschte er ihm alles Gute für die Reise.

Johann prüfte noch einmal das Sattelzeug, seine Verpflegung und die Hufeisen des Wechselpferdes. Alles war bestens. Er stopfte sich Wachspfropfen in die Ohren, damit er das Geschrei und Wehklagen, das durch die Gassen wehte, nicht mehr hören musste, und ließ sein Pferd antraben.

Die Straßen waren wie leer gefegt. Johann wusste, wo die Menschen waren und was sie taten, und er hasste sich dafür, dass er nichts dagegen unternahm. Vor den Toren der Stadt loderten bereits die ersten Scheiterhaufen, Funken stoben in den Nachthimmel, die Todesschreie der Mordopfer drangen selbst durch die Wachspfropfen zu ihm durch. Tränen liefen ihm über die Wangen, er begann zu beten, Fürbitten zu sprechen für die armen Seelen. »Herr im Himmel, nimm alle zu dir, die heute sterben müssen, öffne ihnen die Pforte zum Paradies, denn sie sind Märtyrer, und sie sterben, weil es dein Wille ist.«

So schnell es ging brachte er die Scheiterhaufen hinter sich. Während er in die mondlose Nacht ritt, in der nur der Schnee ihm den Weg leuchtete, schwor er, so bald wie möglich seine Heimat zu verlassen und irgendwo in der Fremde ein neues Leben anzufangen.

* * *

Die Erde versank unter Rebekkas Füßen, sie fiel ins Bodenlose. Ihre Gegner hatten sie ergriffen. Sie hatte alles verloren. Sie spürte nicht einmal mehr Trauer oder Wut, nur Müdigkeit und den Wunsch, es möge schnell vorüber sein.

»Ganz ruhig, Amalie«, flüsterte eine Stimme.

Bohumir!

Grenzenlose Erleichterung durchflutete sie.

Er ließ sie frei, nahm zuerst die Hand von ihrem Mund, dann den Arm von ihrem Oberkörper. Sie drehte sich um, und wirklich, vor ihr stand einer der Leibgardisten des Königs – in der Ordenstracht der Prämonstratenser.

Ungläubig sah Rebekka ihn an. So viele Fragen wollten auf einmal aus ihrem Mund quellen, dass sie sich vor ihren Lippen verhedderten und sie stumm blieb.

Bohumir lächelte sie an und hielt einen Finger an die Lippen.

Aus dem Schatten lösten sich noch drei Männer. Vojtech und zwei weitere Leibgardisten des Königs, ebenfalls in Ordenstracht.

Rebekka begriff: das Männerkloster, das an das Frauenkloster grenzte! Ihre Beschützer waren die ganze Zeit keine hundert Fuß von ihr entfernt gewesen, auf der anderen Seite der Mauer. Sie hatten Wache gehalten, nichts war ihnen entgangen. Dennoch waren sie fast zu spät gekommen. Warum hatte Engelbert sie nicht eingeweiht? Hatte er befürchtet, sie könne sich verraten?

Bohumir zeigte auf den Gang, der zum Ostflügel führte. Rebekka wusste, wohin er wollte: An der Stirnseite des Korridors führte ein Fenster nach draußen, und von dort waren es nur zwanzig Fuß bis zum Hauptportal. Sie machten sich auf den Weg. Eine Weile waren ihre verhaltenen Schritte und der entfernte Gesang der Nonnen alles, was Rebekka hörte.

Doch plötzlich krachte es hinter ihnen, Holz barst, etwas klirrte, Flüche flogen durch die Luft. Und dann eine Stimme: »Da vorne sind sie! Hinterher! Ergreift sie!«

Sie hetzten weiter, jetzt war es nicht mehr wichtig, leise zu sein. Die Verfolger holten auf, Rebekka blickte sich nicht um, zu groß war ihre Angst zu stürzen.

Das Fenster stand weit offen, auf diesem Weg mussten die vier in das Gebäude gekommen sein. Rebekka stieg auf die Fensterbank und war mit einem Satz draußen. Schnee knirschte unter ihren Füßen, als sie auf dem weichen Boden landete. Rasch machte sie Platz für die Männer, sprang zur Seite, das Bündel mit dem Schädel hielt sie fest an die Brust gepresst.

Bohumir folgte als Nächster, doch Vojtech und die Leibgardisten blieben zurück. Bohumir zerrte Rebekka weiter, ohne auf die drei zu warten.

Im Laufen warf Rebekka einen beklommenen Blick zurück. Das Fenster hob sich als schwarzes Loch von der Fassade des Klosters ab. Was sich hinter diesem Loch abspielte, wusste Rebekka nur zu genau: Vojtech und die Gardisten mussten die Verfolger möglichst lange aufhalten. Aber die waren mindestens zu acht. Ein ungleicher Kampf. Noch bevor sie das Haupttor erreichten, hörte Rebekka Metall auf Metall schlagen, Männer fluchen und schreien. Ein dunkler

Schleier senkte sich auf ihr Herz. Sie war sicher, dass sie die drei nie wiedersehen würde.

Im nächsten Augenblick wurde sie abgelenkt. Sie hatte das Portal erreicht. Rebekka musste Bohumir helfen, den Balken herunterzuheben, der das Tor verriegelte. Sie schoben die schweren Eichenflügel einen Spaltweit auseinander, gerade so, dass sie hindurchschlüpfen konnten. Auf der anderen Seite standen fünf Pferde, auch Vila war darunter. Bohumir hob Rebekka in den Sattel, sprang auf sein Pferd und nahm die anderen an den Zügeln. Rebekka schossen die Tränen in die Augen. Sie hatten von Anfang an einkalkuliert, dass vielleicht nur einer der Männer überleben würde. Vojtech würde sterben, um ihr die Flucht zu ermöglichen.

Ohne ein weiteres Wort setzten sie sich in Bewegung, folgten der Landstraße nach Norden. Sie waren noch keine hundert Fuß weit gekommen, als ein Schrei die Nacht durchschnitt. Er klang wie der Klagelaut eines Menschen, aber es war eins der Pferde, die Bohumir am Zügel hielt. Ein Armbrustbolzen hatte seinen Hals durchbohrt, Blut spritzte aus der Wunde. Das Tier riss sich los, bockte ein paar Mal und brach dann zusammen.

Pferdehufe donnerten heran, ein Bolzen pfiff Rebekka am Kopf vorbei und ging ins Leere. Weitere Bolzen sirrten durch die Nacht, aber sie richteten keinen weiteren Schaden an. Zu schlecht war die Sicht.

Dann brüllte ein Mann Befehle: »Stellt das Feuer ein, ihr Tölpel, ich muss sie lebend haben!«

Sofort hörte der Beschuss auf. Aber es war nur eine Frage der Zeit, bis die Feinde sie eingeholt hatten.

Bohumir ließ die reiterlosen Pferde laufen und gab Rebekka ein Zeichen. Dicht nebeneinander galoppierten sie in die Dunkelheit.

Doch die Verfolger schwenkten Fackeln, wodurch sie schneller reiten konnten. Näher und näher kam ihr Hufschlag.

Bohumir ließ sich hinter Rebekka fallen, die es Vila überließ, dem Weg zu folgen. Pferde konnten in der Nacht besser sehen als Menschen, und sie hatten einen siebten Sinn für Hindernisse.

Dennoch war es lebensgefährlich. Vor ihr stand die pechschwarze Nacht wie eine Wand. Ein tief hängender Ast, ein Loch, in das Vila trat, und es konnte um sie beide geschehen sein.

Plötzlich flackerte vor Rebekka ein Licht auf. Dann zwei, sechs, so viele, dass Rebekka sie nicht zählen konnte. Vila wandte sich dem Licht zu und beschleunigte.

»Nach rechts, Amalie, runter vom Weg! Auf der Stelle!«, hörte sie Bohumir brüllen.

Sie riss die Zügel herum. Vila wieherte, machte sich steif, aber sie gehorchte. Mit einem Satz sprang die Stute mitten hinein in den schwarzen Schlund des Waldes. Schon nach wenigen Schritten war Bohumir neben ihr und griff ihr in die Zügel. Beide Pferde rammten ihre Hufe in den Boden, sodass es Rebekka fast aus dem Sattel schleuderte.

Einige Herzschläge lang hörten sie nur den Hufschlag und die Rufe ihrer Verfolger, wie schwarze Schatten ritten sie auf der Straße an ihnen vorbei. Dann ertönte erneut das Sirren von Armbrustbolzen.

»Keine Sorge«, flüsterte Bohumir ihr zu. »Diesmal gelten die Bolzen nicht uns, sondern unseren Verfolgern.«

Männer schrien auf, Befehle wurden gebrüllt. Rebekka hob den Kopf und blickte die Straße hinauf. Im Schein der Fackeln sah sie sechs Männer und vier Pferde am Boden liegen, deren Blut den Schnee rot färbte. Es war eine Sache von

Sekunden gewesen, ein genau geplanter Hinterhalt. Die übrigen Angreifer suchten ihr Heil in der Flucht. Binnen weniger Augenblicke war nichts mehr von ihnen zu hören.

Engelbert von der Hardenburg trat auf den Weg, die Fackeln zeichneten irre Schatten auf sein Gesicht. Er hob das Schwert, und sofort hörten die Schützen auf zu schießen. Dann senkte er das Schwert und stieß es mit der Spitze in den Boden.

»Habt Ihr die Reliquie, Amalie?«, fragte er.

Schweigend hielt Rebekka ihm den Beutel hin.

Engelbert von der Hardenburg lächelte zufrieden. »Ich wusste, dass Ihr es schaffen würdet.«

Rebekka unterdrückte den Wunsch, ihm vor die Füße zu spucken. Drei Männer hatten sie verloren, darunter Vojtech von Pilsen, ihren Vertrauten. Aber das schien die gute Laune des Ordensritters nicht zu beeinträchtigen. Der Teufel selbst hätte nicht herzloser sein können.

✳ ✳ ✳

Es hatte nichts genutzt. Selbst als Kylion vor den Augen der Äbtissin eine Nonne von vier Männern hatte vergewaltigen und ihr dann die Kehle durchschneiden lassen: Keine der Schwestern konnte ihm etwas sagen. Sie wussten nur, dass die fremde Frau ihr Gedächtnis verloren hatte. Und dass der Schädel des heiligen Wenzel verschwunden war. Sonst nichts. Gern hätte er die Mönche ebenfalls befragt, aber die Zeit war ihm davongelaufen. Eine der verfluchten Nonnen war seinen Männern entkommen und hatte Alarm geschlagen. Schon bald hatten die Sturmglocken durch Znaim geläutet, sodass sie Hals über Kopf fliehen mussten.

In Windeseile hatten sie sich über die Thaya zurückgezogen und waren in die Wälder geflüchtet. Um Mesenice hatten sie einen großen Bogen gemacht und auch die Städte gemieden. Die Nachrichten über die Ereignisse in Louka würden sich wie ein Lauffeuer verbreiten. Wenn man sie erwischte, würde man sie rädern und an ihren Geschlechtsteilen aufhängen, das stand fest.

Nach und nach löste Kylion seine Truppe auf. Nur zwei Männer behielt er bei sich. Sein Treffpunkt mit Fulbach lag gut fünfzehn Meilen südöstlich von Prag, ein Kloster, dessen Verwaltung dem Abt oblag.

Nach nur zwei Tagen kamen die Mauern des Konvents in Sicht. Kylion hielt an, entließ seine Begleiter und entlohnte sie reichlich für ihre treuen Dienste. Nachdem die beiden fort waren, stieg er ab und betrachtete die Gebäude des Klosters. In diesen Mauern wandelte der Vollstrecker seines Schicksals: Fürstabt Fulbach. Was hatte Kylion zu erwarten? Der Abt hatte ihm gedroht, ihn zu töten, wenn er ein weiteres Mal versagte. Er hatte ein weiteres Mal versagt, und der Abt pflegte seine Versprechen zu halten.

Andererseits hatte Kylion nicht damit rechnen können, dass von der Hardenburgs Männer sich als Mönche verkleiden und wochenlang im Kloster ausharren würden. Es war ihm ein Rätsel, wie der Prior zulassen konnte, dass sich bewaffnete Männer innerhalb der Klostermauern aufhielten. Von der Hardenburg hatte mit Sicherheit viel Geld springen lassen. Sehr viel Geld.

Und es gab noch etwas, das für Kylion sprach: Er hatte noch immer seinen Spion in Engelbert von der Hardenburgs Truppe. Der Mann hatte ihn zwar nicht vor der Gefahr warnen können, die im Kloster lauerte, doch das war nicht seine Schuld gewesen. Er hatte einfach keine Gelegenheit dazu gehabt, denn Kylion hatte ihm eingeschärft, auf keinen Fall zu riskieren, dass er enttarnt wurde. Jetzt hatte er ihm neue Instruktionen gegeben. Und Kylion war sicher, dass er sie befolgen würde, dass sein Spion ihm nach wie vor ergeben war. Sehr ergeben. Denn er hatte keine Wahl.

Kylion straffte die Schultern. Würde Fulbach ihm noch einmal verzeihen und ihm die Möglichkeit geben, Amalie Belcredi doch noch zu ergreifen? Er musste es tun. Schließlich war der Abt ein vernünftiger Mann. Er wusste, dass er Kylion brauchte. Wem sonst sollte er diese schwere Aufgabe anvertrauen?

Kylion stieg in den Sattel. Mit bangem Herzen nahm er die Zügel und lenkte sein Pferd in Richtung Kloster. Indem er nicht floh, sondern sich dem Urteil seines Herrn stellte, würde er zeigen, dass er seines Vertrauens würdig war. Alles würde gut werden.

* * *

Rebekka trat durch die Tür in die kleine Kammer, die Engelbert für die Dauer ihres Aufenthalts mit Beschlag belegt hatte. Der Ordensritter saß an einem Tisch, auf dem ungeachtet der Fastenzeit Brot, Käse und einige Würste lagen. Ein Krug Wein und ein Becher standen daneben.

»Tretet näher, Rebekka, und bedient Euch!« Er bedeutete ihr, sich zu setzen.

Sie gehorchte stumm, doch sie rührte die Speisen nicht an. Wenn sie richtig gerechnet hatte, begann heute Chanukka, das Lichterfest. Wäre sie zu Hause, dürfte sie das erste Licht entzünden. Es gäbe süße Krapfen und andere Köstlichkeiten zu essen. Sie würden gemeinsam beten und singen, und Vater würde die Geschichte vom Makkabäeraufstand und der Wiedereinweihung des Tempels erzählen. Aber sie war nicht zu Hause. Sie hatte überhaupt kein Zuhause mehr.

Stattdessen saß sie in dieser Burg fest, in der Engelbert von der Hardenburg sich aus unerfindlichen Gründen häuslich niedergelassen hatte.

Rebekka hob den Blick und sah ihn an. »Wann brechen wir wieder auf?«

»Wenn die Gefahr vorüber ist, mein Kind. Keinen Moment früher.« Er schnitt ein Stück Käse ab und steckte es sich in den Mund. »Wir sind heute erst auf Mesenice angekommen. Und es ist doch sehr gemütlich. Wir haben Vorräte, die für den ganzen Winter reichen, wir haben einen Barden, dem niemals die Lieder ausgehen werden, weil er jeden Tag ein Loblied auf Eure Schönheit dichten kann. Die Mauern um uns herum sind stark, selbst ein Heer mit fünfhundert Speeren könnte sie nicht einnehmen.«

»Ihr wollt also tatsächlich mehr als ein paar Nächte hier verbringen? Was liegt Euch an dieser Burg? Hängt Ihr so an diesen Mauern, weil Ihr sie im Handstreich erobert habt? Weil Ihr sie eingenommen habt wie eine unschuldige Jungfrau, mit Lug und Trug?«

»Ihr seid in Form heute, liebreizende Amalie«, sagte Engelbert bewundernd. »Offenbar seid Ihr während Eures Aufenthalts bei den Nonnen nicht aus der Übung gekommen. Burg Mesenice ist alles andere als unschuldig, das solltet Ihr inzwischen wissen, und ich bin mitnichten ein Mann, der Jungfrauen mit Gewalt nimmt. Ich gehe noch nicht einmal in ein Frauenhaus.«

»Predigt einem anderem«, unterbrach sie ihn ungeduldig. »Ich will, dass Ihr Euren Eid einlöst.«

»Sobald wir nicht mehr Gefahr laufen, von unseren Feinden angegriffen zu werden, machen wir uns auf den Weg.«

»Aber wenn wir tagelang hier ausharren, geben wir dem Feind da draußen genügend Zeit, neue Kräfte zu sammeln.«

»Oho, Ihr beginnt, strategisch zu denken. Das freut mich.«
Engelbert schenkte sich Wein ein. »Meine Männer achten darauf, dass sich vor den Toren von Mesenice nichts zusammenbraut. Keine Angst. Sie sind losgezogen, um den Anführer unserer Gegner ausfindig zu machen. Nur so können wir uns endgültig von ihnen befreien. Bis die Männer zurück sind, bleiben wir hier.«

»Der Anführer interessiert mich nicht. Ihr habt einen Eid geleistet, Engelbert von der Hardenburg! Ich verlange, dass Ihr ihn einlöst.« Rebekka schob ihren Stuhl zurück und erhob sich. »Wir haben unseren Auftrag erfüllt. Der König bekommt seine Reliquie. Genügt das nicht? Drei brave Männer sind tot. Warum wollt Ihr um jeden Preis weitere Leben aufs Spiel setzen?«

Engelbert, der gerade nach seinem Weinbecher greifen wollte, hielt in der Bewegung inne. »Ach ja, das hätte ich doch beinahe vergessen. Ich habe eine Überraschung für Euch. Deswegen habe ich Euch eigentlich kommen lassen.«

Er klatschte zweimal in die Hände. Die Tür öffnete sich, und ein Mann trat ein.

Einige Wimperschläge lang starrte Rebekka fassungslos in sein Gesicht, dann schrie sie vor Freude auf, rannte los und warf sich dem vollkommen verdutzten Vojtech in die Arme.

Sie löste sich, trat einen Schritt zurück. »Ihr lebt!« Ihr Herz machte wilde Sprünge vor Freude.

»So scheint es«, erwiderte er mit belegter Stimme. »Allerdings lässt mich Eure Begrüßung vermuten, ich sei im Himmel.«

Rebekka tippte ihm mit dem Zeigefinger auf die Nasenspitze. »Bildet Euch nur nichts ein, Ritter«, sagte sie.

»Das würde ich niemals wagen.« Er grinste.

»Wie seid Ihr entkommen? Was ist passiert? Ihr müsst mir

alles erzählen, jede Kleinigkeit.« Sie führte den Ritter zum Tisch, wo beide Platz nahmen.

Im Licht der Talglampe sah Rebekka, dass Vojtech eine Schnittwunde am Hals hatte. Auch war sein linker Arm verbunden, und beim Gehen hinkte er leicht.

Engelbert schenkte allen dreien Wein ein. Dann begann Vojtech ausführlich zu schildern, wie er seinen Feinden entkommen war. Und für eine kurze Weile war es Rebekka, als hätte sie doch so etwas wie eine Familie und ein Zuhause gefunden.

* * *

Der Krug zerschellte an der unverputzten Wand der Klosterzelle, der Wein spritzte durch den ganzen Raum.

»Geh mir aus den Augen!«, brüllte Abt Fulbach.

Der kleine Mann, der vor ihm stand, beeilte sich, dem Befehl nachzukommen. Leise schloss er die Tür hinter sich.

Fulbach knirschte mit den Zähnen und zerriss das Pergament, das ihm dieser nichtswürdige Bruder gegeben hatte. Mesenice verloren! Eingenommen schon vor einem Monat! Dieser verfluchte Engelbert von der Hardenburg! Fulbach nahm einen zweiten Krug, hob den Arm. Es klopfte an der Tür.

»Wer wagt es, mich zu stören?«

»Kylion Langenmann«, drang es dumpf durch die schweren Holzbohlen.

Endlich! Fulbach ging zur Tür und riss sie auf. Langenmann zuckte zusammen. Dieser Hasenfuß! »Wo ist sie? Hast du die Metze mitgebracht?«

Fulbach trat in den Flur, aber er war leer.

»Herr ...«

Fulbach hieb Langenmann ohne Vorwarnung die Faust ins Gesicht. Blut spritzte, ein gurgelnder Laut drang aus Langenmanns Kehle, er riss die Arme vor das Gesicht. Mit beiden Händen packte Fulbach den Versager und warf ihn in die Zelle. Er strauchelte, fiel auf die Seite, wollte aufstehen.

Aber Fulbach trat ihm in den Rücken. »Bleib, wo du bist, du Ungeziefer, und sag mir, warum du dich ohne Amalie Belcredi in meine Nähe wagst.«

»Herr! Von der Hardenburgs Männer hatten sich als Mönche verkleidet und uns im Kloster aufgelauert. Wir haben wie die Löwen gekämpft, aber es waren einfach zu viele.«

Nichts als Lügen. Von der Hardenburg war mit höchstens zehn oder zwölf Mann unterwegs gewesen, Langenmann hatte Geld genug gehabt, um drei Dutzend beste Söldner anzuheuern. Fulbach trat ihm in die Seite, Langenmann stöhnte auf vor Schmerz.

»Ich werde dich foltern lassen, du Hund, wenn du mir nicht sofort die Wahrheit sagst!« Fulbach riss Langenmann hoch, stieß ihn auf eine Holzbank und hielt ihm einen Dolch an die Kehle. »Beeil dich, bevor ich das Interesse an der Wahrheit verliere.«

»Es waren vier Männer. Wir hatten die Belcredi wie ein Wild gestellt, aber sie wuchsen plötzlich aus dem Boden, sieben meiner Männer griffen Hardenburgs Krieger an. Keiner meiner Leute überlebte ...«

Fulbach ritzte Langenmanns Kehle. »Sieben gegen vier? Du hast mein Geld für Lahme und Blinde verschwendet! Wusstest du nicht, mit wem du es zu tun hast? Hast du aus deinem Versagen in Prag nichts gelernt?« Fulbach überlegte, ob er diese nutzlose, stinkende Ratte nicht besser auf der Stelle umbringen sollte. Aber er wollte noch wissen, wie der Metze die Flucht gelungen war.

»Weiter!«, schrie er und schlug Langenmann mit der flachen Hand auf den Kopf, ohne den Dolch von seiner Kehle zu nehmen.

»Wir verfolgten den Flüchtenden und das Mädchen zu Pferd bis an den Waldrand, wo uns ein Pfeilhagel begrüßte. Wir konnten ja nicht schießen, weil Ihr die Metze lebend haben wollt. Von der Hardenburg ist mit dem Teufel im Bunde! Niemand kann so schnell von einem Ort zum anderen gelangen. Noch kurz zuvor war er war meilenweit von Znaim entfernt gewesen.«

Fulbach hatte genug gehört. Er hob den Dolch.

»Wartet!«, sagte Langenmann.

Fulbach senkte die Waffe, denn Langenmann winselte nicht um Gnade. Anscheinend hatte er noch etwas Wichtiges zu sagen.

»Ich habe noch immer einen meiner Männer in Hardenburgs Truppe. Er hat einen klaren Auftrag. Wenn er nichts mehr von mir hört, wird er handeln und das Mädchen in die Nähe von Prag bringen. Wir haben einen Treffpunkt vereinbart. Vielleicht wartet er in diesem Augenblick schon dort mit ihr auf mich.«

»Wie soll ein Mann vollbringen, was drei Dutzend nicht geschafft haben?«

Langenmann fasste sich an die geschwollene Nase. Er näselte. »Sie vertraut ihm. Es ist ein Mann aus Karls Palastwache. Er wird einen Weg finden.«

»So, wie du einen Weg gefunden hast, nicht wahr?« Fulbach war es leid. Er lächelte. »Wunderbar. Dann ist deine Schuld ja abgetragen, und ich kann dich getrost zu einem Burggrafen erheben.«

Langenmann schaute ihn verwundert an. »Herr . . .?«

Bevor er den Satz zu Ende sprechen konnte, zog ihm Fulbach den Dolch durch die Kehle. Röchelnd kippte Langenmann von der Bank, Blut spritzte aus seinem Hals.

Fulbach sah ihm beim Sterben zu. Kurz bevor er seinen letzten Atemhauch tat, schlug er das Kreuz über ihm und murmelte: »Der Herr sei deiner schwarzen Seele gnädig.«

Dann rief Fulbach nach seinen Männern. Er befahl ihnen, Langenmann im Wald zu verscharren und die Zelle zu säubern. Eilig kamen sie seinen Wünschen nach.

Missmutig sah er den Knechten bei ihrer Arbeit zu. Gut, dass er sich nicht nur auf einen Mann verließ. Und dass er mehr als einen Plan hatte. Die Metze war ihm vorerst entkommen, aber der König würde ihm nicht durch die Lappen gehen. Karl hatte den Köder bereits vor der Nase baumeln, er würde nicht widerstehen können. Jetzt musste die Falle nur noch gespannt werden. Alles andere würde der König von ganz allein tun.

* * *

Rebekka lag auf ihrem Bett, im Kamin knisterte ein Feuer, sie war vertieft in die Schriften des Philosophen Boethius, von dem sie vorher noch nie etwas gehört hatte. Seine Worte waren so klar und so einleuchtend. »Glück besteht nicht in materiellen Gütern, sondern in dem, was in uns liegt. Unglück ist nur eine falsche Vorstellung von dem, was Glück ist. Der Mensch strebt immer nach dem Guten. Solange er strebt, ist er mit dem Unvollkommenen konfrontiert. Das Unvollkommene gibt es aber nur, weil es auch das Vollkommene gibt; sonst könnte man das Unvollkommene nicht als unvollkommen betrachten. Das Vollkommene aber, in dem alles gut ist, ist Gott. Das Vollkommene ist früher als das Unvollkommene und damit der Ursprung allen Seins. So ist Gott der Ursprung allen Seins.«

Es klopfte. Rebekka riss sich los. »Herein!«

Die Tür öffnete sich, der Ordensritter trat über die Schwelle. Sie zeigte auf einen Schemel, von der Hardenburg verbeugte sich leicht und nahm Platz. Die Schatten unter seinen Augen waren dunkel wie die Abenddämmerung, seine Mundwinkel hingen nach unten.

»Ihr wisst, warum ich Euch rufen ließ?«, fragte sie.

»Das muss mir entgangen sein.« Sein Gesichtsausdruck veränderte sich nicht.

Rebekka atmete einmal tief ein und aus. »Zuerst erzählt Ihr mir, dass Eure Männer den Anführer der Feinde ausfindig machen müssen. Was eine Lüge war. Dann erzählt Ihr mir, die Straßen nach Prag seien nicht passierbar. Was ebenfalls eine Lüge war. Meine Geduld ist am Ende. Entweder Ihr löst Euer Wort ein, oder ich verlasse Mesenice noch heute Nacht.«

Der Ordensritter blickte ihr geradewegs in die Augen. »Wollt Ihr Euch allein nach Prag durchschlagen? Oder welchen meiner Männer hattet Ihr als Eskorte vorgesehen?«

»Ihr könnt mich nicht daran hindern.«

Der Ordensritter lachte, aber sein Gesicht blieb dabei hart und ernst. »Ich könnte das Tor schließen lassen und den Männern befehlen, es Euch nicht zu öffnen. Was glaubt Ihr? Wem gehorchen die Männer? Einer Frau? Oder dem Vertreter des Königs? Seid nicht kindisch!«

»Ihr seid ein Betrüger!«

»Und Ihr seid zu ungeduldig. Es ist schädlich, alles zu schnell haben zu wollen.«

»Zu schnell? Ich habe Euch diesen Schädel besorgt, es hat mich fast mein Leben gekostet. Und jetzt sitze ich seit einer Woche in dieser Falle, und nichts geschieht.«

»Eine Woche? Was ist schon eine Woche? Ihr müsst Geduld lernen, habt Ihr das noch immer nicht begriffen?« Er zeigte auf das Buch. »Ihr lest Boethius?« Ein kurzes Strahlen huschte über sein Gesicht. »Dann solltet Ihr das Kapitel über den Zufall lesen. Darin legt er ausführlich und unwiderlegbar dar, dass es keinen Zufall gibt, dass alles nach dem Willen und der Vorhersehung Gottes geschieht. Er ist zu Unrecht hingerichtet worden. Sein einziger Trost war seine Philosophie – und Gott.« Er seufzte. »Glaubt Ihr wirklich, ein oder zwei Monate mehr Wartezeit wären entscheidend, wenn man nach Jahren das Geheimnis der eigenen Herkunft ergründen möchte? Was Ihr wissen wollt, wird zu Euch kommen, wenn Ihr dafür bereit seid.« Er seufzte. »Habt Ihr schon einmal darüber nachgedacht, warum Eure leiblichen Eltern in all den Jahren nichts von sich haben hören lassen? Vielleicht werdet Ihr Euch eines Tages wünschen, niemals nach ihnen gefragt zu haben.«

Rebekka überkam unbändige Wut auf den Ordensritter. Er behandelte sie wie eine Figur, die er auf seinem Schachbrett verschob, wie es ihm beliebte. Er missbrauchte die Lehren eines weisen Mannes, um sie zu verwirren und um sie hinzuhalten. »Was wisst Ihr über die Familie Belcredi?«

»Nichts, was Ihr nicht auch wüsstet. Ich will Euch nur vor Euch selbst schützen. Eure Ungeduld wird Euch eines Tages teuer zu stehen kommen. Handelt mit Bedacht. Lasst Euch nicht vom äußeren Anschein täuschen. Ich habe Schufte gesehen, die zu Helden wurden, und Ritter, die sich vor Angst die Rüstung versauten und ihre besten Freunde im Stich ließen.« Er erhob sich. »Wenige Tage noch. Dann brechen wir auf. Wenn wir zurück in Prag sind und die Reliquie übergeben haben, fragen wir den König, wann er uns freistellen kann, damit wir eine familiäre Angelegenheit regeln können. Wenn er in nächster Zeit keinen weiteren Auftrag für uns hat, machen wir uns daran, herauszufinden, was aus Euren Zieheltern geworden ist und was es mit Euren leiblichen Eltern auf sich hat.«

»Wenn der König keinen weiteren Auftrag für uns hat?«, wiederholte Rebekka ungläubig. »Für uns? Was soll das heißen?«

Von der Hardenburg hob die Hände und öffnete den Mund.

Doch Rebekka wollte nichts weiter hören. »Verlasst mein Gemach, auf der Stelle!«

Der Ordensritter zögerte.

Rebekka lief zur Tür und riss sie auf. »Hinaus mit Euch!«

Steif trat der Ordensritter auf den Gang. »Wenn Ihr Euch beruhigt habt, können wir noch einmal über alles reden.« Ohne ein weiteres Wort schritt er davon.

Sie starrte ihm hinterher, noch immer fassungslos. Weitere Aufträge! Nie hatte von der Hardenburg angedeutet, dass der König mehr von ihr wollen könnte als die Beschaffung dieser einen Reliquie. Sie wollte das nicht. Nie wieder würde sie stehlen, betrügen oder verraten. Nie wieder würde sie verantwortlich sein für den Tod von Menschen. Ohnmächtig vor Wut warf sie sich auf ihr Lager und schlug mit den Fäusten auf die Kissen ein.

Erneut klopfte es.

»Was wollt Ihr denn noch?«, schrie Rebekka. »Lasst mich gefälligst in Ruhe!«

Die Tür öffnete sich, aber nicht der Ordensritter, sondern Vojtech von Pilsen trat ein, den Zeigefinger an die Lippen gelegt. Vorsichtig schloss er die Tür, kam zu ihr ans Bett.

»Herrin, ich komme im rechten Moment, wie es scheint«, sagte er leise. »Ich habe mitbekommen, dass Engelbert Euch hinhält. Ihr habt so laut geschrien, dass man es in der halben Burg vernehmen konnte.«

»Ja und? Was wollt Ihr? Schickt er Euch, um mich zu besänftigen?«

»Ganz im Gegenteil. Der Ordensritter darf nicht wissen, dass ich Euch aufgesucht habe.« Vojtech zog eine Pergamentrolle aus der Tasche. »Ich bin auf Eurer Seite und möchte Euch etwas zeigen.«

Neugierig richtete Rebekka sich auf. »Ihr seid auf meiner Seite? Was bedeutet das?«

»Ich weiß, wer Ihr seid.«

Erschrocken sah Rebekka ihn an.

»Mehr noch, Amalie Belcredi. Ich kenne Eure Eltern.«

Mehrere Gefühle gleichzeitig überrollten Rebekka. Erleichterung, dass er nicht wusste, dass sie Jüdin war; Freude, weil er ihre Eltern kannte; Neugier, was er ihr zu berichten hatte. »Was wisst Ihr von ihnen?«, flüsterte sie.

»Ich gehöre zu den Getreuen Eurer Eltern, auch wenn ich im Augenblick in den Diensten des Königs stehe. Als wir uns in Prag begegnet sind, ist mir Eure ungeheure Ähnlichkeit mit Eurer Mutter gleich ins Auge gefallen. Doch ich war mir nicht sicher, ob Ihr es tatsächlich seid. Ich habe einen Brief von Euren Eltern.«

Er hielt Rebekka das Pergament hin. Sie nahm es, rollte es auf, ihre Hände zitterten. Die Worte, die sie las, waren wie Musik.

Pasovary, am Martinstag im Jahre des Herrn 1349. Liebste Tochter, endlich kehrst du zurück in unsere Arme! So viele Jahre haben wir nach dir gesucht, doch jetzt haben wir dich endlich gefunden. Bald werden wir wieder eine Familie sein. Vojtech von Pilsen, unser treuer Ritter und Vertrauter, wird dich zu uns bringen. Du kannst ihm voll und ganz vertrauen. Doch gib acht, dass Engelbert von der Hardenburg dich nicht

273

entdeckt, wenn du fliehst. Er will dich um jeden Preis von uns fernhalten. Sein Herr, der König, will uns übel. Gott sei mit dir, geliebte Tochter! In tiefer Liebe und froher Erwartung, deine Eltern.

Rebekka traute ihren Augen nicht. Sollte am Ende alles so einfach sein? Ihre leiblichen Eltern lebten und wollten sie sehen? Lediglich ihr Zwist mit dem König hatte sie bisher von ihr ferngehalten?

Sie hob den Blick. »Ist das auch wahr? Ich kann es kaum glauben.«

»Ich war bereit, Euch mein Leben zu opfern, Amalie. Und Ihr zweifelt an meiner Aufrichtigkeit?«

Rebekka senkte betreten den Blick. »Verzeiht, Vojtech von Pilsen, dass ich Euch misstraut habe. Aber ich bin verwirrt. Ich weiß nicht, wer wirklich mein Freund ist und wer mein Feind.«

Vojtech nickte. »Das ist auch für mich schwer zu durchblicken.« Er nahm ihre Hände. »Seid Ihr bereit?«

»Jederzeit.« Ihr Herz schlug bis in den Hals.

Vojtech senkte die Stimme zu einem Raunen. »Ich habe heute Nachtwache, gemeinsam mit einem einfachen Soldaten der Burg. Niemand rechnet mit einem Angriff, also sind wir allein am Haupttor. Ihr müsst dort sein, wenn es von der Burgkapelle zur Vigil läutet. Bringt nicht mehr mit als Euer Bündel, alles andere besorge ich. Euer Pferd wird bereitstehen. Wir müssen durch die Mannpforte. Hoffen wir, dass der Mond verdeckt ist, den Weg kenne ich im Schlaf, ich bin ihn in den letzten Tagen immer wieder abgeschritten. Sobald wir eine Meile von der Burg entfernt sind, können die anderen uns nicht mehr so leicht ausfindig machen.« Er sah sie eindringlich an. »Bald werdet Ihr Eure Eltern wiedersehen!«

Rebekkas Herz machte einen Sprung. Wenn nur alles gut ging! Ein Gedanke schoss ihr durch den Kopf. Was war mit Bohumir? Gehörte er zu Engelberts Verschwörung? Sie würde es nie erfahren. »Wo liegt Pasovary?«, fragte sie.

»Nur vier Stunden östlich von Prag«, erwiderte Vojtech. »Auf einer Felsnase, stolz und uneinnehmbar.«

»Ich werde pünktlich am vereinbarten Treffpunkt sein.« Sie blickte Vojtech in die Augen. Sie leuchteten grün wie Smaragde. »Ich werde Euch ewig dankbar sein, Vojtech von Pilsen.«

Er senkte den Blick, zog sich zurück und murmelte: »Euer ergebener Diener, Herrin.«

Wie ein Schatten verschwand Vojtech aus der Kammer. Rebekka schüttelte den Kopf, sie fühlte sich benommen. Wie schnell Leid und Freude sich abwechseln konnten, wie schnell Verzweiflung der Hoffnung wich!

Eilig packte sie ihr Bündel und schob es unter das Bett. Die Sonne war bereits untergegangen, doch bis zur Vigil war es noch lang. Sie öffnete den winzigen Fensterladen und warf einen Blick nach draußen. Die Luft war kalt und klar, dünne Wolken zogen über den Himmel, der Mond war eine schmale Sichel. Der Schnee war fast völlig weggetaut. Das Wetter würde halten, das spürte sie.

Sie schloss den Laden, entzündete ein Talglicht und versuchte, in den Dokumenten des Boethius weiterzulesen, aber sie war zu aufgeregt. Die Zeit wollte nicht vergehen, dehnte sich unendlich. Sie nickte ein.

Ein Geräusch riss Rebekka aus dem Schlaf. Die Kapelle schlug die Vigil! Sie sprang aus dem Bett, überprüfte ihr Bündel und schlich auf den Gang. Auf Zehenspitzen durchquerte sie den Flur. Sie zwang sich, nicht zu rennen, denn es gab Geräusche in einer Burg, die sofort jeden Mann aus dem Schlaf rissen. Eilige Schritte gehörten dazu.

Niemand kam ihr in die Quere, der Hof war ebenso ausgestorben wie der Palas. Neben dem schweren Haupttor erkannte Rebekka einen kleinen offen stehenden Durchgang. Das war die Mannpforte, durch die ein einzelner Mensch eintreten konnte, wenn das Haupttor bereits geschlossen war. Sie schlüpfte hindurch, hielt den Atem an, aber alles war, wie es sein sollte. Vojtech war da, er lächelte, als er sie sah. Er führte sein eigenes Pferd, Vila und ein Packpferd mit. An alles hatte er gedacht.

Vila begrüßte ihre Herrin mit einem Nasenstüber, gierig sog Rebekka den würzigen Duft des Pferdes ein. Ihre Hufe waren mit Stofflappen umwickelt. Vojtech deutete stumm auf den Weg. Der Halbmond schimmerte nur blass durch die Wolken, besser konnte es nicht sein.

Wortlos brachen sie auf, in Rebekkas Nacken kribbelte es noch eine ganze Weile, selbst als sie die Reichweite der Mauern verlassen hatten. Erst als sie aufsitzen und antraben konnten, entspannte sie sich langsam. Die Wolken, die ihnen Schutz geboten hatten, waren verschwunden, der Mond wies ihnen den Weg. Sie kamen schnell voran, und als der Morgen dämmerte, erreichten sie die Landstraße nach Prag, auf der sie so lange bleiben würden, bis der Abzweig nach Pasovary kam.

Auf der geheimen Karte, die Rebekka für Engelbert neu aufgezeichnet hatte, war Pasovary nicht verzeichnet gewesen. Zunächst begriff Rebekka nicht, wie das möglich sein konnte, wo doch die Burg nur wenige Meilen abseits ihrer Route lag. Doch dann fiel ihr eine Erklärung ein: Engelbert hatte es so angeordnet. Vermutlich hatte er befürchtet, dass der Name eine Erinnerung in Rebekka auslösen könnte.

* * *

»Was für eine lächerliche Burg!« Fulbach verzog das Gesicht. »Dieses Pasovary ist kaum mehr als ein befestigter Schweinestall.«

Seine Männer lachten.

»Jaroslav!«, rief Fulbach über die Schulter. Nachdem er Kylion Langenmann beseitigt hatte, war Jaroslav, ein ehemaliger Hauptmann in König Johanns Armee, in der Hierarchie aufgestiegen. Jaroslav hatte die Schlacht von Crécy überlebt und hasste Karl noch mehr, als er dessen Vater, Johann den Blinden, gehasst hatte. »Postiert die Männer im Abstand von zwanzig Ellen. Der Ring muss absolut dicht sein. Niemand darf entkommen.«

Mit vierzig Männern rückte Jaroslav ab. Fulbach sah ihnen zufrieden hinterher. Noch heute würde Pasovary ihm gehören, und er würde die Burg in eine perfekte Falle umbauen. Seine Spione hatten ihm verraten, dass der König den Köder geschluckt hatte. Er würde kommen, schon bald. Karl würde nicht die Geduld aufbringen, bis zum Frühjahr auszuharren. Er würde unverzüglich aufbrechen, und dann würde er in den Mauern dieses armseligen Steinhaufens ein unrühmliches Ende finden.

Fulbach wartete bis zum Einbruch der Dämmerung, dann setzte er sich in Bewegung. Falls überhaupt Bewaffnete in der Burg waren, konnten es nicht mehr als ein Dutzend sein. Ein Kinderspiel, vor allem, weil niemand mit einem Angriff rechnete. Die Gegend galt als sicher, im Umkreis von fünfzehn Meilen gab es keine Raubritterburg, Prag lag zwei bis drei scharfe Tagesritte, etwa fünfundzwanzig Meilen, nördlich von Pasovary.

Mit vier Männern, alle in der Tracht der Benediktiner, trat er vor das Tor. Inzwischen war die Dunkelheit so weit hereingebrochen, dass Fulbachs Männer, die im Gebüsch rechts und links des Tores warteten, unsichtbar waren. Was für ein Leichtsinn, den Wald bis dicht an die Burgmauern wachsen zu lassen! Pasovary war keine Wehrburg. Dennoch: Jeder Burgherr, der seine fünf Sinne zusammenhatte, holzte in einem Umkreis von einer Achtelmeile alles ab, damit er freie Sicht auf anrückende Feinde hatte.

Fulbach nahm seinen Stab und klopfte gegen das Tor. Einen Augenblick später öffnete sich die Luke, ein alter Mann steckte seinen Kopf hindurch. »Wer seid Ihr, und was wünscht Ihr?«, fragte er auf Tschechisch.

Fulbach lächelte freundlich. »Ich bin Abt Fulbach und bitte um ein Nachtlager für mich und meine Benediktinerbrüder.«

Der Alte musterte Fulbach und seine Männer und verschloss die Luke. Schlüssel rasselten, das Tor schwang nach innen auf. »Kommt herein, Brüder, wärmt Euch und esst mit uns.«

»Habt Dank«, sagte Fulbach und trat einen Schritt nach vorn, ließ sich dann aber plötzlich auf die Seite fallen.

Die anderen taten es ihm gleich. Auch der alte Mann fiel, denn ein Armbrustbolzen hatte seine Stirn durchschlagen.

Vom Turm erscholl der Warnruf »Feinde in der Burg!«, dann ein Röcheln.

Und schon waren Fulbachs Männer heran, stürmten auf den Hof. Armbrustschützen gingen in Stellung, Fulbachs Begleiter warfen ihre Umhänge ab, Kettenhemden und Rüstungen kamen zum Vorschein.

Eine Magd schrie, ansonsten blieb es still.

»Kommt heraus, und niemandem wird ein Leid geschehen«, brüllte Jaroslav.

Nichts rührte sich.

»Kommt heraus, sonst wird keiner diesen Abend überleben!« Jaroslav legte Schärfe in seine Stimme. »Allen Rittern der Burg wird das Privileg auf Lösegeld zuerkannt, wenn sie sich ergeben. Alle Diener und Knechte bleiben, was sie sind, und werden nicht angetastet. Wir sind keine Raubritter. Ich zähle bis zehn, dann stürmen wir.«

»Wir nehmen an.« Die Stimme, klar und befehlsgewohnt, kam aus dem Bergfried, einem steinernen Turm mit einem einzigen kleinen Fenster. »Wir sind zu dritt. Ritter der Leibwache des Königs.«

Augenblicke später öffnete sich die Tür des Bergfrieds, drei Ritter in voller Rüstung traten hindurch, hielten ihre Schwerter auf beiden Händen vor sich. Sie gingen hintereinander, die Visiere geschlossen.

»Öffnet die Visiere, oder wir schießen«, befahl Jaroslav.

Der erste Ritter griff zum Helm, aber anstatt das Visier zu öffnen, sprang er zur Seite. Der mittlere Ritter hielt plötzlich eine Armbrust in der Hand, drückte ab und tötete den Schützen links von sich. Sofort sprang der erste Ritter nach vorn und erschlug mit einer blitzartigen Bewegung einen zweiten Schützen. Der letzte Ritter kam nicht mehr dazu, seine Armbrust zu heben. Vier Bolzen in seiner Brust töteten ihn augenblicklich. Der erste und der zweite Ritter rannten zwei weitere Schützen um, bevor die Geschosse auch sie niederstreckten.

Fulbach erhob sich aus seiner Deckung und fluchte. Vier Männer in wenigen Augenblicken verloren. Unglaublich. Vielleicht hätte er Kylion Langenmann nicht töten sollen. Er betrachtete die drei Ritter. Die Männer der königlichen Garde waren wirklich unglaubliche Kämpfer. Und sie verachteten den Tod. Fulbach hatte nicht damit gerechnet, sie hier vorzufinden. Wieder eine Lektion, die er teuer bezahlen musste. Man konnte nie genug wissen, man konnte niemals genug Spione haben. Man musste immer mit allem rechnen.

Welche Überraschungen warteten hier noch auf ihn? Hätte er die Ritter am Leben lassen müssen, damit der König nicht misstrauisch wurde? Was würde geschehen, wenn Karl hier eintraf und seine Männer ihn nicht begrüßten? Gab es einen geheimen Treffpunkt, ein Zeichen, wenn Gefahr drohte? Er musste die übrigen Leute der Burg befragen.

»Jaroslav! Findet heraus, ob die Ritter von Karl erwartet werden, wenn er hier eintrifft. Und wendet nur so viel Gewalt an wie nötig.«

Der Hauptmann winkte seinen Männern und eilte davon. Sie durchsuchten jeden Winkel der Burg und förderten vier Knechte, sechs Mägde und einen Verwalter zutage, der sich vor Angst in die Hosen machte.

Sie brauchten niemanden zu foltern. Die Ritter waren rein zufällig hier gewesen, auf der Durchreise nach Wien. Innerhalb der nächsten zwei oder drei Wochen würde sie niemand vermissen. Das ging aus den Dokumenten hervor, die sie bei sich getragen hatten. Fulbach atmete auf. Endlich hatte seine Pechsträhne ein Ende.

Er beschloss, dem Herrn für diese Gnade zu danken. In der winzigen Kapelle kniete er unter dem Kreuz nieder und faltete die Hände. »Herr, ich danke dir, dass du deine schützende Hand über mich hältst. Und ich bitte dich, sei deinem Diener auch weiterhin gnädig. Leite mich auf sicherem Weg, und zeige mir, wo Amalie Belcredi, die schlimmste Feindin

280

deiner heiligen Kirche, darauf wartet, die Christenheit ins Verderben zu stürzen.«

Fulbach wartete auf eine Antwort. Doch Gott schwieg.

* * *

Engelbert nahm den Schemel und zerschmetterte ihn auf dem Fußboden. Rebekka war wie vom Erdboden verschluckt. Nicht in ihrem Zimmer, nicht im Palas, nicht im Keller. Er konnte nicht glauben, dass sie ihre Drohung wahrgemacht hatte und allein aufgebrochen war.

Er rannte auf den Burghof und blickte sich hektisch nach allen Seiten um. Er hatte die Männer alarmiert, doch bisher hatte niemand die junge Frau auftreiben können. Plötzlich schlug er sich vor die Stirn. Das Pferd! Ohne zu zögern, rannte er in den Stall. Vila fehlte. Und zwei weitere Tiere. Das von Vojtech von Pilsen und ein Packpferd. Vojtech, verflucht, hatte er sich so sehr in dem Mann getäuscht?

Engelbert lief zurück in den Hof. »Bohumir!«, rief er zum Turm hoch, wo der Ritter eben einen Wachmann am Wams gepackt hatte, um ihn auszuquetschen. »Wer hatte Wache heute Nacht?«

»Vojtech von Pilsen, Herr, und der hier.« Er schüttelte den Wachmann, der das willenlos über sich ergehen ließ.

Engelbert sprang die Stufen hinauf. Dem Mann, den Bohumir immer noch am Wickel hatte, stand die Angst ins Gesicht geschrieben. »Wo sind Vojtech von Pilsen und Amalie Severin?«, grollte Engelbert.

»Ich weiß es nicht, Herr«, stammelte der Mann, der fast einen Kopf größer war als Bohumir.

Mit einer blitzartigen Bewegung setzte Engelbert ihm sein Messer an die Kehle. »Rede! Jetzt. Oder du bist tot.«

Schweiß trat dem Mann auf die Stirn. »Er ist heute Nacht durch die Mannpforte. Er sagte, er wollte nur einen kleinen Ausflug machen. Er hat es geschworen. Ich dachte, er wolle die Metze – na ja, Ihr wisst schon.«

Engelbert musste sich beherrschen, um nicht auf der Stelle zuzustechen. Er erhöhte den Druck auf die Klinge. Das Messer ritzte die Haut des Mannes. Ein Tropfen Blut quoll hervor. »Mit einem Packpferd? Einen kleinen Ausflug? Was hat er dir gegeben, damit du das Maul hältst?«, brüllte Engelbert.

Der Wachmann stand kurz davor zu weinen. »Zwanzig Groschen. Ich konnte . . .«

Engelbert hieb seine Faust in den Magen des Mannes, der einknickte wie ein Strohhalm. Er baute sich vor ihm auf. »Das Urteil lautet Tod durch langsames Erdrosseln. Vorher aber wird man dir die Haut vom Rücken schneiden, in schmalen Streifen. Die Strafe, die einem Verräter gebührt.«

Der Mann brach in Tränen aus. »Nein! Ich wusste doch nicht . . .! Tötet mich, Herr, das habe ich verdient, aber bitte nicht häuten, ich flehe Euch an!«

Engelbert trat einen Schritt zurück. »Nun gut, ich will Gnade vor Recht ergehen lassen.«

Bohumir hob die Augenbrauen.

»Ich ändere das Urteil von Erdrosseln und Häuten in Pfählen.«

Der Mann brach schluchzend zusammen, Bohumir band ihm die Hände und rief nach zwei Wachleuten, die den Unglücksraben ins Verlies schleppten.

Bohumir wandte sich an Engelbert. »Er hat einen großen Fehler begangen, Herr. Aber bitte, denkt daran, dass Pfählen . . .«

Engelbert winkte ab. »Er soll nur ein wenig schmoren. Natürlich werde ich ihn nicht pfählen lassen. Das ist etwas für

282

Barbaren. Er wird gehenkt, kurz und schmerzlos. Aber das kann dauern. Auf der Burg gibt es keinen Henker. Und ich glaube nicht, dass einer der Männer das Urteil vollstrecken möchte.«

Bohumir verbeugte sich. »Natürlich, verzeiht.«

Engelbert klopfte ihm auf die Schulter. »Schon gut. Einen Moment lang war ich so wütend, dass ich ihn am liebsten mit eigenen Händen erwürgt hätte. Lasst uns sehen, ob wir etwas bei Vojtechs Sachen finden.«

Sie stiegen den Turm wieder hinunter, ängstliche Blicke trafen Engelbert. Alle hatten die Verkündung seines Urteils mit angehört. Er seufzte. »Hört her, Leute! Der Mann wird nur gehenkt, keine Sorge. Ich bin kein Unmensch.«

Auf den Gesichtern machte sich Erleichterung breit. Einige verbeugten sich.

Bohumir ging voran. »Gut, dass Vojtechs Bündel bei mir in der Kammer lag«, sagte er grimmig. »So wie die anderen auch. Darin sind all seine wertvollen Dinge verwahrt. Niemand kann sein Bündel an sich bringen, ohne mich zu fragen oder die Tür zu meiner Kammer aufzubrechen.«

»Als hätte ich es geahnt«, meinte Engelbert grimmig. Er hatte dieses Vorgehen angeordnet, um mögliche Verräter schnell erkennen zu können und um zu verhindern, dass jemand einfach so floh. Ohne Urkunden und Siegelring, die sich im Bündel befinden mussten, war ein Ritter so gut wie nackt.

»Wir müssen herausfinden, was der Bastard mit ihr vorhat.«

»Ich fürchte, dass Vojtech gar nicht der Anstifter war.« Engelbert rieb sich die Schläfen. »Amalie hatte Grund, nicht allzu gut auf mich zu sprechen zu sein. Sie hat damit gedroht, allein aufzubrechen.«

»Aber warum denn?« Bohumir blieb stehen und sah Engelbert fassungslos an.

»Schaut mich nicht so an, Bohumir! Ich mache mir selbst schon genug Vorwürfe. Ich dachte, ich hätte sie besser im Griff.«

»Niemand hat diese Frau im Griff.« Bohumir lächelte, wurde aber sofort wieder ernst.

Engelbert verkniff sich eine Antwort. Er wollte sich nicht auch noch mit dem Ritter der königlichen Leibgarde überwerfen. Sie mussten an einem Strang ziehen, sie mussten Rebekka finden, so schnell wie möglich. Alles andere musste zurückstehen. Karl würde *ihn* pfählen lassen, wenn er erfuhr, dass er so jämmerlich versagt hatte. Nur gut, dass der König nicht wusste, dass Amalie Severin gar nicht Amalie Severin war. Engelbert schwirrte der Kopf. Er war dabei, sich seinem Herrn gegenüber in einem Lügengespinst zu verheddern. So bald wie möglich musste er reinen Tisch machen, musste er Karl einweihen.

Mit weiten Schritten eilten sie zu Bohumirs Kammer. Mit einem Handgriff zog Engelbert das Bündel des Vojtech von Pilsen hervor und leerte den Inhalt auf den Boden. Der Siegelring klackte auf das Holz, mehrere Pergamentrollen fielen übereinander. Engelbert griff die oberste. Vojtechs Passierschein. Die nächste: Vojtechs Stammbaum, der ihn als Ritter auswies; anderenfalls hätte er niemals bei der königlichen Wache dienen dürfen. Auch die anderen Rollen erbrachten keine neuen Erkenntnisse. Engelbert drehte den Beutel auf die andere Seite. Nichts. Er tastete die Nähte ab, zog sein Messer, schlitzte den Stoff auf – und wurde fündig.

Wie leichtsinnig! Das Versteck war viel zu leicht zu finden.

Mit den Fingerspitzen fischte Engelbert ein winziges Stück

Pergament aus der Naht heraus und entfaltete es. Leer! Leer? Vojtech war doch nicht so unbedarft, wie Engelbert angenommen hatte. Im Gegenteil, er war mit allen Wassern gewaschen. Es gab nur einen Grund, ein leeres Pergament so gut zu verstecken. Unsichtbare Tinte. Aber welche? Es gab viele. Manche wurden sichtbar, wenn man das Pergament erhitzte, andere musste man gegen das Licht halten, es gab aber auch solche, die man mit einem bestimmten Mittel oder Pulver bestreuen musste. Und das Vertrackte war: Wenn man die falsche Methode wählte, war die Schrift oft unwiederbringlich zerstört.

Engelbert hielt sich das Pergament an den Mund und leckte vorsichtig daran. Bleizucker! Eindeutig. Damit panschte man nicht nur Wein, damit konnte man auch unsichtbare Botschaften hinterlassen, die nur sichtbar wurden, wenn man Schwefelleber darüber träufelte. Aber wo sollte er so etwas herbekommen? Nur Alchimisten verfügten über solche Mittel. Vojtech musste mächtige Auftraggeber haben, wenn sie mit Bleizucker und Schwefelleber umgehen konnten.

Engelbert wandte sich an Bohumir. »Wir müssen uns aufteilen. Dreiergruppen durchkämmen die Gegend Elle für Elle. Jedes Haus, jeden Keller, jedes Kloster, jede Burg. Ich stelle allen Vollmachten aus, in jede Truhe zu sehen und jede Kammer zu durchstöbern. Wer sich weigert, den Suchtrupps Zugang zu gewähren, wird den Zorn des Königs zu spüren bekommen. Wir beide kehren nach Prag zurück. Der König muss wissen, dass sich hinter seinem Rücken etwas Dunkles zusammenbraut. Und ich brauche den Hofalchimisten, um die Schrift lesbar zu machen.«

»Sehr wohl, Herr«, sagte Bohumir mit ernster Miene.

Engelbert legte ihm eine Hand auf die Schulter. »Lasst Tadeusz rufen. Er ist dafür verantwortlich, dass hier kein

Stein auf dem anderen bleibt. Wenn nötig, soll er Mannschaften von anderen königstreuen Burgen rekrutieren. Aber er soll vorsichtig zu Werke gehen. Wir haben Mesenice gerade erst zurückerobert. Das Gerücht, dass die Ritter des Königs sich nicht hinter den Mauern aufhalten, könnte Begehrlichkeiten wecken.«

»Ich werde ihn auf der Stelle instruieren, Herr.« Er zögerte.

»Ja?«

»Herr, ich würde selbst gern helfen ...«

»... nach dem Weib zu suchen?« Engelbert stieß Luft aus. »Ihr werdet in Prag gebraucht, Bohumir! Dort seid Ihr Amalie mehr von Nutzen, als wenn Ihr hier sinnlos durch die Wälder streift.«

»Sinnlos? Ihr glaubt nicht, dass die beiden noch in der Nähe sind?«

Engelbert seufzte tief. »Nein. Ich fürchte, sie sind längst über alle Berge.« Engelberts Magen zog sich zusammen. Wenn nur Rebekka die Anstifterin war und Vojtech der ihr treu ergebene Tölpel! Dann erfreute sie sich höchstwahrscheinlich bester Gesundheit und war auf dem Weg nach Prag.

Wenn jedoch Vojtech sie zur Flucht angestachelt hatte, dann konnte nur der mächtige Gegner dahinterstecken, der es schon in Prag auf sie abgesehen hatte. Der gleiche vermutlich, der den unglücklichen Sebastian Pfrümler hatte ermorden und zerstückeln lassen. Was dieser Mann mit Rebekka tun würde, wenn er sie erst in seiner Gewalt hatte, mochte er sich gar nicht vorstellen.

DAS UNSICHTBARE VERMÄCHTNIS

Dezember 1349/Tevet 5110

»Wir geben uns als Paar aus, dann schöpft niemand Verdacht. Was sagt Ihr, Amalie Belcredi?« Vojtech sah sie an.

Rebekka rieb sich müde das Gesicht. Der zweite Tag seit ihrer Flucht war angebrochen, und die erste Euphorie war Angst und Müdigkeit gewichen. »Warum nicht?«, sagte sie mit teilnahmslosem Schulterzucken. »Solange Ihr mir nicht zu nahe kommt.«

»Herrin...«

»Schon gut, Vojtech, ich zweifle nicht an Eurer Gesinnung.« Rebekka zwang sich, munter zu klingen. »Es ist sinnvoll, mit dem Wagenzug den Rest des Weges zu reisen. Es wäre dumm, wenn wir auf den letzten Meilen überfallen würden.«

Vojtech atmete sichtlich auf. »Ich danke Gott, dass er Euch so viel Vernunft gegeben hat.«

Rebekka schlug das Kreuz. »Ich danke Gott, dass er Euch zu mir gesandt hat.«

Sie führten die Pferde an den Zügeln und traten auf den Weg. Nachdem Vojtech sich so weit entblößt hatte, dass der Zugführer sehen konnte, dass er frei von Pestbeulen war, bezahlte er ein paar Münzen als Wegegeld.

Dankbar stieg Rebekka auf das Gefährt. In einer Herberge hatte Vojtech erfahren, dass sich Räuberbanden aus dem Osten in der Gegend der Stadt Chumetz herumtrieben, in deren Nähe Pasovary lag. Der König hatte bereits Truppen ausgesandt, um die Räuber zu stellen, aber noch waren sie auf freiem Fuß. Deshalb hatten sie beschlossen, besser nicht allein weiterzureisen.

Vojtech ließ sich neben ihr nieder. Er hatte ihr eingeschärft, nicht über ihr wahres Reiseziel zu sprechen. Überall konnten Spione lauern. Wenn jemand fragte, sollte sie sagen, sie seien auf dem Weg nach Chumetz, um einen alten Onkel zu besuchen. Doch sie wollte nicht mehr lügen. Sie stellte sich einfach stumm.

Ihr Nachtlager schlugen sie ein wenig abseits der übrigen Reisenden auf. Gemeinsam schlüpften sie unter eine Plane, die nur wenig Schutz bot gegen die eisige Kälte. Immerhin hatte es warmen Hirsebrei und heißen Würzwein gegeben. Vojtech schlief auf der Stelle ein, Rebekka hörte ihn gleichmäßig atmen.

Sie schloss die Augen. Morgen würde sie ihre leiblichen Eltern kennenlernen. Von ihren Zieheltern hatte sie noch immer keine Nachricht. Nur Gerüchte hatte sie in der Herberge aufgeschnappt: Alle Juden im Reich seien erschlagen worden; andere berichteten, Karl hätte die Juden gerettet; wieder andere behaupteten, die Juden hätten einige Städte in ihre Gewalt gebracht.

Rebekka hielt alles für dummes Geschwätz. Wenn sie erst in Pasovary war, konnte sie vielleicht ihre Eltern davon überzeugen, mit ihr nach Rothenburg zu reisen, um die Wahrheit herauszufinden. Ständig versuchte sie, sich ihre Gesichter vorzustellen. Stimmte es, dass sie ihrer Mutter sehr ähnlich sah?

»Herr«, betete sie tonlos, »schütze meine Familie, wer immer sie sein mögen und wo immer sie sich aufhalten.« Ihre Augen wurden schwer. Die Strapazen der vergangenen Tage forderten ihren Tribut.

Jemand rüttelte an ihrer Schulter. Rebekka öffnete die Augen.

Vojtech lächelte sie an. »Es ist Zeit, Herrin, wir müssen weiter.«

»Aber . . .?«

»Ich habe Euch schlafen lassen. Zuerst dachte ich, Ihr wäret tot.« Vojtech lachte kurz auf. »Der Nachmittag ist fast vorüber, der Zug ist längst weitergezogen. Von hier sind es noch zwei Meilen bis Pasovary.«

Rebekkas Herz fing sofort an, wild zu schlagen. Noch zwei Meilen! Warum hatte Vojtech ihr das nicht gestern Abend gesagt? Sie wollte aufspringen, aber ihre Beine waren eingeschlafen, sie stolperte.

Vojtech hielt sie fest und richtete sie wieder auf. »Ihr müsst erst das Blut wieder in Eure Beine fließen lassen.«

Sie massierte sich die Muskeln, Schmerz schoss ihr in die Glieder, dann pikten sie tausend Nadeln. Es dauerte eine Weile, bis sie endlich aufstehen und gehen konnte.

Vila stand bereit, Rebekka schwang sich in den Sattel, Vojtech saß ebenfalls auf und gab seinem Pferd die Sporen. Der Weg war gerade und sandig, sie fielen in einen langsamen Galopp.

An einer Gabelung nahm Vojtech den rechten Weg, der immer schmaler wurde, bis er vor einer halb verfallenen Hütte endete.

Vojtech stieg ab, betrat die Hütte. »Amalie! Schnell, kommt her. Bei Gott, dem Allmächtigen!«

Rebekka ließ sich aus dem Sattel fallen und eilte in die Hütte, aber da war nichts außer einem Strohlager, einem Schemel, einem Tisch und einem alten, verrußten Kamin. Auch Vojtech konnte sie nicht sehen, aber sie hörte ein bekanntes Geräusch. Ein Schwert, das aus der Scheide fuhr und dabei an einem metallenen Beschlag entlangschliff.

Bevor sie sich umdrehen konnte, explodierte Schmerz in ihrem Kopf, und sie wurde bewusstlos.

* * *

Schon von Weitem erhoben sich die Türme der Prager Burg über das Land. Johann war gut vorangekommen, der Handelsweg von Nürnberg nach Prag war durch Reichsburgen und Stadtpatrouillen geschützt, und er hatte immer unter einem festen Dach übernachten und eine warme Mahlzeit zu sich nehmen können.

Die Straße führte von Norden in den Teil Prags, der sich Kleinseite nannte und direkt unter der Prager Burg lag. Schon bald war er von den Gerüchen, Farben und Lauten der Stadt eingehüllt. Männer brüllten, Schweine grunzten, ein Hund bellte. Als er den Knall einer Peitsche hörte, musste Johann für einen Moment an die schrecklichen Geißler in Nürnberg denken. Menschen aller Stände drängten sich durch die Gassen, Bettler, Mägde, Bauern, Händler, Hofdamen, Ritter und Geistliche. Johann musste absitzen und das Pferd am Zügel führen. Es roch nach Moder, nach Holzfeuerrauch und süßem Würzwein. Benommen von so vielen Eindrücken, kämpfte er sich zum Moldauufer voran.

Als er die hölzerne Brücke erreichte, blieb er stehen, ergriffen von so viel Schönheit und Pracht. Was für eine wundervolle Stadt! Die Dächer der Kirchen glänzten in der Abendsonne, darunter zog still der Fluss. Johann spitzte die Ohren. Weiches Tschechisch mischte sich mit Deutsch, Johann glaubte sogar, Französisch zu hören. Die Menschen bewegten sich in ruhiger Geschäftigkeit, niemand rempelte ihn an oder schimpfte, weil er einfach stehen geblieben war.

Der Nürnberger Rat hatte ihm auf Druck Stromers ein Empfehlungsschreiben mitgegeben, das es ihm ermöglichen würde, während des Winters bei einem Prager Händler unterzukommen, einem Landsmann, den es vor Jahren von Nürnberg nach Prag verschlagen hatte. Im Gegenzug würde Johann seinem Gastgeber bei seinen Geschäften helfen, vor allem würde er ihm die Bücher richten. So war es vereinbart. Noch immer gab es viele Händler, die die Buchführung nicht richtig beherrschten, ja es gab sogar welche, die gar nicht lesen und schreiben konnten. Sie behalfen sich mit Kerbhölzern, Tontafeln und Steinsäckchen mit genau abgezähltem Inhalt.

Johann hoffte, in Prag etwas über eine neue Art der Buchführung zu erfahren, die ein Italiener entwickelt hatte. Vor zwei Jahren war ein Händler aus Genua in Rothenburg gewesen und hatte sich darüber verwundert gezeigt, dass die Händler dort immer noch auf veraltete Weise ihr Vermögen auflisteten. Doch als Heinrich von Wallhausen im Rat den Vorschlag gemacht hatte, Johann und einige andere Kaufmannssöhne gemeinsam nach Genua zu schicken, damit sie dort die neue Buchführung lernen konnten, hatten die anderen nur abgewinkt. Was bisher funktioniert hatte, das würde auch weiter funktionieren, war die einhellige Meinung.

In Prag gab es neuerdings eine Universität, so wie in Italien und Frankreich. Auch wenn die Professoren nur sehr spezielle Fächer lehrten wie Theologie oder Medizin, kannten sie sich bestimmt auch auf weiteren Gebieten aus. Johann hatte sich vorgenommen, einen der italienischen Professoren um eine private Lehrstunde zu bitten.

Am anderen Moldauufer fragte Johann nach dem Haus des Händlers Dietz Riemenschneider. In gutem Deutsch erklärte der Mann ihm den Weg: »Ihr seid fast da. Einfach die Gasse geradeaus weiterlaufen, dann kommt Ihr auf einen Platz. Die erste Gasse rechts, das dritte Haus.«

Johann bedankte sich. Nach ein paar hundert Fuß mündete die Straße auf einen großen Platz, der umgeben war von prächtigen Steinhäusern. Wenig später klopfte Johann an die Tür eines dreistöckigen Gebäudes und wies sein Empfehlungsschreiben vor.

Riemenschneider begrüßte ihn herzlich, lud ihn zum Essen ein, ließ sein Pferd unterstellen und wies ihm eine Kammer zu, die direkt über dem Kamin lag. Die Zeilen des Nürnberger Rats verfehlten offenbar ihre Wirkung nicht. Und Riemenschneider schien wirklich begierig darauf zu sein, seine Bücher in Ordnung zu bringen, denn er fragte Johann nach dem Essen, ob sie gleich beginnen könnten. Das konnte Johann schlecht ablehnen.

Sie begaben sich also in die Schreibstube des Händlers, und Johann schlug die Hände über dem Kopf zusammen. Haufen von Pergamentrollen stapelten sich auf dem Schreibtisch und dem Boden, Truhen waren damit vollgestopft. Ein Gutes hatte es jedoch: Die Arbeit würde ihn vom Grübeln ablenken.

Als Erstes sortierten sie die Pergamente: Ein Haufen für die Eingangsrechnungen. Ein Haufen für die Ausgangsrechnungen. Ein Berg mit Verträgen, die Johann wieder unter-

teilte: Warenlieferungen, Grundstücke und Häuser, Lieferver-
einbarungen. Bis in die Nacht arbeiteten sie, und noch nicht
einmal ein Zehntel der Dokumente waren bearbeitet. Johann
musste jedes einzelne lesen, einordnen, in einer Liste erfassen
und ihm dann einen Platz zuweisen. Immerhin war Riemenschneider kein Dummkopf. Er lernte schnell, Rechnungen
von Verträgen zu unterscheiden. In einer Pause, die sie mit aus-
gezeichnetem Ziegenkäse und einem hervorragenden Wein
verbrachten, erkundigte sich Johann bei seinem Gastgeber,
wie er sein Geschäft bis jetzt bewerkstelligt hatte.

»Ganz einfach. Ich habe immer einen Schreiber dabeige-
habt. Der hat geprüft, ob das, was wir mündlich vereinbart
haben, auch in den Dokumenten steht. Aber in der letzten
Zeit wurde es immer schwieriger, die Übersicht zu behalten.
Deswegen bin ich so froh, dass Ihr mir helft. Könnt Ihr mir
auch das Schreiben und Lesen beibringen?«

Natürlich konnte Johann das. »Es wäre mir eine Ehre.« Er
zögerte, bevor er mit seiner Bitte herausplatzte. »Könnt Ihr
mir im Gegenzug Zugang zur Universität verschaffen? Vielleicht zu den Lehrstunden eines Italieners?«

Riemenschneider hielt Johann die Hand hin. »Das ist mir
ein Leichtes.«

Johann schlug ein. Sein Herz hüpfte vor Freude. All seine
Wünsche würden in Prag mit etwas Glück in Erfüllung gehen.
Er würde Rebekka wiederfinden. Und er würde an einer Universität die neueste Form der Buchführung studieren! Ach,
könnte er doch nur für immer hierbleiben!

✳ ✳ ✳

Das Siegelwachs zischte und dampfte. Karl presste das königliche Hoheitszeichen hinein, wartete einen Moment und hob

es wieder ab. Die Pergamentstreifen hatten sich mit dem Wachs verbunden, Karl hatte dem Dokument damit Rechtskraft verliehen. Es war gekommen, wie er vorausgesehen hatte: Drei Tage lang hatten die Nürnberger alle Juden ermordet, derer sie habhaft werden konnten. Über fünfhundert waren es gewesen, ein Drittel der jüdischen Einwohner der Stadt. Etwa tausend hatten sich demnach retten können. Genug, um bald wieder eine Gemeinde in Nürnberg aufzubauen.

Karl war zufrieden. Ein erträglicher Verlust, auch wenn es ihm gegen den Strich ging, dass Unschuldige hatten sterben müssen. Aber so war das Leben, so hatte Gott es bestimmt, und der Wille Gottes geschah, so oder so.

Die Urkunde bestätigte, dass Karl den Nürnbergern verzieh. Einzig und allein Plünderer wurden hart bestraft, denn nur der Rat hatte das Recht, über das Eigentum der Juden zu entscheiden, das er von Karl übereignet bekommen hatte.

Karl schob die Urkunde von sich weg. In seinen Träumen war ihm der heilige Wenzel erschienen. Er hatte ein Lamm geschlachtet und gesagt: »Siehe, das ist Gottes Wille. Nur er gibt Leben und nimmt es wieder.«

Er träumte viel in letzter Zeit. Ein Traum, der ihn immer wieder heimsuchte, ließ ihm keine Ruhe: Er ging auf einer Wiese spazieren, ganz allein und nur mit dem Kaisergewand bekleidet. Der Traum musste auf die Zukunft verweisen, denn das Gewand und die übrigen Reichskleinodien waren ihm noch immer nicht übergeben worden. Doch der Traum ging noch weiter. Eine Schäferin kam auf ihn zu und nahm ihm das Gewand weg. Nackt stand er vor ihr, sie aber lachte und sagte: »Ein König willst du sein? Dann zeige es nicht mit Tand und Eitelkeit. Wenn du Gott wahrhaft als König dienen willst, tu dies als einfacher Mann. Jesus Christus hat nicht aus silbernen Kelchen getrunken, sondern aus hölzernen Bechern.«

Karl lehnte sich zurück und legte die Fingerspitzen aneinander. Er spürte, dass Montfort ihn beobachtete, aber das scherte ihn nicht. Er musste herausfinden, was genau der Traum ihm mitteilen wollte. Ging es um die Beschaffung der Reichskleinodien? Sollte er darauf verzichten? Niemals! Solange er nicht im Besitz dieser Symbole der Macht war, lag ein Schatten der Schwäche über seiner Regentschaft. Er sollte dem Herrn dienen, indem er das äußere Zeichen seiner Herrschaft ablegte. Aber wie? Hatte es etwas mit den Reliquien zu tun? Oder mit den ›Hütern der Christenheit‹? Karl dachte an den Schwur, den er seinem Vater auf dem Schlachtfeld geleistet hatte, und an den seltsamen Brief von Graf Vita Belcredi, den sein Spion ihm vor einigen Wochen übergeben hatte.

Er hatte den Mann zurück nach Würzburg geschickt, um in Erfahrung zu bringen, wie das Schreiben in den persönlichen Besitz des Bischofs gelangt sein konnte. Der Spion war gestern zurückgekehrt. Offenbar handelte es sich bei dem Inhalt der Truhe um Papiere eines verstorbenen Vorgängers des Bischofs, Otto II. von Wolfskeel, der sie wiederum von seinem Vorgänger, Wolfram von Grumbach, übernommen hatte. Der Bischof habe sich nie darum gekümmert. Es sei unmöglich, im Nachhinein herauszufinden, wie und vor allem wann der Brief in die Truhe geraten war. Auch der Kundschafter, den Karl nach Pasovary geschickt hatte, hatte ihm nicht weiterhelfen können. Nur eine kleine Belegschaft verwaltete die Burg, die dem Anschein nach dem Niedergang geweiht war. Es schien offensichtlich, dass sich niemand aus dem Geschlecht der Belcredis in den letzten Jahren um das Anwesen gekümmert hatte. Trotzdem war die Burg der einzige Ort, an dem eine Suche nach der Tochter und dem

Schatz, den sie hütete, sinnvoll erschien. Wenn sie lebte und es eine Spur von ihr gab, dann dort.

Karl rieb sich die Stirn. Er ignorierte das leise Räuspern von Montfort und setzte seinen Gedankengang fort. Er durfte niemanden in das Geheimnis der »Hüter der Christenheit« einweihen. Deshalb musste er selbst nach Pasovary reisen. Und zwar unverzüglich. Bevor ihn im Frühjahr andere Geschäfte davon abhielten. Allerdings war eine solche Reise in mehr als einer Hinsicht ein Wagnis.

Eine blitzartige Erkenntnis wischte all seine Grübeleien hinweg. Der Traum! Karl musste nach Pasovary reisen, aber nicht als König, sondern als einfacher Mann, ohne Pomp – in den Gewändern eines Wagenführers oder eines Knechtes. Das war der Dienst am Herrgott, zu dem ihn der Traum aufforderte!

»Montfort!«, rief Karl, beflügelt von der plötzlichen Erkenntnis.

»Herr?«

»Stellt uns eine Eskorte zusammen. Zehn Mann unserer Leibgarde, zwanzig Mann der Palastwache und weitere zwanzig Männer in zwei oder drei einfachen Ochsenkarren. Dazu Pagen und Knechte. Sie alle müssen unbedingt zuverlässig sein. Wir reiten ohne Banner.«

»Herr, Ihr wollt inkognito reisen? Wohin? Warum? Wie kann ich Euch davon abbringen? Heilige Maria Mutter Gottes!« Montfort knetete seine Hände und bekreuzigte sich dann mehrmals.

»Viele Fragen, auf die es keine einfache Antwort gibt. Wichtige Staatsgeschäfte, die der Geheimhaltung obliegen. Mehr können wir Euch nicht sagen.«

Montfort schüttelte den Kopf. »Ihr bringt mich noch ins Grab.«

Karl lachte. »Mein lieber Montfort, ins Grab bringt Ihr

Euch selbst, wenn Ihr Euch zu viele Sorgen macht. Grämt Euch nicht. Es wird uns nichts geschehen. Habt Vertrauen, wenn schon nicht in uns, dann in Gott!«

»Das sagt Ihr immer. Aber um sicher durch das Land zu reisen, braucht es viele Männer, die Euch beschützen, und das königliche Banner und Euren Koch und …«

Karl hob beschwichtigend die Hände. »Wenn es Euch beruhigt, werden wir einen Koch mitnehmen, aber nicht unseren Leibkoch. Der Hof muss bei Laune bleiben, solange wir unterwegs sind. Wir brechen morgen auf. Meine Gemahlin Anna wird sagen, dass wir unpässlich sind und niemanden sehen können und wollen. Wir werden nicht länger als zwei Wochen fort sein. Vielleicht sind wir sogar schon am Weihnachtstag zurück.«

Anna würde das Spiel mitspielen. Sie hatte sich als gute Partie entpuppt, nicht nur wegen der Verbindung zu den Wittelsbachern, die sie mit in die Ehe gebracht hatte. Sie war liebreizend, fromm, wissbegierig, gewandt im Umgang mit den Höflingen – und ihm völlig ergeben. Sie würde ihre Rolle überzeugend spielen, sodass jeder glauben würde, der König liege mit einer Magenverstimmung danieder. Niemand würde auch nur im Traum auf die Idee kommen, dass Karl im Lande unterwegs war.

Karl drückte Montfort die Urkunde für die Nürnberger in die Hand. »Kümmert Euch darum. Und dann bereitet unseren Aufbruch vor. Aber diskret.«

Montfort verneigte sich und entschwand.

Karl erhob sich. Jetzt musste er nur noch einen bestimmten Mann in seine Pläne einweihen, dann konnte er beruhigt aufbrechen.

✳ ✳ ✳

Warum war es so kalt? Und so feucht? Rebekka versuchte, sich in die Decke einzurollen, aber es ging nicht. Und warum schmerzte ihr Kopf? Schlagartig war sie hellwach, alle Glieder schienen Feuer gefangen zu haben, sie riss die Augen auf – und sah nichts als tiefe Schwärze. Weder Hände noch Füße konnte sie bewegen, ihr Mund war trocken. Wasser, sie hatte Durst, ihre Kehle brannte. Adonai, was war geschehen?

Sie war Vojtech in die Hütte gefolgt. Danach erinnerte sie sich an nichts mehr. Jemand musste sie niedergeschlagen haben. War Vojtech tot? Wo war er? Rebekka versuchte, ihre Gedanken zu ordnen. Wer könnte ihnen aufgelauert haben? Wer hätte wissen können, dass sie kommen würden? Was hatten sie überhaupt in der Hütte gewollt?

Die Hütte. Ein Weg, der schmaler und schmaler wurde. Weit und breit keine Burg. Nur tiefer Wald. Und die einsame Hütte.

Tränen schossen Rebekka in die Augen, als sie begriff, was geschehen sein musste. Vojtech hatte sie in die Falle gelockt. Wie oft war sie verraten worden in den letzten Wochen und Monaten? Drei Mal! Zuerst von Hermo Mosbach. Ekel schüttelte ihren Körper, als sie daran zurückdachte. Dann von Engelbert von der Hardenburg, der seinen Eid gebrochen hatte. Und jetzt von Vojtech von Pilsen, der vorgegaukelt hatte, ihr ewig dankbar zu sein, weil sie ihn nicht beim König angeschwärzt hatte. Was hatte er mit ihr vor?

* * *

»Herr, nehmt noch ein Stück Braten!«

Karl nickte und spießte mit seinem Messer eins von den saftigen Stücken auf, die der Koch ihm auf einer Holzplatte vorhielt.

»Sind die Männer gut versorgt?«, fragte Karl. »Haben sie Fleisch bekommen?«

»Wie Ihr es befohlen habt, Herr. Und Brot und Wein und Kraut.«

Karl nickte und biss in das Fleisch. Der Koch blieb stehen. »Es schmeckt ausgezeichnet. Und jetzt geh wieder an deine Arbeit.«

Der Koch strahlte vor Freude, verbeugte sich mehrfach und eilte zurück zu seinen Töpfen und Pfannen. Sie hatten einen Hirsch und zwei Wildschweine erlegt, genug für den Rest der Reise. Der Koch hatte frohlockt und himmlische Genüsse versprochen. Er hatte Wort gehalten, trotz der eingeschränkten Möglichkeiten der Feldküche.

Nach der Mahlzeit rief Karl seinen Hauptmann zu sich. Er breitete einen Plan auf dem Boden aus und zeigte darauf. »Das ist Burg Pasovary. Ein Bergfried, ein kleiner Palas, eine schwache Mauer, keine Quelle, nur eine Zisterne, die im Sommer den Wasserbedarf nicht decken kann. Eine Schmiede, immerhin, und Ställe. Außerhalb der Mauern befinden sich eine Kapelle und drei Höfe.«

»Keine Wehrburg«, stellte der Hauptmann fest.

»So ist es. Eher ein befestigtes Landgut. Pasovary soll auf den Mauern eines uralten Klosters errichtet worden sein.«

Der Hauptmann sagte nichts dazu.

»Es könnte eine Falle sein«, ergänzte Karl.

»Dann müssen wir Leute vorschicken, das Gelände erkunden und uns in Geduld üben, bis wir einrücken.«

»Sorgt für alles!«

»Das werde ich, mein König!«

Der Hauptmann verbeugte sich, ging zu seinen Männern und erteilte leise Befehle. Einige machten sich sofort auf. Sie würden in einem Umkreis von einer Achtelmeile jeden Stein umdrehen. Ihnen würde nichts entgehen.

* * *

Frierend wachte Rebekka auf. Das undurchdringliche Schwarz der Nacht hatte der Morgendämmerung Platz gemacht, Licht sickerte durch die Ritzen zwischen den Holzbohlen. Rebekka verspürte das dringende Bedürfnis, sich zu erleichtern. Und zunehmenden Durst.

Plötzlich hörte sie ein Pferd schnauben, einen Moment später wurde die Tür aufgestoßen. Vojtech trat vorsichtig über die Schwelle, das Schwert in der Hand. Als er Rebekka gefesselt und wehrlos sah, schien er erleichtert und schob das Schwert zurück in die Scheide. Er ging in die Hocke. »Verzeiht ...«

»Ausgeburt der Hölle!«, schrie Rebekka gegen die Angst und das Kratzen in ihrem Hals an. »Elender Verräter! Wie viele Silberlinge bekommst du für deine feige Tat?«

»Ihr müsst durstig sein«, sagte er, ohne auf ihre Beschimpfungen einzugehen.

Rebekka schwieg.

Vojtech nahm einen Schlauch vom Gürtel und hielt ihn ihr an den Mund. Der verdünnte Wein war das Köstlichste, das Rebekka jemals getrunken hatte. Gierig begann sie zu schlucken.

»Langsam, Amalie, langsam. Es tut mir aufrichtig leid, aber ich wurde aufgehalten, ich konnte nicht eher zurückkommen.«

Rebekka verschluckte sich, hustete. Einige Weinspritzer

landeten in Vojtechs Gesicht, aber er zuckte nicht zurück, wischte die Flüssigkeit nicht weg, sondern hielt ihr den Schlauch wieder an den Mund. Sie trank langsamer, Wärme breitete sich in ihrem Körper aus.

Der Wein ging zur Neige, Vojtech beugte sich über Rebekka und betastete die Beule und das verkrustete Blut an ihrem Kopf.

»Das tut weh!« Sie zog den Kopf weg, sah ihn nicht an. »Was für ein Spiel spielt Ihr mit mir, Vojtech von Pilsen? Warum verstoßt Ihr gegen all Eure Eide? Warum riskiert Ihr, vom König zum Tode verurteilt zu werden für Euren Verrat?«

Vojtech seufzte tief. Er setzte sich im Schneidersitz vor sie. »Es geht um meine Familie. Meine Frau und meine Kinder sind in der Gewalt eines furchtbaren Mannes. Kylion Langenmann heißt er. Ich habe ihn beim Würfeln kennengelernt. Gutgläubig brachte ich ihn mit in mein Heim. Als ich eines Abends vom Wachdienst heimkehrte, war meine Familie verschwunden. Er hatte sie entführt, meine zwei Töchter, meinen Sohn und meine Frau. Er stellte mich vor die Wahl: ›Entweder Ihr haltet mich auf dem Laufenden, was Engelbert von der Hardenburg und das Weib in seiner Begleitung vorhaben, oder Eure Frau und Eure Bälger werden mir und meinen Männern zum Vergnügen dienen.‹ Es tut mir leid.«

»Ihr habt Spuren gelegt!« Rebekka fuhr zu ihm herum. »Deshalb konnten sie uns in Znaim auflauern.«

»So ist es. Aber ich konnte Langenmann nicht davor warnen, dass wir als Mönche verkleidet im Kloster untergeschlüpft waren. Ich wusste nicht, wie ich zu ihm in Verbindung treten sollte. Außerdem war mir bis zu diesem Augenblick nicht bekannt, dass es ihm eigentlich um Euch ging.«

»Und dann?«

»Als Langenmann und seine Leute das Kloster überfielen, hat er mich absichtlich verschont und entkommen lassen. Er gab mir den Auftrag, Euch zu entführen. Er verriet mir auch Euren wahren Namen.«

»Für wen arbeitet dieser Langenmann?«, flüsterte Rebekka. »Was will sein Auftraggeber von mir?«

»Das weiß ich nicht. Langenmann hat nie von seinem Auftraggeber gesprochen. Und er ist nicht am vereinbarten Treffpunkt aufgetaucht. Dabei hat er mir versichert, dass er oder einer seiner Männer jeden Tag dort auf mich warten würde. Doch niemand ist aufgetaucht. Deshalb bin ich so spät zurückgekommen. Ich habe lange gewartet. Und ich muss gleich wieder dorthin, sonst wird er meine Familie töten.« Vojtech blickte zu Boden. »Bitte verzeiht, dass ich Euch so leiden lasse.«

Rebekka wusste nicht, ob er es ernst meinte. Doch die Sorge um seine Familie wirkte echt. »Lasst mich frei. Ich werde ein gutes Wort einlegen bei Engelbert von der Hardenburg und beim König. Karl ist großmütig. Er wird verstehen, warum Ihr so handeln musstet.«

Vojtech lachte auf. »Karl duldet keinen Verrat. Er wird mich qualvoll sterben lassen und meine Familie verbannen. Ihr habt keine Ahnung, wozu Karl fähig ist, wenn er wütend ist. Er wird mir niemals vergeben.« Er spuckte auf den Boden. »Und er wäre ein Dummkopf, wenn er es täte.«

Rebekkas Blase schmerzte bereits. Aber sie sah eine Gelegenheit, Vojtech zu überreden, sie freizulassen. »Seht es doch mal so: Dieser Langenmann ist nicht gekommen. Was, wenn er tot ist? Oder kein Interesse mehr an dem Geschäft hat? Wenn er gemerkt hat, dass ich gar nichts wert bin? Wenn er über alle Berge ist und Eure Kinder in einem Verlies verhungern, weil niemand weiß, dass sie dort sind?«

Vojtech begann zu schwitzen. »Ich soll Euch laufen lassen. Und dann?«

»Dann erzählen wir eine ganz andere Geschichte: Ich habe Euch genötigt, mit mir zu gehen. Dann habt Ihr mir Eure Geschichte erzählt, und wir haben versucht, Langenmann zu fangen, was misslang, weil er nicht zum Treffpunkt gekommen ist. Töricht, ja, aber kein Verrat. Ich werde darauf bestehen, dass man Eure Familie findet.«

»Ihr unterschätzt von der Hardenburg, und Ihr überschätzt Eure Fähigkeiten. Er wird Euch so lange befragen, bis Euch schwindelig wird und Ihr die Wahrheit sagt. Vergesst es.«

»Es ist Eure einzige Chance, Vojtech. Alles andere bringt Euch und Euren Liebsten den Tod. Wollt Ihr das?« Rebekka biss sich auf die Unterlippe. »Adonai, hilf«, sagte sie tonlos.

Vojtech sprang auf. »Schweigt! Ich werde in Prag jemanden finden, der Langenmann kennt. Und dann werde ich seinen Auftraggeber ausfindig machen. Ihm werde ich Euch übergeben.«

* * *

Noch bevor sein Kammerdiener ihn wecken konnte, war Karl bereits wach. Er streifte sein Nachtgewand ab, verlangte nach kaltem Wasser, rieb sich den ganzen Körper damit ab und genoss das Prickeln auf der Haut. Ein neuer Tag brach an, ein guter Tag, denn heute würde er dem Geheimnis der »Hüter der Christenheit« vielleicht einen Schritt näher kommen. Ein guter Tag, weil Gott, der Allmächtige, ihm weitere Lebenszeit geschenkt hatte, weil er ihn vor der schrecklichen schwarzen Seuche geschützt hatte, ebenso wie vor seinen Feinden.

Die Pagen reichten Karl die Gewänder, einfache Kleidung, die ihn als Sendboten auswies. Der Lärm hinter der Zeltwand verriet, dass im Lager bereits rege Betriebsamkeit herrschte. Zelte wurden abgeschlagen, Pferde gesattelt, Vorräte verladen. Der Kammerdiener eilte herbei, eine dampfende Schüssel Hirsebrei in den Händen. Er verbeugte sich, kostete davon und gab die Schale Karl, der sich wie ein hungriger Wolf darüber hermachte. Honig und Nüsse waren darin und wohl abgeschmeckte Gewürze. Selbst aus einem Hirsebrei zauberte dieser Koch ein geschmackvolles Mahl.

Gegürtet und gestärkt trat Karl vor das Zelt. Sofort fielen die Männer auf die Knie. Karl tat es ihnen gleich. Nicht ihm sollte jetzt gehuldigt werden, sondern Gott. Natürlich war ein Geistlicher mit im Gefolge, aber Karl genoss es, die Männer auch im Gebet anzuführen, und im Feld verzichtete er gerne auf allzu viele Regularien.

»Lasst uns zur Ehre Gottes das Vaterunser beten.«

Alle schlugen das Kreuz. Karl begann, die Männer sprachen wie ein Echo nach. »Vater unser, der du bist im Himmel ...« Rau trugen die Stimmen das Gebet durch den Wald, hier und da klirrte leise eine Rüstung.

Nach dem letzten Satz erhob sich Karl. »Heute werden wir Pasovary erreichen. Wir wissen nicht, was uns dort erwartet. Seid wachsam!«

Mehr gab es nicht zu sagen. Alle Männer waren bestens ausgebildet und hatten Erfahrung im Kampf. Karl schwang sich auf sein Pferd, reckte die Faust in den Himmel und galoppierte an. Seine Männer nahmen ihn in die Mitte. Der Tross würde nachkommen, er hinderte jetzt nur. Karl spürte sein Blut in den Adern pulsieren. Es tat gut, im Feld zu sein, die kalte Luft schärfte seine Wahrnehmung und erfüllte ihn mit klaren Gedanken.

* * *

»Macht, was Ihr wollt, aber lasst mich vorher meine Blase leeren, sonst sterbe ich.« Rebekka sah ein, dass sie Vojtech nicht überzeugen konnte. Also musste sie es auf anderem Weg versuchen.

Er zögerte.

Sie machte ein elendes Gesicht. »Ich bitte Euch.«

Vojtech seufzte tief und löste ihre Fußfesseln. Er zog sie hoch, doch sie knickte sofort ein, sodass er sie halten musste. Sie spürte ihre Füße nicht mehr, so sehr hatten die Fesseln ihr das Blut abgeschnürt. Aber sie spürte ihre Knie und den Körper ihres Entführers dicht an ihrem eigenen.

Mit voller Wucht zog sie das rechte Knie zwischen Vojtechs Beine, genau so, wie sie es bei von der Hardenburg gemacht hatte. Er fiel ohne einen Laut um, wie ein gefällter Baum. Auch Rebekka geriet auf ihren wackeligen Füßen aus dem Gleichgewicht und stürzte.

Vojtech hielt sich das Gemächt und röchelte.

Rebekka konzentrierte sich. Sie musste ihre Hände frei bekommen, bevor Vojtech wieder zu Kräften kam. Sie schob sich an Vojtechs Seite. Mit den Fingerspitzen zog sie sein Schwert ein Stück aus der Scheide, dann ließ sie ihre Fesseln an der Klinge entlanggleiten. Heißer Schmerz durchzuckte ihre Hand. Etwas Flüssiges lief über ihre Finger. Zu weit unten. Sie versuchte es ein Stück weiter oben. Jetzt spürte sie den Widerstand des Seiles an der Schneide. Nur dreimal musste sie ihre Fesseln bewegen. Die Klinge war scharf wie ein Rasiermesser. Rasch rollte sie sich weg. Ihre Hände waren ebenfalls taub, doch dafür spürte sie ihre Füße wieder. Sie schüttelte die Arme, damit das Blut in die Hände gelangte.

Vojtech lag noch immer in derselben Haltung und stöhnte leise vor Schmerz. Rebekka musste ihn noch besser getroffen haben als von der Hardenburg.

Rebekka krabbelte zu dem Wachmann hin, zog das Schwert aus der Scheide und hielt es ihm vor die Nase. »Könnt Ihr mich hören?«

Er nickte schwach.

»Ihr hättet eigentlich den Tod verdient!« Sie wartete. Vojtech reagierte nicht. »Aber meine Religion verbietet es mir, einen wehrlosen Menschen zu töten. Allerdings habt Ihr die Möglichkeit vertan, Reue zu zeigen und um Verzeihung zu bitten. Ich werde Euch den Wein und das Wasser hierlassen, das ihr noch am Gürtel tragt. Aber ich werde Euch einsperren. Und solltet Ihr mir noch einmal über den Weg laufen, dann seid gewiss: Ich werde Euch nicht schonen.«

Vojtech wälzte sich auf die andere Seite, machte aber keinerlei Anstalten, sich zu erheben.

Rebekka ging zur Tür, drehte sich noch einmal zu Vojtech um. »Ich werde für Eure Frau und Eure Kinder beten. Ich hoffe, sie werden leben, denn sie tragen keine Schuld an Euren Verbrechen.«

Vojtech stöhnte auf, streckte eine Hand nach Rebekka aus.

»Es ist zu spät«, flüsterte sie und trat hinaus.

Sonnenstrahlen fielen auf ihr Gesicht. Die Luft war kalt und klar und würzig. Ein Hochgefühl durchströmte sie. Noch nie war die Sonne schöner gewesen.

Sie schloss die Tür der fensterlosen Hütte von außen und warf das Schwert in ein Gebüsch. Vojtech war ein starker Mann. Er würde einen Weg finden, sich zu befreien. Aber es würde dauern.

Vila schnaubte, als sie Rebekka sah, ihr Atem gefror in der Morgenluft. Rebekka legte ihren Kopf an den warmen Hals, doch nur für einen Augenblick. Dann trat sie ins Unterholz und erleichterte sich.

Zurück auf der kleinen Lichtung, hielt sie inne und horchte. Aus der Hütte drang ein dumpfes Poltern. Vojtech war wieder halbwegs bei Kräften. Rebekka schloss kurz die Augen, rief sich die Karte ins Gedächtnis, dann saß sie auf. Es gab niemanden, dem sie noch traute. Doch das würde sie nicht davon abhalten, ihren Weg zu finden.

* * *

Gegen Mittag stießen sie am vereinbarten Ort auf die Kundschafter. Kein Feind war weit und breit auszumachen gewesen, die Burg hatte einen leicht schäbigen, aber durchaus friedlichen Eindruck gemacht. Wie befohlen waren sie, ohne sich bemerkbar zu machen, wieder aufgebrochen.

Karl war zufrieden. Sein Misstrauen war unberechtigt gewesen. Und wenn er Amalie Belcredi auf der Burg fand, oder zumindest einen Hinweis auf ihren Verbleib, dann wäre das Unternehmen ein voller Erfolg.

»Wir rücken ein«, befahl er und setzte sich in Bewegung.

»Herr, auf ein Wort!« Sein Hauptmann brachte sein Pferd neben ihn. »Wir sollten außerhalb von Pasovary lagern. Die Burg ist nicht zu verteidigen. Wenn wir in den Mauern übernachten, sitzen wir wie die Maus in der Falle.«

»Aber die Kundschafter haben niemanden ausgemacht«, entgegnete Karl. Ungeduld war immer ein schlechter Ratgeber, das wusste er, aber auch zu großes Zaudern konnte Pläne zum Scheitern bringen. Er musste den richtigen Zeitpunkt zum Handeln wählen. War es zu früh?

»Männer könnten sich vergraben haben. Erinnert Ihr Euch an den Italienzug Eures Vaters?«

»Natürlich erinnern wir uns. Aber das war nur eine Handvoll.«

»Es waren zwei Dutzend, die dreißig Eurer Ritter und vierzig Mann Fußvolk niedergemacht haben, weil niemand mit ihnen gerechnet hat. Weil sie Euch in den Rücken gefallen sind.«

Karl schauderte. Fast hätten die Meuchelmörder damals seinen Vater und ihn umgebracht. Wie aus dem Boden gewachsen waren die Feinde in die Flanke der Nachhut eingebrochen. Wären ihnen nicht die Bogenschützen zu Hilfe geeilt, hätte er den Tag nicht überlebt. Aber daraus hatte er gelernt. Selbst wenn der Feind von Himmel fallen sollte, wäre er gerüstet.

»Wir danken Euch für Eure Achtsamkeit. Doch jetzt genug gezögert«, rief Karl. »Vorwärts!«

Der Hauptmann wendete abrupt sein Pferd und ließ die Truppe vorrücken.

Die Sonne stand bereits über dem Horizont, als sie sich der Burg Pasovary näherten. Die Tage waren kurz, die Nächte umso länger. Gegen das Abendlicht konnten sie sehen, dass auf dem Bergfried ein Mann Wache stand, der sie alsbald entdeckte und mit einer Glocke Alarm schlug.

Der Hauptmann klopfte, Karl konnte weder hören noch sehen, was hinter den Mauern vor sich ging. Nach ein paar Augenblicken öffnete sich das Tor. Sie pferchten sich in den Burghof, stiegen ab. Karl sah sich um. Die Burg schien gut in Schuss. Alle Holzteile glänzten frisch. Der Geruch nach Pech und Bienenwachs lag in der Luft. Auch Salpeter konnte Karl riechen. Das passte ganz und gar nicht zu dem Bild, das Pasovary von außen abgab.

Der Hauptmann kam zu ihm. »Riecht Ihr das, Herr? Seltsam, nicht?«

Karl nickte. Bilder überfluteten ihn. Italien. Sommer. Sein Vater konnte noch sehen. Sie waren auf eine Burg vorgerückt und hatten mit einem Katapult Brandsätze über die

Mauern geschleudert. »Gütiger Gott!«, schrie Karl. »Eine Brandfalle!«

»Alle raus aus der Burg«, brüllte der Hauptmann.

Sofort rissen die Männer das Tor auf, doch sie kamen nicht weit. Sechs fielen in einem Bolzenhagel, bevor sie das Tor wieder schließen konnten.

»Wo kommen die Angreifer her?« Karl bemühte sich, keine Angst zu zeigen, doch er hörte seine Stimme leicht zittern.

Der Hauptmann atmete schwer. »Sie hatten sich vergraben, saßen in den Bäumen, weiß der Teufel. Wir müssen Euch hier rausschaffen, bevor ...«

Ein Zischen unterbrach den Hauptmann. Brandpfeile schlugen ein, trafen Männer, die schreiend zu Boden gingen, zerstoben, wenn sie auf Stein trafen.

Die Brandpfeile jedoch, die im Holz stecken blieben, entfachten sogleich die Hölle. Pech, Wachs und Salpeter – alles war damit getränkt. Karl schwitzte. Nichts würde von ihnen übrig bleiben als Asche, wenn sein Rettungsplan nicht aufging. Er versuchte, etwas zu hören. Die Verstärkung, die er heimlich herbestellt hatte, müsste längst vor Ort sein. Wenn Matyas Romerskirch nicht bald mit den Soldaten eintraf, würde niemand diesen Tag überleben.

Karl hob den Kopf. Die Hälfte seiner Männer war bereits tot oder verwundet. Schreie gellten durch den Hof.

Karl deutete auf die Soldaten, die in seiner Nähe standen. »Folgt mir! Und legt Eure Rüstungen ab. Behaltet lediglich Wams und Mantel. Und nehmt so viel Wein und Wasser mit, wie ihr tragen könnt. Wir werden es brauchen.«

Karl rannte los, noch immer gingen Brandpfeile auf die Burg nieder. Einige Männer hatten es auf den Bergfried geschafft. Sie schossen mit ihren Bögen in die Dunkelheit, aber es war hoffnungslos. Das Licht des Feuers machte sie zu einfachen Zielen. Einer nach dem anderen wurde von Pfeilen und Bolzen niedergestreckt.

Karl eilte dem Palas entgegen, dessen Dach lichterloh in Flammen stand. Er trat gegen die Tür, sah, dass das Feuer noch nicht im Inneren wütete. Lediglich ein paar brennende Schindeln lagen herum. Hinter ihm kamen die Männer hineingestolpert. Sie würden ihm selbst in die Hölle folgen, aber nicht heute.

Karl sah sich um. Einen Moment lang musste er sich orientieren, sich den Plan ins Gedächtnis rufen. Er wandte sich nach rechts, stieß einen Tisch beiseite und riss einen Teppich von der Wand, der von oben schon brannte. Die Männer reagierten sofort und schafften ihn beiseite. Karl zählte die Steine ab. Achtzehn von oben, sechs von links. Er drückte die Hand auf den Stein, der lautlos in der Wand verschwand und den Mechanismus einer Geheimtür auslöste. Einige Mauerziegel schwangen zur Seite, doch es waren keine massiven Steine, sondern bemalte Holztafeln.

Karl stürzte sich sofort in den Gang, der nicht hoch genug war, dass er aufrecht stehen konnte. Feucht und muffig roch es, aber das war tausendmal besser als die alles verschlingende Hitze, die in der Burg wütete. Es ging einige Stufen hinunter, schon nach wenigen Ellen versickerte auch das letzte Quäntchen Licht. Karl tastete sich vorwärts, zuckte zurück, als etwas feuchtes Glitschiges über seine Hand lief. Hinter sich hörte er, wie der letzte Mann die Geheimtür wieder schloss.

Zumindest konnte das Feuer sie hier nicht erreichen. Und sie würden auch nicht ersticken, denn der muffige Geruch war inzwischen einem frischeren gewichen. Der Gang besaß eine Frischluftzufuhr, so wie es auf dem Plan verzeichnet war.

Die Männer tasteten sich die Stufen hinunter. Gemeinsam folgten sie dem Gang, bis er vor einer Mauer abrupt endete. Jetzt mussten sie nur noch warten, bis Matyas sie hier heraus-holte, und beten, dass ihre Feinde die Geheimtür nicht fan-den. Und dass der Palas nicht einstürzte und sie unter sich begrub.

Karl lehnte sich gegen die kühle Mauer. Er hatte seinen Gegner unterschätzt! Dass in Pasovary eine Falle aufgestellt war, damit hatte er gerechnet. Der halb verbrannte Brief, der angeblich von Vita Belcredi verfasst worden war, hatte förm-lich nach einem Hinterhalt gerochen. Aber letztlich hatte bei ihm die Neugier über die Vorsicht gesiegt. Er musste zuge-ben, dass die List gelungen war.

Karl befahl den Männern, es sich so gut es ging bequem zu machen. Sie würden eine Weile ausharren müssen. Der dümmste Fehler wäre jetzt, einen Fluchtversuch zu unterneh-men. Zu groß war die Gefahr, dass ihre Feinde sie, wo immer sie den Geheimgang verließen, entdeckten und der Reihe nach erlegten wie die Rebhühner. Sie mussten so lange hierbleiben, wie es ging, auch wenn es eng und dunkel war und bald Exkre-mente die Luft verpesten würden.

* * *

Der eisige Wind schnitt Engelbert von der Hardenburg ins Gesicht. Trotz der Lappen, die er sich um den Kopf gewickelt hatte, spürte er seine Wangen kaum noch, seine Ohren schie-nen zu Eis gefroren. Frost war über das Land hereingebrochen, aber immerhin war der Himmel in der Nacht klar gewesen und der Mond hell genug, um gefahrlos weiterzureiten. Die Pferde waren am Ende ihrer Kräfte, aber sie hatten es geschafft. Bohu-mir und er waren heil in Prag angekommen.

Die Wachen ließen sie sofort passieren. Bohumir wartete im Hof, während Engelbert in den Palas eilte und verlangte, unverzüglich den König zu sprechen. Doch seine Bitte wurde abgelehnt. Die Königin ließ ihm ausrichten, Karl liege danieder, ein fiebriger Infekt, die Ärzte hätten ihm jede Aufregung verboten, und jeden Kontakt zu Reisenden. Zu groß sei die Gefahr, dass sich der König in seinem geschwächten Zustand mit anderen Krankheiten anstecke. Selbst Montfort war nicht zu erweichen.

Also musste Engelbert selbst entscheiden. Er ließ Karl die Reliquie und einen Brief übergeben, in dem er ihn über die Vorfälle in Kenntnis setzte.

Dann bat er Montfort, ihn zum Hofalchimisten, Hartat von Jungenberg, vorzulassen. Wenigstens dieser Wunsch wurde ihm erfüllt.

Hartats Kammer lag in einem Seitenflügel des Palas und war ausgestattet mit allem, was das Herz eines Alchimisten höherschlagen ließ. Fläschchen, Dosen und Krüge mit allerlei Substanzen füllten die Regale, dazu eine beträchtliche Anzahl wertvoll aussehender, ledergebundener Bücher.

Hartat nahm das Stück Pergament, das Engelbert ihm reichte, vorsichtig in die Hand, drehte und wendete es und studierte es dann von beiden Seiten mit Hilfe einer dicken Glasscheibe, die alles größer erscheinen ließ, als es in Wirklichkeit war.

»Nichts zu sehen. Ausgezeichnet.« Er feuchtete einen Zeigefinger mit Wasser an, tupfte damit auf dem Pergament herum und leckte dann mit der Zunge vorsichtig über die Fingerspitze.

»Ihr habt Recht, Engelbert von der Hardenburg. Es ist Bleizucker. Aber es hätte genauso gut Arsen sein können. Ich habe nur eine winzige Menge probiert, Ihr habt das Pergament vermutlich abgeleckt wie ein Hund einen Knochen. Die Tatsache, dass Ihr noch lebt, habt Ihr nur dem Umstand zu verdanken, dass der Verfasser dieses Liebesbriefchens nicht davon ausging, dass jemand es finden würde. Ansonsten wärt Ihr vermutlich vergiftet worden.« Er lächelte Engelbert an. »Ihr müsst es eilig gehabt haben. So eilig, dass Ihr alle Vorsicht habt fahren lassen.«

Engelbert schluckte. Er hatte wirklich unverschämtes Glück gehabt. »Gott beschützt seine Schäfchen, ist es nicht so?«

»In der Tat, von der Hardenburg. Ihr müsst ihm lieb und teuer sein.« Der Alchimist ließ das Stückchen Pergament in eine Schale fallen. »Dann wollen wir doch mal sehen, welche netten Zeilen wir nicht lesen sollten.«

Er griff in ein Regal, nahm ein Glasfläschchen heraus, zog den Korken ab und schüttete zwei erbsengroße braune Kristalle in eine zweite Schale. »Schwefelleber. Nicht einfach herzustellen«, sagte Hartat voller Stolz.

Aus einem Krug goss er Wasser über die Kristalle, die sich schnell auflösten. Mit einem Silberstab rührte er die Flüssigkeit einige Male um. »Nehmt bei Schwefelleber niemals Eisen oder Holz zum Umrühren. Ihr verderbt sie sofort und erhaltet unerwartete Reaktionen mit anderen Stoffen. Und nehmt nie zu viel davon, sonst löst Ihr das Pergament auf, denn eine wässrige Lösung von Schwefelleber greift Haut an, vor allem gegerbte.«

Engelbert nickte bedächtig. Das erklärte, warum Bleizucker als Geheimtinte so beliebt war.

»Schaut her, von der Hardenburg. Wenn unser Geschmack uns nicht getäuscht hat, wird uns gleich ein Wunder zuteil.« Er grinste und goss die gelöste Schwefelleber langsam über das Pergament.

Augenblicklich wurde Schrift sichtbar, der Alchimist zog rasch die Schale weg.

Engelbert las und fühlte das erste Mal seit zwei Tagen so etwas wie leise Zuversicht.

Hartat drehte das Pergament mit einer feinen Pinzette um, aber die Rückseite war leer.

»Vernichtet es«, befahl Engelbert.

Hartat zögerte nicht, nahm das Pergament und warf es ins Feuer. Kurz loderte es gelblich auf, als käme es aus der Hölle. Aber Engelbert wusste, dass es nur der Schwefel war, der verbrannte.

»Viel Glück bei der Jagd«, wünschte der Alchimist.

Engelbert dankte ihm, rannte in den Hof, wo Bohumir ungeduldig wartete. »Sammelt zwanzig absolut zuverlässige Männer! Wir brechen morgen in aller Frühe auf.«

»Wohin?«, fragte Bohumir.

»Amalie aus den Klauen eines Wahnsinnigen befreien.«

* * *

Die Flammen schlugen so schnell hoch, dass Rupert Fulbach unwillkürlich einen Schritt zurücktrat, obwohl sie ihn nicht erreichen konnten. Von der Anhöhe nördlich der Burg betrachtete er das Schauspiel, das er eigenhändig ersonnen hatte. Der Tag in dem Erdloch war eine Qual gewesen, aber er hatte sich durch diesen Anblick vielfach ausgezahlt.

Der Donner des Brandes übertönte die Schmerzensschreie der Männer, die ihren sicheren Tod im alles verzehrenden Feuer fanden. Fulbach lächelte. War der Tod nicht in jedem Fall sicher? Wer dem Feuer entrinnen wollte, wurde von den Schützen niedergemäht. Eine perfekte Falle. Endlich hatte er diesen Emporkömmling, diesen lächerlichen Böhmerkönig vernichtet, endlich war der Weg frei, ein wahres Reich Gottes auf Erden zu errichten, in dem es keinen Platz gab für Juden, Ketzer und Muslime und in dem ein König regierte, der dieses Amtes würdig war.

Das Tosen der Flammen würde sich allmählich legen und zu einem roten Glimmen werden. Kein Laut würde dann noch zu hören sein, kein Stöhnen, kein Schreien, keine Anklage. Keiner der Eingeschlossenen würde diesen Tag überleben, auch Karl nicht, der in diesem Augenblick ein Opfer der Flammen wurde.

Fulbach konnte es kaum abwarten, die Asche des Königs durch seine Finger rieseln zu lassen und sie in alle Winde zu verstreuen. Noch war es zu früh, noch brannte das Feuer zu hell, noch waren die Mauern zu heiß. Aber in der kalten Winternacht würden sie rasch abkühlen.

Fulbach ließ ein Lager aufschlagen und befahl, dass man ihn sofort benachrichtigen sollte, wenn die Flammen verloschen waren. Dann zog er sich in sein Zelt zurück.

Noch vor dem Morgengrauen war er wieder auf den Beinen. Er wollte es sich nicht nehmen lassen, als Erster den Ort seines Triumphes zu betreten. Rasch ließ er die Zelte abschlagen. Dann ließ er aufsitzen und führte den Zug in die ausgebrannte Ruine.

Am Tor saß er ab. Die Burg war solide gebaut worden. Der Bergfried stand noch, die Steintreppe war nicht geborsten, aber das Dach war verschwunden. Die Schmiede war nicht mehr vorhanden bis auf den Rest einer Mauer. Der Palas war teilweise eingestürzt, schwelende Balken lagen zwischen den Mauern. Wahrscheinlich hatte das Gewicht der Balken die Wände des oberen Stockwerks mit sich gerissen.

Fulbach öffnete seinen Umhang. Die Trümmer und einige qualmende Glutherde strahlten nach wie vor große Hitze

315

aus. Er gab seinen Männern ein Zeichen. Sie schwärmten aus und suchten nach menschlichen Überresten. Über fünfzig Männer waren im Burghof eingesperrt gewesen, die kümmerlichen Überreste füllten mit Müh und Not drei große Getreidesäcke. Karl musste darunter sein. Doch wie sollte er ihn erkennen?

Ein Kundschafter eilte herbei. »Herr, eine Streitmacht unter dem Banner des Königs ist auf dem Weg hierher. Es sind an die zweihundert Mann, davon vierzig Ritter in voller Rüstung, einhundert Speerträger und mindestens fünfzig Bogenschützen. Kein Tross. Sie sind schnell.«

»Nicht schnell genug«, sagte Fulbach und lachte laut. Besser konnte es gar nicht sein. Karl hatte wohl geplant, dem Fallensteller eine Falle zu stellen. Fulbach warf einen Blick auf die Säcke. Das war gründlich fehlgeschlagen.

»Wir gehen vor wie geplant. Sendet Eilboten in alle Richtungen, in alle Städte und vor allem zu den Kurfürsten. Und meldet: König Karl IV. ist tot!«

* * *

»Los, los! Beeilt euch! Wir haben schon viel zu viel Zeit verloren, weil wir gestern nicht im Dunkeln aufbrechen konnten.« Engelbert von der Hardenburg konnte es nicht fassen. Wie lange brauchte man, um ein Pferd zu satteln?

Bohumir seufzte. »Es geht nicht schneller. Wir werden scharfen Galopp reiten. Wollt Ihr, dass die Hälfte der Männer vom Pferd fällt, weil die Sattelgurte nicht festgezurrt sind?«

Engelbert winkte nur ab. Jede Sekunde zählte. Begriff das denn keiner außer ihm? Endlich waren die Männer bereit. Zwanzig Ritter, erfahren im Kampf wie Bohumir, und Karl ebenso treu ergeben. Bereit zu kämpfen, zu töten und ihr Leben zu opfern.

»Gott will es«, flüsterte Engelbert und gab seinem Pferd die Sporen. Im gestreckten Galopp ging es aus der Burg. Der erste Mann trug das Banner des Königs, damit sie ungehindert vorankamen.

Engelbert hatte nicht schlecht gestaunt, als er den Brief gelesen hatte, den der Alchimist für ihn sichtbar gemacht hatte. Er war an ihn gerichtet gewesen, an Engelbert von der Hardenburg. Eine Art Vermächtnis, das Vojtech ihm hinterlassen hatte.

Engelbert von der Hardenburg, es ist Euch also gelungen, meine Worte sichtbar zu machen. Ich wusste, dass ich mich auf Euch verlassen kann. Für Euch habe ich dieses Stück Pergament in meinem Bündel zurückgelassen. Ich war mir sicher, dass Ihr es finden und nicht aufgeben würdet, bis Ihr hinter sein Geheimnis gekommen seid. Denn Ihr seid die letzte Hoffnung für meine Familie, wenn ich selbst versage. Ich werde erpresst, von einem Mann, der sich Kylion Langenmann nennt. Er hat mein Weib und meine Kinder in seiner Gewalt. Ich musste ihm Spuren legen, damit er uns nach Znaim folgen konnte. Zunächst dachte ich, dieses Ungeheuer sei hinter Euch her. Doch nun weiß ich es besser. Er will Amalie, die Ihr Severin nennt, die jedoch in Wirklichkeit, so behauptet Langenmann, Belcredi heißt. Ich muss Sie ihm bringen, sonst vergeht er sich an den Menschen, die mir mehr bedeuten als alles andere auf Erden.

Ich weiß, dass mein Treuebruch unverzeihlich ist, und ich bin bereit, mich dem Gericht zu stellen. Doch sollte es mir nicht gelingen, dem Erpresser zu bringen, was er wünscht, sollte ich versagen oder zu Tode kommen, bitte, verehrter

Hardenburg, lasst mein Weib und meine Kinder nicht leiden für meine Verbrechen. Findet und rettet sie, denn sie sind unschuldig.

Ich vertraue auf Eure Weisheit und Güte. Der Herr im Himmel halte seine schützende Hand über Euch!

In tiefer Demut, Vojtech von Pilsen

Engelbert kannte den Namen Kylion Langenmann. Ein zwielichtiger Kerl, der schon lange im Verdacht stand, mit König Karls Gegnern im Bund zu stehen. Was diese Leute von Amalie Belcredi wollten, konnte Engelbert sich zwar nicht erklären, aber das war im Augenblick auch nicht wichtig. Er wusste, dass Langenmann ein Gut südöstlich von Prag besaß, und er war sicher, dort die entführte Familie zu finden. Und vielleicht sogar Rebekka.

Da für Verhandlungen keine Zeit war, hatte er beschlossen, nicht lange zu fackeln und einen frontalen Überraschungsangriff zu wagen. Das Gehöft war leicht einzunehmen. Sieben Männer würden von hinten über die Mauer steigen, der Rest würde das Tor aufbrechen und alles, was sich ihnen bewaffnet entgegenstellte, festnehmen. Engelbert hatte den Männern eingeschärft, nur in höchster Not zu töten. Sie führten zwei schwere Schilde mit sich, die sowohl gegen Pfeile als auch gegen Bolzen schützten.

Aber Engelbert erwartete keinen heftigen Widerstand, denn der Feind rechnete nicht mit Entdeckung.

Schneller als erwartet kam das Gehöft in Sicht, und Engelberts Annahme bestätigte sich: Das Tor stand offen, Knechte waren dabei, einen Holzstamm zu zersägen. Als sie das Banner des Königs sahen, traten sie zurück und verbeugten sich.

Engelbert hetzte durch das Tor, der Innenhof war leer. Er

sprang vom Pferd, warf seinen Umhang ab, zog sein Schwert und stieß die Tür zum Haupthaus auf. Eine Magd schrie auf und ließ vor Schreck eine Schale fallen.

»Habt keine Angst«, rief Engelbert. »Wir sind Männer des Königs.« Er wandte sich ihr zu. »Ich suche eine Frau ...«

Die Magd nickte, zeigte auf den Kellereingang und dann auf einen Schlüsselbund.

Bohumir und die anderen Ritter drangen ein, die Magd wurde blass.

Engelbert riss den Bund vom Haken, der zweite Schlüssel passte. Er fiel beinahe die Stiege hinunter, als er plötzlich ein ersticktes Schluchzen hörte.

Langsam gewöhnten sich seine Augen an das Dunkel. Das Geräusch kam aus einem Holzverschlag, dessen Tür mit einem Riegel verschlossen war. Er holte mit dem Schwert aus, doch bevor er zuschlagen konnte, polterten Schritte die Treppe hinunter, und es wurde heller.

Bohumir tauchte auf, in einer Hand ein Schwert, in der anderen ein Talglicht. »Ist sie hier?«

Engelbert deutete auf den Verschlag und zerstörte mit einem Schwerthieb den Riegel. Ungeduldig riss er die Tür auf.

Vor ihm saß eine junge Frau, aber es war nicht Rebekka. Schützend hielt die Frau zwei Mädchen von vielleicht elf oder zwölf Jahren und einen Jungen von drei oder vier Jahren im Arm. Alle vier waren verdreckt und stanken nach Exkrementen. Er beugte sich hinunter, die Frau schloss die Augen, begann zu zittern, die Mädchen und der Junge starrten ihn regungslos an. Jetzt erkannte Engelbert, dass das, was er für Dreck gehalten hatte, verkrustetes Blut war.

»Ihr braucht keine Angst mehr zu haben«, sagte Engelbert. »Wir sind Männer des Königs.«

319

Doch die Frau hörte nicht auf, vor Angst zu schlottern und zu schluchzen.

Engelbert streckte eine Hand aus, alle vier zuckten zusammen.

Die Frau und die Kinder waren vergewaltigt und verprügelt worden. Engelbert hatte schon oft diesen leeren Blick gesehen. Es hatte keinen Sinn, länger bei ihnen zu bleiben. Er würde keine zusammenhängenden Worte aus ihnen herauskriegen.

»Kommt!«, sagte er zu Bohumir, der mit seinem Talglicht alle Ecken des Kellers absuchte. »Hier ist sie nicht.«

Sie kehrten in die Küche zurück. Bohumir verschwand nach draußen, Engelbert baute sich vor der Magd auf. »Was weißt du?«

»Ich, Herr, gar nichts ...« Schweiß stand auf ihrer Stirn.

Ansatzlos schlug er ihr mit der flachen Hand ins Gesicht. »Noch eine Lüge und du nimmst den Platz dieser Frau da unten ein, und ich befehle meinen Männern, dich so lange ranzunehmen, bis du tot bist. Rede!« Engelberts Stimme zitterte vor Wut.

»Mein Herr, Kylion Langenmann, hat sie dort unten eingesperrt. Ich sollte dafür sorgen, dass sie nicht verhungern. Und das habe ich auch getan.« Die Magd schluchzte.

Vom Eingang her erschollen Flüche. Bohumir kam herein, gefolgt von drei Männern, deren Hände auf den Rücken gefesselt waren.

Bohumir zeigte auf sie. »Unsere Ritter haben sie auf der Rückseite eingefangen. Sie sind gelaufen wie die Hasen, es war ein rechter Spaß.«

Engelbert musste sich beherrschen, um den dreien nicht auf der Stelle das Gemächt abzuschneiden und es ihnen in den Rachen zu stopfen. Bevor er sich mit ihnen beschäftigte, mussten die armen Menschen im Keller versorgt werden. Er wandte sich der Magd zu. »Du kannst deine Strafe mildern, indem du die Frau und die Kinder versorgst und ihnen klarmachst, dass sie gerettet sind. Einer meiner Männer begleitet dich.«

Die Magd nahm Brot, Käse und Wasser und stieg hinab in den Keller, der für vier unschuldige Menschen zur Hölle geworden war.

Engelbert wandte sich den Gefangenen zu. Was sollte er mit den drei Widerlingen anfangen? Sie foltern? Nein. Das wäre unklug. Die Gefahr war zu groß, dass sie alles erzählten, was er hören wollte, auch wenn es nicht stimmte. Er konnte nicht jedes Wort überprüfen. Die Zeit drängte, er musste einen anderen Weg einschlagen. Er deutete auf den ersten der Männer. »Mitkommen!«

Bohumir stieß den Mann vor sich her, Engelbert wählte einen Stall, überzeugte sich, dass niemand darin war. Er drehte sich zu dem Mann um. »Ich bin Engelbert von der Hardenburg, Ritter des Deutschen Ordens, Vertrauter und Freund deines Königs, Karl IV. Wer bist du?«

Der Mann glotzte. Bohumir gab ihm einen Stüber in die Seite. »Wenzel heiße ich, mein Herr.«

Grün verfärbte Zähne bleckten Engelbert an, fauliger Atem schlug ihm entgegen. »Wenzel! So wie der Schutzheilige deines Landes. So wie dein König getauft wurde. Woher kommst du?«

»Aus Ratay.«

»Soso.« Engelbert umkreiste den Mann, dem der Schweiß aus allen Poren ausbrach. »Wenzel aus Ratay. Ich mache dir einen Vorschlag: Du erzählst mir alles, was du weißt. Ich sorge dafür, dass dein Tod ein schneller und ehrenvoller sein wird. Durch das Schwert.« Engelbert blieb stehen. »Und du

321

sparst dir die Torturen der peinlichen Befragung. Nun, was sagst du?«

Der Mann schwitzte noch mehr. »Kylion Langenmann. Er hat uns angeheuert. Er hat gesagt, wir müssen sie am Leben lassen, bis er sie gegen andere Ware eintauschen kann.«

»Wo steckt Langenmann?«

»Keine Ahnung, Herr. Er war vor zwei Wochen hier, um nach dem Rechten zu sehen. Seither nicht mehr.«

»Und wo wollte Langenmann sich für den Tausch der Waren treffen?«

»Ganz in der Nähe. An dem Wegkreuz bei Pruhonice an der Straße nach Prag.«

***

Karl schwitzte. Er hatte Durst, seine Zunge war angeschwollen, immer wieder musste er an einen kühlen See denken, in den er hineinsprang und den er in einem Zug leer trank. Und er hatte Angst! Aber er konnte sie nicht zeigen. Die Männer durften nicht an seiner Zuversicht zweifeln.

Der Gestank war inzwischen kaum noch erträglich, die Hitze schien nicht nachzulassen. Sie wurden hier unten gebacken wie Brote in einem riesigen Ofen.

Die Männer hatten ihre gepolsterten Wämser abgelegt und mit ihnen den Gang verbarrikadiert, als behelfsmäßigen Schutz gegen die Hitze. Zwei Männer waren in Ohnmacht gefallen, Karl hatte befohlen, sie aus der vordersten Reihe zu ihm zu bringen. Er räumte seinen Platz, damit sie sich erholen konnten, obwohl die anderen Männer ihm abrieten, ihn beschworen, sich nicht unnötig in Gefahr zu begeben.

Das Wasser und der Wein, den sie mitgenommen hatten, waren längst getrunken. Viel war es nicht gewesen.

Karl fuhr mit den Fingern über das Mauerwerk. Die Wände des Gangs schwitzten, eine Folge des Feuers, das über ihnen tobte. Er gab den Befehl, die Feuchtigkeit mit Lappen aufzufangen. Es war zu wenig, schmeckte widerwärtig, und trotzdem spendete jeder Tropfen einen Augenblick Leben. Und wieder weigerte sich Karl, bevorzugt zu werden.

Er leckte sich den Schweiß von den Lippen. Viel länger konnten sie nicht in dem Gang ausharren. Der Durst würde sie irremachen. Inzwischen musste der Tag angebrochen sein. Ob Matyas schon mit den Soldaten eingetroffen war? Zu dumm, dass er nicht sehen konnte, was draußen vor sich ging! Er hatte seinen Feind unterschätzt. Wie ein Anfänger war er in die Falle getappt. Er hatte damit gerechnet, angegriffen zu werden, wenn er in die Burg eingerückt war, also von den Feinden umstellt und belagert zu werden. Deshalb hatte er Matyas angewiesen, einen Tag nach ihm aufzubrechen und ihm zu Hilfe zu kommen. Seine Männer wären dem Feind in den Rücken gefallen.

Wenn die Burg nicht von dem Baumeister erbaut worden wäre, dessen Pläne Karl im königlichen Archiv gefunden hatte, dann wäre er elendiglich verbrannt. »Herr, vergib mir meine Überheblichkeit«, flüsterte er.

Plötzlich fiel ihm auf, dass die Hitze nachgelassen hatte. Er dankte dem Herrn im Himmel stumm. Doch noch war die Gefahr nicht vorüber. Gott allein wusste, was sie draußen erwartete!

Trotzdem beschlossen sie, es zu wagen. Der Plan war einfach: Zuerst würden sie den Ausgang frei machen. Dann würden sie, mit Karl in ihrer Mitte, Richtung Wald losstürmen. Jedem Einzelnen sah Karl noch einmal in die Augen. Alle waren fest entschlossen, ihren König mit ihrem Leben zu beschützen.

323

Am Ende des kurzen Gangs war eine Mauer, die absichtlich so gebaut war, dass man sie mit bloßen Händen einreißen konnte. Karl gab das Zeichen. Die Männer durchbrachen die Mauer, Steine kollerten über den Boden, fahles Licht flutete in den Gang.

Ein Dorngestrüpp versperrte ihnen den Weg. Mit ihren Schwertern schlugen sie sich den Weg frei und standen bald darauf außerhalb der Burgmauer auf freiem Gelände. Es war Tag. Schwarze Wolken hingen tief über den Hügeln, sodass düsteres Zwielicht herrschte. Es stank nach kaltem Rauch und verbranntem Fleisch.

Ohne zu zögern, setzten sie sich in Richtung des Waldsaums in Bewegung. Sie mussten schnell sein. Denn womöglich hatten ihre Feinde das Poltern der Steine gehört und sie schon entdeckt. Wie ein Körper bewegten sie sich im Gleichschritt, bis zum Waldsaum waren es vielleicht dreihundert Fuß.

Plötzlich schrie ein Mann vor Karl auf. Er fiel, sofort nahm ein anderer seine Stelle ein. Karl fragte sich, wie es sich anfühlen würde, wenn ein Pfeil seine Brust durchbohrte, ob es lange dauern würde, bis er starb.

Pfeile sirrten nun durch die Luft, doch sie trafen nicht. Die Schützen hatten anscheinend Mühe, ihre Ziele im morgendlichen Dämmerlicht ins Visier zu nehmen. Wieder schrie ein Mann auf, und noch einer, die Formation geriet aus dem Takt, Karl verlor das Gleichgewicht, taumelte, versuchte sich aufzurappeln, vergeblich. Rückwärts schlug er auf den Boden, Lichter explodierten vor seinen Augen.

Das Letzte, was er hörte, war der Ruf: »Feuer einstellen!«

Sie wollten ihn offenbar lebend. »Herr, sei meiner Seele gnädig«, murmelte er, dann umfing ihn Dunkelheit.

Die Hüterin der Christenheit

Dezember 1349/Tevet 5110

Es dunkelte bereits wieder, und mit der Dunkelheit kehrten die Erschöpfung und die Angst zurück, die sich bei Tageslicht so gut vergessen ließen. Rebekka saß ab. Sie musste schleunigst einen Rastplatz finden, doch nirgends war ein Unterschlupf in Sicht.

Die Nacht zuvor hatte sie in einer Höhle verbracht, deren Lage sie von der Karte kannte. Doch hier in der Gegend gab es nichts, nicht einmal eine verlassene Köhlerhütte. Rebekka sah sich um. Nichts als Bäume und Unterholz, dazwischen der schmale Pfad, dem sie seit Stunden folgte. Eigentlich hatte sie heute weiter kommen wollen, doch sie war zu entkräftet gewesen, um schneller als im Schritt zu reiten. Als sie aus der Gefangenschaft Vojtechs geflohen war, hatte sie vergessen, Proviant aus den Satteltaschen des Packpferdes mitzunehmen. Seit gestern Morgen hatte sie nichts anderes zu sich genommen, als Wasser und eine Handvoll halb vermoderter Pilze, die sie vage an Steinköpfe erinnerten, die einzigen Pilze, von denen sie wusste, dass sie roh genießbar waren.

Ihr Magen knurrte. Doch schlimmer als der Hunger war die Kälte, die von jedem Winkel ihres Körpers Besitz ergriffen zu haben schien. Rebekka glitt aus dem Sattel. Es war inzwischen so dunkel, dass sie den Pfad kaum noch erkennen konnte.

Sie führte Vila einige Schritte ins Unterholz und hielt nach einem Platz Ausschau, wo sie die Nacht einigermaßen trocken überstehen würde. Nach einer Weile fand sie eine kleine moosbewachsene Mulde und ließ sich nieder. Vila blieb dicht bei ihr stehen.

Rebekka hüllte sich in ihren Mantel und schloss die Augen. Doch an Schlaf war nicht zu denken. Vor Kälte klapperten ihr die Zähne. Die Erkenntnis traf sie wie ein Schlag: Wenn sie jetzt einschlief, würde sie nicht wieder aufwachen. Entsetzt fuhr sie hoch. Sie wollte nicht sterben, nicht hier und nicht jetzt. Nicht, bevor sie herausgefunden hatte, was es mit ihrer Herkunft auf sich hatte. Sie musste nach Prag, Tassilo Severin würde sie mit offenen Armen aufnehmen. In Prag würde sie sich Geld besorgen und alles in Erfahrung bringen, was es über die Familie Belcredi zu wissen gab.

Doch bevor sie daran denken konnte, musste sie diese Nacht überleben. Nur wie?

In dem Augenblick schnaubte Vila leise und stieß Rebekka sanft mit dem Maul an. Die Stute schüttelte sich, knickte erst mit den Vorderläufen ein und ließ sich langsam auf dem Boden nieder. Ungläubig starrte Rebekka das Tier an. Dann schossen ihr die Tränen in die Augen. »Ach, Vila«, murmelte sie. »Was würde ich nur ohne dich machen?«

Rebekka kroch ganz dicht an die Stute heran, presste ihr Gesicht an deren Flanke, bis sie spürte, wie Vilas Wärme langsam in ihren Körper kroch und die Kälte vertrieb. Wenig später schlief sie ein.

* * *

Rupert Fulbach triumphierte. Bereits einen Tag, nachdem er die frohe Botschaft in die Welt gesetzt hatte, war sie in Prag angekommen. Gerade eben hatte ihm einer seiner Spione gemeldet, dass es bei Hofe hieß, der König sei erkrankt und nicht zu sprechen, für niemanden. Lange würden Karls Getreue diese Lüge nicht aufrechterhalten können.

Vor allem nicht, wenn die Wahrheit bereits die Runde machte. Der Wittelsbacher Ludwig V. hatte ihm ebenfalls eine Nachricht zukommen lassen. Darin hatte er verhaltene Freude gezeigt, aber Fulbach signalisiert, dass er nichts überstürzen würde. Erst wenn sich der König nach Aufforderung nicht zeigte, würde Ludwig eingreifen und seine Ansprüche auf die deutsche Krone geltend machen.

Fulbach hatte damit gerechnet und zugleich Boten an seine Verbündeten geschickt und sie aufgefordert, ihre Söldner in Bewegung zu setzen, sie auf Prag marschieren zu lassen. Die Stadt war wegen der vielen Baustellen augenblicklich schlecht befestigt, überdies fehlte es Karl an einem stehenden Heer. Wie eine reife Frucht würde ihnen Prag in die Hände fallen, noch bevor der Winter eine lange Belagerung unmöglich machte.

Fulbach rieb sich die Hände. Wenn der Hradschin erst gefallen war, musste Ludwig V. ihm ein sehr gutes Angebot machen, damit er den Thron nicht an die Habsburger übergab. Allerdings enthob ihn diese gottgefällige Beseitigung dieses lächerlichen Judenfreundes vom deutschen Thron nicht seiner heiligsten Aufgabe: Er musste Amalie Belcredi finden und ihr das Geheimnis der heiligsten Reliquie der Christenheit entreißen.

Ab jetzt würde er sich persönlich um die Jagd nach Amalie Belcredi kümmern, denn noch so ein Desaster wie mit Kylion Langenmann konnte er sich nicht erlauben. Ein weiterer Grund, sofort nach Prag aufzubrechen. Denn wenn Amalie Belcredi noch lebte, würde sie dorthin zurückkehren, daran zweifelte Fulbach keinen Moment. Nur dort konnte sie Hilfe erwarten, nur dort konnte sie Verbündete finden. Je schneller er Prag einnahm, desto eher würde er Amalie Belcredi fangen.

Fulbach trat vor sein Zelt und betrachtete zufrieden seine Armee. Innerhalb kürzester Zeit hatte er zweihundertfünfzig Ritter, vierhundert Speerträger und zweihundert Armbrustschützen zusammenziehen können. Remigius würde noch einmal so viele Männer senden, Abt Reinhard etwa die Hälfte. Nur Abt Albert war nicht in der Lage, Söldner zu stellen, dafür hatte er Fulbach immerhin dreihundert Pfund Silber zukommen lassen. Alles in allem verfügte er also über sechshundert Ritter, eintausend Speerträger und nicht ganz fünfhundert Armbrustschützen. Das war zwar nichts im Vergleich zu den Armeen in der Schlacht von Crécy, wo allein auf französischer Seite zehntausend Ritter gefallen waren. Aber um die Prager Burg einzunehmen, reichte es allemal.

***

In der Nacht hatte es ein wenig geschneit, ein bleigrauer Himmel spannte sich über den Wald. An Vilas Bauch gekauert, wachte Rebekka auf. Ihre Glieder fühlten sich steif an, aber ihr

Körper war warm. Vila hatte ihr das Leben gerettet. Ohne weitere Verzögerung setzte Rebekka ihre Reise fort.

Wenig später stand sie an einer Weggabelung und war sich nicht sicher, welche Richtung sie einschlagen sollte. Auf der Karte gab es zwei Strecken nach Prag, die als halbwegs sicher galten. Die eine war etwas weiter, führte über stark befahrene Straßen durch die Stadt Kutná Hora, die andere leitete sie auf schmalen Pfaden zum Dörfchen Nymburk und von dort nach Prag. Lauerte ihr dort jemand auf, war es wahrscheinlich um sie geschehen. Andererseits tummelten sich Räuber eher dort, wo es etwas zu holen gab. Nahm sie den Weg über Kutná Hora, konnte sie sich sicher sein, die meiste Zeit Reisende um sich zu haben. Das wiederum barg den Nachteil, dass sich rasch herumsprechen könnte, dass eine junge, recht schweigsame Frau allein unterwegs war. Und ihre Feinde waren überall, davon war sie überzeugt. Wenn selbst ein Hauptmann der königlichen Wache dazu genötigt werden konnte, seine heiligen Schwüre zu brechen, war sie nirgendwo sicher.

Sie konnte niemandem trauen, genau wie Engelbert von der Hardenburg es ihr gesagt hatte. Aber auch er verfolgte seine eigenen Ziele, und vielleicht war sie für ihn nur ein Mittel zum Zweck. Und Bohumir Hradic? Der würde letztlich immer den Befehl seines Königs ausführen, selbst wenn das bedeutete, sie auszuliefern oder gar zu töten.

Es gab nur einen einzigen Menschen, dem sie ihr Leben anvertraut hätte, und der war weit weg: Johann. Ihm vertraute sie bedingungslos. Er war ein Christ und dennoch ein guter Mensch, der sie immer geachtet hatte. Heimweh überfiel Rebekka. Sehnsucht nach jenen unbeschwerten Stunden in der Burgruine von Rothenburg. Wie unwirklich ihr diese Zeit vorkam! Wie aus einem anderen Leben. Es schien Jahre her zu sein, dass sie ihre Heimat verlassen hatte, dabei waren seitdem kaum mehr als zwei Monate vergangen.

Vila schnaubte und schüttelte ihre Mähne.

»Du hast ja Recht, meine Gute«, sagte Rebekka und klopfte ihr mit der flachen Hand auf den Hals. »Alles Jammern hilft nicht. Wir müssen nach Prag. Ich muss mit Engelbert von der Hardenburg sprechen und ihn zwingen, mir zu sagen, was er weiß.«

Rebekka lenkte Vila nach rechts Richtung Nymburk. Erst kurz vor Prag würde sie sich unter die Leute mischen, dann würde sie nicht mehr auffallen.

* * *

»Herr!«

Die Stimme klang seltsam. Hallte unwirklich, als befände sich der Rufer in einer riesigen Höhle.

»Herr!«

Karl stöhnte. Überall Schmerzen. Dann durchzuckte ihn die Erinnerung an die Flucht. Immerhin, er lebte. Aber in den Fängen seiner Feinde würde das nicht lange währen. Und bevor er verschied, drohten ihm schreckliche Qualen. Er durfte kaum auf einen schnellen Tod hoffen. Karl öffnete die Augen. Licht blendete ihn. Wer war der Herr, nach dem die Stimme rief? Würde er jetzt den Mann zu Gesicht bekommen, in dessen Falle er gelaufen war?

Karl bewegte einen Arm. Er war nicht gebunden. Wozu auch? Er war wehrlos wie ein Neugeborenes.

»Er kommt zu sich«, sagte jemand.

Diese Stimme kannte Karl. Es war Matyas. War auch er gefangen? Das Heer vernichtet? Wie hatte das geschehen können? Welche Mächte waren da im Spiel?

Karl blinzelte. Alles wirkte verschwommen, er konnte nur Umrisse erkennen. Flackerlicht, mehrere Gestalten, die um ihn herumstanden. Lag er in einem Zelt? Im Verlies einer Burg? Wie lange war er bewusstlos gewesen? Die Fragen machten ihn schwindelig.

Wieder drang Matyas' Stimme zu ihm vor. »Herr, ich bin untröstlich...« Matyas stockte.

Karls Befürchtungen wurden zur Gewissheit, er versuchte zu sprechen. »Wie...?«

»Wir dachten, Ihr wärt Fulbachs Männer, die zu fliehen versuchten.«

Karl verstand nicht, das ergab keinen Sinn – oder doch? War es möglich, dass er gar nicht in Feindeshand war? Ja, so musste es sein: Seine eigenen Männer hatten auf ihn und seine Getreuen geschossen und ihren Fehler erkannt, bevor sie ihren König umbrachten. Gerade zur rechten Zeit.

Dann begriff Karl, was Matyas gesagt hatte. »Fulbach steckte also dahinter«, krächzte er. »Wo ist...?«

»Er konnte fliehen.« Matyas räusperte sich. »Herr, ich übernehme die volle Verantwortung.«

Karl hob eine Hand. »Schon gut, Matyas, schon gut.« Seine Stimme gewann mit jedem Wort wieder an Kraft.

Karl richtete sich auf. Er kannte Fürstabt Fulbach. Man hatte ihm sogar das Gerücht zugetragen, der Abt sei ein Verschwörer. Doch er war diesem Vorwurf nicht weiter nachgegangen. Ja, er hatte sogar verboten, ihn weiterhin auszusprechen. Ein gefährlicher Fehler! Karl überlegte. Wahrscheinlich zählten auch Fürstabt Reinhard von München, Abt Remigius von Trier und Abt Albert von Hannover zu den Umstürzlern, denn sie und Fulbach hielten zusammen wie Pech und Schwefel. Karl presste die Lippen zusammen. An Fulbach kam er nicht heran, der Fürstabt genoss so lang Immunität,

331

bis man ihm ein Verbrechen hieb- und stichfest nachweisen konnte. Eine mehr als lästige Angelegenheit. Gab es noch weitere Verschwörer? Womöglich in den eigenen Reihen? Karl musste tief Luft holen. »Warum kamt Ihr so spät, Matyas?«

»Raubritter kamen uns in die Quere. Sie griffen die Vorhut an, aber sie hatten wohl schlechte Kundschafter. Wir sind rasch mit ihnen fertiggeworden. Trotzdem hat es einen halben Tag gedauert, bevor wir weitermarschieren konnten. Alle haben ihre gerechte Strafe erhalten.«

Karl nickte. Er selbst hätte nicht anders gehandelt. So war das Leben, so war das Land: noch immer wild und unberechenbar. Aber er würde nicht ruhen, es zu befrieden. Eines Tages sollte es möglich sein, dass ein einzelner Mann, oder sogar eine Frau, unbehelligt durch Böhmen und das Reich reisen konnte. Im Augenblick gab es jedoch drängendere Sorgen. Fürstabt Fulbach musste zur Strecke gebracht werden. Karl konnte einen solch gefährlichen Gegner nicht einfach davonkommen lassen.

»Grämt Euch nicht, Matyas«, sagte er. »Ihr habt alles richtig gemacht.« Wieder zuckten Schmerzen durch seinen Körper. Schmerz und Angst, dachte Karl, das sind zwei unliebsame Gefährten des Menschen, aber ohne sie kann er nicht überleben. Also muss er sich mit ihnen gutstellen. »Was sagt der Arzt?«

»Ihr seid bald wieder wohlauf, habt keine schwere Verletzung. Das ist die gute Nachricht.«

»Und die schlechte?«, fragte Karl.

Matyas runzelte die Stirn. »Keine schlechte.«

»Umso besser. Kann ich reisen?«

Ein Mann trat hinzu, den Karl bisher nicht beachtet hatte. Der Chirurgicus. »Ihr werdet ein wenig Eure Glieder spüren, Majestät, und Euren Kopf. Aber Ihr seid nicht ernsthaft verletzt. Ihr habt großes Glück gehabt.«

»Dann sollten wir nicht müßig sein! Brecht das Lager ab! Wir kehren zurück nach Prag. Und dann werden wir uns um Abt Fulbach kümmern. Ich will, dass er bald Gast ist in den Kellergewölben der Prager Burg!«

* * *

Johann musste unwillkürlich gähnen. Seit dem frühen Morgen saß er auf einer unbequemen Bank in einem mäßig geheizten Raum in einem Haus am Altstädter Ring, dem zentralen Marktplatz der Stadt. Eine Universität hatte er sich anders vorgestellt: ein Palast der Gelehrsamkeit mit weiten Hallen, halbrunden Foren und Lehrern in weißen Gewändern. Aber vor ihm stand ein bunt gekleideter Mann, der ein wenig aussah wie ein Hofnarr: der Genueser Magister Fabrizio di Falcone. Seine langen Haare trug er offen, sein eckiges Kinn war glatt rasiert, seine Haltung aufrecht. Um ihn herum saßen zwei Dutzend Studenten, deren Aufmerksamkeit unermüdlich schien, obwohl di Falcone griechisch redete. Johann verstand kein einziges Wort. Er langweilte sich, aber er hatte sich vorgenommen durchzuhalten. Eigentlich hatte er etwas über das neue System der Rechnungslegung und Buchführung erfahren wollen, aber das wurde an der Universität gar nicht gelehrt. Di Falcone sprach offenbar über die griechischen Philosophen Platon und Sokrates, die Namen zumindest glaubte er verstanden zu haben.

Endlich hielt der Mann inne, hob den Kopf, zeigte auf Johann und sagte auf Lateinisch, das Johann in Schrift und Sprache fließend beherrschte: »Zumindest einer Tugend scheint Ihr Euch rühmen zu können, werter Johann von Wallhausen aus Rothenburg ob der Tauber.«

Johann wusste nicht, ob di Falcone den Satz als Frage oder

Feststellung meinte. »Und welche ist das, Meister di Falcone?«

»Die Geduld. Und die Fähigkeit, nicht dem unerbittlichen Drang des Schlafes zu erliegen, von dem jeder überfallen wird, der zuhören muss, obwohl er kein Wort versteht.«

Die anderen Studenten klatschten Beifall, Johann wusste nicht, ob er verhöhnt oder gelobt wurde. Er entschied sich für das Lob und neigte kurz den Kopf. »Und Euch muss ich zugestehen, dass Ihr mir diese Prüfung besonders schwer gemacht habt.«

Jetzt lachten die Studenten, Johann war gespannt, wie di Falcone auf die Stichelei reagieren würde.

Der Magister hob eine Hand, sofort kehrte Ruhe ein. »Ich bin angenehm überrascht! Ihr seid anscheinend auch in den schönen Künsten bewandert, zumindest in der Rhetorik.« Er lächelte milde und blickte in die Runde. »Die Lektion ist beendet. Ich will mich nun meinem wortgewandten Freund hier widmen.« Er zeigte auf Johann und sagte in fast akzentfreiem Deutsch: »Wenn Ihr mir folgen wollt?«

Johann sprang auf, kam ins Straucheln, viele Hände stützten ihn, einige klopften ihm auf die Schulter. Johann spürte einen Stich in der Magengegend. Die Menschen hier waren so viel gastfreundlicher als in seiner Heimat. Er wurde offenherzig aufgenommen, niemand begegnete ihm mit Misstrauen, selbst ein Magister der Universität nahm sich persönlich seiner an.

Di Falcone winkte, nahm einen Hut, an dem drei Pfauenfedern steckten, und trat nach draußen auf den Platz. Johann folgte, ohne ein weiteres Mal zu stolpern. Der Schnee war schon längst von hunderten Füßen und Hufen zertreten, die Sonne schielte noch über die Dächer, aber sie wärmte nicht mehr. Johann zog sich die Gugel tief ins Gesicht, bevor er zaghaft seine erste Frage formulierte.

Di Falcone lächelte, schlenderte los, begann zu reden, und jedes Wort war für Johann eine Offenbarung.

* * *

Missmutig stocherte Engelbert in seinem Haferbrei. Sie hatten Vojtech von Pilsen gefunden, ja, neben dem Wegkreuz bei Pruhonice, genau wie sein Handlanger ausgesagt hatte. Aber der Feigling hatte sich die Pulsadern aufgeschnitten.

Keine Spur von Rebekka. Vielleicht war sie längst in der Hand der Feinde. Denn Kylion Langenmann war ebenfalls verschwunden. Am schlimmsten aber war das Gerücht, das seit Tagen durchs Land ging: Der König sei tot. Verbrannt in den lodernden Mauern der Burg Pasovary. Ausgerechnet. Pasovary war der ehemalige Stammsitz der Belcredis. War Karl wirklich dort gewesen? Aus welchem Grund? Und warum unternahm der König nichts gegen die Verbreitung des Gerüchts? Warum zeigte er sich nicht?

Engelbert ließ den hölzernen Löffel sorgenvoll auf den Tisch fallen. Ihm gegenüber saßen seine Ordensbrüder und schauten nicht minder schlecht gelaunt drein. Wenn Karl dem Gerücht nicht bald widersprach, könnte es zu Unruhen kommen, vielleicht sogar zum Krieg.

Und wenn es gar kein Gerücht war? Niemand wurde vom König empfangen, die Königin tätigte an seiner Stelle die Geschäfte. Soldaten wurden auf der Burg zusammengezogen, als stünde der Feind vor den Toren. Oder war er bereits bis in den Palas vorgedrungen? Wurde der König gefangen gehalten? Gab es eine Revolte? Engelbert presste die Handflächen auf den Tisch. Nichts war schlimmer, als nichts zu wissen. Er beschloss, nochmals bei Montfort vorzusprechen.

Ohne ein Wort verließ er die Kommende, schwang sich auf

sein Pferd und ließ es in Trab fallen. Murrend machten die Leute Platz, die Brücke war wie immer voll von Menschen, die entweder der Burg oder der Altstadt zustrebten. Doch etwas war anders. Engelbert spürte die Anspannung, die über der Stadt lag. Bei der Heiligen Jungfrau! Es war an der Zeit, dass der König etwas unternahm.

Engelbert wurde sofort zu Montfort vorgelassen, der ihm einen Becher Wein und einen Platz anbot.

»Was ist mit dem König?«, platzte Engelbert heraus. »Hört Ihr nicht, welche Gerüchte in den Straßen umgehen? Wenn das die Wittelsbacher oder die Habsburger erfahren, was glaubt Ihr, was sie als Erstes vergessen werden? Ihre Schwüre! Karl ist ohne Erben! Was glaubt Ihr, wie schnell seine Gegner versuchen werden, Böhmen und das ganze Reich in ihre Gewalt zu bringen? Und wir könnten nichts dagegen tun. Karl muss sich zeigen, egal, wie krank er ist.«

Montfort knetete seine Hände, blickte kurz in Engelberts Augen und starrte dann an die Decke. »Wir wissen nicht, wo der König ist und ob er lebt.«

Engelbert federte von seinem Stuhl hoch, ihm fehlten die Worte.

»Ihr seid mir zuvorgekommen, Engelbert von der Hardenburg, denn ich wollte Euch ohnehin rufen lassen. Ich habe eine Bitte an Euch.«

Engelbert musste nicht nachdenken, um zu wissen, worum es ging. Doch er schwieg, überließ Montfort das Wort.

»Wir müssen befürchten, dass die Todesnachricht kein Gerücht ist.«

Engelbert fasste sich unwillkürlich ans Herz. »Was wollte der König in Pasovary?«, stieß er hervor.

Montfort stand ebenfalls auf, Schweiß stand auf seinem Gesicht. »Er hat mich leider nicht in seine Pläne eingeweiht, aber das ist jetzt ohnehin unwichtig. Wir brauchen die Hilfe des Deutschen Ordens.«

»Vor allem die Hilfe der Ritter, nehme ich an.«

»Jeden, den Ihr entbehren könnt.« Montfort wischte sich mit dem Ärmel seines Bischofsgewandes den Schweiß von der Stirn.

Engelbert setzte sich wieder. Jetzt rächten sich die vielen Feldzüge gegen die Litauer und Polen, die fast das ganze Jahr über erhebliche Kräfte banden. Kräfte, die ihnen nun hier fehlten.

Montfort begann, im Raum auf und ab zu gehen. »Wir müssen nur eine gewisse Zeit den Thron verteidigen. Anna wird in etwa vier Wochen niederkommen. Dann haben wir einen Thronfolger, so Gott will, und alle Neider werden schweigen. Es soll nicht zum Schaden des Deutschen Ordens sein.«

Engelbert vergrub den Kopf in den Händen. Prag war zurzeit eine leichte Beute, unmöglich gegen ein geordnetes Heer zu verteidigen. Die Wittelsbacher und die Habsburger würden sich zusammentun und in weniger als zwei Wochen vor den Toren stehen. Wenn sich der König dann nicht zeigte, war Böhmen verloren. Karl verfügte über kein Heer, das einen Krieg gegen die zwei mächtigsten Dynastien des Reiches gewinnen konnte. Und Karls Onkel, der Bischof von Trier, würde sich niemals auf ein böhmisches Abenteuer einlassen. Er würde abwarten und dann dem Sieger seine Stimme geben, wenn sie nur ausreichend versilbert war. Der Deutsche Orden konnte vielleicht sechshundert Ritter aufbieten, die aber mindestens vier Wochen brauchten, um von Riga, Kreuzburg oder Marienburg nach Prag vorzustoßen. Die Kommenden in Böhmen und im Reich waren jeweils mit höchstens zwei oder drei Rittern besetzt, ihre Zahl war nicht der Rede wert.

337

Engelbert hob den Kopf. »Wir sollten die Königin in Sicherheit bringen. Auf die Marienburg. Dort wagt niemand, sie anzugreifen. Und wenn es einen Thronfolger gibt, können wir zurückschlagen. Wir müssen Zeit gewinnen, sonst ist die Krone verloren.«

Montfort nickte unsicher. »Ich befürchte, Ihr habt Recht. Sprechen wir mit Anna.«

Montfort führte Engelbert zur Königin und trug ihr das Anliegen vor. Anna war bleich, aber gefasst. Engelbert erkannte die junge Frau, die vor wenigen Wochen mit glühenden Wangen gekrönt worden war, kaum wieder. Es war, als wäre sie in Tagen um Jahre gealtert. Trotz der weiten Gewänder wölbte sich ihr Bauch hervor, es war nicht zu übersehen, dass die Niederkunft kurz bevorstand.

»Nein«, sagte sie mit fester Stimme und strich sich mit der Hand über den Bauch. »Ich habe unmissverständliche Anweisungen von Karl. Ich habe ihm mein Wort gegeben, mich genau daran zu halten. Niemals werde ich die Prager Burg aufgeben, solange nicht sein Leichnam vor mir liegt. Und wer behauptet, der König sei tot, dem lasse ich die Zunge herausreißen!«

Montfort verneigte sich. »Herrin, es ist nur zu Eurer Sicherheit.«

Anna lachte kurz. »Montfort, Ihr seid ein treuer Diener des Königs.« Sie nickte Engelbert zu. »Und das Gleiche gilt für Euch, von der Hardenburg. Genau deshalb darf *mein* Schicksal nicht Euer erstes Interesse sein. Mein *Kind* darf nicht gefährdet werden.« Wieder legte sie eine Hand auf ihren Bauch. »Allein darum geht es. Glaubt Ihr allen Ernstes, ich lasse mich darauf ein, den Sohn des Königs irgendwo auf der

Flucht zur Welt zu bringen? Womöglich in einer Gegend, die von der großen Seuche heimgesucht wird? Niemals!«

Engelbert musste zugeben, dass Anna damit nicht Unrecht hatte. Die Reise war gefährlich, das Wetter unberechenbar, jederzeit konnte der Winter mit Macht über das Land hereinbrechen. Ganz zu schweigen von der Pestilenz und anderen Fährnissen. Sie hatten keine Wahl: Die Prager Burg musste bis zu Annas Niederkunft verteidigt werden, koste es, was es wolle. Sie mussten alle Kräfte aus dem Umland und der Stadt auf der Burg zusammenziehen und beten, dass Karl bald wohlbehalten wieder auftauchte.

Allein der König konnte der Gefahr Einhalt gebieten. Engelbert teilte nicht die Zuversicht Montforts, was das Kind anging. Selbst wenn Anna einen Sohn gebar, hieß das noch lange nicht, dass sich die hungrigen Wölfe zurückziehen würden. Aber diese Bedenken behielt er für sich.

* * *

Rebekka atmete auf. Die Sonne hatte sich durchgesetzt, und die Dächer Prags glänzten im Abendlicht wie Gold, obwohl sie nur nass waren vom tauenden Schnee. Ihre Entscheidung hatte sich als richtig erwiesen. Den wenigen Reisenden, die zwischen Nymburk und Prag unterwegs gewesen waren, hatte sie leicht ausweichen können. Vila schien es geradezu Freude zu bereiten, durch den Schnee zu stapfen, der inzwischen fast einen halben Fuß hoch lag; nicht viel für diese Jahreszeit, und doch genug, um einen Fußgänger zu behindern, vor allem, wenn Schneewehen den Weg versperrten.

Rebekka mischte sich in den Menschenstrom, der sich vom Dorf Parschitz, das vor den Mauern der Stadt lag, durch das Tor bis auf den Altstädter Ring schob. Zwar musterten die Wachen sie argwöhnisch, aber sie wurde nicht angehalten.

Am Altstädter Ring musste sie absitzen und Vila am Zügel führen, zu viele Menschen drängten sich auf dem belebten Platz. Der Duft nach Brot, Holzfeuer und frisch zubereiteten Speisen ließ sie schwindelig werden vor Hunger. Vor ihrem inneren Auge sah sie bereits all die Köstlichkeiten, die man ihr im Hause Severin auftischen würde.

Ungeduldig drängte sie sich durch die Menge. Einige Schritte vor ihr gingen zwei Männer, von denen einer wegen seiner bunten Gewänder auffiel, insbesondere wegen seines Hutes, an dem drei Pfauenfedern auf und ab wippten. Unterwegs hatte sie solche Gewänder gesehen und einmal auch eine ähnliche Kopfbedeckung. Leute aus dem Süden, aus Genua, Umbrien und der Toskana trugen sie. Die Stimme des Südländers war tief und trug weit; er klang fast wie Rabbi Isaak, wenn er ihr eine Lektion erteilte. Unermüdlich redete er auf den Mann neben ihm ein, der eine graue Gugel trug und ständig nickte. Der Unterschied hätte nicht größer sein können: die bunten Federn, die graue Gugel, der eine redete ohne Unterlass, der andere lauschte geradezu andächtig. Irgendetwas an dem Mann mit der Gugel kam ihr bekannt vor. Vermutlich war sie ihm schon einmal hier in Prag begegnet.

Die beiden Männer bogen nach rechts in eine Gasse ab, Rebekka wandte sich nach links, wo am äußersten Ende des Platzes das Haus des Tassilo Severin stand.

Einen Augenblick zögerte sie. Wie konnte sie sicher sein, dass Tassilo nicht auch von irgendjemandem gedungen war? Gar nicht. Sie musste auf ihr Herz vertrauen.

Leise klopfte sie.

Die Tür öffnete sich, Tassilo selbst erschien auf der Schwelle, riss die Augen auf, und bevor Rebekka etwas sagen konnte, zog er sie in die Stube und schloss die Tür. Dann legte er seine Arme um sie, drückte zu und sagte: »Gott sei gepriesen! Du lebst! Du bist wohlauf!«

»Aber nicht mehr lange, wenn Ihr mich weiter so zerdrückt.«

Sofort ließ Tassilo los und trat einen halben Schritt zurück. »Verzeih einem dummen alten Mann. Aber meine Freude ist so riesig, dass ...«

Er zog ein großes Leintuch hervor und schnäuzte sich.

Rebekka legte eine Hand auf seinen freien Arm. »Wie schön, dass ich willkommen bin.«

»Mehr als willkommen. Wenn du möchtest, kannst du für immer hierbleiben. Du weißt doch, dass du wie eine dritte Tochter für mich bist.«

Rebekka schwieg verlegen. Sie war überwältigt von der Zuneigung dieses Mannes.

Tassilo hob die Hände. »Verzeih meine Gedankenlosigkeit. Sicherlich bist du müde und hungrig. Soll ich dir etwas zu essen bereiten lassen?«

Rebekka nickte. »Oh ja, bitte.«

»Alberta!« Tassilo wandte sich der Küche zu. »Meine Nichte ist zurückgekehrt. Bereite ihr ein Bad und etwas zu essen. Und zwar rasch! Und sorge dafür, dass sich jemand um ihr Pferd kümmert!«

Die Magd lugte neugierig um die Ecke. Sie schlug die Hand vor den Mund, als sie die verdreckte und erschöpfte Rebekka erblickte. »Sehr wohl, Herr«, stammelte sie und verschwand.

Tassilo wurde ernst. »Wenn du dich gestärkt hast, musst du Engelbert von der Hardenburg aufsuchen. Ich schicke dir einen Knecht mit. Er lässt dich im ganzen Land suchen. Er erzählte mir, dass man dich entführt hat! Sag, wie bist du entkommen?«

Rebekka fand die Sprache wieder. »Ich hatte Glück«, antwortete sie vorsichtig. Und einen guten Lehrer, ergänzte sie in Gedanken.

* * *

Di Falcone schwieg einen Moment und blickte Johann in die Augen. »Habt ihr das verstanden?«

»Bestens. Ihr habt eine Art zu erklären, da fliegt mir das Wissen zu, so, als ob Ihr einfach alles in meinen Kopf gösset.«

»Dann wiederholt das, was ich Euch in den Kopf gegossen habe.« Er lachte leise. »Ein gutes Bild. Ich will es in Zukunft verwenden.«

Johann fühlte sich geschmeichelt. »Zuerst muss ich hingehen und alles aufschreiben, was ich besitze, zudem alles, was mir andere schulden und was ich anderen schulde, und allem einen Wert geben. Am besten in der gebräuchlichsten Währung. Ich errechne die Differenz meiner Schulden, meiner Forderungen und meines Besitzes und erhalte dann den Wert, den ich zur Verfügung habe. Das mache ich an einem ganz bestimmten Tag im Jahr, und dann mache ich das ein Jahr später wieder. Wenn ich dann die Ergebnisse der beiden Berechnungen vergleiche, dann kann ich die Zunahme oder, im schlechteren Fall, die Verringerung meines Vermögens ganz genau beziffern.«

Di Falcone deutete eine Verbeugung an. »Vortrefflich! Ihr lernt schnell, es ist offenbar viel Platz in Eurem Kopf, um etwas hineinzugießen. Und wie nennt man diese Art der Berechnung?«

»Das ist die Bilancia, die Waage meines Vermögens.« Johann kratzte sich am Kopf. »Aber wie mache ich es mit dem Ungeld? Und den Zöllen? Diese Zahlungen vermindern ja mein Vermögen, aber das schert den Rothenburger Kämmerer bei seinen Berechnungen nicht. Der zählt nur, was ich habe an Geld und Waren, ohne meine Kosten zu beachten. Allein danach muss ich Steuern zahlen. Viele Händler wollen ihre Geschäfte schon allein deshalb weiterhin mündlich abschließen, weil sie auf diese Weise wenigstens den Kämmerer noch ein bisschen betrügen können.« Johann holte tief Luft und spürte die eisige Kälte in den Lungen.

»Das ist in der Tat ein großes Problem, Johann von Wallhausen. In Genua, in Mailand, ja in fast ganz Italien könnt Ihr keine Geschäfte machen ohne ordentliche Buchführung. Im Reich hingegen«, er zeigte mit dem Daumen nach Westen, »interessiert sich niemand für unser Zahlenwerk.«

»Ich weiß«, erwiderte Johann ein wenig bedrückt. Er kannte ja die Einstellung der Rothenburger: Neues war von vornherein verdächtig. Nur keine Veränderung. »Aber ich will es dennoch lernen. Dann kann ich nach Genua kommen und dort Handel treiben!«

Di Falcone legte die Stirn in Falten. »So einfach ist es nun auch wieder nicht. Unsere Familien achten sehr darauf, mit wem sie sich einlassen. Und sie möchten natürlich das Geschäft keinem Fremden überlassen.«

Johann nickte eifrig. »Keine Frage. Das ist bei uns nicht anders. Aber einen Versuch ist es doch wert, oder?«

Der Italiener blieb stehen und blickte ihn aufmerksam an. »Mein lieber Johann! Ihr seid aus dem rechten Holz geschnitzt. Ich stimme Euch zu, einen Versuch ist es wert! Ich werde Euch alles beibringen, was ich kann. Ihr müsst mir nur eines versprechen: Behaltet meine kleinen Geheimnisse über die Gepflogenheiten der Genueser Handelsart für Euch.« Sein Blick wurde streng. »Nutzt sie, aber schweigt darüber. Schwört Ihr mir das bei der Heiligen Jungfrau?«

Johann konnte sein Glück nicht fassen. Er hob die rechte Hand und schaute di Falcone in die Augen. »Bei Gott, dem Allmächtigen, ich schwöre es.«

»Ich glaube Euch. Fragt mich nicht, wieso, aber Ihr erweckt in mir den Eindruck, dass Ihr ein rechtschaffener Mann seid.«

»Ich werde Euch nicht enttäuschen, Fabrizio di Falcone, der Ihr nun mein Lehrer seid.« Johann verbeugte sich tief. Das Wissen des Genuesers würde ihm die Türen zu einem großen Markt weit aufstoßen. Wenn er erfolgreich war, konnte er Rothenburg den Rücken kehren, der Stadt, in der er sich seit dem großen Feuer nicht mehr zu Hause fühlte, ja, die ihm inzwischen regelrecht verhasst war. Er würde eine neue Heimat für sich und seine Familie finden. Agnes würde ihm bestimmt willig folgen.

Eine unvermittelte innere Wärme erfüllte Johann. Jetzt musste er nur noch Rebekka finden, dann konnte er wieder ruhig schlafen.

* * *

Engelbert schreckte aus dem Schlaf hoch. Er hatte ein Geräusch gehört, aber jetzt war wieder alles ruhig. Es war wohl ein Traum gewesen, doch wie zumeist konnte sich Engelbert nicht daran erinnern. Er wusste nicht, warum Gott ihm die Prophezeiungen verweigerte, die alle Träume in sich trugen.

Schlaftrunken erhob er sich von seinem Lager, zündete einen Kienspan an und trat auf den Hof. Es war noch dunkel. Die eiskalten Steinplatten malträtierten seine nackten Füße wie die Zähne eines Raubtieres. Nichts rührte sich in der Kommende. Wo war die Wache? Engelbert beschlich ein ungutes Gefühl. Noch standen keine Truppen vor den Toren

Prags, aber der Feind konnte überall sein, und ein einzelner Mann war oft wirkungsvoller als eine ganze Armee.

Er kehrte zurück in seine Kammer, zog Schuhe an, nahm einen Dolch und schlich die Treppe zum Wehrturm hoch. In jeder Nische konnte ein Meuchelmörder verborgen sein, hinter jedem Mauervorsprung konnte der Tod lauern, wenn die Wache nicht auf dem Posten war oder bereits überwältigt. Engelbert hörte einen Mann husten und entspannte sich. Die Wache lebte nicht nur, sie war auch aufmerksam. Leise ging er zurück zu seiner Zelle, schob die Tür auf und legte sein Messer auf die Truhe.

Eine Hand legte sich unvermittelt von hinten auf seinen Mund, und im selben Moment spürte Engelbert eine Klinge an seiner Kehle.

»Ein Laut, und Ihr seid tot.«

Engelbert kannte die Stimme nicht. Sein Herz fing an zu rasen, sein Magen wurde zu Stein. Zwei Atemzüge lang passierte nichts. Hätte der Angreifer ihn töten wollen, wäre es schon vorbei gewesen.

»So ist es gut«, sagte die fremde Stimme. »Ganz ruhig bleiben. Ich bin Matyas Romerskirch, ein Vertrauter des Königs.«

Er nahm die Hand von Engelberts Mund, hielt etwas vor sein Gesicht. Selbst im schwachen Licht des Kienspans konnte Engelbert den kleinen Siegelring des Königs erkennen. Er nickte, das Messer verschwand von seiner Kehle. Engelbert wandte sich langsam um. Vor ihm stand ein schmächtiger Mann mit strohigem blonden Haar, dessen Arme allerdings bärenstark waren. Engelbert hatte sich in seinem Griff gefühlt wie ein Kaninchen im Maul eines Jagdhundes.

»Engelbert von der Hardenburg! Ich habe eine Botschaft für Euch.« Matyas Romerskirch zog ein Dokument unter seinem nachtschwarzen Umhang hervor.

345

Engelbert zögerte einen Moment. War das Karls Testament? Sein Letzter Wille? Er holte tief Luft, griff zu und entrollte das Pergament. Es war eindeutig Karls Handschrift. Engelbert war einer der wenigen, die das beurteilen konnten. Denn es gab nicht viele Dokumente, die der König selbst anfertigte. Schreiber erledigten die Arbeit, Karl unterschrieb nur, selbst das Siegel setzten meistens seine Sekretäre unter die Pergamente.

Engelbert hielt den Text ins Licht, er begann ohne die formellen Einführungen, die besagten, dass Karl König sei und aus welchem Hause er stamme und so weiter und so fort. Selbst ein Datum fehlte.

Mein lieber Freund und treuer Diener. Wenn Ihr dies lest, bin ich tot.

Engelbert ließ das Pergament sinken. Also doch! Er ballte die Faust, unbändige Wut machte sich in ihm breit.

»Lest weiter!«, befahl Matyas Romerskirch.

Engelbert musste mehrmals zwinkern, um wieder einen klaren Blick zu bekommen, seine Augen brannten.

Und wenn Ihr das glaubt, dann hat ein Teil meines Planes schon funktioniert. Dann haben die Königin und mein Freund Montfort Euch ein treffliches Theater vorgespielt. Denn, Ihr werdet es bereits erraten haben: Ich bin alles andere als tot. Der Herr, unser Gott, hat mich beschützt, Ehre sei ihm immerdar.

Engelbert bekreuzigte sich und las weiter.

Für eine bestimmte Zeit soll die Welt in dem Glauben gelassen werden, ich sei bereits vor meinen Schöpfer getreten. Denn ich will endlich und für immer die Widersacher entlarven, die Verräter, denen es diesmal fast gelungen wäre, mich zu ermorden. Und ich will prüfen, wie fest die Wittelsbacher und die Habsburger zu ihren Versprechen stehen. Wie Montfort mir berichtete, seid Ihr über jeden Zweifel erhaben, auch Anna war sehr angetan von Eurer unverbrüchlichen Treue. Aber es gibt noch größere Gefahren als Meuchelmörder oder feindliche Armeen. Deswegen muss ich Euch sprechen. Unter vier Augen. Brecht sofort mit Matyas auf. Vernichtet das Dokument, und weiht niemanden ein. Wir sehen uns auf der Burg Karlstein.

Der Brief war mit dem Geburtsnamen des Königs gezeichnet: *Wenzel*. Engelbert atmete aus, dann wieder tief ein. Sollte er jetzt nicht jubeln? Auf die Knie fallen und Gott danken? Doch der Schock saß ihm noch zu tief in den Knochen. Er war erleichtert, ja, aber die Freude würde noch einen langen Weg haben, bis sie sich zeigen würde.

Engelbert hielt das Pergament an den brennenden Kienspan und warf es zu Boden. Nachdenklich betrachtete er Matyas Romerskirch, der zusah, wie der Brief zischend und knackend verbrannte. Er hatte den Namen dieses Mannes schon gehört, aber heute war er ihm zum ersten Mal begegnet. Er wusste nichts über ihn, außer dass er einer der engsten Vertrauten des Königs war und dass er über ein weit gespanntes Netz von Informanten verfügte, das sich über Böhmen und das ganze Reich erstreckte. Romerskirch musste wirklich ein Meister seines Faches sein, denn des Nachts unbemerkt in eine Kommende des Deutschordens einzudringen, war nicht die leichteste Aufgabe. Ein Mann also, den Engelbert im Auge behalten musste.

Über der Stadt begannen die Glocken zu läuten, auch die der Kommende sandte ihre Botschaft über das Land. Nach einer langen kalten Winternacht brach die Dämmerung an, das Morgengebet musste gesprochen werden, in den Klöstern versammelten sich die Mönche zu den Laudes.

Wenig später preschten Engelbert und Matyas Romerskirch die Berounka entlang. Die Gegend war menschenleer, der Schnee lag hier tiefer als in der Stadt. Schon bald kam die Baustelle von Karlstein in Sicht, auf einem steilen Felssporn ragte sie hoch über das Berounkatal. Engelbert hielt an und blickte staunend nach oben.

Romerskirch erklärte stolz, wie sicher die Anlage sein würde: Selbst ohne die drei Verteidigungsringe, die einmal die Reichskleinodien und Karls Reliquienschatz beschützen würden, wäre die Burg schon jetzt schwer einzunehmen. Wer hier hinaufwolle, der müsse Steilwände von einhundertfünfzig Fuß überwinden – und das unter ständigem Beschuss. Sogar eine Quelle hätten die Bergleute gefunden, nachdem sie den Brunnen über zweihundertvierzig Fuß tief in den Fels getrieben hatten.

Sie ließen die Pferde weitergaloppieren. Die Flanken der Tiere glänzten vom Schweiß, von den Mäulern troff Schaum, und ihr Atem gefror in der Luft. Ungehindert passierten sie mehrere Wachpunkte, die Männer öffneten blitzartig die Schildwälle und schlossen sie ebenso schnell wieder. Kein Zweifel, der König hielt sich hier auf, und er hatte Grund zur Wachsamkeit. Erst auf dem Plateau parierten Romerskirch und Engelbert durch, sogleich eilten Knappen herbei, um die Pferde zu versorgen.

Engelbert war beeindruckt, was die Arbeiter in nur zwei Jahren geschafft hatten. Der Bergfried war noch nicht vollendet, ein Stockwerk und das Dach fehlten noch, aber für den Winter hatten sie ein Holzdach aufgesetzt, das sie im Frühjahr wieder abnehmen würden. Das Plateau wimmelte von Rittern, Fußvolk, Bogenschützen und Kriegsmaschinerie, es war eine ansehnliche Armee, die Karl hier zusammengezogen hatte. Eine Armee, die in wenigen Stunden vor der Prager Burg auftauchen konnte. Eine Armee, die dennoch dem Feind nicht standhalten würde, sollte er sich mit voller Stärke in Bewegung setzen.

Matyas eilte auf den Eingang des Bergfrieds zu, Männer verbeugten sich vor ihm und vor Engelbert. Sie traten in einen Saal, der hinaufreichte bis in den provisorischen Dachstuhl. Einige Gerüste säumten die Mauern, auf denen Armbrustschützen an den Schießscharten kauerten. Im Kamin loderte ein mächtiges Feuer, ein ganzer Baumstamm lag in der Glut und spendete wohlige Wärme.

Engelbert entdeckte den König und trat auf ihn zu.

Karl begrüßte ihn mit einem Lächeln. »Wir sind glücklich, Euch wohlauf zu sehen, Engelbert. Ihr hattet eine beschwerliche Reise, aber wie wir hörten, war sie von Erfolg gekrönt.« Karl hielt ihm die Hand hin.

Engelbert kniete nieder und küsste den großen Siegelring. Bei Audienzen in seinen privaten Gemächern verzichtete Karl auf diese Formalitäten, aber ein großer Teil seines Hofes war zugegen, da konnte er sich keine Vertraulichkeiten leisten.

»Erhebt Euch und trinkt einen Becher Wein mit uns, während Ihr uns erzählt, was vorgefallen ist.« Karl zeigte auf einen mit Pelzen belegten Sessel aus Holz, ohne Zweifel der Thron, und dann auf einen Scherenstuhl, der durch ein aufgelegtes Bärenfell Bequemlichkeit versprach.

Mit einer lässigen Handbewegung verscheuchte Karl seine Höflinge, die einen Kreis mit einem Durchmesser von fast dreißig Fuß um den Thron bildeten und eifrig miteinander parlierten. Somit waren sie außer Hörweite, zumindest, wenn sie leise miteinander sprachen.

»Von Erfolg gekrönt, mein König, aber nicht ohne Verluste.« Engelbert nahm den Faden wieder auf. Sollte er Karl endlich beichten, dass Amalie Severin eigentlich Amalie Belcredi hieß? Irgendetwas mussten die Belcredis mit Karls jüngstem Abenteuer zu tun haben. Warum sonst hatte man ihn ausgerechnet auf Pasovary beinahe umgebracht? Oder war auch dies nur ein Teil der Gerüchte, die Karl selbst in die Welt gesetzt hatte? Engelbert überlegte fieberhaft. Es war nicht der Zorn des Königs, vor dem er sich fürchtete. Er hatte Angst, dass er sich irrte. Er wusste einfach zu wenig. Wie gut kannte er die Frau denn, die alles im Kopf behielt, was sie sich anschaute? Ihre Darbietung im Kloster Znaim war grandios gewesen und hatte seine Erwartungen weit übertroffen. Sie hatte die langen Ritte fast klaglos ertragen, die Männer verehrten sie. Aber gerade das stimmte ihn misstrauisch. Konnte eine Jüdin, die kaum erwachsen war und zeit ihres Lebens wohlbehütet hinter Mauern gelebt hatte, das vollbringen? Wo steckte sie? Lebte sie noch? War sie die, für die sie sich ausgab? Oder war sie doch eine Spionin, die nur auf die richtige Gelegenheit wartete, Karl zu töten?

Der Mundschenk trat hinzu, ein silbernes Tablett mit zwei ebenso silbernen Bechern auf einer Hand balancierend. Sie nahmen die Becher, der Mundschenk entfernte sich, sie stießen an, tranken.

»Verzeiht unsere Geheimnistuerei, aber wir müssen uns noch für ein paar Tage tot stellen«, erklärte der König, ohne auf Engelberts Bemerkung einzugehen. »Keinesfalls länger.

Es könnte zu Aufständen kommen, unsere Gegner könnten schneller sein als wir, und das wäre nicht in unserem Sinne. Und die Königin?« Er schmunzelte. »Wie hat sie sich geschlagen?«

»Ich habe ihr jedes Wort geglaubt.« Engelbert senkte kurz den Blick. »Ist es nicht, verzeiht meine offenen Worte, Herr, aber ist es nicht seltsam, von Menschen umgeben zu sein, die so überzeugend lügen, dass man die Wahrheit nicht mehr erkennen kann?«

Karl grinste über das ganze Gesicht. »Nun, Ihr gehört doch wohl auch zum Kreis dieser Menschen?« Er machte eine Pause und schaute Engelbert in die Augen. »Solange Ihr nur dann lügt, wenn ich es wünsche, bin ich damit vollkommen einverstanden. Und wenn ich es anordne, dann sollten Eure Lügen so gut sein, dass ich meine Ziele damit erreiche.« Er lehnte sich zurück.

Engelbert war aufgefallen, dass das Gespräch eine vertrauliche Wendung nahm. Der König sagte »ich« und nicht »wir«.

Karl zog eine Augenbraue hoch. »Oder muss ich an Eurer Treue zweifeln?« Bevor Engelbert etwas erwidern konnte, winkte Karl ab. »Ich habe keinen Moment an Euch gezweifelt, und es war auch keine Prüfung, dass ich Euch im Unklaren ließ, sondern Notwendigkeit.«

Engelbert wischte sich den Schweiß von der Stirn. Er musste sich beherrschen, um nicht ungeduldig nachzufragen. Der König sprang von einem Gedanken zum nächsten, wie es ihm beliebte, dabei hatte Engelbert so viele Fragen, auf die er gern eine Antwort gehabt hätte.

Karl schien zu erraten, was hinter seiner Stirn vor sich ging. »Sicherlich wollt Ihr wissen, was mir widerfahren ist?«

Engelbert neigte den Kopf, um ein Nicken anzudeuten.

»Einzelheiten spielen keine Rolle«, erklärte der König.

»Ich schrieb Euch ja bereits, dass mir eine Falle gestellt und ein Anschlag auf mein Leben verübt wurde. Doch der Herrgott schützt seinen König. Ich entkam, der Plan misslang. Leider ist der Drahtzieher meinen Männern entwischt. Es ist Fürstabt Rupert Fulbach.«

»Fulbach?« Engelbert wusste, dass der Abt nicht gerade ein Freund des Königs war, doch einen feigen Mordanschlag hätte er dem Kirchenmann nicht zugetraut. »Seid Ihr sicher?«

»Absolut. Er steckt übrigens auch hinter den Gerüchten, die überall meinen Tod verkünden. Er glaubt es selbst.« Karl lächelte. »Er weiß noch nicht, dass ich entkommen bin. Ich hoffe, dass Fulbach aus seinem Versteck kriecht, bevor ich mich wieder zeigen muss. Dann könnte ich ihn packen und ein für alle Mal zum Schweigen bringen. Ich glaube, es sind noch einige andere Äbte und sogar Bischöfe an der Verschwörung beteiligt. Meine Spione sind fleißig, die Liste der Verdächtigen wird immer länger.« Er nippte an seinem Wein. »Und jetzt erzählt, wie es Euch ergangen ist.«

Engelbert senkte die Stimme. »Es ist mir gelungen, Burg Mesenice wieder unter Eure unmittelbare Herrschaft zu stellen.«

Karl nickte wissend. »Davon habe ich gehört. Ein Meisterstück, das Ihr da vollbracht habt. Sprecht weiter.«

»Die Reliquie ist in Eurem Besitz. Ich habe sie Montfort übergeben. Auch das wisst Ihr sicherlich schon. Nun zu den schlechten Nachrichten: Amalie Severin ist verschwunden. Und Vojtech von Pilsen ist tot.«

Karl wurde blass. »Hat Vojtech etwas ...?«

»Ja, er hat Amalie Severin entführt. Wir wissen nicht, wohin er sie verschleppt hat.« Engelbert seufzte tief. »Ich habe keine Ahnung, ob sie überhaupt noch lebt.«

»Entführt, sagt Ihr?« Karl strich sich über das Kinn. »Wie

ist Vojtech gestorben? Bei allen Heiligen, er war einer meiner besten Männer!«

»Er hat zu allen seinen Sünden noch eine Todsünde hinzugefügt und sich entleibt. Immerhin hat er mir über seinen Tod hinaus einen Hinweis gegeben, zu spät jedoch, um Amalie zu finden.«

Karl schlug das Kreuz. »Die ewige Verdammnis ist ihm sicher. Meinem Zorn hat er sich entzogen, aber das Höllenfeuer wird ihn für immer daran erinnern, dass er schwere Schuld auf sich geladen hat.« Er schüttelte den Kopf. »Warum hat er die Frau entführt?«

»Ein gewisser Kylion Langenmann hatte seine Familie in seine Gewalt gebracht und ihn erpresst. Wir haben drei seiner Spießgesellen gefangen. Sie sitzen auf der Prager Burg und denken darüber nach, wie es in der Hölle aussieht.«

»Der arme Kerl. Ich gebe zu, ich würde alles tun, um meine Familie zu schützen.« Er schwieg einen Moment und fügte dann nachdenklich hinzu: »Nein, das ist nicht wahr. Nicht alles.« Er blickte Engelbert geradewegs in die Augen, dann winkte er Matyas Romerskirch zu sich. »Kennt Ihr einen Kylion Langenmann?«

»Aber ja. Er gilt als Spion und Handlanger von Fürstabt Fulbach. Er ist übrigens vor einiger Zeit verschwunden. Es heißt, der Fürstabt sei mit seiner Arbeit nicht zufrieden gewesen.«

Schon wieder Fürstabt Fulbach! Engelbert schwirrte der Kopf. Stand Rebekkas Entführung etwa in irgendeinem Zusammenhang mit dem Anschlag auf Karl? Aber wie?

»Danke«, sagte Karl mit regloser Miene und bedeutete Romerskirch, sich wieder außer Hörweite zurückzuziehen.

Engelbert sah ihm nach. Romerskirch mochte ein brillanter Spion sein, eine Lektion musste er aber noch lernen: Sein ganzer Körper, seine Haltung, sein Blick verrieten, dass er Engelbert nicht mochte. Mehr noch, seine Augen zeigten blankes Misstrauen.

»Fürstabt Fulbach unternimmt einen Anschlag auf mein Leben und lässt obendrein noch eine junge Frau in meinen Diensten entführen«, sagte Karl nachdenklich. »Ich verstehe nicht, was er mit der Entführung bezwecken wollte. Was glaubt Ihr, Engelbert?«

Engelbert legte die Hände zusammen und betrachtete seine Daumen. Das war der Moment, in dem er Karl gestehen sollte, dass Amalie Severin eigentlich Amalie Belcredi hieß. Und dass ihre Entführung womöglich etwas mit ihrer Herkunft zu tun hatte: Eine in Ungnade gefallene Adelsfamilie, deren Tochter entführt wurde, eine Falle für den König auf dem ehemaligen Stammsitz dieser Familie, beides angezettelt vom gleichen Mann – das alles war kein Zufall. »Mein König! Ihr solltet sofort nach Prag zurückkehren, Euch zeigen und Eure Krönung zum Kaiser vorantreiben. Fulbach ist ein schlauer Fuchs, das hat er bewiesen. Und die Wittelsbacher und die Habsburger werden nicht zögern, wenn ...«

Karl hob eine Hand. »Ja, ja. Das ist alles richtig. Ich spiele mit dem Feuer. Anna und Montfort haben mir dasselbe geraten. Ihr habt ja Recht. Und sollte ein Wintereinbruch kommen, säße ich hier fest, und Prag wäre ungeschützt. Aber das ist nur meine zweitgrößte Sorge.«

Engelbert stutzte. Was könnte schlimmer sein als der Feind auf dem Hradschin? Fulbach würde als Handlanger der beiden großen Hausmächte alle Adligen umbringen lassen, die Karl treu ergeben waren.

»Meine größte Sorge gilt dem Glauben.« Karl nippte an seinem Becher, dann stellte er ihn langsam und geräuschlos zurück auf den Boden. »Habt Ihr jemals von den ›Hütern der Christenheit‹ gehört?«

Engelbert nickte. Er wusste, dass es eine Gruppe frommer Christen gab, die sich so nannte, aber nicht mehr. Er hatte diese Menschen für harmlos gehalten und sich nicht weiter für sie interessiert.

Karl winkte einem Diener, der herbeieilte, einen Korb Binsen neben Karls Thron abstellte und sofort wieder verschwand. Karl warf einen Blick darauf, aber er rieb sich nur die Hände und ließ die Binsen in Ruhe. »Nun«, sagte er gedehnt, »ich fürchte, dass es nur noch einen Hüter der Christenheit gibt. Besser gesagt, *eine Hüterin*. Sie bewacht ein Geheimnis, das die Säulen der Christenheit erschüttern könnte.«

Engelbert hob erstaunt die Augenbrauen. War das nicht eine geradezu ketzerische Behauptung? Nichts Menschliches konnte Gott ins Wanken bringen. Gott war allmächtig.

Karl griff eine Binse und zerbrach sie in zwei Teile. »Ich kann nur so viel sagen, dass ...«

Aufgeregte Stimmen drangen von der Tür her in den Saal. Karl erhob sich, Engelbert tat es ihm gleich.

Ein Bote wurde vorgelassen, er beugte das Knie und überreichte Karl ein mit Siegeln behängtes Dokument. Engelbert erkannte sofort den Absender: Ludwig V., Sohn Ludwigs des Bayern, der durch seinen Tod im Jahre 1347 Karl den Weg auf den deutschen Thron frei gemacht hatte. Ludwig dürfte keine guten Erinnerungen an Karl haben, denn um seine Herrschaftsansprüche klarzustellen, hatte dieser dem Königreich Bayern einen Besuch abgestattet, bei dem er dem bayerischen Löwen ein paar Zähne gezogen hatte. Der eine oder andere Landstrich hatte zwar leiden müssen, aber es war die richtige Entscheidung gewesen, denn Karls Vorgehen hatte einen unnötigen, möglicherweise sogar langwierigen Krieg verhindert.

Karl entrollte das Pergament und lächelte. »Ludwig erhebt Anspruch auf den Thron. Der Brief ist an Anna gerichtet. Immerhin geben sie uns eine Frist von drei Tagen, um zu beweisen, dass ich noch am Leben bin.« Er warf das Pergament dem Boten zu, der es geschickt auffing, zusammenrollte und verstaute.

Karl griff in den Korb, nahm einige Binsen, zerbrach sie und erhob sich. »Sammelt das Heer! Richtet alles zum Aufbruch! Wir kehren nach Prag zurück, denn der König lebt!«

»Der König lebt«, schallte es durch den Saal, Fäuste reckten sich zur Decke, und sofort begann emsige Betriebsamkeit. Der ganze Hofstaat musste eingepackt und nach Prag transportiert werden. Dutzende Truhen mit Dokumenten, eine Vielzahl Möbel und Schreibpulte. Mehrere Tage würden vergehen, bis alles wieder im Palas der Prager Burg seinen angestammten Platz gefunden hatte.

Engelbert, der sich ebenfalls erhoben hatte, versuchte, Karls Aufmerksamkeit noch einmal auf das unterbrochene Gespräch zurückzulenken. »Mein König, welche Gefahr droht der Christenheit?«

Karl wandte sich Engelbert zu. »Kommt übermorgen nach der Abendmesse zu mir. Zum Festmahl anlässlich des heiligen Weihnachtsfestes. Dann werden wir besprechen, was wir tun können, um die Gefahr abzuwenden.«

* * *

Der Hirsebrei schmeckte köstlich, auf der Herdstelle prasselte ein Feuer, Tassilo hatte seine Arme über seinem Bauch verschränkt und schien zufrieden. Alberta saß auf einem Schemel und schnitt einen Weißkohl in feine Streifen. Als besonderen Leckerbissen hatte Tassilo Rebekka einige getrocknete Feigen auf den Tisch gelegt. Sie knabberte an den Früchten, genoss die klebrige Süße auf ihrer Zunge und hatte für einige Augenblicke das Gefühl, mitten im Sommer auf einer grünen Wiese zu stehen. Wider Erwarten hatte sie auch in der zweiten Nacht unter Tassilos Dach sehr gut geschlafen, keine Albträume hatten sie vom Lager hochschrecken lassen.

Rebekka hatte Tassilo am Abend ihrer Ankunft überredet, Engelbert erst am nächsten Tag von ihrer Rückkehr zu unterrichten. Sie wollte ihm gestärkt und ausgeruht unter die Augen treten. Gestern Morgen war Rebekka dann in Begleitung eines Knechts zur Kommende aufgebrochen. Doch Engelbert war gar nicht dort gewesen, niemand konnte ihr sagen, wo er sich aufhielt oder wann er zurückkehren würde. Heute wollte sie es erneut versuchen.

Tassilo erhob sich langsam, lächelte ihr zu und deutete auf die Tür. »Ich denke, wir sollten aufbrechen, Amalie.«

Der Kaufmann hatte Recht. Rebekka stand ebenfalls auf. Sie hoffte, dass Engelbert heute in der Kommende war, denn sie wollte die unangenehme Begegnung endlich hinter sich bringen. Sie legte ihren warmen Mantel an und zog sich zusätzlich noch ihre Pelzmütze über den Kopf.

Auf der Straße schlug der Frost ihr ins Gesicht. Tassilo war mit ihr nach draußen getreten. Heute würde er sie begleiten. Wie am Vortag zogen schwere Schneewolken über den Himmel, die jedoch ihre Fracht offenbar nicht abladen wollten. Schweigend stapften sie durch den Schneematsch über den Altstädter Ring.

Nach einer Weile kam der Dachreiter der Deutschordenskapelle in Sicht, kurz darauf standen sie vor dem Tor der Kommende. Gerade wollte Tassilo klopfen, als das Tor nach innen aufgerissen wurde. Bevor Rebekka reagieren konnte, war Engelbert von der Hardenburg auf sie zugestürmt und hatte sie in seine Arme geschlossen. Ihr blieb fast die Luft weg. Schon der zweite Mann, der sie so überschwänglich willkommen hieß.

»Ihr raubt mir den Atem!«, krächzte sie hilflos.

Sofort ließ von der Hardenburg sie los und trat einen Schritt zurück. Rebekka konnte nicht glauben, was sie sah. Tränen glitzerten in seinen Augen. Er schien sich tatsächlich zu freuen, sie wohlauf zu sehen.

Davon war Rebekka weit entfernt. Sie hatte nicht vergessen, wie er sie hingehalten hatte, und sie traute ihm nach wie vor nicht über den Weg. »Engelbert von der Hardenburg!«, sagte sie. »Leider kann ich Eure Freude über unser Wiedersehen nicht teilen.«

Tassilo begutachtete seine Schuhspitzen und räusperte sich. »Nun, ich denke, es ist an der Zeit, mich zurückzuziehen.« Er warf einen raschen Blick auf von der Hardenburg. »Ich rate Euch dringend, diesmal besser auf Amalie aufzupassen. Sie ist für mich wie eine Tochter. Wehe, wenn ihr etwas zustößt. Dann werdet Ihr mich von einer anderen Seite kennenlernen.«

Ohne ein weiteres Wort drehte sich Tassilo um und stapfte davon. Rebekka war sich sicher, dass sie in ihm einen wirklichen Freund gefunden hatte. Zumindest solange er nicht wusste, dass sie als Jüdin aufgewachsen war.

»Wollt Ihr nicht erst einmal hereinkommen?« Von der Hardenburg drehte sich zur Seite und wies auf den Hof der Kommende.

Rebekka sah sich um. Die Toreinfahrt war in der Tat kein guter Ort für vertrauliche Gespräche. »Meinetwegen.«

Kurz darauf saßen sie in der Kammer des Ordensritters.

»Ich freue mich aufrichtig, Euch zu sehen, Rebekka.« Engelbert sah sie an. »Ich bitte Euch, erzählt mir, wie es Euch gelungen ist, Eurem Entführer zu entkommen.«

358

»So wie Ihr es mich gelehrt habt«, erwiderte Rebekka trocken. »Inzwischen hat er sich wohl erholt.«

Engelbert sah sie merkwürdig an.

»Was habt Ihr?«, fragte Rebekka unsicher.

»Vojtech von Pilsen ist tot.«

Rebekka erschrak, öffnete den Mund, schloss ihn wieder. War sie schuld an seinem Tod? Sie hatte ihn in die Hütte eingesperrt, aber für einen Ritter des Königs wäre doch eine verschlossene Tür kein Hindernis!

»Ihr tragt keine Schuld«, sagte Engelbert. »Er hat sich selbst getötet.«

Jetzt war es an Rebekka, ihre Tränen zu unterdrücken.

»Ihr trauert um ihn?«, fragte Engelbert ungläubig. »Er war ein Verräter!«

»Das war er. Und er hätte eine furchtbare Strafe verdient, aber nicht diese. Muss er dafür nicht ins ewige Feuer?«, fragte Rebekka mit belegter Stimme.

»Er wird bis in alle Ewigkeit büßen für das, was er auf Erden verbrochen hat, ja. Es sei denn, Gott hat Erbarmen mit ihm.« Engelbert zögerte. »Wisst Ihr, warum er Euch entführt hat?«

»Ich weiß von seiner Familie«, sagte Rebekka. Sie stockte. »Was ist...?«

»Seine Frau und seine Kinder sind in Sicherheit.«

»Adonai sei Dank!« Rebekka sah, dass Engelbert im Begriff war, etwas hinzuzufügen, es aber doch unterließ. »Wisst Ihr, wer sein Auftraggeber war?«

Engelbert zögerte, dann sagte er: »Ein gewisser Fürstabt Fulbach steckt dahinter, ein erklärter Feind des Königs.«

»Der König hat viele Feinde.« Rebekka runzelte die Stirn. »Doch was wollte dieser Fulbach von mir?«

»Kein Ahnung. Ich weiß nur, dass Fulbach auch hinter

dem Anschlag auf den König steckte. Habt Ihr davon gehört?«

Rebekka nickte. »Ich hörte, dass man den König für tot hielt. Und ich habe die Freudentänze gestern auf dem Altstädter Ring gesehen, als bekannt wurde, dass er mit seinem Gefolge in die Stadt zurückgekehrt ist. Man hat also wirklich versucht, ihn zu töten?«

»Ja. Und zwar ausgerechnet auf Pasovary.«

Bei der Erwähnung der Burg zuckte Rebekka zusammen. Es gab sie also wirklich! Der Brief, den Vojtech ihr gegeben hatte, musste eine Fälschung gewesen sein. Sie hatte ihn nicht mehr, er hatte ihn ihr vermutlich weggenommen, als sie bewusstlos in der Hütte gelegen hatte. Sie war immer davon ausgegangen, dass jedes Wort in diesem Schreiben eine Lüge gewesen war. Aber das stimmte offenbar nicht.

»Ihr kennt den Namen Pasovary?«

»Vojtech wollte mich dorthin bringen. Er behauptete, dass meine Eltern dort auf mich warteten.«

»Pasovary ist der Familiensitz der Belcredis. Doch Eure Eltern sind nicht dort, Rebekka.« Er klang mit einem Mal mitfühlend, doch Rebekka fürchtete, dass es zu seiner Strategie gehörte. Er wollte etwas von ihr.

»Was wollte der König dort?«, fragte sie.

»Das weiß ich auch nicht. Er will mich morgen Abend sprechen. Und ich möchte, dass Ihr zugegen seid.«

Rebekka verschränkte die Arme. »Ein neuer Auftrag? Ich sagte doch schon, dass ich nicht zur Verfügung stehe.«

Engelbert hob die Schultern, als sei ihm das völlig gleich. »Ihr wollt doch etwas über Eure Eltern erfahren? Der König scheint mehr zu wissen als ich.«

Rebekka zögerte. »Und wenn wir etwas in Erfahrung bringen?«

»Dann helfe ich Euch, der Spur zu folgen.« Engelbert legte die Faust an die Brust. »Darauf könnt Ihr Euch verlassen.«

»So wie ich mich darauf verlassen kann, dass Ihr immer die Wahrheit sprecht?«

* * *

Der Bote kniete vor Rupert Fulbach und hielt ihm ein Dokument hin. Kaum hatte Fulbach die Rolle an sich genommen, da erhob sich der Mann und trat vier Schritte zurück, den Kopf gesenkt.

Fulbach schnitt eine Grimasse. Das konnte nur bedeuten, dass es schlechte Nachrichten gab. Er erbrach das Siegel, das einem seiner Spione gehörte, und las die wenigen hastig hingekritzelten Zeilen. Das konnte nicht wahr sein! Karl musste mit dem Teufel im Bund stehen! Wie hatte er überleben können, in einer Gluthölle, die selbst dem Leibhaftigen den Schweiß auf die Stirn getrieben hätte? Sein Spion musste sich täuschen.

Kaum hatte er diesen Gedanken zu Ende gedacht, als seine schlimmsten Befürchtungen bestätigt wurden. Jaroslav, der Nachfolger Kylion Langenmanns, trat vor ihn, atemlos und mit bleichem Gesicht. Er brachte dieselbe vernichtende Nachricht: Karl lebte und war gestern mit einem ansehnlichen Aufgebot an Soldaten gesund und munter in Prag eingeritten.

»Wie viele Männer hat er?« Fulbach stand trotz der schneidenden Kälte der Schweiß auf der Stirn. Er hätte sich im Hintergrund halten, seine Identität verbergen sollen. Doch er war zu siegessicher gewesen. Selbst seine Immunität konnte ihn jetzt nicht mehr schützen. Verwunderlich nur, dass Karl ihn noch nicht für vogelfrei erklärt hatte. Welche teuflische List steckte dahinter?

»Wir könnten sie bezwingen«, antwortete Jaroslav. »Unsere Männer sind kampferprobt und kennen keine Angst.« In seinen Augen glänzte die Streitlust. Kein guter Ratgeber.

»Wie viele sind es?«, knurrte Fulbach.

»Lediglich zweihundert Ritter, dreihundert Speerträger und zweihundertfünfzig Armbrustschützen.« Jaroslav fuhr sich mit dem Zeigefinger über die Kehle. »Wir sind ihnen eindeutig überlegen.«

»Da irrst du dich, Jaroslav. Wir haben mehr Männer, aber Karls Armee besteht vor allem aus seiner Leibgarde. Gegen diese Kämpfer richten wir mit Söldnern nichts aus. Hast du die drei Ritter auf Pasovary vergessen?« Fulbach wischte mit der Hand durch die Luft. »Die Gelegenheit ist vertan. Teile Remigius, Albert und Reinhard mit, dass sie ihre Männer entlassen sollen.«

»Aber Herr!«

Fulbach packte Jaroslav am Wams. »Begreifst du denn nicht! Karl hat sich totgestellt, damit wir ihm auf den Leim gehen. Er hat den Spieß einfach umgedreht! Du kannst davon ausgehen, dass er eine weitere Armee in der Hinterhand hat. Er wartet doch nur darauf, dass wir ihn angreifen, damit er uns vernichten kann. Zahlt die Männer aus, schickt alle bis auf dreißig der besten nach Hause. Es gibt eine andere Angelegenheit, die dringlicher ist als Karls Sturz. Wir beide gehen nach Prag und werden uns dort ein wenig umschauen. Es wäre doch gelacht, wenn wir diese Amalie Belcredi nicht aufspüren könnten.«

* * *

Gerade als Rebekka das Tor der Kommende erreichte, begannen die Glocken zu läuten. Für die Christen war heute ein hoher Festtag, der zugleich das Ende der Fastenzeit markierte.

Der Eingang stand offen, deshalb trat sie ein. Alles schien menschenleer und verlassen. Engelbert hatte ihr erklärt, dass seine Brüder alle in der Kirche sein würden, wenn sie käme. Er selbst musste dem Befehl des Königs folgen und war deshalb von seiner Pflicht, die heilige Messe zu besuchen, entbunden.

Rebekka betrat das stille Gebäude und ging zu Engelberts Kammer. Sie klopfte und trat ein. Er war bereits fertig zum Aufbruch, trug einen Mantel über der Ordensrittertracht.

Doch Rebekka war noch nicht bereit aufzubrechen. »Seid gegrüßt, Engelbert von der Hardenburg.«

»Ein frohes Weihnachtsfest, Rebekka. Die Gnade des Herrn sei mit Euch.« Er griff nach seinem Schwert. »Sollen wir aufbrechen?«

»Noch nicht.«

Überrascht hielt er in der Bewegung inne.

»Was ist in Rothenburg geschehen? Erzählt es mir. Dann komme ich mit Euch.« Rebekka hatte sich fest vorgenommen, sich nicht weiter vertrösten zu lassen. Engelbert von der Hardenburg hatte überall seine Augen und Ohren. Sicherlich wusste er längst, was geschehen war. Sie musste es wissen, auch wenn dieses Wissen vermutlich schmerzte.

»Rebekka, ich bitte Euch!« Von der Hardenburg schüttelte den Kopf. »Können wir das nicht später besprechen?«

»Nein.«

»Der König erwartet uns.«

»Dann macht schnell.«

»Ich kann Euch nichts dazu sagen.«

»Dann müsst Ihr mich auf die Burg schleifen. Und ertragen, dass ich schreien werde wie am Spieß. Sicherlich die passende Untermalung für Euer Fest. Der König wird begeistert sein.« Rebekka verzog das Gesicht zu einem bitteren Lächeln.

»Ich weiß nichts.«

»Von überall her im Reich sind inzwischen Nachrichten über Massaker an den Juden bis nach Prag gelangt. Nur nicht aus Rothenburg? Wollt Ihr mir das weismachen? Haltet Ihr mich für so dumm?«

»Nein, natürlich nicht, aber ...«

»Aber Ihr fürchtet, dass ich mich weigere, irgendetwas für Euren König zu tun, wenn ich erfahre, dass er die Ermordung meiner Eltern gebilligt hat, ist es nicht so?«

»Nun ja ...«, Engelbert wandte den Blick ab.

»Ja?«

»Setzt Euch«, sagte Engelbert grimmig. »Ihr habt es so gewollt.«

Rebekka nahm Platz, blieb jedoch auf der äußersten Kante des Schemels sitzen. In ihrem Bauch begann es zu rumoren.

»Keiner der Rothenburger Juden hat überlebt«, sagte Engelbert leise. »Sie sind in ihren Häusern verbrannt, Frauen, Kinder, Junge, Alte.«

»Sind wirklich alle tot?« Das Rumoren in Rebekkas Magen verdichtete sich zu einem dumpfen Schmerz. Tränen brannten in ihren Augen. Sie musste sich mit aller Kraft zusammenreißen, um nicht laut loszuschreien.

Engelbert schloss kurz die Augen. »Karl war wirklich wütend, als er es erfuhr. Aber er kann schlecht eine ganze Stadt auf den Richtplatz schleifen.«

»Ach nein, kann er das nicht?« Rebekkas Haut schien zu brennen, sie blickte auf ihre Hände. Sie hatte geahnt, dass ihre Eltern tot sein mussten, aber sie hatte es nicht wahrhaben wollen. Jetzt hatte sie die bittere Gewissheit: Sie waren verbrannt unter furchtbarsten Qualen. Der dumpfe Schmerz in ihrem Bauch verstärkte sich, es schien, als schlüge eine Faust von innen gegen ihren Unterleib. Aber dies war nicht der Moment zu trauern. Sie wischte die Tränen weg, die sich auf ihre Wangen gestohlen hatten, und erhob sich. »Ihr habt Euren Teil der Abmachung erfüllt, ich erfülle den meinen: Lasst uns zum König gehen.«

Von der Hardenburg schwieg einen Moment, dann schürzte er die Lippen. »Seid Ihr Euch sicher?«

»Ja.«

Sie brachen auf. Das Geläut war verklungen, die Nacht war bereits über Prag hereingebrochen. Ein paar einsame Schneeflocken tanzten durch die Gassen. Mit Fackeln war der Weg über die Brücke zur Prager Burg hinauf beleuchtet. Noch immer war der Strom der Menschen nicht versiegt.

Rebekka wurde von dem Ordensritter und von zweien seiner Ritterbrüder eskortiert. Von der Hardenburg hatte ihr erklärt, dass sie ab sofort nur noch mit einer Leibwache das Haus verlassen durfte. Ihr war es recht, denn sie hatte erlebt, mit welcher Niedertracht und Skrupellosigkeit ihre Feinde versuchten, sie zur Strecke zu bringen. Was sie aber noch immer nicht verstand, war der Grund. Hing es damit zusammen, dass sie diese besondere Fähigkeit besaß? Oder hatte es etwas mit ihrer Familie zu tun? Vojtech hatte ihren wahren Namen gewusst, aber er hatte ihn nicht von Engelbert erfahren, wie dieser beteuert hatte. Also kannte er ihn von seinem Auftraggeber, Fürstabt Fulbach. Doch was hatte dieser hinterhältige Christenfürst, der nicht einmal davor zurückschreckte, seinen eigenen König zu ermorden, mit ihrer Familie zu schaffen? Ihrer Familie! Die einzige Familie, die sie kannte und liebte, waren ihre Zieheltern Menachem ben Jehuda und Esther bat Abraham, und die waren grausam ermordet worden.

Ein eisiger Wind kam auf, trotzdem fror Rebekka nicht, im Gegenteil, sie spürte Hitze in sich, als läge sie im Fieber. Adonai, hilf mir, dachte sie. Sie biss sich auf die Zunge. Der Schmerz überdeckte ein wenig die Trauer, die in ihren Eingeweiden brannte. Immer wieder schlug die Faust von innen auf ihren Unterleib ein, ein Strudel an Erinnerungen drohte, sie hinwegzuspülen.

Ein Gedanke schälte sich heraus. Wie sehr hasste sie Karl? Wünschte sie ihm den Tod? Könnte sie ihn mit eigener Hand töten? Nein, sie war nicht wie er. Sie war keine Mörderin.

Ihre Beine waren schwer wie Blei, der Weg den Hradschin hinauf war so steil wie noch nie. Rebekka hob den Blick. Hunderte Lichter hüllten die Prager Burg in unwirkliches Licht. Sie würde ihre Gefühle nicht offenbaren. Sie würde nichts von sich preisgeben. Der König würde sich heute Nacht zur Ruhe begeben, ohne zu ahnen, welch erbitterter Feindin er Gastfreundschaft gewährt hatte.

Die Wache ließ sie ungehindert passieren. Auf dem Hof drängten sich Adlige, hohe Geistliche, Kaufleute und wichtige Beamte des Königs, die alle um dessen Aufmerksamkeit buhlten.

Am Eingang zum Palas musste von der Hardenburg seine Waffen abgeben. Sie wurden in den großen Saal geführt, in dem Rebekka bei ihrem ersten Besuch von Bischof Louis de Montfort empfangen worden war.

Auf der Schwelle hielt Engelbert von der Hardenburg sie zurück und wandte sich an einen Mann, der ein langes Pergament in Händen hielt.

»Engelbert von der Hardenburg und Amalie Severin«, flüsterte der Ordensritter dem Ausrufer zu.

Der warf einen Blick auf·das Pergament, reckte sich und verkündete mit unglaublich lauter Stimme: »Der ehrenwerte

Ritter und Gesandte des Deutschen Ordens Engelbert von der Hardenburg, Amicus unseres geliebten Königs, und die liebreizende Amalie Severin, Amica des Königs.«

Der Ordensritter zog hörbar Luft in seine Lungen. »Habt Ihr das gehört?«

Rebekka schwieg.

»Ihr seid in den Stand einer Amica aufgestiegen! Das ist großartig. Damit gehört Ihr zum Hofstaat, und zwar zu den dreihundert Auserwählten, die jederzeit Zugang zum Palas haben. Man wird Euch die entsprechenden Dokumente bald aushändigen.«

Sie betraten den Saal. Vor den festlich gedeckten Tafeln standen lange Bänke. Nur noch wenige Plätze waren frei. Von überallher drangen Gesprächsfetzen und Gelächter zu ihnen, die Stimmung war gelöst und heiter.

Louis de Montfort kam auf sie zu, lächelte. Wieder hielt er Rebekka den Ring hin, aber kaum hatte sie den Mund dem Stein genähert, ließ er sie wieder aufstehen und schaute sie freundlich an.

»Ihr seid also die junge Frau mit der beneidenswerten Eigenschaft, nichts zu vergessen, was sie jemals gesehen hat«, sagte er, zog eine Pergamentrolle aus dem Umhang und reichte sie Rebekka. »Ihr habt es ja schon gehört. Der König hat Euch zur Amica erhoben und erwartet Euch.« Er zeigte auf Karls Empfangsraum, der von vier Rittern bewacht wurde. Rebekka steckte wie betäubt das Pergament in ihren Gürtel. Andere hätten dafür ihre Seele gegeben, für sie aber bedeutete es eine furchtbare Demütigung. Freundin des Königs? Was für eine Heuchelei! Aber genau so machte sich Karl die Menschen gefügig: mit Geld, Ländereien und Titeln. Er kaufte sie einfach.

Einer der Ritter öffnete schwungvoll die Tür. Engelbert von der Hardenburg ging vor, sie folgte ihm dicht auf den Fersen.

Hinter ihnen klackte die Tür wieder ins Schloss. Rebekkas Hals wurde eng. Nach wie vor spielten sie dem König eine Posse vor, noch immer wusste er nicht, dass sie Rebekka bat Menachem aus Rothenburg ob der Tauber war, die Tochter ermordeter Juden. Und dass sie gleichzeitig Amalie Belcredi war, ausgesetzte Tochter christlicher Eltern.

Karl blickte von seinen Dokumenten auf, lächelte warm. Rebekka atmete tief ein und aus. Sie würde diesen Mann immer verachten, das wurde ihr in diesem Augenblick klar. Aber sie würde es ihn niemals wissen lassen. Sie verschloss ihre Gefühle tief in ihrem Inneren, hob die Mundwinkel und verbeugte sich. »Ich danke Euch für Eure grenzenlose Güte«, sagte sie mit fester Stimme.

»Schon gut, Amalie, schon gut. Hier sind wir unter uns. Vergessen wir für einen Moment die höfischen Formen. Wir sind glücklich, dass Ihr wohlbehalten wieder unter uns weilt. Was für eine tapfere Frau Ihr seid! Ihr habt uns einen sehr großen Dienst erwiesen. Dafür sind wir Euch dankbar.« Karl griff nach einem Dokument. »Montfort hat Euch bereits die Urkunde zur Erhebung zur Amica ausgehändigt. Aber dies hier möchten wir Euch von eigener Hand überreichen. Es ist ein königliches Geleitschreiben. Wo immer mein Banner weht, könnt Ihr von meinen Dienern und Getreuen jegliche Hilfe einfordern. Seien es Ritter, Vasallen oder Bauern.«

Rebekka nahm den Freibrief entgegen und hielt ihr Haupt gesenkt. Damit hatte sie mehr Unterstützung durch den König in Händen, als sie je zu bekommen gehofft hatte. Mit diesem Schreiben würde die Suche nach ihren leiblichen Eltern viel leichter sein. »Ihr seid zu gütig«, murmelte sie.

Karl nahm ihre Hand und zog sie hoch. »Ich hoffe, Ihr werdet uns noch den einen oder anderen Dienst erweisen können.«

Rebekka nickte nur. *Den einen oder anderen Dienst.* Der

Freibrief diente vor allem Karls eigenen Interessen, so konnte sie seine Aufträge noch besser erfüllen.

Der König wandte sich an Engelbert. »Doch jetzt muss ich mit Eurem Meister wichtige Dinge besprechen, und danach wird der Geburtstag des Gottessohnes gefeiert.«

Rebekka verstand und wandte sich zur Tür, die sich wie von selbst öffnete. Der Raum wurde also überwacht. Wahrscheinlich standen hinter den Teppichen Armbrustschützen, die jeden niederstrecken würden, der sich dem König in feindlicher Absicht näherte.

Vor der Tür bedeutete man ihr zu warten. Diener eilten herbei, brachten einen Stuhl und ein Tischchen, auf dem ein Zinnbecher mit würzigem, heißem Wein stand und eine Schale mit Konfekt. Rebekka nahm den Becher und kostete. Der Wein schmeckte vortrefflich und linderte das Ziehen in ihrem Bauch. Sie nahm von dem Konfekt, das süß und klebrig war und ebenfalls vorzüglich mundete.

Für eine Weile versuchte sie, ihren Schmerz und ihre finsteren Gedanken zu verscheuchen und es zu genießen, bedient zu werden. Seit sie ein kleines Mädchen war, hatte es zu ihren Pflichten gehört, andere zu bedienen, indem sie ihrer Mutter bei der Hausarbeit zur Hand ging. Gemeinsam hatten sie gekocht, gewaschen, geputzt, Ungeziefer gejagt, Wasser geschleppt, genäht, gesponnen, die Hühner versorgt und den Garten bestellt. Trotz der vielen schweren Arbeit war sie glücklich gewesen, viel glücklicher als hier auf dem gepolsterten Stuhl in der Burg des Königs, wo andere für sie arbeiteten. Ja, sie hatte sogar noch Zeit gefunden, die Bücher zu lesen, die Johann ihr borgte, und sich gelegentlich mit ihm zu treffen.

Rebekka leerte den Weinbecher. Als sie ihn absetzte, öffnete sich die Tür. Engelbert streckte den Kopf heraus und winkte sie zu sich. »Kommt, Amalie, es gibt Neuigkeiten.«

Rebekka erhob sich und trat näher.

Der Ordensritter beugte sich zu ihrem Ohr. »Lasst Euch nichts anmerken, was auch immer der König oder ich sagen mögen.«

Gemeinsam betraten sie erneut das Zimmer. Karl saß am gleichen Platz, doch nun hantierte er mit etwas herum. Rebekka musste genau hinschauen, bis sie es erkannte. Der König zerschnippelte mit einem Messer Binsen, hörte aber sofort auf, als er Rebekka wahrnahm. Johann hatte ihr die christliche Bedeutung einiger Pflanzen erklärt. Die Binse stand für Bescheidenheit und Demut, aber auch für Schwäche, Hinfälligkeit, Unbeständigkeit und Unzuverlässigkeit.

»Amalie Severin«, sagte der König bestimmt und stand auf. »Engelbert von der Hardenburg hat uns davon überzeugt, dass Ihr die Richtige seid, um mit ihm einen für die Christenheit überaus wichtigen Auftrag zu erledigen.« Er sah sie scharf an. »Ihr seid doch eine fromme Christin, die den Glauben heiligt und über alles stellt?«

Rebekka verneigte sich, damit Karl ihr Gesicht nicht sehen konnte. »Selbstverständlich, mein König«, sagte sie so bestimmt, wie sie vermochte.

Karl sah Engelbert auffordernd an, der sogleich erklärte, worum es ging. »Wir müssen eine gewisse Amalie Belcredi finden.« Seine Augen verengten sich für einen kurzen Moment.

Rebekka hustete. Sie glaubte, sich verhört zu haben. »Verzeiht, mein König, die trockene Luft«, murmelte sie rasch. Sie sollte Amalie Belcredi finden? Der König suchte nach ihr? Warum um alles in der Welt? Rebekka schluckte. Wie gut, dass Engelbert sie gewarnt hatte!

»Wer ist diese Frau?«, fragte sie mit argloser Miene. »Und warum, wenn Ihr mir diese Frage gestattet, ist sie so wichtig für Euch?«

Von der Hardenburg entspannte sich sichtlich und schwieg.

Karl räusperte sich. »Wir verlassen uns auf Eure Verschwiegenheit, Amalie Severin«, sagte er. »Amalie Belcredi ist die letzte ›Hüterin der Christenheit‹. In ihrem Besitz befindet sich der Schlüssel zum Aufbewahrungsort einer Reliquie von unschätzbarem Wert. Und von unvergleichlicher Macht. Sollte diese Reliquie in falsche Hände geraten, wäre dies eine Gefahr für die gesamte Christenheit.« Rebekka hatte Karl noch nie so ernst erlebt und noch nie so überzeugend. In seinen Augen loderte das Feuer des Glaubens – ein verzehrendes Feuer.

Plötzlich wurde ihr bewusst, was der König gesagt hatte: Die Jüdin Rebekka bat Menachem war die letzte ›Hüterin der Christenheit‹? Am liebsten hätte sie herausgeschrien: »Um ein Haar hättet Ihr mich auch umbringen lassen, so wie meine Eltern, Freunde und Nachbarn! Was wäre dann mit Eurer Christenheit geschehen? Seht Ihr, wie blind Ihr seid? Gott hat eine Jüdin zur ›Hüterin der Christenheit‹ gemacht! Was sagt Ihr jetzt?«

»Versteht Ihr, wie wichtig Euer Auftrag ist?«, fragte Karl, als Rebekka nichts erwiderte. »Ihr müsst Amalie Belcredi finden – und die Reliquie. Wenn nicht, droht uns allen größtes Unheil.«

»Ich verstehe«, antwortete Rebekka mechanisch, doch in Wahrheit schwirrte ihr der Kopf. Sie besaß keinen Schlüssel zu irgendeiner Reliquie. Entweder war sie doch nicht Amalie Belcredi, oder der König täuschte sich und vermutete den Schlüssel in den falschen Händen.

Sie hob den Kopf und begegnete Engelberts Blick. Er nickte ihr kaum merklich zu. Erst jetzt wurde ihr klar, was der neue Auftrag bedeutete: Sie durfte auf Geheiß des Königs nach ihren Eltern suchen.

Die geheime Bibliothek

Dezember 1349 bis März 1350/Tevet bis Nisan 5110

Rebekka hatte auf dem einzigen Stuhl Platz genommen, der in Engelberts Kammer stand. Sie sah bleich aus. Vermutlich hatte sie in der vergangenen Nacht kein Auge zugetan.

»Der König wäre nicht erfreut, wenn er erführe, dass Ihr wisst, wo Amalie Belcredi sich aufhält«, sagte sie scheinbar ohne jede Regung.

Engelbert nickte. »Er wäre auch nicht begeistert, wenn er wüsste, dass Ihr ebenfalls davon Kenntnis habt. Ich denke, es steht unentschieden. Wir riskieren beide, die Gunst des Königs zu verlieren. Ihr sogar noch ein wenig mehr. Denn ich bin mir nicht sicher, wer Ihr wirklich seid.«

Rebekka reckte das Kinn nach vorn und legte eine Hand auf die Brust. »Ich bin Rebekka bat Menachem, Tochter jüdischer Eltern. Und ich bin Amalie Belcredi, Tochter christlicher Eltern, Hüterin der Christenheit.« Rebekka seufzte tief. »Vielleicht bin ich der letzte Spross zweier Familien, von beiden mit einem schweren Erbe bedacht.«

»Es tut mir aufrichtig leid, Rebekka. Gottes Wege sind oft verschlungen und unverständlich. Ihr wisst, dass ich nicht gutheiße, was in Rothenburg geschehen ist.«

Ihre Miene blieb unergründlich. Engelbert wusste, dass sie ihre Trauer mit aller Macht in sich vergrub. Aber eines Tages würde der Schmerz hervorbrechen, und je länger sie wartete, desto heftiger würde dieser Ausbruch werden. Dann musste er ihr beistehen, das war er ihr schuldig.

»Und dennoch seid Ihr des Königs ergebener Diener«, gab Rebekka kalt zurück.

Engelbert überlegte einen Moment. Er musste seine Worte sorgsam wählen. »Zum einen ist er mein König, ganz richtig. So wie Ihr Euren Eltern und Eurem Gott Gehorsam schuldet, so schulde ich meinem Gott und meinem König Gehorsam und Treue. Zum anderen könnte es uns schlimmer treffen.«

»Was könnte schlimmer sein als ein Herrscher, der seine Untertanen des Goldes wegen den Schlächtern ausliefert, sogar gegen seine eigene Überzeugung?« Rebekka kreuzte die Arme vor der Brust.

»Ein König, der von Abt Fulbach gelenkt wird oder noch schlimmer, nicht nur gelenkt wird, sondern ebenso denkt wie dieser. Fulbach, diese Ausgeburt der Hölle, würde nicht einen Juden am Leben lassen, weder in Prag noch sonst wo. Aus Überzeugung. Er würde das Land mit Krieg überziehen, Bürger und Bauern knechten und mit Angst und Schrecken regieren.« Engelbert setzte sich auf sein Bett. »Karl ist nicht böse«, sagt er leise.

»Darüber werden wir wohl immer uneins bleiben, Engelbert von der Hardenburg. Lasst uns die anderen Dinge besprechen. Karls Auftrag ist ein Freibrief, meine Eltern zu suchen. Doch egal, ob uns das gelingt oder nicht: Wen sollen wir Karl als Amalie Belcredi präsentieren?«

Das war in der Tat ein ernsthaftes Problem, das nur eine Lösung kannte. Engelbert musste die Reliquie finden, und dann musste Amalie Belcredi sterben, jedenfalls offiziell. So wie Karl gestorben war. Dann wären sie beide frei. Rebekka konnte eine Severin bleiben oder unter ihrem jüdischen Namen gehen, wohin sie wollte. »Wir müssen die Reliquie finden«, antwortete er vorsichtig. »Dann braucht der König Amalie Belcredi nicht mehr.«

»Und wie sollen wir das anstellen?«

»Gute Frage«, erwiderte Engelbert.

»Dieser Fulbach«, sagte Rebekka nachdenklich. »Er ist ebenfalls hinter der Reliquie her. Deshalb hat er mich entführen lassen. Ist es nicht so?«

Engelbert sah sie überrascht an. Was sie sagte, ergab Sinn. Ja, Fulbach musste von der Reliquie wissen. Und er hatte irgendwie herausgefunden, dass Amalie Severin in Wirklichkeit Amalie Belcredi war. Nur so ergab die Entführung einen Sinn. »Ich fürchte, ich muss Euch zustimmen.«

»Wir müssen sie vor ihm finden«, sagte Rebekka. »Wir müssen nach Pasovary.«

Engelbert zog die Stirn in Falten. »Dort haben bestimmt schon andere gesucht«, sagte er gedehnt. »Und nichts gefunden.« Wie auch, da offenbar niemand wusste, wonach genau sie suchten. Er hatte den König gefragt, aber auch der behauptete, keine Ahnung zu haben. War es ein Knochen? Blut? Der Kelch, aus dem Jesus getrunken hatte? Oder hatte es gar nichts mit Jesus zu tun? War es eine Reliquie, die direkt von Gott stammte? War das möglich? Hatte Gott außer seinem Sohn noch etwas oder jemanden auf die Erde entsandt?

War es vielleicht Rebekka selbst, die als Tochter jüdischer und christlicher Eltern die Einheit der Religionen herbeiführen sollte? Eine Frau? Wie weit würde Gott gehen?

Er rieb sich die Augen. »Ich habe noch eine schlechte Nachricht für Euch.«

Rebekka erblasste.

»Es geht um Pasovary. Ihr seid nun vermutlich die Herrscherin über die Burg. Was jedoch niemand erfahren darf.« Engelbert hielt einen Moment inne, Rebekka nickte kaum merklich. Er fuhr fort. »Allerdings habt Ihr nicht viel davon. Die Burg ist bis auf die Grundmauern niedergebrannt, als Fulbach versucht hat, Karl zu ermorden.«

»Dann gibt es dort wohl nichts mehr zu finden«, sagte Rebekka und senkte den Blick. »Feuer scheint mein Fluch zu sein.«

»Eure Familie war längst nicht mehr dort.«

Sie hob den Blick. »Was schlagt Ihr dann vor?«

Engelbert kam eine Idee. »Habt Ihr irgendwelche Gegenstände von Euren leiblichen Eltern? Haben sie etwas zurückgelassen, als sie Euch auf der Schwelle Eurer Zieheltern zurückließen?«

Ein Ruck ging durch Rebekka. Sie erhob sich, griff unter ihr Gewand und zog einen Leinenbeutel hervor. »Diese Gegenstände wurden mit mir abgelegt.« Nacheinander platzierte sie ein Buch und ein gelbes Deckchen auf dem Tisch. »Und das hier.« Sie deutete auf das Kruzifix, das sie um den Hals trug.

»Darf ich?« Engelbert streckte die Hand aus und griff nach dem Buch, das so klein war, dass es ganz auf seine Hand passte, und nach dem Deckchen.

Bereits der erste Blick machte Engelbert klar, dass die Belcredis nicht irgendwelche dahergelaufenen Landgrafen waren,

375

die kaum besser rochen als die Schweinebauern, die ihnen den Zehnten zahlen mussten. Das Deckchen war aus feinster Wolle gefertigt, am Rand einer der Längsseiten war oberhalb der Spitze mit dunkelgelbem Seidenfaden der Name *Amalie* eingestickt. Er schlug das Büchlein auf. Es war eine winzige Bibel, eine feine Arbeit von höchster handwerklicher Kunst. Auf der ersten Seite standen die Worte *Belcredi, Prag 1332.* Darunter war ein Wappen gemalt. Es zeigte Schild, Helm, Helmdecke, Helmwulst und Helmzier. Der Helm war in Silber gehalten mit goldenem Gitter. Der halbrunde Schild war von links unten nach rechts oben geteilt. Über dem Schild lag eine Pelzzier in Form des griechischen Buchstabens Omega, welche die zwei Schildfelder miteinander verband. So entstanden fünf Felder, unterschiedlich groß, unterschiedlich in der Form. Ein Drache spie in der unteren rechten Ecke Feuer, richtete seinen heißen Odem auf eine kleine Kapelle, ein Haus Gottes, das sich direkt in dem Feld über dem Drachen an die Trennlinie schmiegte und daher schräg angeschnitten war. Links daneben wuchs ein blühender Kirschbaum in den Himmel, und auf der anderen Seite schwebte ein Schwert in der Luft.

Kein Zweifel, das war nicht das Stammwappen der Belcredis. Das hatte sich Engelbert am Vortag von einem der königlichen Wappenherolde beschreiben lassen. Dann war dies vermutlich das Wappen der ›Hüter der Christenheit‹: Der Baum des Glaubens und das Schwert der Gläubigen verteidigen das Haus Gottes gegen den feuerspeienden Drachen, Symbol des Teufels.

Engelbert durchfuhr ein heißer Schreck, wenn er daran dachte, wie nah Karls Feinde am Ziel ihrer Wünsche gewesen waren: Vojtech hätte Rebekka vermutlich nur diese Bibel wegnehmen müssen. Sie war der Schlüssel zu der Reliquie, es konnte gar nicht anders sein.

Rebekka starrte ihn an. »Was seht Ihr? Die ganze Zeit schnauft Ihr, als würdet Ihr einen steilen Hang hinaufeilen.«

»Schaut her.« Er hielt Rebekka die aufgeschlagene Bibel hin. »Dieses Wappen ist nicht das Stammwappen des Hauses Belcredi. Es ist das Wappen der ›Hüter der Christenheit‹.«

»Und wie hilft uns das weiter?«

»In diesem Buch muss ein Hinweis auf das Versteck der Reliquie sein. Wir müssen ihn nur finden.« Engelbert begutachtete die Bibel von außen. Bereits der Einband verriet, wie kostbar sie war. Feinstes dunkelbraunes Lammleder, mit verschnörkelten Ornamenten verziert, die wie Wasser über das Leder flossen. Ein Meisterwerk. Der Verschluss war aus Gold und Silber gearbeitet, die Spangen aus Messing.

Engelbert schlug das Buch erneut auf und begann zu blättern. Vollendete Schriftzeichen füllten die hauchdünnen Pergamentblätter, einige waren eingerissen und mit hauchfeinem Seidengarn wieder zusammengenäht. Er las hier und da ein paar Zeilen, bis er plötzlich ins Stolpern geriet. Mit klopfendem Herzen las er den Vers ein zweites Mal. Nein, er hatte sich nicht getäuscht: Zwischen zwei Wörtern stand ein Zeichen, das nicht dorthin gehörte!

Rasch blätterte er weiter und fand alsbald eine zweite Stelle mit einem zusätzlichen Zeichen. Zunächst dachte er, es seien Buchstaben, erst ein überflüssiges »L«, dann ein »X«. Doch dann wurde ihm klar, dass es Zahlen sein mussten. Ja, es waren Zahlen, aber sie dienten nicht dem Zweck, die Zeilen zu markieren, und ergaben auch sonst keinerlei Sinn. Eine verschlüsselte Nachricht!

Engelbert blätterte immer hektischer hin und her. Sein Puls raste. War es wirklich so einfach? Ein simpler Zahlenschlüssel, der das Versteck der Reliquie preisgab? Nun, er würde es herausfinden, und zwar noch heute. »Auf, Rebekka, wir machen

377

einen kleinen Spaziergang.« Er hielt die Bibel hoch. »Ich habe Zahlen an Stellen entdeckt, wo keine hingehören. Es muss eine verschlüsselte Botschaft sein.«

»Und wohin wollt Ihr spazieren?«

Engelbert lächelte. »Ich kenne in ganz Prag nur einen, der die Botschaft vielleicht entschlüsseln kann. Und der ist Jude und wohnt an der Moldau, nur einen kurzen Fußmarsch von hier entfernt.«

Rebekka lächelte ebenfalls. »Seht Ihr, Ordensritter? Ohne uns Juden wärt Ihr Christen verloren.«

Bevor Engelbert antworten konnte, klopfte es an der Kammertür. Er öffnete und fuhr erschrocken zurück, als Matyas Romerskirch vor ihm stand und ihm ein Pergament vor die Nase hielt. Wie viel hatte der Spion des Königs mit angehört?

»Der König wünscht, dass ich Euch bei jedem Eurer Schritte mit Rat und Tat zur Seite stehe«, sagte er und warf sich selbstgefällig in die Brust.

Engelbert entrollte das Dokument und las, was der König geschrieben hatte:

Amicus Engelbert, geschätzter Diener des Reiches. Matyas ist einer unserer besten Männer, absolut vertrauenswürdig. Was Ihr uns sagen wollt, das könnt Ihr auch ihm anvertrauen. Er würde sein Leben geben, um unsere Mission zu erfüllen. Verzeiht ihm sein Misstrauen. Und vergesst nicht: Er hat uns schon zweimal das Leben gerettet.

Engelbert presste die Lippen zusammen. Diese neugierige Schlange hatte ihm gerade noch gefehlt. Romerskirch wartete doch nur darauf, ihn bei einem Fehler zu ertappen. Oder bei einer Lüge. Widerwillig setzte er ein Lächeln auf und streckte

Romerskirch die Hand hin. »Willkommen in unserer kleinen, aber feinen Truppe.«

Romerskirch griff zu. »Und? Gibt es schon eine erste Spur?«

»Ihr habt eine feine Nase, Matyas Romerskirch. Gerade wollten wir zu Noah ben Solomon aufbrechen.«

»Noah ben Solomon?« Romerskirch hob die Augenbrauen. »Es gibt ein Zahlenrätsel zu lösen?«

Engelbert reichte ihm die Bibel. »Seht selbst.«

Romerskirch brauchte nur wenige Augenblicke, um zu begreifen, was er da in den Händen hielt. Seine Augen glänzten. »Das Wappen der Hüter. Wo habt Ihr das Buch her?«

Engelbert hob die Hände. »Es wurde anonym hier abgegeben. Ich habe einen meiner besten Männer darauf angesetzt, den Überbringer zu finden.«

»Dann könnte es eine Fälschung sein. Oder eine Falle.«

»So oder so müssen wir es überprüfen.«

»Ihr sagt es, von der Hardenburg.«

Rebekka, die schweigend zugehört hatte, erhob sich und legte ihren Mantel an. Sie trat zur Tür und drehte sich zu ihnen um. »Was ist? Worauf wartet Ihr?«

Romerskirch öffnete den Mund, schien einen Augenblick mit sich zu ringen, etwas sagen zu wollen, aber er schwieg.

Eine dunkle Ahnung stieg in Engelbert auf. Dieser treue Gefolgsmann Karls würde ihnen noch einen Haufen Schwierigkeiten bereiten. Mehr Schwierigkeiten als alle Feinde des Königs.

* * *

Johann spürte Magensäure aufsteigen. »Oh Herr, vergib mir«, röchelte er, dann hängte er seinen Kopf wieder über den

Kübel. Seine Bauchmuskeln krampften sich zusammen, es schmerzte höllisch, aber endlich erbrach er sich.

Obwohl er nun wieder klar denken konnte, plagte ihn immer noch die Übelkeit. Warum ging es ihm so schlecht? Er hatte am gestrigen Abend gar nicht viel getrunken. Nur ein oder zwei Humpen leichtes Bier, keinen Wein, dem hatte er ja abgeschworen. Auch hatte er keine Probleme gehabt, das Haus seines Gastgebers Dietz Riemenschneider wiederzufinden. Sie hatten sogar noch ein paar Worte gewechselt und vereinbart, dass sie am nächsten Tag nach der Vesper fortfahren wollten, Dietz' Rechnungsbuch zu vervollständigen. Die Arbeit gestaltete sich schwieriger als erwartet, denn es fehlten viele Rechnungen. Dietz musste oft bei anderen Händlern nachfragen und sich Abschriften besorgen.

Quietschend öffnete sich die Tür. Dietz trat ein, einen dampfenden Becher in der Hand. »Wie ich sehe, habt Ihr die Nacht überlebt, Johann. Ein gutes Zeichen.« Er lachte. »So manch einer ist schon daran gestorben.«

Johann verstand kein Wort. »Gestorben?«, fragte er entsetzt. »Woran?« Er erkannte kaum seine eigene Stimme.

»So wie es aussieht, hat Euch der Teufel ins Bier gepisst. Das kommt vor. Ihr habt es überlebt. Das spricht für einen starken Glauben.« Dietz reichte ihm den Becher. »Trinkt das. Es wird zumindest Euren Magen ein wenig beruhigen. Ich verstehe zwar nicht viel von Zahlen und Wörtern, aber einen gesunden Trank bringe ich immer noch zustande.«

Johann rappelte sich hoch und ließ sich auf einen Hocker fallen. Dietz reichte ihm den Becher. Johann schnüffelte daran, das Getränk roch nach Zimt und Nelken. Kein Mittel für die Armen. Johann leerte den Becher in mehreren kleinen Schlucken, und sofort fühlte er sich besser.

»Di Falcone hat einen Boten geschickt, da lagt Ihr noch

halb tot auf dem Lager. Der Unterricht fällt heute aus, Ihr seid nicht der Einzige, dem der Teufel das Bier gestreckt hat. Ich muss los, wir sehen uns nach der Vesper. Die Vorratskammer ist nicht abgeschlossen. Die Fastenzeit ist vorüber. Bedient Euch, wenn Ihr etwas braucht.«

»Gibt es da auch neue Köpfe?«, fragte Johann.

Dietz lachte schallend. »Ihr seid über den Berg, keine Frage. Gehabt Euch wohl.«

Immer noch lachend polterte Dietz die Treppe hinunter.

Johann rappelte sich auf die Beine, Dietz' Trank vertrieb langsam, aber sicher den Sturm, der in seinen Eingeweiden wütete. Schlechtes Bier. Oder eine verdorbene Speise. Und das ausgerechnet beim Weihnachtsfestmahl. Dabei hatte er Pläne für den heutigen Tag. Es hatte ihn eine Stange Geld gekostet, aber er hatte endlich jemanden gefunden, der ihm einen Namen genannt hatte: Schmul ben Asgodon. Ein wohlhabender Jude, der angeblich etwas über Rebekka wusste.

Johann raffte sich auf. Er wusch sein Gesicht so lange mit kaltem Wasser, bis seine Wangen taub waren. Danach fühlte er sich frischer. Schließlich wollte er nicht wie ein versoffener Bettler aussehen, falls es ihm gelang, Rebekka ausfindig zu machen.

Bis zum Haus des Schmul ben Asgodon war es nicht weit. Es lag in der Nähe der Moldau, unweit der oberen Furt. Johann musste nur das Haus suchen, an dessen Türpfosten eine reichlich verzierte Mesusa aus Silber angebracht war, einzigartig in ganz Prag und Symbol des Reichtums der Familie Asgodon.

Johann trat auf die Straße. Die Luft war eisig kalt, aber wohlriechend. Anders als in Rothenburg liefen hier keine Schweine durch die Gassen, und die Straßen waren mit Steinen gepflastert.

381

Johann mischte sich unter den nicht versiegenden Strom der Menschen. Anfänglich hatte er sich immer umgesehen, war zusammengezuckt, wenn ihn jemand berührt hatte. Dietz hatte ihm erklärt, dass es in einer Stadt, in der so viele Menschen wohnten, etwas enger zuging. Deshalb musste man besonders achtsam sein. Hier gab es viele Beutelschneider, die oft fette Beute machten, wenn man nicht aufpasste. Wer allerdings bei einem Diebstahl erwischt wurde, bezahlte mit seiner Hand und der Verbannung auf Lebenszeit.

»Tragt den Beutel immer direkt am Körper, dann macht Ihr es den Dieben schwer«, hatte Dietz gesagt und Johann gezeigt, wie er sich den Beutel unter die Achsel knüpfte.

Inzwischen verstand Johann auch ein paar Brocken Tschechisch: »Guten Tag« konnte er sagen und »Gott beschütze Euch«. Die Bauersfrauen auf dem Markt freuten sich, wenn er sie auf Tschechisch ansprach, und die eine oder andere hatte ihm sogar schon etwas geschenkt und zahnlos gegrinst, wenn er sich unbeholfen bedankt hatte.

Zügig überquerte er den Altstädter Ring, entfloh den Gerüchen der Garküchen, in denen heiße Suppe, duftender Würzwein und gebratene Äpfel angeboten wurden. Ihm stand nicht der Sinn nach Gaumenfreuden. Ganz im Gegenteil. Allein der Gedanke an Essen versetzte seinen Magen erneut in Aufruhr. Er bog rechts in eine enge Gasse, folgte ihr bis zum Ende, bog links ab und erreichte die Moldau. Die Furt wurde zu dieser Jahreszeit nur von wenigen Fuhrwerken benutzt, das Wasser war zu kalt, um hindurchzuwaten. Oberhalb der Furt entstand eine Mauer, an der Schiffe anlegen konnten, ein Teil der neuen Stadtbefestigung. Mächtige Steinblöcke warteten darauf, im Flussbett versenkt zu werden, um das Fundament für ein weiteres Mauerstück zu bilden. Alles hier war größer als in Rothenburg: der Fluss, die Baustellen, die Burg, der

Wissensdurst, die Märkte und vor allem die Großzügigkeit der Menschen.

Johann drehte sich zu den Häusern, die etwa einhundert Fuß von der Baustelle entfernt waren. Aus der anderen Richtung näherte sich eine Gruppe Menschen. Es waren Deutschordensritter, fünf an der Zahl, und ein weiterer Ritter, der offenbar nicht dem Orden angehörte. Zwischen ihnen erkannte er noch eine Gestalt, die jedoch von den Rittern fast vollständig verdeckt wurde. Die Männer steuerten auf ein jüdisches Haus zu, die Tür wurde geöffnet, und sie verschwanden darin.

Johann wandte seinen Blick ab und ging weiter. Nach wenigen Schritten stand er vor dem Haus von Schmul ben Asgodon. Die Mesusa war in der Tat ein Meisterstück und sicherlich von hohem Wert.

Vorsichtig klopfte Johann an die Tür. Er wollte nicht den Eindruck erwecken, aufdringlich oder gar feindselig zu sein.

Das Sichtfenster öffnete sich, und ein Mann mit weißem Bart, Kippa auf dem Kopf und Gebetsschal um den Hals lugte durch die Öffnung.

»Schalom«, sagte Johann.

Die Augen des Mannes verengten sich. »Seid Ihr Jude?«

Johann schüttelte den Kopf. »Nein, aber ich suche eine Jüdin.«

»Wer seid Ihr?«

»Verzeiht. Ich bin Johann von Wallhausen, Händler aus Rothenburg ob der Tauber.«

»Und weil es in Rothenburg keine Juden mehr gibt, sucht Ihr sie jetzt hier?«, fuhr der Mann ihn an.

»Ich kein Judenfeind. Ich suche eine Freundin, die spurlos verschwunden ist. Sie hört auf den Namen Rebekka bat Menachem. Ich glaube, dass sie das Morden in Rothenburg überlebt hat. Habt Ihr den Namen schon einmal gehört?«

383

»Nein. Und jetzt geht Eurer Wege, wenn ich bitten darf. Friede sei mit Euch.«

Der Mann machte Anstalten, das Fensterchen zu schließen, aber so schnell wollte sich Johann nicht abspeisen lassen. »Schmul ben Asgodon, ich bitte Euch.« Der Mann reagierte nicht. »Ihr seid doch Schmul ben Asgodon, oder?«

»Redet, schnell!«

Immerhin das hatte Johann herausgefunden: Dieser Mann war Schmul ben Asgodon. »Rebekka und ich kennen uns von Kindheit an. Sie hat mir alles über die Juden erzählt, und ich weiß, dass Euer Volk weder Brunnen vergiftet noch Kinder verspeist und auch keine Hostien schändet. Ich will doch nur wissen, ob es ihr gut geht.«

»Kommt morgen wieder, kurz vor Sonnenuntergang. Und bringt einen Beweis mit, dass Ihr die Wahrheit sprecht.«

* * *

In Noah ben Solomons Küche war es behaglich warm. Rebekka genoss die Hitze, die das Herdfeuer ausstrahlte. Der Haushalt war in bester Ordnung: Nicht nur an der Haustür war eine Mesusa angebracht, sondern an jedem Türrahmen, den Rebekka sehen konnte. Die Töpfe und das Besteck für Fleisch waren rot, die Utensilien für alles Milchige waren blau. Neben dem Schabattkerzenständer stand gut sichtbar eine reich verzierte Zedaka-Dose, ein Zeichen dafür, dass der Hausherr das Geben von Almosen als Selbstverständlichkeit betrachtete. Rebekka hatte immer kurz vor den Festtagen Geld von ihrem Ersparten in die Dose gelegt, und es war einer ihrer liebsten Momente gewesen, wenn sie mit ihren Eltern das Geld an Arme verteilt hatte.

Noah ben Solomon ergriff das Wort. »Engelbert von der

Hardenburg und eine kleine Armee Ordensritter. Kommt Ihr, um mich zu entführen?«

»Ihr solltet mich besser kennen, Noah ben Solomon«, erwiderte Engelbert, der sich vor das Feuer gestellt hatte und seine Hände darüberhielt.

Noah strich sich über den Bart. »Jemanden zu kennen glauben, das kann heutzutage ein lebensgefährlicher Fehler sein, meint Ihr nicht?«

Engelbert wandte sich vom Herd ab und hielt seine Handflächen nach oben. »Da muss ich Euch allerdings Recht geben. So lasst mich Euch versichern, dass wir in friedlicher Absicht gekommen sind. Wir haben ein geschäftliches Anliegen.«

Solomons Mundwinkel hoben sich kaum merklich. »Und warum habt Ihr dann ein Weib mitgebracht?«

Rebekka schluckte. Es ärgerte sie, dass Matyas Romerskirch und die anderen Ritter mit hereingekommen waren, sodass sie sich nicht zu erkennen geben durfte.

Engelbert warf ihr einen warnenden Blick zu. »Wir werden das Weib wieder mitnehmen, keine Bange. Und es gibt einen triftigen Grund für ihre Anwesenheit.«

Solomon wandte sich von Rebekka ab und musterte die Ritterbrüder. »Den Ihr mir aber nicht nennen könnt, nicht wahr? Gut. Was kann ich für Euch tun?« Solomon stand noch immer mit vor der Brust gekreuzten Armen mitten im Raum. Er hatte ihnen keinen Platz angeboten und auch kein wärmendes Getränk.

Rebekka war erstaunt, dass ein Jude so unhöflich sein konnte. Egal, wer bei Rebekkas Familie zu Besuch gekommen war, zuerst hatte man ihm einen Stuhl angeboten, dann Getränke und Speisen. Danach hatte man sich nach dem Wohlbefinden des Gastes erkundigt, und erst wenn all dies geschehen war, kam man auf den Grund des Besuchs zu sprechen.

»Es ist überaus freundlich von Euch, mir ein wenig warmen, mit Wasser verdünnten Wein anzubieten, denn ich bin durstig«, sagte sie leise, aber bestimmt.

Solomon blitzte sie an, aber schnell entspannten sich seine Gesichtszüge. »Verzeiht, dass ich so unhöflich war.« Er zeigte auf die Männer. »Es kommen nicht alle Tage schwer bewaffnete Ordensritter in mein Haus.«

Engelbert von der Hardenburg atmete hörbar aus. »Können wir irgendwo ungestört reden?«

Solomon lächelte. »Folgt mir in mein kleines Reich der Schriften.«

»Ihr bleibt hier«, befahl von der Hardenburg seinen Ritterbrüdern. »Ihr ebenfalls, Romerskirch. Ich werde Euch alles berichten.«

Matyas Romerskirch nickte mit versteinerter Miene. Rebekka ahnte, dass es ihn ungeheure Beherrschung kostete, nicht zu protestieren. Doch Engelbert hatte die Befehlsgewalt, was diesen Auftrag anging. Matyas musste ihm gehorchen.

Noah wandte sich an die Männer. »Ich werde Euch warmen Würzwein kommen lassen, und seid gewiss, es ist kein Gift darin außer dem Stoff, der die Sinne betören kann.«

Die Männer zuckten nicht einmal mit der Wimper.

Noah ben Solomon kehrte ihnen den Rücken zu und ging voran durch einen Flur. Der Duft von Rainfarn, Salbei, Melisse und Muskat stieg Rebekka in die Nase. Vor allem Muskat liebte sie, nur selten hatten ihre Eltern das Gewürz aus dem Fernen Osten erstehen können, denn für ein Nürnberger Pfund Muskat musste man drei Schafe geben. Noah verschwand kurz in einer Kammer, sie hörten, wie er anordnete, die Gäste zu verköstigen, dann kehrte er zu ihnen zurück.

Zu dritt stiegen sie eine Treppe hinauf und gelangten in

einen Raum, der sich beinahe über die gesamte Hausfläche erstreckte. Alle Wände waren mit Regalen vollgestellt, in denen hunderte Bücher und Pergamentrollen lagen.

»Tretet ein in mein bescheidenes Reich.« Noah ben Solomon zeigte auf zwei Stühle, die an einem Tisch standen.

»Beeindruckend!«, sagte von der Hardenburg, fuhr mit den Fingern über ein paar Buchrücken und zog eines heraus. »Bisher hatte ich nur davon gehört, dass Ihr hier solche Schätze verwahrt. Sie zu sehen und in der Hand zu halten ist ein ganz besonderes Vergnügen.«

Rebekka nahm ebenfalls einen Folianten aus dem Regal, blätterte darin, erkannte den Text und musste schlucken. Es waren Aufsätze von Rabbi Meir ben Baruch von Rothenburg, die sie mit Rabbi Isaak gelesen und besprochen hatte. Mit voller Wucht traf die Trauer sie, ihre Knie gaben nach, sie griff in die Luft, verlor den Halt, aber schon war von der Hardenburg bei ihr und stützte sie.

»Ihr solltet Euch hinsetzen und etwas ausruhen, Rebekka.« Er führte sie zu einem Stuhl. Sie nahm dankbar Platz, und gleichzeitig wurde ihr bewusst, dass von der Hardenburg ihren jüdischen Namen ausgesprochen hatte. Und er hatte es nicht einmal bemerkt.

Noah ben Solomon sah sie mit gerunzelter Stirn an, dann musterte er das Buch, das sie noch immer in der Hand hielt. »Was ist so atemberaubend an diesem Text, meine Tochter?« Ohne ihre Antwort abzuwarten, sagte er einen Satz auf Hebräisch: »Wenn du eine von uns bist, will ich es für mich behalten.«

Rebekka antwortete in derselben Sprache: »Er weiß Bescheid.«

Noah ben Solomon wechselte wieder ins Deutsche. »Hardenburg! Ihr hättet es mir ruhig sagen können.«

387

»Es tut nichts zur Sache«, erwiderte Engelbert ungeduldig. Rebekka war sich sicher, dass er sich maßlos über seinen Fehler ärgerte.

Noah ben Solomon lächelte. »Ja, so sollte es sein: dass der Glaube der Menschen nicht über Leben und Tod entscheidet, sondern nichts zur Sache tut. Aber so ist es nun einmal nicht.« Er wandte sich wieder Rebekka zu. »Ihr seid nicht hier, um in meinen Manuskripten zu stöbern. Wie kann ich Euch helfen?«

Engelbert kam ihr zuvor. Er zog die kleine Bibel hervor. »In diesem Buch steckt ein Geheimnis. Ein verschlüsselter Text.«

»Ah!« Noah nahm die Bibel, blätterte, ließ sich nichts anmerken. »Setzt Euch«, sagte er zu von der Hardenburg. »Ich brauche etwas Zeit.« Noah trat an sein Schreibpult, legte die Bibel darauf, nahm ein Pergament, fuhr mit dem Finger über die Zeilen und schrieb eifrig. »Das kann dauern ...«, murmelte er.

Es klopfte. Eine junge Frau brachte einen Krug Wein und drei Becher. Wortlos verschwand sie wieder.

Noah beachtete sie kaum. »Interessant«, sagte er und kratzte sich am Kopf. »Aber warum so ... aha ...« Nach einer Weile sah er auf, sein Blick verlor sich in der Ferne. »Nehmt Euch besser etwas zu lesen«, sagte er, ohne sich Rebekka und von der Hardenburg zuzuwenden. Dann verfiel er wieder in Schweigen. Nur das Rascheln des Pergaments und das Schaben seiner Feder waren noch zu hören.

Rebekka starrte eine Weile lang gedankenverloren auf die Dielen zu ihren Füßen und fiel schließlich in eine Art Halbschlaf, aus dem sie immer wieder hochschreckte. Bilder tanzten vor ihren Augen. Die Novizin Hiltrud sah sie plötzlich vor sich, die junge Frau, die ebenso entwurzelt war wie sie selbst. Was mochte wohl aus ihr geworden sein? Lebte sie überhaupt noch? Burg Mesenice erschien. Ihre alberne Flucht. Vojtech, der sie fast ins Verderben gestürzt hatte. Bohumir Hradic, den sie seit Mesenice nicht mehr zu Gesicht bekommen hatte. Was mochte er von ihr denken? Immer schneller kamen und gingen die Bilder, bis Rebekka sie nicht mehr auseinanderhalten konnte, bis sie zu einem bunt schillernden Regenbogen verschwammen.

»Rebekka!« Von der Hardenburgs Stimme.

Sie öffnete die Augen. Es war bereits dunkel, Noah ben Solomon hatte Talglichter entzündet. Er stand vor ihr und hielt ihr ein Pergament vor die Nase, auf dem sich eine endlose Kolonne Ziffern aufreihte.

LXXXVIICIXIVCLVLXXXVIICXLXXXVIICXLVIXIC-CXVIIXCIV...

»Diese Ziffern waren im Text der Bibel versteckt«, erklärte er. »Ich habe alle gängigen Entschlüsselungsmethoden ausprobiert – ohne Ergebnis. Die Zahlen stehen für Buchstaben, so viel steht fest, aber solange ich die Ziffern nicht trennen kann, hilft mir das nichts.«

Rebekka rieb sich die Augen, damit sie klar sehen konnte, und prägte sich die Kolonne ein. »Die Ziffern trennen? Was bedeutet das?«

Noah sah sie an. »Die Ziffern folgen einfach aufeinander. Ich weiß also nicht, wo die eine Zahl aufhört und die nächste anfängt. Oder wie viele davon zusammen ein Wort bilden. Es muss einen Schlüssel geben, der genau das verrät. Eine zweite Zahlenreihe vermutlich, aus der hervorgeht, wie viele Ziffern jeweils eine Zahl bilden.«

»Und dann?«

»Dann bräuchten wir noch den Text, auf dessen Grundlage die Verschlüsselung angefertigt wurde. Vermutlich eine weitere Stelle in der Bibel. Jede Zahl beziffert die Häufigkeit, mit der ein Buchstabe in dieser Bibelstelle vorkommt.« Er warf einen Blick auf die Zahlen und zuckte mit den Schultern. »Oder auch nicht, wenn es eine andere Art der Verschlüsselung ist. Wenn die Zahlen auf eine bestimmte Position im Text verweisen. Wie auch immer. Wir brauchen die zweite Zahlenreihe. Sie ist der Schlüssel. So kommen wir nicht weiter.«

Rebekka spürte Enttäuschung in sich aufsteigen. Sie hatte sich mehr von diesem Besuch erhofft.

Engelbert schien es kaum anders zu ergehen, obwohl er es besser verbarg. Er streckte sich. »Was bin ich Euch schuldig?«

»Die Antwort«, entgegnete Noah ben Solomon.

Rebekka hörte nicht weiter zu. Ihr ging die Zahlenfolge nicht mehr aus dem Kopf. Wo könnte der Schlüssel versteckt sein? Plötzlich packte sie von der Hardenburg an der Schulter, der sie verblüfft ansah. »Gibt es einen Plan von Pasovary? Ich weiß, die Burg ist niedergebrannt, aber vielleicht gibt es Geheimgänge und unterirdische Kammern, die vom Feuer verschont wurden.«

»Aber ja!« Engelbert schlug sich mit der Faust in die Hand. »Bei allen Heiligen, Ihr habt Recht. Der Schlüssel muss in Pasovary liegen.«

Rebekka ließ ihn los. »Wir brechen gleich morgen auf!«

Engelbert grinste. »Ausnahmsweise sind wir uns einmal einig.«

* * *

Es gab eine ganze Reihe Foltermethoden, mit denen man schnell zum Ziel kam. Die meisten verursachten solch große Schmerzen, dass die Delinquenten so laut schrien, dass selbst dicke Kerkermauern den Schall nicht schluckten.

Rupert Fulbach betrachtete den Mann, der vor ihm auf dem Boden lag. An ihm hatte er eine lautlose Folter angewandt: den Kopf in Wasser tauchen, bis das Opfer fast ertrank. Es konnte nicht schreien, wenn man seinen Kopf wieder herauszog, es war viel zu sehr mit Luftholen beschäftigt. Aber es litt nicht minder Todesangst. Und das wieder und wieder. Niemand hielt das lange durch.

Es war ein Kinderspiel gewesen, in das Haus von Noah ben Solomon einzudringen, und es hatte nicht einmal den zehnten Teil einer Stunde gebraucht, um alles aus ihm herauszuholen.

Fulbach dankte dem Herrgott immer wieder für die gute Fügung, die ihn gerade noch so rechtzeitig in die Hauptstadt zurückgeführt hatte, dass einer seiner Männer Engelbert von der Hardenburg und diese angebliche Belcredi-Metze bei ihrem Besuch im Judenviertel hatte beschatten können. Es war wirklich einfach gewesen. Zu einfach. Der Ordensritter wurde allmählich leichtsinnig.

Nach dem Besuch war von der Hardenburg mit seinem Gefolge zum Hradschin geprescht, als hätte er den Teufel im Nacken. Und heute Morgen waren sie in aller Herrgottsfrühe von der Kommende aus aufgebrochen: der Ordensritter, diese Metze und eine schwere Eskorte von fünfzehn voll gerüsteten Rittern. Sie hatten drei Packpferde dabei, eines davon mit Käfigen beladen, in denen Brieftauben darauf warteten, zurück zu ihrem Taubenschlag auf den Hradschin zu fliegen.

Seit dem Plausch mit Noah ben Solomon wusste Fulbach

auch, wohin sie wollten: nach Pasovary. Unter der Burg lag angeblich der Schlüssel zur Reliquie aller Reliquien.

Fulbach konnte es kaum glauben. Er hatte selbst schon vor Jahren dort alles abgesucht. Aber er besaß keinen Plan der Burg. Es musste geheime Kammern geben, von denen er nichts wusste. Dafür wusste er etwas anderes. Der gute Noah hatte nämlich eine Information herausgerückt, nach der Fulbach gar nicht gefragt hatte. Die Metze an von der Hardenburgs Seite war mitnichten Amalie Belcredi. Sie war eine Jüdin! Und er konnte sich denken, welches Spiel sie spielte. Und wer ihre wahren Mitspieler waren. Die Juden wollten die heiligste Reliquie der Christenheit an sich bringen. Und damit auch die Macht, die ihr innewohnte. Anders konnte es nicht sein. Die Metze hatte sich bei Hof eingeschlichen und allen mit ihren Hexenkünsten den Kopf verdreht. Teufelswerk! Kam der Antichrist nicht immer in der Gestalt schöner junger Frauen daher? Und dieser lächerliche böhmische König fiel natürlich darauf herein. Fulbach ballte die Faust. Nicht mehr lange, das schwor er sich.

Rupert Fulbach war bereit, alles zu tun, um den Niedergang der Christenheit zu verhindern. Auch sein eigenes Leben würde er ohne Zögern dafür geben. Er faltete die Hände. »Herr im Himmel, gib mir die Kraft, dein Reich auf Erden vor der Macht des Teufels zu bewahren. Amen.«

Der alte Jude hustete, röchelte, spuckte Wasser. Fulbach zuckte zusammen. Er hatte den Mann fast vergessen. Was sollte er mit ihm tun?

Fulbach zog sein Messer, setzte es dem Juden an die Kehle, schaute ihm in die Augen. Es war immer wieder erstaunlich. Er hatte schon viele Juden gesehen, die tatsächlich keine Angst vor dem Tod hatten. Dieser schien ihn regelrecht dazu aufzufordern, ihm die Kehle durchzuschneiden. Natürlich!

Der Tod war geradezu ein Geschenk für ihn, denn er hatte seine Kumpane verraten. Fulbach zog das Messer zurück. Er würde den Alten einfach mitnehmen, er konnte ihm noch gute Dienste erweisen. Noah ben Solomon war zwar ein elender Jude, aber er war auch Schriftgelehrter und ein Meister der Verschlüsselung.

Fulbach trat ans Fenster und spähte hinaus. Seine Männer warteten auf der Gasse. Er pfiff kurz, sofort huschten sie wie Schatten ins Haus, schlugen den Juden bewusstlos, fesselten und knebelten ihn. Danach stellten sie die Ordnung im Haus wieder her. Glücklicherweise hatte sich niemand sonst darin aufgehalten. Alle sollten denken, Noah ben Solomon sei verreist. Was ja auch stimmte.

***

»Die Schneedecke ist unversehrt, Herr! Niemand lauert uns in Pasovary auf. Der Weg ist frei. Und vor allem ist der Brunnen noch intakt.« Der Ritter verbeugte sich vor Bohumir Hradic und lenkte sein Pferd zurück ans Ende des kleinen Zuges.

Rebekka schloss kurz die Augen. Wenigstens einmal gute Nachrichten. Sie sehnte sich nach einem heißen Bad, nach einer warmen Stube und einer langen Nacht Schlaf. Seit zehn Tagen waren sie unterwegs. Anders als Vojtech behauptet hatte, lag Pasovary nicht bei Chumetz wenige Meilen östlich der Hauptstadt, sondern mehrere Tagesreisen südwestlich von Prag. Kaum waren sie aufgebrochen, hatte Schneefall eingesetzt. Binnen weniger Stunden lag der Schnee fast kniehoch, zu Fuß war kein Fortkommen mehr, selbst die Pferde mühten sich ab, um nicht ins Straucheln zu kommen. Eine dicke weiße Decke hatte sich über das Land ausgebreitet, sogar in den Wäldern lag tiefer Schnee, sodass sie einige Umwege in Kauf nehmen mussten. Die meiste Zeit war der Himmel grau gewesen, doch wenn die Sonne hervorkam, mussten sie sich die Augen bis auf kleine Schlitze zubinden, um überhaupt noch etwas zu sehen.

Wie durch ein Wunder hatten sie zwei Vorratslager gefunden. Nach vier anderen hatten sie jedoch vergeblich gesucht, ein weiteres war geplündert worden. Mehr als vier oder fünf Stunden am Tag hatten sie nicht reiten können, die Pferde waren schnell erschöpft gewesen. Jeden Tag mussten sie Schnee schmelzen, um die Tiere zu tränken, und für die Feuer wiederum mussten sie halbwegs trockenes Holz sammeln.

Bohumir Hradic war Rebekka nicht von der Seite gewichen. In den langen Stunden, bis sie sich zur Nachtruhe begaben, hatte er sie mit Geschichten von seiner Familie unterhalten und mit Anekdoten aus seiner Zeit als Knappe. Rebekka war ihm unendlich dankbar, dass er versuchte, sie aufzuheitern, auch wenn er die Trauer, die tief in ihrem Inneren festsaß, nicht vertreiben konnte.

Engelbert von der Hardenburg wies auf einen weißen Hügel. »Dahinter liegt Pasovary.« Er beugte sich zu Rebekka hinüber und flüsterte ihr ins Ohr. »Wie gesagt: Es sind nichts als verkohlte Ruinen übrig. Wappnet Euch gegen den Schmerz. Es tut mir aufrichtig leid.«

Er gab das Zeichen zum Aufbruch. Rebekka ritt in der Mitte der Männer, vorsichtig stapften die Pferde durch den Schnee. Vila schnupperte immer wieder an der weißen Pracht, als vermute sie Feinde darunter.

Sie erklommen den Hügel. Als die Reiter vor ihr ein wenig zur Seite wichen, schossen Rebekka die Tränen in die Augen. Obwohl der Schnee einen großen Teil der Ruinen verdeckte, waren die geschwärzten Mauern und die eingestürzten Dächer nicht zu übersehen. Die Tränen liefen ungehemmt über ihre Wangen, ihr Blick verschwamm. Wütend wischte sie die Tropfen weg. Ihre Elternhäuser waren zwar niedergebrannt, aber sie war noch da.

Der Ordensritter wandte sich ihr zu. »Es ist nicht alles zerstört. Der König hat den Auftrag erteilt, im Frühjahr mit dem Wiederaufbau zu beginnen. Fürstabt Fulbach soll nicht der Triumph vergönnt sein, Pasovary endgültig vernichtet zu haben. Seht ihr den Palas?« Er zeigte auf ein lang gestrecktes Gebäude, dessen Dach verschwunden war. »Dort werden wir uns für unseren Aufenthalt einrichten. Als Erstes tragen wir das zerstörte obere Geschoss ab. Das stabilisiert die Mauern. Dann spannen wir ein neues Dach darüber, Holz gibt es genug, so erhalten wir einen großen Raum, den wir unterteilen können. Für Euch werde ich eine eigene Kammer einrichten lassen, mit einer Feuerstelle und einem Badezuber. Den Bergfried werden wir als Küche nutzen. Also lasst uns nicht zaudern.« Er senkte die Stimme. »Habt keine Sorgen, Rebekka, Ihr seid nicht allein.«

»Ich dachte, wir bleiben nur wenige Tage? Bis wir den Schlüssel gefunden haben?«

Engelbert schüttelte langsam den Kopf. »Der Schnee liegt zu hoch, um gleich wieder umzukehren. Wir können von Glück sagen, dass wir heil hier angekommen sind. Und es schneit noch immer. Der Winter hat Böhmen fest in seinem Würgegriff. Ich fürchte, wir werden den Rest des Januars hier verbringen, vielleicht noch länger.«

Er wartete keine Antwort ab, sondern rief den Männern Befehle zu. Einige schwärmten aus, die anderen nahmen Rebekka wieder in ihre Mitte. Benommen ritt sie an Bohumirs Seite auf Pasovary zu. Trotz ihrer Trauer hatten die Worte des Ordensritters sie getröstet. Sie sah Blumen an den geschwärzten Mauern emporwachsen, hörte das Murmeln eines Baches, hörte Kinderlachen und die Stimmen eines Rabbis und eines Priesters, die sich gegenseitig aus ihren heiligen Büchern vorlasen und anschließend im angeregten Disput ihre Meinungen austauschten.

Elle für Elle näherten sie sich den Mauern. Rebekka stellte fest, dass Pasovary eine schöne Burg gewesen sein musste. Sie war nicht auf Kampf und Verteidigung ausgelegt gewesen. Die Mauern waren schlank und geschwungen, Gebäude schmiegten sich aneinander, das Tor war weit und mit einem hohen Bogen versehen, keine Pechnasen drohten mit Tod und Verderben. Dennoch waren Tod und Verderben hier eingedrungen und hatten alles dem Erdboden gleichgemacht.

Sie ritten auf den Hof, der an die hundertfünfzig Fuß breit war. Karls Truppen hatten ihn bereits weitgehend von Trümmern befreit. Die Mauern zweier Gebäude und Teile der Außenmauer waren mit Fichtenstämmen abgestützt. Der Ordensritter schwang sich vom Pferd und zeigte darauf. »Achtet auf die baufälligen Wände. Sie könnten leicht einstürzen und Euch unter sich begraben.«

Er winkte Rebekka zu sich. »Ihr seid jetzt sozusagen Gräfin von Pasovary«, flüsterte er. »Nehmt also in aller Stille Besitz von Eurer Burg.«

Sie betrat den Palas. Bohumir postierte sich außen vor der Mauer, Engelbert folgte ihr.

Der Ordensritter holte tief Luft. »Sprecht mir nach: ›Ich, Amalie Belcredi, Gräfin von Pasovary‹...«, er nickte ihr aufmunternd zu.

Stockend wiederholte Rebekka den Satz. Er klang falsch und richtig zugleich.

»...nehme hiermit als rechtmäßige Erbin...«, fuhr der Ordensritter fort.

»Aber, sind sie denn wirklich tot? Was wisst Ihr?«

»Ich weiß es nicht. Sicher ist nur, dass sie zurzeit nicht die Herrschaft über die Burg ausüben können. Und dass niemand wissen darf, wer Ihr seid.«

Rebekka schaute sich um. Vielleicht würde sie eines Tages hierher zurückkommen und alles zum Blühen bringen. Ja, das war ein gutes Gefühl, ein gutes Ziel. Entschlossen sprach sie die Formel nach: »... nehme hiermit als rechtmäßige Erbin ...«

Der Ordensritter schien erleichtert. »... Burg Pasovary und all seine Ländereien und Lehen in Besitz. Ich schwöre, gerecht zu sein, dem König zu geben, was des Königs ist, und Gott immer zu ehren.«

»... und Gott immer zu ehren.«

Der Ordensritter kniete nieder, schwieg.

Rebekka wusste nicht, was sie tun sollte. »Und jetzt?«

»Jetzt legt Ihr mir eine Hand auf den Kopf und sagt: ›Erhebt Euch, Engelbert von der Hardenburg, Ritter von Pasovary.‹«

Rebekka verstand nicht, was er wollte. »Wozu? Erklärt mir doch, was Ihr vorhabt.«

»Tut einfach ein einziges Mal, was ich sage, ohne Fragen zu stellen. Es wird Euch nicht schaden.« Der Ordensritter klang so ernst, dass Rebekka nicht wagte, Einwände zu erheben.

»So erhebt Euch, Engelbert von der Hardenburg, Ritter von Pasovary.«

Der Ordensritter erhob sich, lächelte, wie Rebekka ihn noch nie hatte lächeln sehen: zufrieden mit sich und mit der Welt im Reinen.

Er wischte sich den Staub von seinem Umhang. »Jetzt bin ich Euer Ritter und bei meinem Leben verpflichtet, Euch zu dienen. Dieser Bund ist geschlossen vor Euch, vor mir und vor Gott, dem Allmächtigen, und unverbrüchlich.«

Rebekka trat einen Schritt zurück. »Ihr schwört Karl ab?«

Der Ordensritter lachte. »Dem Teufel schwört man ab, Gräfin. König Karl mag seine dunklen Seiten haben, aber er ist mit Sicherheit nicht der Teufel. Ich bin Karl nach wie vor Treue schuldig, und ich würde ihn niemals verraten. Aber Euch bin ich mein Leben schuldig. Ich werde also nicht ruhen, bis wir Eure Eltern gefunden haben, ob sie nun leben oder nicht. Es wird nicht ganz einfach werden.« Er knüpfte seine Kopfhaube auf, fuhr sich durch die wirren braunen Haare.

Von außen drang Bohumirs Stimme in den Palas. »Engelbert! Da kommen Leute!«

»Gräfin . . .« Er verbeugte sich.

Rebekka lief es eiskalt über den Rücken. Schon wieder Feinde? Schon wieder Kampf und Tod? Ihr neuer Ritter schritt davon und ließ sie allein.

Kurz darauf hörte sie Stimmen und Gelächter. Sie verstand nicht, was gesagt wurde, doch sie begriff, dass Bauern aus den umliegenden Dörfern gekommen waren, um den Rittern Vorräte zu bringen.

Rebekka entspannte sich und sah sich in ihrem zerstörten Reich um, von dem niemand wissen durfte, dass es ihres war. Eigentlich gab es sie überhaupt nicht. Rebekka bat Menachem und Amalie Belcredi mussten sich verstecken, beide wurden von furchtbaren Feinden verfolgt. Statt ihres richtigen Namens trug sie einen, der ihr nicht gehörte, ja, den es gar nicht gab. Sie war eine Frau, die es nicht gab. Konnte es noch schlimmer kommen?

✳ ✳ ✳

»Wie kann er es wagen, dieser, dieser . . .« Louis de Montforts Gesicht war puterrot.

Karl schmunzelte und nahm Ludwigs Brief wieder entgegen. Sein Gegner hatte ausgerechnet den Dänenkönig Waldemar IV. als Mittler in einer Streitsache angerufen. Es ging um wertvolle Besitztümer im Norden, Lehen an der Grenze zu Dänemark, die sich Waldemar am liebsten selbst einverleibt hätte. Ludwig gab Karl damit eine hervorragende Möglichkeit, die beiden gegeneinander auszuspielen. Wie konnte man nur so dumm sein!

»Mein lieber Montfort, keine Frage, auch wir sind nicht erfreut über die Ränke der Wittelsbacher. Deshalb haben wir den Pfalzgrafen Ruprecht gebeten, im Streit zwischen uns und Ludwig zu richten. Ruprecht wird sowohl von Ludwig als auch von Waldemar als Mittler anerkannt. Bald wird er das Urteil sprechen, und es wird lauten, dass die strittigen Lehen Ludwig zugesprochen werden. Ludwig wird sich verschlucken vor Schreck, wenn er das hört, denn er rechnet natürlich nicht damit. Er wird sich mit Waldemar anlegen müssen, der ja ebenfalls Anspruch auf die Lehen erhebt. Waldemar ist stark, etwa so stark wie Ludwig. Die beiden werden sich gegenseitig zerfleischen, bis ihr Mütchen gekühlt ist. Danach haben wir da oben Ruhe. Und in einigen Jahren, wenn Gras über die Sache gewachsen ist, werden wir die Lehen wieder einziehen. So einfach ist das.«

Montfort verneigte sich grinsend. »Ihr seid in der Tat ein weiser Herrscher.«

Karl seufzte. Montfort mochte Recht haben, aber heute war ihm nicht nach Politik zumute. Anna stand kurz vor der Niederkunft. Das Kind konnte jederzeit kommen, und Karl betete seit Wochen darum, dass es ein Junge würde, sein Thronfolger, auf den er so sehnsüchtig wartete. Vieles würde

399

einfacher werden, wenn er endlich einen Sohn vorweisen konnte.

»Mein König, ich weiß, dass Ihr mit Euren Gedanken bei Anna und, so Gott will, bei Eurem Sohn seid.« Montfort bekreuzigte sich. »Dennoch gibt es wichtige Dinge zu regeln, die keinen Aufschub dulden.« Louis de Montfort zeigte auf die Pergamentrollen, die sich auf dem Tisch türmten.

Karl seufzte und rief den Schreiber herbei. »Weiter geht es, nächster Fall. Lasst die Feder tanzen!« Karl nahm eine Binse und bog sie, bis sie fast brach. So wie mit dieser Binse verhielt es sich mit den Menschen. Man musste wissen, wie weit man sie biegen konnte, bevor sie brachen. Eine gebrochene Binse war ebenso nutzlos wie ein gebrochener Mensch. Wenn man einen Menschen brechen musste, dann mit großer Kraft und schnell. Biegen musste man die Menschen langsam, oft mit unendlicher Geduld.

Er räusperte sich. »Wir, Karl, König von Gottes Gnaden, zu allen Zeiten Mehrer des Reiches und König zu Böhmen, tun allen kund, die es sehen, lesen oder hören: Wir verleihen dem Burcharten von Seggendorf von Johsperch den Bann und das Halsgericht in allen seinen Gerichten, Dörfern und Märkten. Dies ward gegeben den 8. Januar im Jahre des Herrn 1350.«

Heute war zwar der sechzehnte Januar, aber aufgrund einer Rechtsstreitigkeit musste Karl den Erlass vordatieren, damit ein Urteil, das Burchart bereits ausgesprochen hatte, gültig blieb.

Karl nahm einen Bund Binsen und zerteilte ihn in zwei Teile. Etwas Unangenehmes musste er noch anordnen. Engelbert von der Hardenburg hatte ihn daran erinnert, als er ihn bei seinem Besuch auf Karlstein auf die Quelle in zweihundertvierzig Fuß Tiefe angesprochen und ihn beglückwünscht hatte. Eine unangenehme Angelegenheit. Es gab keine Quelle.

Nachdem die Bergleute monatelang vergeblich gebohrt hatten, hatte er angeordnet, einen Bach umzuleiten, der mit seinem Wasser die Zisterne des Brunnenhauses speiste. Die Bergleute aus Kuttenberg hatten hervorragende Arbeit geleistet und die Zuleitung über eine Achtelmeile durch den harten Fels geschlagen. Wer nicht wusste, wo der Bach abgeleitet wurde, konnte den Ort nicht finden, denn er war durch Felsen verborgen. Der Bach war die einzige Schwachstelle von Karlstein, allerdings eine tödliche. Würde bei einem Angriff der Zulauf abgeschnitten, wäre die Burg verloren und mit ihr der Reliquienschatz und die Reichskleinodien. Das durfte niemals geschehen. Deshalb durfte niemand davon wissen. Absolut niemand.

Karl winkte Montfort zu sich. »Die Bergleute aus Kuttenberg ...«

Montfort hob eine Hand. »Sie lagern am Fuß der Burg und sind gut bewacht.«

Karl nickte. »Es ist bedauerlich, dass sie bei einem Überfall von Raubrittern zu Tode kommen werden.« Dem Schutz des Reiches musste alles untergeordnet werden. Die Bergleute waren gute Arbeiter, aber egal, wie viel er ihnen zahlte, er konnte nie sicher sein, dass sie schweigen würden. Waren sie erst aus dem Weg geräumt, gab es nur noch drei Menschen, die wussten, wie Karlstein mit Wasser versorgt wurde. Er selbst, Montfort und der Baumeister, der Karls volles Vertrauen genoss. »Und sorgt für die Angehörigen.«

»Natürlich, mein König.« Montfort machte sich wieder an die Arbeit.

Karl unterdrückte ein Gähnen. Dutzende Dokumente warteten noch darauf, gelesen und ausgewertet zu werden. Schon nahte die Mette, der Tag war verflogen. Gut, dass Montfort ihn ermahnt hatte, nicht dem Müßiggang zu frönen. Noch immer lag ein Stapel Pergamentrollen auf dem Tisch, es schien, als habe er sich in der Höhe nicht verändert. Nahm er ein Dokument herunter, legte Montfort ein neues darauf.

Müde griff Karl nach einem Vertragsentwurf. Anfang Februar wurde er in Bautzen von Pfalzgraf Rupert erwartet, und er hoffte, dort endlich die Aushändigung der Reichskleinodien besiegeln zu können. Eine Liste hatte Karl bereits angefertigt, und wehe, ein Teil fehlte: die Reichskrone, das Reichskreuz, das Zepter, das Reichsschwert, der Reichsapfel, der Krönungsmantel, das Schwert Karls des Großen, die Heilige Lanze, das Krönungsevangeliar, die Alba, das weiße Gewand, die Dalmatica, das liturgische Gewand aus Sizilien, die Stephansbursa und die Kreuzpartikel, die einen besonderen Platz erhalten würden. Dazu das Aspergill zum Verteilen des Weihwassers und natürlich Strümpfe, Schuhe, Handschuhe, das Zeremonienschwert, die Stola und die Adlerdalmatica, ein prachtvolles Gewand aus Damast und schwarzer Seide, bestickt mit goldenen Adlern. Dazu gehörte eine Gugel, die weit genug geschnitten war, um die Krone zu überdecken. Die Gugel galt lange als verschollen, doch Ludwig der Bayer hatte sie in einem Kloster in Süddeutschland entdeckt, wo sie still verehrt worden war. Immerhin etwas, wozu der Bayer getaugt hatte.

Karl rieb sich die Augen, es war Zeit, zur Mette zu gehen. Danach würde er sich zur Ruhe begeben. Morgen wartete ein neuer anstrengender Tag auf ihn.

Es dauerte nicht lange, bis Karl eingeschlafen war. Doch schon bald rüttelte ihn jemand an der Schulter. Er öffnete die

Augen. Vor ihm stand ein hochgewachsener Mann, der ihn streng ansah. Karl kannte den Mann nicht, er wollte zu seinem Schwert greifen, doch der Fremde hielt seine Arme fest. Wo war die Leibwache? Was geschah hier? War das ein Traum? Karl schaute sich hektisch um. Überall im Raum lagen tote Brieftauben, denen das rechte Bein abgeschnitten worden war. Der Mann ließ seine Arme los, Karl fragte ihn, was er wolle.

»Du musst achtsam sein, Karl!«, sagte der Mann. »Deine Feinde sind ihr auf der Spur. Die heiligste aller Reliquien darf nicht verloren gehen! Und vergiss nie: Sie ist dazu bestimmt, von dir verwahrt zu werden, zum Schutze der Christenheit.«

»Tue ich denn nicht alles, was möglich ist?«, fragte Karl. Ihm fiel ein, dass er noch immer keine Nachricht von Engelbert hatte. Was mochte in Pasovary geschehen sein?

Der Mann verschwand, ohne zu antworten. Zurück blieb ein kalter Luftzug, der Karl frösteln ließ.

Karl wollte in den Schlaf zurücksinken. Er schloss die Augen, aber wieder rüttelte jemand an seiner Schulter. Wieder öffnete er die Augen, doch diesmal kannte er den Mann. Es war Montfort, und er strahlte über das ganze Gesicht.

Karl war sofort hellwach. »Ich habe einen Sohn?«

»Gesund und kräftig.«

Karl rief die Kammerdiener, die ihn ankleideten. »Wie geht es Anna?«

»Sie ist erschöpft, aber wohlauf.«

Montfort eilte voran. Der Flur war bereits voll mit Menschen, die in Jubel ausbrachen, als Karl aus der Tür trat. Einen Augenblick lang war er verstört darüber, dass sein Hofstaat vor ihm von der wunderbaren Neuigkeit erfahren hatte. Doch im nächsten Augenblick dachte er nicht mehr daran. Jetzt musste er seinen Sohn sehen, seinen erstgeborenen Sohn, der ihm auf den Thron folgen würde, so Gott es wollte.

Karl betrat Annas Gemach. Sie lag im Bett, wandte ihm das Gesicht zu und lächelte. In diesem Moment empfand er aufrichtige Zuneigung zu ihr, genährt aus tiefer Dankbarkeit, dass sie ihm einen Sohn geschenkt hatte. Neben dem Bett stand die Hebamme, die ein kleines Wesen in ihren Armen hielt, eingewickelt in weiße Leintücher. Karl trat näher. Zwischen den Tüchern kam ein winziger verschrumpelter Säugling zum Vorschein. Der Anblick war ihm vertraut: So hatten auch seine Töchter ausgesehen.

Karl nahm seinen Sohn entgegen und hob ihn hoch. Er drehte sich im Kreis und rief: »Seht her! Dies ist mein Sohn Wenzel, geboren aus dem Schoß meiner Gattin, der Königin von Böhmen. Er allein ist mein rechtmäßiger Thronfolger.«

***

»Hier entlang«, sagte Engelbert von der Hardenburg und wies auf das schwarze Loch.

Rebekka schauderte. Dabei war sie in den vergangenen Wochen in so viele unterirdische Gänge und geheime Kammern gestiegen, dass sie sich langsam daran gewöhnt haben sollte. Doch jedes Mal musste sie in dem Moment, wenn sie vom Licht in die Finsternis wechselte, an jenen Gang in Rothenburg denken. Nichts war mehr so, wie sie es kannte, seit sie den geheimen Zulauf zur Mikwe als Fluchtweg benutzt hatte. Jedes Mal blitzte auch Mosbachs Gesicht kurz vor ihren Augen auf. Auch wenn sie noch so sehr versuchte, an etwas anderes zu denken.

Matyas Romerskirch stellte sich ihr in den Weg. »Ich

denke, dass dies hier nichts für die zarte Seele einer Frau ist. Wir brauchen Euch hier unten nicht.«

Rebekka funkelte Romerskirch an. »Das ist . . .« Sie führte den Satz nicht zu Ende. Fast hätte sie sich verraten. Matyas Romerskirch machte sie wütend. Er versuchte, sie auszuschließen, wo immer es ging, seit sie diese Reise angetreten hatten. Außerdem tauchte er immer wieder aus dem Nichts auf und erschreckte sie zu Tode.

»Das ist nicht Eure Entscheidung, Romerskirch.« Von der Hardenburg schob sich zwischen Rebekka und ihn. »Wenn Ihr jetzt bitte zur Seite treten würdet? Oder muss ich Euch daran erinnern, wer hier das Sagen hat?«

»Ihr mögt vielleicht das Sagen haben, Ordensmann, aber das heißt noch lange nicht, dass Ihr auch das Richtige tut.«

Von der Hardenburgs Züge versteinerten. »Es ist mir ein Rätsel, warum Karl Euch sein Vertrauen schenkt, Matyas Romerskirch.« Er spuckte den Namen aus wie einen Kirschkern. »Vielleicht, weil Ihr immer das Richtige tut? Zum Beispiel den König um ein Haar niederstrecken, weil Ihr ihn für einen von Fulbachs Verrätern haltet?«

Rebekka hielt den Atem an. Die Geschichte, wie der König beinahe von den eigenen Männern getötet worden wäre, hatte sich schnell herumgesprochen. Allerdings glaubte sie nicht, dass der König Romerskirch in seinen Diensten behalten hätte, wenn auch nur der leiseste Verdacht bestünde, dass er etwas Böses im Schilde führte.

Romerskirch griff an sein Schwert, doch Bohumir hielt seinen Arm fest. »Seid Ihr von allen guten Geistern verlassen?«, zischte er. »Engelbert! Matyas! Was sollen die Männer denken? Wollt Ihr, dass wir uns gegenseitig zerfleischen? Wir werden noch einige Wochen hier verbringen, und die Stimmung unter den Rittern ist schon jetzt nicht die beste.«

Romerskirch ließ sein Schwert los, bedachte Rebekka mit einem kalten Blick, wandte sich ab und stolzierte davon.

Der Ordensritter holte tief Luft. »Verzeiht, Bohumir, aber Ihr wisst so gut wie ich, dass er meine Befehlsgewalt nicht anzweifeln darf. Das ist schlimmer als alles andere.«

Bohumir nahm Rebekka am Arm und führte sie zu dem Loch. »Romerskirch ist dem König bei seinem Leben treu ergeben«, sagte er.

»Dann soll er mir gehorchen, denn ich bin auf unserem kleinen Ausflug der Stellvertreter des Königs.« Von der Hardenburgs Stimme klang so hart wie der Fels, in den die Bergleute den Gang gegraben hatten. »Das heißt nicht, dass ich nicht auf den Rat meiner Männer hören würde, vor allem auf Euren«, setzte er etwas versöhnlicher hinzu.

»Danke für Euer Vertrauen.« Bohumir nahm eine Fackel und entzündete sie. »Dann nehmt folgenden Rat an: Bringt Romerskirch nicht unnötig gegen Euch auf. Es könnte uns allen schaden.«

Von der Hardenburg nickte. »Ich werde es beherzigen, aber wenn er es zu weit treibt, muss ich ihn in seine Schranken weisen.«

Damit war das Gespräch beendet, und sie stiegen in den Gang. Es ging ein halbes Dutzend Stufen hinunter, dann geradeaus. Rebekka lief zwischen Bohumir und Engelbert. Der Ordensritter war heute unruhiger als sonst. Nicht nur, weil er zum wiederholten Mal mit Matyas Romerskirch aneinandergeraten war, sondern auch, weil er glaubte, diesmal endlich auf der richtigen Spur zu sein.

In den vergangenen Wochen hatten sie sich nicht nur nach besten Kräften häuslich in der Burgruine eingerichtet, sie hatten auch jeden unterirdischen Gang und jede Kammer freigelegt und abgesucht, die auf dem Plan verzeichnet waren.

Manche waren nicht mehr als ein Hohlraum oder eine Nische gewesen, in der man etwas verstecken konnte, manche hatten sich als deutlich größer erwiesen. Die meisten waren völlig leer gewesen, bis auf einige Fackelhalter an den Wänden und jede Mange Staub und Dreck. Zum Schluss hatten sie den Gang, in dem der König Zuflucht vor dem Feuer gesucht hatte, nochmals in Augenschein genommen. Eigentlich waren sie nicht davon ausgegangen, dort etwas zu finden, denn Karls Männer hatten den kurzen Tunnel damals gründlich untersucht. Doch dann waren die Ritter auf eine Schwachstelle in der Mauer gestoßen, als sie dort einen Fackelhalter hatten anbringen wollen. Sie hatten die Mauer eingerissen und einen weiteren Gang entdeckt, der etwa auf halber Strecke von Karls Fluchttunnel abzweigte: ein unterirdischer Weg, der nicht auf dem Plan verzeichnet war.

Das war kurz nach dem Morgengebet gewesen. Jetzt war es Mittag, und der Schutt war so weit weggeräumt, dass Rebekka, Engelbert und Bohumir den Geheimgang untersuchen konnten.

Rebekka hielt sich dicht hinter Bohumir. In der Luft hing der Geruch von Fäkalien, und Rebekka musste daran denken, dass etwa ein Dutzend Männer hier eine Nacht lang ausgeharrt hatten. Als sie den Durchbruch erreichten, bogen sie ab und folgten schweigend dem Verlauf des verborgenen Tunnels. Auch er war nicht lang. Schon nach wenigen Schritten machte er einen Knick und endete kurz darauf in einer Öffnung, hinter der sich ein großer Raum ausbreitete. Sprachlos blieb Rebekka im Eingang stehen. Auch Engelbert und Bohumir rührten sich nicht.

Im flackernden Licht der Fackeln tat sich vor ihren Augen eine Bibliothek auf, gegen die sogar die beeindruckende Schriftensammlung des Noah ben Solomon geradezu bescheiden wirkte. Hunderte Bücher und Pergamente lagen in Regalen und hölzernen Kästen, hinter denen die Wände schwarz glänzten. Manche Truhen waren geöffnet und quollen über von Pergamentrollen, andere waren geschlossen. Die Luft war erstaunlich frisch. Irgendwo musste sich ein Schacht verbergen.

Von der Hardenburg betrat den Raum, steckte die Fackel in einen der Wandhalter und strich mit dem Finger am Mauerwerk entlang. »Pech. Gut ausgehärtet. Schützt vor Feuchtigkeit.«

Rebekka folgte ihm, nahm ein Buch aus einem der Regale und schaute es sich an. Es war ein Psalterium, eine Sammlung der biblischen Psalmen. In Gold prangten große Buchstaben. Sie blätterte weiter, ein Bild bedeckte eine Seite, und es war so lebendig, dass die Figuren Rebekka zuzuwinken schienen. Gewidmet war es einer Königin von Jerusalem: Melisende, Tochter des Königs Balduin II. und der Prinzessin Morphia von Melitene. Die Namen sagten Rebekka nichts, aber dass eine Frau Königin von Jerusalem gewesen sein sollte, konnte sie kaum glauben.

Sie stellte das Buch zurück, zog das nächste heraus, das mit einem breitem Rücken und einem schmucklosem Einband versehen war. Sie schlug es auf, las und konnte einen Schrei nicht unterdrücken. Es war auf Hebräisch verfasst. Sie stutzte. Las weiter. Sie kannte die Worte, kannte den Text. Adonai! Erschrocken ließ sie das Buch fallen. Es war eine Thora, aber nicht als Rolle, sondern als Buch. Eine echte Thora durfte nicht berührt werden, egal in welcher Form sie vorlag.

Bohumir und Engelbert eilten herbei.

Sie hob die Hände. »Nichts von Bedeutung. Es ist nur ...« Mit dem Zeigefinger deutete sie auf das heilige Buch. »Die fünf Bücher Mose. Eine Thora!«

»Eine Thora? Aber es ist ein Buch und keine Rolle. Wie kann das sein?«, fragte von der Hardenburg.

Rebekka zuckte mit den Achseln. »Ich weiß es nicht. Es muss eine Abschrift sein. Aber wie kommt eine Thora hierher?«

Bohumir machte Anstalten, ihr zu helfen. »Ihr dürft sie nicht anfassen, jedenfalls nicht mit den bloßen Händen, soviel ich weiß. Aber ich darf es.«

Rebekka besann sich einen Moment. »Es ist keine echte heilige Thora«, sagte sie dann. »Ich bin nur erschrocken.« Sie kam Bohumir zuvor und hob das Buch wieder auf. Sie wog es in der Hand. »Wie kommt die Abschrift einer Thora hierher in die Bibliothek einer christlichen Burg?«

Der Ordensritter und Bohumir schüttelten gleichzeitig die Köpfe und wechselten einen Blick. Rebekka unterdrückte ein Schmunzeln. Es sah aus wie einstudiert.

»Dieser Ort ist eine Schatzkammer des Wissens«, sagte Engelbert von der Hardenburg. »Soweit ich das erkenne, beherbergt sie Schriften aus aller Herren Länder.« Er seufzte. »Das ist wunderbar, doch es macht uns unsere Aufgabe nicht gerade leichter. Irgendwo hier muss der Schlüssel zu unserem Rätsel zu finden sein.« Er zeigte auf die Regale. »Wir werden Tag und Nacht arbeiten. Wir müssen jedes Buch und jede Schriftrolle auf Hinweise absuchen. Und am besten beginnen wir auf der Stelle.« Von der Hardenburg wartete nicht auf eine Antwort, sondern wandte sich um, zog einen dicken Folianten aus dem Regal und setzte sich damit auf eine der Truhen.

Rebekka drehte sich einmal im Kreis. Es würde Monate dauern, alles durchzublättern, Jahre, es zu lesen. Und es war keineswegs sicher, dass sie hier des Rätsels Lösung finden würden.

* * *

Der Mönch verbeugte sich vor Fulbach. »Eine weitere Taube, Ehrwürden.«

»Danke, mein Bruder«, erwiderte Fulbach und winkte den Mann heran. »Gib sie mir, dann kannst du gehen.«

Der Mönch legte die Taube auf Fulbachs Tisch und verschwand.

Fulbach strich mit dem Zeigefinger über das Gefieder. Engelbert von der Hardenburg hielt sich für besonders schlau, glaubte, mit einem billigen Trick die Falken umgehen zu können. Jede Taube trug neben einer Nachricht, die in die Schwanzfedern eingenäht war, eine kleine Glocke am rechten Fuß. Das Gebimmel sollte die Falken vertreiben. Das gelang bei normalen Falken, aber nicht bei denen, die Fulbach abgerichtet hatte. Er hatte sie nicht nur an den Lärm gewöhnt, seine Falken hörten die Glöckchen über tausende Fuß hinweg und erlegten so zielsicher jede Taube. Bis jetzt war ihnen keine einzige entgangen, denn ordentlich, wie von der Hardenburg nun einmal war, hatte er jede Nachricht aufsteigend nummeriert.

Fast einen halben Tag früher als von der Hardenburg und seine Leute war Fulbach hier in dem kleinen Kloster Navesti eingetroffen, das nur eineinhalb Meilen nördlich von Pasovary lag. Sie hatten die Pferde gewechselt, so waren sie schneller vorangekommen. Zehn Brüder lebten im Kloster Navesti, geführt wurde es von dem ältesten, der dem Fürstabt bereitwillig Unterkunft gewährte.

Fulbach entfernte vorsichtig die Nachricht aus den Federn. Das Pergament war hauchdünn, die Schrift so klein, dass er sie kaum erkennen konnte. Natürlich war der Text wieder verschlüsselt. Der Jude hatte einige Zeit gebraucht, den ersten Brief zu entziffern: eine Verschiebung des Alphabets. Und zwar eine komplizierte, bei der die Buchstaben mehrfach verschoben wurden. Trotzdem gab es bessere Verschlüsselungen. Engelbert von der Hardenburg und der König ahnten offenbar nicht, wie dicht Fulbach ihnen auf den Fersen war. Umso besser. So konnte er zuschlagen, wenn sie am wenigsten damit rechneten und vor allem wenn sie die Zahlenkolonnen entschlüsselt hatten, die ihm der Jude freundlicherweise überlassen hatte.

Eigentlich brauchte er den Mann nicht mehr. Er war ein unnützer Esser. Bei der nächsten Gelegenheit sollte Jaroslav ihn irgendwo in den Wäldern aussetzen, nicht ohne ihm vorher die Achillessehnen zu durchtrennen. Die Wölfe würden sich freuen und den Juden auf Nimmerwiedersehen verschwinden lassen. Aber noch bestand die Gefahr, dass von der Hardenburg die Verschlüsselungsmethode änderte. Fulbach dachte kurz nach und traf eine Entscheidung. Er würde den Juden noch ein Weilchen mit durchfüttern.

Innerhalb kürzester Zeit entschlüsselte Fulbach die neue Nachricht. Langsam wurde es spannend. Sie hatten außerhalb der Mauern, von dem Geheimgang abzweigend, in dem Karl sich während des Feuers versteckt hatte, einen unversehrten unterirdischen Raum freigelegt, der voll war mit Büchern und Dokumenten. Fulbach ballte die Hände zu Fäusten. Dieser verfluchte Geheimgang war schuld, dass sein größter Erfolg sich in seine größte Niederlage verwandelt hatte. Er war nicht nur geschlagen, sondern auch enttarnt.

Aber es half nichts, sich über verschüttete Milch zu ereifern. Das Blatt würde sich schon sehr bald zu seinen Gunsten wenden. Es klopfte. Jaroslav trat ein.

»Was gibt es?«, herrschte Fulbach ihn an. Er hasste es, in seinen Überlegungen unterbrochen zu werden.

»Ein Bote hat sich bis zu uns durchgeschlagen. Bei allen, was recht ist, ein wahrhaft tapferer Mann, der keinen Schmerz kennt und keine Angst. Halb erfroren hat er mir dies hier überreicht.« Jaroslav zog einen Brief hervor.

Schon am Siegel erkannte Fulbach den Absender. Es war Abt Remigius. Fulbach erbrach das Siegel, entfaltete das Pergament und las die wenigen Zeilen. Fast hatte er damit gerechnet, aber jetzt, da es zur Gewissheit wurde, traf es ihn doch wie ein Brandpfeil.

Remigius, Albert und Reinhard kündigten ihren Bund auf. Die Lage im Reich habe sich so sehr zugunsten Karls verschoben, dass sie nicht länger Gottes Willen leugnen konnten und wollten. Diese Narren. Gottes Willen konnte man weder leugnen noch beiseitewischen, aber genau das versuchten diese Feiglinge. Diese Hasenfüße! Diese Zauderer! Diese Verblendeten! In die tiefste Hölle würden sie gestürzt werden, denn Gottes Wille war es, dass er die Reliquie fand und mit ihrer Hilfe die Christenheit vor inneren und äußeren Feinden schützte, indem er sich zum Vertreter Gottes auf Erden machte! Sobald er die Reliquie in den Händen hielt, würde er die Macht haben, Karl vom Thron zu fegen und die drei Verräter spüren zu lassen, was Schmerz bedeutete. Das war Gottes Wille!

* * *

Seit über zwei Wochen arbeiteten sie sich nun schon durch die Bücher und Schriftrollen. Matyas Romerskirch hatte mehrfach seine Hilfe angeboten, doch Engelbert hatte ihn, trotz Bohumirs Warnungen, brüsk zurückgewiesen.

»Ich will nicht, dass dieser Schnüffler uns auf der Pelle hockt«, hatte er hervorgestoßen. »Ich will offen reden und nicht jedes Wort auf die Goldwaage legen müssen.«

»Das will ich auch«, hatte Bohumir erwidert. »Doch noch

mehr will ich, dass dieser Mann keinen Groll gegen uns hegt. Er ist gefährlich.«

Natürlich hatte Engelbert sich durchgesetzt.

Rebekka hatte ein Regal durchgearbeitet, in dem ein Psalterium neben dem anderen stand. Es waren Dutzende. Manche überaus kostbar, manche ganz schlicht. Das ganze Regal fasste ausschließlich Psalterien. Aber wozu war das gut? Die Bücher sahen nie das Tageslicht, niemand konnte etwas damit anfangen.

Sie erschrak, als jemand ihre Schulter berührte. Es war Bohumir, der ihr ein Holzbrett hinhielt. Der Anblick der Köstlichkeiten darauf machte sie schwindeln. Ihr Blick fiel auf frisches Brot und eine Schale mit gebratenem Fleisch, das in einer köstlichen Soße mit Mohrrüben und Fettaugen schwamm.

»Haben die Bauern uns schon wieder mit ihren besten Stücken versorgt?« Rebekka nahm einen Kanten Brot und tunkte ihn in die Soße. Langsam öffnete sie den Mund, ließ den Duft in die Nase steigen, bis sie es nicht mehr aushielt. Sie kaute, schluckte, es schmeckte unglaublich gut.

»Sie glauben, dass die Herrschaft zurückgekehrt sei. Sie lassen es sich einfach nicht ausreden. Aber keine Sorge, sie haben gutes Geld für die Ware bekommen.«

Rebekka hörte auf zu kauen, ihr wurde heiß. Das Gerücht, die Herrschaft sei auf Pasovary zurückgekehrt, hielt sich hartnäckig. Fast so, als hätte es jemand in die Welt gesetzt, der die Wahrheit kannte. Sie betrachtete Bohumir, während sie ein Stück Fleisch nahm. Er wusste, dass sie Jüdin war. Mehr nicht. Zumindest hoffte sie das. Würde er sie verraten, wenn er wusste, dass sie Amalie Belcredi war?

Sie leckte sich die Finger ab und rundete die königliche Mahlzeit mit einem langen Zug aus dem Becher ab, der mit klarem Wasser gefüllt war. »Ich danke Euch vielmals, Bohumir, ich hätte glatt vergessen, zu essen und zu trinken, und wäre wahrscheinlich irgendwann einfach umgefallen.«

»Und das können wir uns nicht leisten. Wir brauchen Euch noch.« Bohumir stellte das Brett ab und bediente sich.

Rebekka machte sich wieder an die Arbeit. Nach dem Regal mit den Psalterien brauchte sie eine Abwechslung, also nahm sie sich eine der Truhen vor. Sie fischte einige Schriftrollen heraus, die sie erst einmal zur Seite legte, und stieß auf ein Buch. Es hatte einen einfachen dunkelbraunen Einband und eine Schließe aus leicht angerostetem Metall.

Neugierig schlug sie die erste Seite auf und erstarrte. In lateinischer Schrift sprang ihr ein Satz in die Augen:

Tagebuch der Grafen zu Pasovary. Marie Hochheim, Gräfin Belcredi zu Pasovary, und ihr geliebter Gatte Vita Belcredi, Graf zu Pasovary.

Vita Belcredi und Marie Hochheim. Zum ersten Mal las sie die Namen ihrer leiblichen Eltern. Hochheim! Das konnte nicht wahr sein! Sie kannte diesen Namen. So hieß einer der Rothenburger Ratsherren, ein Freund von Johanns Vater!

Rebekka starrte auf die Worte. Gedanken formten sich in ihrem Kopf. Georg Hochheim und seine Familie hatten nicht weit von ihr gewohnt. War es möglich, dass er ein Verwandter ihrer leiblichen Mutter war? Ihr Vetter? Oder gar ihr Bruder? Hatten ihre Eltern sie deshalb ausgerechnet nach Rothenburg bringen lassen? Sollte sie eigentlich vor dem Haus des Georg Hochheim abgelegt werden? Rebekka rief sich das Haus des Ratsherrn in Erinnerung. Das Holz des Fachwerks war dunkel gestrichen, die Fächer weiß, ungewöhnlich, denn die meisten Häuser in Rothenburg hatten graue Fächer. Rebekka stockte. Auch ihr Elternhaus hatte weiße Fächer. Wer auch immer sie damals auf der Schwelle abgelegt hatte, er hatte vielleicht einfach nur die Häuser verwechselt.

Rebekka wischte sich mit dem Ärmel die schweißnasse Stirn trocken. Verstohlen blickte sie zur Seite, doch sowohl Engelbert als auch Bohumir waren in die Lektüre vertieft und beachteten sie nicht.

Erneut las Rebekka die Namen. Wie anders wäre ihr Leben verlaufen, wenn der Bote vor siebzehn Jahren nicht die Häuser verwechselt hätte! Sie wäre als Christin aufgewachsen, und ... Rebekka stockte. Womöglich hatte diese Verwechslung ihr das Leben gerettet. Ja, so musste es sein. Ihre Eltern mussten damals auf der Flucht gewesen sein, vermutlich vor den gleichen Männern, die jetzt hinter ihr her waren. Die Verfolger hätten sie früher oder später bei ihrem Onkel aufgespürt. Doch sie waren nie auf die Idee gekommen, in einem jüdischen Haus nach ihr zu suchen.

Rebekka nahm das Buch wieder zur Hand und blätterte weiter. Ihre Hand zitterte dermaßen, dass sie fast das Pergament eingerissen hätte. Der erste Eintrag datierte auf den Karfreitag des Jahres 1332 und stammte von ihrem leiblichen Vater:

Im Namen des Vaters, des Sohnes und des Heiligen Geistes! Ich beginne am heutigen Tage mit meinen Aufzeichnungen, dem Tag, als unser Herr Jesus Christus, von den Juden verraten und verkauft, am Kreuz die Sünden der Welt auf sich nahm.

Rebekka trieb es die Tränen in die Augen, alles in ihr sträubte sich weiterzulesen. Aber sie konnte nicht aufhören. Hastig wischte sie sich über das Gesicht und fuhr fort.

Gestern hat uns die Nachricht erreicht, dass unser geliebter Sohn Galarich heil in Avignon eingetroffen ist. Niemand weiß, dass er noch lebt, nicht einmal seine treue Amme, die zu Mariä Lichtmess, als wir den Sarg mit dem Hundekadaver beerdigten, Meere von Tränen vergoss. Es dauert mich, meinen Hausstand so unglücklich zu sehen, doch nur so ist der Junge sicher. So Gott will, kommt Marie bald nieder, und dann wird erneut Kindergeschrei diese Hallen erfüllen und die Trauernden trösten.

Unser geliebter Sohn Galarich! Rebekkas Hände zitterten so sehr, dass sie Angst hatte, das Buch fallen zu lassen. Sie hatte einen Bruder! Immer hatte sie nur an ihre Eltern gedacht, nie war sie auch nur auf die Idee gekommen, dass sie Geschwister haben könnte.

Avignon. Das war die Stadt, in der der Papst residierte. Ob ihr Bruder noch dort lebte? Ob er überhaupt noch lebte? Falls ja, war er längst ein erwachsener Mann, so wie sie, seine jüngere Schwester, inzwischen eine Frau war.

Sie blätterte weiter, mehrere Einträge berichteten über das Leben auf Pasovary, immer wieder war von der baldigen Niederkunft Maries die Rede, aber auch von der Gefahr, in der sie alle schwebten. Und davon, dass sie vielleicht bald aus dem Land fliehen mussten.

Oft schrieb Vita Belcredi nicht nur Ereignisse, sondern auch seine Gedanken nieder, machte seinem Ärger Luft oder haderte mit seinen Glaubensbrüdern. In der Woche nach Ostern schrieb er:

Wie kann ein gottesfürchtiger Mensch nur so grausam sein! Fast ein ganzes Dorf ist verhungert, weil ein Burgherr den

Menschen alles Getreide abgenommen hat, damit er sich über den Winter einen dicken Bauch anfressen konnte.

Hat Gott uns nicht aufgetragen, unsere Nächsten zu lieben wie uns selbst? Heißt das nicht, dass wir auch in der Not teilen müssen?

Niemals würde ich zulassen, dass meine Leute vor Hunger sterben müssen. Aber die Strafe Gottes hat ihn getroffen! Kaum hatte die Märzsonne den Schnee geschmolzen, als eine Krankheit auf seiner Burg wütete und nur eine Handvoll Menschen verschonte.

Mich und mein Weib aber belohnt der Herr! Marie liegt endlich in den Wehen. Es wird ein Kind der Hoffnung sein. Wird es ein Sohn, so soll er Wenzel, wird es eine Tochter, soll sie Amalie heißen.

Rebekka starrte auf die Buchstaben, die federleicht über das Pergament tanzten. Ihr Vater hatte eine wunderschöne Handschrift. Und er war ein guter Mensch gewesen. Auch wenn er, wie fast alle Christen, die Juden verachtet hatte. Vater! Es klang nach wie vor falsch, doch nicht mehr so fremd wie noch kurz zuvor. Sie stellte sich vor, wie er hier gesessen hatte, die Feder in der Hand und das Herz schwer von Verantwortung und Sorge. Die Katastrophe musste unmittelbar bevorgestanden haben.

Hastig blätterte sie weiter, die Aufzeichnungen brachen wenige Tage später ab. Der letzte Eintrag lautete:

Wir müssen fliehen! Der Feind hat uns enttarnt, er weiß nun, dass die Belcredis die letzten Hüter sind. Unerbittlich rückt er auf Pasovary vor, und niemand kann uns zu Hilfe eilen. Meine Getreuen werden ihn aufhalten, solange sie können,

*werden uns die Flucht ermöglichen. Wie gut, dass wir unseren
Sohn rechtzeitig fortschicken konnten! Auch die kleine Amalie werden wir sicher unterbringen. Sie wird das Geheimnis
schützen, unerkannt von unseren Feinden, eine Gleiche unter
Gleichen, wie die Steine des Pflasters, über das wir achtlos
schreiten. Auf diesem winzigen Säugling ruht nun die Verantwortung für die gesamte Christenheit. Doch ich bin sicher,
dass Gott sie beschützen wird. Unser eigenes Leben geben wir
gern hin, wenn nur unsere Tochter verschont bleibt. Herr, sei
unseren Seelen gnädig!*

* * *

Ein Hahn krähte. Johann war sofort hellwach. Heute begann
Purim. Schmul ben Asgodon hatte ihn in sein Haus nahe der
Moldau eingeladen und angedeutet, er habe ein besonderes
Geschenk für ihn.

Aber vorher war Dietz an der Reihe. Johann ging in die
Küche, die Magd füllte ihm unaufgefordert einen Teller mit
Grütze, die jeden Tag einen anderen Geschmack hatte; mal
schmeckte sie nach Zimt, mal nach Honig und mal nach einem
Gewürz mit einem unaussprechlichen Namen, das Johann
besonders gern mochte.

Nachdem er den Teller geleert hatte, nahm er sich noch ein
Stück Käse und begab sich auf die Suche nach seinem Gastgeber. Dietz stand bereits in seiner Schreibkammer und betrachtete das Pergament, auf dem Johann säuberlich alles aufgelistet hatte, was der Kaufmann in den letzten drei Jahren
eingenommen hatte – und was er Lieferanten und Geldleihern
noch schuldig war. Inzwischen konnte Dietz bereits Zahlen
lesen, auch einige Begriffe aus dem Rechnungswesen waren
ihm vertraut.

»So, Dietz«, sagte Johann kauend, »jetzt bist du dran.«

Dietz grinste. »Darauf hast du lange gewartet, mein Freund, habe ich Recht?«

Johann erinnerte sich an den Abend, als sie begonnen hatten, auf die förmliche Anrede zu verzichten. Über Prag war ein Schneesturm hinweggefegt, im Kamin hatte das Feuer geprasselt, und die Magd hatte ein knuspriges Huhn aus dem Backofen gezogen und es mit Schwarzwurzeln, Gelbrüben, frischem Brot und Apfelkompott serviert. Sie hatten erst aufgehört zu essen, als sie das letzte Fitzelchen Fleisch vom Knochen genagt und das letzte Stück Brot in die Soße getunkt hatten. Dietz hatte dabei so viel Wein getrunken, dass er schon bald nach ihrem Festschmaus ein Lied anstimmte. Irgendwann war Johann in den Gesang eingefallen, und dann hatten sie bis in die Morgenstunden Lieder geschmettert, sehr zum Leidwesen der Magd.

Dietz kratzte sich am Kinn und zeigte auf die Überschrift der ersten Spalte. »Da steht alles, was ich an Geld bekommen habe, richtig?«

Johann nickte. »Sehr gut!«

»Dann steht in der anderen Spalte alles an Geld, was ich anderen geben muss.«

»Ausgezeichnet. Dein Magister ist zufrieden mit dir.«

Dietz schaute sich die Zahl an, die ganz unten stand. »Sind das meine Schulden?«

»Auch das ist richtig.«

Dietz machte ein betrübtes Gesicht. »Das heißt, ich habe Schulden? Wie kann das sein, mein Geschäft geht wunderbar!«

»Nur keine Angst.« Johann reichte ihm ein weiteres Pergament. »Was steht hier drauf?«

Dietz kniff die Augen zusammen, Johann schnalzte mit der Zunge.

»Moment, gleich habe ich es.« Dietz legte einen Finger auf die linke Spalte. »Es fällt mir wieder ein. Das ist die Liste derjenigen, die *mir* Geld oder Waren schulden.«

»Dietz, du bist wirklich ein eifriger Schüler. Und jetzt musst du allein herausfinden, wie reich oder«, Johann senkte dramatisch die Stimme, »wie arm du bist.«

Dietz schüttelte sich wie ein nasser Hund. »Ich glaube, das will ich gar nicht wissen. Solange ich genug Silber im Beutel habe, ist doch alles in Ordnung.«

Johann zeigte nur mit strengem Blick auf eine Wachstafel und einen Griffel. »Einen Monat Schenkenverbot, wenn du die Aufgabe nicht löst!«

Dietz stöhnte. »Du bist ja grausamer als die Benediktiner.«

»Davon kannst du ausgehen. Los jetzt!« Johann drückte Dietz den Griffel in die Hand.

Der Kaufmann stellte sich ans Schreibpult und begann, die ersten Ziffern auf die Wachstafel zu übertragen. Schon bald brach ihm der Schweiß aus.

Fast tat er Johann leid, aber er musste hart bleiben. Nur so konnte sein Freund lernen, nur so konnte er irgendwann seine Bücher allein führen.

Dietz blickte auf, wischte sich den Schweiß von der Stirn und betrachtete den Griffel. »Bei diesen ganzen verfluchten Zahlen den Überblick zu behalten, das ist schwerer, als einen Sack Flöhe zu hüten.«

Johann schmunzelte. »Das kommt dir nur am Anfang so vor, später ist es ganz leicht. Lass sehen, zu welchem Ergebnis du gekommen bist.«

Dietz wurde rot und übergab Johann die Tafel. Achthundertvierundneunzig Pfund Silber. Die Schrift war etwas krakelig, aber das Ergebnis war richtig. Dietz war, wenn er alle seine Außenstände eintrieb und all seine Schulden zahlte, ein reicher Mann. Und er könnte noch viel reicher sein, wenn er wollte.

Johann schlug ihm auf die Schulter. »Dietz, du hast alles richtig berechnet. Ich bin stolz auf dich!«

Sofort hörte Dietz auf zu schwitzen, seine Mundwinkel schnellten nach oben. »Wirklich? Ganz ehrlich?«

»Aber ja. Du bist ein reicher Mann und hast es nicht gewusst.«

»Ich habe es geahnt.«

Johann räusperte sich. »Willst du noch reicher werden? Ohne irgendetwas zu verkaufen?«

Dietz wurde ernst. »Kannst du zaubern? Dreck zu Gold machen?«

»So etwas Ähnliches. Ich könnte bessere Zinsen für dich aushandeln.«

Dietzs' Miene verfinsterte sich. »Zinsen sind des Teufels! Lass mich damit in Ruhe!«

Johann ließ sich nicht beirren. »Natürlich sind sie des Teufels. Das ist es ja gerade. Lass es mich erklären.« Er nahm ein Stück altes Pergament, das vom vielen Abschaben hauchdünn geworden war, und zeichnete das Symbol einer Waage mit zwei Waagschalen darauf. »Du hast in den letzten Jahren ein Gespür für die richtige Ware am richtigen Ort gehabt. Und Glück dazu. Allerdings ist der größte Teil deines Geldes in Form von Kreditbriefen an deine Kunden gebunden. Deshalb musst du für den Kauf neuer Ware Geld leihen. So weit, so gut. Für das Geld, das du leihen musst, bezahlst du Zinsen, deine Kunden aber zahlen dir keine Zinsen, weil *du* keine nehmen darfst und auch nicht *willst*. Verstanden?«

Dietz nickte.

Jetzt musste Johann die entscheidende Frage stellen. Sie

hatten noch nie darüber gesprochen. »Wie hältst du es mit den Juden, Dietz?«

In Dietz' Augen blitzte es auf. »Du meinst, ich soll meine Forderungen an die Juden verkaufen? Damit die von meinen Kunden Zinsen verlangen können?«

»Du bist in der Tat ein sehr gelehriger Schüler. Frag dich doch mal, was deine Kunden machen würden, wenn du plötzlich kein Geld mehr hättest. Würden sie dir helfen? Würden sie dich in ihrem Haus aufnehmen? Dir einfach so ein paar hundert Pfund Silber leihen, damit du dein Geschäft wieder aufbauen kannst?«

Dietz kaute auf der Unterlippe. »Eher nicht.«

»Siehst du? Du musst vorsorgen. Sollten die Geschäfte einmal schlechter gehen, was Gott verhüten möge, musst du ein finanzielles Polster haben. Und noch ein Punkt: Wenn die Juden deine Forderungen verwalten, kann es dir egal sein, ob jemand pleitegeht oder nicht.«

»Aber die Juden ...« Dietz senkte den Blick.

»Ich kann mit ihnen reden. Es wäre für beide Seiten ein gutes Geschäft. Schau! Gott hat uns die Juden gegeben, damit wir uns nicht versündigen müssen. Sie nehmen unsere Schuld auf sich.«

»So habe ich das noch nie gesehen.« Dietz kratzte sich am Kopf. »Du bist oft bei ihnen. Das ist mir nicht entgangen.« Er hob die Handflächen. »Das ist kein Problem für mich.« Er überlegte kurz. »Wie soll ich es sagen? Ich mag die Juden nicht, aber ich hasse sie auch nicht. Solange sie ihre Steuern zahlen und uns in Ruhe lassen, ist alles in Ordnung. Und die ganzen Ammenmärchen glaube ich sowieso nicht.«

Johann lächelte. »Soll ich also in deinem Namen bei ihnen vorsprechen?«

»Aber unter einer Bedingung!« Dietz schaute Johann

direkt in die Augen. »Du bekommst die Hälfte von allem, was ich dadurch verdiene. Ich gehöre nicht zu den Menschen, die ihre Freunde melken wie eine Ziege.«

Johann musste grinsen. »Das sind harte Bedingungen, aber ich bin damit einverstanden.«

Dietz hielt seine Hand hin, Johann schlug ein. Unwillkürlich überschlug er im Kopf seinen Anteil. Wenn das Geschäft gelang, würden für ihn ein- bis zweihundert Pfund Silber dabei herausspringen. Eine stattliche Summe. Eine gute Grundlage, um ein eigenes Geschäft aufzubauen. »Dann breche ich jetzt auf. Heute ist Purim, und bin bei einem der reichsten Juden Prags eingeladen. Er ist einer der Großen im Zinsgeschäft, vor allem ist er einer der Zuverlässigen. Bei ihm ist dein Geld sicher.«

Dietz verzog das Gesicht. »Dann wünsche ich dir eine gute Hand, mein Freund.«

Johann hüllte sich in seinen Mantel und nahm die zwei Säcke, in denen er die Geschenke für Schmul und seine Familie verstaut hatte. Er hoffte, dass ihnen gefiel, was er zusammengetragen hatte. Falls nicht, würden sie sich nichts anmerken lassen. Sie wussten, dass er Christ war und ihre Regeln nicht so gut kannte, und verziehen ihm alles, meistens unter großem Gelächter und mit einem weisen Spruch auf den Lippen.

Nach seinem ersten Besuch, bei dem er noch recht schroff behandelt worden war, hatte er sich nicht entmutigen lassen und war wie vereinbart am nächsten Tag wiedergekommen. Allerdings hatte er nichts erfahren, sondern war zum Essen eingeladen worden. Sie wollten ihm auf den Zahn fühlen, keine Frage. Sie misstrauten ihm, auch wenn sie so liebenswürdig waren, als wäre er ein Freund der Familie. Er schloss sie schnell ins Herz. Bei ihnen dauerte es länger.

Inzwischen hatten sie ihn jedoch gleichsam in die Familie aufgenommen. Auch wenn sie nach wie vor nichts über Rebekkas Schicksal wussten oder es zumindest behaupteten, besuchte er sie gern und häufig.

Die Sonne stand am Himmel, aber sie konnte gegen den eisigen Nordwind nichts ausrichten. Der Schnee knirschte unter Johanns Füßen. Unterwegs begegnete er zwei Bettlern, denen er ein großzügiges Almosen gab, denn so war es Brauch zu Purim.

Er klopfte, Schmul öffnete und bat ihn herein. Die ganze Familie war anwesend. Johann hatte Mühe, sich die Namen zu merken, es waren einfach zu viele. Als es dämmerte, gingen sie gemeinsam ins Tanzhaus. Die Synagoge war zu klein, denn die ganze jüdische Gemeinde von Prag und viele Juden aus der ganzen Gegend waren zusammengeströmt, um Purim zu feiern.

Es war an der Zeit, seine Geschenke zu verteilen. Er öffnete den ersten Sack: Würste, geräuchertes Geflügel und andere Leckereien kamen zum Vorschein. Bevor er alles verteilte, bemerkte er nebenbei im Scherz, die Preise bei den jüdischen Fleischern seien zu Purim wirklich an der Grenze zum Wucher. Alle Umstehenden lachten, denn zum einen war das kein Witz, und zum anderen wussten sie jetzt, dass alles koscher war und sie es essen konnten. Der zweite Sack war vollgepackt mit Süßigkeiten aller Art. Auch diese hatte er bei einem jüdischen Bäcker erstanden. Die Kinder brachen in hellen Jubel aus.

Schmul und seine Frau bedankten sich überschwänglich. Nur mit Mühe konnten sie die Kinder davon abhalten, die Kuchen, das Gebäck und vor allem das sündhaft teure Marzipan schon jetzt zu vertilgen. Das Marzipan, ein Gedicht aus Rosenöl, Mandeln und Zucker, hatte Johann bei einem jüdischen Apotheker gekauft. Wie in Rothenburg fertigten auch in Prag die Apotheker die Süßwaren. Manche verdienten damit mehr als mit ihren Tinkturen. Marzipan galt als Medizin gegen Verstopfung und Blähungen, aber Johann wusste, dass die Adligen es vor allem als Leckerei liebten und weil es angeblich die Kraft der Lenden stärkte.

Eine Glocke erklang, das Fest begann. Der Oberrabbiner Prags begann, das Buch Ester zu verlesen. Johann verstand kein Wort, aber er wusste, dass es einen besonderen Namen im Buch Ester gab: Haman. Immer wenn er fiel, brach ein ohrenbetäubender Lärm aus, den die Kinder mit Töpfen, Pfannen und Rasseln erzeugten. Haman war ein böser Mensch gewesen, der die Juden geknechtet hatte und sie vernichten wollte. Doch besagter Ester gelang es, durch Beten die Katastrophe zu verhindern. Wäre es doch immer so einfach!

Das Fest nahm seinen Lauf, und dazu gehörte, dass man so viele gefüllte Fladen, sogenannte Hamantaschen, wie möglich vertilgte und so lange Wein trank, bis man die Sätze »Verflucht sei Haman« und »Gesegnet sei Mordechai« nicht mehr voneinander unterscheiden konnte.

Klaglos nahmen seine Gastgeber hin, dass Johann keinen Wein trank. Bevor Schmul so betrunken war, dass ihm das Sprechen ernsthaft Mühen bereitete, nahm er Johann auf die Seite.

»Mein lieber Freund!«, begann er, leicht schwankend. »Du bist uns immer willkommen, denn du bist ein guter Mensch.« Schweiß glänzte auf seinem Gesicht. »Deshalb will ich dir nun endlich deine Frage beantworten.«

Johann blieb das Herz stehen. »Rebekka?«

»Sie war hier. Ich selbst habe mit ihr gesprochen. Sie hat sich nach dem Schicksal ihrer Familie in Rothenburg erkun-

425

digt, doch damals wussten wir noch nicht, was geschehen war.« Er verstummte.

Auch Johann schwieg betroffen. Er schämte sich für seine Stadt. »Ist das alles?«, fragte er schließlich.

»Nicht ganz. Sie wurde einige Male mit einem gewissen Engelbert von der Hardenburg gesehen, einem Ritter des Deutschen Ordens, der in den Diensten des Königs steht.«

Johann musste an die Ordensritter denken, die er an dem Tag gesehen hatte, als er Schmul zum ersten Mal aufgesucht hatte. Sie hatten das Haus eines Juden betreten, der kurz darauf verschwunden war. »Was in aller Welt hat sie mit einem Deutschordensritter zu tun?«

Schmul schüttelte den Kopf. »Das wissen wir nicht. Wir wissen nur, dass von der Hardenburg vor einigen Wochen die Stadt verlassen hat, kurz nach eurem Weihnachtsfest. Angeblich hat sie ihn begleitet.«

Johann schloss die Augen. So nah war er Rebekka gewesen, ohne es zu wissen! Und nun war sie wieder fort. Immerhin lebte sie. Doch was hatte es mit diesem Ordensritter auf sich? War sie seine Gefangene? Seine Sklavin? Oder gar seine Geliebte?

* * *

Die Sonne schien. Nur an wenigen Stellen sprenkelten Reste von Schnee die Landschaft mit weißen Flecken. Innerhalb von nur zwei Tagen war die öde Winterlandschaft den ersten Vorboten des Frühlings gewichen.

Es gab keinen Grund mehr, länger auf Pasovary auszuharren. Deshalb hatten sie beschlossen, nach Prag zurückzukehren, und alles zusammengepackt. Sie hatten das Rätsel nicht gelöst, obwohl sie sechs Wochen lang jedes Stück Pergament in der Bibliothek ein halbes Dutzend Mal studiert, ja sogar nach weiteren verborgenen Gängen und Kammern gesucht hatten.

Gestern, nachdem sie ein letztes Mal alle Regalbretter und Truhen in der Bibliothek nach geheimen Fächern abgeklopft hatten, hatte Rebekka versucht, einen Sinn in ihrem Misserfolg zu sehen. »Was, wenn es die Reliquie gar nicht gibt?«, hatte sie gesagt. »Dann wären all diese Rätsel und Hinweise eine ausgesprochen kunstvolle Ablenkung.«

»Von was?«, hatte Bohumir gefragt.

»Überlegt doch einmal, worum es geht«, hatte sie erwidert. »Angeblich ist die gesamte Christenheit in Gefahr, sollte die Reliquie in falsche Hände geraten. Was also läge näher, als sie auf Nimmerwiedersehen verschwinden zu lassen? Sie zu vernichten? Und dann falsche Fährten zu legen, um die Feinde der Christenheit zu beschäftigen.«

Von der Hardenburg hatte die Brauen hochgezogen und sie mit einem anerkennenden Lächeln angesehen. »Euer Verstand ist ebenso scharf wie mein Schwert. Ich war bisher fest davon überzeugt, dass es diese Reliquie geben muss, dass alles wahr ist. Aber was, wenn ich mich täusche? Wir wissen ja nicht einmal, wonach wir suchen.«

»Der Herr wird uns leiten!«, rief Romerskirch. »Oder zweifelt Ihr etwa daran, Hardenburg?«

»Was ich zweifellos weiß, ist, dass der Herr uns aufgegeben hat, unseren Verstand zu gebrauchen und Fragen zu stellen. Wenn er uns ein Zeichen sendet, werden wir es nicht übersehen, verlasst Euch darauf!«

Romerskirch schnappte nach Luft, aber er schwieg. Gegen von der Hardenburg hatte er im Streitgespräch keine Aussicht auf einen Sieg. Im Kampf Schwert gegen Schwert mochte es anders ausgehen.

Rebekka hatte die Streithammel ignoriert. »Es gäbe noch eine zweite Erklärung«, setzte sie ihre Überlegungen fort. »Die Reliquie wurde nicht vernichtet, weil sie nicht vernichtet werden darf. Weil sie . . .« Rebekka suchte nach Worten. ». . . eine Kraft oder die Quelle einer Kraft ist, die die Welt zusammenhält. Wir sollen sie nicht finden, weil sie zu mächtig ist, weil sie in Menschenhand so oder so nur Schaden anrichten kann. Vielleicht war genau das Aufgabe der Hüter der Christenheit: die Reliquie so gut zu verstecken, dass niemand sie je finden kann.«

Sie hatten noch eine Weile weiterdebattiert, doch das Gefühl, versagt zu haben, ließ sich nicht vertreiben. Es blieb ihnen nichts anderes übrig, als dem König ihre Niederlage zu gestehen. Rebekka graute es vor diesem Moment. Mehr noch aber graute ihr davor, wie Engelbert damit umgehen würde. Er hatte den Auftrag, Amalie Belcredi zu finden. Was, wenn er beschloss, statt der Reliquie Rebekka zu präsentieren und zu behaupten, er habe erst kürzlich herausgefunden, wer sie in Wirklichkeit war? Würde er das tun, um seinen Kopf zu retten?

Rebekka wusste es nicht. Er hatte ihr die Treue geschworen, doch sie hatte keine Ahnung, wie viel sein Eid wert war.

Sie nahm ihr Bündel und trat auf den Hof. Trotz der strahlenden Morgensonne war die Stimmung gedrückt. Die Männer waren dabei, die Pferde zu satteln und einen Wagen zu beladen. Sie hatten es nicht eilig, also konnten sie es sich leisten, mit einem langsamen Fuhrwerk zu reisen, das Rebekka auch als Nachtlager dienen würde.

Engelbert von der Hardenburg und Matyas Romerskirch schlichen umeinander herum wie zwei Raubtiere, die die Kräfte des jeweils anderen abzuschätzen versuchten. Es lag Streit in der Luft. In den letzten Wochen waren von der Hardenburg und Romerskirch ständig aneinandergeraten, und einmal hatte der Spion des Königs sogar das Schwert gezogen. Von der Hardenburg hatte nur gelacht. Rebekka hatte ein paar Wimpernschläge gebraucht, um den Grund zu erkennen: Engelberts Männer hatten den Hitzkopf Romerskirch die ganze Zeit im Visier ihrer Armbrüste gehabt. Noch bevor er das Schwert zum Schlag erhoben hätte, wäre er tot gewesen. Immerhin war Romerskirch von da an schlau genug gewesen, sich zurückzuhalten. Aber er hatte ständig etwas auszusetzen, an allem und jedem. Seine dauerhaft schlechte Laune war so lästig wie ein Splitter im Finger, zumal er keine Gelegenheit verstreichen ließ, Rebekka mit geringschätzigen Kommentaren zu bedenken.

Sie blickte sich um. Wie sehr sich die Burg in den letzten Wochen verändert hatte! Der Schutt der eingestürzten Mauern war fortgeräumt worden, nur die beiden baufälligen Häuser standen noch. Sie sollten erst später eingerissen und neu aufgebaut werden. Sie hatten provisorische Ställe eingerichtet, eine Küche, einen Abtritt, eine Tischlerei und sogar eine Schmiede. Von der Hardenburg hatte einen Verwalter eingesetzt, der den Wiederaufbau beaufsichtigen würde.

Vila wartete neben dem Wagen. Sie war sichtlich nervös, aber das lag nicht nur an der Aufbruchsstimmung, sondern vor allem an zwei Hengsten, die gerade aus dem Stall geführt wurden. Der eine gehörte Matyas Romerskirch, der andere Bohumir. Den Winter über waren die Stuten glücklicherweise nicht rossig geworden, aber das warme Wetter setzte nicht nur in den Bäumen die Säfte in Gang. Noch war der Höhepunkt bei Vila nicht erreicht, aber es konnte nicht mehr lange dauern.

Romerskirchs Hengst stellte die Ohren auf und scharrte mit den Hufen, als Rebekka Vila an ihm vorbeiführte, die laut wieherte und ihr Gebiss zeigte.

429

»Wie der Herr, so das Gescherr«, grantelte Romerskirch.

»Den Eindruck habe ich auch, Romerskirch, wenn ich Euren Hengst so betrachte. Er ist ja kaum zu bändigen, der Geifer läuft ihm schon vom Maul.« Bohumir tätschelte seinen Hengst, der zwar die Ohren ebenfalls aufgestellt hatte, ansonsten aber stillhielt.

Bevor der Disput außer Kontrolle geraten konnte, ging Engelbert dazwischen. »Ruhe jetzt, verdammt nochmal! Schafft die Hengste vom Hof! Und eins sage ich Euch: Wenn Ihr Eure Gäule nicht im Griff habt, dann werde ich sie eigenhändig kastrieren, ist das klar?«

Romerskirch spuckte aus, wandte sich um und wollte losgehen, aber sein Hengst stieg, riss ihm die Zügel aus der Hand und stürzte auf Vila zu, die ebenfalls versuchte, sich loszureißen. Doch Rebekka hielt sie eisern fest.

Von der Hardenburg und zwei Männer stellten sich dem Hengst entgegen, der wie ein Drache schnaubte, mit den Augen rollte, wendete und dann auf den Wagen zu preschte. Rebekka hielt den Atem an: Der Wagen war an den Stützen festgemacht, die die baufällige Burgmauer notdürftig stabilisierten. Sie wollte den Wagenführer warnen, aber es war zu spät. Die beiden Zugpferde blähten die Nüstern, stiegen, sprangen los, die Seile spannten sich, die Stützen wurden weggerissen wie Strohhalme.

»Weg von der Mauer«, brüllte Bohumir. Die Menschen stolperten in Panik durcheinander, behinderten sich gegenseitig.

Ganz langsam begann sich die Mauerkrone dem Hof zuzuneigen. Staub rieselte, Rebekka taumelte ein paar Schritte zurück, obwohl die tödliche Steinlawine sie nicht erreichen konnte. Die Mauer bekam eine Wölbung – Rebekka musste an Pferde mit Koliken denken, die sich aufblähten, bis sie aussahen wie Fässer – dann stürzte sie mit unglaublichem Getöse ein. Eine Staubwolke hüllte den Hof ein, Schreie gellten durch die Luft, ein Pferd brüllte vor Schmerz.

Rebekka zerrte Vila in den Stall zurück, machte sie fest und rannte wieder auf den Hof. Der Staub hatte sich bereits etwas gelegt, aber das Durcheinander war furchtbar. Wo war der Wagen, wo die beiden Pferde? Sie kämpfte sich durch. Wo war der Schuttberg, der von der Mauer übrig sein musste? Sie machte einen Schritt und blieb plötzlich stehen.

Sie hatte es mehr geahnt als gesehen. Vor ihr tat sich ein Loch auf. Das Wimmern eines Menschen drang daraus hervor, es musste der Wagenführer sein. Rebekka erkannte ein Pferd, das offensichtlich tot war, das andere hatte die Augen weit aufgerissen, die Zunge hing ihm aus dem Maul, ein Bein zuckte ständig.

»Die Pferde in die Ställe, sofort!« Von der Hardenburg bellte Befehle. »Seile! Leitern! Macht schon! Alle hierher. Holt den Mann da raus!«

Es dauerte nicht lange, da zogen sie den armen Kerl aus dem Loch. Er war inzwischen bewusstlos geworden, sein Gesicht war rot von Blut und kalkweiß zugleich. Aus dem Ärmel seines Hemdes ragte ein Knochen, sein rechter Fuß war unnatürlich verdreht.

Sie legten ihn auf ein Tuch. Bohumir beugte sich über ihn, drückte einen Finger an seinen Hals. Jemand reichte ihm eine Hühnerfeder, die er dem Verletzten vor den Mund hielt. Nichts. Der Mann atmete nicht mehr.

Von der Hardenburg kniete nieder, malte ein Kreuz auf die Stirn des Mannes, murmelte einige lateinische Worte. Dann winkte er. Vier Knechte brachten den Mann in die Kapelle, wo er drei Tage lang aufgebahrt werden würde, um sicherzugehen, dass er wirklich tot war.

Ohne Vorwarnung packte von der Hardenburg eins der Seile und stieg hinunter in den schwarzen Schlund. Steine rutschten nach, der Ordensritter fluchte, dann schwieg er.

Bohumir trat neben Rebekka. »Denkt Ihr, was ich denke?«

Sie nickte. Eine Erinnerung war ihr gekommen. An einen Satz, den sie im Tagebuch ihres Vaters gelesen hatte: *Sie wird das Geheimnis schützen, unerkannt von unseren Feinden, eine Gleiche unter Gleichen, wie die Steine des Pflasters, über das wir achtlos schreiten.* Steine. Pflaster. Warum hatte sie den Hinweis nicht erkannt?

Vielleicht, weil sie ihn nicht hatte sehen *wollen*. So wie sie das Wissen über ihre Familie mit niemandem hatte teilen wollen. Niemand wusste, dass sie einen Bruder hatte, der vielleicht noch lebte. Niemand, nicht einmal Engelbert.

»Man munkelt, der Papst habe in seinem Palast ein ähnliches Versteck«, sagte Bohumir und grinste schief. »Und zwar eins, das nur er und sein oberster Kämmerer kennen. Dort lagern allerdings keine geistigen, sondern ganz weltliche Schätze. Der Papst ist ein reicher Mann.«

»Alle Männer hierher, sofort!«, rief von der Hardenburg aus der Tiefe. »Wir müssen den Schutt wegräumen und das Loch abdecken.« Er hangelte sich an dem Seil nach oben, legte Rebekka und Bohumir jeweils eine Hand auf die Schulter. »Der Mann ist nicht umsonst gestorben. Kommt!«

Im Palas legte er seinen Umhang ab. In seinem Gürtel steckte eine Pergamentrolle. Rebekka spürte ihr Herz schneller schlagen.

Engelbert reichte ihr die Rolle. »Lest.«

Vorsichtig rollte Rebekka das Dokument auf, sie erkannte auf Anhieb die Handschrift ihres Vaters.

Amalie, geliebte Tochter! Wenn Gott es will, wirst du diejenige sein, die diese Zeilen liest. Wenn nicht, so ist die Christenheit vielleicht schon verloren.

Sicherlich hast du in Ehren gehalten, was wir dir vermacht haben. Und wenn Gott uns gnädig gesinnt ist, wirst du stark genug sein zu schützen, was wir nicht mehr schützen können, denn wir sind entdeckt, und der Feind ist bereits vor den Mauern. Übergib die Reliquie König Johann oder seinem Sohn Wenzel, niemandem außer ihnen darfst du vertrauen. Das ist der heilige Eid, den wir geschworen haben und der nun auf dich übergegangen ist.

Wir selbst wissen nicht, wo die Reliquie verborgen ist, es ist uns verboten, das Geheimnis zu entschlüsseln, damit wir es nicht unter der Folter verraten können. Wir haben lediglich den Schlüssel zum Versteck aufbewahrt. Amalie, Gott möge dir alle Zeit deines Lebens beistehen, und die Offenbarung des Schwächsten soll dich leiten. Und wenn ein Riss dein Leben zu trennen scheint, dann bedenke: Erst wenn beide Seiten zusammengefügt sind, kannst du die Wahrheit erkennen, die vor deinen Augen schwebt wie welkes Laub.

Es folgte eine Reihe Zahlen, die Ziffern deutlich voneinander getrennt.

VII. III. II. III. VII. II. VII. V. II. VI. IV. III ...

Nichts weiter.

Rebekka ließ das Pergament sinken. »Warum bürden sie ihrer Tochter das auf?«, fragte sie in die Luft.

»Das ist der zweite Teil des Schlüssels!«, rief Bohumir aufgeregt. Und die Zahlenreihe zeigt uns an, an welcher Stelle wir unsere Folge von Ziffern trennen müssen, damit wir die korrekten Zahlen herausbekommen.«

»Ihr habt Recht!« Von der Hardenburg breitete die Ziffernkolonne aus.

LXXXVIICIXIVCLVLXXXVIICXLXXXVIICXLVIXIC-CXVIIXCIV...

Bohumir nannte ihm die Zahlen aus dem Brief. Erst eine Sieben. Der Ordensritter machte einen Punkt hinter die ersten sieben Ziffern. Dann hinter die nächsten drei. Ein weiterer Punkt nach zwei Ziffern. Nach und nach markierte von der Hardenburg mit Punkten, wo eine Zahl endete.

LXXXVII.CIX.IV.CLV.LXXXVII.CX.LXXXVII...

Doch in der Mitte der Kolonne endeten Bohumirs Zahlen. Es waren zu wenige. Oder die letzte Zahl der Botschaft war ungeheuer groß. Außerdem fehlte noch immer der Text, mit dessen Hilfe sie die Zahlen in Buchstaben umwandeln mussten.

»Vielleicht ist es der Brief selbst?«, schlug Bohumir vor.

»Das glaube ich nicht.« Engelbert kratzte sich am Kopf.

»Hat Noah ben Solomon nicht gesagt, dass es sich um eine Stelle aus der Bibel handeln muss?«, fragte Rebekka. »Dann muss es die Offenbarung des Johannes sein. Das Buch mit den sieben Siegeln.« Sie wartete nicht auf eine Antwort, sondern griff in ihr Bündel und holte ihre Bibel hervor. »Der Schwächste, damit ist David gemeint, der gegen Goliath kämpfte und sich als der Stärkere erwies, weil er seinen Verstand einsetzte und fest an Gott glaubte.«

Von der Hardenburg sah sie an. »Natürlich! So muss es sein! Denn dort heißt es: ›Weine nicht! Siehe, es hat gesiegt der Löwe aus dem Stamm Juda, dessen Wurzel David ist, um das Buch und seine sieben Siegel zu öffnen.‹«

Rebekka schlug die Seite auf und tippte auf die ersten Worte der Offenbarung. *Et vidi in dextera sedentis...*

Fieberhaft begannen sie, die Buchstaben des lateinischen Textes zu zählen und die Ergebnisse zu notieren. Das »a« kam hundertneunmal vor, das »b« neunzehnmal, das »c« sechsundfünfzigmal. Schließlich hatten sie für jeden Buchstaben eine Zahl. Mehrfach wurden sie von dem Verwalter unterbrochen, der wissen wollte, was er mit dem Loch im Hof, den Tierkadavern und dem Leichnam in der Kapelle anstellen sollte. Die Ritter fragten, wann sie denn nun aufbrechen würden. Und Matyas kam ständig in den Palas geschlichen, obwohl Engelbert ihm befohlen hatte, Ersatz für den Wagen zu organisieren.

Endlich konnten sie die Buchstaben über die Zahlen in dem Code schreiben, zumindest bis zu der Stelle, wo die Trennpunkte endeten.

MAXIMUM
LXXXVII.CIX.IV.CLV.LXXXVII.CX.LXXXVII

Die Buchstaben ergaben tatsächlich vernünftige lateinische Wörter. *Maximum thesaurum nostrum*, so begann der Satz: *Unseren größten Schatz.* Doch er brach vor der entscheidenden Information ab.

Unseren größten Schatz hütet der heilige Georg eigenhändig in ...

Hier endeten die Trennpunkte. Irgendwo musste der Schlüssel verborgen sein, mit dessen Hilfe man die zweite Hälfte der Ziffern trennen konnte. Aber wo?

Rebekka nahm die Bibel in die Hand, blätterte darin und wiederholte stumm die Worte, die ihr Vater ihr hinterlassen hatte. »Wenn ein Riss ... wenn beide Seiten ... Wahrheit erkennen ... vor deinen Augen ... wie welkes Laub ...«

Was sah sie nicht? *Wenn ein Riss ...* Sie glitt mit den Fingerspitzen über eine Seite, blieb an einer Naht hängen. Eine der Seiten, die eingerissen und wieder zusammengefügt worden waren. Der Riss war winzig. Rebekka betrachtete die Naht. Sie war kunstvoll ausgeführt, bestand aus nur drei kleinen gleichmäßigen Stichen. Rebekka blätterte weiter. Auch auf der nächsten Seite gab es eine Naht, die sogar nur aus einem Stich bestand. Anscheinend waren beide Pergamentbögen an derselben Stelle eingerissen. Wo war die nächste Nahtstelle? Einige Seiten weiter. Zwei Stiche. Und auch ihr folgte sofort eine zweite Nahtstelle. Rebekkas Herz hämmerte wild. Weiter. Auch die nächste Naht war nicht allein. Immer waren es zwei Seiten nacheinander, Pergamentbögen, die im Gegensatz zu den übrigen des Buches einen braungelben Stich hatten, ähnlich wie welkes Laub.

»Erst wenn beide Seiten zusammengefügt sind!«, sagte sie laut und hielt zwei Seiten übereinander mit ihren Nähten ins Licht. Die sich kreuzenden Stiche ergaben deutlich sichtbar eine Zahl: VII.

Von der Hardenburg riss die Augen auf. »Ihr erstaunt mich immer wieder, Amalie Severin!«

Rasch schlug sie die Bibel an den ersten beiden braun gefärbten Seiten auf und legte sie übereinander: III. Sie nannte von der Hardenburg die Zahl und blätterte weiter. Der Ordensritter setzte nach und nach Punkte in die zweite Hälfte der Ziffernkolonne. Dann schrieben sie auch hier die entsprechenden Buchstaben darüber. Die Botschaft war entschlüsselt. Ungläubig starrten alle drei auf das Pergament.

Rebekka fror plötzlich. Noch bevor Engelbert den Befehl gab, wusste sie, dass es nicht nach Prag gehen würde, sondern in eine völlig andere Richtung. Und an einen Ort, den Rebekka nie wieder hatte aufsuchen wollen.

* * *

Wie leicht und zerbrechlich Wenzel doch war. Karl wog seinen Sohn in einer Hand. Er war jetzt zwei Monate alt und immer noch am Leben. Ein gutes Zeichen.

Anna beobachtete Karl misstrauisch. »Seid achtsam! Lasst ihn nicht fallen!« Ihre Stimme wurde unruhig.

Karl verzieh Anna den ungebührlichen Ton, schließlich war Wenzel ihr erstes Kind und zugleich der Thronfolger. Sie liebte ihn mehr als ihr eigenes Leben, und so sollte es sein.

In der anderen Hand hielt Karl die Reichskrone. Alle Kleinodien waren nun in seinem Besitz, so wie im Vertrag von Bautzen festgelegt, und lagen bestens geschützt in der Schatzkammer der Prager Burg. Und heute endlich, am Palmsonntag, würde er sie dem Volk vorführen und so jedweden Zweifel an seiner rechtmäßigen Herrschaft über das Heilige Römische Reich aus dem Weg räumen.

Er hatte den gesamten Hochadel eingeladen und den Weg der Prozession sorgfältig geplant. Von Burg Vyšehrad aus durch die Neustadt, danach zum Altstädter Ring, wo eine

Dankesmesse abgehalten werden würde, dann über die Brücke auf die Kleinseite für eine weitere kurze Andacht. Zuletzt würde es den Hradschin hinauf zur großen Messe im Veitsdom gehen.

Um zu zeigen, dass er auch als Besitzer der Kleinodien Recht und Gesetz durchsetzte, würde er morgen einen ganzen Tag lang öffentlich auf der Burg für die einfachen Leute Recht sprechen. Die Liste der Bittsteller war lang. Montfort hatte einige Fälle ausgesucht, die besonders gut geeignet waren, dem Volk zu demonstrieren, dass Karl IV. ein gottesfürchtiger und gerechter Herrscher war: Karl würde einem Bauern, der ohne Schuld verarmt war, seine Schulden erlassen und ihm ein Stück Land schenken; er würde einem Dorf einen Anger zusprechen, auf den ein Adliger Anspruch erhob, und er würde einige Patrizier in den Adelsstand erheben. Zwei Bürger würde er zu Geldstrafen verurteilen, weil sie Juden beschimpft hatten. Nicht zu vergessen die Bestätigung vieler Privilegien und Lehen für Klöster, Orden und Städte.

Wenzel zappelte, seine winzigen Händchen griffen nach der Krone.

Karl lachte. »Nicht so schnell, mein Sohn, du wirst sie früh genug in den Händen halten. Du brauchst keine Angst zu haben, ich könnte dich als Rivalen betrachten, so wie mein Vater mich. Ich werde dich nicht wegschicken, und ich werde immer für dich da sein.«

Er küsste Wenzel auf die Stirn und genoss den milchigen Geruch, den sein Sohn ausströmte.

Anna nahm ihn aus seinen Armen. »Genug jetzt, er braucht seine Ruhe. Meinetwegen dürft Ihr jetzt die Kleinodien umhertragen, ich werde unseren Sohn zu seiner Amme bringen.«

Karl verneigte sich. »Wie Ihr befehlt, meine Königin.«

Er verließ das Schlafgemach, Montfort wartete bereits, aber seine Miene entsprach nicht dem freudigen Anlass des heutigen Tages.

»Mein König!« Montfort drängte Karl in eine kleine abgelegene Kammer. »Es ist wichtig.«

»Aber die Prozession ...«

Montfort zog einen Beutel unter seiner Soutane hervor, griff hinein und zog einen Federklumpen hervor. »Ich weiß jetzt, warum wir keine Nachricht von Matyas Romerskirch oder von Engelbert von der Hardenburg erhalten haben.« Er hielt den Federklumpen hoch. »Diese Brieftaube hatte eine Glocke an ihrem rechten Bein, die sie anscheinend im Kampf gegen einen Falken verloren hat. Das Lederbändchen ist gerissen, mit dem die Glocke an ihrem Bein befestigt war. Diese Glöckchen sollen gegen Falken helfen, und das tun sie auch meistens, denn das Gebimmel vertreibt sie. Es sei denn, die Falken sind speziell auf diese Glöckchen abgerichtet. Ich habe herausgefunden, wer diese Art Falken besitzt, denn sie sind äußerst selten und sehr wertvoll.«

»Abt Fulbach natürlich!«, sagte Karl tonlos.

»So ist es.«

»Das ist ja furchtbar.« Karl seufzte. Der Tag hatte so gut angefangen, und jetzt ballten sich schwarze Wolken am Horizont zusammen.

»Es ist schlimmer als furchtbar.« Montfort stopfte die Taube wieder in den Sack und reichte Karl ein winziges, hauchdünnes Stück Pergament.

Karl erkannte sofort, dass das Pergament nicht vollständig war, etwa die Hälfte fehlte. »Habt Ihr die Botschaft entschlüsselt?«

Montfort nickte und zog ein zweites Pergament hervor.

Karl überflog den kurzen Text. *Mein König. Endlich haben*

439

wir das Rätsel gelöst. Wir wissen, wo die Reliquie versteckt ist. Wir brechen noch heute auf. Schickt Männer nach ... An der Stelle brach die Nachricht ab.

»Sie haben bestimmt nicht nur eine Taube mit dieser wichtigen Botschaft losgeschickt. Fulbach hat mit Sicherheit die anderen abgefangen«, sagte Montfort, und seine Stimme zitterte leicht.

»Also könnte es sein, dass Fulbach weiß, wo die Reliquie ist. Wir aber wissen es nicht.«

Montfort schwieg.

Karl lehnte sich gegen die Wand. Was nutzten ihm die Reichskleinodien, wenn sein Todfeind in den Besitz der einen Reliquie gelangte, die ihm absolute Macht verlieh? Das durfte nicht sein. Das konnte nicht Gottes Wille sein.

Karl reichte Montfort die beiden Pergamentfetzen. »Schickt sofort zehn Männer der Garde nach Pasovary. Fulbach muss irgendwo nördlich der Burg auf der Lauer gelegen haben. Sonst hätte er die Tauben nicht abfangen können. Durchsucht zuerst alle Benediktinerklöster. Er muss Spuren hinterlassen haben. Die Männer sollen jeden Stein umdrehen. Alle Bewohner der umliegenden Dörfer müssen sich an der Suche beteiligen. Sie sollen Tauben mitnehmen. Auch für Nürnberg. In vierzehn Tagen beginnt dort der Reichstag, wir wollen morgen aufbrechen.«

»Herr, soll ich das Heer zusammenrufen?«

»Nein. Gegen die Macht der Reliquie helfen weder Stahl noch Feuer. Wenn wir zu spät kommen, wird die Welt im Chaos versinken, die Hölle wird über die Erde herrschen. Die Apokalyptischen Reiter werden über uns herfallen, und im Gegensatz zur großen Pestilenz werden sie niemanden verschonen.«

***

Der Frühling hatte Einzug gehalten, doch der Winter war noch nicht vertrieben. In den Tälern blühten Schneeglöckchen, Huflattich und Gänseblümchen. Aber die Höhenzüge glänzten nach wie vor in grellem Weiß. Sie hatten die Kraft des Winters unterschätzt, der sich ihrem Fortkommen immer wieder in den Weg stellte. Dort, wo weder Schneewehe noch Eisfeld die Straße unpassierbar machten, hatte Schmelzwasser die Bäche anschwellen lassen, sodass sie große Umwege gehen mussten. Den sechsten Tag waren sie bereits unterwegs, und heute Morgen erst hatten sie Regensburg passiert. Engelbert hatte gehofft, dass der König ihm einen Boten schicken würde, doch entweder hatte dieser sie nicht ausfindig gemacht, oder Karl hielt es für unnötig. Oder, die schlimmste aller denkbaren Erklärungen, die Brieftauben waren nicht angekommen.

Engelbert unterdrückte einen Fluch. Obwohl nicht mehr viele Tauben übrig waren, hatte er nach langem Zögern zwei geschickt, um die Wahrscheinlichkeit zu erhöhen, dass der König die Nachricht auch bekam. Er brauchte Verstärkung. Er war sicher, dass Fulbach ihm irgendwo auflauerte und spätestens dann zuschlagen würde, wenn sie ihr Reiseziel erreicht hatten. Aber selbst ein Dutzend Tauben hätten keine absolute Sicherheit versprochen.

Vielleicht würde Fulbach aber auch warten, bis sie die Reliquie in den Händen hielten. Das würde ihm viel Arbeit ersparen. Zumal es mindestens noch ein Rätsel zu lösen gab. Der Spruch, den sie so mühsam entschlüsselt hatten, warf mindestens ebenso viele Fragen auf, wie er beantwortete:

Unseren größten Schatz hütet der heilige Georg eigenhändig in der ihm geweihten Kapelle zu Rothenburg ob der Tauber.

Es gab keine Kapelle in Rothenburg, die dem heiligen Georg geweiht war. Auch nicht in den umliegenden Dörfern. Engelbert selbst hatte nie davon gehört, und einer der Ritter, der aus der Gegend stammte, hatte es ihm bestätigt. Es blieb ihnen wohl nichts anderes übrig, als jedes Gotteshaus in der Stadt nach versteckten Hinweisen zu durchsuchen. Ein schwieriges Unterfangen, zumal niemand etwas davon mitbekommen durfte.

Der Himmel hatte sich im Laufe des Tages zugezogen, nun brach die Nacht herein, sie mussten lagern. Zumindest an Essen und Trinken mangelte es ihnen nicht. Der Wagen, der tagsüber zum Transport der Vorräte und Waffen und des Nachts als Rebekkas Lager diente, wurde entladen.

Engelbert bewunderte Rebekkas Selbstbeherrschung. Dass die Reliquie ausgerechnet in ihrer Heimatstadt zu suchen war, in der Stadt, in der ihre Eltern ermordet worden waren, musste ihr wie ein böser Streich des Schicksals vorkommen. Doch Engelbert wusste, dass Gott niemals etwas ohne Grund tat, auch wenn es manchmal schwerfiel, an seinen geheimen Ratschlüssen nicht zu zweifeln. Rebekka ließ sich nichts anmerken, niemand außer ihm und Bohumir wusste, wer sie wirklich war, dennoch ließ Engelberts Wachsamkeit keinen Moment nach.

Er teilte die Wachen ein, danach beschloss er, sich Zeit zu nehmen zum Beten und zur Einkehr. Engelbert spürte seit einiger Zeit öfters eine seltsame Enge in seiner Kehle, so, als drücke sie jemand langsam zu. Er musste zu seiner Klarheit zurückfinden, musste zurückfinden zu seinem unerschütterlichen Vertrauen zu Gott und zum König. Er sagte Bohumir Bescheid, dass er sich in den Wald zurückziehen wolle. Der Ritter der königlichen Leibgarde runzelte zwar missbilligend die Stirn, versuchte aber nicht, ihn davon abzuhalten.

Engelbert schob sich durch das Gebüsch, das die Lichtung umgab, und marschierte los. Seine Fackel würde zwei oder drei Stunden Licht spenden. Das genügte. In regelmäßigen Abständen markierte er die Bäume, an denen er vorbeikam. Hier und da lag noch etwas Schnee, der Waldboden federte und gluckste vom Schmelzwasser.

Als das Lager außer Hör- und Sichtweite war, rammte er das Schwert und die brennende Fackel nebeneinander in den weichen Boden. Dann legte er seinen Umhang ab und sank auf die Knie. Nässe drang durch die Beinlinge. Er fröstelte, faltete die Hände und senkte den Kopf.

»Allmächtiger Herr im Himmel«, begann er. »Dein Wille geschehe jetzt und immerdar.« Er lauschte. Nichts. Noch nicht einmal der Schrei eines Nachtvogels drang durch den Wald. Der Wind hatte sich gelegt, die Baumwipfel schwiegen, als wollten sie Engelbert nicht ablenken.

»Herr, gib mir die Stärke, zu tun, was getan werden muss. Gib mir den Willen, auch das unmöglich Erscheinende zu tun. Gib mir die Weitsicht, zu erkennen, wer mein Feind ist und wer mein Freund. Gib mir die Kraft, wieder auf den Weg der Wahrheit zurückzukehren, meinem König gegenüberzutreten und ihm alles zu beichten, was ich ihm verschwiegen habe.«

Engelbert verstummte und ließ seinen Gedanken freien Lauf, ließ alle Erinnerungen aufsteigen. Wild purzelten sie durcheinander, gestern Erlebtes vermischte sich mit Bildern aus seiner Kindheit, dem Kloster, in dem er aufgewachsen war, der Peitsche, die ihn gelehrt hatte, stark zu sein. Ein Wildbach toste durch seinen Kopf, riss alles mit. Schwindel überkam Engelbert, doch dann ließ die Wucht des Stromes nach, schließlich plätscherten nur noch einige wenige Bilder dahin, bis er an nichts mehr dachte. Sein Bewusstsein war eingeschlafen, aber er war hellwach, spürte sich, spürte die Welt um sich herum, jeden Ast, jede Tannennadel, spürte die Macht Gottes, spürte, dass Gott alles durchdrang und dass er immer auf dem richtigen Weg wandelte, wenn er den Weg Gottes ging. Denn Gott war in ihm, und er war in Gott.

Plötzlich ließ Engelbert sich zur Seite fallen, griff nach seinem Schwert, federte hoch und ging in Kampfstellung. Noch bevor sein Bewusstsein zurückgekehrt war, hatte er die Gefahr gespürt, und sein Körper hatte richtig reagiert.

Vor ihm stand Matyas Romerskirch, die leeren Hände erhoben.

Engelbert ließ das Schwert sinken. »Ihr liebt die Gefahr, Matyas. Um ein Haar hätte ich Euch erschlagen. Warum habt Ihr Euch nicht bemerkbar gemacht?«

»Verzeiht, aber es blieb nicht genug Zeit. Bevor ich etwas sagen konnte, hattet Ihr schon das Schwert in der Hand.« Romerskirch ließ langsam seine Hände sinken.

»Was wollt Ihr? Warum stört Ihr mich?« Engelbert legte seinen Umhang wieder an und schob das Schwert in die Scheide, aber nicht bis zum Heft. Falls er schnell reagieren musste, gab ihm das einen kleinen, aber entscheidenden Zeitvorteil.

Romerskirch atmete einmal tief ein und wieder aus. »Ich wollte unter vier Augen mit Euch sprechen. Es ist wichtig.«

Engelbert verlagerte sein Gewicht ein wenig nach hinten, sodass er jederzeit sein Schwert ziehen und dabei nach vorne schnellen konnte. »Sprecht!«

»Es geht um das Weib. Ist Euch nicht aufgefallen, dass die angebliche Amalie Severin eine Jüdin ist? Gerade vorhin hat sie es mir wieder bewiesen. Die Art, wie sie beim Abendessen das Fleisch vermieden hat, weil es vom Schwein kam. Und wie sie sich ständig die Hände wäscht.«

Engelbert lachte spöttisch. »Sie ist nun einmal reinlich. Das schadet niemandem.« Er wurde ernst. »Wie erklärt Ihr Euch, dass sie an unseren Gottesdiensten teilnimmt? Wisst Ihr nicht, dass eine Jüdin das nicht könnte?«

»Da irrt Ihr Euch. Juden sind zu allem fähig.« Er spuckte auf den Boden. »Zu allem!«

»Euer Wissen über das Judentum beeindruckt mich«, gab Engelbert scharf zurück. »Wie kommt es, dass Ihr Euch so gut auskennt? Seid Ihr am Ende selbst Jude?«

Erstaunlicherweise blieb Romerskirch ruhig. »Ich weiß, dass ich manchmal über die Stränge schlage«, sagte er versöhnlich. »Und ich gebe auch zu, dass mich dieses Weib mehr als einmal bis aufs Blut gereizt hat. Aber das wäre mir gleich, wenn ich nicht wüsste, dass sie eine Verschwörung gegen meinen König im Schilde führt.«

»Ich lege meine Hand für sie ins Feuer. Sie will dem König kein Übel.« Der erste Satz zumindest entsprach der Wahrheit.

»Und warum haben wir dann noch nichts von Karl gehört? Es ist fast eine Woche her, dass wir aufgebrochen sind.«

»Vielleicht erwarten uns seine Truppen in Rothenburg.«

»Wenn Ihr das glaubt, seid Ihr einfältiger, als ich dachte.« Romerskirch kam einen Schritt näher, erst jetzt fiel Engelbert auf, dass er eine Hand hinter dem Rücken verborgen hielt. »Ich werde Euch sagen, warum: weil diese Amalie eine jüdische Hexe ist und alle Brieftauben getötet hat. Sie ist ihnen hinterhergeflogen, hat sie in der Luft zerrissen und ihr Blut getrunken. Sie ist eine Braut des Teufels! Wie sonst könnte sie alles behalten, was sie jemals gesehen hat, und nicht verrückt darüber werden?« Romerskirchs Stimme wurde schrill. »Und Ihr macht gemeinsame Sache mit dieser Verräterin.«

»Seid Ihr von Sinnen, Matyas? Glaubt Ihr, Karl hätte mich losgeschickt, wenn er auch nur den geringsten Zweifel an meiner Treue hätte?«

»Ihr seid nicht der Erste, der sein Vertrauen missbraucht.« Matyas wich zwei Schritte zurück, seine Hand schnellte nach vorn, eine Taube zappelte darin.

»Was habt Ihr vor?«, fragte Engelbert und umfasste den Schwertgriff fester.

»Karl muss wissen, dass eine Jüdin drauf und dran ist, die heiligste aller Reliquien zu stehlen. Und dass Ihr ihn belogen habt.« Romerskirch starrte Engelbert an. »Ihr werdet beide einen qualvollen Tod sterben. So wie es sich für Verräter geziemt.« Er öffnete seine Hand und gab die Taube frei.

Der Drachentöter

März 1350/Nisan 5110

Johanns Beine kribbelten vor Ungeduld. Er hatte gehofft, di Falcone allein zu Hause anzutreffen, doch stattdessen war eine Gruppe von Studenten bei ihm, um eine Vorlesung zu hören, die der Magister aus Italien auch nicht unterbrach. Inzwischen dunkelte es, eine Magd hatte Lichter entzündet und war lautlos wieder verschwunden.

Nach einer gefühlten Ewigkeit beendete di Falcone die Lektion mit einer Hausaufgabe: »Jeder von Euch schreibe ein Traktat über die Gnade Gottes, die er erweist, wenn er die Menschen aus der irdischen Existenz abberuft. Und es sollen nicht weniger als vier Seiten sein!«

Die Studenten stöhnten, Johann hingegen war froh, dass di Falcone endlich zum Ende gekommen war und sich ihm zuwandte.

»Johann, mein Freund! Ihr macht ein Gesicht, als sei es meine Aufgabenstellung gewesen, Euch vom Leben abzuberufen!« Er lachte dröhnend und schlug ihm eine Hand so derb auf die Schulter, dass Johann ein wenig in die Knie ging. Di Falcone wurde ernst. »Was ist geschehen?«

»Es heißt Abschied nehmen. Ich muss abreisen.«

»Mein bester, weil einziger Schüler der Rechnungslegung verlässt mich?«

Johann schnitt eine Grimasse.

»Schon besser«, sagte di Falcone. »Ihr könnt nicht abreisen, wenn Ihr schlecht gelaunt seid wie der Papst, wenn er sauren Messwein trinken muss! Und vor allem könnt Ihr nicht abreisen, bevor ich Euch etwas gegeben habe. Kommt mit.«

Sie stiegen hinauf in di Falcones Kammer. Oft hatte Johann hier gesessen und über Bilanzen gegrübelt, hatte Dutzende Male alles neu berechnet, doch immer wieder war ihm ein Fehler unterlaufen, denn es waren hunderte Posten, die er miteinander in Beziehung bringen musste. Jetzt konnte er verstehen, warum so viele Rothenburger Händler die neue Rechnungslegung ablehnten. Die Methode war gut, aber schwer zu erlernen. Und es nutzte nichts, wenn nur Einzelne sie anwendeten. Denn dadurch wurde alles noch komplizierter und undurchsichtiger. Der König musste es verordnen, dann erst konnte es sich überall durchsetzen, und dann erst machte es Sinn.

Di Falcone kramte in einer seiner Truhen, die überquollen von Pergamentrollen und Büchern. »Ha!«, rief er. »Hier ist es.« Er zog ein kleines Buch aus der Truhe. »Ich habe es erst letzte Woche durchgesehen und noch ein paar Einträge hinzugefügt.« Er reichte es Johann wie ein kostbares Schwert, auf ausgestreckten Händen.

Johann nahm das Buch, verneigte sich.

»Schaut es Euch an.«

Der Einband war aus feinem Lammleder gearbeitet, die Schließe aus ziseliertem Eisen. Johann blätterte die erste Seite auf. »Für meinen gelehrigen und honorigen Schüler Johann von Wallhausen.«

Johann blickte auf. Di Falcone grinste breit über das ganze Gesicht. »Die meisten Menschen sind einfältig.« Er hob einen Zeigefinger, so wie er es immer tat, wenn er etwas Wichtiges sagen wollte. »Nicht dumm. Das meine ich nicht. Sie verschließen sich dem Neuen, sie wollen immer nur das sehen, was für sie sicher und bequem ist. Ihr seid nicht so. Ihr wollt hinter die Dinge schauen, Ihr wollt Wissen erlangen, Ihr seid Euch nicht zu schade zu fragen, ob Ihr vielleicht irrt, und wenn, dann ändert Ihr bereitwillig Euer Weltbild.« Er zeigte auf das Buch. »Eine kleine Zusammenfassung unserer Lektionen. Und eine Liste meiner Kontakte in Italien und Frankreich. Zeigt das Buch vor, und man wird Euch willkommen heißen.«

Johann wusste nicht, was er sagen sollte. »Ja, danke, aber . . .«, stotterte er, ließ das Buch sinken, und ihm fiel nichts Besseres ein, als di Falcone zu umarmen.

»Schon gut, Johann, schon gut«, sagte di Falcone und machte sich frei.

Johann spürte die Röte in sein Gesicht steigen. »So ein wunderbares Geschenk! Wie kann ich . . .«

Di Falcone winkte ab. »Das habt Ihr bereits.« Di Falcone füllte zwei Becher mit Bier. »Setzt Euch.«

Johann nahm auf einem Scherenstuhl Platz, sie stießen an.

»Als Dietz mir von Euch erzählte, da war ich wenig begeistert von der Idee, irgendeinen dahergelaufenen Händler aus der Provinz in die Geheimnisse der genuesischen Buchhaltung einzuweihen. Er hat mir Geld geboten, aber es gibt auch in diesen Zeiten Dinge, die man nicht kaufen kann.«

Johann trank einen Schluck. »Ihr habt mich geprüft.«

»Aber ja. Und für gut befunden. Ihr habt mich nicht enttäuscht.«

»Und wie habe ich Euch geholfen?«

»Euer scharfer Verstand hat mir Lücken in meiner Lehre aufgezeigt. Manchmal, wenn Ihr fast verzweifelt seid an einer Aufgabe, lag es nicht nur daran, dass Ihr Fehler gemacht habt.«

»Ich hätte diese Aufgaben gar nicht lösen können?«

Di Falcone grinste. »Doch. Indem Ihr den Fehler in meiner Lehre gefunden hättet. Das habt Ihr nicht, aber Ihr habt mir den Weg gewiesen. Euer Verstand ist rein wie ein Gebirgsbach. Er ist nicht verstellt von Vorurteilen und Eitelkeit. Die meisten meiner Studenten sind verwöhnte adlige Jünglinge, die mehr aus Langeweile denn aus Wissbegier ihr Studium aufgenommen haben. Manche werden auch dazu gezwungen. Ich hoffe, dass wir bald Aufnahmeprüfungen einführen dürfen, ich habe bereits mit dem König darüber gesprochen.«

»Ihr verkehrt bei Hofe?« Johann konnte es kaum glauben.

»Aber ja! Der König will wissen, wie seine Universität vorankommt. Die Theologie liegt ihm besonders am Herzen, kein Zweifel, aber deshalb vernachlässigt er nicht die übrigen Wissenschaften.«

Johann erhob sich. »Ich danke Euch von Herzen für Euer Vertrauen. Ihr habt mich nicht nur das Rechnungswesen gelehrt, sondern auch, dass der Wert eines Menschen nichts mit seiner Abstammung zu tun hat.«

Di Falcone erhob sich ebenfalls und lächelte warm. »Dann wünsche ich Euch, dass Ihr findet, was Ihr sucht. Und dass

Ihr über Stände und Religion hinweg immer den guten Menschen sehen werdet.«

Johann verbeugte sich tief, schaute di Falcone noch einmal in die Augen, dann beeilte er sich, das Haus zu verlassen, denn die Rührung drohte ihn zu übermannen.

So vieles hatte er hier in Prag erlebt und gelernt: Juden und Christen konnten in Frieden miteinander leben, und wenn dies nicht gelang, waren es in der Regel die Christen, die Zwietracht säten und Lügen verbreiteten. Er hatte gelernt, dass Rothenburg nicht die Welt war. Er hatte gelernt, dass er der Enge seiner Heimatstadt entfliehen musste, dass er hier in Prag ein neues Zuhause finden wollte, wo das Leben pulsierte. Aber er hatte nicht gefunden, was er am dringendsten suchte: Rebekka.

***

Die Taube flatterte mit den Flügeln, bevor sie sich erhob.

Engelbert dankte Gott für dieses Geschenk, für diesen Wimpernschlag Aufschub. Noch bevor das Tier richtig in der Luft war, zog er sein Schwert.

Romerskirch erkannte seine Absicht und zog ebenfalls blank.

Engelbert hieb in die Luft, in zwei Teile zerschnitten fiel der Vogel zu Boden. Im gleichen Augenblick spürte er einen heißen Schmerz am Arm. Bevor Matyas ein zweites Mal zustoßen konnte, ließ er sich fallen. Keinen Moment zu früh. Matyas Romerskirchs Klinge fuhr neben seinem Kopf in den Waldboden.

Engelbert zögerte nicht, nutzte den Augenblick, in dem Matyas über ihm war, und stieß seine Klingen nach vorn, mitten ins Herz seines Feindes.

Romerskirch sackte in sich zusammen, sein Kopf kippte auf die Brust. Er war tot.

Keuchend blieb Engelbert liegen. Auch das noch! Einer der engsten Vertrauten des Königs war durch seine Hand gestorben! Er rappelte sich auf und lauschte in die Dunkelheit.

Ein Ast knackte, er fuhr herum, ließ erleichtert sein Schwert fallen.

Bohumir eilte herbei, stützte ihn. »Ich habe alles gesehen. Matyas hat Euch angegriffen.« Er tastete Engelberts Arm ab. »Nur eine Fleischwunde. Davon ist in einer Woche nichts mehr zu sehen.«

»Er hatte Rebekka durchschaut. Und er wusste, dass wir Karl verschwiegen haben, dass sie Jüdin ist. Er glaubte an eine Verschwörung.«

»Die gibt es zweifellos, aber nicht wir sind die Verschwörer.« Bohumir trat zu Matyas' Leiche und blickte auf ihn hinab. »Ihr seid nicht mehr der Jüngste, Engelbert, aber Ihr seid ein trickreicher Kämpfer. Die Taube in der Luft erlegt und den Mann mit einem Streich mitten ins Herz getötet. Alle Achtung!« Er wandte sich zu Engelbert um. »Wir können den Verlust verschmerzen. Er hat uns allen das Leben schwer gemacht mit seinem Misstrauen. Seinen Lebenszweck hat er längst erfüllt, als er damals den König rettete. Doch in der letzten Zeit hat er jeden verdächtigt.« Er rieb sich das Kinn. »Was machen wir jetzt? Keiner wird uns glauben, dass es Notwehr war, vor allem nicht, wenn herauskommt, dass Rebekka tatsächlich eine Jüdin ist.«

Engelbert nickte. »Niemand darf erfahren, wie Matyas Romerskirch gestorben ist.« Er trat gegen einen Baumstumpf. Anstatt das Lügen zu beenden, verstrickte er sich immer tiefer. »Wir sind überfallen worden und müssen sofort das Lager abbrechen und fliehen.« Er schaute nach oben. »Gott weist uns den Weg. Die Wolken haben sich verzogen, der Mond ist hell.«

»Dann lasst uns vor einer Übermacht Straßenräuber davonlaufen.« Bohumir schmierte sich Dreck und Blut ins Gesicht und auf das Wams.

Engelbert vernichtete die Botschaft, die die Taube nach Prag hätte bringen sollen, und bedeckte Matyas' Leichnam notdürftig mit Laub und Reisig.

Dann rannten sie los. Sobald sie in die Nähe des Lagers kamen, begannen sie zu schreien, ein übermächtiger Feind sei ihnen auf den Fersen.

In Windeseile war das Lager abgebrochen. Die Vorräte wurden auf die Reitpferde verteilt, den Wagen würden sie zurücklassen. Rebekka beteiligte sich schweigend an den Arbeiten, doch der Blick, den sie Engelbert zuwarf, verriet ihm, dass sie ahnte, was wirklich geschehen war.

Schwer atmend hetzten sie durch den lichter werdenden Wald, die Pferde am Zügel, bis sie endlich auf einen Pfad trafen, der breit genug war, sodass sie aufsitzen konnten. Stumm galoppierten sie durch die Nacht. Ein fahler Mond ließ ihre Gesichter so blass erscheinen, als wären sie bereits alle tot.

* * *

Der Wagenzug stand bereit. Es sollte zunächst nach Nürnberg und von dort heim nach Rothenburg gehen. Johann hatte seine Rückkehr lange genug hinausgezögert, doch nun ließ sie sich nicht mehr aufschieben. Zumindest wusste er, dass Rebekka lebte. Er würde weiter nach ihr suchen, doch zuerst musste er sich um seine Familie kümmern, die ihn sehnsüchtig erwartete. Sein Vater brauchte Hilfe bei den Geschäften, und Agnes erwartete ein Kind. Er wurde Vater! Er würde seinen Eltern schonend beibringen müssen, dass er keine Zukunft für sich in Rothenburg sah. Die Vorstellung, den Menschen, die er liebte, Kummer zu bereiten, schmerzte ihn, doch sein Entschluss stand fest.

Johann lief durch die Straßen von Prag, die ihm so vertraut geworden waren. Seine Sachen hatte er bereits gepackt und abgeliefert. Von Schmul und seiner Familie hatte er sich verabschiedet, Tränen waren geflossen. Auch Dietz ließ ihn nur ungern ziehen.

Der Handelszug würde zehn Tage bis Nürnberg brauchen. Zwanzig Wagen voller wertvoller Gewürze, fünfzig Mann in Waffen: eine sichere Passage.

Kurz nachdem er zu seinen Reisebegleitern gestoßen war, ging es los. Vom Altstädter Ring aus zogen sie über die Brücke auf die Kleinseite, dann wandten sie sich nach Westen. Johann ließ sich zurückfallen, warf noch einen Blick auf die Prager Burg und die Dächer der Altstadt. Dann sprengte er an die Spitze des Zuges, denn ab jetzt war sein Platz immer da, wo es nach vorn ging.

Der Zugführer nickte ihm zu, Johann lenkte sein Pferd an seine Seite. Die Lederharnische der Söldner knirschten, die Pferde schnauften, das frisch gefettete Leder der Geschirre duftete würzig, und gelegentlich drang ein saftiger Fluch an Johanns Ohren, wenn die Wagenlenker ihre Tiere antrieben.

Schon bald war Prag außer Sicht, hier und da kamen sie an einem Gehöft vorbei. Als die Sonne sich senkte, hatten sie immerhin sieben Meilen zurückgelegt, ein Sechstel der Strecke. Ging es weiter so gut voran, würden sie vier Tage früher in Nürnberg eintreffen.

Auf einer Lichtung errichteten sie das Lager. Für alle gab es einen kräftigen Eintopf mit roten Rüben, Hühnerfleisch und

Brot. Die Nacht war klar, es wurde kalt, schon flackerten die ersten Lagerfeuer auf. Johann wurde schläfrig; die Wärme des Feuers, das gute Essen und die Anstrengung der Reise taten ihre Wirkung. Er wickelte sich in seine Decke, und bevor er einschlief, erschien Rebekkas Gesicht vor seinen Augen. Würde er sie jemals wiedersehen?

»Johann von Wallhausen! So wacht doch auf!«

Es war sein Name, kein Zweifel, und es war die Stimme des Zugführers. Johann rieb sich die Augen, es war tiefe Nacht, die Feuer waren heruntergebrannt, die Glut schimmerte rötlich, die Mondsichel spendete schwaches Licht. Er war eingeschlafen, ohne es zu merken.

»Ein Bote für Euch. Aus Prag.«

Johann war sofort hellwach, warf die Decke zur Seite und sprang auf. Ein Mann, der aussah wie ein verwitterter Baum, trat hervor, reichte Johann einen Brief, wandte sich um und verschwand in der Dunkelheit.

Hastig faltete Johann das Pergament auseinander und überflog die Zeilen. Eine Nachricht von Schmul. Sein Herz klopfte wild.

Mein lieber Freund! Soeben ist eine verspätete Taube von unserem Gewährsmann in Krumlov eingetroffen. Eure Rebekka ist gesehen worden, sie hat den Winter auf einer Burg namens Pasovary verbracht. Vor wenigen Tagen ist sie mit einem Aufgebot der königlichen Garde von dort aufgebrochen, und zwar nach Rothenburg. Aber sie werden verfolgt von einem furchtbaren Feind: Fürstabt Rupert Fulbach. Der Mann, der versucht hat, den König zu ermorden, hat sich mit seinen Männern auf ihre Fährte gesetzt. Du musst sie warnen. Zögere nicht einen Wimpernschlag! Möge unser aller Herr dich beschützen!

Johann wandte sich dem Zugführer zu. »Ich brauche zwei Reiter, ich bezahle gut.«

»Das ist nicht möglich. Wir können nicht ein Schwert entbehren. Wenn Ihr aufbrechen wollt, kann ich Euch nicht daran hindern. Ihr könnt auch Vorräte mitnehmen, schließlich habt Ihr dafür bezahlt. Aber Männer bekommt Ihr nicht.«

»Dann soll es so sein.« Ohne ein weiteres Wort sattelte Johann sein Pferd, packte Vorräte zusammen und saß auf. Er musste Rebekka finden, bevor Abt Fulbach sie fand, sonst war sie verloren. Diesmal würde er sie nicht im Stich lassen, und wenn es ihn sein Leben kostete.

* * *

»Im Namen des Vaters, des Sohnes und des Heiligen Geistes.« Fulbach schlug das Kreuz. »Ich segne Euch im Namen des Herrn. Frohlocket, denn er hat Euch ausgewählt, sein Reich zu verteidigen, er hat Euch die unvorstellbare Gnade gewährt, all Eure Sünden auszulöschen.«

Die Männer, die vor ihm knieten, murmelten ein undeutliches »Amen«, dann erhoben sie sich und suchten sich einen Platz für die Nacht.

Fulbach starrte ihnen hinterher. Neun Ritter, wackere Kämpfer, jung und von Gott beseelt. Dreißig Schwertkämpfer, ohne Pferd, aber mit guter Lederrüstung, siebzehn Bogenschützen, allesamt mit Langbogen versehen. Und ein gutes Dutzend Lanzenträger. Damit war er von der Hardenburg eins zu fünf überlegen. Er winkte Jaroslav zu sich. »Sie lagern zwei Meilen vor der Stadt? Seid Ihr sicher?«

»Sie haben sogar Feuer brennen. Sie sind meilenweit zu sehen. Außerdem habe ich Ihnen unsere besten Späher auf die Fährte gesetzt.«

Fulbach musste die Leistung dieser Männer anerkennen. Sie hatten von der Hardenburg nicht verloren, obwohl er vor drei Tagen plötzlich, wie vom Teufel gehetzt, am späten Abend das Lager abgebrochen hatte und in größter Eile weitergezogen war. Es war mehr eine Flucht als ein Aufbruch gewesen. In der Nähe des Lagers hatten sie einen toten Ritter und eine tote Brieftaube gefunden, doch keinen Hinweis darauf, was vorgefallen war. »Wir dürfen uns keine Fehler leisten, Jaroslav.«

»Selbstverständlich, Herr. Sie sitzen in der Falle«, sagte Jaroslav mit ruhiger Stimme.

Hätte er Jaroslav doch nur früher eingesetzt! Er hatte sich als absolut treu erwiesen. Aber vor allem konnte er mitdenken, konnte eigene Pläne entwickeln, die auch funktionierten. Jaroslav hatte ihm klargemacht, dass es zwei Möglichkeiten gab: Von der Hardenburg ritt in die Stadt, weil die Reliquie dort versteckt war. In dem Fall musste er vorher abgefangen und dazu gebracht werden, das Geheimnis preiszugeben. Oder er blieb vor den Toren, weil sich das Versteck der Reliquie außerhalb der Stadtmauern befand. In dem Fall würden die Späher von der Hardenburg und seine Leute lediglich verfolgen und erst zuschlagen, wenn sie die Reliquie gefunden hatten.

»Wir müssen uns aufteilen, Jaroslav. Und Waffen und Rüstung verbergen. Die Rothenburger mögen es nicht, wenn zu viele fremde Krieger auf ihrem Land unterwegs sind.«

»Wer mag das schon, Herr?«, erwiderte Jaroslav trocken.

Rupert Fulbach schürzte die Lippen. Doch er verzieh Jaroslav seine unbotmäßige Bemerkung. »Bereitet alles vor. Der Tag der Entscheidung ist gekommen.«

***

Die Nacht war viel zu kurz gewesen. Schon vor Sonnenaufgang hatte Engelbert sie geweckt. Rebekka konnte kaum aufstehen, so sehr schmerzten ihre Glieder. Nach der langen Winterrast auf Pasovary waren die vielen Stunden jeden Tag im Sattel ungeheuer anstrengend gewesen. Mehr als eine Woche waren sie schon unterwegs, nun hatten sie ihr Ziel fast erreicht. Gerade als die Sonne in ihrem Rücken emporstieg, zeichneten sich am Horizont die Türme von Rothenburg ab.

Alles in Rebekka sträubte sich dagegen, und alles in ihr wollte es: heimkehren. Ihr Herz schlug heftig, Angst schnürte ihr die Kehle zu.

Engelbert von der Hardenburg reckte die Faust hoch. Wie von selbst parierte Rebekka Vila durch. Die Kommandos waren ihr in Fleisch und Blut übergegangen.

Der Ordensritter lenkte sein Pferd neben Vila. »In Rothenburg müsst Ihr die Gugel tief ins Gesicht ziehen, damit Euch niemand erkennt. Wir werden in unserer Kommende unterkommen. Dort seid Ihr sicher.«

Seine Lippen waren schmal und hart, so, als hätte er Schmerzen. Vielleicht war die Verletzung doch schwerer, vielleicht eiterte sie.

»Lasst mich Euren Arm sehen«, sagte Rebekka. »Habt Ihr Schmerzen?«

Von der Hardenburg hob die Augenbrauen. »Schmerzen habe ich, ja, aber nicht in meinem Arm.« Er winkte ab. »Das muss Euch nicht interessieren, es gibt Wichtigeres. Wir sind noch lange nicht am Ziel.«

»Diese verfluchte Reliquie ...« Rebekka schlug sich die Hand vor den Mund. »Verzeiht. Ich wollte Euren Gott nicht schmähen und auch nicht Euren Glauben.«

Von der Hardenburg sagte nichts, schaute sie nur an. Endlich ergriff er das Wort. »Ihr werdet niemals unter Christen leben können, Rebekka bat Menachem«, flüsterte er. »Das Schicksal hat Euch zur Jüdin gemacht und mich zum christlichen Ordensritter. So ist es nun einmal, und weder ich noch Ihr haben die Macht, es zu ändern. Solltet Ihr es versuchen, werdet Ihr untergehen, denn niemand kann sich gegen das Schicksal wenden, das Gott ihm bestimmt hat, ohne dafür zur Rechenschaft gezogen zu werden.« Ein schwaches Lächeln ließ sein Gesicht kurz warm aufleuchten. »Und jetzt genug gepredigt. Ich weiß, dass Ihr viel stärker seid, als Ihr es bisher bewiesen habt. Ich brauche Eure Hilfe, um die Reliquie zu finden. Also denkt nach! Niemand von meinen Leuten kennt Rothenburg besser als Ihr.«

Sie ritten weiter, näher und näher kam die Stadt, bis Rebekka allmählich einzelne Gebäude erkannte. Sie heftete ihren Blick auf die Dächer und Mauern in der Ferne, doch ihre Gedanken trugen sie weit fort. Immer wieder gingen ihr dieselben Bilder durch den Kopf: Vater, wie er ihr die Wahrheit über ihre Herkunft sagte, Mutter, wie sie den Kopf senkte, als sie versprach, sie würden sich in Prag wiedersehen. Rabbi Isaak, wie er sie das Alphabet lehrte. Jakob ben Elias, wie er über den Verlust seines Sohnes Abraham weinte. Johann, wie er ihr zeigte, wie eine christliche Messe zelebriert wurde. Wie er ihr erklärte, wie man …« »Hardenburg!«, schrie sie so laut, dass man es über die Köpfe ihrer Begleiter hinweg bis an die Spitze des Zuges hören konnte.

Augenblicklich sprengten Männer heran, zogen Schwerter, suchten mit den Augen nach dem Feind, den sie bereits in den eigenen Reihen wähnten.

Von der Hardenburg, der zur Vorhut aufgeschlossen hatte, wendete erschrocken sein Pferd und kam angeprescht. »Bei allen Heiligen, was ist denn los?«

Rebekka spürte ihr Herz bis in den Hals schlagen. »Ich glaube, ich weiß, wo die Reliquie ist!«

* * *

»Wo sind die Binsen?« Karl starrte seinen Kammerdiener an. »Ist es so schwer, ein paar Binsen zu besorgen? Die ganze Pegnitz ist davon gesäumt. An jedem Moor und jedem Teich findet man sie in enormen Mengen.«

»Sie müssten gleich eintreffen«, erklärte der Diener verängstigt. »Ich habe sie schon vor einer Woche bestellt. Es sollen schließlich die besten sein.«

Nicht zu fassen. Nicht einmal ein Bündel Binsen konnte dieser Nichtsnutz beschaffen. Mit einer Handbewegung scheuchte Karl den Mann nach draußen. Er musste unbedingt eine Liste von Dingen erstellen, die für ihn bereitliegen mussten, wenn er hier in Nürnberg residierte.

Karl spürte seit einigen Tagen eine stechende Unruhe und Gereiztheit. Vielleicht lag es an der Sorge um die Reichskleinodien. Ohne Zwischenfall hatte er sie von Prag hierhergebracht, jetzt lagen sie in der Schatzkammer der Nürnberger Burg, wo sie Tag und Nacht von zwanzig Rittern bewacht wurden. In einer Woche würde er sie dem Volk präsentieren. Manchmal war es ein mühseliges Geschäft, die Macht zu erhalten, allen zu beweisen, dass man der von Gott erwählte Herrscher des Reiches war.

Vielleicht kam seine Gereiztheit auch daher, dass im Reich alles drunter und drüber ging. Die Menschen starben wie die Fliegen an dieser schrecklichen Seuche. Ganze Landstriche waren entvölkert, die Versorgung mit Nahrung war nicht mehr gewährleistet. Man munkelte, dass Kannibalismus um sich griff. Eine Todsünde! Immer öfter brach die Verwaltung zusammen, Plünderer gingen um. Weder Stadt noch Land verschonte die Pestilenz, sie wütete schlimmer als je zuvor. Nur sein geliebtes Böhmen blieb nach wie vor so gut wie unbehelligt.

Es klopfte. Das mussten die Binsen sein. »Tretet ein!«

Aber es waren nicht die Binsen, sondern ein Bote in Begleitung einer Wache.

Der Bote verneigte sich tief. »Mein König! Ich habe Nachrichten aus Prag.«

»Danke.« Karl nickte der Wache zu, die sich sofort entfernte. »Sprecht!«

»Mich sendet ein gewisser Schmul ben Asgodon, Euer untertäniger Diener und …«

»Schon gut! Spart Euch die Floskeln. Wir kennen ihn.«

Der Bote senkte seinen Kopf noch ein Stück tiefer.

»Und versinkt nicht im Boden, sonst verstehen wir Euch nicht mehr.«

Langsam richtete sich der Mann auf. »Er sagt, der Ordensritter Engelbert von der Hardenburg sei auf dem Weg nach Rothenburg ob der Tauber. Er sei drei Tage vor Palmsonntag aufgebrochen. In seiner Begleitung reite eine junge Frau sowie ein Dutzend Ritter. Sie würden verfolgt von Fürstabt Fulbach und seinen Männern.«

Deshalb diese Unruhe! Er hatte es geahnt: Die Reliquie war in Gefahr! Wenn diese unselige Brieftaube doch nur die vollständige Nachricht überbracht hätte! Dann wüsste er seit einer Woche, wohin Engelbert unterwegs war, und hätte ihm längst Verstärkung schicken können. Immerhin kannte er jetzt die Absicht seines Feindes: Fulbach war nicht nur hinter ihm, sondern auch hinter der Reliquie her. Er hätte es ahnen müssen. Niemals hätte er Engelbert mit so wenigen Männern nach Pasovary gehen lassen dürfen!

Noch immer stand der Bote vor ihm. Karl lächelte ihn an. »Lasst Euch frische Pferde und Verpflegung geben. Richtet Schmul ben Asgodon aus, der Dank des Königs sei ihm sicher.«

Der Bote zog sich zurück, Montfort trat hinter dem Vorhang hervor, hinter dem er das Gespräch mit angehört hatte.

»Wir müssen noch heute nach Rothenburg aufbrechen«, sagte Karl. »Hoffentlich ist es noch nicht zu spät.«

»Mein König, Ihr dürft nicht mitreiten. Habt Ihr nichts gelernt? In Pasovary seid Ihr nur um Haaresbreite dem Tod entronnen.«

Karl griff sich an den Hals. Wieder stieg ihm der Brandgeruch in die Nase, wie immer, wenn er an die Feuerfalle dachte und an die Stunden in dem unterirdischen Backofen.

»Es ist gefährlich«, stimmte er zu. »Genauso gefährlich wie die Reise durch ein von der Pestilenz heimgesuchtes Land. Und dennoch tun wir es. Haben wir Angst? Ja. Haben wir eine Wahl? Nein! Und glaubt uns, Montfort, lieber sterben wir im Kampf, als im Bett zu vermodern.«

✳ ✳ ✳

»Seht Ihr dort hinten?« Rebekka zeigte nach Norden. »Der kleine Glockenturm, der direkt auf das Dach aufgesetzt ist?« Das ist die Marienkapelle. Aber sie hat nicht immer so geheißen. Hinter dem Altar ist eine Inschrift in die Wand eingemeißelt. Und darauf steht, dass sie einst St. Georg geweiht war.«

Die untergehende Sonne stand dicht über dem Horizont und warf lange Schatten über das Land. Engelbert hatte angeordnet, am Waldrand auf einer Anhöhe zu rasten, bis es dämmerte, und erst dann die Kapelle abzusuchen. So liefen sie weniger Gefahr, dass sie beobachtet wurden und sich herumsprach, dass fremde Ordensritter die Kapelle besetzt hatten.

Engelbert hob eine Hand an die Augen. »Ich denke, wir können jetzt aufbrechen. Bis wir dort sind, ist die Dämmerung bereits weit fortgeschritten, aber es ist noch nicht dunkel. Vielleicht brauchen wir einen Rest Tageslicht, um die Reliquie zu finden.«

Sie standen auf einer Erhöhung, von der aus sie die Landschaft überblicken konnten. Die Kapelle duckte sich in eine Senke unterhalb eines Wegkreuzes, das von hier aus nicht zu sehen war.

Rebekka hoffte, dass sie sich nicht irrte. Es erschien ihr merkwürdig, dass ein so großer Schatz der Christenheit in einer so unbedeutenden Kapelle aufbewahrt wurde.

Engelbert wandte sich an Bohumir. »Was sagen die Späher?«

»Alles ruhig.«

»Etwas zu ruhig«, entgegnete Engelbert. »Ich traue dem Frieden nicht.«

»Welcher Krieger traut schon dem Frieden?«

Engelbert hob eine Braue, doch er erwiderte nichts. Er gab ein Handzeichen, und alle saßen auf. »Möge Gott uns beistehen«, rief er und gab seinem Pferd die Sporen.

Wenig später erreichten sie die Kapelle. Einer der Männer ging etwas oberhalb an der Landstraße in Stellung, die anderen betraten das kleine Gotteshaus, verriegelten die einzige Tür hinter sich und sicherten Eingang und Fenster.

Angespannt sah Rebekka sich um. Nur langsam gewöhnten sich ihre Augen an das trübe Licht. Die Kapelle besaß zwar ein Gewölbe, trotzdem wirkte die Decke so niedrig, dass es schien, als könne man sie mit bloßen Händen berühren. Die Wände waren schmucklos bis auf einige Fackelhalter. Am anderen Ende des Gebäudes, gegenüber der Eingangstür, stand ein schlichter Tisch aus Stein, der Altar, und dahinter verdeckte eine dreiteilige, in leuchtenden Farben bemalte hölzerne Tafel die Wand.

»Lasst uns den Altar untersuchen, Rebekka.« Bohumir nickte ihr aufmunternd zu.

Engelbert war bereits vorangegangen und stand vor der Holztafel. Von Johann wusste Rebekka, dass sie Retabel genannt wurde. Beim Näherkommen erkannte sie, dass die Bilder, die das Retabel schmückten, nicht nur aufgemalt, sondern zuvor in das Holz geschnitzt worden waren.

Bohumir zeigte auf einen Soldaten, der gerade ein Tier tötete, das aussah wie eine riesige Schlange. »Das ist der heilige Georg. Er hat uns hierhergeführt. Hoffentlich gibt er sein Geheimnis preis.«

Rebekka betrachtete die übrigen Figuren. Auf der mittleren Tafel war die Kreuzigung Jesu Christi dargestellt, links davon schwebte eine Frauengestalt über einer lieblichen Landschaft, die Mutter des Erlösers, die ihren Sohn von Gott empfangen und als Jungfrau geboren hatte. Auf dem rechten Bild speiste Jesus Christus mit seinen Jüngern am Abend vor seinem Tod.

Der Heiligenschein des Gekreuzigten schien zu leuchten. Seine Gesichtszüge entsprachen nicht dem, was er an Schmerzen erleiden musste, im Gegenteil. Er schaute, als sei er zufrieden, als habe er erreicht, was er erreichen wollte.

Von der Hardenburg schnalzte mit der Zunge. »Ich hoffe, wir müssen dieses Kunstwerk nicht zerstören, um die Reliquie zu finden. Rebekka, wiederholt den Wortlaut der Botschaft für uns!«

»Unseren größten Schatz hütet der heilige Georg eigenhändig in der ihm geweihten Kapelle zu Rothenburg ob der Tauber«, zitierte Rebekka gehorsam.

464

Alle drei blickten auf das Retabel.

Bohumir bückte sich und tastete die Figur des heiligen Georg ab, doch nichts geschah. »Gott, steh uns bei«, flüsterte er.

»Gott, steh uns bei«, echote Engelbert.

»Gott, steh uns bei!«, schrie jetzt auch einer der Männer, die bei den Fenstern standen. »Bewaffnete. Mindestens fünfzig Mann.«

Rebekka spürte den Boden unter ihren Füßen wanken, die Angst schnürte ihr die Kehle zu. Sie hörte, wie die Angreifer mit donnernden Hufen näher kamen und ihre Tiere vor der Kapelle zum Stehen brachten. Jemand schlug gegen das Portal, der Lärm füllte die ganze Kapelle. »Öffnet, und es wird Euch nichts geschehen. Ich zähle bis sechzig, dann stürmen wir«, rief eine heisere Stimme.

»Fulbach!«, brüllte von der Hardenburg. »Ich glaube Euch kein Wort. Diese Tür bleibt verschlossen, und Ihr werdet Euch Euren verfluchten Schädel daran blutig stoßen.«

»Dann kann ich mir das Zählen ja sparen«, schrie Fulbach und befahl: »Schlagt die Tür ein!«

Sofort erzitterte die kleine Pforte in ihren Scharnieren. Doch das Holz hielt stand.

Rebekka schaute zu den Fenstern. Sie waren schmal, vielleicht versuchten die Angreifer deshalb nicht, auf diesem Weg in die Kapelle einzudringen. Oder gab es noch einen anderen Grund?

Engelbert nahm Rebekka bei den Schultern. »Ich bitte Euch, versucht, dem Altar sein Geheimnis zu entreißen. Und wenn Ihr gefunden habt, wonach wir suchen, und Ihr befürchten müsst, dass es dem Feind in die Hände fällt, so flehe ich Euch an: Vernichtet es, wenn Ihr Gelegenheit dazu habt!«

465

Rebekka sah ihn an. Die wichtigste Reliquie der Christenheit, zerstört von einer Jüdin. Würde es darauf hinauslaufen?

Sie sah, wie einer der Ritter eine Luke in der Pforte öffnete und mit seiner Armbrust einen Schuss abgab. Draußen schrie ein Mann auf.

»Wir werden es ihnen nicht leicht machen und so viel Zeit wie möglich herausschinden«, sagte Engelbert. »Versprecht Ihr mir ...«

Wie in Trance nickte Rebekka.

»Gut.« Er lächelte. »Ich werde Euch Bohumir zur Seite stellen. An ihm kommt niemand vorbei. Und jetzt beeilt Euch. Bitte.«

Noch nie hatte Rebekka den Ordensritter so warm, so milde und so voller Gefühl sprechen hören. Es klang wie ein endgültiger Abschied.

Sie wandte sich dem Altar zu und begann, ihn abzutasten. Doch sie entdeckte keine verborgenen Rillen oder Schlitze. »Unseren größten Schatz hütet der heilige Georg eigenhändig«, murmelte sie. Sie konzentrierte sich. Vielleicht war es wie in Znaim, und das Große, Pompöse war nur die Ablenkung.

Bohumir trat neben sie. Sein Gesicht war angespannt, seine Lippen nur ein Strich.

»Wofür steht der heilige Georg?«, fragte Rebekka ihn.

Wieder dröhnten die Schläge gegen das Portal durch die Kapelle, wieder schrie ein Mann auf.

»Der heilige Georg ist für seinen Glauben gestorben. Er ist ein Märtyrer«, erklärte Bohumir.

Holz splitterte. Rebekka blickte über die Schulter. Die Schneide einer Axt drang durch die Tür. Viel Zeit blieb ihnen nicht. Sie wandte sich wieder dem Retabel zu, ließ ihren Blick über die Bilder schweifen, von links nach rechts, befahl sich, nichts zu denken, nahm nur die Figuren in sich auf, die Bilder, die Farben, den Drachen, den Engel, die Landschaft, das Kreuz und die Lanze, die im Körper Jesu eine furchtbare Wunde hinterlassen hatte. Mit den Fingern fuhr sie über das Holz. Sie drückte auf jede erhabene Stelle, kratzte sogar ein wenig Farbe weg, aber kein verborgener Mechanismus setzte sich in Gang.

Außer dem Altar und dem Retabel gab es nichts in dieser Kapelle. Adonai! Herr im Himmel! Hilf mir. Sie hob ihren Blick. *Unseren größten Schatz hütet der heilige Georg eigenhändig.* Und da erkannte sie es. Das Gewölbe des Kapellenschiffes lief genau über dem Altar zusammen. In der Spitze konnte sie einen Drachen erkennen – und den heiligen Georg.

Wieder krachten Äxte gegen die Tür, Holz splitterte, Bolzen schlugen in die Wände. Doch noch war niemand der Verteidiger verletzt.

»Bohumir!« Rebekka zeigte nach oben. »Sie ist dort, in der Gewölbespitze.«

Es gab nur einen Weg dorthin. Rasch kletterten beide auf den Altar. Bohumir stellte sich breitbeinig hin, ging leicht in die Knie und hielt seine Hände so, dass Rebekka sie als Steigbügel nutzen konnte. Sie setzte einen Fuß hinein, zog sich hoch und kletterte auf Bohumirs Schultern. Langsam streckte er die Beine durch, die Gewölbespitze kam immer näher. Als Bohumir aufrecht stand, konnte Rebekka die Spitze mit ihren Händen erreichen. Und sie überblickte die Kapelle.

Die Ritter hatten sich in Formationen aufgestellt. Bald schon würde die Tür brechen und der Kampf Mann gegen Mann beginnen. Plötzlich erstarb das Krachen der Schläge. Rebekka hatte nicht Zeit genug, sich zu fragen, warum, denn im selben Moment flogen brennende Kugeln durch die Fenster. Gepresstes Stroh, das vermutlich zusätzlich mit Teer bestrichen worden war. Sie zuckte erschrocken zusammen, fing sich aber, bevor Bohumir unter ihr ins Wanken geriet.

Rasch wandte sie sich wieder der Gewölbespitze zu. Der heilige Georg saß auf einem Pferd und stach seine Lanze einem Drachen ins Maul. Sie versuchte, die Figur zu drehen, aber sie saß fest. Gewalt konnte sie ebenfalls nicht anwenden. Die Figuren waren in den Schlussstein des Gewölbes eingehauen. Schlug man den Stein weg, stürzte das Gewölbe ein. Sie lehnte sich etwas seitwärts. Entlang der Lanze sah sie einen länglichen Schlitz.

»Bohumir, habt Ihr einen spitzen Dolch bei Euch?«

Mit Mühe konnte Rebekka das Gleichgewicht halten, als Bohumir unter ihr begann, sich zu bewegen. Schließlich reichte er ihr einen Dolch mit einer schmalen Klinge nach oben. Sie stocherte damit in dem Schlitz herum, aber nichts passierte. Sie schwitzte, der aufsteigende Qualm brannte ihr in der Kehle. Noch einmal versuchte sie es. Ohne Erfolg. Es war, als wäre der Schlitz ein Schlüsselloch. Was fehlte, war der Schlüssel. Aber ihre Eltern hatten ihr keinen Schlüssel hinterlassen.

Bohumir hustete, immer dichtere Rauchschwaden zogen nach oben. »Beeilt Euch, bei Gott, wir werden hier bei lebendigem Leib geröstet.« Wieder hustete er.

Rebekka überlegte fieberhaft. Sie hatte alles, was nötig war. Aber sie hatte keinen Schlüssel. Oder doch? Was hatten ihre Eltern ihr mitgegeben? Die Bibel. Die Decke. Das Kruzifix! Hastig griff sie sich an den Hals. Mit zittrigen Fingern riss sie das Kruzifix von der Kette und steckte es in den Schlitz. Behutsam tastete sie die Fuge ab, bis der obere Teil des Kreuzes mit dem Querbalken an einer Stelle spürbar einrastete. Es passte! Sie hatte den Schlüssel gefunden! Als sie einen leichten Druck auf das Kruzifix ausübte, schwang das Relief des heiligen Drachentöters mit einem leisen Ächzen der Scharniere zur Seite. Dahinter kam eine Schriftrolle zum Vorschein. Aber sie bestand nicht aus Pergament, sondern aus einer Art faserigen Tuchs. So etwas hatte sie noch nie gesehen.

Bohumir wurde erneut von einem heftigen Hustenanfall geschüttelt.

»Ich habe sie!«, schrie Rebekka.

Der Leibgardist des Königs ging in die Knie, damit sie leichter herunterklettern konnte, dann standen sie beide wieder auf dem Altar. Hastig rollte Rebekka die Schriftrolle auseinander. Das merkwürdige Material war übersät mit Schriftzeichen.

Bohumir warf einen Blick darauf und schüttelte den Kopf. »Was sind das für Zeichen? Welche Sprache ist das?«

Rebekka lächelte. »Das ist Aramäisch, die Sprache, die Euer Gottessohn sprach, als er noch als Mensch auf der Erde wandelte.«

Im selben Augenblick erzitterte die Pforte unter einem mächtigen Schlag und riss aus den Angeln. Bohumir sprang vom Altar, zog sein Schwert und stellte sich vor Rebekka.

Von der Hardenburgs Männer begrüßten Fulbachs Söldner mit einer Salve Armbrustbolzen, acht Angreifer fielen, doch sofort drängten neue nach.

Rebekka versuchte, das Kampfgetümmel nicht zu beachten. Sie betrachtete die Zeichen und prägte sie sich so gut ein, wie es ihr möglich war.

Dann stieg sie vom Altar und betete leise das Totengebet: »Gott voller Erbarmen, in den Himmelshöhen thronend, es sollen finden die verdiente Ruhestätte unter den Flügeln Deiner Gegenwart, in den Rängen der Heiligen, der Reinen und der Helden strahlend wie der Glanz des Himmels, die Seelen der Gefallenen . . . «

Kampfgeschrei erfüllte die Kapelle. Von der Hardenburgs Männer bildeten längst schon keine geordnete Formation mehr, sondern waren in kleine Gruppen gespalten, die sich verzweifelt wehrten. Zwei Angreifer kamen auf Bohumir und Rebekka zu, leckten sich über die Lippen.

Bohumir reichte Rebekka rasch den Dolch, den sie hatte fallen lassen. »Beendet es, bevor sie Euch in die Finger bekommen.« Dann stürzte er sich auf die beiden Männer.

Immer mehr Feinde drängten in die Kapelle. Vier ihrer Ritter waren bereits gefallen, der Feind klar in der Übermacht, der Kampf verloren.

Es war so weit, sie musste ihr Versprechen einlösen. Ohne zu zögern, trat Rebekka auf eine der brennenden Strohkugeln zu und hielt die Schriftrolle, um derentwillen so viele Menschen gestorben waren, in die lodernden Flammen. Kurz flackerte sie auf, dann zerfiel die heiligste Reliquie der Christenheit zu Asche.

Einen Moment lang erwartete Rebekka, dass etwas geschehen würde. Nichts. Weder tat sich die Erde auf noch der Himmel. Nur der Kampf ging weiter. Noch ein Mann bedrängte Bohumir. Rebekka fasste den Dolch, schritt auf den Angreifer zu, doch mit einer blitzartigen Bewegung schlug der Mann ihr die Waffe aus der Hand. Der Schlag war so heftig, dass sie rückwärtstaumelte und das Gleichgewicht verlor. Sie ruderte mit den Armen, aber es war zu spät. Bevor sie mit dem Hinterkopf aufschlug, sah sie, wie Bohumir von zwei Schwertern gleichzeitig durchbohrt wurde und auf die Knie sank. Sie hörte sich schreien, dann umfing sie schwarze Nacht.

***

Bohumir tot! Aus den Augenwinkeln sah Engelbert ihn fallen, durchbohrt von zwei Schwertern. Ein kurzer, überraschend heftiger Schmerz durchzuckte ihn. Er hatte schon viele Kameraden fallen sehen. Aber keinem von ihnen hatte er so vertraut wie Bohumir. Er hielt nach Rebekka Ausschau, entdeckte sie jedoch nicht. Eben hatte sie noch mit Bohumir auf dem Altar gestanden, eine Schriftrolle in der Hand. Und er glaubte auch, gesehen zu haben, wie Rebekka die Rolle wenig später in die Flammen gehalten hatte.

Weitere Gegner drängten auf Engelbert ein. Obwohl er bereits drei Männer erschlagen hatte, war die Übermacht der Angreifer nicht gebrochen. Immerhin hielten sich seine Ritter großartig. Zu zweit oder zu dritt fochten sie, mit der Wand im Rücken. Engelbert sammelte seine Kräfte, als vor ihm ein Hüne mit einer riesigen Streitaxt auftauchte, die er mit beiden Händen schwang. Der Angreifer war schneller als erwartet, mit einer blitzartigen Bewegung schlug er Engelbert das Schwert aus der Hand. Der Hüne holte zum tödlichen Schlag aus. Doch bevor er Engelbert zu seinem Schöpfer schicken konnte, brach er mit einem Bolzen im Hals zusammen.

Engelbert warf sich zur Seite, bekam sein Schwert zu fassen, parierte einen Hieb und streckte einen anderen Angreifer nieder, der einen Moment nicht aufgepasst hatte. Wahrscheinlich hatte er dasselbe gehört, das Engelbert gehört hatte: Fanfaren. Und nur einer durfte die Fanfaren blasen, und das war der König.

Der Druck der Angreifer ließ jetzt nach, einige wandten sich bereits zur Flucht. Engelbert drängte sich nach draußen. Dort tobte der Kampf weiter, aber das Blatt hatte sich gewendet. Die Feinde waren nun in der Minderzahl. Die Ritter des Königs machten einen nach dem anderen nieder.

Engelbert erkannte einen Hauptmann, winkte ihm zu.

Der lenkte sofort sein Pferd zu ihm. »Gut, dass Ihr lebt, von der Hardenburg. Der König hat mich beauftragt, nach Euch Ausschau zu halten. Er selbst beobachtet die Schlacht aus sicherer Entfernung. Ich glaube, wir sind keinen Moment zu früh gekommen.« Der Hauptmann blickte über seine Schulter, wo auf einem Hügel ein Reiter stand, flankiert von Rittern, die Armbrüste im Anschlag hielten.

»Habt Dank.« Engelbert schaute sich um. Er hatte nur einen Gedanken. »Habt Ihr Fürstabt Fulbach gesehen? Ist er unter den Angreifern?«

Der Hauptmann schüttelte den Kopf. »Ich weiß es nicht.«

»Habt Ihr ein Pferd für mich? Er darf nicht entkommen.« Engelbert atmete schwer, sein Arm schmerzte, seine Lungen brannten.

Der Hauptmann kratzte sich am Kopf. »Niemand wird entkommen. Wir haben die Kapelle inzwischen lückenlos umzingelt.« Er grinste. »Ihr habt eine Rechnung mit Fulbach offen, nehme ich an. Dann wünsche ich Euch viel Vergnügen.« Er stieg kurzerhand von seinem Schlachtross herunter und drückte Engelbert die Zügel in die Hand. »Aber bringt es gesund zurück!«

Engelbert schwang sich in den Sattel und setzte sich in Bewegung. Der Hauptmann hatte nicht übertrieben. In gestaffelten Kreisen hatten Karls Soldaten die Kapelle eingeschlossen. Es waren Soldaten der Garde, aber auch Söldner aus den umliegenden Burgen, unschwer an den Bannern zu erkennen. Die äußerste Reihe bildeten Bogenschützen, die nächste Reihe Schwertkämpfer und Lanzenträger, die sich gegenseitig deckten. Die Ritter zu Pferde griffen sich innerhalb dieses tödlichen Kreises einen Mann nach dem anderen, wie der Fuchs im Hühnerstall das Federvieh.

472

Engelbert entdeckte fünf berittene Feinde, die versuchten, den Ring zu sprengen. Einer davon war Fulbach. Na also.

Er stieß dem Pferd die Fersen in die Flanken, es stob davon wie vom Sturm getragen. Niemand stellte sich ihm in den Weg, aber Fulbach bemerkte ihn. Plötzlich ließen sich Karls Fußsoldaten fallen. Fulbach erkannte die Gefahr, riss sein Pferd herum und sprengte davon, bevor ein Pfeilhagel niederregnete und seine Männer augenblicklich tötete. Engelbert gab seinem Pferd die Sporen und jagte Fulbach hinterher, der verzweifelt nach einer Lücke im Ring suchte.

Schließlich brachte er sein Pferd zum Stehen. Engelbert stürmte heran, die Klinge hoch erhoben, doch Fulbach machte keine Anstalten, sich zu wehren. Engelbert parierte durch, er rechnete jeden Moment mit einer Finte. Nichts geschah.

Fulbach sah ihn ruhig an. »Nun, wie fühlt es sich an, einen Fürstabt zur Strecke gebracht zu haben?«

Engelbert antwortete nicht. Er musste Fulbach entwaffnen und binden, auch wenn er ihm nur zu gern das Schwert ins Herz stoßen würde. Er wollte den Verräter lebend, damit er im Prozess gegen die anderen Verschwörer aussagen konnte. Und das würde er, denn die Folterknechte des Königs waren Meister ihres Faches. Langsam schob sich Engelbert näher heran. Noch immer blieb Fulbach völlig ruhig.

»Steigt ab, Rupert Fulbach«, rief Engelbert. »Legt Euch flach auf den Boden und rührt Euch nicht.«

Fulbach lachte. »Was werft Ihr mir vor?«

»Im Namen des Königs verhafte ich Euch wegen Hochverrats und Mordes, wegen Verschwörung gegen den König und wegen vielfachen Bruchs des Landfriedens.«

»Das sind schwerwiegende Vorwürfe, in der Tat.« Fulbach bewegte nicht einen Muskel.

»Habt *Ihr* meinen Novizen abgeschlachtet?«, fragte Engelbert.

Fulbach überlegte einen Moment. »Ah! Ihr denkt an diesen jungen Burschen, der seine Nase in meine Angelegenheiten stecken wollte. Sebastian Pfrümler. Was für ein seltsamer Name. Ich habe ihn nicht eigenhändig getötet. Übrigens jammerschade um ihn. Er hat der Folter lange widerstanden. Ein guter Christ, der sicherlich Eingang finden wird in das Paradies.«

Engelbert beherrschte sich nur mühsam. »Im Gegensatz zu Euch.«

»Das allerdings ist noch nicht entschieden. Die Wege des Herrn sind unergründlich, und nur er allein entscheidet, wen er am Tag des Jüngsten Gerichts in sein Reich aufnimmt, und wen nicht. Möge Gott Erbarmen mit *Euch* haben, Engelbert von der Hardenburg.«

Fulbach zog einen Dolch und rammte ihn sich, ohne zu zögern, so schnell von unten ins Herz, dass Engelbert nicht reagieren konnte. Der Abt rutschte von seinem Pferd und war tot, noch bevor er auf dem Boden aufschlug.

»Verfluchter Feigling«, schrie Engelbert und warf sein Schwert auf den Boden. Fulbach hatte ihn zu guter Letzt doch genarrt.

* * *

Noch bevor Rebekka richtig wach war, schossen ihr die Schmerzen in den Kopf. Sie stöhnte, versuchte, sich aufzurichten. Hände griffen nach ihr, stützten sie. Eine vertraute Stimme murmelte beruhigende Worte, deren Sinn ihr entging. Es hörte sich an, als spreche die Stimme in eine dicke Decke hinein. Sie brauchte eine Weile, bis sie begriff. Die vertraute Stimme ... sie riss die Augen auf. Johann!

Er lächelte sie an, seine Worte nahmen an Deutlichkeit zu, bis sie verstand, was er sagte: »Gott sei gepriesen! Du bist wach. Ich habe schon befürchtet, du überlebst es nicht.«

Rebekka schaute sich um, es roch nach Heu und Stroh. Eine Scheune. Dreschflegel hingen an den Holzwänden, Heugabeln ebenso, ein Joch lag in der Nähe des Tores. Sonnenlicht, das durch die Ritzen fiel, malte Linien in den staubigen Boden. Johann trug einen weißen Umhang, der an einer Stelle dunkle Flecken hatte.

Sie zeigte darauf. »Was . . .«

»Nur ein Kratzer. Ich habe großes Glück gehabt. Das muss an dir liegen.«

Er setzte sich neben sie, griff unter den Umhang und reichte Rebekka einen Weinschlauch. Gierig trank sie, bis der Schlauch fast leer war. Der verdünnte Würzwein ließ ihre Glieder warm werden und linderte den Kopfschmerz.

»Wie schön, dich zu sehen«, sagte Rebekka leise und legte eine Hand auf Johanns Unterarm. Tränen schimmerten in seinen Augen, er nahm sie in die Arme. Rebekka schien zu versinken, der Boden unter ihr gab nach, doch der Moment währte nur kurz.

Johann gab sie frei, wischte sich über das Gesicht.

»Was ist geschehen?«, fragte sie. »Wo bin ich?«

»In einer Scheune, die meinem Vater gehört. Keine Sorge, sie liegt außerhalb der Stadt. Hier kann dich niemand finden. Du bist in Sicherheit.«

»Aber wie . . . ?«

»Als ich hinzukam, war die Schlacht schon in vollem Gang«, erzählte Johann. »Ich hatte Nachricht erhalten, dass du auf dem Weg nach Rothenburg wärest und von Gegnern verfolgt würdest.«

»Ich verstehe nicht . . .« Rebekka schwirrte der Kopf.

475

»Das erkläre ich dir ein andermal. Jedenfalls kam ich zu dem Wegkreuz hinter Schweinsdorf, wo ich sah, dass bewaffnete Männer versuchten, in die Marienkapelle einzudringen. Ich ahnte gleich, dass ihr dort drinnen sein musstet. Und dann entdeckte ich im Gebüsch hinter dem Wegkreuz einen Toten. Es war ein Ritter des Deutschen Ordens, und da ich wusste, dass du mit einem solchen Ritter unterwegs warst, dachte ich mir, dass er zu euch gehört haben muss. Ich nahm seinen Umhang und ritt ganz nah an die Kapelle heran. Ich band meinen Schimmel an einen Baum und schlich noch näher. Die Angreifer waren so damit beschäftigt, die Tür einzuschlagen, dass sie mich nicht bemerkten. Es waren mindestens vier Dutzend. Doch an der Rückseite waren nur zwei Mann als Wachen aufgestellt, die ihren Blick auf die Fenster gerichtet hielten. Sie passten lediglich auf, dass keiner der Eingesperrten floh, aber sie rechneten nicht damit, dass jemand in die Kapelle hineinwollte. Es gelang mir, die Männer zu überwältigen, bevor sie bemerkten, was geschah.« Er seufzte. »In einem Kampf Mann gegen Mann hätte ich nichts gegen sie ausrichten können.«

»Ach, Johann, ich kann das immer noch nicht glauben!«

Er strich ihr eine Haarsträhne aus dem Gesicht. »Inzwischen war der Kampflärm angeschwollen, Rauch quoll aus der Kapelle. Ich stieg durch das hintere Fenster ein und sah, wie du bewusstlos am Altar lagst. Rasch zog ich den Umhang des toten Deutschordensritters an. Ich wollte, dass deine Leute mich nicht für einen Angreifer hielten. Zu spät merkte ich, dass ich mich damit zur Zielscheibe für die Männer von Abt Fulbach machte, denn die hatten die Tür inzwischen eingeschlagen, und der Kampf tobte in der Kapelle. Mein Mut sank. Ich hatte keine Ahnung, wie ich dich dort heil hinausbekommen sollte.

Doch plötzlich wandten sich alle dem Portal zu. Fanfaren ertönten, die Männer strömten nach draußen. Königliche Truppen waren aufgekreuzt, und das Blatt wendete sich. Das war die Gelegenheit für mich. Ich warf dich über meine Schulter, drängte mich ebenfalls durch die Tür und rannte um die Kapelle herum. Dort legte ich dich vor mich auf das Pferd und stob davon, keinen Moment zu früh, denn die Soldaten des Königs hatten die Kapelle fast eingekreist, ich bin gerade noch durchgeschlüpft. Obwohl mich einige Männer gesehen haben, haben sie mich nicht verfolgt, sondern auf mich gezeigt und sich mehrfach bekreuzigt.«

Rebekka beugte sich zu Johann und gab ihm einen Kuss auf die Wange. »Ich danke dir, mein Ritter.«

Er lächelte.

»Wie ist die Schlacht ausgegangen?«

Johann hob die Schultern. »Die Angreifer wurden vernichtend geschlagen. Allerdings hat es einige von deinen Begleitern erwischt.« Er senkte den Blick. »Was hast du dort getan? Was hast du mit christlichen Ordensrittern zu tun?«

Rebekka musste an Bohumir denken und presste die Lippen zusammen, um die Tränen zurückzuhalten. »Ich kann jetzt nicht darüber sprechen«, flüsterte sie.

»Meinetwegen.« Er sah sie mitfühlend an. »Weißt du, dass wir uns in Prag nur knapp verpasst haben?«

Rebekka schüttelte den Kopf. »Du warst in Prag?«

»Ich habe dich gesucht ...«

»Aber ...« Rebekka wusste nicht, was sie sagen sollte.

»In der Nacht, als es geschah, war ich betrunken. Das werde ich mir nie verzeihen.« Seine Miene versteinerte. »Zuerst dachte ich, auch du seist tot. Aber dann erhielt ich Hinweise darauf, dass du lebst.«

»Was ist in dieser Nacht geschehen?«

Johann seufzte. »Alle Juden bis auf dich und Rabbi Isaac sind ...«, er unterbrach sich, rang sichtlich mit der Fassung, »... verbrannt. Sie haben sich im Tanzhaus versammelt. Noch bevor die Rothenburger sie erschlagen konnten, haben sie Feuer gelegt und sich selbst angezündet.«

Rebekkas Kehle wurde eng, Tränen quollen ihr aus den Augen. Jetzt verstand sie, warum ihre Eltern sie weggeschickt hatten. Sie hatten es nicht über sich gebracht, ihre Tochter die schlimmste aller Sünden der Christen begehen zu lassen. Denn als Christin wäre Rebekka unweigerlich in die Hölle gekommen, wenn sie am gemeinsamen Selbstmord der Juden teilgenommen hätte. Gab es einen besseren Beweis ihrer Liebe zu ihr?

»Einige jüdische Wohnhäuser sind ebenfalls niedergebrannt. Es heißt, die Juden hätten die Feuer gelegt, bevor sie sich im Tanzhaus versammelten. Ich bin mir da nicht so sicher. Jedenfalls hatte die Stadt ungeheures Glück. In den Morgenstunden ist ein Platzregen heruntergekommen, der den Funkenflug erstickte. Unsere Mittel allein hätten nicht ausgereicht, um den Rest der Stadt vor den Flammen zu retten. Manche Rothenburger sprachen deshalb von himmlischem Beistand.« Er schüttelte traurig den Kopf. »Den Rabbi hat man in der Nähe des Stadttores gefunden. Er ist nicht verbrannt, sondern wurde erschlagen.«

»Weißt du, wo meine Eltern begraben sind?«, fragte Rebekka benommen. »Gibt es überhaupt ein Grab?«

»Ja, das gibt es. Ich kann dich hinführen.« Johann stand auf und reichte Rebekka die Hand. Sie griff zu, er zog sie hoch, und als sie schwankte, umfasste er rasch ihre Taille. Ihr wurde schwindelig, sie wollte sich am liebsten einfach nur fallen lassen, in seinen Armen liegen. Aber das war nicht recht.

478

Sie straffte ihren Körper. »Danke, Johann. Es wird schon gehen.«

Zögernd ließ er sie los. »Es ist nicht weit.«

Sie traten vor die Scheune, die Sonne schien, Vögel zwitscherten. Ein neuer Tag! Und schon weit nach Mittag! Sie musste eine Nacht und einen halben Tag ohne Bewusstsein gewesen sein. Und Johann hatte die ganze Zeit bei ihr gewacht.

Johann zeigte auf einen Schimmel. »Ich nehme an, du kannst inzwischen reiten. Sitz auf, ich gehe zu Fuß.«

Von der Scheune aus, die im Süden der Stadt lag, ging es nach Nordosten, zurück in Richtung der Marienkapelle. Allerdings nur ein kleines Stück. Nach einer Weile kam ein Abzweig, dem sie den Berg hinauf zum Waldsaum folgten. Unterwegs erzählte Johann, was er in der Zwischenzeit in Nürnberg und Prag alles erlebt hatte. Er erwähnte auch seine Hochzeit mit Agnes und dass sie in wenigen Monaten ein Kind gebären würde. Rebekka gratulierte ihm mit belegter Stimme. Johann wechselte rasch das Thema und sagte, dass er Rothenburg verlassen würde, sobald es möglich war, dass er in Prag ein neues Leben anfangen wolle.

Am Waldrand angekommen, blieb Johann stehen und zeigte auf eine Wiese. »Hier liegen die Juden von Rothenburg begraben. Was für ein Verbrechen! Und welch eine Schande für jeden wahren Christen!«

Rebekka saß ab und sank auf die Knie. Sie begann zu beten, doch nach wenigen Worten kam die Verzweiflung. Bis auf Johann, der unerreichbar für sie war, hatte man ihr alles genommen, was ihr lieb war. Ihre Eltern, ihr Heim, ihre Freunde. Sogar den Glauben, mit dem sie aufgewachsen war. Nichts als das nackte Leben war ihr geblieben. Sie wartete auf die Tränen, doch es flossen keine. Nach einer Weile erhob sie sich. Die Sonne stand bereits tief.

Johann reichte ihr einen Samtbeutel. »Ich habe sie ausgesucht und für dich verwahrt.«

Rebekka öffnete den Beutel und fand darin zwei wunderbare Steine. Jetzt kamen die Tränen. Sie begriff, dass sie Johann so bald wie möglich verlassen musste. Denn sie liebte ihn, hatte ihn schon immer geliebt.

Sie legte die Steine auf die Wiese, sprach ein letztes stummes Gebet.

»Sollen wir die Totenwache halten?«, fragte Johann.

Rebekka schüttelte den Kopf. »Nein, ich muss so schnell wie möglich von hier fort.«

»Aber wohin?«

»Zu meinem Bruder.«

»Du hast einen Bruder?« Er sah sie ungläubig an.

Sie lächelte schwach. »Es gibt so viel, das ich dir zu erzählen hätte. Aber ich darf nicht länger verweilen.«

»Die Sonne geht bald unter«, wandte Johann ein. »Heute kannst du nicht mehr aufbrechen. Lass uns zur Scheune zurückkehren. Du kannst dort die Nacht verbringen. Ich komme morgen früh und bringe dir Geld, Proviant und ein Pferd. Wenn du dann immer noch entschlossen bist fortzugehen, werde ich dich nicht aufhalten. Solange du mir nur sagst, wohin du gehst, und mir versprichst, mir regelmäßig zu schreiben. Ich könnte es nicht noch einmal ertragen, nicht zu wissen, wo du bist und wie es dir geht.«

Rebekka schüttelte den Kopf. »Ich kann kein Geld von dir annehmen.«

»Keine Widerrede, Rebekka.« Sein Blick wurde ernst. »Ich stehe tief in deiner Schuld. Hätte ich mich an jenem Abend nicht so betrunken ...«

»Schweig! Gott hat es so gefügt. Sonst wärest du in der Nacht vielleicht selbst gestorben, ermordet von deinen eigenen Glaubensbrüdern.« Sie stieg auf das Pferd. »Ich werde morgen nach Avignon aufbrechen, und wenn du mir Geld leihen kannst, dann nehme ich es gern an.«

* * *

Die Nürnberger Burg kam in Sicht, und mit ihr die Stadtmauern, Türme und Tore. Engelbert spürte ein Ziehen in seinem Magen. Er hatte sich für den Weg so viel Zeit gelassen, wie nur eben vertretbar war, doch nun musste er sich dem stellen, was ihn in der Stadt erwartete.

Gestern nach der Schlacht hatte Montfort ihn zu sich kommen lassen. Karl war zu diesem Zeitpunkt schon nach Nürnberg zurückgekehrt.

»Habt Ihr, was er begehrt?«

Engelbert hatte den Kopf geschüttelt. »Weder Amalie Belcredi noch die Reliquie.«

»Das ist nicht gut«, hatte Montfort gesagt. »Aber wir haben Grund zu hoffen, dass nicht alles verloren ist, denn uns ist ein Wunder zuteilgeworden. Einige Männer haben übereinstimmend berichtet, dass der heilige Georg eine Frau aus der Kapelle gerettet habe. Sein weißer Umhang ist gesehen worden, und es heißt, er sei auf einem weißen Pferd geritten, so wie er es immer tut, wenn er Wunder wirkt.«

Engelbert senkte den Kopf. Wenn das stimmte, dann brauchten sie sich keine Gedanken mehr zu machen, dann war alles gut, dann hatte Gott selbst Rebekka und die Reliquie eingefordert. »Das lässt allerdings hoffen, zumal die Feinde besiegt sind und ihre Verschwörung aufgedeckt wurde.«

»Das mag sein«, hatte Montfort bestätigt. »Dennoch bleiben eine Reihe Fragen offen. Fragen, die der König gern beantwortet hätte.« Montfort war auf sein Pferd gestiegen.

»Morgen. In Nürnberg.« Mit diesen Worten war er davongeprescht.

Engelbert war hin und hergerissen zwischen Angst und Zuversicht. Die Tatsache, dass man ihn nicht in Ketten gelegt, ihm nicht einmal Männer der Leibgarde zur Seite gestellt hatte, um ihn nach Nürnberg zu eskortieren, machte ihm Hoffnung. Andererseits konnte das auch eine Prüfung sein. Womöglich wurde er beobachtet.

Engelbert passierte das Spitaltor und hielt sich links, bewegte sich auf die Pegnitzbrücke zu. Hunderte Menschen wimmelten durch die Gassen und auf den Plätzen. Trotz der Ordensrittertracht machten sie ihm nur zögerlich Platz. Die ganze Stadt schien zu vibrieren. Kein Wunder. Der König residierte in der Burg, und weitere Machthaber wurden zum Reichstag erwartet.

Am anderen Ufer sah Engelbert, dass einige Häuser im jüdischen Viertel abgerissen worden waren. Engelberts Gedanken schossen zu Aaron ben Levi, dem Freund, den er noch vor wenigen Monaten aufgesucht hatte, um ihm die falsche Reliquie zu zeigen. Er wagte nicht zu hoffen, dass der jüdische Arzt unter denen war, die dem Morden entkommen waren. Auch die Synagoge stand nicht mehr. An ihrer Stelle waren bereits die Grundmauern der neuen Kirche gelegt. Sie hatten es eilig, die Nürnberger, das Feld ihrer Schande mit Steinen zu bedecken.

Engelbert musste an Rebekka denken. Sie war nicht in der Kapelle gefunden worden, weder lebendig noch tot. Ob sie wirklich vom heiligen Georg errettet worden war?

Es ging bergan zur Burg. Engelbert ritt in den Hof. Die Hufe seines Pferdes klapperten über das Pflaster. Schweren Herzens saß er ab.

Vier Mann der Leibwache geleiteten Engelbert in Karls

privaten Audienzraum, nahmen ihm seine Waffen ab und ließen ihn dann allein.

Engelbert blieb mitten im Raum stehen. Er wollte noch
einmal überdenken, was er Karl sagen sollte, doch seine Gedanken ließen sich nicht bändigen. Er war auf eine längere
Wartezeit eingerichtet, aber schon nach wenigen Augenblicken trat Karl durch den hinteren Eingang. Seine Miene war
nicht zu deuten.

Engelbert kniete nieder. »Mein König . . .«

»Erhebt Euch und berichtet, ohne irgendetwas auszulas-
sen. Und fasst Euch kurz. Wir haben nicht viel Zeit.«

Engelbert erhob sich, Karl stand etwa zehn Fuß von ihm
entfernt und hatte die Hände hinter dem Rücken verschränkt.
Waren sie allein im Raum?

»Herr, es gibt Dinge, die nur für unsere Ohren bestimmt
sind.«

Karl hob eine Augenbraue. »Ihr könnt frei sprechen.«

»Herr, ich muss Euch gestehen, dass die Frau, die ich Euch
als Amalie Severin vorstellte, in Wirklichkeit Amalie Belcredi
ist. Ich wusste es von Anfang an. Allerdings wusste ich nicht,
welche Bedeutung sie für Euch hat – und für die gesamte
Christenheit.«

Karl rührte sich nicht. »Was noch?«

»Sie ist verschwunden. Und die Reliquie ist vermutlich vernichtet.«

Karl beugte sich nach unten und nahm ein Bündel Binsen
aus einem Korb. Ein Rohr nach dem anderen zerbrach er mit
der Hand, sie knackten wie Knochen. Engelbert fühlte sich
zunehmend wie eins der Binsenrohre. Leicht zu brechen für
einen König.

»Weiter«, grollte Karl.

»Es kommt noch schlimmer.«

»Was kann noch schlimmer sein, als seinen König zu belügen?«, brüllte Karl.

Engelbert zuckte zusammen. »Matyas Romerskirch ...«

»Er ist tot, ich weiß, diese Räuberbanden sind eine Seuche.« Karl stutzte, als er Engelberts Gesicht sah. »Es waren keine Räuber!« Er warf die Binsen nach Engelbert.

Dieser versuchte nicht, sich zu schützen. Raschelnd fielen sie zu Boden.

»Euer Sündenregister ist wahrlich länger als die Liste unserer Schuldner. Sprecht!«

»Er hat erkannt, dass Amalie Belcredi«, Engelbert verschluckte sich, »dass sie eine Jüdin ist.«

»Eine Jüdin? Ihr macht Scherze. Die Belcredis hatten nie etwas mit Juden zu schaffen.«

»Sie wurde als Säugling vor der Tür eines jüdischen Hauses abgelegt. Vielleicht eine Verwechselung. Jedenfalls wuchs sie in der jüdischen Gemeinde in Rothenburg auf.«

Der erwartete Zornesausbruch blieb aus. Stattdessen brach Karl in lautes Gelächter aus, das abrupt endete. »Nun, wenn das alles ist! Die letzte Hüterin der Christenheit eine Jüdin!« Sein Gesicht entspannte sich. »Warum nicht? Jesus Christus, der Sohn Gottes, war schließlich auch Jude.«

Karl kratzte sich am Kinn, lief einige Schritte in die eine, dann in die andere Richtung, blieb vor Engelbert stehen. »Was ist mit Matyas geschehen? Wer hat ihn getötet?«

»Er wollte Amalie ans Messer liefern. Ich wollte verhindern, dass er etwas Unüberlegtes tut.«

»Dieser Hitzkopf, verdammt.« Karl blickte Engelbert in die Augen. »Matyas sah in der letzten Zeit überall Verschwörungen. Und er verdächtigte Amalie von Anfang an. Zu Recht, wie wir nun wissen. Er hatte einen guten Riecher. Nun gut, nehmen wir an, es war tatsächlich Notwehr.«

»Hätte er mich nicht angegriffen ...«

Karl winkte ab. »Genug davon! Was geschah in der Kapelle?«

»Fulbachs Männer drangen ein, wir kämpften verbissen, ich wusste, dass wir dieser Übermacht nicht lange standhalten konnten. Amalie hatte die Reliquie gefunden, es war eine Schriftrolle, Papyrus, wenn ich es richtig gesehen habe. Und dann hat sie sie verbrannt. Ich selbst hatte ihr den Auftrag erteilt, sie zu vernichten, wenn unsere Niederlage abzusehen wäre. Ich wollte verhindern, dass sie in die Hände des Feindes fällt. Wo Amalie jetzt ist, weiß ich nicht.« Engelbert schlug das Kreuz.

»Der heilige Georg selbst, so hörten wir unsere Männer sagen, hat sie davongetragen. Auf einem weißen Pferd, in wehendem weißen Umhang und das Haar flatternd im Wind. Er konnte den Ring durchbrechen, bevor er geschlossen war, und niemand hat ihn verfolgt, weil alle gebannt von seinem Anblick waren.« Karls Mundwinkel zuckten. »Ein Wunder? Vielleicht.« Er rieb sich die Augen. »Nun, Engelbert von der Hardenburg, was haltet Ihr für eine angemessene Strafe für Eure Verfehlungen?«

»Was immer Ihr für richtig haltet, mein König.«

Karl schnaubte. »Natürlich. Was sonst könntet Ihr schon sagen!«

Engelbert hob die Hand. »Eines muss ich noch loswerden, Herr, dann übergebt mich meinetwegen dem Scharfrichter.«

Karl verschränkte die Arme vor der Brust. »Ich höre.«

»Amalie Belcredi hat eine besondere Gabe. Was immer sie betrachtet, gräbt sich unauslöschlich in ihr Gedächtnis ein.«

Karls Miene hellte sich auf. »Montfort hat mir davon erzählt.« Er kniff die Augen zusammen. »Das heißt, wenn sie die Schriftrolle angesehen hat, kennt sie den Inhalt?«

485

Engelbert nickte. »Sie ist nun der einzige Mensch auf der Welt, der das Geheimnis der Reliquie kennt.«

Karl drückte sein Kreuz durch. »Engelbert von der Hardenburg, hört unser Urteil. Ihr werdet von nun an nicht eher ruhen, bis Ihr Amalie Belcredi oder wie auch immer sie heißen mag, gefunden habt. Ist ein Jahr vergangen und es ist Euch nicht gelungen, sie aufzuspüren, so erkläre ich Euch für vogelfrei. Bis dahin gelten weiterhin Eure Privilegien. Nehmt Ihr das Urteil an?«

Engelbert traute seinen Ohren nicht. Das war fast eine Begnadigung. »Herr, ich nehme das Urteil an und danke Euch untertänigst für Eure Gnade.«

Karl schürzte die Lippen. »Verdient sie Euch, indem Ihr diese Frau findet und aus ihrem Kopf herausholt, was auch immer darinsteckt.«

Engelbert verneigte sich und verließ den Raum. Ein Jahr Aufschub. Genug Zeit. Aber nur, wenn er sich beeilte. Er musste sofort mit der Suche beginnen, bevor die Spur kalt wurde.

Als er die Nürnberger Burg verließ, stiegen vier Raben in den Himmel, kreisten einmal über ihm und flogen in alle vier Himmelsrichtungen davon. Schlimmer konnte es nicht kommen. Egal, wohin er sich auch wandte, der Todesvogel geleitete ihn auf seinem Weg.

***

Die Nacht war kühl gewesen, schon lange vor Sonnenaufgang war Rebekka aufgewacht. Aber nicht, weil sie gefroren hatte. Es drängte sie zum Aufbruch. Sie wollte endlich weg von hier, wollte alles Vergangene hinter sich lassen, ein neues Leben beginnen.

Johann würde bald kommen, ihr das Geld bringen, Vorräte für mehrere Tage und ein Pferd. Zu schade, dass es nicht Vila war. Doch die Männer des Königs hatten alle überzähligen Pferde mitgenommen.

Sie öffnete das Scheunentor, trat hinaus in die frische Morgenluft. Der Duft des feuchten Grases mischte sich mit dem kräftigen Harzgeruch der Tannen und Fichten. Ungeduldig hielt sie nach Johann Ausschau. Sie würde ihn ein letztes Mal sehen. Und dann hieß es, Abschied nehmen für immer.

Ein Ast knackte. Johann, endlich. Sie drehte sich um und erstarrte. Nur ein paar Fuß von ihr entfernt stand der Mann, dem sie nie wieder hatte begegnen wollen: Hermo Mosbach. In der Hand hielt er einen Dolch.

Rebekka wich zurück. Wo blieb Johann?

Mosbach machte einen Schritt nach vorn. »Na, überrascht?« Er leckte sich über die Lippen. »Endlich habe ich die letzte Judenhure von Rothenburg gefunden. Ich wusste, dass du mir nicht entkommen würdest.«

Seltsamerweise spürte Rebekka keine Angst, nur Abscheu. Sie musste Mosbach dazu bringen, weiterzureden. Solange er seine Überlegenheit auskostete, würde er nicht auf sie losgehen. Und sie brauchte irgendetwas, um ihn sich vom Leib zu halten, bis Johann kam. Die Scheune. Dort gab es Dreschflegel und Heugabeln und allerlei andere Dinge, die sich als Waffe benutzen ließen. Also musste sie ihn hineinlocken.

Sie zwang sich ein Lächeln auf die Lippen. »Nicht schlecht, Mosbach. Ihr seid wirklich hartnäckig. Wie habt Ihr mich gefunden?«

Mosbach kniff die Augen zusammen. Mit dieser Reaktion hatte er offenbar nicht gerechnet. »Dein Freund Johann von Wallhausen hat mich darauf gebracht. Jeder in der Stadt weiß, dass er einen Narren an dir gefressen hat. Als er gestern

Abend wieder in Rothenburg auftauchte, dachte ich mir gleich, dass du auch in der Nähe sein musst. Heute Morgen habe ich dann endlich herausgefunden, wo er dich versteckt hat.«

Rebekka brauchte all ihre Kraft, um nicht loszuschreien. Hatte er Johann etwas angetan? »Ah!«, murmelte sie. »Ich verstehe.« *Nicht an Johann denken!* »Ja, der Bursche hängt ständig an meinem Rockzipfel. Wie ein tapsiger Welpe. Ihr hingegen seid ein gestandenes Mannsbild. Ihr bekommt immer, was Ihr wollt. Ist es nicht so?«

»Verstell dich ruhig, Judenmetze«, bellte Mosbach. »Wenn ich mit dir fertig bin, wirst du nicht mehr grinsen.«

»Aber ich verstelle mich doch gar nicht! Ich habe viel gelernt in den letzten Monaten. Die Welt ist hart, vor allem für eine Frau, die auf sich allein gestellt ist.«

»Was, verdammt, redest du da? Willst du mir erzählen, dass du eine Hübschlerin geworden bist?« Mosbach hob den Dolch und zielte auf ihre Kehle.

»Nicht doch! Aber um die Gewogenheit der Männer zu erlangen, muss man manchmal aufmerksam zu ihnen sein. Ihr wisst schon, was ich meine.« Rebekka machte einen unauffälligen Schritt auf das Scheunentor zu. »Bin ich denn nicht mehr schön, nur weil ich mit anderen Männern das Lager geteilt habe?«

Mosbach fielen fast die Augen aus dem Kopf. »Ihr seid schön wie die Sünde, noch schöner sogar als im vergangenen Herbst«, krächzte er.

Mit einer lässigen Bewegung stemmte sie die Arme in die Hüften. »Es tut mir leid, dass ich Euch damals auf den Kopf geschlagen habe. Ich hoffe, es hat Eurer Manneskraft nicht geschadet. Kommt mit, ich werde es wiedergutmachen. Glaubt mir, Ihr werdet es nicht bereuen.«

Mosbach ließ den Dolch sinken, seine Schweinsäuglein glänzten, Schweiß stand auf seiner Stirn.

Rebekkas Herz raste. Sie winkte ihm, ging voran auf die Scheune zu. Er folgte ihr, den Dolch wieder drohend erhoben.

Rechts neben dem Tor hing eine Heugabel. Es musste schnell gehen. Die Gabel von der Wand reißen, sich drehen, ihn verscheuchen oder zumindest in Schach halten.

»Aber keine Tricks, Judenhure, oder ich steche dich ab wie ein Schwein«, rief Mosbach in ihrem Rücken, als sie das Tor erreichte.

Rebekkas Beine fühlten sich an wie Hirsebrei. Wenn sie es nicht schaffte, ihn abzuwehren, würde er ihr die Hölle auf Erden bereiten. Sie trat über die Schwelle, riss die Gabel von der Wand, drehte sich und hielt ihm die eisernen Zinken entgegen. »Verschwinde! Oder ich steche zu!«

»Du Drecksstück!« Er wich einen Schritt zurück, das Gesicht wutverzerrt. »Wenn du glaubst, mich mit diesem lächerlichen Gäbelchen beeindrucken zu können, hast du dich geirrt. Ich werde es dir mit dem Griff besorgen, wenn ich deiner überdrüssig bin.«

Rebekka bekämpfte die aufsteigende Übelkeit, ihre Finger umkrampften die Heugabel.

Mosbach schob sich immer näher, Rebekka wich zurück, weiter und weiter, bis sie die Bretter der hinteren Wand im Rücken spürte.

Mosbach lachte kurz auf, dann machte er einen Satz auf sie zu, den Dolch in der hoch erhobenen Faust.

Rebekka rutschte an der Wand hinunter, um dem Hieb auszuweichen, hielt jedoch die Heugabel weiter auf ihren Angreifer gerichtet. Mosbach flog auf sie zu, die Wucht seines Aufpralls riss ihr die Waffe aus der Hand.

Rasch rollte sich Rebekka zur Seite weg. *Adonai, sei mir gnädig!* Sie musste Mosbach mit der Gabel erwischt haben, doch sie hatte keine Ahnung, wie schwer er verletzt war. Auf allen vieren hastete sie auf das Scheunentor zu. Hinter sich hörte sie den Kaufmann röcheln. Ängstlich drehte sie sich um.

Mosbach lag auf dem Rücken, die Heugabel ragte aus seinem Bauch, er hatte beide Hände an den Stiel gelegt und versuchte, sie herauszuziehen. Vergeblich. Blut sickerte aus seinem Wams hervor, dort, wo die beiden Zinken sich in seinen Leib gebohrt hatten.

Rebekka konnte den Blick nicht abwenden. Immer wieder zog Mosbach an der Heugabel, aber er wurde mit jedem Mal schwächer. Das Röcheln wurde leiser, plötzlich fielen seine Arme rechts und links neben seinen Körper. Noch einmal entwich seinem Hals ein kehliger Laut, dann schloss er die Augen, und der Gestank seiner Exkremente stach Rebekka in die Nase.

Sie starrte auf den Toten. Sie hatte einen Menschen umgebracht, obwohl es nicht ihre Absicht gewesen war. Er sollte sie doch nur in Ruhe lassen! Die Übelkeit wurde übermächtig, sie beugte sich vor und erbrach sich. Als sie sich wieder zurücklehnte, spürte sie etwas Feuchtes ihren Arm hinunterlaufen. Blut! Mosbach hatte sie mit dem Dolch erwischt.

Langsam setzte ihr Verstand wieder ein. Sie musste weg. Sofort. Sie hatte einen Rothenburger Bürger getötet. Man würde ihr den Prozess machen, ihr, der Jüdin, die einen braven Christen abgestochen hatte.

Sie erhob sich, wandte sich zur Tür und erschrak zu Tode, als ein Schatten über sie fiel. Für einen Moment setzte ihr Herz aus, aber dann erkannte sie Johann.

»Rebekka, um Gottes willen, was ist geschehen? Du blutest!« Er hob ihren Arm an, zerriss den Stoff und betrachtete die Wunde. »Gott sei Dank! Es ist nichts Schlimmes.« Er warf einen Blick auf den Toten. »Mosbach. Oh Gott! Wie hat er dich gefunden? Hat er versucht, dir etwas anzutun?«

Rebekka nickte.

»Hat er dir ein Leid zugefügt?«

»Nein.« Rebekka rieb sich die schweißnasse Stirn und merkte, dass ihre Hände zitterten. »Er hat es schon einmal versucht. In der Nacht, als ich aus Rothenburg floh.«

Johann nickte bitter. »Das dachte ich mir.«

Sie legte ihre Hand auf seinen Arm. »Er hat dich verfolgt, und so ist er auf mich gestoßen.«

»Ich Trottel!« Johann schlug sich vor die Stirn. »Da will ich dich beschützen und bringe dich erneut in Gefahr!« Er betrachtete den Leichnam mit zusammengepressten Lippen. »Niemand darf erfahren, was wirklich geschehen ist. Ich werde sagen, dass ich ihn getötet habe, weil ich ihn für einen Einbrecher hielt. Immerhin ist er in eine fremde Scheue eingedrungen.«

»Aber dann wirst du vor Gericht gestellt!«, wandte Rebekka ein.

»Mir wird nichts geschehen«, beruhigte Johann sie. »Mein Vater sitzt im Rat. Ich sage, dass es in der Scheune dämmrig war und er sich von hinten auf mich stürzte und mit einem Messer angriff, wohl, weil er mich für einen Einbrecher hielt. Jeder wird glauben, dass es ein tragisches Missverständnis war. Mach dir keine Sorgen!«

»Bist du sicher, dass du das für mich tun willst?«, flüsterte Rebekka.

»Absolut. Und jetzt beeil dich. Du musst aufbrechen, bevor dich jemand sieht.«

Sie traten nach draußen, wo das Pferd wartete, das Johann ihr mitgebracht hatte.

Johann reichte Rebekka einen Dolch. »Sicher ist sicher. Und schreib mir, sooft es dir möglich ist.«

»Nein, Johann, es ist besser, wenn ich keinen Kontakt zu dir halte. Es könnte dir schaden.«

Johann ergriff ihre Hände. »Warum tust du mir das an, Rebekka? Es zerreißt mir das Herz, nicht zu wissen, wie es dir geht. Weißt du nicht, dass ich dich ...«

Rebekka legte ihm einen Finger auf die Lippen. Wie zart sie waren! »Es gibt Dinge, die zerbrechen, wenn man sie ausspricht. Leb wohl, Johann von Wallhausen.«

Sie wandte sich um, stieg auf und lenkte das Pferd nach Süden, ohne sich noch einmal umzusehen. Avignon, das war ihr Ziel. Ihre Familie. Ihr Bruder.

VIELEN DANK
FÜR DIE HILFE

Horst-Dieter Beyerstedt
Sonja Hager
Nina Hawranke
Brigitte Janson
Annelie Kreuzer
Thomas Schreiner

Unser besonderer Dank gilt Jan Hrdina,
der für uns das mittelalterliche Prag hat lebendig
werden lassen.

Nachwort

Rebekka bat Menachem, alias Amalie Belcredi, ist unserer Fantasie entsprungen. Sie ist keine historische Persönlichkeit, aber sie könnte eine sein. Würden Hinweise auf ihre Existenz auftauchen, es würde uns nicht wundern.

Viele andere Dinge in diesem Buch sind jedoch an historische Fakten angelehnt. Zumindest soweit diese belegt sind. Wie die Rothenburger Judengemeinde vernichtet wurde, ist z. B. nicht überliefert. Nur ein Opfer ist in den Chroniken vermerkt: Rabbi Isaak, der erschlagen wurde, als er nach der Auslöschung der jüdischen Gemeinde nach Rothenburg zurückkehrte, wohl um die Toten zu bestatten. Wahrscheinlich war er auf Reisen gewesen.

Wir haben uns dafür entschieden, dass die Rothenburger Juden ihrer Ermordung zuvorkamen, indem sie kollektiven

Suizid begingen. Ein solcher gemeinsamer Selbstmord ist mehr als einmal aus anderen Städten überliefert.

Das Judenpogrom von Nürnberg, das wir beschreiben, ist jedoch bis ins Detail dokumentiert: Drei Tage, vom 5. bis zum 7. Dezember 1349, dauerte die Ermordung von 562 Nürnberger Juden. Die meisten wurden vor der Stadt bei lebendigem Leib verbrannt. Fast tausend konnten fliehen, zum Teil kehrten sie später wieder in die Stadt zurück. Dass Karl IV. gezielt einen Teil der Nürnberger Juden gerettet hat, weil er sie noch brauchte, haben wir erfunden, doch es würde zu ihm passen.

In Prag und in Böhmen jedenfalls standen die Juden unter dem Schutz des Königs.

Karl IV. war eine schillernde Persönlichkeit. Man weiß eine Menge über sein Leben, er hat sogar eine Autobiografie verfasst. Wir haben uns freudig der vielen Eigenheiten bedient, die über ihn bekannt sind: Dass er, um sich zu beruhigen, Binsen klein schnitt oder brach. Dass er offenbar ein treuer, geduldiger Freund und ein oft gnädiger Feind war. Dass für ihn Träume göttliche Weissagungen waren: Oft traf er Entscheidungen aufgrund seiner Interpretation eines Traums, und immer wieder fühlte er sich durch Träume in seinem Tun bestätigt.

In der Tat stand über der Herrschaft Karls IV. trotz Pest und anderer Katastrophen ein guter Stern. Mit Geschick und Glück erreichte er fast alles, was er anstrebte. Und das führte er immer wieder auf einen Umstand zurück: Er war von Gott bestimmt, das Himmelreich auf Erden durchzusetzen.

Ebenfalls historisch belegt ist, dass Karl ein fanatischer Reliquiensammler war. Wenn jemand eine Reliquie nicht herausrücken wollte, schickte Karl zuerst seinen Kämmerer mit viel Silber – und dann seine Häscher. Es stimmt auch, dass er die Bergleute, die vergeblich einen achtzig Meter tiefen Schacht in den Fels getrieben hatten, kurzerhand ermorden ließ, um zu verhindern, dass sich herumsprach, dass die Burg Karlstein über keine Quelle verfügte.

Aus der Tatsache, dass Karl in seiner von ihm selbst verfassten Biografie, oft vom »Wir« ins »Ich« wechselt, haben wir gefolgert, dass er dies auch im Alltag tat. Deshalb lassen wir ihn in seiner Funktion als Herrscher im »Pluralis Majestatis« von sich sprechen, während er in privaten Momenten zum »Ich« wechselt.

Karl ist tatsächlich einem Mordanschlag entgangen, jedoch nicht in Pasovary. Er war nie dort. Auch war Pasovary nie Stammsitz einer Familie namens Belcredi. Aber die Burg existierte: Man kann die Ruinen in der Nähe von Český Krumlov heute noch besichtigen. Auch das Kloster Louka in Znaim gab es wirklich, es beherbergte jedoch nie den Schädel des heiligen Wenzel.

Es ist immer eine Herausforderung, sich in die Sichtweise mittelalterlicher Menschen zu versetzen. Besonders schwierig war für uns diesmal, zusätzlich die Welt mit jüdischen Augen zu betrachten. Wir hoffen, dass uns hier keine allzu groben Schnitzer unterlaufen sind.

Wir haben uns nach bestem Wissen und Gewissen bemüht, nichts historisch Belegtes zu verfälschen und uns der Vergangenheit auf unsere Art genähert. Dennoch bleibt dieses Buch was es ist: eine Geschichte. Wir hoffen, eine spannende.

Sabine Martin

GLOSSAR

Name	Inhalt
Abecedarium	Alphabet oder auch Lexikon
Alchemist/ Alchimist	Ein wichtiges Ziel der Alchemisten war die Umwandlung beliebiger Materie in Gold. Um dieses Ziel zu erreichen, mussten sie sich mit den chemischen Elementen auseinandersetzen und wurden so zu den »Chemikern« des Mittelalters.
Anicius Manlius Severinus Boethius	Boethius wurde um 480/485 geboren und starb zwischen 524 und 526, entweder in Pavia oder in Calvenzano in der heutigen Provinz Bergamo. Boethius war ein spätantiker römischer Gelehrter, Politiker, neuplatonischer Philosoph und Theologe.

Unter dem Ostgotenkönig Theoderich bekleidete er hohe Ämter. Er wurde, ob zu Unrecht oder nicht, ist nicht geklärt, als Hochverräter verurteilt und hingerichtet.

Blutbann, Halsgericht	Der Blutbann war die hohe Gerichtsbarkeit, die alle Straftaten betraf, die mit Verstümmelung oder mit dem Tod bestraft werden konnten. Darunter fielen: Raub, Mord, Diebstahl, sexuelle Belästigung, Notzucht (Vergewaltigung), homosexueller Geschlechtsverkehr, Hexerei, Zauberei und Kindesmord.
Sankt Burkard	11. Oktober
Deutscher Orden	Der Deutsche Orden, auch Deutschherren- oder Deutschritterorden genannt, ist eine geistliche Ordensgemeinschaft. Zur Zeit Rebekkas befand sich der Orden in seiner Blütezeit. Er verfügte über Niederlassungen in ganz Europa und einen eigenen Staat. Mit Schwert und Wort verbreiteten die Deutschordensritter und -brüder das Wort Gottes.
Entfernungen	In Böhmen galt die »böhmische Meile«. Sie maß 7,48 Kilometer. Eine heutige nautische Meile misst dagegen nur 1,852 Kilometer. Eine alte Hannover Landmeile maß 9,323 Kilometer, die »kleine Deutsche Meile« etwa so viel wie die Böhmische, nämlich 7,5 Kilometer.
Flagellanten oder Geißler	Die Flagellanten (flagella – lat. Geißel) oder Geißler zogen durch die Städte und geißelten sich selbst, um Buße zu tun für

ihre Sünden. Sie traten als Laienbewegung vor allem im 13. und 14. Jahrhundert auf. Ihre öffentlichen Selbstgeißelungen gerieten oft zu Massenveranstaltungen, während derer viele Menschen in religiöse Verzückung oder religiösen Wahn verfielen. Trotz Verboten und Strafandrohungen waren die Flagellanten lange Zeit nicht zu stoppen und richteten zum Teil erheblichen Schaden an.

Geheimgänge Kein Kloster, keine Burg, keine Stadt wurde gebaut, ohne Geheimgänge und Geheimkammern anzulegen. In den Städten wurden oft die Keller miteinander verbunden, um so ein weitverzweigtes Netz an Gängen zu schaffen, in denen man sich verstecken oder durch die man flüchten konnte. Da oft umgebaut wurde und es noch keine durchgehenden Aufzeichnungen gab, wurden viele geheime Gänge und Räume vergessen.

Halbkreuzler oder Halbbrüder Der Deutsche Orden war streng hierarchisch organisiert. Dienende Halbbrüder (sogenannte Halbkreuzler) erledigten untergeordnete Arbeiten in Hof- und Haushaltung, versahen aber auch Wachdienste.

Helmdecke, Helmwulst und Helmzier Dies sind Elemente eines Wappens. Es gab strenge Regeln, nach denen Wappen gestaltet werden mussten. So waren bestimmte Farben, Symbole und Materialien dem hohen Adel und den Herrschern

501

vorbehalten. Gold z. B. war nur für Könige und souveräne Fürsten erlaubt.

Festtage der Juden: Sukkot, Purim, Schawuot, Pessach, Chanukka

Sukkot – Laubhüttenfest:

Sukkot, ein Erntefest, findet fünf Tage nach dem Versöhnungstag Jom Kippur vom 15.-22. Tischri (September/Oktober) statt.

Es ist eines der fröhlichsten Feste. Die Menschen werden daran erinnert, dass einst Israel nur ein besitzloses Nomadenvolk war, das in der Wüste lebte und aufgrund dessen keinen Ernteertrag besaß. Deshalb wurde mit einem biblischen Gebot angeordnet, eine Laubhütte (Sukka) zu errichten und für wenige Tage in ihr zu wohnen.

Purim:

Mit Purim feiern die Juden ein fröhliches Fest zu Ehren von Ester, die der Legende nach das jüdische Volk vor der Vernichtung bewahrt hat.

Schawuot:

Mit diesem Fest erinnern die Juden an den Empfang der zweiten Zehn Gebote am Berg Sinai.

Pessach:

Pessach ist eins der wichtigsten Feste der Juden, denn es erinnert an den Auszug aus Ägypten. Es dauert eine Woche und ist ein Familienfest mit vielen verschiedenen Ausprägungen. Immer aber wird eine Woche

lang ungesäuertes Brot gegessen, daher
heißt Pessach auch »Fest der ungesäuer-
ten Brote«.

Chanukka oder Lichterfest:
Chanukka erinnert an die Wiedereinweihung des zweiten jüdischen Tempels in
Jerusalem im jüdischen Jahr 3597 (164 v.
Chr.) nach dem erfolgreichen Makkabäeraufstand der judäischen Juden gegen helle-
nisierte Juden und makedonische Syrer.

Jüdischer
Kalender

Der Jüdische Kalender beginnt für die
Juden mit der Erschaffung der Erde im
Jahr 0, das ist das Jahr 3761 v. Christus.
Ein neuer Tag beginnt bereits gegen 18:00
am Abend. Das neue Jahr beginnt im
Herbst mit dem ersten Tag des »Tischri«,
des siebten Monats.

Kammer-
knechte,
Kammer-
knech
tschaft

Als Kammerknechtschaft bezeichnet man
den formalisierten Rechtsstatus der Juden als »Besitz« des römisch–deutschen
Kaisers.

Die Kammerknechtschaft war mit Rechten und Privilegien für die Juden ausgestattet, vor allem sollten die Juden vom
Kaiser geschützt werden. Dafür zahlten
sie sehr viel Geld.

Karl/Wenzel

Karl IV. hieß mit Geburtsnamen »Wenzel«, nach dem Schutzheiligen Böhmens,
Wenzel von Böhmen (auch Wenzeslaus
von Böhmen oder Heiliger Wenzel, tschechisch Svat Václav). Karl verehrte den hei-

503

ligen Wenzel von ganzem Herzen. Auch seinen Sohn nannte er Wenzel.

Laudes	Morgengebet, das stets vor Sonnenaufgang gebetet wurde.
Lösegeld	Im Mittelalter war es üblich, gefangen genommene Ritter nicht zu töten, sondern gegen oft große Summen an Lösegeld wieder freizulassen. Gefangene von niedrigem Rang besaßen jedoch keinen Wert und wurden sofort getötet, um das Problem ihrer Unterbringung und Verpflegung zu umgehen.
Magdalenenhochwasser	Das Magdalenenhochwasser gilt als das verheerendste Hochwasser des gesamten 2. Jahrtausends im mitteleuropäischen Binnenland. Allein in der Donauregion ertranken mindestens 6000 Menschen, so gut wie alle Steinbrücken wurden weggerissen, die Masse des erodierten Erdreichs betrug 13 Milliarden Tonnen und führte in der Folge zu Missernten und Hungersnöten.
Mannpforte	Die meisten Städte und Burgen besaßen neben den großen Toren, durch die ganze Wagen passten, eine kleine Pforte, durch die nur mit Mühe ein Mann passte. Diese Mannpforte diente dazu, vor allem nachts, einzelne Personen einzulassen, ohne das große Tor zu öffnen.
Martinstag	11. November

Melisende, Königin von Jerusalem	Melisende wurde 1105 geboren und starb am 1. September 1161. Sie war Königin von Jerusalem von 1131 bis 1153. Ihr Vater, König Balduin II., hatte sie als Thronfolgerin eingesetzt.
Mesusa	Die Mesusa ist eine Schriftkapsel, die an den Türrahmen jüdischer Häuser angebracht wird. In der Kapsel befindet sich eine Schriftrolle. Diese wird von einem eigens dazu ausgebildeten Schreiber erstellt. Die Mesusa kann je nach Wohlstand des Hausstandes aus Ton gebrannt oder aus Silber gearbeitet sein.
Michaelitag	29. September
Mikwe	Die Mikwe ist ein rituelles Reinigungsbad der Juden. Dabei muss der Gläubige vollkommen nackt in fließendes »lebendes« Wasser eintauchen. Oft wurde Grundwasser verwendet, heutzutage wird auch Regenwasser genutzt. Je nach Strenggläubigkeit variieren die Vorschriften zur Benutzung der Mikwe stark. Oft gibt es einen gesonderten Mikwe-Schacht, um Küchengeräte zu »kaschern«, also koscher zu machen.
Minne	Minne, mhd. »Liebe«, ist eine mittelalterliche Vorstellung gegenseitiger sozialer Beziehungen innerhalb des Adels und auch zu Gott, die vorerst nicht beschränkt war auf die Liebesbeziehung zwischen Männern und Frauen. Zwischen zwölftem und vierzehntem Jahrhundert war die platonische

Liebe höchstes Ideal der Minne. Es darf allerdings bezweifelt werden, dass dieses Ideal auch in der Realität Bestand hatte. Der Minnesang beschrieb die Dienste, die ein Ritter für seine Angebetete zu leisten hatte, die zum Teil groteske Formen annahmen: So trank ein Ritter das Wasser, mit dem sich seine Angebetete die Hände gewaschen hatte. Mit der Zeit verblasste der Begriff Minne zur Umschreibung bäuerlicher Triebhaftigkeit, bis er ausstarb und durch den Begriff Liebe ersetzt wurde.

Minoriten-Kloster
Minoriten oder Franziskaner-Minoriten sind eine Ordensgemeinschaft der römisch-katholischen Kirche. Sie werden auch »schwarze Franziskaner« genannt.

Palas
Der Palas (von spätlat. palatium – kaiserlicher Hof) ist der repräsentative Saalbau einer Burg, in der die Herrschaft wohnt. In der Regel ist es ein rechteckiger, mehrgeschossiger Bau. Hier finden sich Schlafgemächer, Schreibstuben, Gästezimmer, Audienzräume, Speisesaal und Königs- oder Kaisersaal. Die Ausmaße hängen von der Bedeutung der Herrschaft ab. Der Palas Karls IV. auf der Prager Burg hatte eine Grundfläche von über 10 000 Quadratmetern.

Pestilenz
Im Mittelalter hieß der große Ausbruch der Pest in Europa in den Jahren 1347–53 »die große Pestilenz« oder der »Schwarze Tod«. Schätzungen gehen von 25 Millio-

nen Todesopfern aus. Bis heute ist nicht geklärt, warum manche Städte wie Rothenburg ob der Tauber, Mailand und Nürnberg oder ganze Landstriche wie Böhmen weitgehend von dieser Pestwelle verschont wurden.

Pfund Silber – Prager Groschen

Ein »Pfund Silber« war eine Geldwerteinheit und entsprach je nach Zeit und Land zwischen 400 und 500 Gramm Silber. Aus einem Pfund Silber ließen sich zwischen 1200 und 1500 Prager Groschen schlagen. Der böhmische Groschen enthielt um 1349 etwa 3 Gramm Silber. Danach bemaß sich auch sein Wert. In dieser Zeit bekam man für einen Prager Groschen in etwa 1,5 Kilogramm Brot, für eine Gans musste man zwei Prager Groschen bezahlen. Im Laufe der Zeit verlor der Prager Groschen an Wert und Kaufkraft. Zwischen 1300 und 1346 sank der Silbergehalt von 3,4 auf ca. 3 Gramm. Nach der Herrschaft Karls IV. beschleunigte sich der Wertverlust.

Prälatenbank oder Prälatenkurie

Die Prälatenbank war im Heiligen Römischen Reich bis 1806 die Vertretung der geistlichen Fürsten sowohl im Reichstag als auch in den Landtagen. Mit der Fürstenbank bildete die Reichsprälatenbank den Reichsfürstenrat.

Retabel

Ein Retabel ist ein Aufsatz hinter oder auf dem Altar. Der Aufsatz kann aus einfachen bemalten Holztafeln bestehen oder

507

aber aus unermesslich wertvollen schrank-
förmigen Schnitzereien, die mit Gold und
Edelsteinen besetzt sind.

Rabbi Meir ben Baruch von Rothenburg
Rabbi Meir war ein berühmter Rabbiner
und Talmudgelehrter. Er wurde 1215 geboren und starb 1293 in Gefangenschaft.
Er lebte mehr als vierzig Jahre in Rothenburg ob der Tauber, wo er eine Talmud-
hochschule gründete und Schüler aus ganz
Europa anlockte.

Schehechejanu
Das Schehechejanu ist ein Segensspruch,
der bei vielen Gelegenheiten aufgesagt
wird. Schehechejanu heißt: »Der uns am
Leben gehalten hat«.

Schmone Esre
Schmone Esre heißt das jüdische Acht-
zehnbittengebet. Es ist *das* Gebet schlecht-
hin und wird stets im Stehen gesprochen.

Schwefelleber
Schwefelleber oder Hepar sulfuris ist eine
alte Bezeichnung für ein Stoffgemisch aus
Kaliumsulfid, Kaliumpolysulfiden, Ka-
liumthiosulfat und Kaliumsulfat. Man ge-
winnt es durch das Zusammenschmelzen
von Kaliumcarbonat (Pottasche) und
Schwefel unter Luftabschluss bei 250 °C.
Der Name geht auf die leberbraune Farbe
des Gemisches zurück. Schreibt man mit
dem farblosen Bleizucker, so kann man
die Schrift mit Schwefelleber sichtbar machen. Schwefelleber wird neben vielen
anderen Anwendungen auch medizinisch
genutzt, z. B. gegen Hautkrankheiten, insbesondere Pilzinfektionen.

Sehglas	Bereits im 6. Jhd. v. Chr. wird ein Leseglas in ägyptischen Hieroglyphen erwähnt. Lesebrillen, die man auf die Nase setzen konnte, gibt es seit Ende des 13. Jahrhunderts. Wer die Lesebrille letztlich erfunden hat, ist bis heute nicht geklärt.
Tonnengewölbe	Tonnenförmiges Gewölbe, das zwei gleich lange Widerlager besitzt. Im Querschnitt sieht es aus wie ein Halbkreis.
Ungeld	Das Ungeld war eine Verbrauchssteuer auf Waren des täglichen Lebens: Getreide, Wein, Bier, Fleisch, Salz. Seit dem 13. Jhd. wurde das Ungeld erhoben.
Vigil	Gebet vor Tagesanbruch
Zedaka-Dose	Zedaka bedeutet »Wohltätigkeit«. Die Zedaka-Dose oder der Zedaka-Beutel diente dem Sammeln von Almosen.

»Du hast die Krone bekommen. Also trag sie auch. Und zwar allein.«

Rebecca Gablé
DAS HAUPT DER WELT
Historischer Roman
864 Seiten
mit zahlreichen
Abbildungen
ISBN 978-3-431-03883-5

Brandenburg 929: Beim blutigen Sturm durch das deutsche Heer unter König Heinrich I. wird der slawische Fürstensohn Tugomir gefangen genommen. Er und seine Schwester werden nach Magdeburg verschleppt, und bald schon macht sich Tugomir einen Namen als Heiler. Er rettet Heinrichs Sohn Otto das Leben und wird dessen Leibarzt und Lehrer seiner Söhne. Doch noch immer ist er Geisel und Gefangener zwischen zwei Welten. Als sich nach Ottos Krönung die Widersacher formieren, um den König zu stürzen, wendet er sich mit einer ungewöhnlichen Bitte an Tugomir, den Mann, der Freund und Feind zugleich ist ...

Bastei Lübbe

„Packend geschildert, voller Atmosphäre und mit Charakteren, die einem im Gedächtnis bleiben." RICHARD DÜBELL

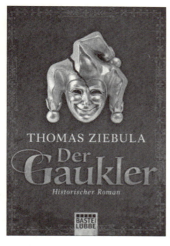

Thomas Ziebula
DER GAUKLER
Historischer Roman
656 Seiten
ISBN 978-3-404-16837-8

Kurpfalz, 1622. Schon seit Kindertagen sind die protestantische Schneiderstochter Susanna und der Bauernsohn Hannes ineinander verliebt. Doch Susannas Eltern sind gegen die Verbindung, da Hannes katholisch erzogen wurde. Als der Krieg ihre Heimat erreicht, werden die beiden getrennt. Susanna flieht ins nahe Heidelberg, wo sie bald die Nachricht von Hannes' Tod erreicht. Als entfesselte Landsknechte in der Stadt wüten, rettet der Gaukler David ihr das Leben. Fasziniert von der Welt der Schausteller schließt sie sich David an und heiratet ihn sogar. Doch dann erfährt sie, dass Hannes noch lebt ...

Bastei Lübbe